Für einen halbwegs seriösen Historiker ist es schon eine Zumutung, einem Mythos nachzujagen. Andererseits ist der Atlantis-Spleen vermögender Männer oft die Rettung für Richard Romanoffs Brieftasche. Doch dann verlangt sein Auftraggeber, dass er einen mysteriösen Mörder jagt. Und wenn Richard bisher Atlantis für seine Nemesis hielt, wird er jetzt unsanft eines Besseren belehrt. Denn seine wahre Nemesis ist der Mann, der sich Müller nennt.

Aber wer ist Müller? Mechaniker bei Kabel Deutschland? Herr über Leben und Tod? Ein ehemaliger Hacker, frustriert vom Establishment? Verführer oder Verführter? Bad Guy oder Rächer?

Monika Geier, bekannt für ihren erfolgreichen Zyklus um Kriminalkommissarin Bettina Boll, inszeniert hier eine furiose Konfrontation. Das Niveau dieser ideenreichen Autorin lässt das Verlegerinnenherz höher schlagen: Ich kann gar nicht genug bekommen von ihren fein dosierten Doppelbödigkeiten, ihrer eleganten Choreographie. Wie Krimikritiker Tobias Gohlis einst in der *Zeit* schrieb: »Monika Geier verfügt über die Bösartigkeit aller guten Krimiautorinnen, über Witz und die Raffinesse für wirklich subtile Plots.« Und sie setzt immer noch eins drauf. Der nunmehr sechste Roman der souveränen und immer originellen Krimikünstlerin verbindet die echt Geier'sche Kombination aus morbidem Schalk und sezierender Realitäts- und Menschenkenntnis mit dem Mut, etwas ganz Neues zu wagen: Aus einem so aktuellen wie bizarren Szenario – unserem Hier und Heute – erheben sich zwei Gegenspieler und fordern einander zum Duell. Die Partie Müller gegen Romanoff bietet Action, Herz und Zündstoff und betört mit satirischen Einlagen und unvorhersehbaren Zügen. Ein Genuss.

Else Laudan

Monika Geier, Jahrgang 1970, wurde in Ludwigshafen geboren. Nach dem Abitur folgte eine Ausbildung zur Bauzeichnerin. Für ihr Debüt wurde Geier mit dem *Marlowe* geehrt. Inzwischen ist sie Diplomingenieurin für Architektur, Mutter von drei Jungs, freie Künstlerin und Schriftstellerin.

Monika Geier

Müllers Morde

Ariadne Krimi 1200
Argument Verlag

Ariadne Kriminalromane
Herausgegeben von Else Laudan
www.ariadnekrimis.de

Lektorat: Ulrike Wand und Else Laudan

Monika Geier bei Ariadne:

Die Bettina-Boll-Serie
Wie könnt ihr schlafen (Ariadne Krimi 1110)
Neapel sehen (Ariadne Krimi 1136)
Stein sei ewig (Ariadne Krimi 1150)
Schwarzwild (Ariadne Krimi 1174)
Die Herzen aller Mädchen (Ariadne Krimi 1184)

Müllers Morde (Ariadne Krimi 1200)

Deutsche Originalausgabe

Glashüttenstraße 28, 20357 Hamburg
Telefon 040/4018000 – Fax 040/40180020
www.argument.de
Umschlaggestaltung: Martin Grundmann, Hamburg
Satz: Iris Konopik
Druck und Bindung: CPI Moravia Books, Pohorelice,
Printed in Czech Republic
ISBN 978-3-86754-200-5
Erste Auflage 2011

Sie waren Hacker?
Ich habe mich früher viel mit Computern beschäftigt, ja.
Warum? Waren Sie einsam? Haben Sie Ihre Jugend vor dem Bildschirm abgesessen?
Ach Quatsch. So läuft das nicht. Einsame Jugendliche werden keine Hacker. Einsame Jugendliche werden Blogger.
Ach so? Und wie wird man ein Hacker?
Sie wollen wissen, wie man ein Hacker wird? Von mir?
Ja.
Ich würde mich nicht so bezeichnen. Ich hab mich nie als Hacker gefühlt, jedenfalls nicht wie einer von diesen Chaos-Computer-Club-Göttern. Ich brauche den Titel auch nicht. Ich meine, wie wird man ein Hacker, da kommt nicht eines Tages einer mit einer Ernennungsurkunde und sagt: Herzlichen Glückwunsch, jetzt dürfen Sie Behördendaten anzapfen.
Haben Sie denn Behördendaten angezapft?
Ach, wissen Sie, das ist schon so lange her –
Wenn's verjährt ist, können Sie es uns ja sagen.
Nein, ich sag Ihnen was anderes: Hacker zu sein bedeutet nicht, die Zeit bis zum Abi vor dem Computer totzuschlagen, weil man keinen Sex abkriegt. Klar, man braucht ziemlich viel technisches Wissen, das muss man sich irgendwie aneignen, aber das läuft nebenher. Nein, der Witz am Hackersein ist, irgendwohin zu kommen, wo sonst niemand hinkommt. Schranken überwinden. Adressen ermitteln. Passwörter knacken. Im Prinzip be-

deutet Hackersein nichts als: Passwörter knacken. Das geht nicht immer mit technischen Hilfsmitteln. Passwörter sind persönlich. Um die rauszukriegen, und um überhaupt zur Passworteingabe vorzudringen, brauchen Sie Wissen über die Leute, die am anderen Ende der Leitung sitzen. Sie brauchen deren Namen, Arbeitsplätze, Telefonnummern, Familienmitglieder und so weiter. Sie müssen dort anrufen als Meinungsforscher und dort vorbeigehen als Klempner. Sie müssen raus in die Büros und Amtsstuben und sich unauffällig die Schreibtische ansehen. Das ist nichts für Typen, die sich nicht aus dem Haus trauen. Und es ist auf jeden Fall viel mehr Detektivarbeit und viel weniger Technik, als man sich so vorstellt.

Eins

17.04 Uhr, schon über eine halbe Stunde nach Feierabend

Wann kam Steenbergen? Ab und zu waren Schritte zu hören, doch stets entfernten sie sich wieder. Spatzen flogen durch das Parkhaus. Das Warten war zermürbend. Kleine Unwägbarkeiten des Plans wuchsen zu riesigen Problemen heran. Der heikelste Punkt war: Steenbergen würde Gelegenheit haben zu betteln. Den Mund zukleben würde nicht helfen, denn Steenbergen musste fahren. Er musste die Hände frei haben. Folglich würde er den Knebel entfernen, sobald er begriff, was auf dem Spiel stand. Dann würde er managermäßig penetrant ein Gespräch suchen, und er würde um sein Leben reden. Er würde logisch sein, gemein, anrührend. Er würde seine Tochter ins Spiel bringen. Da wäre es besser, wenn man ihm von vorneherein das Maul stopfte. Doch mit einem Klebstreifen über dem Mund würde Steenbergen eher begreifen. Und wenn er begriff, würde er kämpfen. Er würde vielleicht auch Sachen mit dem Auto machen. Einen Unfall bauen. Das musste man verhindern.

17.28 Uhr

Die Spatzen starben jetzt auch aus. Wobei hier im Zooparkhaus eine letzte große Kolonie überlebt hatte. Sie tschilpten und flatterten durch die schäbigen Schlingpflanzen, die das hässliche Betonskelett umwucherten, und waren nicht wenige. Vielleicht stimmte das ja gar nicht mit dem Spatzensterben. Wer wusste schon, wer hatte wirklich verfolgt, wie viele Spatzen vorher da gewesen waren? Und vor was? Vor der Gründung von Greenpeace?

17.35 Uhr

In dem Sonnenfleck vor der Betonstütze hüpften drei muntere, gesunde Spatzen, ganz zutraulich, ganz nah. Steenbergen hingegen kam nicht. Vermutlich stapfte er händeschüttelnd durch den Betrieb, um sich bei allen verbliebenen Mitarbeitern zu verabschieden, Gutmenschen wie er taten das. Hallo, ich bin dein persönlicher Umweltschutzmanager, jetzt sei mal eben stolz darauf, dass wir heute für die ENERGIE Überstunden machen, denn hier bei uns gibt es immerhin die *Gelegenheit*, das Richtige zu tun.

Tja.

Für die ENERGIE arbeiten, das war nicht der Punkt. Sich Umweltschützer schimpfen war schon verlogener, denn welcher Mensch konnte bestreiten, dass die Erde ohne ihn ganz einfach besser dran wäre? Aber für die ENERGIE als Umweltschutzmanager arbeiten, das grenzte an –

Schritte.

Ledersohlen.

Steenbergen.

Etwa eine Minute später

Steenbergen war nicht allein. Er verabschiedete sich wortreich von einer Kollegin, Verena Frenzky aus dem Technical Support, küsste sie auf beide Wangen und schaute ihr nach, als sie ging. Glücklicherweise musste die blöde Frenzky auf ein anderes Deck. Sie lief auf ihren hohen Sommerschuhen durch die Lichtflecken zum Treppenhaus und drehte sich an der Tür noch mal um, zum Winken, du ahnst es nicht. Da hatte sie sich aber einen Veteranen ausgesucht, der olle Steenbergen, der war doch sexuell längst nicht mehr aktiv. Und würde es auch nicht mehr werden. Zu spät, um ihn aufzutauen. Die Ex würde nicht um das Haus und das Auto und die Lebensversicherung streiten müssen. Man würde traurig sein, aber nicht verbittert. Global gesehen war es besser so.

Wieder ein, zwei Minuten später

Als die Tür zum Fond geöffnet wurde, blickte Steenbergen sich vom Vordersitz aus überrascht um. Man befand sich in einem silbergrauen Phaeton mit zusätzlichem Elektroantrieb und Hybridtechnologie. Stand jedenfalls hinten drauf, genauso wie das Firmenlogo ENERGIE.

»Schade, gell, dass ich nicht Frau Frenzky bin?«

Steenbergen hatte sich schon angeschnallt und saß nun unbequem nach hinten verdreht. »Ich kenne Sie«, sagte er unwillkürlich, und viel schärfer: »Hey – Sie haben hier nichts verloren! Verlassen Sie meinen Wagen!« Verärgert schnallte er sich ab und machte Anstalten, erst mal selbst auszusteigen.

»Schön sitzen bleiben.«

»Sie –« Steenbergen blickte wieder nach hinten und erstarrte. Dann sagte er fast ungläubig: »Was wollen Sie mit der Pistole?«

»Es ist ein Revolver.« Eigentlich war es nur ein Feuerzeug, das einem Revolver täuschend ähnlich sah, einen spannbaren Hahn besaß und auch schwer in der Hand lag, ein fieses kleines Spielzeug. Eine echte Waffe hatte nicht zur Verfügung gestanden. Und wäre auch zu gefährlich gewesen.

»Sie arbeiten für uns.« Steenbergen hatte sich rasch gefasst und klang nun sehr streng. »Hier im Haus an der Flora. Ich kenne Sie. Sie sind ein Datenschützer, IT-Abteilung, nein … Sie gehören zu Human Resources. Sie heißen –«

Es fiel ihm nicht ein. Das war eine Überraschung. Denn das bedeutete, dass er noch nichts wusste. Wenn er schon etwas gewusst hätte, dann hätte er den Namen sofort parat gehabt. Aber jetzt war es zu spät, jetzt war die Waffe ausgepackt, und ob Steenbergen es heute schon wusste oder erst morgen erfahren hätte, war im Prinzip auch egal. Es war sogar besser. Denn nun ahnte Steenbergen nicht, weshalb er entführt wurde.

»Müller.«

»Nein, so heißen Sie nicht.«

»So dürfen Sie mich nennen, und jetzt möchte ich Ihr Handy haben.«

Steenbergen zögerte. Dr. sc. soc. Dr. rer. nat. Steenbergen, eigentlich. Er war ein Vorstandsmanager. Sich einem kleinen namenlosen Müller aus der Personalabteilung unterzuordnen, fiel ihm sichtlich schwer. Müller musste ihm dabei helfen. Er schloss die Tür des Fonds, beugte sich vor und presste Steenbergen die Mündung der Waffe ans Jackett. »Mit diesem Revolver hab ich eben meine Frau erschossen«, flüsterte er heiser in Steenbergens rechtes Ohr. »Ich hab nichts mehr zu verlieren, verstanden?«

Steenbergen nickte stumm.

»Handy.«

Steenbergen griff in die Brusttasche seines Anzugs.

»Langsam, keine Spiele.«

Steenbergen reichte Müller sein Smartphone, langsam und ohne Spiele.

Die Idee mit der ermordeten Frau war genial, denn nun würde Steenbergen es tunlichst vermeiden, von seiner eigenen Familie zu reden. Es würde ihn auch von anderen Dummheiten abhalten.

»Ich sag Ihnen jetzt was. Sie sind mir völlig egal. Ich tu Ihnen nichts, wenn Sie nicht nerven.«

Steenbergen nickte, nicht direkt erleichtert, aber doch wieder wie ein Mann mit einer Perspektive.

»Ich will nur aus Köln raus, verstanden? Sie fahren mich, ich sage, wohin. Wenn wir auffallen, sind Sie tot wie die alte Schlampe. Wenn nicht, lasse ich Sie noch heute Abend frei.«

Steenbergen nickte wieder.

»Denken Sie an Ihre Familie.« Müller schaltete das Smartphone aus und steckte es ein. »Und jetzt los.«

19.11 Uhr

Das Besondere am Tod – auch einem fremden – war das Gewicht, das jede Handlung und jeder Satz in seiner Nähe annahmen. »Rosebud«, »Mehr Licht!«, »Es ist vollbracht«, das waren unsterbliche Worte, die ihr Geheimnis doch bloß aus der Situation zogen, in der sie gesagt worden waren. Es war fast eine Kunstform. Bring den Tod ins Spiel, und die Äußerungen aller Beteiligten wachsen ins Monumentale, wirken wie vor Publikum gesprochen. Glücklicherweise wusste Steenbergen nichts von seinem bevorstehenden Ableben, sonst hätte er sicher Schnörkel angebracht. Er wäre kitschig geworden. Er hätte Worte gebraucht wie: Liebe, Vergeltung. Mord. Da war es weit besser, er konzentrierte sich aufs Fahren und sagte nur ab und zu: »Hier jetzt rechts?« oder: »Wenn wir da vorn geradeaus wollen, muss ich aber die Spur wechseln.«

Und war das nicht ein wunderbarer letzter Satz: Wenn wir geradeaus wollen, muss ich die Spur wechseln? War das nicht rätselhaft, uneindeutig, bedeutungsvoll – gut?

»Ja, wechseln wir die Spur«, sagte Müller.

19.30 Uhr

Sie waren am Ziel: Eine kleine Waldlichtung an der L46 bei Daun, leicht mit dem Wagen zu erreichen, aber einsam und gut versteckt. Müllers eigenes Auto stand da, halb verborgen im Gebüsch.

»Ach so, Sie sind der Typ mit dem Alfa«, entfuhr es Steenbergen, und Misstrauen schlich sich in seinen Ton. Nicht, dass er vorher vertrauensselig gewesen wäre, doch während der Fahrt hatte er die Ruhe bewahrt und versucht, möglichst unpersönlich zu bleiben. Weil er an die Geschichte mit der toten Frau glaubte. Doch ein vorbereitetes Fluchtauto passte nicht dazu. Das war nicht spontan, das war kein Affekt, da steckte mehr dahinter. Nun musste es ganz schnell gehen.

»Jetzt weiß ich es wieder, Sie sind der ehemalige Hacker, und Sie heißen –«

»Maul«, unterbrach Müller und hob den Revolver. »Aussteigen.«

Sie stiegen beide aus und standen einander in dem abendlichen Sommerwald gegenüber. Steenbergens Augen blickten klug und unstet, er war ein schneller Denker, das hatte Müller schon beim Autofahren bemerkt. »Ich brauche einen Vorsprung«, erklärte er, den Revolver fest im Griff, und wies mit dem Kinn auf seinen schwarzen Alfa. »Deswegen fesseln wir Sie jetzt, und ich lasse Sie hier in Ihrem Auto und fahre mit meinem weiter.« Er warf Steenbergen mit der Linken eine Rolle festes, dickes Klebeband zu. »Erst über den Mund.«

»Das kann ich nicht reißen«, sagte Steenbergen. Er drehte die Rolle Klebeband zwischen den Händen. Es wirkte spöttisch.

»Ist schon geschnitten«, sagte Müller scharf und merkte, wie er plötzlich nervös wurde. Ans Klebeband hatte er gedacht, er hatte es geschnitten und wieder aufgewickelt, damit er nicht gleichzeitig mit Revolver und Messer hantieren musste, das war nicht das Problem. Das Problem waren Steenbergens intelligente Augen, die ihn verstohlen musterten, die den direkten Blickkontakt verweigerten, weil Steenbergen nachdachte und auf der rechten Spur war.

Müller hob den Revolver: »Los! Mund!«

Steenbergen riss Klebeband ab, und natürlich waren geschnittene und wieder aufgewickelte Klebstreifen noch weit seltsamer als ein wartendes Auto. Steenbergens Bewegungen wurden langsamer und angespannter, als ob er alles gleich hinwerfen und fliehen würde, und das wäre natürlich eine Katastrophe, denn dann musste Müller ihn einholen und das Messer benutzen. »Na los!«, wiederholte er drängend. Steenbergen blickte ihm plötzlich direkt in die Augen. Müller schob sein Kinn vor, spannte den Hahn des Revolvers und starrte entschlossen zurück. Sein Vorteil war klein, nur weil Steenbergen noch immer nicht richtig begriff, befolgte er die Befehle. Widerstrebend klebte er sich den Mund zu. Anschließend waren die Füße dran. Die Hände übernahm Müller und umwickelte sie auf dem Rücken mit Klebeband. Dann verdoppelte er die Fesseln mit noch mehr Tape. Und schließlich sagte er: »Sie müssen sich in den Fußraum vor die Rücksitze legen.«

Steenbergen schüttelte den Kopf, in seinen Augen standen nun Trotz und Panik, doch er war zu ausgeliefert, um noch eine Chance zu haben.

»Passen Sie auf«, sagte Müller versöhnlich. »Da hinten im Fußraum gibt es jede Menge Metallschienen und so 'n Zeug, Sie werden das Tape spätestens morgen früh durchhaben. Sie werden mir dankbar sein, dass ich Sie in den Fußraum gelegt habe, denn da geht es schneller. Ich mach Ihnen sogar noch eine Decke drunter. Und ich hab meinen Vorsprung, okay?«

Steenbergen wollte nicht. Müller musste ihn erst mit dem Revolver anschubsen. Da fügte der Manager sich, hoppelte zur hinteren Tür und quetschte sich mit viel Mühe auf den Boden, den Müller zuvor mit einem Malervlies ausgekleidet hatte. Ein Malervlies mit Plastikbeschichtung auf der Rückseite, doch das weckte in Steenbergen keinen sichtbaren Argwohn mehr. Schließlich lag er genau so, wie er sollte, und Müller atmete auf. Der Rest war ein Kinderspiel. Er holte die Flasche mit Schutzgas aus seinem Alfa, öffnete ihr Ventil, legte sie in den Fußraum neben den Beifahrersitz des Phaetons und schloss die Türen von außen. Steenbergen begann ordentlich zu zappeln, aber er war auch ordentlich zusammengeklebt.

20.02 Uhr
Steenbergen bewegte sich nicht mehr.

* * *

»Richard«, sagte der Anwalt hinter dem Mahagonischreibtisch, und es klang wie: Mein hoch verehrtes gnädiges Fräulein.

»Ja«, knurrte Richard, er war über zwei Meter groß, hatte einen schon recht kahlen Schädel, saß absichtlich etwas gebückt und trug seine ältesten Jeans. Doch trotz aller Abwehrmaßnahmen fühlte er sich bedrängt und verlegen. Und ärgerlich: Hatte er es nicht gewusst? War es nicht jedes Mal dasselbe? Das abendlich leere Büro. Das gedämpfte Licht. Der fehlende Freund. »Dr. Steenbergen wollte diesmal wirklich kommen, aber wie's aussieht, werden wir wieder auf ihn verzichten müssen.« Die Verabschiedung der Sekretärin, die tatsächlich bis acht Uhr abends blieb. »Ah – der Schnapswagen, danke, Valeska. Moment mal, das kann doch nicht wahr sein, der Banyuls ist schon wieder alle?«

»Ich fürchte, ja, Herr Welsch.« Die Antwort richtete sich zu einem Gutteil an Richard, wie überhaupt die ganze kleine Szene, und sie erinnerte mit Nachdruck daran, dass man sich hier in einer der letzten schönen Villen am Adenauer-Ufer befand. Mein Chef ist reich, mächtig *und* sympathisch, war Valeskas Botschaft. Ein toller Mann. Der Chef selbst setzte ein kesses Lächeln dazu auf. Plötzlich sah er viel jünger aus, und nicht nur um die Augen. Der ganze Welsch-Ruinart mitsamt Seidenhemd und Maßanzug und der schmalen goldenen Uhr am Handgelenk strahlte wie ein mutwilliger kleiner Junge. Man meinte sogar, Sommersprossen auf seiner Nase zu erkennen. Dabei war er mindestens fünfzig und färbte sich vermutlich die Haare. Und vielleicht, dachte Richard, lag da auch das ganze Geheimnis: Haartönung. Oder der Typ hatte oben auf dem Speicher ein Porträt stehen wie Dorian Gray. Nun erschienen noch zwei winzige Grübchen in seinen Wangen. Grübchen, die Richard bei jeder Frau hinreißend gefunden hätte.

»Na, dann bleibt uns nichts anderes übrig, als die Reserve anzubrechen«, sagte der Besitzer der Grübchen wohlgemut. »Valeska, wenn ich bitten dürfte, den *grand cru*, Sie wissen schon, den für besondere Gelegenheiten, haben Sie vielen Dank.«

Valeska verschwand, brachte wenig später eine verstaubte Flasche und verabschiedete sich diskret. Als sie fort war, füllte Welsch-Ruinart selbst die Gläser, und Richard nippte widerwillig an seinem Banyuls *grand cru*. Er mochte keine Dessertweine, aber er hatte es nie geschafft, etwas von dem Whiskey zu kriegen, der ihn von der mobilen Bar her golden anfunkelte. Andererseits: Zum Whiskey wollte Richard letztlich gar nicht kommen. Er tat dies hier um des Geldes willen. Also blieb er beim Hauswein. Und lauschte Herrn Welsch-Ruinart. Welsch für die Klientschaft. Und Peter für ihn.

»Ich habe Schliemann gelesen«, sagte Peter in vertraulichem Ton und stellte sein Glas auf den rot schimmernden Schreibtisch.

Dessen Holz, überlegte Richard, war sicher illegal geschlagen, welches Mahagoni wäre das nicht? »Schliemann«, wiederholte er.

»Wie Sie empfohlen haben«, sagte Peter.

Niemals, dachte Richard. Ich? *Schliemann?*

»Die Aufzeichnungen über die Ausgrabung von Troja.«

»Schliemann war ein Visionär«, antwortete Richard höflich. So weit kam es noch, dass er Schliemann empfahl. Schliemann hatte Troja entdeckt, ohne zuvor einen Historiker um Erlaubnis zu fragen, daher ignorierten Historiker ihn ebenfalls. Außerdem: Wer Schliemann las, glaubte am Ende auch an UFOs. Oder an

Atlantis. Richard bückte sich und kramte in der Jutetasche, die er neben seinem Sessel auf dem Perserteppich abgestellt hatte.

»Sie wissen schon, die eulenköpfige Vase. Sie sagten, ich sollte mich absichern. Die Quellen prüfen. In der Chronologie zurückgehen.«

»Und da sind Sie gleich bis zu den Anfängen der Zivilisation gegangen«, murmelte Richard.

»Den Anfängen der Archäologie«, verbesserte Peter und begann eine Zusammenfassung des Schliemann'schen Grabungsberichts von Troja. Inzwischen nahm Richard sein Paket aus der Tasche. Er wusste genau, was er gesagt hatte: Vergessen Sie die eulenköpfige Vase, das hatte er gesagt. Die such ich nicht. Er war ja wirklich ein Ass in seinem Fach, und er war auch bereit, einiges fürs Geld zu tun, doch ein Artefakt mit eingebautem Wegweiser nach Atlantis konnte selbst er nicht finden. Dieses Ding existierte nur in der Vorstellung einiger Spinner, und Richard würde den Teufel tun und öffentlich danach fahnden. Wenn er seine Kontakte missbrauchte, um einem Phantom nachzujagen, würde ihn bald überhaupt niemand mehr ernst nehmen. Leider aber wollte sein treuester Kunde durchaus Indiana Jones spielen: »... die drei Papyri befinden sich dem Bericht zufolge in den Kellern der Eremitage von St. Petersburg. Wenn wir *die* Schriften finden würden, wäre das eine Sensation. Erstens wäre Platos Atlantis-Bericht nach Jahrtausenden endlich bestätigt, und zweitens enthalten sie mit Sicherheit auch wertvolle Hinweise auf die Vase.«

»Die Vase ist Blödsinn«, sagte Richard.

Eine Pause trat ein.

Mist, dachte Richard sofort reuig, oh Mist, das war mein letzter zahlungsfähiger Kunde.

Die Pause wurde unangenehm. Richard fiel nichts ein, was die Situation retten konnte, die Vase war tatsächlich Blödsinn, das hätte er nicht so direkt sagen müssen, aber zurücknehmen konnte er es auf keinen Fall.

»Tja«, sagte Peter schließlich trocken, »dürfte ich trotzdem mal sehen, was Sie mir mitgebracht haben – vielleicht?«

»Oh«, sagte Richard, »natürlich. Sofort. Klar.« Hastig entfernte er das Klebeband von seinem Päckchen und öffnete es. Zerknülltes Zeitungspapier quoll hervor. »Bisschen viel Verpackung«, sagte er verlegen und entfernte eilig die obersten Lagen. »Ich habe es nur vor Stößen schützen wollen, immerhin ist es viereinhalbtausend Jahre alt ...« Er brach ab und reichte Peter das offene Paket über den Tisch.

»Von Schliemann?«, fragte der und hob vorsichtig ein kleines, unregelmäßig geformtes Terrakottagefäß aus dem Papier.

»Aus Troja. Schicht VI, also aus der wahrscheinlichsten Zeit für den Krieg. Mit dem charakteristischen Eulenschnabel am Rand. Schliemann hat Dutzende davon ausgegraben.«

»Gut, aber hat Schliemann *dieses Stück* geborgen?« In Peters Augen funkelte plötzlich so etwas wie Mutwille. Es sah fast aus, als ob er innerlich lachte.

Richard holte tief Luft und sagte: »Ja.« Natürlich war »ja« keine ernsthafte wissenschaftliche Aussage. »Ja« konnte ein Historiker nicht mal vorbehaltlos auf die Frage antworten, ob das Troja Homers wirklich existiert hatte, vom Troja Schliemanns ganz zu schweigen. Andererseits ging es hier ums Geldverdienen. Und Peter war, wie es schien, zufrieden. Mit einem leisen Lächeln um die Lippen begutachtete er seinen neuen Schatz. Dann füllte er die Gläser nach, und Richard atmete auf: Glück gehabt, er musste das Eulendings nicht wieder mitnehmen. Dies war ihr Ritual. Peter packte aus, dann tranken sie, und damit war der Handel besiegelt. Viel eifriger als sonst hob Richard sein Glas. Haargenau gleichzeitig mit Peter. Dabei begegnete er dessen Blick. Und verschluckte sich.

Herrgott, dachte er hustend, beim nächsten Auftrag muss ich diesem Mann klipp und klar sagen, dass ich hetero bin.

»Zerbrich die eulenköpfige Vase«, sagte Peter rau.

»Hören Sie –«, begann Richard.

»Sie soll ja aus Bronze sein.«

Richard stellte das Weinglas ab und tastete nach seiner Tasche. »Ich hab heute noch viel zu tun.«

»Ich frage mich, wie man Bronze zerbrechen kann.«

Es war unklug, darauf zu antworten, aber das musste gesagt werden: »Gar nicht.« Jahrtausendealte Bronzevasen, so sie denn existierten und man ihrer habhaft wurde, zerbrach man nicht. Man setzte sie höchstens zusammen.

»Ton wäre natürlich ein viel praktischeres Medium.« Nachdenklich betrachtete Peter sein neu erworbenes Terrakottagefäß. Es würde ihn achttausend Euro kosten. Plus Steuer und Spesen. »Die Metallplakette, die wir suchen, ließe sich weit einfacher in Ton verstecken. Ich frage mich ja, ob das Metallstück mit dem Wegweiser nicht auch in *so* ein Artefakt eingebettet worden sein könnte.«

Richard erhob sich. Weg hier, dachte er, nur raus. Auf keinen Fall wollte er weiter verantwortlich sein für das Schicksal dieses armen kleinen Topfs. Er war nicht sehr bemerkenswert, aber es hatte ihn Mühe gekostet, ihn zu finden, und so ganz nebenbei war er auch noch unversehrt durch einen mythischen Krieg und mehrere Jahrtausende bis hierher auf diesen eitlen Mahagonitisch gekommen. Wenn sein durchgeknallter Besitzer nun beschloss, ihn zu zerstören, dann wollte er, Richard Romanoff, Privatgelehrter, Historiker und Spezialist für die Beschaffung seltener Artefakte, nicht dabei sein. Eilig bückte er sich nach seiner Tasche. »Ein Tipp von mir, ich würde davor einen Metalldetektor benutzen.«

»Oh. Gute Idee.« Peter lächelte. »Was ja interessant ist«, sagte er sanft, »ist, dass Schliemann irgendwann seine Meinung über diese Schnabelgesichter änderte.«

»Ach ja?«

»Zuerst hat er sie nur für kultische Eulendarstellungen gehalten. Nachdem er aber Dutzende solcher Funde gemacht hatte, konnte er an die bloße Eule nicht mehr glauben.« Peter zog die kleine Terrakottavase zu sich heran und berührte mit dem linken Zeigefinger sacht ihren Bauch, auf dem sich eine Art Nabel befand. »Die schiere Menge der Artefakte machte ihm klar, dass es etwas weit – Elementareres sein musste.« Er sah auf.

Und da wünschte Richard fast, er hätte Schliemann doch gelesen. Dieser helle Blick! Unwillkürlich stolperte er rückwärts.

Dann trat er sofort verärgert näher, um das grob getöpferte Gefäß gründlicher in Augenschein zu nehmen. Zum ersten Mal sah er es mit so etwas wie ungeduldigem Interesse. Troja, das war nicht sein Gebiet, eine Siedlung aus einer Zeit, in der die Schrift gerade erst erfunden wurde, mit unsicherer Quellenlage, unsicherer Lage überhaupt, politisch, geografisch, wissenschaftlich, in jeder Hinsicht, ein auferstandener Mythos, lästig für jeden Mann der Wissenschaft. Und dieses Gefäß mit den Brauenwülsten und dem Schnabel am Rand war ein Teil davon. Was sollte es darstellen, wenn nicht die allfällige Eule?

Richard konzentrierte sich. »Es ist eine Frau«, sagte er schließlich. Natürlich: Unter dem herben Gesicht befanden sich zwei winzige Erhebungen, die eigentlich nur Brustwarzen darstellen konnten. Und was zuvor wie ein riesiger Bauchnabel ausgesehen hatte, musste in Wahrheit eine Klitoris sein. Überrascht schaute er Peter an. Eine Frau. Ein Fruchtbarkeitszauber.

Peter erwiderte sein winziges Lächeln sehr freundlich. Und sagte: »Wir wollen die Bronzevase. Den Wegweiser. Der bringt uns nach Atlantis!«

Herrgott, dachte Richard. Lass mir doch einen Rest Würde. Sprich es wenigstens nicht direkt aus. »Dann viel Glück.«

»*Sie* können die richtige Vase finden!«

Richard schüttelte den Kopf.

»Ich weiß es.« Peter hielt das kleine Gefäß hoch. »Dr. Steenbergen wird schon hiervon begeistert sein.«

»Gut.«

»Bitte!«

Richard wand sich und versuchte, diesem offenen, verbindlichen, beschwörenden Blick zu entkommen. »Na schön, demnächst muss ich sowieso nach Berlin, da schaue ich noch mal bei diesem Sammler vorbei, ich weiß, dass der noch ein, zwei von diesen – Dingern hat, aber versprechen kann ich rein gar nichts.«

»Danke«, sagte Peter. Eigentlich war sein Gesicht eine glatte Herausforderung, unschuldig, aufrichtig, dankbar.

Doch Richard nahm sie nicht an. Er würde nichts weiter sagen und nichts weiter tun. Er zog nur einen leicht zerdrückten Briefumschlag aus seiner Hosentasche. »Meine Rechnung.«

»Kommen Sie heute in einem Monat«, rief Peter ihm nach, als er ging.

* * *

22.00 Uhr

Es war fast dunkel. Nun musste er es wagen, die Autotüren zu öffnen. Und? Ja. Er hatte es geschafft. Steenbergen war äußerlich unverletzt und tot.

22.11 Uhr

Steenbergens Arme mussten nach vorn. Wer wusste schließlich, wie lange das hier noch dauern würde, und wenn die Starre einsetzte, durften die Arme nicht auf dem Rücken sein. Es war auch eine gute Übung: lernen, mit der Leiche umzugehen. Sie roch. Steenbergen hatte einen starken Körpergeruch. Seine Haare klebten verschwitzt am Kopf, die Augen waren geschlossen, Steenbergens Blase hatte sich entleert, das roch man auch. Müller kämpfte mit dem Klebeband. Vorn auf der Straße hielt ein Auto, die Scheinwerfer suchten die Lichtung ab. In einer absolut unwillkürlichen Bewegung knallte Müller die Autotür zu und duckte sich hinter den Phaeton. Trotzdem: Der Besitzer dieser verdammten Scheinwerfer musste gesehen haben, dass er da war. Sein Herz klopfte in mächtigen Schlägen, er spürte es bis in die Zehenspitzen. Da setzte das Auto zurück und fuhr davon. Vermutlich noch jemand, der die Einsamkeit suchte. Müller sank auf den Waldboden und tat fünf Minuten lang gar nichts.

22.40 Uhr

Steenbergens Hände waren nun frei, er lag gut zugedeckt in seinem Phaeton. Müller hingegen kurvte im Alfa langsam am Parkplatz vor dem Totenmaar vorbei. Die Nacht war klar, daher sah man ganz gut. Und Müller sah: nichts. Kein Auto, kein Spaziergänger, niemand. Er wendete auf einem Waldweg und fuhr langsam zurück: Die Luft war rein. Der Teil, der nun kam, war riskant. Ob er es jetzt gleich wagen sollte?

22.43 Uhr

Das Wasser des Totenmaars lag schwarz in der Nacht, ringsumher erhob sich der bewaldete Krater wie ein großes Theaterrund. Darüber leuchteten viele Sterne. Alles war ruhig, sogar die Kühe auf der Weide unten am See hatten sich in ihre Senke gelegt und dösten. Gut so. Und jetzt musste er ran, je eher, desto besser. Die Todeszeiten mussten zumindest grob zusammenpassen. Müller zog ein Paar neue Gummistiefel an, die hatte er mitgenommen. Immer noch niemand. Keine Scheinwerfer, kein knirschender Splitt, kein Liebespaar, nichts. Müller öffnete vorsichtig die Tür seines Wagens. Lautes Grillengezirp und warme Luft drangen herein. Er war ganz allein. Trotzdem wollte er schnell sein.

Vielleicht fünf Minuten später

Der Weidezaun war mit Stacheldraht verstärkt, das hatte er gewusst, aber unangenehm war es trotzdem. Denn natürlich durfte er nicht hängen bleiben. Irgendwie schaffte er es schließlich, sich mit seiner tragbaren Kühltruhe über den Zaun zu wurschteln. Dann schlich er auf die Kühe zu. Sie waren groß, rochen gut und waren furchterregend lebendig, selbst wenn sie lagen und schliefen. Eigentlich schliefen sie auch gar nicht, sie dösten nur. Eine, die hinterste von vier, hob den Kopf und schnaufte, als er näher kam. Müller wäre furchtbar gern weggerannt. Diese Tiere waren viel, viel stärker als er. Sie mussten doch spüren, was für Absichten er hegte! Doch sie lagen nur träge an ihrem Platz. Müller bewegte sich vorsichtig. Ganz nah ran musste er. So. Nun öffnete er stumm seine Kühltruhe und legte der nächsten Kuh, einer hübschen Braunen mit leicht vorstehenden Hüftknochen, ein großes Stück dampfendes Trockeneis vor die Nase. Und das Wunder geschah: Die Braune zuckte nur leicht mit den Ohren und blieb liegen. Ihre unruhige Kollegin hingegen richtete sich umständlich auf. Die beiden anderen hoben ihre Köpfe. Müller verteilte, jetzt fast panisch vor Nervosität, Trockeneisstücke ringsum. Dann brauchte er seine ganze Willenskraft, um nicht überstürzt zum Zaun zu rennen. Er zwang sich zu gemessenen Schritten und horchte ängstlich auf das laute Atmen in seinem Rücken. Angespannt wurschelte er sich wieder über den Stacheldraht. Und blickte erst zu den Kühen zurück, als er die Kühlbox in seinem Kofferraum verstaut hatte. Da sah er ein merkwürdiges, surreales Bild: eine Senke, gefüllt mit dichtem, waberndem Bodennebel, der ein paar große Körper umschloss. Und dahinter eine Kuh, die für einen kurzen Moment wirkte, als habe sie diesen Nebelsee ausgeschnaubt. Dann trollte sie sich und suchte sich einen weniger gefährlichen Schlafplatz. Die anderen drei jedoch blieben liegen.

23.30 Uhr

Niemand war auf diesen Parkplatz gekommen, obwohl er weit exponierter lag als der mit Steenbergens Leiche. Nur auf der Straße zum Totenmaar fuhr ab und zu ein einsames Auto vorbei, von deren Fahrern konnte er aber nicht gesehen werden, der Alfa stand zu versteckt. Jetzt kam der schwierigste Teil. Müller stieg aus seinem Wagen, die Nachtluft hatte sich merklich abgekühlt, der Himmel war bezogen. Es war finsterer und stiller als zuvor. Das Wasser lag wie eine große, glatte Falle zwischen den Bäumen. Sicher gab es viele schaurige alte Legenden um das Maar, die Müller zum Glück nicht kannte. Unheimlich war ihm trotzdem zumute. Schließlich schuf er soeben eine neue.

23.33 Uhr

Von weitem konnte man nicht erkennen, ob die Kühe sich regten, es war schon zu dunkel. Immerhin lagen sie aber in der Senke, und Nebel schien dort auch noch zu stehen. Noch einmal stieg Müller über den verflixten Zaun, wie gern hätte er den blöden Draht einfach durchgezwickt! So. Drüber. Die Kühe blieben ruhig. Er stapfte auf sie zu, mit Schleichen hielt er sich nicht mehr auf. Wenn er sie jetzt noch erschrecken konnte, funktionierte sein Plan sowieso nicht. Die drei Körper lagen reglos in der Senke. Müller berührte die Braune an der Stirn, sie fühlte sich weich an und warm. Sie war hübsch. Und sie schlief fest. Ihr Atem ging leicht, ein wenig Sabber rann ihr aus dem Maul. Jetzt sollte er testen, ob sie wirklich bewusstlos war. Nach kurzem Überlegen und mit größter innerer Anspannung setzte Müller sich auf ihren Nacken. Sie zuckte, sonst nichts. Na schön. Er fasste ihr Maul an. Sie rührte sich nicht. Da nahm er die drei ineinandergezogenen großen Plastiksäcke mit dem Stück Trockeneis darin. Und schaffte es irgendwie mit viel Drücken und Ziehen und Glück, die Säcke über den warmen Kuhkopf zu bekommen. Endlich zog er an dem Zugband des obersten Sacks. Danach richtete er sich auf und blickte zum Maar. Er war nassgeschwitzt.

0.07 Uhr

Wieder im Auto. Jetzt ein Bier! Aber nein, die Arbeit war noch lange nicht zu Ende. Doch erst einmal galt es zu warten.

0.45 Uhr

Jetzt sollte auch die Braune tot sein. Ein letztes Mal stieg Müller über den Zaun zu den Kühen. Er entfernte die Tüten vom Kopf der Braunen, sie setzte ihm keinen Widerstand entgegen. Die beiden anderen Rindviecher neben ihr gaben ebenfalls nicht den kleinsten Mucks von sich, und die vierte Kuh war nicht zu sehen. Nun noch die Spuren verwischen, zum Glück wuchs Gras auf der Weide. Müller scharrte ein wenig mit seinen Gummistiefeln auf dem Boden und benutzte sogar eine Taschenlampe. Keine Spuren. Er leuchtete um die Kühe herum, er verfolgte seinen Weg zum Zaun zurück. Nichts. Dann konnte er endlich Steenbergen holen.

1.30 Uhr

Steenbergens Elektroauto sprang ein bisschen anders an, aber das war kein Problem. Die Fahrt zum Totenmaar dauerte nur knapp zehn Minuten. Schwierig war es allerdings, Steenbergen aus dem hinteren Fußraum rauszukriegen, daran wäre Müller fast verzweifelt. Er trug jetzt einen weißen Overall, wie man ihn für den Aufenthalt in Reinräumen benutzte, und obwohl das Ding sehr dünn war, schwitzte Müller darunter wie blöd, das Schwitzen auf der Weide bei den Kühen war nichts dagegen gewesen. Steenbergen lag wie festgewachsen und ließ sich kaum bewegen, vermutlich hatte die Totenstarre schon eingesetzt, klar, nach gut sechs Stunden. Müller hatte gehofft, diese blöde Starre würde noch ein wenig warten, aber man konnte nicht alles haben. Immerhin hatte er an die Arme gedacht. Und da er Steenbergen rauskriegen musste, kriegte er ihn schließlich auch raus. Dann schleppte er ihn zu der Bank, die direkt an der Weide ganz in der Nähe der Schlafsenke der Kühe stand. Schließlich lag Steenbergen wirklich auf der Bank, mit angewinkelten Armen und Beinen, als ob er sich zum Schlafen dort hingelegt hätte. Sitzen wäre natürlich besser gewesen, aber das konnte man mit der totenstarren Leiche nicht machen, ohne ihre Gelenke zu brechen. Also musste Steenbergen liegen. Was aber im Tod auch keine ungewöhnliche Haltung war.

2.41 Uhr

Nur noch aufräumen. Er entfernte alles Verräterische aus Steenbergens Auto, er saugte mit einem kleinen Tischstaubsauger die Polster und Fußräume und Steenbergen ab, er steckte der Leiche Handy und Autoschlüssel ins Jackett, zog das Klebeband von ihrem toten Mund ab und behandelte alle Stellen, an denen das Tape geklebt hatte, mit Hautcreme, weil er gehört hatte, dass man damit verräterische Spuren entfernen konnte. Schließlich zog er den schrecklichen Overall aus und packte den ganzen Kram, den er gebraucht hatte, in seinen Rucksack. Er suchte nach weiteren Spuren – auf dem Schotter des Parkplatzes gab es ein paar Schleifspuren, die er mit der Fußspitze verwischte, ansonsten wies nichts mehr auf ihn hin. Dann machte er sich, endlich, in den schwitzigen Gummistiefeln und mit geschultertem Rucksack auf den Weg zu seinem eigenen Auto.

Sie haben einen Menschen getötet.
Das war nötig.
Die Entschuldigung hört man öfter.
Es war kein Familienvater mit fünf unterversorgten Kleinkindern, okay? Es war ein reicher Sack, der niemandem fehlt. Für mich war er eine echte Gefahr. Und sagen Sie selbst: Der ENERGIE-Manager mit CO_2 am Totenmaar – das ist doch abgefahren!
Sie spielen Cluedo?
Wie kommen Sie denn darauf?
Na, es hat sich so angehört: Der ENERGIE-Manager mit CO_2 am Totenmaar. Das ist Cluedo.
Hören Sie bloß auf. Der hätte kurzen Prozess mit uns gemacht. Und zufällig weiß ich von meiner, hm –
Komplizin?
Was soll denn *der* Ton? Ja, meinetwegen: Komplizin, wenn sie das nur wäre! In Wahrheit wollte sie alles auffliegen lassen, aber ich hab's ihr gezeigt. Ihr lieber Steenbergen ist tot – jetzt wird sie spuren!
Da Steenbergen tot ist, wird sie aber auch nicht mehr viel nützen.
Sie wird den Mund halten, das ist erst mal das Wichtigste. Mit Steenbergen als Chef konnte es eh nicht mehr lange gut gehen, um den hätte man sich sowieso bald kümmern müssen! Von allen Vorgesetzten, die ich bisher hatte, hat keiner, wirklich keiner wie Steenbergen nachts im Büro herumgehockt und bereits geprüfte Geschäftsvorgänge noch mal geprüft.
Sie rationalisieren.
Natürlich! Egal, wer da nachkommt – es kann nur besser werden. Außerdem will ich sowieso weg von diesen simplen Tarngeschäften. Das ist mir zu anspruchslos. Ich hab ganz andere Pläne.
Nein, ich meine, Sie rationalisieren Ihre Tat. Den Mord.
Also erstens mal ist das im Moment noch ein einfacher Todesfall, der sich, wie ich fest glaube, als ein Unglück

entpuppen wird, als Naturkatastrophe, als höhere Gewalt –
Mord.
Ah! Wissen Sie was: Es gibt sowieso zu viele von uns. Wir sind sieben Milliarden Menschen auf der Erde, und bald werden wir noch mal so viele sein! Wir werden uns kloppen um jeden Tropfen Öl, um jeden einzelnen Baum, um jeden Meter Land, und zwar noch in dieser Generation! Was macht es da, wenn die gehen, die sowieso niemand braucht?
Sie haben also ein ökologisches Motiv.
Eher ökonomisch, würde ich sagen. Ich glaube einfach nicht, dass es für alle reicht. Und ich will auch noch was von meinem Leben haben.
Wieso wenden Sie Ihre Überzeugungen nicht auf sich selbst an? Oder auf Ihre – Komplizin? Sind Sie nicht ebenso überflüssig wie Steenbergen es war?
Ach, lecken Sie mich doch am Arsch.

Zwei

Er hatte sich nie richtig verändert. Wenn Richard Romanoff, 42, freiberuflicher Historiker, sich in die Mitte seiner Wohnung stellte – also in die Küche –, dann konnte er mit einem Rundumblick die gesamte Misere betrachten: Er lebte in einer Studentenbude. Einer *dreckigen* Studentenbude. Er war der Freak, der in der WG-Wohnung hängen geblieben war, der Letzte von vielen. Noch heute zehrte er von den vergangenen Partys, den Dramen und Krächen, den selbstgebauten Möbeln, den Kinoplakaten. Niemals hatte er eigenes Geschirr gekauft. Und neben der Fensterbank am Esstisch hing nach wie vor der verblichene Spülplan, den die nervige Yvonne damals dorthin gepinnt hatte, damit ihn auch wirklich jeder sehen konnte. Yvonne war übrigens immer noch nervig. Wenn sie vorbeikam – das tat sie! –, konnte es passieren, dass sie Tassen mitnahm. Sie nagelte ihre High Heels in den Parkettboden, der schon vor zwanzig Jahren vernachlässigt gewesen war, zog ungeniert Schubladen auf und wunderte sich, wie klein alles war. Richard seinerseits fand Yvonne klein: Sie hatte ihr Studium abgebrochen und den Prof geheiratet. Oder umgekehrt. Auf jeden Fall war sie nun Mitglied der Unigemeinde und dekoratives Anhängsel des Fachgebietes, für das auch Richard arbeitete. Er hielt als freier Mitarbeiter die Vorlesungen über Karl den Großen, leider allerdings nicht etwa, weil man seine wissenschaftliche Kompetenz besonders schätzte, sondern weil der Chef des Fachgebiets selbst sich an den Ottonen festgefressen hatte und den großen Karl nur für ein lästiges Hindernis seiner Forschung hielt. Wobei der Prof in seiner Abneigung sogar heimlich mit der Illig-These sympathisierte. Die Studierenden kamen zuweilen völlig überdreht aus seinen Seminaren und zettelten dann bei Richard heiße Diskussionen darüber an, ob es Karl den Großen und die ganze Karolingerzeit überhaupt gegeben hatte. Eventuell war das aber auch nur eine kleine Rache dafür, dass der Prof jetzt die nervige Yvonne an der Backe hatte, die hatte er nämlich seinerzeit hier in der WG kennengelernt. Wie auch immer, auf jeden Fall hatte Richard außerdem die Übersetzungen aus dem Russischen und dann, mit etwas Glück, seine Aufträge. *Die* waren seine eigentliche Arbeit. Er besaß nämlich einen besonderen Riecher für bedeutsame Altertümer, und wenn er Glück hatte, wurde er von anerkannten Museen und Wissenschaftlern um Hilfe gebeten. So hatte er bereits mehrere seltene Papyri wiederentdeckt, außerdem eine anderthalb Meter hohe Sandsteinstatue des persischen Königs Solsol in der Rolle des Volkshelden Rostam und noch so einiges andere, was verborgen und unerkannt in Museumskellern gelegen hatte. Man konnte sogar gut Geld damit verdienen, nur eben leider nicht regelmäßig. Manchmal war dermaßen viel zu tun, dass er einen Helfer einstellen musste, doch darauf folgten stets wieder Durststrecken. So wie jetzt gerade.

Richard seufzte tief. Er stand immer noch in der Küche und zwang sich, den Anblick des chaotischen Flurs mit fremden Augen zu sehen. Mit den Augen einer jungen, attraktiven Museumskuratorin beispielsweise, die ihn beauftragen würde, den Schatz des Priamos nach Deutschland zurückzuführen. Unmöglich, würde er sagen, da könnte ich noch so gut russisch reden, St. Petersburg rückt den nicht in hundert Jahren raus, die haben viel zu viel Angst, dass wir ihn behalten, ist ja Beutekunst gewesen. Eine Million, würde sie sagen, vorausgesetzt, dass der Flur aufgeräumt war, mein Publikum will den Schatz sehen, und Sie allein, mein lieber Herr Romanoff, sind in der Lage –

Das Telefon klingelte.

Richard durchquerte den dreckigen Flur in Richtung Arbeitszimmer.

Es war Peter Welsch-Ruinart. Richard seufzte innerlich und blickte zum Wandkalender. So dringend konnte die Wiederentdeckung von Atlantis auch wieder nicht sein, er war doch erst vor vierzehn Tagen bei dem Anwalt gewesen, Geld für das Eulengefäß war noch keins überwiesen worden, und vor einer weiteren Woche würde er für diesen Spinner nicht den kleinsten Finger rühren. »Ihr Auftrag mit dieser Vase ist ziemlich – bizarr«, sagte er abweisend. »Aber ich bin dran, und sowie ich Erfolg habe, melde ich mich bei Ihnen, versprochen.«

»Es geht um etwas anderes«, sagte Peter. »Könnten Sie bitte sofort in mein Büro kommen?« Seine Stimme hörte sich müde an, zittrig, doch auch gewohnheitsmäßig autoritär. »Ich meine natürlich nicht – entschuldigen Sie, das sollte keine – wie soll ich sagen: *Bitte*. Ich *muss* mit Ihnen sprechen, so bald wie möglich.«

»Hm.« Wenn es nichts mit Atlantis zu tun hatte, wollte Richard erst recht nicht in Peter Welsch-Ruinarts Löwenhöhle. Nie und nimmer. »Tut mir leid«, sagte er. »Heute ist nichts zu machen.«

»Dann komme ich zu Ihnen«, verkündete Peter ohne Umschweife. »Sie telefonieren übers Festnetz, also sind Sie in Ihrem Büro, Ihre Adresse hab ich, und eine Viertelstunde werden Sie sicher erübrigen können.«

»Nein.« Richard sah sich entsetzt in seiner Wohnung um, und erst jetzt, mit der realen Bedrohung eines Besuchs, sah er die Wohnung *wirklich* mit fremden Augen, die Fliegenleichen auf der Fensterbank, das Fahrradskelett im Flur, das Mordillo-Poster über seinem Schreibtisch. »Aber ich habe nichts für Sie! Der Sammler, der für Ihr Projekt interessant ist, empfängt erst nächste Woche wieder Kundschaft, und bis dahin können wir gar nichts tun! Was wollen Sie überhaupt? Können wir das nicht telefonisch klären?«

»Leider nicht«, sagte Peter düster und ließ eine noch düsterere Pause folgen.

Richard schloss die Augen, schüttelte den Kopf, ballte die Linke zur Faust und sagte: »Okay, in einer halben Stunde bei Ihnen.« Weil er eben kein glatter, wohl frisierter Geschäftsmann mit straffem Terminkalender war. Sondern Richard Romanoff, der heute noch nichts Besonderes vorhatte und der es sich nicht leisten konnte, diesen Atlantis-Spinner zu verlieren.

Tagsüber sah die Kanzlei Welsch-Ruinart anders aus, sie summte vor Aktivität, Menschen in Businesskleidung kurvten mit Papieren und Handys durch die Gänge, als hätten sie Rollen unter den Füßen, sie zogen Wolken von künstlichen Düften hinter sich her, aufreizende Parfums, kantige Aftershaves, je akkurater sie angezogen waren, desto animalischer rochen sie. Unter ihnen fiel Richard auf wie ein Trapper, aber er fiel immer auf, weil er gut zwei Meter groß war und immer noch seinen Pferdeschwanz trug. »Zu Herrn Welsch-Ruinart«, sagte er zu der Elfe, die am Empfang der Chefetage saß. Sie hatte schräge Augen, weißblonde Haare und trug ihr helles Kostüm wie ein lästiges Zugeständnis an irdische Konvention. »Dr. Romanoff?«, fragte sie. In ihrem süßlichen Parfum lag eine leicht schmutzige Straßennote. Wie Kastanienblüten im Regen.

»Richard Romanoff.«

Sie lächelte. »Peter Welsch-Ruinart erwartet Sie.«

»Vulkanische Gase!«, schnaubte Peter kurz darauf, nichts war mehr mit Likörchen und der tüchtigen Valeska und dem aufreizenden Lauern hinter Mahagoni auf einem maßgeschneiderten Lederthron. Fiebrig vor Wut tigerte Peter durch sein riesiges Büro, das im Tageslicht weit gediegener wirkte, und wedelte mit einem Packen Zeitungen. »Hier: Dr. Gunter S., Manager eines bekannten Energiekonzerns, von CO_2 aus Vulkangas erstickt. – Und stellen Sie sich vor: Das ist alles! Die Ermittlungen sind seit einer Woche eingestellt, beziehungsweise haben nie stattgefunden, niemand ist verantwortlich, und dann sagt mir dieser Polizist ins Gesicht, dass Gunni an diesem Maar *tatsächlich* von vulkanischen Gasen erstickt worden wäre! Dass es ein Unfall war! In einem spontan entstandenen Kohlendioxid-See! Ist das nicht irre?!«

Richard fand es allein schon irre, dass der unbekannte Steenbergen, dessen Existenz er massiv bezweifelt hatte, nun einfach tot und sogar schon seit einer Woche begraben sein sollte, dass Peter sich dermaßen menschlich aufregen konnte und dass er selbst, der gebildete und stets informierte Richard Romanoff, von dieser Geschichte so gar nichts mitbekommen hatte. Dabei war sie offenbar durch die Vermischtes-Spalten sämtlicher Zeitungen gegangen: »Tod am Totenmaar«, hatte es da saftig geheißen, oder schadenfroh: »ENERGIE-Manager stirbt an CO_2-Vergiftung«. Peter hatte alle Artikel gesammelt, Richard kurz unter die Nase gehalten und trug sie nun herum wie die letzte schwache Verbindung zum Verstorbenen. Es sah hysterisch und gleichzeitig furchtbar traurig aus. Das Jungenhafte, das Peter umgab, machte es nur schlimmer. Er wirkte wie ein Bub, der es einfach nicht fassen konnte, dass sein bester Freund tot war.

»Es tut mir leid, dass Sie so einen Verlust hinnehmen mussten«, sagte Richard ehrlich. »Und es tut mir auch leid, dass ich es jetzt erst von Ihnen erfahren habe, ich – na ja, ich lese selten diese Klatschspalten, Sie wissen schon.« Er verstummte, weil er sich unglücklich ausgedrückt hatte, doch Peter hatte kaum zugehört.

»Vulkane!«, wiederholte er verächtlich. »Jetzt sagen Sie mal selbst, das ist doch irre!«

»Die Eifel ist aber ein Vulkangebiet«, gab Richard zu bedenken.

Peter hielt inne und starrte ihn an. »Und eines Tages hat dieses Vulkangebiet beschlossen, meinen Freund Gunni zu sich zu bestellen, um es ihm mal so richtig zu zeigen.«

»Das klingt natürlich grotesk«, erwiderte Richard vorsichtig, »aber ich habe die Dämpfe selbst schon gesehen, wir waren mal mit der Schule da, das ist lange her, klar, aber da war so ein kleiner Kratersee, und dort im Sumpf sind tatsächlich Gase aufgestiegen, oder war es im Wasser –«

»Mofetten«, unterbrach Peter unwirsch. »Aber die Mofetten sind am Laacher See. Nicht am Totenmaar. Dort ist keine einzige.«

»Hm«, machte Richard, der zum Thema Mofetten nichts weiter beitragen konnte.

»Und ganz abgesehen von diesem Vulkan-Irrsinn, fragt man sich doch, was er dort eigentlich wollte, am Totenmaar.«

Richard fragte sich vor allem, was er selbst hier sollte. Sogar einem Peter Welsch-Ruinart würde es doch schwerfallen, eine Verbindung zwischen dem Tod des Freundes und der Suche nach Atlantis herzustellen?

»Gunni hatte keine Freunde oder Projekte in der Eifel«, sprach Peter indessen. »Vielleicht war er mal mit seiner Tochter dort, in den Ferien, aber die lebt seit Jahren in Argentinien und ist nicht mal zur Beerdigung gekommen! Und es ist ja auch nicht so, dass Gunni sich abends ins Auto gesetzt hätte und zwei Stunden gefahren wäre, um auf einer Bank am Totenmaar den Kühen zuzugucken. Aber erzählen Sie das mal der dortigen Polizei. In der Eifel sitzt jedermann abends auf Bänken, die haben kein Fernsehen, von Theater und Kino ganz zu schweigen, die gucken Kühe.«

»Tja«, sagte Richard und blickte unauffällig auf seine Uhr. Offenbar musste Peter sich nur ausheulen, das durfte er noch maximal zehn Minuten lang, und dann würde Richard gehen. »Sie haben mein tiefes Mitgefühl«, versicherte er.

Peter hörte nicht hin. »Das Problem ist«, wetterte er, »dass die Eifel noch zu Rheinland-Pfalz gehört, dass also jetzt irgendwelche Provinz-Bullen für den Fall zuständig sind, während Gunni in Köln gelebt hat und die Ermittlungen eigentlich hier in NRW geführt werden müssten, verstehen Sie? Aber da sind nun leider *zwei* Bundesländer zuständig, und deswegen bewegt sich überhaupt nichts. Die einen sehen bloß ihre Vulkane und trauen sich nicht über die Grenze, und die anderen sind überarbeitet und schieben alles, was irgend geht, an die Nachbarn ab. Und obwohl ich Gunnis offizieller Nachlassverwalter und Testamentsvollstrecker bin, will keiner von denen offen mit mir reden.«

»Wenn es Vulkangase waren, muss doch sowieso nicht ermittelt werden«, sagte Richard und meinte es völlig ernst.

Peter starrte ihn an. »Sie sagen es! Das ist ein Skandal!«

»Wenn es aber *keine* Vulkangase waren«, improvisierte Richard daraufhin, »was war es dann?«

»Wer«, sagte Peter hart. »Die Frage ist: *Wer* war es dann?«

Sie sahen sich an, und Richard wusste plötzlich, dass er niemals hätte kommen dürfen.

»Deswegen habe ich Sie herbestellt«, erklärte Peter prompt. Er baute sich direkt vor Richard auf, packte dessen Oberarm und blickte ihm mit all seiner jungenhaften Verzweiflung ins Gesicht. »Sie sind der Einzige, dem ich zutraue, dass er *das* herausbekommt.«

»Nein.« Richard wand sich aus Peters Klammergriff. »Da haben Sie was verwechselt. Ich bin kein Detektiv.«

»Ach, natürlich sind Sie das! Sie recherchieren den ganzen Tag! Sie stöbern Sachen in Kellern auf, von denen kein Mensch je etwas geahnt hätte! Sie *sind* ein Detektiv.«

»Da gibt es bessere als mich. Echte.«

Peter schüttelte den Kopf, und man sah ihm den heftigen Impuls an, Richard abermals zu packen, um ihn zur Not körperlich zur Hilfe zu zwingen. Doch dann tätschelte er nur Richards Schulter. »Nein«, sagte er. »Ich will keinen, der sonst bloß Scheidungsermittlungen macht, das ist nicht das Richtige für Gunni. *Sie* müssen mir helfen. Sie sind – eben Sie.«

»Nein.«

»Bitte.«

»Das kann ich nicht.«

»Sie können es versuchen.«

»Ich habe kein Auto.«

Peter stutzte. »Sie haben kein Auto?«, wiederholte er, als hätte Richard gestanden, er habe nie lesen gelernt.

»Und ich kann auch nicht Auto fahren«, setzte Richard obendrauf.

Peter rückte näher. Sein Blick war tief und misstrauisch. »Wieso können Sie nicht Auto fahren?«

»Ist besser für meine Energiebilanz.« Richard hob die Achseln. »Denken Sie nur an den CO_2-Ausstoß.« Beim CO_2 zuckte Peter zurück. Oh, sorry, dachte Richard, aber du hast gefragt. Die Antwort hast du gewollt, und wenn dein Gunni hundert Mal an Kohlendioxidvergiftung gestorben ist. »Verzeihen Sie«, bat er nicht sehr reumütig.

»Zehntausend Euro plus Spesen«, erwiderte Peter kühl, und nun war es Richard, der zuckte.

»Nach allem, was ich über Detektive weiß, leben die praktisch in ihren Autos«, sagte er zögernd.

Peter beugte sich vor und brachte sein Gesicht dicht vor Richards. »Ich will Ihren Kopf, nicht Ihre Füße. Beziehungsweise Räder, na Sie wissen schon. Sonst würde ich mir aus dem Telefonbuch die nächste Detektei raussuchen lassen. Und Sie können doch sicher Rad fahren?«

»Natürlich.«

»Das muss dann eben reichen. Zur Not nehmen Sie ein Taxi.«

»Sie machen sich eine falsche Vorstellung von mir.«

»Die Zehntausend meine ich übrigens netto.«

Richard schluckte. Trotzdem, es ging nicht. Das war unmöglich. Er war Historiker, Wissenschaftler, Beschaffer, wenn man so wollte, aber doch nur, wenn es antike Artefakte betraf! Ein Lohnschnüffler war er nicht! Außerdem würde er als Allererstes Steenbergens Beziehung zu Peter aufarbeiten müssen, wenn er den Auftrag annahm, und das wäre wirklich das Letzte. Ausgeschlossen, dass er sich da in irgendeiner Weise engagierte. Richard verschränkte die Arme *und* schlug die Beine übereinander.

Peter lauerte ihn vom Fenster aus mit schmalen Augen an. »Außerdem verzichte ich dann darauf«, sagte er betont boshaft, »Gunnis Atlantis-Aufsatz, in dem er Sie lobend als wissenschaftlichen Berater erwähnt, postum in *Esoterik leben* erscheinen zu lassen. Obwohl der Chefredakteur ein ganz lieber Freund ist und mich stündlich bestürmt, das Dokument freizugeben.«

»Was?!« Mit einem einzigen Ruck hatte Richard sich entknotet und erhoben.

Peter blickte trotzig. »Ach! Gunni war ein Abenteurer im Geiste. Das wissen Sie doch! Er hat einen wunderbaren Atlantis-Aufsatz verfasst, in dem er auf Ihre Recherche, lieber Richard, wahre Lobreden singt. Im Grunde genommen ist es meine Pflicht als sein bester Freund und Nachlassverwalter, dieses Vermächtnis unverändert zu veröffentlichen, auch wenn es ein schiefes Licht auf Sie als Wissenschaftler wirft. Das müssen Sie dann eben erdulden.« Sprach es und hob sein Kinn und befand sich plötzlich direkt vor Richard. Der merkte, dass er selbst sich dem Anwalt genähert hatte. Was ein Fehler gewesen war, denn Peter schenkte ihm nun einen Blick, der ebenso durchtrieben wie traurig war und der eigentlich nur mit einer Ohrfeige beantwortet werden konnte. Oder mit –

»Sie gemeiner Erpresser!«, fauchte Richard und dachte sofort, dass es nicht wahr sein konnte, dass er so etwas tatsächlich gesagt hatte, er klang ja wie ein viktorianisches Fräulein.

Peter drehte sich zum Fenster. »Er war mein Freund. Und es macht mich rasend, dass alle Welt sich so über seinen Tod freut. Wir alle benutzen fossile Brennstoffe, nicht wahr, aber wenn ein ENERGIE-Manager an Kohlendioxidvergiftung stirbt, dann findet das plötzlich jedermann wahnsinnig lustig. Und nicht mal klammheimlich. Ich könnte Ihnen Pamphlete zeigen –« Er griff nach dem Zeitungsstapel und begann zu blättern.

Richard räusperte sich. »Klar. Doppeltes Feindbild.« Unauffällig brachte er sich außer Reichweite des Anwalts. »Manager *und* Energiekonzern.«

Peter ließ von den Zeitungen ab, doch sah nicht auf. »Ich weiß, dass Sie Geld brauchen«, sagte er leise. »Sie müssen sich mit zweifelhaften Privatkunden abgeben. Sie sind pleite.«

Richard schwieg. Das war leider absolut richtig.

»Und jetzt mal ganz im Ernst: Dieser Mörder ist sicher leichter zu finden als – Atlantis. Das haben Sie sich ja auch irgendwie zugetraut, nicht wahr? Also schlage ich vor, wo Sie gerade nichts zu tun haben, finden Sie den Kerl und verdienen etwas Geld damit.«

»Dr. Steenbergens *Mörder*?«

»Ja.«

Richard schüttelte den Kopf. »Fünfzehntausend«, hörte er sich dann fordern.

»Im Erfolgsfall«, erwiderte Peter und reichte Richard die Rechte. Erfolgsfall, dachte der grimmig, während er die warme Hand ergriff und drückte. Da seh ich die Kohle eh nie.

Die tüchtige Valeska trat dann doch noch in Aktion: Sie hatte ihm ein Dossier zusammengestellt. Sie bot Richard sogar ein Büro an, ganz selbstverständlich: Wenn Sie keine Flatrate haben oder schnelles Internet zum Recherchieren, dann können Sie gerne hier bei uns, sehen Sie mal, das ist eins von unseren freien Arbeitszimmern, und es ist sicher auch bequemer für Sie als in Ihrer Privatwohnung. Sie standen in einem hohen Zimmer mit Schreibtisch, über dem eine Collage in kreidigem Gelb hing, das Bild eines endlosen Sommers, es war perfekt. Als wäre ein Mitarbeiter der Kanzlei heimlich bei ihm zu Hause gewesen und hätte erspäht, dass Richard eine neue Perspektive in seiner Arbeitsorganisation brauchte. Und das bedrückte ihn, denn irgendwie hing da noch viel mehr Perfektion in der Luft, Düfte nach gutem Leben, echter Lavendelpolitur, dem originalen alten Haus, nach richtigen Bäckerbrötchen und einer gerechten Welt. Hier roch es so, wie es nie gewesen war, er musste hier raus.

»Vielen Dank«, sagte er, »aber ich besitze ein Büro.«

»Natürlich«, sagte Valeska verständnisvoll und reichte ihm das Dossier, eine adrette Pappmappe mit CD-Fach, fest eingeklemmten Schlüsseln und allen möglichen Papieren drin. »Das ist selbstverständlich nur ein Vorschlag. Sie können auch später noch darauf zurückkommen.«

»Danke«, sagte Richard.

Valeska lächelte, so professionell, dass es richtig sympathisch wirkte. »Bis bald«, sagte sie.

Richard versuchte, all die Perfektion abzuschütteln, indem er die Mappe unverzüglich ins *Vladi* trug. Das *Vladi Rockstock* war eine Kneipe, die wie er aus alten Zeiten übrig geblieben war, eine abgefuckte alte Spelunke in einem abgefuckten alten Haus, das aber einst recht schmuck und bürgerlich ausgesehen hatte, mit einem geschwungenen Treppenhaus mitten in der verrußten Gaststube und einem zugewucherten Hof, in dem man neben einem Graffito von Led Zeppelin an der Mauer Frühstück aus hartgekochten Eiern und Aldi-Croissants zu sich nehmen konnte. Um diese Zeit war nicht viel los. Die Bedienung war mindestens zwanzig Jahre jünger als Richard. Er setzte sich in den Hof, auf einen Stuhl, der in einem riesigen taufeuchten Grasbüschel stand, und bestellte einen *chat noir*, das war grauenvoller französischer Kaffee mit einer Kanne heißer Milch dabei.

»Was?«, fragte die Bedienung.

»Chat noir«, wiederholte Richard, er dachte, die junge Frau hätte nicht verstanden.

»Wein haben wir nur roten oder weißen«, zählte die Bedienung auf.

Richard seufzte. Er war länger nicht mehr hier gewesen. Fast ein Jahr, um genau zu sein. »Kaffee, bitte.«

»Oh«, sagte sie. »Klar. Was zu Essen dazu?«

»Eine Kanne heiße Milch.«

Das Mädchen warf ihm einen seltsamen Blick zu, zuckte dann die Achseln und sagte: »Alles klar.« Und ging mit wackelndem Hintern zurück ins Haus.

Richard bekam einen perfekten Kaffee mit leichter Crema obendrauf, nicht zu bitter, nicht zu dünn, aromatisch duftend, heiß, doch nicht kochend, perfekt eben, aber nun wusste er nicht mehr, was er mit der Milch machen sollte. In den Kaffee schütten war unmöglich, nicht trinken Verschwendung, doch pur schmeckte sie ihm nicht. Also sah er ziemlich ärgerlich zu, wie sie langsam kalt wurde, und studierte an dem wackelnden Tisch (wenigstens das Wackeln hatten sie gelassen) das perfekte Leben von Gunter Steenbergen. Es war eine von diesen atemberaubenden Karrieren, für die ein Normalo mindestens neun Leben braucht: Studium in Regelstudienzeit, Doktor in anderthalb Jahren, verschiedene Stellen nur in solventen Instituten, noch ein Doktortitel nebenbei für irgendein halbkommerzielles Forschungsprojekt, und dann: Umweltmanager einer der größten CO_2-Emittendinnen Europas. Richard bestellte sich einen weiteren Kaffee.

Natürlich war es eine Frechheit, von ihm zu verlangen, dem Herrn ENERGIE-Doppeldoktor zu helfen, auch wenn der jetzt bemitleidenswert tot war. Zumal er obendrein vorgehabt hatte,

Richards wissenschaftlichen Ruf einer albernen Veröffentlichung in *Esoterik leben* zu opfern. Doch seltsamerweise brachte ausgerechnet der Atlantis-Artikel Richard dazu, Steenbergen letztlich doch irgendwie menschlich zu finden. Er schob die fünf Druckseiten auf dem Tisch herum, und da lagen sie dann mit einem Mal neben der nutzlosen Milchkanne, weit weg vom Riesenpapierstapel mit Steenbergens Erfolgen und Eroberungen. Der Schrieb war kompletter Unfug, nicht wegen der Theorie (Atlantis im Atlantik), sondern weil es müßig war, Atlantis überhaupt zu suchen, das war kein wissenschaftliches Thema. Es war ein Loser-Thema. Leute, in deren Leben etwas fehlte, suchten nach Atlantis. Richard starrte auf die Milchkanne. Deren Inhalt war nun kalt. Ein Regentropfen setzte sich rund und glänzend auf den Deckel, ein weiterer folgte. Warum vermisste er bloß den ollen *chat noir*, der doch wirklich kaum trinkbar gewesen war?

Was hatte in Gunter Steenbergens Leben gefehlt?

Richard erhob sich und beschloss, es herauszufinden.

Steenbergen hatte eine Tochter gezeugt, als er achtzehn war, mit neunzehn hatte er geheiratet und mit zweiundzwanzig wurde er geschieden. Im März war er siebenundvierzig geworden. Richard wälzte diese Daten in seinem Kopf, während er sein Fahrrad in die Stadtbahn schob. Steenbergens Haus, das Richard besichtigen wollte, lag im Kölner Süden, in Bayenthal, das war ein Stück, und da es regnete, nahm er die Fahrt in der überfüllten Bahn auf sich. Eine junge Mutter mit nassem Kinderwagen musterte missbilligend sein sperriges Rad, er schob es, so gut es ging, aus der Reichweite ihres Sohnes. Kevin, lass dat Rad von dem Mann. Diese Worte waren allein an Richard gerichtet und sagten eigentlich: Was willst du, Öko-Opa, mit deinem blöden Fahrrad in unserer Bahn, deine Zeit ist vorbei, kannst du nicht endlich Auto fahren wie die anderen und hier Platz machen für Leute, die ihn ehrlich brauchen. Richard seinerseits fand Kevin zu alt für den Kinderwagen, wenn Mama auf den Wagen und den unhandlichen Regenschutz verzichtete und Kevin laufen ließe, wäre es weit weniger eng hier und Kevin vielleicht auch nicht so dick, Mama gib misch de Flasch. Nä Kevin, dat heißt nit, gib misch de Flasch. Dat heißt, gib misch de Flasch BITTE.

Tja, ein supererfolgreiches Familienleben hatte Steenbergen nicht gehabt, aber immerhin: ein Kind, eine Frau. Manche der Besten und Tapfersten erreichten nicht mal das. Schließlich waren selbst Kevin und seine Mama vielleicht Schicksal und Lebensinhalt für irgendwen. Richard stellte sich vor, mit dieser blondgefärbten, kräftig geschminkten jungen Frau liiert zu sein. Es fiel ihm nicht leicht. Dann versuchte er sich vorzustellen, eine knapp dreißigjährige Tochter zu haben, das kriegte er gar nicht hin. Steenbergens Tochter war fast dreißig, und Kevins Mama schien höchstens so alt. Was würde diese Frau tun, wenn ihr Vater starb? Ein Jahr in Schwarz gehen? Auf seinem Grab tanzen, weil er sich nie um sie gekümmert hatte? Sie würde erben, dachte Richard. Er hatte Steenbergens Kontoauszüge gesehen. Sie würde in das Haus ziehen und das Bankkonto plündern und sich einen neuen Kinderwagen kaufen. Einen knallroten mit hundertzehn PS.

Als er dann etwas später in der Bernhardis-Straße stand, einer angenehm ruhigen Gegend, wo die Kinder vermutlich Alexander und Julia und Benjamin hießen, da fragte er sich, wer Steenbergen eigentlich beerben würde. Vermutlich die Tochter. Natürlich, das stand hier im Dossier, Steenbergen hatte eine Art Konzept-Testament hinterlassen, einen kleinen Schrieb, in dem er alles der Tochter vermachte, Richard hatte das Dokument zuvor im *Vladi* übersehen, weil es so kurz war. Nun hantierte er mit einem Stapel rutschender Papiere in Steenbergens Straße und stützte sein Fahrrad mit der Hüfte und war wieder einmal das Chaos in Person, die wandelnde Slapsticknummer: Niemandem außer ihm würde es einfallen, vor einem fremden Garten neben einem ständig wegrollenden Fahrrad im Nieselregen eine Mappe mit wichtigen losen Blättern auszupacken und durchzusehen. Schließlich schaffte er es aber, alles sorgfältig zu parken, das Fahrrad am nächsten Laternenpfahl, die Papiere in seiner Tasche. Dann versuchte er, Steenbergens Haus auszumachen. Doch hier stand weit und breit nichts Großes und Protziges. Schließlich merkte Richard, dass er an der Hausnummer siebzehn, die er suchte, glatt vorbeigegangen war. Beschämt kehrte er um und stoppte vor einer kleinen weißen Häusergruppe mit langen Fensterbändern und einer mächtigen alten Schlingpflanze, die sich über alle Eingänge zog. 17c suchte er, das war das dritte in der Reihe. Es war auch das einzige Haus der Gruppe ohne Kranz an der Tür, und aus irgendeinem Grund stimmte Richard das froh. Der gute alte Steenbergen. In seinem Vorgarten duftete, blühte, summte und zierte sich nichts, da stand nur alter Buchs, streng und knorrig, und eine Holzbank auf hellen Travertin-Platten. Am liebsten hätte Richard sich erst mal hingesetzt und die Gegend betrachtet, doch diese Gegend hatte viele Fenster und wirkte etwas lauernd im regenfeuchten Sommernachmittag. Herumtrödeln sollte er auch nicht. Also kramte er den Schlüssel aus dem Dossier hervor und steckte ihn ins Schloss. Und dann sah er sich plötzlich unwillkürlich um. Ein Auto fuhr hinter ihm vorbei, es nieselte wieder, Passanten waren nicht unterwegs. So etwas hatte er noch nie gemacht. Mit einem sehr unguten Gefühl öffnete Richard die Tür zum Privatleben des Verstorbenen, spähte ins dumpfe Zwielicht des Vorraums und trat ein.

17.12 Uhr

Mist. Als *Müller* sollte ihm das nicht passieren. Nun war er schon als Jäger unterwegs und hatte trotzdem nicht aufgepasst. Weil er gleichzeitig auf die Straße und in seinen Computer auf dem Beifahrersitz schauen musste. Da entgingen einem die Details: Hatte da eben die Tür zu Steenbergens Haus offen gestanden oder nicht? War jemand hineingegangen? Oder herausgekommen? Wenn doch nur der Regen nicht alles auf der Scheibe verwischte! Müller blickte zurück, sah ein stilles Haus zwischen anderen stillen Häusern und glaubte an eine Täuschung. Seine Nerven waren überreizt. In dem Haus konnte doch gar niemand sein. Die Lichter waren aus, und es stand weit und breit kein Auto davor.

* * *

Sobald man den Vorraum passiert hatte, wirkte das Reihenhäuschen hell und groß, vermutlich deshalb, dachte Richard, weil Steenbergen den Stil der Zwanziger Jahre begriffen hatte. Beginnende Moderne, das bedeutete große Fenster, Einbaumöbel und unverstellte Räume. Voll widerwilliger Bewunderung sah er sich um. Schlichtheit war kein einfaches Lebenskonzept. Es war weit leichter, ein Bild aufzuhängen, als die Leere einer Wand zu ertragen. Richard selbst hatte das nie geschafft. Steenbergen jedoch schon: Sein Erdgeschoss war ein einziger weiter Raum, Küche, Wohnzimmer und Essplatz in einem, nirgends wurde der Blick unnötig aufgehalten, er konnte frei schweifen und wurde höchstens durch den Wintergarten hinaus in dunstiges Grün gezogen. Richard seufzte. Plötzlich sah er seine eigene große Gestalt schemenhaft in einem der Fenster des Wintergartens gespiegelt und straffte unwillkürlich seine Haltung. Er selbst schleppte immer so viel Ballast mit sich herum, dass er sogar dann gebeugt wirkte, wenn er einfach nur dastand und schaute. Ja sogar, wenn er sich absichtlich gerade hinstellte. Richard hob das Kinn und spannte die Schultern an und ballte seine Fäuste. Nun sah er aus wie ein dicklicher Jeff Goldblum. Ohne Locken. Es war hoffnungslos. Er ging ins Obergeschoss.

* * *

17.17 Uhr

»Müller, Kabel Deutschland«, sagte Müller in sein Handy, dem ein kleines Störgerät aufgeschnallt war. Er musste – *musste!* – an Steenbergens Computer, an dessen privaten E-Mail-Account. Das Passwort dafür war vom Geschäftscomputer aus nicht zu ermitteln, und leider, leider hatte er an jenem Abend am Totenmaar versäumt, sich dieses Passwort aus Steenbergens Laptop oder iPhone zu ziehen. Da hatte er allerdings auch noch nicht gewusst, dass er es brauchte. Er warf einen Blick auf sein eigenes Laptop, mit dem er das Telefonbuch von Köln aufgerufen hatte. »Frau Zangerle, Bernhardis-Straße 17b?« Das Störgerät knackste leicht.

»Stimmt«, sagte Frau Zangerle.

»Prima, hallo«, sagte Müller. Der Name Müller, übrigens, gefiel ihm. Er dachte jetzt öfter von sich als Müller. Auch wenn er nicht in einer Mission unterwegs war. »Frau Zangerle, wir haben Probleme mit den Anschlüssen in Ihrer Straße, wie steht's bei Ihnen, hatten Sie in letzter Zeit Störungen bei Fernsehen, Telefonie oder Internet?«

Nein, sagte Frau Zangerle, und sie wolle ganz sicher keinen Receiver-Kasten oder wie das hieße kaufen, vielen Dank und auf Wiederhören.

Müller lächelte sich in seinem Rückspiegel zu. Alte Schachtel, keine Ahnung von gar nichts. Prima. »Es geht um das Leitungsnetz«, sagte er. Knacksen. Er blickte durch die Windschutzscheibe und den Regen hinaus auf die weiße Häusergruppe. Keine Satellitenschüsseln, im ganzen Stadtteil nicht. »Auch Sie haben einen Anschluss und zahlen daher indirekt Miete für das Kabelnetz.«

»Ja?«, sagte Frau Zangerle gleichgültig. »Ach so.«

Die Häuser waren mindestens sechzig, siebzig Jahre alt. Und der Straßenbelag sah auch nicht superneu aus. »Die Leitungen in Ihrem Bezirk sind, wie ich meinen Unterlagen entnehme, schon etwas älter und vermutlich sanierungsbedürftig. Wir haben hier einige Beschwerden aus Ihrer Straße, und Sie – Sie leben in einer Hausanlage, nicht wahr?« Er verrenkte sich, um die Hausnummern neben den alten Türen durch die verregneten Scheiben seines Autos zu erkennen. Es knackste wieder. »Nummer 17a bis 17d?«

»Stimmt«, sagte Frau Zangerle.

»Wenn wir bei Ihnen und in der Nachbarschaft einen tatsächlichen Bedarf feststellen, würden wir eine Sanierung der Straßenkabel ins Auge fassen. Beziehungsweise bei der Telekom einen entsprechenden Antrag stellen. Dann können Sie schnelles Internet kriegen und damit sogar fernsehen.«

»Ach je«, sagte Frau Zangerle nicht unfreundlich. »Das brauche ich doch gar nicht.«

Es knackste wieder. »Da!«, sagte Müller. »Das merke ja sogar ich! Stört Sie das denn nicht? Diese Geräusche in der Leitung?«

»Oh«, sagte Frau Zangerle. »Ja, ich glaube, da war was – wissen Sie, ich höre nicht mehr so gut.«

»Ich wette, Ihr Fernseher grieselt auch«, sagte Müller frech.

Frau Zangerle seufzte. »Na ja, das dritte Programm ist bei mir nicht so doll.«

Bei wem wäre es das je gewesen, dachte Müller und sagte befriedigt: »Aha. Da haben wir's doch. Ich bin jetzt noch Tacitusstraße, aber so in einer halben Stunde könnte ich bei Ihnen vorbeischauen. Sind Sie dann da?«

»Äh – ja. Natürlich«, sagte Frau Zangerle.

* * *

Das Schlafzimmer barg keine Überraschung: Satinbettwäsche und ein begehbarer Kleiderschrank, nicht ordentlich, nicht wirklich groß, aber wieder mit diesem umwerfenden Eindruck von Weite. Daneben lag ein nicht ganz so weiter Raum mit einem rosa Himmelbett und gründlich aufgeräumten Schränken. Dies war ein konserviertes Kinderzimmer. Zur Südseite hin prangte dann offen das Büro, in dem Bücher und Papiere einfach der Wand entlang aufgestapelt waren, was kreativ aussah und außerdem für ein konzentriertes Arbeiten sprach. Es war der Werkraum eines intensiv denkenden Menschen, das Herz des Hauses, gewissermaßen, und dort herumzustöbern widerstrebte Richard besonders. Er würde es müssen, klar: Im Büro, in den Papieren war Steenbergen sicher noch am lebendigsten. Doch all das durchzusehen und zu verstehen würde Jahre dauern. Dann lieber ins Bad. Doch neben der halb geöffneten Badezimmertür fand Richard eine Nische, die spannender war als jede noch so sorgsam erhaltene Zwanziger-Jahre-Wanne. Vielleicht sogar interessanter als die Papiere im Büro: Die kleine Nische enthielt einen Treppenaufgang. Er war eng, dunkel und so niedrig, dass Richard sich bücken musste, um die erste Stufe zu nehmen. Lichtschalter gab es auch keinen. So tastete er sich in der Finsternis nach oben und um einen schmalen Viertelwendel herum, an dessen Ende er eine Tür fand, die beim Öffnen knarrte.

Dahinter war es hell. Richard blickte direkt auf ein schmales Dachfenster, das fing Regentropfen auf, was irgendwie heimelig wirkte. Doch unter dem Fenster war schon wieder Schluss mit der Gemütlichkeit, da schien ein wilder Garten zu wuchern, ein Geflecht aus riesigen, dornigen, sturmzerzausten Rosen auf schwarzviolettem Grund. Rot flammten die riesigen Blüten aus einer alles bedeckenden Tapete hervor, rankten über die schrägen Wände und sahen in der Masse irgendwie hungrig aus, eine Menge roter Münder, die gleichzeitig schrien und geiferten. Es war verdammt voll in diesem Räumchen auf dem Dachboden des Steenbergen-Hauses, das sonst so überzeugend die Weite zelebrierte. Richard ging in die Hocke.

* * *

17.20 Uhr

»Du, Axel«, sagte Müller in sein Handy, »ich hab mir eben ein Sofa gekauft.«

»Aha«, nuschelte Axel höflich, und Müller hörte schwere, dröhnende Schläge aus dem kleinen Telefon. Vermutlich stand Axel in der Werkstatt. So wie Müller das sah, schlief Axel in seiner Werkstatt, der hatte wahrscheinlich gar keine Wohnung.

»Und ich wollte mal fragen, ob ich deinen Van haben kann, etwa für zwei Stunden.«

Axel machte ein Geräusch, das Müller als »Ja« interpretierte, und sagte dann: »Maße.«

»Bitte?«

»Die Maße?«

»Es passt garantiert rein«, sagte Müller rasch, »es ist ein kleines Sofa. Mehr ein Sessel. Du weißt ja, ich hab hier nur ein Zimmer. – Kann ich ihn kriegen? Jetzt sofort?«

»Klar«, nuschelte Axel.

»Super«, sagte Müller, schaltete das Handy aus und fuhr los.

* * *

Es war ein Mädchenzimmer gewesen, dieses Rosenkämmerchen, und die fürchterliche Tapete war alt. Vermutlich, dachte Richard, waren die Monsterrosen die Antwort der letzten Hausangestellten auf die raumhohen Fenster und offenen Grundrisse ihrer Arbeitgeber. Man konnte zwar kaum glauben, dass jemand so leben wollte, aber die Spuren waren offensichtlich: In einer Nische war ein winziges Waschbecken angebracht, auf dem Holzfußboden zeigten verblichene Rechtecke, wo einst ein Schrank und das Bett gestanden hatten, und rund um die ehemalige Schlafstatt war eine Vorhangschiene abenteuerlich an den Dachschrägen befestigt. Ansonsten war die Kammer noch in zweierlei Hinsicht interessant. Zunächst mal besaß sie eine weitere Tür. Diese Tür mochte auf einen anderen Teil des Speichers führen, allerdings sah sie nicht aus, als sei sie in den letzten fünfzig Jahren je geöffnet worden. Sie war vollständig eintapeziert und besaß keine Klinke, dafür aber ein sichtbares Schlüsselloch. Zweitens stand vor dieser Tür ein Tisch. Er war jüngerer Bauart, und was darauf lag, kannte Richard, das hatte er alles selbst mühevoll herangeschafft: Vulkangestein, Muscheln, eine Seefahrerkarte und weitere ähnliche Dinge. Da ruhten sie also zusammen, die Kuriositäten und Werkzeuge, waren gestrandet in diesem Kabuff ohne Fluchtweg. Hierher zu Steenbergen hatte Peter Welsch-Ruinart seine Schätze gebracht, und der hatte sie unter Rosen gebettet. Dies war das geheime Zimmer von Gunni. Richard seufzte und berührte spontan eine der Muscheln, wie um ihr Trost zu spenden. Dann wandte er sich zurück zur Treppe. Wenn jetzt ein Vulkan ausbräche und das alles hier zweitausend Jahre lang konservierte, dachte er grimmig, als er sich die enge Stiege hinunterzwängte, dann hätte dereinst die Archäologenschaft was zum Staunen: eine Ledermappe mit einer einzelnen Briefmarke darin, etwas Sand in einem urnenartigen Gefäß, eine sehr abgegriffene Seefahrerkarte in einer besonderen Klimaschutzkiste und noch weitere, ähnliche Dinge, alles im kleinsten, höchsten und geheimsten Raum eines mitteleuropäischen Intellektuellenhauses auf einer Art Altar aufgestellt – daraus konnte man glatt einen geheimen Historienkult konstruieren.

Nun also zu Steenbergens Büro. Das lag immer noch prächtig nach Süden hinaus, mit Aussicht auf die Straße. Widerwillig näherte Richard sich den herumliegenden Papierstapeln. Sogar den Computer fuhr er hoch und sah sich die Mailbox an, die ließ sich ohne Passwort öffnen, klar: Dies war Steenbergens Privatcomputer, da war der Zugangscode vermutlich eingespeichert. Das war ja ganz gut, so kam er an Steenbergens private Korrespondenz, aber leider empfing die Mailbox sofort mindestens fünfhundert Mails. Frustriert sank Richard auf Steenbergens ergonomisch geformten Hocker. Er hatte es gewusst: Das würde ein netter Abend werden.

* * *

18.07 Uhr

»Müller, Kabel Deutschland«, sagte Müller zu der alten Frau Zangerle aus Nummer 17b. »Wir haben telefoniert.«

Axels Van parkte am Straßenrand hinter ihm und gab eine plausible Kulisse für seinen Auftritt als Müller von Kabel Deutschland ab. Als Kostüm hatte er sich eine blaue Arbeiterweste übergeworfen. In den Händen hielt er eine beeindruckende Werkzeugtasche, sein Laptop und ein Klemmbrett. Darauf prangte ein Kabel-Deutschland-Aufkleber, und über der Adressenliste, die er aus dem Internet-Telefonbuch ausgedruckt hatte, steckten noch drei Kabel-Deutschland-Visitenkarten. Einen entsprechenden Ausweis hatte er auch gefälscht.

Frau Zangerle musterte ihn neugierig. »Ja«, sagte sie. »Aber Sie sind nicht von Kabel Deutschland.«

Müller war einen kurzen, erschrockenen Moment lang sprachlos. Versuch ja nicht, mich aufzuhalten, blöde alte Kuh, lag ihm auf der Zunge, ich hab das Auto, die Jacke, die Visitenkarten, den Ausweis, was willst du denn noch? Doch eine Stimme in ihm mahnte zur Ruhe. Das ist ein Witz! Sie macht einen Witz! Sie sagt dir gleich, dass dein Namensschild verrutscht ist, dass sie sowieso nicht lesen kann, dass sie Kabel Deutschland immer anders ausspricht, dass …

»Ich habe dort angerufen«, sagte Frau Zangerle stattdessen klar und deutlich. »Es kam mir komisch vor, dass Sie nach fünf noch Hausbesuche machen wollen, wo doch jeder weiß, dass den Leuten von der Telefongesellschaft ihr Feierabend heilig ist. Kabel Deutschland weiß von keiner Störung.« Sie blickte Müller triumphierend ins Gesicht. Es war wie in einem schrecklichen Traum: Er konnte nichts sagen. Er musste ihrem Blick ausweichen. Sie hatte ihn zu plötzlich zu direkt angesehen, ihn überrascht und aus dem Konzept gebracht. Jetzt benahm er sich schuldbewusst, ohne etwas dagegen tun zu können. Das war der Super-GAU, da half nicht einmal mehr der gefälschte Ausweis, diese Alte würde ihm einfach nicht glauben.

»Und wieso«, brachte er heraus, »haben Sie mir dann aufgemacht?«

»Neugier«, sagte die alte Frau. Müller sah auf, in ihre Augen, und da funktionierte er wieder. Er schob den Fuß nach vorn. Gerade rechtzeitig, denn sie hieb die Tür zu. Vielmehr, sie versuchte es.

»Was wollen Sie?«, fragte sie verächtlich, als er kurz darauf drinstand im Haus, all seine Sachen inklusive Laptop einfach fallen ließ und die Tür, in der noch der Schlüssel stak, zitternd hinter sich schloss. »Wollen Sie Geld? Ich habe kein Geld. Und ich bin alt. Schauen Sie mich an. Sie werden keine Freude an mir haben.«

Müller sah Frau Zangerle an. Alte Schachtel, von nichts eine Ahnung? Alt war sie tatsächlich. Ein verhutzeltes kleines Weiblein, dünn, grau, mit wässrigen Augen, die ihn aber entschlossen fixierten. Die Angst sah er auch, die konnte sie nicht ganz verstecken. »Ich wollte eigentlich nur mal an Ihr Telefon«, flüsterte er voll ehrlichen Bedauerns.

»Warum?«, fragte sie mit einer Schärfe, die ihm vermutlich suggerieren sollte, sie stünde noch direkt neben ihm. Tatsächlich bewegte sie sich langsam rückwärts. Zum –

Müller war mit zwei Schritten bei ihr und zerrte sie von ihrem Telefonapparat weg. Ein vorsintflutliches Teil, mit einem Spiralkabel, das den Hörer mit dem eigentlichen Gerät verband.

Viel hätte sie damit nicht ausrichten können, aber Müller wollte nichts riskieren. Er reagierte über. Beruhige dich, schrie er sich innerlich an, beruhige dich! Die gezerrte Frau Zangerle gab einen angstvollen, erstickten Laut von sich und suchte automatisch Halt bei ihm. Müller spürte ihren Griff an seinem Arm. Er war rührend zart. Die ganze alte Dame wirkte leicht wie ein Korb voll Laub und nicht besonders sicher auf den Beinen. Uralt eben. Auch sie zitterte, verhalten, aber voller Panik. Damit hatte sie sicher nicht gerechnet, als sie die Tür aufmachte: dass der entlarvte Betrüger mit hereinkam.

»Alles in Ordnung?« Müller hatte seine normale Stimme wiedergefunden und packte Frau Zangerle an den Schultern, um sie zu halten, vielleicht auch nur, um sich selbst aufzurichten an ihr. Er drückte sie an sich, damit sie aufhörte zu zittern, denn sein eigenes Zittern war schlimm genug.

Doch Frau Zangerle beruhigte sich nicht. Sie schloss nur die Augen, ballte die Fäuste und flüsterte heiser: »Sie sind ein Russe, gell? Machen Sie nur schnell, es ist nicht das erste Mal.«

Müller ließ sie los, und sie stolperte gegen die Wand. Er dachte, sie würde fallen, doch sie fing sich. »Frau Zangerle«, sagte Müller.

Sie warf ihm einen misstrauischen Blick zu, hasserfüllt und so flammend, wie das mit ihren wässrigen Augen eben möglich war.

»Passen Sie auf«, sagte Müller. »Ich möchte Ihnen nichts tun. Ich will nur an den Telefonanschluss, und eigentlich nicht mal an Ihren, sondern an den von 17c, doch da erreiche ich niemanden, daher dachte ich, probier's mal in der Nachbarschaft. Sie haben hier eine alte Hausanlage, und will's der Teufel, vielleicht sogar noch einen gemeinsamen Anschluss.«

»17c?«, fragte Frau Zangerle, räusperte sich und strich, immer noch zitternd, ihren Rock gerade. »Sie meinen den Herrn Steenbergen?«

»Genau.«

»Den werden Sie niemals mehr erreichen«, sagte Frau Zangerle befriedigt. »Haben Sie es nicht gelesen?«

»Was?«, fragte Müller und ein merkwürdiges, glühendes Gefühl machte sich in ihm breit. *Haben Sie es nicht gelesen. Haben Sie es nicht gehört. Es stand in jeder Zeitung.*

»Er ist erstickt worden«, sagte Frau Zangerle feierlich.

»Ach was«, sagte Müller.

»Von einem Vulkan.«

* * *

Nach kurzer Suche gab Richard auf: Steenbergens Mails waren eigentlich nur Werbenachrichten, und von den Millionen Dokumenten, die er besessen und bearbeitet hatte, konnte jedes einzelne brisant und geheim sein. Allerdings hätte schon »geheim« und »brisant« draufstehen müssen, um ihm aufzufallen. Er war eben kein Ingenieur und auch kein Wirtschaftskriminalist. Er verstand kaum die Titel von Steenbergens Dissertationen, das einzig Lesbare für Richard war der Spesenordner, in dem der Herr Umwelt-Doppeldoktor seine Dienstreisen aufgelistet hatte, natürlich war er Vielflieger. Es mochte an seiner eigenen Beschränktheit als Historiker liegen, aber das Einzige, was er hier bemerkenswert fand, war das kleine Zimmerchen und diese rührende Suche nach antiken Mysterien. Doch ein richtiges fieses Geheimnis, ein Mordmotiv steckte da nicht drin. Die richtig fiesen Geheimnisse, dachte Richard, fand man eben niemals offen auf einem Tisch herumliegend. Fiese Geheimnisse befanden sich unter der Matratze, im Badezimmerschrank, im Keller, im Safe. Tapfer stand er auf und begann seine Suche von vorne.

* * *

18.20 Uhr

Es war jetzt nicht mehr die Frage, aber Müller fragte es sich trotzdem: Hätte er diesen GAU verhindern können? Hätte er einfach umkehren und gehen können, mit Laptop und Klemmbrett zurück in sein weißes Auto steigen und wegfahren und es anderweitig versuchen? Oder den Ausweis rausholen und sie überzeugen?

»Was immer Sie auch vorhaben«, sagte die alte Frau Zangerle im Ton einer gereizten Gräfin, »Sie sollten es schnell tun, denn ich erwarte jeden Moment meinen Enkelsohn. Er kommt immer um die Zeit. Genau. Halb sieben oder früher. Gleich wird er da sein.« Sie verschränkte die dünnen Arme und blickte Müller streng an.

Hätte man ihr nicht vorlügen können, dass die Mädels in der Telefonzentrale von Kabel Deutschland notorisch schlecht informiert waren und Störungen grundsätzlich erst einmal abstritten, sodass sein abendlicher Besuch ungewöhnlich kundenorientiert, aber sonst völlig korrekt war? Wäre das so abwegig gewesen? Und was würde sie tun, wenn er jetzt einfach ging? Die Nachbarschaft vor Betrügern von Kabel Deutschland warnen? Die Redakteure von irgendeiner Reality-Krimi-Doku anrufen? Still den Triumph genießen, dass sie eine Lüge durchschaut hatte?

»Er ist Maurer.«

Vor fünf Minuten war er noch Boxer gewesen, dieser ominöse Enkel. Ein Zweieinhalbmetermann, ohne Zweifel, und er verbrachte alle Abende bei der Oma. Ein Hirngespinst. Müller sammelte seine Sachen vom Boden auf und schob Frau Zangerle vor sich her in die Küche. »Sind diese Reihenhäuser hier gleich gebaut?«, fragte er. »So vom Grundriss her?«

»Vor langer Zeit mal, ja«, antwortete Zangerle. »Aber das hat dann jeder nach seiner Fasson geändert. Wir mussten erst mal Wände einziehen, als wir es gekauft haben, da war ja nichts.« Erschöpft sank sie auf ihren einzigen Küchenstuhl und hob dann erschrocken das Kinn, als wäre ihr eingefallen, dass sie keine Schwäche zeigen durfte. »Mein Enkel wird sich fragen, was so wichtig an Herrn Steenbergens Telefon ist, dass Sie deshalb bei mir eindringen müssen«, sagte sie drohend. »Ungebeten!«, setzte sie noch hinzu.

Ja, genau das, dachte Müller, von schlimmsten Ahnungen erfüllt, war das Problem. Er durfte nicht auffallen. Darum war er ja auch nicht einfach ins leere Nachbarhaus eingestiegen. Das Gebäude war leider eine Art natürliche Festung: Den rückwärtigen Garten umschlossen Rasenflächen, die allesamt klein, intensiv bespielt oder wahnsinnig überschaubar waren, und direkt am Vordereingang stand eine Straßenlaterne, die nachts hell auf die Häuserfront strahlte. Außerdem besaß er keinen Dietrich. Das Risiko eines Bruchs war einfach zu hoch. Alles, was Steenbergens bizarrem Tod nur den kleinsten Verdachtsmoment hinzufügte, musste den GAU auslösen. Allerdings würde man den Manager und Wissenschaftler Steenbergen nicht unbedingt mit seiner greisen Nachbarin in Verbindung bringen. Der Typ, der die Abende im Haus nebenan verbrachte, war er kaum gewesen. »Haben Sie Herrn Steenbergen gut gekannt?«, fragte Müller, während er sein Laptop auf den Küchentisch legte und kurz untersuchte. Hoffentlich hatte es den Sturz heil überstanden.

»Na ja«, antwortete Frau Zangerle wortkarg und beobachtete ihn angestrengt. Sie trägt keine Brille, dachte Müller. Sie kann mich wahrscheinlich gar nicht richtig sehen und daher auch nicht gut beschreiben. Sie ist nur eine arme alte Frau. Und sie hat Format. Aber es half nichts: Er nahm ein Paar weißer, leichter Baumwollhandschuhe aus seiner Werkzeugtasche und streifte sie über.

Die alte Frau Zangerle blieb völlig reglos sitzen, doch ihr schmaler, runzliger Mund wurde zu einem festen Strich.

»Wo ist denn Ihr Hausanschluss?«, fragte Müller ruhig und sah sich beiläufig in der Küche um. Innerlich verfluchte er sich. Dieser Besuch hatte ein reiner Erkundungsgang sein sollen, nur ein Sondieren der Lage. Und jetzt das. Er brauchte ein Kissen. Frau Zangerle verfolgte seine Bewegungen aus ihren argwöhnischen, wässrigen Augen. Dann, ganz plötzlich, zog sie mit einem absolut schauerlichen Gurgeln Luft ein und begann pfeifend zu hyperventilieren.

Müller stolperte zurück, erschrocken von dem unerwarteten Anfall, und starrte Zangerle an.

»Pillen!«, ächzte sie, was er erst verstand, als sie es wiederholte. »Pillen! Bad!«, dann presste sie ihre Hand aufs Herz und beruhigte sich ein wenig, atmete aber nach wie vor schwer und pfeifend. »Bitte«, sagte sie mit einem flehenden Blick, der Müller das Herz brach, »bringen Sie – mir – Pillen. Aus dem Bad. – Oben.«

Er schüttelte langsam und mit tiefem Bedauern den Kopf und trat einen Schritt zurück. Dieser Anfall war ein Zeichen. Ein Geschenk, das man annehmen musste.

»Sie –«, keuchte die alte Frau daraufhin, ballte ihre Hände zu Fäusten und richtete sich halb auf. »Sie wollen in Steenbergens Haus? Das ist von hier ganz leicht!« Ein groteskes Lächeln verzerrte ihr Gesicht. »Ich zeig's Ihnen. Wirklich leicht. Sie müssen nur«, sie gurgelte wieder so schrecklich, »Pillen. Bitte. Bad.« Die letzten Worte verloren sich in einem Flüstern, dann fiel sie über den Tisch, zuckte, und regte sich nicht mehr.

Und Müller sich erst einmal auch nicht.

* * *

Richard sagte sich, dass er genauer hinsehen musste. Er musste Einzelheiten beachten, er musste treffend interpretieren wie bei einem Übersetzungstext, er musste die einfachen Dinge prüfen, die Konnotationen. In die Zuckerdose schauen. In der Zuckerdose war aber nur Zucker, und auch sonst waren die Details dieses erfolgreichen Steenbergen-Lebens in dem weiten Haus dann doch enttäuschend banal. Das Bezeichnendste war vielleicht der Hunderter-Sparpack Kondome mit abgelaufenem Verfallsdatum, der Richard schmerzlich an sein eigenes Liebesleben erinnerte. Bei den Wertsachen hingegen lag Steenbergen klar vorn: Er hatte eine Rolex in der Nachttischschublade und eine maßgeschneiderte Profi-Musikanlage vom Allerfeinsten, allein die Kabel mochten mehrere tausend Euro wert sein. Aber dann die CD-Sammlung: Phil Collins bis Eric Clapton. Im Kühlschrank: vergammelte Singlepackungen Salat, irgendwelcher japanischer Yuppie-Schnickschnack und viele angebrochene Marmeladengläser. Im Schnapsschrank: volle Flaschen, teils noch als Geschenk verpackt. Im Bücherschrank: eine zweibändige Nietzsche-Biografie direkt neben Dan Browns gesammelten Werken, dazu eine große Menge populärwissenschaftlicher Geschichtsbücher sowie eine kleine Sammlung ungelesen aussehender Literatur über kritische Umweltthemen. Das Einzige, was Richard zumindest in leichte Unruhe versetzte, war ein Schlüssel, den er am Schlüsselbrett in der Küche fand. An diesem einfachen Zimmerschlüssel hing, mit grober Schnur befestigt, ein uraltes Pappschild, auf dem in gestochenem Sütterlin das Wort *Trockenboden* stand. Dieser Schlüssel konnte zu nichts Geringerem gehören als zu der geheimnisvollen Tür im Rosenzimmer auf dem Speicher. Zwar war die Tür eintapeziert, und das Sütterlin auf dem Schild legte nahe, dass sie schon lange nicht mehr benutzt worden war, andererseits durfte Richard bei seiner Hausuntersuchung kein Zimmer auslassen; am Ende war die Tapete doch nicht so alt, und auf dem Trockenboden lagerten Waffen und Drogen. Er nahm also den Schlüssel, holte sich ein scharfes Messer aus der Küche und ging hinauf zum Speicher.

* * *

18.37 Uhr

Frau Zangerles Hand fiel schlaff auf den Tisch zurück, als Müller sie losließ. Dass sie noch atmete, glaubte er nicht, wenn, dann war die Atmung sehr schwach. Um ihren Puls zu fühlen, war er selbst zu nervös. Aber sie sah tot aus, oder zumindest komatös und an der Schwelle zum Abnibbeln, und war das nicht ein ungeheuerliches Glück? Nie hätte er selbst diese Szene so authentisch arrangieren können: Frau übern Küchentisch gesunken. Er hätte sie in ihr Bett oder zumindest auf den Fußboden drücken müssen, um sie mit einem Kissen ersticken zu können, es hätte also einen Kampf gegeben, und er hätte sie an Ort und Stelle liegen lassen müssen, denn im Tod, das wusste er von Steenbergen, versagten die Schließmuskeln, und da, wo der Urin war, musste man später auch die Leiche finden. Nein, so wie es nun gekommen war, so war es viel, viel besser. Außerdem hatte die gute alte Frau Zangerle verraten, dass es einen Weg rüber in Steenbergens Haus gab. Vielleicht über einen Durchbruch auf dem Speicher? Oder sie hatten einen gemeinsamen Luftschutzkeller? Genau, einen Luftschutzkeller, den gab es doch in vielen von diesen Häusern, die zwischen den Kriegen erbaut worden waren. Müller warf einen letzten prüfenden Blick auf die alte Zangerle und ging nachsehen.

* * *

Richard räumte den Atlantis-Tisch beiseite und steckte den Schlüssel ins Schloss: er passte. Er ließ sich nicht leicht drehen, aber mit etwas Druck war es kein Problem. Richard drehte nochmals, zog dann am Schlüssel und nahm das Küchenmesser, um die Tür freizuschneiden. Unter seinen tastenden Fingern spürte er den Rahmen der Tür, das Blatt und die schmale Lücke dazwischen, in die er das Messer stoßen musste. Doch sowie das Messer in der Tapete stak, erkannte Richard, dass die Arbeit bereits getan war: Ein scharfer Schnitt verlief rund um die Tür, in der steifen rosenberankten Tapete so unsichtbar, dass Richard ihn mit bloßem Auge nicht erkannt hätte. Aha, dachte er voller Genugtuung. Also doch. Ein geheimes Zimmer in Steenbergens Haus. Mit neuer Energie drehte er den Schlüssel und drückte gegen die Tür, doch nichts tat sich: Ihr fehlte die Klinke.

* * *

Irgendwann kurz vor sieben

Ein Knall. Müller fiel vor Schreck fast in die Wäschetruhe, die er gerade zur Seite gerückt hatte, da war etwas gefallen, dort oben, wo die alte Frau Zangerle lag, das konnte nicht sein. Nun war alles mäuschenstill, und Müller spürte sein Herz pumpen. Als Kind hatte er einmal einen unheimlichen Traum gehabt: Er schlief, und als er aufwachte, saß neben seinem Bett eine böse alte Frau, die ihn aus gierigen Augen stumm anstarrte. Er hatte völlig reglos gelegen, die Luft angehalten, sich tot gestellt bis es fast stimmte, sieben Jahre alt, und die funkelnden Augen der Alten sagten: Das ist genau das richtige Alter, mein Knecht. Man konnte sie nicht einfach wegblinzeln, sie hatte noch eine ganze Weile neben dem Bett des kleinen Jungen gesessen, und manchmal, in den dunklen Nächten, war sie wiedergekommen. Er hatte es an der Kälte gespürt, derselben bewegten Kälte, die auch hier im Keller herumkroch. Dann hörte er ein Rascheln von oben. Tot gestellt. Plötzlich wusste er, was los war.

* * *

Richard ertastete das Loch, in das die Klinke gesteckt werden musste, er pulte es frei, und weil er so angespannt war, hätte er kurz darauf schon nicht mehr sagen können, ob das Papier der Tapete an der Stelle zuvor schon eingedrückt gewesen war oder nicht, er schätzte: ja. Auf jeden Fall fehlte immer noch die Klinke. Kurz dachte Richard darüber nach, die Tapete komplett abzutasten, weil sie in ihrem wilden Gerank vielleicht sogar Dinge verstecken konnte, möglicherweise war hier irgendwo zwischen den Rosen eine Klinke an die Wand geklebt, die man vor lauter Schräge und Dämmerlicht und Trauerflor nicht sehen konnte. Doch da war nichts. Vielleicht, dachte Richard innerlich seufzend, irgendwo beim Schlüsselbrett. Und begab sich nach unten.

* * *

Etwa sieben

Das Entsetzen machte aus Frau Zangerles Mund ein großes, schreckliches O. Sie hielt den Hörer ihres Telefons in der Hand, doch die Hand war herabgesunken und die ganze Person sah klein und runzlig aus und furchtbar ängstlich dazu. Müller nahm ihr sanft den Hörer aus der Hand und horchte: Da war nur das Freizeichen. Gut. »Frau Zangerle«, sagte er, und legte ihr den Arm schwer um die Schulter, »wo ist denn das Wohnzimmer?«

Stumm wies sie auf eine Tür.

»Sie haben doch sicher eine Couch?«

Zangerle nickte. Er sah, dass sie weinte. Tränen liefen über ihre faltigen Wangen, er sah kleine weiche Härchen darauf, wie bei einem Kind, und Altersflecken, darüber dünnes weißes Haar in ordentlichen Wellen, wie nur noch ganz alte Frauen sie trugen. Es war ein schwerer Gang. Er wollte nicht wissen, wie alt sie war. Sie schluchzte unterdrückt, sehr unterdrückt, irgendwie war es fast schade, dass der Zweieinhalbmeter-Enkel nicht kam. Doch niemand hielt sie auf. Der Weg war frei für Müller zu tun, was er tun musste. Da war die Couch. Es war ein antikes, fest gepolstertes Rosshaarsofa mit grünem Chenillebezug, nicht sehr bequem, dachte Müller, nicht so authentisch wie der Küchentisch, aber eine Alternative gab es nicht. »Bitte setzen Sie sich«, sagte er ernst, und Frau Zangerle setzte sich, den Blick gesenkt, die Knie fest zusammengepresst.

»Liegen Sie denn manchmal hier auf der Couch?«, fragte Müller, und sie schüttelte trotzig den Kopf, machte aber eine unwillkürliche Bewegung hin zu der Decke, die gefaltet auf einer Armlehne lag.

»Doch, tun Sie«, sagte Müller, »und Sie gucken von hier aus fern.«

Zangerle hob den Blick zum Fernseher in der Ecke und nickte stockend. Neue Tränen liefen über ihre Wangen. Müller war nahe dran, sie anzuschreien, denn sie zwang ihn auf die falsche Seite, das hier war nicht richtig, diese alte Frau verlangte ihm etwas ab, das er nie getan hätte im wirklichen Leben. »Jetzt«, sagte er rau, »ziehen Sie die Schuhe aus.«

Sie streifte ihre Pantoffeln ab.

»Und legen sich hin.«

Da schaute sie auf, ihr heftiger Blick sprang ihm ins Gesicht, er schrak zurück; sie erschrak selbst und schniefte und fasste sich und sagte so nüchtern sie konnte: »Der Zugang ist auf dem Speicher, ich zeig es Ihnen, wenn Sie wollen.«

Müller starrte sie an und etwas Warmes fiel auf seine Hand, er wischte es weg. »Bitte legen Sie sich hin«, flüsterte er.

»Es ist kein Problem für mich, ich schaffe die Treppe noch ganz gut«, sagte Frau Zangerle tapfer.

»Vielen Dank«, sagte Müller, »ich werde es finden.«

»Besser ich komme mit«, sagte Frau Zangerle. »Der Aufgang ist versteckt.«

»LEG DICH HIN!«, schrie Müller, was er sofort bereute, denn Zangerle schlotterte nun am ganzen Körper und sah ihn an, als sei er ein Monster. »Frau Zangerle, bitte legen Sie sich hin«, sagte er in wieder einigermaßen gemäßigtem Ton.

Sie konnte sich kaum bewegen, so sehr bebte die alte Frau, doch schließlich schaffte sie es, sich hinzulegen. »Sie wollen mich töten!«, stieß sie dann von irgendeiner neuen Energie beseelt hervor und richtete sich wieder auf.

»Nein«, sagte Müller. »Ich will nur *auf den Speicher.*«

»Warum?«

Er zuckte die Achseln. Neben der Decke lag ein großes Kissen. »Passen Sie auf«, brachte er hervor und hasste sich, weil er schniefen musste, »ich tue Ihnen nichts, ehrlich. Sie legen sich jetzt einfach mal kurz hin und ruhen sich aus. Dieser Anfall da eben, der war ja –«, er mied ihren Blick, »erschreckend. Sie müssen sich erholen. Ich gehe in der Zwischenzeit kurz auf den Speicher –«

»Hören Sie auf«, sagte die Alte müde, »wissen Sie was, ich wollte immer in Würde sterben. In Würde, und nicht allein. Davor hatte ich große Angst. Ich danke dir, Gott«, diese Worte waren nicht mehr an Müller gerichtet, »dass du mich immer gehalten und getragen hast und dass mein Leben so schön war. Für diesen jungen Mann hier danke ich dir nicht, aber immerhin muss ich nicht allein gehen.« Sie richtete ihre Augen wieder auf ihn. »Sie werden Ihr Leben lang an mich denken«, verfluchte sie ihn mit klarer Stimme, und Müller wusste, dass diese Bürde in der Tat eine schwere war. »Ich habe zum Glück nur kurz mit Ihnen zu tun, Sie aber werden mich mit sich herumschleppen an jedem schönen Tag, der Ihnen bleibt.«

Müller senkte den Kopf und nahm das Kissen.

»Und ich bin schwierig«, sagte die alte Dame und kicherte fiebrig. »Das mit der Würde zum Beispiel, ich wusste immer, das krieg ich nicht hin.«

Oh doch, dachte Müller höchst aufrichtig und sah sie an und sah in blitzende, lebendige Augen, und etwas Warmes, Schleimiges landete in seinem Gesicht. Spontan würgte er: Sie hatte ihn angespuckt. Da drückte er sie endlich in die Ecke ihrer Couch, sie wehrte sich, doch herzzerreißend schwach. Er hielt ihr einfach das Kissen aufs Gesicht und presste ihren Kopf tief in die Rosshaarpolster. Diesmal musste sie wirklich sterben.

* * *

Richard kehrte mit einer Auswahl an Klinken zurück, die er im Haus gesammelt hatte, drei Stück: Eine hatte auf einer Heizung gelegen, die beiden anderen stammten aus einer Tür. Auf gut Glück steckte er eine von ihnen in das passende Loch, drückte, drückte fester, drehte am Schlüssel, prüfte noch mal, ob wirklich keine Scharniere da waren, da waren wirklich keine, also waren sie auf der anderen Seite, und die Tür musste gedrückt werden, also drückte er – und sie ging auf. Dann stand er in einem Raum, der gleichzeitig überraschend und enttäuschend war. Das Überraschende an ihm war seine Größe. Dieser Trockenboden sah nicht nur weitläufig aus, er war tatsächlich riesig. Er musste die ganze Länge der Häusergruppe einnehmen, klar: Das war ein gemeinsamer Boden, damit konnte man viel mehr anfangen, lange Wäscheleinen aufspannen, Luft zirkulieren lassen, und vielleicht hatten die Hausmädchen sich hier auf ein Zigarettchen getroffen, wenn sie Feierabend hatten. Ein schöner, dunkler Raum. Trotzdem war Richard enttäuscht von seiner Entdeckung, denn dieser ganze großartige dämmrige Boden schien völlig leer zu sein. Ein paar alte Drähte hingen tatsächlich als Wäscheleinen zwischen den Kehlbalken des Dachstuhls, vier kleine Dachfenster spendeten Licht, so dass man sich umsehen konnte, doch zu sehen war da nichts. Nur altes Holz und die Rückseite der Dachziegel und vier gemauerte kleine Kabuffs mit Türen, die allesamt aussahen, als würden sie nie, niemals geöffnet. Eine davon war sogar mit Brettern vernagelt. Es gab keine alten Truhen, keine Abseiten, nicht einmal eine Dämmung, hinter die man irgendetwas Kostbares hätte stopfen können. Der Raum war einfach leer. Richard suchte noch ein wenig und fand in einer Ecke ein altes Handtuch mit einer gruselig vermoderten Babypuppe darin, dann gab er auf. Er ging zurück in Steenbergens Rosenkabuff, schloss die Tür hinter sich, ließ Schlüssel und Klinke für die Nachwelt stecken, drückte sich wieder an den nicht umfassend untersuchten Papierstapeln vorbei und setzte sich im Wohnzimmer auf die Ledercouch. Es war schon Abend, und er hatte nichts erreicht. Jedes einzelne seiner hundert Kilos drückte ihn schwer auf das kühle Leder. Von draußen hämmerte Regen gegen das Glasdach des Wintergartens. Richard seufzte. Er traute Steenbergen nicht zu, ermordet worden zu sein. An dem Typen war doch kaum was dran, der war nur brillant in seinem Fach gewesen, und vielleicht noch in Einrichtungsfragen, aber ebenso gut konnte es sein, dass hier eine typische Junggesellennotmöblierung zufällig in ein Haus geraten war, dem gerade das hervorragend stand. Und sonst? Der Nachlass enthielt keine Sportutensilien, keine Filmsammlung, keine Spur eines Zeitungsabonnements, keine nennenswerte Bibliothek. Wahrscheinlich hatte Steenbergen nicht mal eine Meinung besessen. Was sollte er da ausrichten? Phil-Collins-Alben auf satanische Botschaften abhören? Sich ins konservative Umweltmanagement einarbeiten? Steenbergens unverständliche Doktorarbeiten entschlüsseln? Richard gähnte. Das Geräusch der fallenden Tropfen auf den Fenstern machte ihn schläfrig. Es war düster im Raum. Steenbergens Couch war erstaunlich bequem. Wenn man das blöde Leder erst einmal warm gesessen hatte, mochte man gar nicht mehr aufstehen. Richard schloss die Augen. Er war hungrig. Er würde jetzt heimfahren, sich eine große Portion ökologisch nicht korrekt angebauter Ofenpommes reinziehen und abends *Dr. House* gucken. Hier gab es nichts zu holen, und zu Hause hörte man die Schritte der Nachbarn im Stockwerk darüber zwar viel lauter, aber es war warm und es –

Richard war plötzlich hellwach.

Schritte!

Er lauschte angestrengt. Er saß reglos. Er schloss die Augen, um besser zu hören. Er atmete kaum.

Das Geräusch wiederholte sich nicht.

Nach einer endlosen Weile, in der es nur einfach immer weiter geregnet hatte, stand Richard auf. Da war etwas gewesen, nicht nur ein Geräusch, sondern eine charakteristische Abfolge, ein:

Laufen. Es mochte eine Täuschung gewesen sein oder ein Tier, aber er musste dem nachgehen.

So lautlos das auf dem alten Parkett möglich war, schlich Richard zum Treppenhaus. Das Geräusch war von oben gekommen. Jemand war im Haus. Jemand, der vermutlich nicht ahnte, dass er Gesellschaft hatte, denn von außen konnte niemand sehen, dass Richard sich im Haus aufhielt, die Lichter waren aus, und es stand kein Auto draußen. Langsam bewegte er sich auf die Treppe zu. Eine Waffe. Sollte er nicht eine Waffe haben? Da hörte er es wieder, diesmal deutlicher: Schritte. Schwere Schritte. Ein Klopfen. Und es kam bestimmt nicht aus dem ersten Stock, dazu war es zu leise. Die Schritte und das Klopfen mussten von ganz oben, vom Dachboden kommen.

* * *

19.10 Uhr

Er stand in Steenbergens Haus. So leicht war das gewesen: einfach nur in der Nachbarschaft klingeln und auf den Speicher marschieren. So furchtbar leicht. Müller schluckte und schritt Steenbergens Speicherteil ab. Er hatte einen Lichtschalter gefunden, ein altes Drehding, und nun betrachtete er alles ganz genau im Licht einer funzligen Glühbirne. 17c besaß einen Zugang zum großen Gemeinschaftsboden, eine hölzerne Tür. Müller klopfte ihren Rahmen ab und begutachtete das Schlüsselloch. Soweit er das sehen konnte, steckte der Schlüssel auf der anderen Seite. Und der Spalt unter der Tür war recht breit. Mit etwas Glück würde der alte Trick mit der Zeitung und dem herausgestoßenen Schlüssel hier funktionieren. Wenn nicht, würde sich ein anderes Hilfsmittel zum Öffnen finden. Müller sah sich um: Natürlich war weit und breit keine Zeitung auf dem Speicher, auch in seiner Werkzeugtasche nicht. Aber die gute alte Frau Zangerle, die würde eine haben. Müller zögerte ein wenig. Er ging nicht gern wieder runter in ihre Wohnstube. Doch er brauchte die Zeitung. Er musste.

* * *

Richard betrat die kleine Kammer und abermals überwältigte ihn der Eindruck von Enge. Er holte tief Luft, um die Beklemmung abzuschütteln, dann stand er und lauschte. Da war nichts. Nur der Regen tropfte gleichmäßig auf das blinde Glas des Dachfensters und färbte sich blutrot im Widerschein der schrecklichen Tapete. War da wirklich jemand auf der anderen Seite? Und wenn ja, war das so ungewöhnlich? Schließlich konnten alle Nachbarn jederzeit auf den alten Trockenboden gehen, sich dort treffen und Schwätzchen halten. Doch Richard glaubte das nicht. Der Boden hatte verlassen ausgesehen, seit Jahrzehnten ungenutzt. Er dachte an die vermoderte Puppe und an die mit Brettern vernagelte Tür. Und war da nicht ein gespanntes Lauschen von jenseits der Wände?

Wenn man wusste, wie unheimlich groß der Raum auf der anderen Seite war, dann gewannen die Rosenranken der Tapete tatsächlich eine neue Qualität, eine Art perverse Schutzfunktion. Das Mädchen, das einst in diesem Zimmer leben musste, hatte sich vor dem riesigen dunklen Speicher gefürchtet, kein Zweifel. Denn dort auf dem Speicher mochte alles Mögliche herumspuken, dort konnten die Hausherren aus der Nachbarschaft erscheinen und Einlass erzwingen, von dort aus konnte man belagert, belauert und belauscht werden. Und vielleicht geschah das sogar gerade jetzt. Vielleicht presste in diesem Moment jemand sein Ohr gegen die Tür, vielleicht an genau der Stelle, wo Richard nun seins gegen die Tür presste, natürlich von der anderen Seite. Vage dachte Richard daran, dass er kürzlich gelesen hatte, Ohrabdrücke seien ebenso individuell wie die Fingerabdrücke eines Menschen, dann meinte er, ganz in der Nähe Schritte zu hören. Tatsächlich. Er war fast erleichtert. Solide, feste Schritte. Nichts Geisterhaftes. Sie kamen näher. Sie waren da.

* * *

19.15 Uhr

Müller versuchte, das Grauen, das in diesem schrecklichen alten Haus herrschte, abzuschütteln, indem er schnell machte. Schnell auf den Speicher zurück, schnell zu Steenbergens Tür, schnell die Zeitung –

Jemand nieste.

Müller stolperte zurück und starrte die Tür an, unter der er in der nächsten Sekunde eine Zeitung hindurchgeschoben hätte. Einen kurzen Moment spürte er echte Panik, die ihn jäh und kalt ergriff: Dort, in der Wohnung des Toten, war jemand. Auf der anderen Seite.

* * *

»Hallo«, sagte Richard, »wer ist da?«

Er hörte heftiges Atmen.

Er öffnete die Tür.

* * *

Immer noch Viertel nach

Miller he's a killer, Miller he's a killer, Miller he's a killer, raste es durch Müllers Kopf. Ich bin Miller der Killer von Kabel Deutschland. Er stand reglos, gebannt vom dunklen Blick eines hünenhaften Kerls, der kaum durch die Tür passte, ein Typ mit Pferdeschwanz und Schurwollepullover, ein überdimensionierter, höchst realer Öko-Fundi aus der guten alten Zeit. Müller räusperte sich, zerknüllte die Zeitung in seiner Linken und blickte zu seiner Werkzeugtasche.

»Hallo«, sagte der Hüne abwartend.

»Hallo«, antwortete Müller verbindlich und räusperte sich wieder. Verdammt, er hatte noch Handschuhe an. Rasch versteckte er die Hände hinter dem Rücken. Das hier war kein GAU mehr, das war der Untergang. Der Typ hatte ihn gesehen, der konnte ihn beschreiben, und das war keiner, der sich widerstandslos zu einer Couch führen und – nein, der hier, der würde sich wehren. »Müller von Kabel Deutschland«, krächzte er und musste sich wieder räuspern. Um nicht noch seltsamer zu erscheinen, versuchte er ein Lächeln. »Mann, haben Sie mich erschreckt.«

Der Hüne lächelte zurück, aber misstrauisch. »Sie mich auch. Ich hab Sie von unten gehört. Ich dachte, da wären Einbrecher unterwegs.«

Müller lächelte wieder, stopfte die Handschuhe, die er sich schnell hinter dem Rücken ausgezogen hatte, in die Hose und hob seine Werkzeugtasche auf. »Nein, nein, wir müssen bloß die Anschlüsse überprüfen, wir vermuten eine Störung in einer der Leitungen aus dieser Wohnanlage, was ein bisschen ärgerlich ist, weil die Nachbarschaft deshalb nicht richtig fernsehen kann.« Er gähnte, um seine Anspannung zu verbergen. »Ich bin schon seit acht Uhr morgens unterwegs, und ich finde die Störung einfach nicht, ich komme eben von der Frau Zangerle, da war auch nix, und da dachte ich, vielleicht haben die hier irgendeinen alten Anschluss auf dem Dach, der sich weiß der Geier wie auswirkt.« Er rieb sich die Stirn und linste den großen Typen vorsichtig unter seiner Hand hervor an, was er da improvisiert hatte, war technisch gesehen Blödsinn, aber der Hüne schien es zu fressen. Die allermeisten Leute kannten sich mit Haustechnik überhaupt nicht aus.

»Tja«, sagte der Hüne und blickte in Richtung einer Stütze. Dort hing tatsächlich noch ein alter Stromkasten aus der Oberleitungszeit. Kabel wanden sich heraus, liefen die Stütze hinunter und verschwanden im Boden.

»Tja«, sagte Müller, jetzt mit einem echteren Lächeln. »Aber ich habe schon nachgesehen, die Störung kommt nicht von dort.« Er wandte sich ab. »Ciao.«

»Wiedersehen«, rief der Hüne. Es klang irgendwie zögernd, als wollte er noch etwas sagen. Und da war es, als ob irgendein Faden an Müller zog und ihn zurückdrehte.

»Ach so, Moment mal –« Du musst in Steenbergens Haus, rügte er sich. Noch so eine Tour wie heute ist nicht drin. Du kannst nicht den Hausschlüssel von der Zangerle mitnehmen, viel zu auffällig, und der würde auch nichts nützen, denn du darfst dich von diesem Tag an nie mehr hier blicken lassen. *Jetzt* musst du rüber, jetzt sofort in dieses blöde Haus an diesen blöden Steenbergen-Computer, unverzüglich, auf der Stelle, *now*. Er räusperte sich wieder und schaute zu dem großen Mann, der hatte sich nicht gerührt und blickte ihn nachdenklich an. »Sind Sie zufällig aus 17c?«, fragte Müller ihn.

»Dies ist 17c, ja.«

Müller machte einen Schritt auf ihn zu. »Gott sei Dank«, sagte er froh, »ich versuche schon seit Tagen, Sie zu erreichen. Sie sind der Einzige, bei dem wir noch nicht nachschauen konnten, Herr –« Er zückte sein Klemmbrett.

Der Hüne schüttelte den Kopf. »Sie meinen Herrn Steenbergen. Der ist tot.«

»Oh«, sagte Müller. »Mein Beileid. – Aber könnte ich vielleicht trotzdem kurz ins Haus, nur mal eben nach dem Kabelanschluss schauen, das dauert maximal eine Viertelstunde, und die Nachbarn werden es Ihnen danken.«

»Tut mir leid«, sagte der Hüne darauf. »Ich kann Sie nicht hineinlassen. Ich bin kein Angehöriger von Herrn Steenbergen, ich bin selbst nur da, um etwas zu überprüfen.«

Eine Pause entstand. Müller blickte den Öko-Typen interessiert an, und der schien etwas von seiner Sicherheit zu verlieren. Etwas überprüfen? Was sollte das denn sein?

»Es geht ganz schnell«, sagte Müller schließlich, nachdem der Große sich nicht weiter erklärt hatte. »Ich schaue mir den Hausanschluss an, mache den Fernseher an, fahre den Computer hoch und telefoniere einmal. Das ist alles, und vielleicht können dann die Nachbarn heute Abend wieder störungsfrei fernsehen.«

Der Typ hob die Achseln. »Leider geht das nicht. Ich kann Ihnen nur die Adresse des Nachlassverwalters von Herrn Steenbergen geben, mit dem können Sie einen Termin ausmachen.«

»Der Nachlassverwalter«, sagte Müller enttäuscht, »wird der sich denn Zeit nehmen hierherzukommen?«

Sie sahen sich zweifelnd an, und der Hüne hob abermals die Achseln, diesmal bedauernd. »Mehr kann ich Ihnen nicht anbieten«, sagte er, doch es klang nicht mehr ganz so bestimmt.

* * *

Richard ließ ihn dann doch ein, den Sowieso von Kabel Deutschland, es war ja eigentlich albern, sich zu zieren, was machte das schon, wenn die Leitungen eben mal kurz überprüft wurden und die Nachbarschaft nicht monatelang auf störungsfreien Empfang warten musste. Der Mann war auch gar nicht unangenehm, ein junger, treuherziger Typ, der artig Peters Karte entgegennahm (davon steckte mindestens ein Dutzend im Dossier) und Richard respektvoll anschaute. Dann las er die Karte und seine Augen weiteten sich, kein Wunder, bei all den Titeln und Spezialgebieten, die der Anwalt aufführte, noch dazu auf allerfeinstem Bütten.

»Glauben Sie wirklich, dass *der* hierherkommt, um mir mal eben die Telefondose zu zeigen?« Der junge Mann schaute bittend und ein bisschen verschwörerisch, strich sich seine dunklen Haare zurück, packte seine Werkzeugtasche fester und warf einen kurzen Blick durch die Tür in das dunkle Rosenzimmer.

Peter Welsch-Ruinart wird jemanden schicken, dachte Richard. Und dann dachte er: Ach, was soll's, wir Proletarier müssen zusammenhalten. »Kommen Sie rein.«

* * *

19.21 Uhr

Drin! Ha! Wer immer der Riese war, er hatte ihn reingelassen.

»Ich nehme an, der Hausanschluss ist im Keller«, sagte Müller und pfiff durch die Zähne, als er die Rosentapete in dem kleinen Zimmerchen zu Gesicht bekam. Ob Steenbergen die ausgesucht hatte? Und was dieser große Typ hier wohl machte? Etwas überprüfen? Was? Vermutlich war er von der Kanzlei dieses Testamentsvollstrecker-Anwalts, denn von dessen Karten hatte er einen ganzen Stapel. »Auf dem Speicher ist er nämlich definitiv nicht.« Müller lächelte, passierte Wohnräume, die völlig anders aussahen als die der alten Frau Zangerle, und ließ sich die Kellertreppe zeigen. Der Riese tappte ihm hinterher. Der Mann war auch nervös, das spürte Müller. Der gehörte nicht hierher, der war vielleicht sogar selbst illegal im Haus, der hatte keine

Lichter angehabt und sein Auto irgendwo anders geparkt, vor der Tür jedenfalls nicht, da hatte weit und breit nichts anderes als Müllers weißes Handwerkerauto gestanden.

»Verrücktes Wetter, was?«, sagte er, weil der andere hinter ihm so unheimlich schweigsam war.

»Für die Jahreszeit«, stimmte der Riese zu.

Dann waren sie im Keller, in der Waschküche, am Hausanschluss. Befriedigt sah Müller den grauen Aufputzkasten mit dem Breitbandverteiler. Er stellte seine Werkzeugtasche ab, holte einen Schlüsselbund mit mehreren handelsüblichen Verteilerschlüsseln heraus und nahm sich das Schloss vor. »Wären Sie so lieb, jetzt mal den Fernseher einzuschalten?«, fragte er beiläufig. Es sah zwar ganz danach aus, als ob der Riese nichts von Telefonanschlüssen verstand, aber es war besser, wenn er nicht die ganze Zeit zusah. »Und den Computer auch?« Müller guckte kurz und auffordernd über die Schulter, und der Riese ging. Er hatte zwar nicht sehr begeistert ausgesehen, aber er ging.

19.24 Uhr

Der dritte Schlüssel passte. Müller öffnete die Tür und drehte mit einem Stromprüfer den Hausanschlussverstärker voll auf. Nun müsste der Fernseher eine saftige Störung zeigen. »Ist der Fernseher an?«, schrie er nach oben.

»Nein«, kam es zurück. »Hier ist kein Fernseher.«

Ach du ahnst es nicht, dachte Müller. Alles musste man selber machen. »Vielleicht ist er im Schlafzimmer«, schrie er. »Manche stellen sie auch in den Schrank!«

»Was?«, kam es von oben.

Müller legte die Werkzeuge hin. »Ich komme mal hoch«, rief er.

* * *

Richard stand in Steenbergens Wohnzimmer neben der Profi-Musikanlage und den Altherrenrock-CDs und dachte, dass es nicht wahr sein konnte, dass er hier in jedes Loch geguckt, aber nicht gemerkt hatte, dass nirgends ein Fernseher war. Dieser

Steenbergen hatte allen Ernstes auf seiner Riesenledercouch gesessen, Dan Brown gelesen, Phil Collins gehört und *sonst nichts*. »Herr Steenbergen hatte keinen Fernseher«, sagte er zu dem Kabel-Deutschland-Fritzen, der soeben aus dem Keller kam.

Der junge Mann blickte ungläubig und sah sich suchend um. Dann schaute er auf sein Klemmbrett. »Aber er steht hier als Kunde. Gunter Steenbergen, Bernhardis-Straße 17c.«

»Es ist keiner da, auch oben nicht«, versicherte Richard und folgte dem Blick des Kabelmannes, der nachdenklich auf einem breiten Regal an der Wohnzimmerwand ruhte, wo ohne weiteres ein Flachbildschirm Platz gefunden hätte.

»Dann war er wohl geschieden.«

»Bitte?«

»Ja. Ein Scheidungsopfer. Seine Ex hat den Fernseher mitgenommen, und er hat anschließend nur noch den Computer benutzt.«

Nun guckte Richard ungläubig.

»Oder das Laptop. Mit den meisten kann man jetzt auch fernsehen.« Der junge Mann seufzte. »Aber uns hilft das nicht weiter. Wir müssen hoffen, dass wir am Computer was erkennen. Vielleicht hat er ja eine TV-Karte da drin.«

* * *

Halb acht

Das hier war ein Himmelfahrtskommando. Das hätte er nie machen dürfen. Dieser Schurwolleriese, der hinter ihm herschlich, sah aus, als würde er es genau nehmen, als würde er in einem halben Jahr noch mal auf das zurückkommen, was ihn heute gestört hatte. Solche Leute hatte Müller gefressen, und jetzt, da er improvisieren musste, war so einer im Nacken ganz besonders unangenehm. Vor allem, da dieser blöde Steenbergen keinen Fernseher hatte. *Keinen Fernseher hatte*, das musste man sich mal vorstellen! Das bedeutete, dass er einen BNC-Adapter für den Schraubanschluss im Verteilerkasten brauchte. Müller hatte so einen, aber vielleicht nicht dabei. Und wenn nicht unten im

Keller der übliche Breitbandverteiler geprangt hätte, dann wäre er jetzt gegangen, denn das Risiko, Kabel Deutschland zu spielen, wo kein Kabel Deutschland war, das war unter den Augen dieses grüblerischen Aufpassers einfach zu groß. Doch dieses Haus hing am Kabelnetz, Fernseher hin oder her. Und er war drin. Der Rest würde ihm auch noch gelingen.

* * *

Das Laptop. Merkwürdige Formulierung, als wüsste der junge Mann genau, dass Steenbergen eines besessen hatte. Nachdenklich stieg Richard hinter ihm die Treppe hoch zu Steenbergens Büro. Doch natürlich befanden sie sich in einem Yuppie-Haushalt, und Yuppie-Haushalte starrten vor elektronischem Gerät, dieser hier machte keine Ausnahme, trotz der schönen weiten Räume. Der fehlende Fernseher war da wohl mehr eine Koketterie, das gab Steenbergen die nötige Facette privaten Verzichts. Und wie absolut vorteilhaft in seiner Position, zwanglose Unkenntnis zu praktizieren: Nein, ich *konnte* die Reportage über die galoppierende Erderwärmung gestern nicht sehen. Ich besitze keinen Fernseher. Wissen Sie, was die für eine Energiebilanz haben …? Für den jungen Handwerker wiederum war ein Laptop vermutlich so selbstverständlich wie eine Zahnbürste. Und bestimmt hatte er recht: Steenbergen musste einen Zweitcomputer besessen haben. Allein für die Reisen.

Während Richard für den Kabelmann den fest installierten Bürocomputer wieder hochfuhr, ging er im Geiste all die Stellen durch, die er bereits durchstöbert hatte. Bis in die hintersten Winkel war er vermutlich doch nicht gekommen. Oder war das Laptop im Betrieb? Hatte ein Angehöriger es mitgenommen? Lag es bei der Polizei?

»So«, sagte der junge Mann in diese Gedankengänge hinein. »Okay, prima.« Er starrte den Bildschirm an. »Kann gut sein, dass die Störung aus dieser Ecke hier kommt«, sprach er dann im Plauderton, während er in seiner Werkzeugtasche kramte. »Das wäre die Erklärung: Wenn der Bewohner keinen Fernseher hatte, dann hat er es vielleicht gar nicht gemerkt. – Okay.« Er bückte sich, um die Hardware zu untersuchen, und murmelte etwas von Empfängern und TV-Karten.

Richard betrachtete mit gefurchter Stirn den schmalen Rücken des jungen Mannes.

»Okay. Okay«, sagte der halblaut zu sich selbst. Dann richtete er sich wieder auf. »Ich muss noch mal in den Keller.« An der Tür wandte er sich um. »Würden Sie eben mitkommen, bitte? Ich brauche vielleicht jemanden, der mir hilft.«

* * *

19.40 Uhr

Müller durchsuchte ungeduldig seine Werkzeugtasche und fand tatsächlich den Stecker und ein ziemlich mitgenommen aussehendes Kabel. Erleichtert verband er sein eigenes Laptop mit dem Anschluss im Keller und rief ein Fernsehprogramm auf. Es funktionierte, allerdings wurde das Bild durch die Übersteuerung übel gestört. Müller frohlockte innerlich. »Der Anschluss ist da«, murmelte er wie zu sich selbst, »und er funktioniert, aber sehr schlecht. Wir sind der Sache auf der Spur.« Er klopfte auf den Breitbandverteiler. »Komm, Baby, zeig mal, was du drauf hast.« Dann spielte er ein wenig mit dem Verstärker und ließ das Bild noch schlechter werden. Schließlich schüttelte er bedenklich den Kopf. »Ich will das mit allen Geräten im Netz haben. – Tja, würden Sie mal auf den Bildschirm achtgeben? Ich gehe hoch und teste. Sie schreien, wenn sich was ändert, okay? Also wenn es noch griesiger wird.«

»Alles klar«, sagte der Riese ohne sichtliches Misstrauen, und Müller eilte hoch an den Computer. Jetzt erst mal Handschuhe anziehen, die Tastatur konnte er nachher niemals ordentlich abwischen. Gut. Los. Hoffentlich war *hier* das Passwort eingespeichert. Müller rief Steenbergens lokales E-Mail-Programm auf, und das klappte schon mal. Gut. Darauf war aber nichts Interessantes, nur viel, viel Werbung, das hatte Steenbergen offensichtlich kaum noch genutzt, das war zur Spam-Ablage verkommen, ein Relikt aus den Tagen, da es noch keine Flatrates gab und Internetzeit teuer war. Doch jetzt konnte es noch einmal nützlich sein, denn zur Not würde es Müller helfen, das Passwort für den eigentlichen Account zu finden. Steenbergens eigentlicher Account war online. Es hatte davon mindestens zwei Stück gegeben: den geschäftlichen und einen privaten. Der geschäftliche war inzwischen stillgelegt, das hatte Müller selbst beim Technical Support der ENERGIE angeleiert und das Postfach dabei ganz offiziell noch einmal gesichtet. Doch im geschäftlichen Postfach war die Mail nicht gewesen, da hätte er es ja auch viel zu leicht gehabt. Müller rief den Browser auf und fand oben auf der Bedienerleiste ein kleines grünes Symbol. Er klickte es an und landete auf der *Freenet*-Eingangsseite. Gut. Weiter. Die Mailadresse kannte er, die konnte er zur Not auch manuell eingeben, das Problem war eben das Passwort, das hatte er in vielen Stunden Probierens nicht herausbekommen, und ein Trojaner nützte ihm nichts, weil Steenbergen seine Computer ja nicht mehr einschalten konnte. Lass ihn das Passwort einfach hier gespeichert haben, dachte Müller aufgeregt und klickte sich fiebrig durch die Fenster. Lass die blöde Mail noch ungelesen sein, lass sie nirgendwo aufgerufen sein, lass mich bitte bitte nicht auch noch das Laptop suchen, den Palm, das Smartphone oder sonst einen verdammten Computer irgendwo auf der weiten Steenbergen-Welt, lass ihn – er hatte das Passwort gespeichert, der liebe gute Steenbergen. Müller war drin. Sofort erschien die Meldung: Es wurde 547 Mal vergeblich versucht, auf Ihr Postfach zuzugreifen. Diese Meldung hatte Müller erwartet, trotzdem trieb sie ihm den Schweiß auf die Stirn. Er löschte sie. Dann öffnete er den Posteingang. Scrollte. Suchte. Und fand sie. Tatsächlich, da war sie, Nataschas Nachricht, Müller erkannte sie am Nachnamen, der Teil der Mailadresse war: Kassin@ENERGIE.de. Im Betreff stand schlicht: *Bitte um ein Gespräch*, und sie war noch ungelesen. *Ungelesen*. Müller keuchte vor Erleichterung. Ungelesen bedeutete, dass sie nur im Netz existierte, dass sie nicht schon in irgendeinem Gerät hockte und zufällig von einem Angehörigen oder Nachlassverwalter entdeckt werden konnte. Am dritten

Tag nach Steenbergens Tod eingegangen, das war ein Montag gewesen, da hatte man im Betrieb von seinem Ableben noch nichts gewusst, die Bombe war erst später geplatzt. Drei Tage zu spät, Natascha. Diese dumme Kuh! Diese dumme, dumme Kuh! Müller atmete durch. Er zitterte. Er musste runterkommen. Er hob den Kopf.

»Wie sieht's aus?«, brüllte er Richtung Tür. Aus dem Keller kam gedämpfte Antwort. Der Mann von der Kanzlei behielt brav das Bild im Auge. Also nur die Ruhe. Ganz entspannt Luft holen. Ausatmen. Er hatte noch Zeit, die Nachricht zu öffnen: Lieber Gunter, stand da, ich möchte Sie dringend um einen privaten Gesprächstermin bitten. Es geht um heikle betriebliche Vorfälle, mit denen ich zu tun habe und die möglicherweise illegal sind. Mit freundlichen Grüßen, Natascha Kassin.

Möglicherweise illegal, dachte Müller grimmig, während er die Mail löschte und den Papierkorb leerte, damit sie auch wirklich verschwunden blieb. *Möglicherweise* illegal! Natascha-Herzchen hatte immer dick mit abkassiert! Dann musste sie natürlich an Steenbergens Privatadresse schreiben! Und niemand hatte das Passwort für dieses blöde Postfach rauskriegen können! Diese – ach! Jetzt war zum Glück nichts mehr mit Aussteigen und Verraten, nun zitterte und schlotterte Natascha vor Angst, jetzt war sie mit der Geschichte von dieser Mail zu ihm gerannt, weil sie sich schier in die Hose machte. Weil irgendwer – ja wer wohl? Die AUFTRAGGEBER? – den großen unantastbaren *Dr. Dr.* Steenbergen am Totenmaar mit CO_2 gekillt hatte, eindeutiger ging es nicht, haltet alle brav den Mund, hieß das, macht gefälligst weiter wie bisher und seid *ganz* ruhig, sonst kommt Mama Mafia und holt euch alle ans Totenmaar. Müller betrachtete den Computer, der nun rein und jungfräulich vor ihm stand, und fühlte sich klebrig. Man sollte aber doch noch mal nach dem Passwort suchen, dachte er. Für alle Fälle. Er horchte in Richtung Tür. Nichts. Der Typ hockte nach wie vor im Keller. Also rasch: Müller verließ das *Freenet*-Portal und rief den lokalen Mail-Client auf. Wenn der als Backup für den *Freenet*-Account angegeben war, dann würde man dort vielleicht eine alte Bestätigungsmail für das *Freenet*-Passwort finden. In fliegender Hast scrollte Müller sich durch die vielen Werbenachrichten. Und dann fand er sie tatsächlich, die Nachricht von *Freenet*, die ein Passwort betraf. Der Schweiß rann ihm den Rücken hinab, während er sie öffnete. Dann starrte er verdrossen den Bildschirm an: Das Passwort lautete *at1anTI5*. Was ein Hohn: Atlantis, das nie gefundene. Ein merkwürdiges Gefühl beschlich Müller. Ein Gefühl, als ob das Schicksal sich heimlich über ihn amüsierte.

* * *

Unter dem Bildrauschen lief auf dem Laptop eine aufgedonnerte Vorabendreportage über den Vulkanausbruch auf Thera vor 3000 Jahren, und Richard war von dem Ton der Mitwirkenden schnell so genervt (Dr. Simon Meyer von der Ben-Gurion-Universität glaubt, einer absoluten Sensation auf der Spur zu sein! Dr. Simon Meyer von der Ben-Gurion-Universität, was haben Sie da gefunden? – Nun, mag sein, dass wir auf einer Spur sind! – Oh, Dr. Simon Meyer von der Ben-Gurion-Universität, das wäre ja eine absolute Sensation!), dass er beschloss, diesem Kabeltypen mal über die Schulter schauen zu gehen. Doch in dem Moment kam der schon die Treppe herabgepoltert und fragte etwas atemlos: »Na?«

»Es hat sich nichts am Bild geändert«, sagte Richard.

»Aha«, sagte der Kabelmann und kratzte sich am Kopf. »Tja, dann – dann ist es vermutlich wirklich das Erdkabel, wie wir schon befürchtet haben. Was natürlich der GAU ist, denn da muss die Straße aufgerissen werden.« Er drehte noch ein wenig an dem Kasten herum und brachte das Bild auf dem Laptop in einen unwesentlich besseren Zustand. Dann sagte er: »Gut, besser geht's nicht, das war's, vielen Dank, da werden wir vielleicht auch mal die Telekom kontaktieren müssen.« Er schaltete das Laptop aus und packte seine Sachen zusammen. »Ach ja«, fügte er an, während er Schraubenzieher und Handschuhe in die Werkzeugtasche einsortierte. »Darf ich fragen, wie Sie heißen und wie ich Sie erreiche, wir müssen sehr wahrscheinlich noch mal hier rein.«

»Romanoff heiße ich«, antwortete Richard bereitwillig. »Aber ich hatte mit Herrn Steenbergen eigentlich wenig zu tun. Rufen Sie doch bitte die Nummer von der Karte an, die ich Ihnen gegeben habe. Ich selbst bin nur –«, aus den Augenwinkeln sah er, wie der junge Mann mitten im Packen gespannt innehielt, »– selten im Büro.«

»Hm«, machte der junge Mann desinteressiert und packte fließend weiter, und Richard zweifelte sofort an seiner Beobachtung.

Dennoch sagte er nachdenklich: »Und wie erreiche ich Sie?«

Der junge Mann blickte auf. »Müller ist mein Name«, sagte er nüchtern, »aber rufen Sie Kabel Deutschland an. Ich gebe Ihnen unsere Karte. – Ach so ja, dann muss ich noch mal hoch auf den Speicher. Ich glaube, ich habe da meine Jacke liegenlassen.«

Richard nahm die Karte und brachte den jungen Mann nach oben. Dort war keine Jacke. »Die wird noch bei der Frau Zangerle sein«, sagte Müller. »Ich gehe einfach hier oben herum, denn ich habe ihr sowieso versprochen, die Speichertüren zu schließen. Sie ist nicht mehr gut zu Fuß.« Er ging zum benachbarten Kabuff, brüllte hinein: »Frau Zangerle! Ich komme jetzt wieder runter!«, nickte Richard zu und schloss die Tür hinter sich. Richard ging zerstreut ins Rosenzimmer zurück. Den jungen Müller vergaß er sofort. So sehr dachte er darüber nach, wo das Laptop sein könnte.

* * *

19.57 Uhr

Die zweite Rückkehr in Frau Zangerles Haus war nicht mehr ganz so schlimm. Müller spürte sogar das verrückte Bedürfnis, etwas mitzunehmen. Ein Souvenir. Was natürlich absolut hirnrissig war, nur Serienmörder im Film nahmen Souvenirs mit. Trotzdem verweilte er länger als nötig im Haus der alten Dame, so als ob es noch etwas Wichtiges zu tun gäbe, als ob etwas fehlte und er es irgendwie herbeibringen müsste. Fast träumerisch betrachtete er Frau Zangerles Schlafzimmer, ihr Bad – und da fiel ihm ein, dass es hier vielleicht wirklich noch etwas Interessantes gab: die Pillen. Rezeptfreie Drogen konnte man immer gebrauchen. Müller inspizierte den Spiegelschrank über dem Waschbecken im Bad. Er war voll uralter Medikamente. Die Zangerle hatte gesammelt. Müller sah rasch die vielen vergilbten Päckchen durch, und dann nahm er sich tatsächlich ein Souvenir mit.

Jetzt aber schnell raus aus dem Haus, damit er den Mann mit Zopf nicht verfehlte, er wollte ihm folgen, wenn er nach Hause fuhr. Müller eilte zur Vordertür, in der noch der Hausschlüssel steckte. Er ließ den Schlüssel, wo er war, damit alles so aussah, wie er es aufgefunden hatte, verließ das Haus und zog nur sanft die Tür hinter sich zu.

* * *

Das Laptop war im Auto. Dass er da nicht draufgekommen war, das war doch klar: Die wichtigen Sachen lagen immer im Auto – wenn einer eins hatte. Der schmale Computer befand sich im Fußraum des Beifahrersitzes und war in butterweiches Leder verpackt, in ein wahres Schmuckstück von Tasche. Wenn das kein Fund war. Richard packte die Tasche mit dem Laptop in eine Plastiktüte, die er in der Küche fand, lud alles auf sein Fahrrad und fuhr durch den warmen Regen nach Hause. Diesmal ohne S-Bahn. Er brauchte Luft.

* * *

20.35 Uhr

Das durfte nicht wahr sein: Der Öko-Riese war mit dem Fahrrad da. Natürlich. Deswegen hatte kein Auto vor der Tür gestanden. Nun hatte Müller umsonst in dem blöden weißen Van gewartet – die längste halbe Stunde seines Lebens: umsonst, denn einem Fahrradfahrer konnte man nicht unauffällig mit dem Auto folgen. Müller versuchte es, doch der Öko bog natürlich sofort gegen die Fahrtrichtung in die nächste Einbahnstraße, und damit war Müller aus dem Rennen. Verflucht sollten sie sein, diese blöden Alternativtypen, die es lustig fanden, gegen Verkehrsregeln zu verstoßen! Müller war versucht, die Polizei anzurufen. Dann tastete er seine Tasche nach der Büttenkarte Peter Welsch-Ruinarts ab und fuhr zu Axel. Den Van abgeben.

* * *

Zu Hause schaltete Richard erst mal seinen eigenen, ungestörten Fernseher ein und stellte ihn stumm, weil *Dr. House* noch gar nicht lief. Dann pflanzte er sich mit einer Flache Kölsch, einer Tüte Chips und Steenbergens Laptop auf die Couch. Das Laptop war ein Supercomputer, kantenlos wie ein Ufo, und es hatte eine so gefällige Art, schnell hochzufahren und sich widerstandslos in Richards Funknetz einzuwählen, dass er kurz darüber nachdachte, ob nach Klärung des Falls irgendwer dieses Kleinod vermissen würde. Dann aber wusste er nicht recht weiter. Der hübsche Computer schwieg ihn an wie eine Frau, bei der man nicht wusste, ob es sich lohnte, sie anzuquatschen. Halbherzig suchte Richard nach dem Mailprogramm, fand einen kleinen grünen Button in der Bedienerleiste, drückte ihn und landete im *Freenet*-Portal. Steenbergens Passwort war gespeichert. Richard rief die Mails auf und entdeckte, dass irgendwer noch am zweiten Tag nach Steenbergens Tod diverse Nachrichten geöffnet hatte. Das fand er zuerst unheimlich, dann interessant, und schließlich fiel ihm ein, dass die Polizei vermutlich das Gerät gesichtet hatte. Seitdem waren dann noch über zweihundert Nachrichten eingegangen. Zweihundert Briefe an einen Toten. Und unzählige gelesene, die davor gekommen waren. Viel Privates schien aber auch hier nicht dabei zu sein. Die meisten Betreffzeilen handelten von Kundentreue und Bonuspunkten. Richard seufzte, schrieb *Dr. House* ab und ackerte sich durch. Es dauerte drei Stunden und zwei Biere und brachte zwei Erkenntnisse. Erstens: Die ENERGIE war ein riesiges Geflecht von Einzelfirmen, die von ehemals waffenfähigem Uran bis hin zu Trinkwasserleitungssystemen für Entwicklungsländer nahezu alles vertrieben, was mit menschlicher Grundversorgung zu tun hatte. Steenbergen hatte dabei keineswegs zum Vorstand des gesamten Konzerns gehört, wie die reißerischen Zeitungsberichte durchblicken ließen, sondern war »nur« in der Führungsebene der ENERGIE*base* beschäftigt gewesen, der Firma, die am direktesten für die eigentliche Energieerzeugung und -verteilung arbeitete, also Betreiberin von Kraftwerken und Stromnetzen war. Zweitens: Steenbergen war vergleichsweise reich gewesen, und Reichsein war anstrengend. Sowie man viel Geld auf einmal ausgab, bekam man von allen Seiten Post und wurde in komplizierte Beratungs- und Bonussysteme eingebunden, die verwaltet werden mussten und die neben Anlagetipps auch so unglaubliche Dinge wie Golfen im Naturschutzreservat, Jungfrauen-Beglücken in Themenbordellen oder Bären-Massakrieren in Sibirien versprachen. Seien Sie nicht dumm! Denken Sie an die Inflation! Machen Sie Schulden und zwar bei uns! Dann bekommen Sie ein einmaliges Jagderlebnis über den Buchten des Baikalsees dazugeschenkt! Das müssen Sie mitnehmen! Wenn Sie zögern, tut es ein anderer! Wer weiß, wie lang es den Euro noch gibt! Oder Bären!

Irgendwann floh Richard in die Küche und holte sich noch ein Bier. Kein Wunder, dachte er wütend, dass man angesichts dieses skandalösen Ausverkaufs einen Hau kriegte und anfing, nach Atlantis zu suchen. Der alte Steenbergen war ja fast noch zu beglückwünschen, dass er so ein – ja: *vernünftiges* Hobby gehabt hatte, das ihn vom Gebrauch seiner vielfältigen Reichenmöglichkeiten abhielt.

Und dann fragte Richard sich, weshalb er einfach automatisch annahm, dass Steenbergen sich wirklich hatte abhalten lassen. Das konnte man doch gar nicht wissen. Der Typ war zwanzig Tage im Monat auf Reisen gewesen, da konnte gut und gern eine kleine Safari dabei gewesen sein. Vielflieger wie er packten so was vielleicht in ein verlängertes Wochenende. Und wenn man der Theorie folgte, dass sich im Leben alles irgendwie ausglich, dann musste Steenbergen in der Tat irgendwas angestellt haben. So ein Tod wie seiner, das sah mächtig nach Strafe aus. Nach Schicksal. Nach einem Strippenzieher ganz weit oben, der sauer war wegen der Bären und noch so einigem anderen und der sich jetzt auch mal – ein Mal – amüsieren wollte. Ha, ha.

Eine Viertelstunde vor Mitternacht rief Richard schließlich bei Fred an. Fred war so was wie sein freier Mitarbeiter, ein Lehramtsstudent, der keine Arbeit ablehnte, weil er seinen vierjährigen Sohn irgendwie mit durchbringen musste. Richard dachte kurz an Steenbergen, während er wählte: Auch der hatte in sehr jungen Jahren ein Kind gezeugt, doch offensichtlich hatte das seine Karriere nicht behindert.

Irgendwer hob ab und meldete sich nicht, das machte Fred immer so: Er lauschte gespannt ins Telefon wie ein ganz kleiner Junge.

»Fred?«

»Richard?«

»Genau. Du, Fred –«

»Mann, ich hab gerade an dich gedacht.« Freds müde Stimme gewann rasch an Kraft. »Sag mir, dass du Arbeit hast.«

»Na ja«, sagte Richard mit Blick auf Steenbergens Laptop, mit dem er zuletzt versucht hatte, sich eine Bahnverbindung zu dem ominösen Totenmaar herauszusuchen. »So was in der Art schon.«

Fred kaute nun hörbar, das tat er oft beim Telefonieren. Vermutlich legte er sich extra Knabbereien neben den Apparat, um immer gerüstet zu sein, wie für eine Bahnfahrt. »Krass. Dachte schon müsste in diesen befeuerten – mhm – Pfeudo-Veggie-Laden zurück.« Er schluckte. »Ich hab ja rausgekriegt, dass die mit Tiefkühlgemüse aus Spanien kochen und das ist so was von verlogen, echt, und das hab ich Markus auch gesagt, wenn du verstehst, und jetzt zurückmüssen ist voll Kacke.« Er machte eine Pause und raschelte dabei mit irgendeiner Tüte. »Na ja, immerhin nehmen sie kein Fleif.«

»Fred«, sagte Richard, »hast du eigentlich ein Auto?«

Nun blieb es still. Für Freds Verhältnisse sehr lange still. »Rick«, sagte er dann völlig klar.

»Also ja.«

»Mann, du, Rick, ich weiß, ich weiß, aber wir brauchen das. Ich muss Simon morgens in die Kita bringen, echt, und das schaffen wir mit der Bahn nicht. Und setz du mal so einen kleinen Knopp bei Regen aufs Fahrrad, und dann muss ich ja über die Zoobrücke, und du weißt, was da für ein Verkehr ist, also das ist mir auch einfach zu gefährlich, Rick, denk nur mal an all die Laster, die da morgens –

»Halt«, sagte Richard. »Fred, ich brauche dein Auto. Und dich, zum Fahren.«

»Oh«, sagte Fred.

»Hast du morgen Zeit?«

»Oh«, sagte Fred wieder. Und: »Na klar, für dich doch immer.«

»Wir müssen ans Totenmaar«, sagte Richard. »Das ist in der Eifel, da kommt man von hier aus schlecht hin. Zu wenig öffentliche Verkehrsmittel. Liegt ein bisschen einsam, dieses Maar –«

»Ich hab davon gehört«, sagte Fred heiter. »Da ist dieser ENERGIE-Typ gestorben, an Kohlendioxidvergiftung, ich hab am Boden gelegen, echt ...!«

»Fred!«, sagte Richard streng.

»Du etwa nicht?«

Richard seufzte. »Morgen früh um zehn bei mir.«

»Okay. Ricky?«

»Was?«

»Ich muss es dann in bar haben.«

»Na klar, Fred.«

Fred lachte. »Gibt es da wirklich keinen Bus hin, ans Totenmaar? Oder werden wir jetzt alt?«

»Keinen Bus, den ich erreichen würde«, sagte Richard steif.

Fred lachte wieder. »Also gut, Rick, bis dann.«

Eine alte Frau.

Ja, das war schlimm.

Ach, die hat Sie also gerührt?

Natürlich. Ich bin doch kein Unmensch.

Sie hätten sie leben lassen können.

Soll ich Ihnen mal was sagen: Das da in Steenbergens Haus, das war ein Superjob. Das war der Hammer, ich bin da rein und hab diesen Ökoheini voll abgezockt, und der hat es noch nicht mal gemerkt! Der hat mir alles geglaubt, der hat mich vergessen, als ich aus der Tür raus war! Das ist es, was ich meine mit: Hackersein.

Die alte Dame hatte Sie sofort durchschaut.

Die hätte mir auch geglaubt. Ich war bloß in dem Moment zu vernagelt. Ich habe falsch reagiert. Als sie mich beschuldigt hat, ich wär nicht von Kabel Deutschland, da haben meine Nerven versagt, weil ich einfach nicht damit gerechnet habe. Die alten Damen glauben mir sonst immer! Und die hier, die war auch nicht anders, die hatte nur Langeweile und wollte diskutieren. Ich hätte einfach cool bleiben müssen und ihr eine Geschichte erzählen. Das wär's gewesen. Aber ich war nervös ... Andererseits: Ohne sie wäre ich nie rüber in Steenbergens Haus gekommen, also hatte die Sache dann doch ihr Gutes.

Sagen Sie mal: Was ist das eigentlich für ein Gefühl, wenn ein Mensch unter Ihren Händen stirbt?

Wollen Sie mir jetzt ein schlechtes Gewissen machen?

Nein, es interessiert mich. Ehrlich.

Essen Sie eigentlich Fleisch? Und Eier? Trinken Sie Milch?

Was hat das damit zu tun?

Dann sagen Sie doch mal: Was ist das eigentlich für ein Gefühl, ein Wesen zu essen, das Ihretwegen ein Scheißleben hatte und elend gestorben ist? Was ist das für ein Gefühl, zu wissen, dass tausende Kälbchen in dunklen Ställen an Gumminippeln zutzeln müssen, damit Sie Ihren Joghurt zum Frühstück kriegen? Und wie die Hüh-

ner gehalten werden, das wissen wir ja alle. Glauben Sie, ich bin grausamer als ein normaler Durchschnittsbauer?
Sie haben doch *ein ökologisches Motiv.*
Nein. Ich habe das fürs Geld gemacht. Übrigens esse ich auch Fleisch. Ich wollte Ihnen nur mal die Verhältnisse geraderücken.

Drei

Fred hatte genau drei Themen: die Weltverschwörung, die Familie seiner Frau Heike und die jeweils neueste Idee, wie er in kurzer Zeit zum Millionär werden konnte. Dies war auch die günstigste Reihenfolge zur Abhandlung der einzelnen Punkte, denn nur das mögliche Millionärwerden stimmte Fred froh. Familie dagegen regte ihn auf, und seine Verschwörungstheorien waren fürchterlich deprimierend. Die Kunst bestand darin, den unangenehmen Teil gleich zu Beginn des Gesprächs hinter sich zu bringen. »Hübsches Auto«, sagte Richard also schon beim Einsteigen, obwohl es sich um ein merkwürdiges Gefährt handelte, mit unverständlichen Ausbuchtungen und Knubbeln, »hat sicher deine Frau ausgesucht.« Sie hatten eine lange Fahrt vor sich, und Heike war das Thema, das Richard zuerst abhaken wollte.

»Du, eigentlich«, sagte Fred finster, »waren das meine Schwiegereltern.«

»Oh«, sagte Richard vorsichtig. Das Auto roch neu und die Sitze sahen sauber und einladend aus. Trotz des Kleinkindes, das damit regelmäßig chauffiert wurde. »Riesenschiff, wie?«

Fred knurrte und fuhr an. »Ich fahr mal Richtung Daun, Navi hab ich keins, aber da sind Karten unter deinem Sitz. Wenn wir in der Eifel sind, musst du mich leiten, denn das Totenmaar finde ich nicht einfach so.«

»Alles klar«, sagte Richard und streckte seine langen Beine aus. Das ging erstaunlich gut, denn der Fußraum war groß. Freds Auto hatte er sich um Welten klappriger und unbequemer vorgestellt, eine alte Ente vielleicht, oder, falls es neu war, ein winziges buntes Hüpferchen mit Gasantrieb, doch keinesfalls so ein Schiff.

Fred warf ihm einen raschen Blick zu. »Das war mal wieder so eins von diesen Geschenken, die man nicht ablehnen kann«, beantwortete er Richards unausgesprochene Frage und klopfte mit der Linken leicht aufs Lenkrad. »Du, wenn ich dir sage, was der neu kostet, wird dir schlecht.«

»Und du hast ihn neu bekommen.«

»Nicht ich.«

»Heike.«

»Simon. Der Kleine. Du weißt doch: Es überspringt immer eine Generation.«

»Was? Das Geld?«

Fred grinste bitter. »Ich bete ja, dass die Unvernunft mit meinen Schwiegereltern ausstirbt. Wenn du wüsstest, was diese Karre nur im letzten halben Jahr an Wert verloren hat. Das darf man keinem erzählen! Allein davon hätte ich sorgenfrei zu Ende studieren können! Ganz zu schweigen von Klamotten und Musikschule und frischem Obst für Simon. Aber denk ein Mal laut drüber nach, die Snobkutsche zu verkaufen und mit dem Erlös was Vernünftiges zu machen, dann hast du voll verschissen. Da kannst du genauso gut das Land verlassen.«

»Was ja vielleicht gar keine schlechte Idee wäre«, sagte Richard träumerisch und ließ seine Gedanken Richtung Totenmaar wandern.

Oh, aber so leicht war das nicht. Fred zählte Zwänge auf. Auswandern war unmöglich, und wenn man Geldnot ins Spiel brachte, war man ruck, zuck bei der Kinderernährung angelangt und wurde von Heikes Familie mit Tüten voller Giftobst aus Übersee unter Druck gesetzt. Diesen üblen Kram hatte Fred mehrfach vor den Augen der Schwiegereltern ans eigene Kind verfüttern müssen, und zwar mit einem Lächeln im Gesicht und der Botschaft, das es sich dabei um lebenswichtige, von Oma und Opa gesponserte Vitamine handelte. Leider schluckte der kleine Simon mit Begeisterung Trauben und Erdbeeren, die mehr Flugstunden hatten als der gemeine Mitteleuropäer, und die in Ländern gewachsen waren, wo die Bevölkerung zu jung starb, um an Pestiziden aus dem Essen Schaden zu nehmen. Und Oma freute sich und stopfte nach, und am schlimmsten war es, wenn sie das Zeug ungewaschen direkt aus der Tüte verabreichte. Dann saß Fred völlig kribbelig da und fragte sich ernsthaft, ob er das Kind nachträglich zum Kotzen bringen sollte. Und zur Krönung fielen in solchen Momenten Sätze wie: Ja, iss schön, mein Kleiner, hau tüchtig rein, gell, das ist gesund! Viel besser als die Schrumpeläpfel aus dem Bioladen, da sind doch gar keine Vitamine mehr drin, was kosten die eigentlich, Heike, siehst du mal, fürs gleiche Geld krieg ich bei uns was Frisches, und drei Mal so viel, das sind doch wirklich Betrüger, ihr solltet weiß Gott haushalten, allein wegen dem Kind. »Nein«, schimpfte Fred lauthals, »und das sagen sie nicht mal!«

»Was?«, fragte Richard verwirrt.

»Bioladen. Sie sagen nicht Bioladen, sondern Reformhaus, verstehst du? *Gell, ihr kauft im Reformhaus.* Die haben so viel Geld, dass sie mal eben so einen nagelneuen Doblo verschenken können, aber sie werfen uns vor, dass wir fürs Essen den fairen Preis zahlen.«

»Ja, denn mit der Einstellung kommst du nie zu einem eigenen Neuwagen.«

»Wer weiß.« Fred trat hasserfüllt aufs Gas.

Richard seufzte. »Zieh aus der Stadt fort«, riet er, und dann schloss er die Augen und driftete gedanklich ganz ab. Seine Rolle in diesem Drama war seit langer Zeit festgelegt. Er war die Stimme der Vernunft, die Fred entkräften musste. Erst wenn erwiesen war, dass sein junger Freund praktisch ohne jeden Handlungsspielraum dastand, dass er von Schicksal, Familie und fiesen Almosen geschlagen war und trotz mörderischer Schikanen mehr erreichte, als eigentlich menschenmöglich war, erst dann würde er Ruhe geben.

Am Totenmaar schließlich, im Schatten eines trutzigen Kirchleins auf dem Kraterrand, hatte Fred sich so weit aus seinen Befindlichkeiten befreit, dass er die Frage stellte: »Was willst du hier eigentlich?«

Richard erzählte ihm alles. Peter hatte ihn nicht zur Geheimhaltung verpflichtet, im Gegenteil, er hatte gewirkt, als wolle er so richtig Propaganda gegen die Vulkangastheorie machen. Außerdem war es albern, Fred zur Fundstelle der Leiche mitzuzerren, womöglich sogar Leute in seiner Anwesenheit zu befragen, ihn aber selbst nicht einzuweihen.

Der eingeweihte Fred wurde sehr nachdenklich. »Ist das wirklich dein Ernst?«, fragte er, während er die Aufschriften auf einer Reihe Grabsteine las. Die kleine Kirche war von einem Friedhof umgeben. Letzte Ruhe mit Blick auf den See. Es war hübsch – und eigentümlich. Dieser Ort hatte etwas, das über die gepflegte Nüchternheit eines gewöhnlichen Landfriedhofs weit hinausging: Stille, Zauber, unterschwelliges Grauen.

»Sieh mal, die Gräber sind frisch«, sagte Richard.

»Ich meine«, beharrte Fred, »glaubst du nicht an Vorsehung? Denkst du nicht, gerade du, dass es auch mal so was wie ausgleichende Gerechtigkeit geben muss? Den großen Homöopathen, der irgendwo da oben sitzt und Einzelschicksale wendet?«

»Den *was*?« Richard schirmte mit der Rechten seine Augen gegen die Sonne ab und starrte seinen freien Mitarbeiter an.

Fred räusperte sich. »Ich meine, ich weiß, man muss die Person vom Amt trennen, aber meinst du nicht, dass dieser ENERGIE-Typ es einfach verdient hat? Was kümmerst du dich darum?«

»Keiner hat's verdient«, knurrte Richard, ließ die Hand sinken und schlenderte auf die Friedhofsmauer zu.

»So?« Fred stolperte hinter ihm her. »Keiner? Was wäre denn, jetzt nur mal rein hypothetisch, zum Beispiel mit Hitler?«

Herrgott, dachte Richard, und so was wird in ein paar Jahren unsere Gymnasiasten in Geschichte unterrichten. Er stoppte an der Mauer und blickte auf den kleinen, kreisrunden See hinaus. »Hitler sollten wir aus dem Spiel lassen.«

»Wieso?«, sagte Fred beleidigt und pflanzte sich breitbeinig auf. »Weißt du was, ich finde es komisch, dass Leute aus deiner Generation so verkrampft reagieren, wenn man diesen Namen nennt. Ihr wollt das Dritte Reich einfach wegignorieren! Aber dann kriegt ihr voll die Krise, wenn man sich mal ein Deutschland-T-Shirt anzieht, obwohl gerade nirgendwo ein Fußballspiel läuft! Ihr seid –«

»Hör mal«, unterbrach Richard, der momentan diesen ganzen Ausflug für einen Fehler hielt, »es geht hier nicht um Politik, klar?« Er wandte den Kopf und schaute Fred scharf an. »Es geht ums Geld. Ich bekomme ein Honorar, wenn ich Gunter Steenbergens Tod aufkläre. Ein schönes, fettes Honorar. Das will ich. Und außerdem will sogar ich selbst wissen, was mit ihm passiert ist, denn er war kein schlechter Kerl. Er hat es *nicht* verdient. Ihn mit Hitler zu vergleichen ist total absurd.« Richard blickte Fred streng ins gerötete Gesicht, lauschte seinen eigenen Worten nach und wunderte sich, mit welcher Inbrunst er den ollen Steenbergen verteidigte, den er ja genau genommen gar nicht gekannt hatte.

»Siehst du«, hieb Fred nun in diese Gedanken hinein, »das meine ich: Wenn man nur mal Hitler sagt, regt ihr euch sofort furchtbar auf. Du hörst nicht zu! Ich habe doch nicht im Mindesten irgendwen mit ihm verglichen, und schon gar nicht deinen Atomreaktorfreund Steenbergen!«

Richard rieb sich mit beiden Händen übers Gesicht, wie um Freds Worte abzuwischen. »Wer ist wir?«, murmelte er.

Fred sagte erbarmungslos: »Ihr! Ihr seid eine Generation mit Gespenstern! Ist das nicht toll? Ihr habt nie einen Nazi in Amt und Würden gesehen und steht doch innerlich immer noch stramm, wenn –«

»Fred. Halt die Klappe.« Richard fragte sich wie schon so oft, wie Fred es schaffte, irgendwo länger als drei Tage angestellt zu bleiben. Wie sollte das bloß in der Schule werden, wenn Fred mit seinen Schutzbefohlenen unverkrampfte Diskussionen übers Dritte Reich vom Zaun brach? Immerhin hielt er jetzt tatsächlich den Mund. »Lass uns die Bank suchen«, sagte Richard müde.

»Was für eine Bank?«

»Na die, auf der Steenbergen gelegen hat.«

Das Totenmaar selbst gab Welschs Mordtheorie neue Nahrung. Es war einfach nicht bedrohlich genug. Natürlich sah es eindrucksvoll aus, das schon, ein schwarzer, tiefer, fast kreisrunder See. Unten im grünen Talkessel am dunstbedeckten Wasser hatte man fraglos das Gefühl, sich an einem zauberischen Ort zu befinden. Doch es war nicht die Art von Zauber, die einen verschluckte, wenn man gerade nicht aufpasste. Und allein mit dem See war man auch nie. Denn er war touristisch mehr als gut erschlossen und darum so still dann doch nicht. Drei große Parkplätze umgaben den bewaldeten Krater, einer hinter der Kirche, einer genau gegenüber der Kirche auf der anderen Seite des Maars, und einer an der Kreisstraße, die am Maar vorbeiführte. Es gab einen oberen Rundweg sowie den schmalen Pfad am Ufer entlang, dieser war mit handgeschriebenen Warnhinweisen versehen, die auf die »Möglichkeit spontanen Austretens vulkanischer Gase« hinwiesen und nicht sehr abschreckend wirkten: Das schmale Pfädchen war voll. Wanderer mit langen Walking-Stöcken, Familien mit Kinderwägen, große Touristengruppen: Alle wollten einen Spaziergang am gefährlichen Vulkansee überleben. So billig kam man nie wieder an ein echtes Abenteuer, und die Gespräche der Besucher waren entsprechend. »Eine gute Mordwaffe«, rief eine Frau, die direkt vor Richard auf dem schmalen Weg lief und einer Damengruppe gemischten Alters angehörte. Sie sprach zu ihrer Gefährtin etwas weiter vorn auf dem Weg. »Kohlendioxid. Ich steh ja nicht auf Gift, zu unsicher, aber wenn du dir überlegst, ein geruchloses Gas, macht nach drei Atemzügen bewusstlos, und du stirbst nur eine halbe Stunde später – das hat Potenzial.«

»Vergiss es«, zischte die Vordere, eine kleine, dunkel Gekleidete mit rauchiger Stimme, »CO_2 ist Kellergas. Das kommt echt in *jedem* Weinkrimi vor.«

»Na und?« Die Hintere befühlte ihren losen Haarknoten. Sie trug derbe Schnürschuhe zum Blümchenrock.

»Weißt du, wie viele Weinanthos letztes Jahr herausgekommen sind?«

»Vorsicht«, sagte Blümchen, »bei zweien hab ich mitgemacht.«

»Ich ja auch.« Die Schwarze flüsterte jetzt. Aber in Theaterlautstärke. »Ich sag dir was: Die Angelina schreibt jetzt für Baden-Wein. Exklusiv. Ist das nicht schrecklich traurig?«

»Wieso?«, sagte Blümchen.

»Wieso!«, ereiferte sich die Schwarze. »Die wollen Namen

lesen! Einen Krimi für jede Rebsorte, einen für jedes Weingut, für jeden Winzer, für jeden Wingert, für –«

»Gut«, unterbrach Blümchen, »aber überleg mal, der viele, viele Wein, den du da abstauben kannst!«

»Pah«, schnaubte die Schwarze verächtlich. »Ich höre, sie zahlen auch gut.«

Blümchen begann zu kichern. »Dann ist das eh nichts für uns.«

Darauf antwortete die Freundin etwas, das Richard über Blümchens Lachen nicht verstand, und dann schritten die beiden schnell aus, um ihre Gruppe einzuholen, und Richard hätte sich beinahe unwillkürlich angeschlossen, als Fred ihn anstieß und wisperte: »Ich weiß, wer diesen Steenbergen umgebracht hat, das war einer aus dem hiesigen Fremdenverkehrsverein. Super-Marketing. Wenn's kein Vulkan war, kann man es immer noch als Eifelkrimi verkaufen.«

Richard lächelte nachdenklich. Offensichtlich glaubte keiner dieser vielen Besucher an Vulkangase, sonst hätten sie den oberen Rundweg benutzt. Auf dem Uferpfad würden nicht alle einen echten Gasaustritt überleben. So stand es ja auch auf den Warntafeln: dass der Weg im Zweifelsfall nicht schnell genug evakuiert werden konnte. Doch die Leute hatten keine Angst. Nur in dem kleinen Ruderboot auf dem See befand sich ein Mann, der die Gefahr ernst zu nehmen schien: Neben ihm lag, offen auf einer Kiste, eine Gasmaske. Dieser Mann nahm augenscheinlich Wasserproben, vielmehr, er verstaute sie gerade, Richard beobachtete, wie er Röhrchen verschloss und beschriftete und wegpackte und dann Richtung Ufer ruderte. Richard blieb stehen.

»Was ist?«, fragte Fred.

»Lass uns auf den Mann im Ruderboot warten. Der kommt gerade hierher.«

»Hallo«, rief Richard, als der Ruderer anlegte, doch Fred verlor keine Worte, sondern watete mit seinen Sandalen ins seichte Wasser und half, das Boot an Land zu ziehen. Das war eben auch Fred: Der wusste sofort, was nötig war, und packte an.

»Danke.« Der Bootsbesitzer erwies sich als ein rüstiger älterer Herr mit wettergegerbtem Gesicht. Er vertäute den Kahn an einer improvisierten Anlegestelle, einem in den Seeboden gerammten Pflock.

»Selten, dass man hier mal ein Boot sieht«, sagte Fred, der nach allem, was Richard wusste, noch nie zuvor am Totenmaar gewesen war.

Der ältere Herr griff nach seinem Koffer. »Mer mussen nau jeden Daag Waasserproben hollen«, sagte er munter.

Fred wies auf die Gasmaske. »Haben Sie die wegen der Vulkangase?«

Bedeutsames Nicken. Sogleich blieb eine fünfköpfige Familie am Ufer stehen und sah respektvoll zu.

»Sagen Sie mal«, fragte Fred mit gesenkter Stimme, »ist denn dieses Maar wirklich so gefährlich? Ich meine, stimmt das, was in der Zeitung stand, da ist jemand gestorben? An Kohlendioxidgasen?«

»Dat stemmt. En Mann un en Kou.«

»Eine *Kuh*?« Fred sah rasch zu Richard herüber.

Der runzelte die Stirn und trat näher. Von einer Kuh war in Welschs Dossier nichts zu lesen gewesen. »Im Ernst?«, mischte er sich ins Gespräch ein. »Zur selben Zeit? Da ist wirklich auch eine *Kuh* gestorben?«

Der ältere Herr blickte sie beide prüfend an und schien zu dem Schluss zu kommen, dass er sich bei diesen Fremden den breiten Dialekt sparen konnte. »Ja, so war es«, sagte er auf Hochdeutsch, »der Tote hat am Wasser gesessen. Ganz unten, da hinten auf der Bank, sehen Sie?« Er deutete an eine Stelle am Ufer, wo undeutlich, hinter Büschen verborgen, eine Bank zu sehen war. »Daneben liegt eine Kuhweide, und die Kühe hatten ihre Schlafsenke ziemlich weit unten am Ufer. Eine von denen hat's erwischt. Die lag am tiefsten. Vermutlich hat sie gerade so mit ihren Nüstern in den CO_2-See reingehangen, denn ihre Kolleginnen haben nicht viel höher als sie gelegen und überlebt. Sie sollen leicht benommen gewesen sein, anderntags, doch zumindest noch lebendig. Die unterste aber ist gestorben.«

»An CO_2-Vergiftung?«, fragte Richard.

»Ja, zweifelsfrei. Sie wurde obduziert. War ja ein bisschen skurril, der Tod von dem ENERGIE-Mann, das hat nicht jeder geglaubt, dass der natürlich war.«

»Wer denn zum Beispiel nicht?«, fragte Richard.

»Na ja, die Polizei war eben da«, wiegelte der Alte ab. »Jedenfalls konnten wir anhand ihres Liegeplatzes die Größe von dem Gassee ermitteln. Das waren ganz schöne Massen, können Sie mir glauben.« Sie blickten gemeinsam auf den See aus Wasser hinaus und glaubten es alle drei nicht. Sonst hätten sie ja längst nicht mehr hier gestanden.

»Wobei«, sagte der Alte geheimnisvoll, »es gibt *zwei* Möglichkeiten.« Seine Worte hielten weitere Spaziergänger auf. Sie blickten ihn erwartungsvoll an, worauf er lauter wurde und in Dialekt fiel. »Iischtens konnten de Gase ähfach lo honne bei der Bank ausem Boden getreten sein. Dat ass am wahrscheinlichsten. De Noscht wor windstill, dat Gas hot sich um de Bank un de Schlafsenk eremm gesaammelt, un et ass zwor aafgefloss, awer do wor de Konzentration am hechsten und dat wor Pech fier den Heerr un de Kou.«

»Elsa!«, rief jemand aus dem Publikum und man lachte.

»Jo. – Oder äwer«, fügte der Alte mit theatralisch gesenkter Stimme an, »et wor ebbes *viel* Dulleres.«

Schweigen trat ein.

»In diewen Moorn wie hei, do reichert sich et Kohlendioxid on. Stellt üsch fier: Den vulkanischen Gasaustritt ass ganz unnen am Grond. Dann kann et passeieren, dat sich dat Gas unner dem Druck von owe am Waasser leist, statt derekt opzusteein. Dat Waasser gett dann emmer meh von CO_2 gesättigt. Dat alleein ass net schlemm. Solang oben nix passeiert un de Waasserdruck scheein konstaant bleift, ass dat System stabil. Wenn mer awer den Druck wegholIt oder dat System erschüttert, setzt sich dat Gas op ene Schlag frei. Wie de Kohlensäure in de Sprudelflasch. Et steicht on de Oberfläch un bleift do decht leijen, weil et schworer ass als Loft. Wenn en dem Moment enen am Ufer spazeieren geht oder von de Bank aus sich de Sternen okuckt, dann asset um ehn passeiert.«

Ehrfurchtsvoll betrachteten die Zuhörer die stille Wasseroberfläche.

»Hat man das überprüft?«, zerstörte Richard das wohlige Gruseln. »Gab es eine Erschütterung an diesem Tag? Ein Erdbeben?«

»Nein, gab es nicht«, antwortete der Alte in reinstem ironischem Hochdeutsch. »Aber das wird von der Erdbebenstation Bensberg in Bergisch Gladbach überwacht, wir messen die seismografischen Erschütterungen nicht direkt hier. Das kann ganz minimal gewesen sein. Wenn das Wasser am Grund übersättigt ist, reicht ein größerer Stein, um eine Blasenbildung auszulösen. Das ist eine Kettenreaktion.« Er warf Richard einen spöttischen Blick zu und lächelte einen Jungen an, der am Ufer kniete. »Viellicht hat de Mann, der gestorven ass, de Steen selver geworf. Dat meechst du och gern, wat?«

Der Junge sah auf.

»Steen op Waasser wierfen.«

Der Junge nickte und griff nach einem großen Kiesel.

»Sisste, viellicht wor et genau so wie bei dir. De Mann hot de Steen gehollt, geworf –«

»Silas, nicht!«, rief nun eine etwas angespannte Frauenstimme.

Doch Silas hatte längst geworfen. Etwa einen halben Meter weit. Die Leute lachten, und die ängstliche Mutter verteidigte sich und sagte, ihr Sohn dürfe generell nicht mit harten Gegenständen werfen, das sei ein Grundsatz und habe nichts mit dem Maar zu tun.

»Dat menen ich nämlich och«, sagte der Alte, sichtlich zufrieden darüber, dass sein improvisierter Vortrag nun auch noch in einer pädagogischen Pointe endete, »man dorf nie mat Steen wierfen, meine Jong. Dat kann schlimm eenen, hoste jo gehiert.«

»Aber«, störte Richard die Unterweisung, »was ist denn mit der *dritten* Möglichkeit? Dass der Spaziergänger ermordet wurde?«

Er sah die Antwort sofort im Gesicht des alten Herrn: Diese Möglichkeit gab es nicht, die war völlig indiskutabel, jetzt, wo es alle hier so herrlich riskant fanden.

»Der Mann ist an CO_2-Vergiftung gestorben.«

Das war unbestreitbar. »Aber CO_2 ist nicht schwer zu beschaffen«, behauptete Richard, obwohl er nicht wusste, wo er es hätte kaufen können.

»Schutzgas«, half Fred und nickte in die Runde. »Nimmt man zum Schweißen. Gibt's in jedem Baumarkt.«

Der Alte lächelte unfreundlich. »Wissen Sie, wie viel Gas man braucht, um allein die Schlafsenke von den Kühen zu füllen?«

»Nein«, sagte Richard. Das mit der Kuh, das war natürlich ein Ding.

»Da müssen Sie den Baumarkt aber leerkaufen, und das reicht immer noch nicht. So schnell können Sie die Flaschen gar nicht aufdrehen, wie Ihnen das Zeug wieder verfliegt. Nee, das muss auf ein Mal kommen, verstehen Sie?«

Richard starrte ihn an. »Sind denn noch andere Tiere gefunden worden?«

»Nee.« Der Alte packte seinen Koffer, schloss ihn und stapfte an Richard vorbei in Richtung Friedhof.

»Haben Sie den Toten gekannt?«, rief Richard ihm hinterher.

Darauf drehte der alte Herr sich doch noch mal um. »Wer sind Sie eigentlich, wenn ich fragen darf?«

»Wir sind vom WDR«, sagte Fred schlicht, bevor Richard eine der überkandidelten Karten Peter Welsch-Ruinarts hervorholen konnte. Er ging auf den Alten zu und hielt ihm die Rechte hin, so dass der seine Tasche wieder abstellen musste, um sie zu ergreifen. »Fred Oberlies, Redakteur. Wir wollen vielleicht einen Film über das Maar drehen, und, tja, könnten Sie sich vorstellen, wenn's so weit ist, ein paar Worte vor der Kamera für uns zu sagen? Es sieht so aus, als ob Sie sich mit den Vorgängen hier ganz gut auskennen.«

»Klar. Aber gern!« Plötzlich strahlte der Alte Fred und sogar Richard an.

»Gut«, sagte Fred mit einem fragenden Blick zu Richard, »vielleicht haben Sie Lust, mit uns zu essen?«

Richard seufzte unwillkürlich, doch der Alte nickte eifrig.

»Wir laden Sie ein«, sagte Fred, der nicht zahlen würde. »Aber Sie müssen ein Lokal vorschlagen, wir kennen uns hier nicht aus.«

Es gab eine kleine Irritation, als Fred die Wirtin des Gasthofs *Zu den drei Juffern* fragte, ob die Kartoffelsuppe etwa mit Fleischbrühe zubereitet sei.

»Natürlich«, antwortete sie empört, »und zwar mit selbst gemachter!«

»Hier ist alles hausgemacht«, sagte der alte Herr, Dr. Oswald hieß er, vergnügt. »Für mich den Ochsenmaulsalat, bitte.« Er blickte Richard wieder so tief an. »Den kriegen Sie nirgends so gut wie hier. – Mit Brodgrompern«, bestellte er und die Wirtin nickte.

»Was ist das? Brodgrompern?«, fragte Richard, der wie Fred die Speisekarte nach etwas Fleischlosem durchforstete – erfolglos, bislang.

»Bratkartoffeln«, übersetzte die Wirtin, und Richard freute sich schon, als sie hinzusetzte: »Nach Art des Hauses, mit Zwiebeln und Speck.«

»Ich finde ja Bratkartoffeln am besten, wenn gar nichts dran ist«, sagte Fred, auf dessen Stirn sich eine tiefe Falte gebildet hatte. »Und in Olivenöl gebacken. Das schmeckt toll.«

»Wir nehmen Butter«, sagte die Wirtin kategorisch, zupfte ein wenig an der Tischdecke herum und klickte dann mit ihrem Kuli. »Soll ich noch mal wiederkommen?«

»Haben Sie auch was für Vegetarier?«, outete sich Fred verzweifelt.

»Vegetarier?«, sagte die Wirtin mit erhobenen Brauen. »Salatteller.«

Also nahmen sie Salatteller, pflückten Speckstücke aus den Bohnen, schauten Dr. Oswald beim Verzehr seines Fleischbergs zu und erfuhren seine verwinkelte Lebensgeschichte. Er war irgendwas bei der Stadt, vermutlich der Stadt Daun, so genau musste Richard das gar nicht wissen. Außerdem bekam er sowieso Dr. Oswalds Karte zum Nachlesen, darauf war ein Wappen mit einem roten Gitter auf goldenem Grund abgebildet. Zuvor war er Lehrer gewesen, aber das war lange her.

»Jetzt mal ganz ehrlich«, sagte Richard, als Dr. Oswald mit dem Ochsenmaulsalat halb durch war, »diese Vulkangassache da, die kommt Ihnen gar nicht komisch vor? Das finden Sie ganz natürlich und plausibel, dass an Ihrem Maar Gas austritt und ein Mensch stirbt?«

Jetzt mal ganz ehrlich, das kam Dr. Oswald absolut plausibel vor. Die Eifel war ein vulkanisches Gebiet, da steckte überall CO_2 im Boden, und das fand eben zuweilen seinen Weg, auch wenn ein Journalist wie Richard lieber einen finsteren Mord hätte.

»Ist so was schon früher vorgekommen?«, fragte Richard stoisch.

»Nein«, gab Dr. Oswald zu, aber er hatte gehört, dass im Saarland mal einer ganzen Kuhherde ein ähnliches Schicksal widerfahren war, da war das Kohlendioxid allerdings aus einem Stollen gekommen. »Ist ja Bergmannsland.«

»Genau«, sagte Richard.

Und bevor er sich noch eine weitere Frage ausdenken konnte, deren Antwort abzusehen war, zeigte Fred aufgekratzt mit der Gabel auf Dr. Oswald. »Wir wollen den Bauern«, sagte er, als sei es ganz einfach eine Frage der Dramaturgie. »Wir müssen diesen Bauern kriegen.«

»Welchen Bauern?«, sagte Richard missvergnügt. Er fand, dass sein Assistent einen erstaunlichen Eifer an den Tag legte, dafür, dass er Atomreaktor-Steenbergen seinen Tod so sehr gönnte. Das Essen hier zum Beispiel. Was hatte es gebracht, außer Spesen?

»Den Bauern«, sagte Fred, »dem die tote Kuh gehört hat. Da können Sie uns doch hinbringen, Dr. Oswald?«

»Zum Jürgen?«, sagte der. »Na klar.«

Jürgen war ein Feierabendbauer, hauptberuflich arbeitete er als Lehrer (Biologie und Sport), und seine kleine Herde von sechs Kühen hielt er nur, um das ererbte Land zu nutzen und seinen Kindern naturbelassene Milch anbieten zu können, »hier in der Provinz kriegt man ja keine Bio-Produkte«, sagte er mit einem etwas unsicheren Blick auf Dr. Oswald, der sie hergebracht hatte und keine Anstalten machte, zu gehen.

»Bio«, sagte Dr. Oswald prompt, »auf der Welt ist doch alles ›bio‹, mein Jung.« Er klopfte Jürgen auf die Schultern. »›Bio‹ ist griechisch und heißt einfach ›Leben‹, und jetzt zeig du mir mal ein Gemüse, das nicht lebt.«

Jürgen hätte ihm besser den Ausgang zeigen sollen, fand Richard. Dem Biologen zu erklären, was der Name seines Fachs bedeutete, grenzte an Unverschämtheit, aber der junge Lehrer wand sich nur aus der Umarmung und blickte über seinen unordentlichen kleinen Hof wie über eine endlos weite Ebene. Über die Frage, woran seine Kuh dort unten am Totenmaar gestorben war, dachte er lange nach.

»Vulkangas«, soufflierte Dr. Oswald.

»Es muss wohl Gas gewesen sein«, gab Jürgen widerstrebend zu.

»Sie glauben aber nicht so ganz dran«, sagte Richard.

»Doch natürlich«, sagte Dr. Oswald.

Richard warf Fred einen Blick zu.

»Dr. Oswald«, sagte der wackere Helfer sofort, »würden Sie mal bitte dort rüber zum Stall kommen? Nur um ein Gefühl für Ihre Haltung zu kriegen, verstehen Sie? Das wäre nämlich ein ganz toller Einstieg für den Film: Sie vor dem Kuhstall, und Sie sagen – Sie können doch frei sprechen, oder? Das ist nämlich wichtig …«

Er zog Dr. Oswald fort, und Richard fragte sich, wo Freds Prinzipien geblieben waren. Er log mit erstaunlicher Sicherheit für ein Projekt, das nicht mal Richard selbst ganz geheuer war. Nur, Richard bekam zumindest viel Geld dafür. »Woran ist die Kuh gestorben?«, fragte er direkt.

»Am Gas«, sagte Jürgen. »Das ist erwiesen. Sie wurde obduziert. Und zwar ganz schön aufwändig, in Trier, von einem Spezialisten vom Veterinäramt, allein ihr Transport dahin war eine Riesenunternehmung.«

»Aber wie konnte sich so viel Gas um diese eine Kuh sammeln?«, fragte Richard, der von weitem zusah, wie Fred Dr. Oswald in allen möglichen Positionen vor dem Kuhstall ausrichtete, und da die beiden seinen Blick erwiderten, zog er Jürgen rasch noch etwas weiter, und Jürgen verstand und kam mit. Sie schlenderten ums Haus herum und setzten sich auf eine niedrige Gartenmauer, dahinter blühten jede Menge orangefarbene Blumen vor einem ziemlich überwucherten Gemüsegarten.

»Woher kam das Gas.« Jürgen seufzte. »Ich bin kein Geologe, wissen Sie.«

»Aber Sie haben doch sicher eine Theorie?«, fragte Richard.

»Meine Theorie ist«, sagte Jürgen zögernd, »dass da etwas faul war.«

Aha. »Und was?«, fragte Richard gespannt.

»Ich weiß nicht«, sagte Jürgen. Dann stand er plötzlich auf. »Ich weiß nicht, ob es noch da ist«, sagte er mit gefurchter Stirn.

»Was?«

»Wenn Sie mitkommen, versuche ich es Ihnen zu zeigen.«

Sie schlichen zur großen Scheune, wo Jürgens Auto stand. Schleichen mussten sie nicht nur, um Dr. Oswald abzuhängen, sondern auch Jürgens Kinder, drei Jungs, die vor dem Haus auf der Straße Fußball spielten. Um nicht zu riskieren, dass sie sich vors Auto warfen oder an die Türen hängten, weil sie mit Papa kommen wollten, holperte Jürgen mit dem Auto leise um die Scheune herum und dann auf einen Feldweg. »Die sind kaum zu bändigen«, sagte er mit einer Mischung aus Resignation und Stolz. »Sie kennen ja den alten Spruch: Lehrers Kinder und Pfarrers Vieh.«

»Geraten selten oder nie«, vervollständigte Richard, dessen Mutter Lehrerin gewesen war. Für Russisch. Sie lächelten sich zu. Dann fuhren sie schweigend zum Totenmaar.

Die letzten paar Hundert Meter zu der Bank mussten sie laufen. Jetzt, gegen Abend, hatte sich der Betrieb am Maar etwas gelegt, die Hauptausflugszeit war vorbei. Außerdem bedeckte nun dünner Hochnebel den Kraterkessel. Es nieselte.

»In den letzten Tagen hat es viel geregnet«, sagte Jürgen mit einem bedauernden Blick gen Himmel. »Wahrscheinlich wird man es gar nicht mehr sehen können.«

»Was denn?«, fragte Richard.

»Ich versuche, es Ihnen zu zeigen.«

Sie kamen zu einer steilen, von Büschen umgebenen Wiese links des Uferwegs. Krumme Holzpfosten, mit Stacheldraht verbunden, grenzten sie ein. Rechts des Pfades, von einem Busch halb verborgen, stand eine Holzbank direkt am See.

»Das ist sie also«, sagte Richard.

»Das ist sie«, bestätigte Jürgen.

Richard setzte sich probehalber auf den feuchten Sitz und schaute über das Maar. Er sah das Kirchlein am anderen Ufer und vor sich den schwarzen See. Ringsum verschwammen die Waldhänge im Nebel, feine Tropfen schwebten überall in der Luft, doch das Licht war merkwürdig hell. Es sah aus, als sei prächtiger Sonnenschein irgendwo dicht über ihnen, hinter dem Krater, ganz in der Nähe, fast noch spürbar, doch unerreichbar für sie. Richard stand auf. »War der Mann, der gestorben ist, ursprünglich hier aus der Gegend?«, fragte er.

»Ich habe ihn nicht gekannt«, antwortete Jürgen und blickte auf Richards Schuhe. »Jetzt wird's gleich matschig.«

»Und Sie kennen wohl alle hier«, sagte Richard.

Jürgen lächelte. »Wir mögen provinziell sein –«

Richard war beschämt. »Entschuldigung.«

Der junge Lehrer winkte ab. »Sie haben recht, es gibt nicht viele Leute, die ich nicht kenne. Mit den Einheimischen bin ich aufgewachsen, und die Kinder der Zugezogenen krieg ich in der Schule. Aber den Namen von dem Opfer, irgendwas mit Stern, nicht? – den hab ich nie gehört. Das war ein Fremder.« Er rüttelte am Stacheldrahtzaun, stieg auf einen Baumstumpf, der sich direkt neben einem der krummen Pfosten befand, und sprang hinüber. »Wobei – Fremde sind hier natürlich nicht ungewöhnlich. Wo wir doch eine Fremdenverkehrsregion sind.«

»Krimis und Vulkane«, sagte Richard.

»Genau. – Kommen Sie auf den Baumstumpf, sonst zerreißen Sie sich noch die Hosen.«

Richard schaffte es auch auf die Weide, und Jürgen führte ihn zu der leeren Schlafsenke. »Hier hat sie gelegen«, sagte er. »Babette. Meine Frau hat sie Marie genannt. Die nennt alle Fährsen Marie. Tja.« Er sah Richards fragenden Blick und fügte an: »Eine Fährse ist ein junges weibliches Rind, das noch nicht gekalbt hat. Sie war hübsch.« Das hörte sich traurig an. »Ein Glanrind, sehr schöne alte Rasse.«

»Sie hat am tiefsten gelegen«, sagte Richard, der das nasse Gras betrachtete.

»Ja.«

»Haben die anderen auch was abbekommen?«

Jürgen dachte wieder lange nach. »Ich glaube, ja«, sagte er. »Sie wirkten irgendwie langsamer an diesem Tag. Aber ich war auch aufgeregt, wegen Babette und allem.« Er zuckte die Achseln. »Die meisten Tiere verbergen ihre Wehwehchen, so gut es geht.«

»Hm«, sagte Richard. »Wo ist das, was Sie mir zeigen wollten?«

»Hier«, sagte Jürgen und wies auf die Erde. Dort steckte ein Stock im Boden.

»Das steckte so neben der Kuh?«, fragte Richard höflich. Ganz wusste er nicht, was er von Jürgen halten sollte. Er sprach überlegt und machte präzise Angaben, das schon, aber insgesamt wirkte er seltsam verträumt in seinen abgetragenen Klamotten, die ihm auch noch viel zu weit waren. Er hatte wenig Bodenständiges an sich, und es war kaum zu glauben, dass er Bauer, Lehrer und dreifacher praktizierender Vater war, so jung und schmal sah er aus.

»Nein.« Jürgen lächelte sein entrücktes Lächeln. »Den hab ich dahin gesteckt, damit ich die Stelle wiederfinde.«

Richard ging in die Hocke. »Und was ist da?« Er sah nur Gras.

»An dem Tag, als wir Marie-Babette fanden«, sagte Jürgen, hockte sich ebenfalls hin und zog den Stock aus dem Boden, »da war an dieser Stelle ein Viereck im Gras.«

Er sah Richard ernst an, und der fand die ganze Angelegenheit plötzlich absurd. Ein Viereck. Das hörte sich verdächtig nach Kornkreis an. Erst der angeblich nie gewesene Karl der Große, dann Atlantis, und nun das. »Ein Viereck«, wiederholte er tiefsinnig.

»Genau«, sagte Jürgen, »ein kleines Rechteck, ungefähr so

groß wie ein Backstein.« Er zeichnete mit dem Stock Konturen ins Gras, und mit viel Phantasie, dachte Richard, konnte man tatsächlich einen schwachen Farbunterschied erkennen.

»An der Stelle war das Gras tot und matschig, und am nächsten Tag wurde es braun«, erklärte Jürgen und kratzte weiter mit dem Stock herum. »Jetzt kann man es kaum noch sehen, ist wieder nachgewachsen, aber damals war es sehr deutlich. Leider habe ich kein Foto gemacht.«

Richard starrte auf den Wiesenboden und wagte kaum zu fragen: »Was könnte das gewesen sein?« Aliens, nahm er im Geiste die Antwort vorweg. Es waren sicher Aliens mit viereckigen Füßen. Oder etwas anderes in der Art, unerklärlich, unheimlich, an den Haaren herbeigezogen.

»Ich habe lange darüber nachgedacht«, sagte Jürgen zögernd, »und das Einzige, was ich mir vorstellen kann, wäre ein Stück Trockeneis. Das würde auch zu dem Kohlendioxid passen.«

Richard fühlte kühle Feuchte an seinem Hintern: Er hatte sich in die nasse Wiese gesetzt. »Das ist eine gute Idee«, sagte er bewundernd.

»Ja. Das hat der Kommissar von der Kripo auch erst gesagt, aber tja«, Jürgen schüttelte resigniert den Kopf, »Trockeneis allein erklärt Babettes Tod nicht. Auch nicht den von dem Mann. Das Zeug könnte schwerlich jemanden umbringen. Ich glaube, sie haben es überprüft, aber zu dem Zeitpunkt, als mir die Idee kam, war die Stelle schon wieder halb überwachsen, und jetzt sieht man fast gar nichts mehr.«

Sie starrten ins Gras, der verschwundenen Spur hinterher, und Richard sagte schließlich: »Man könnte vielleicht eine Bodenprobe nehmen.«

»Das könnte man«, sagte Jürgen freundlich.

Richard suchte seine Taschen nach einem Stück Papier ab, und fand schließlich den zusammengefalteten Zettel mit der Wegbeschreibung von seiner Wohnung zum Totenmaar. Er faltete eine provisorische Tüte daraus, kratzte mit dem Stock etwas Erde und Gras von der bewussten Stelle und füllte sie in das Papier. »Ich glaube ja nicht, dass das was bringt«, sagte er, und

Jürgen sah aus, als ob er es auch nicht glaubte. Dann erhob sich Richard und sah sich um. »Wo sind denn eigentlich Ihre Kühe jetzt?«

»Ich hab sie auf unsere Hausweide gebracht«, sagte Jürgen in seinem zerstreuten Ton. »Das war mir dann doch zu riskant hier.«

Sieh an, dachte Richard. Unglaublich. Dieser ganze Ausflug, alles Gerede von Trockeneis und verschwundenen Spuren und dann das: Zweifler Jürgen war der Einzige, dem der Gedanke an Vulkangase letztlich doch nicht geheuer war. Was für eine verkehrte Welt. Alle anderen genossen die Sensation und glaubten keine Sekunde, dass es hier wirklich gefährlich werden konnte. Gerade jetzt kam wieder eine späte Besuchergruppe an der Weide vorbei, stoppte an der Todesbank, erkannte sie als solche, obwohl es selbstredend nicht ausgeschildert war, und fotografierte munter drauflos.

»Meine Frau muss jeden Tag zu den Kühen. Melken.« Jürgen erhob sich ebenfalls, rammte den Stock wieder in die Erde und schritt Richtung Zaun. »Meine Kinder kümmern sich manchmal auch um das Vieh. Und der Weg sieht zwar voll aus im Moment, aber es sind nicht immer Leute da, vor allem morgens nicht. Ich will sie nicht hier finden und mir sagen müssen, dass ich gewarnt war.«

* * *

15.15 Uhr

»Müller«, sagte Müller. Er saß in einem Café namens *Chilly* auf einem unbequemen Sitzsack mit dem Laptop auf dem Schoß und dem Handy am Ohr. Rund um ihn klapperte Geschirr. Es war seine Mittagspause, doch für die anderen schon Kaffeezeit. »Könnte ich Herrn Romanoff sprechen?«

»Tut mir leid«, sagte die melodische Stimme am anderen Ende nach einer kurzen Denkpause, »einen Herrn – Romanoff haben wir hier nicht.«

»Aber ich habe eine Karte von Ihnen«, sagte Müller, »beziehungsweise sogar drei! Kanzlei Welsch-Ruinart! Ich bin von –«

»Moment«, sagte die Stimme, bevor er seine Geschichte anbringen konnte, und gleich darauf ertönte aus Müllers Handy die *Alla Turca* von Mozart. Krank, wie alles von Mozart, passte aber zu der hektischen Mucke, die ausgerechnet hier im *Chilly* lief.

»Valeska Schommer, was kann ich für Sie tun?«, fragte dann plötzlich eine noch weit schönere Stimme als die vorige.

Müller vergaß das Geklirr ringsum. »Müller, ich suche einen Herrn Romanoff.«

»Dr. Romanoff«, sagte die Stimme hinhaltend, als würde ihre Besitzerin eifrig nachdenken, wie der nun schnell zu erreichen wäre.

»Ich bin also richtig, bei Ihnen arbeitet wirklich ein – *Doktor* Romanoff?« Müller hatte das Telefonbuch von Köln auf dem Bildschirm, und drei Romanoffs mitsamt Adresse zur Auswahl: einen Vasilij, einen Viktor und einen Dr. R. Letzterer klang gut, das musste aber nichts heißen. Heutzutage stand ja kaum noch einer im Telefonbuch.

»Ja. Es tut mir sehr leid, er ist nicht im Hause. Kann vielleicht ich Ihnen helfen? Oder möchten Sie Herrn Welsch-Ruinart persönlich sprechen?«

Herrn Welsch-Ruinart persönlich. Wie interessant. Erst kannten sie den Mann gar nicht, dann war er gleich der Kumpel vom Chef.

»Nein, danke«, sagte Müller freundlich. »Passen Sie auf, es geht um Folgendes, ich bin vom Café –« Fahrrad, lange Haare, Schurwollepulli: »– Achtundsechzig 2.0.«

»Achtundsechzigzwopunktnull«, wiederholte Valeska Schommer verständnislos.

»Genau«, sagte Müller rasch, um sich nicht in seinen eigenen Anspielungen zu verlieren, »und hier liegt jetzt seit ein paar Tagen eine Lederjacke rum. Eine gute Jacke, verstehen Sie? Die will ich nicht einfach wegwerfen. Da drin waren drei neue Visitenkarten von Ihrer Kanzlei, und im Kragen steht der Name Romanoff. – Moment mal, das hier kann ein R sein. Also R. Romanoff.«

»Richard Romanoff«, sagte Valeska Schommer prompt. »Ich

werde ihm ausrichten, dass er seine Jacke bei Ihnen abholen kann. Wie –«

»Prima«, unterbrach Müller mit einem Blick in das offene Verzeichnis vor ihm. »Ach nein, ich sehe gerade, hier ist noch eine Telefonnummer unter dem Namen. War schon ein bisschen speckig. Das ist die –«

Er las Dr. R. Romanoffs Telefonnummer vom Bildschirm ab.

»Genau«, sagte die Schommer ohne das geringste Misstrauen.

»Okay, dann ruf ich ihn selber an. Das wird das Einfachste sein.«

»Natürlich«, sagte die Schommer. »Dann vielen Dank, Herr –«

»Danke auch«, sagte Müller warm. »Und Wiederhören!« Die Gute hatte seinen Namen schon vergessen. So war es recht.

* * *

»Kriegst du das fette Honorar eigentlich auch, wenn es kein Mord war?«, fragte Fred, als sie mit dem knubbeligen Doblo auf den Heimweg nach Köln waren.

»Ich hoffe«, sagte Richard düster. »Davon wird Peter sich nicht so leicht überzeugen lassen.«

»Du hast die Kuh«, sagte Fred.

»Die war ja kein Geheimnis.«

»Aber er weiß nichts von ihr.«

»Im Dossier ist sie nicht erwähnt«, sagte Richard, »doch das muss nichts heißen. Ehrlich gesagt hab ich nicht jeden von diesen Zeitungsartikeln gelesen. Es sind so viele, und es steht immer das Gleiche drin. Mist, ich wünschte, ich hätte wenigstens selbst eine Meinung, dann wär's leichter.«

»Wenn man diesem Doktor Oswald zuhört, dann hofft man geradezu, dass es ein Mord war«, sinnierte Fred. »Allein um dieses Vulkandings, das da am Maar läuft, zu stoppen.«

Richard seufzte. »Jürgen war der Einzige, der sich getraut hat, zu sagen, dass er den Tod seiner Kuh merkwürdig fand und einen Verdacht hatte. Aber leider ist sein Trockeneis-Beweis nicht mehr da, und wer weiß, wie der in Wahrheit ausgesehen hat. Vielleicht spinnt Jürgen einfach. Außerdem hat er seine Kühe von der Weide geholt, also glaubt er irgendwo doch ans Gas.« Er dachte eine Weile nach und fügte dann an: »Und, na ja, Dr. Oswald hatte immerhin eine Gasmaske dabei.«

»Das heißt erstens nicht Gasmaske, sondern Schutzmaske, und zweitens war das reine Show«, sagte Fred verächtlich.

»Show«, sagte Richard, »klar, aber auch eine Absicherung.«

»Nur Show«, widersprach Fred. »Das war ein ganz altes Ding, die hat ausgesehen wie aus dem Krieg, also längst unbrauchbar. Und außerdem helfen einfache Schutzmasken nicht gegen CO_2, da braucht man ein Sauerstoffgerät. Ich weiß es. Ich war ABC-Aufklärer.«

Richard setzte sich gerade auf und starrte seinen jungen Freund an. »*Du* warst beim Bund?«

»Äh, ja.« Fred blickte starr geradeaus auf die Straße.

»Versteh mich nicht falsch, das ist keine Kritik oder so, ich wundere mich nur –«

Fred schniefte. »Es hat nicht jeder das Glück, als Pazifist geboren zu werden, so wie du. Ich bin auch kein natürlicher Vegetarier. Was glaubst du, was ich manchmal Lust auf Fleisch habe.«

»Wirklich? Du?«

»Ja«, sagte Fred und schniefte wieder. »Ich beneide dich. Ehrlich. Dein Vater und alles – das ist eine klare Richtung, verstehst du, das ist viel einfacher.«

Hast du eine Ahnung, dachte Richard. »Das glaubst du nur.«

»Du bist da hineingewachsen. Du musstest dir das nicht alles selbst aneignen.«

»Nein«, sagte Richard, »es ist anders. *Heute* wachsen die Kinder rein. Die Welt ist besser geworden.«

Darauf starrte Fred ihn so ungläubig an, dass Richard nervös wurde. »He – guck auf die Straße! – Hör mal, ich bin als Außenseiter groß geworden. Das ist nicht so toll, wie du meinst.«

»Erstens«, sagte Fred, »glaube ich nicht, dass sich wirklich viel geändert hat. Und zweitens kann sich das Bewusstsein nur ändern, wenn Leute wie – wenn welche aufstehen und kämpfen.«

Leute wie mein Vater, dachte Richard. »Mag sein«, sagte er müde, »aber ich will's nicht machen.«

»*Das* verlangt ja auch niemand«, sagte Fred.

»Wir haben ununterbrochen Linsen gegessen«, sagte Richard plötzlich.

»Was hat das damit zu tun?«

»Anderes unbehandeltes Essen hast du nirgendwo gekriegt. Also, billiges unbehandeltes Essen.«

»Strange«, sagte Fred. »Also bei uns –«

»Und dann die Demos«, unterbrach Richard, der jetzt in Fahrt war. »Mitten in der Nacht aufstehen, in merkwürdigen alten Bussen herumfahren, ewig marschieren, Kundgebungen anhören und den Erwachsenen beim Prügeln zugucken, ohne den Heimweg zu wissen. Was hatte ich Panik! Außerdem hab ich jedes Mal die Schule verpasst. Und nie eine ordentliche Entschuldigung mitgekriegt. Immer irgendeinen politischen Erguss über Polizeistaat und Establishment und dass ich sowieso nur reaktionär indoktriniert würde und dass die Schulpflicht in einem Verbrecherstaat selbst ein Verbrechen sei.«

»Kinder haben auf Demos auch nichts verloren«, sagte Fred schwach.

»Ist eine Betreuungsfrage«, sagte Richard, der sich plötzlich ganz hohl fühlte. Er wollte gar nicht über seine Kindheit jammern, schon gar nicht vor Fred, das war ja erbärmlich. Er holte Luft. »Tja.«

»Tja«, sagte Fred. Und nach einer Pause: »Was mich ja zurzeit voll ankotzt, ist dieser Weltuntergangs-Overkill. Dieses panische Schlusswort, das du einfach überall gesagt kriegst: Wir ruinieren die Erde, die Apokalypse steht bevor. Ist ja zwar so, aber man kann es echt nicht mehr hören. Ich habe sogar gelesen, dass es bizarrerweise den Konsum anfacht.«

»Globale Fressanfälle«, sagte Richard zerstreut. »He, soll ich dir mal sagen, wovor die Leute Angst hatten, als ich in die Schule ging? Vor einer neuen Eiszeit. Ist schon komisch, oder, wie sich die Verhältnisse umdrehen?«

»Eiszeit«, wiederholte Fred skeptisch.

»Das war ein fettes Thema, Energiekrise, da kommt man auf solche Ideen.«

»Vielleicht«, sagte Fred darauf hoffnungsvoll, »sind wir ja gar nicht die ersten, die mit der kompletten Zerstörung rechnen. – Da fällt mir ein, ist ja schon witzig, dass dein Steenbergen auf der Suche nach Atlantis war. Vielleicht eine Übersprungsreaktion? Als ENERGIE-Manager darf man vermutlich nicht an Umweltzerstörung glauben. Umgeleitete Ahnungen, das war es.«

»Mag sein.«

»Witzig«, wiederholte Fred. »Wo hat Steenbergen denn Atlantis vermutet?«

»Im Atlantik«, antwortete Richard knapp. »Beziehungsweise, er und sein Freund waren gerade dabei, es ins ehemalige Troja umzusiedeln. Du weißt ja: *panta rhei.*«

»Genau«, sagte Fred mit einem verdächtigen Flackern im Blick, »aber beides ist falsch! Wenn's dich interessiert, ich kann dir sagen, wo Atlantis war.«

Richard starrte seinen jungen Freund kurz und böse an, dann ließ er sich tief in den Sitz zurücksinken und schloss die Augen.

»Was ist?«, sagte Fred beleidigt. »Hast du für diesen Steuerberater-Anwalt Welsch jetzt Atlantis-Artefakte besorgt oder nicht? *Oder nicht?*«

Richard nickte.

»Aber hast du auch gewusst, wie unsere Sintflutlegenden entstanden sind? Ha! Ich sag's dir! Das Schwarze Meer war einst ein Süßwassersee, ist bekannt, sie haben versteinerte Süßwasserfauna gefunden. Aber stell es dir konkret vor, ich meine, das heißt: Irgendwann ist die Landbrücke beim Bosporus gebrochen. Das muss gewaltig gewesen sein. Danach hat es schlimme Überschwemmungen gegeben. Außerdem war es eine gigantische Umweltkatastrophe –«

Richard schaltete ab und versuchte sich vorzustellen, wie die Landbrücke am Bosporus brach. Soweit er wusste, war der Bosporus kilometerbreit. Konnte eine solche Strecke – selbst in einem Erdbebengebiet – auseinanderrücken und brechen, einfach so? Von einem Tag auf den anderen? Und wenn ja, was für ein

Tag mochte es gewesen sein? Friedlich und sonnig mit leichter Erdbebenneigung? Oder war es – alle Wahrscheinlichkeit mal beiseite gelassen – vielleicht der Tag gewesen, an dem ein fortschrittlicher steinzeitlicher Baumeister seinem stolzen Volk die aussichtsreiche Verbindung zwischen Schwarzem und Marmarameer präsentierte? Einen praktischen Kanal, der Handelswege und Reichtum schaffen sollte? Der sich in der Folge selbst verbreiterte? Der die Welt, wie man sie kannte, so veränderte, dass sie irgendwann nur noch als Ahnung einer versunkenen Kultur und großen Katastrophe überliefert werden konnte?

»Jeder«, hörte er Fred dazu behaupten, »also echt, *jeder* hat eine Theorie zu Atlantis. Du kannst mir nicht erzählen, dass du der Einzige bist, den das nicht interessiert.«

* * *

20.15 Uhr

Drin. Das war geradezu lächerlich einfach, das Schwierigste an dieser Aktion war tatsächlich der Anruf bei Valeska Schommer gewesen. Nun hatte Müller die Adresse, die er brauchte, und parkte auf der Straße vor Romanoffs Haus, einem fünfstöckigen Altbau mit drei Kneipen in unmittelbarer Nachbarschaft, außen Gründerzeitfassade, innen vermutlich Kakerlaken und Taubenzecken, Belgisches Viertel. Müller saß mit seinem Laptop auf dem Rücksitz des Alfa, dessen Seiten- und Rückfenster mit schwarzer, undurchsichtiger Folie verklebt waren, und war drin. Ganz einfach so. Unwillkürlich blickte er raus auf die Straße, ob sich etwa noch andere Surfer eingefunden hatten, um den heimlichen Hotspot zu nutzen. Doch da waren nur wenige Passanten und dazu eine Reihe leerer parkender Autos, keine verdächtigen dunklen Wagen, kein Typ mit Handy im Hauseingang, und sowieso hätte er einen aktiven Mitnutzer im Systemprogramm gesehen. Müller starrte den Bildschirm an und fragte sich, wo der Haken war. Konnte das eine Falle sein? Lauerten ringsum in den Höfen verdeckte Bullen, um ihn gleich aus dem Auto zu zerren? Nein, dachte Müller, nein, nur die Ruhe, das ist normal.

Wenn der User Richard Romanoff einen Telefonanschluss betrieb, der jedem internetfähigen Gerät in einem nicht zu knapp bemessenen Umkreis den Zugang zum Netz ermöglichte, und zwar mit RRomanoff als Anwendernamen, dann machte er es dem Hacker Müller gewiss zu leicht, aber ungewöhnlich war das nicht. Es gab Straßen in Köln, wo man täglich auf zwanzig solcher offenen W-LANs stieß. Dort, wo die Häuser eng standen, die Menschen nicht allzu wohlhabend waren, zu Hause arbeiteten und bereits angejahrte Computer stark nutzten, ohne sich mit ihrer Technik richtig auszukennen, kurz: bei den Geisteswissenschaftlern, dort gab es unfreiwillige Hotspots, soviel man wollte. Und das Nette daran war, dass digitale Spuren sich im Internet nur bis zu dem jeweiligen Anschluss zurückverfolgen ließen. Wenn man also etwas vorhatte, das nicht ganz joker war, suchte man sich irgendwo ein offenes W-LAN, ging von dort aus ins Netz, erledigte, was zu erledigen war, und überließ etwaige Folgen dem Betreiber des Anschlusses. Außerdem konnte man mit einem Trojaner in den Computer des Betreibers eindringen, wenn der dumm genug war, eine Datei aus einer fremden Mail zu öffnen. Allerdings musste dazu der Betreiber online sein, und so viel Glück hatte Müller heute dann doch nicht. Er blickte hoch auf die dunkle Fassade des Hauses: Ein einsames Licht brannte, weit oben im dritten Stock. Auf der anderen Straßenseite, wo keine Platane vorm Haus stand, war der Abend noch hell. Viele Leute waren nicht zu Hause, oder sie aßen gerade, die Computer waren noch aus. Doch bald würden sie eingeschaltet werden, und irgendwann würde auch Romanoff heimkommen und seine Mails checken, und dann würde Müller vielleicht sehen, mit wem er es zu tun hatte.

* * *

An diesem regnerischen Abend fand Richard die große Villa am Adenauer-Ufer zum ersten Mal einladend. Aus ihren hohen Fenstern strahlte warmes Licht, und der dunkle verwachsene Garten an der Rückseite, wo Richard sein Fahrrad abzustellen pflegte, schien ihn zu begrüßen wie einen alten Freund. Riesige unbeschnittene alte Buchsbäume warfen tiefe schwarze Schatten und tropften in der Dunkelheit. Versonnen kettete Richard sein Rad an einen komfortablen Fahrradständer und atmete den strengen Geruch des Buchses ein. Zusammen mit dem Odeur des Rheinwassers, der vom entfernten Fluss heranstieg, und dem nassen Asphalt der angrenzenden Straßen roch es verdammt gut. Nach glanzvollem Wohlstand und abendlicher Großstadt und zäh überlebender Natur. Dann sah Richard hoch zu den Lichtern und schüttelte sich. Auf zu Mahagoni und Banyuls und Peter dem Süßen.

Es begann besser als sonst. Valeska war heute nicht da, was vielleicht bedeutete, dass Richards Besuche nicht mehr zu den besonderen Gelegenheiten zählten. Das war ein Fortschritt. Entschlossen lehnte Richard auch den Banyuls ab und sagte, er hätte dann vielleicht später gern einen Whiskey. Peter quittierte das mit einem seltsamen kleinen Lächeln und trank selbst ebenfalls nichts. Er wirkte müde. Doch als Richard von der Fährse Babette erzählte und behauptete, dass sie die Mordtheorie entkräfte, sprang das alte Funkeln in Peters Augen. »Ach Blödsinn«, sagte er, »Kühe kann man genauso töten wie Menschen.«

Er hatte von ihr gewusst. In zweien der Zeitungsartikel aus dem Dossier war Babette eben doch erwähnt, und Peter hatte sogar mit einem Polizisten über sie gesprochen, doch ernst nahm er sie nicht. Für den Anwalt war diese Kuh nur eine überflüssige Komplikation, die er gedanklich beiseite schob, was er vermutlich bloß schaffte, weil er keine echte Vorstellung vom Umfang eines solchen Viechs hatte.

»Wir müssten aber den Beweis dafür erbringen, dass auch sie getötet wurde«, sagte Richard. »Und das wird schwierig, denn die Trockeneistheorie von diesem jungen Bauern ist schwach. Er glaubt nicht mal selbst richtig dran. Außerdem reicht ein Stück Trockeneis im Freien nicht aus, um eine Kuh zu töten. Doch bei der Obduktion haben sie angeblich nur CO_2-Vergiftung festgestellt. Und das heißt: Keine anderen Beruhigungsmittel, keine Einstiche, keine Gifte.«

»Obduktion«, sagte Peter wegwerfend. »Wissen Sie, was jeder Obduktion zugrunde liegt? Eine Theorie. Hier war die Theorie Vulkangas, und was wurde gefunden? Vulkangas.«

»Was natürlich nicht heißen kann«, sagte Richard etwas zu geduldig, »dass es auch Vulkangas war.«

»War es nicht«, sagte Peter, und die Pause, die folgte, wirkte trotzig und hilflos, als hätte der Herr Anwalt ganz einfach keine Energie mehr zum Argumentieren.

»Was schlagen Sie also vor?«, fragte Richard.

»Suchen Sie doch erst mal weiter. Waren Sie schon an Gunnis Arbeitsplatz? Im Betrieb?«

Richard schüttelte den Kopf.

»Also. Und ich kümmere mich um den Obduktionsbericht von dieser – Kuh. Und um die Analyse der Erde, die Sie mitgebracht haben. Vielleicht kriegt man doch noch etwas mehr raus.« Er blickte Richard an und schaute glatt durch ihn hindurch.

Okay, dachte Richard. Der Tag war lang, wir sind beide fertig. Er erhob sich. »Alles klar, ich sehe mir Dr. Steenbergens Büro an.«

»Gut«, sagte Peter, und es hieß: auf Wiedersehen.

»Aber seine Arbeit verstehe ich nicht«, setzte Richard warnend hinzu. »Ich bin kein Ingenieur. Ich könnte auf die Formel stoßen, die Luft in pure Energie verwandelt, ich würde sie kaum erkennen.«

In Peters Miene zeigte sich ein Funken Zuneigung. »Ach. Sie hätten Gunni gefallen. Sonst haben die Leute immer gesagt: Umweltmanager, das kann ich auch. Und besser, natürlich.«

Richard lächelte schief. »Ich nehm das mal als Kompliment.«

Peter griff nach der Weinflasche. »Soll ich Ihnen sagen, warum ich Sie für den Job ausgesucht habe?«

»Warum?«

»Wegen Ihres Aussehens.« Peter hob einladend ein Glas.

Richard schüttelte grimmig den Kopf. »Sie werden lachen, aber das hör ich ständig.«

Der Anwalt grinste und füllte einen winzigen Tropfen in ein Glas. »Was ich meine, ist: Sie sind eine auffällige Erscheinung –

sehr auffällig! – und Sie haben so einen Nimbus von, tja, linker Tradition. Sie riechen nach Basisdemokratie und veganer Gemeinschaftsküche und ritualisierter Anarchie.«

Überarbeitet, dachte Richard, total überarbeitet und nebendran, das kannte er, dann wurden die Fremdwörter ausgegraben. Er schüttelte den Kopf und ging zur Tür.

»Warten Sie doch mal! Lassen Sie es mich so sagen: Sie wirken kampferprobt und aufrichtig. Wenn *Sie* herumlaufen und Gunnis Tod untersuchen, dann wird das die Leute zum Nachdenken bringen. Es wird sie aufrütteln.«

Richard dachte an seinen aufrichtigen Auftritt als Redakteur vom WDR und schwieg.

»Es geht gar nicht darum, dass Sie irgendwas in Gunnis Akten finden. Vergessen Sie das. Da kommen Sie niemals dran. Seine Arbeit war sowieso eher repräsentativ: Er hat hauptsächlich Messen besucht und in Entwicklungsländern Kochtöpfe verteilt. Vielleicht war noch ein bisschen Verschmutzungsrechte verwalten und neue Techniken prüfen dabei, aber viel Raum für finstere Geheimnisse gibt seine Stellenbeschreibung nicht her, glauben Sie mir.«

»Die neuen Techniken sind aber gar nicht so ohne.« Je länger Richard hier stand, desto mehr ärgerte er sich doch. *Linker Nimbus!* Dieser reaktionäre Besitzstandswahrer, diese Hofschranze der Reichen, dieser Erhalter der real existierenden Oligarchie – wieso sollte dieser Mann sich von anderen seines Schlages unterscheiden? Peter war ein arroganter Affe. Seinen Freund hatte er nicht ernst genommen, und Richard reduzierte er gleich ganz aufs Aussehen. »Die verursachen garantiert das eine oder andere Problem, zum Beispiel im Patentrecht. Oder was ist mit der guten alten Atomkraft? Laufzeitverlängerungen? Dann hätten wir noch Industriespionage, manipulierte Ausschreibungen, Umweltskandale –«

»Mag sein«, sagte Peter. Er stand auf, wanderte zum Fenster und blickte hinaus über den Rhein. »So etwas in der Art steckt vermutlich dahinter. Aber von dieser Seite aus greifen wir nicht an.«

Richard spürte die Rückenlehne des Besucherstuhls unter seinen Fingern. »Wieso nicht?«

»Genauso gut könnten wir versuchen, einem Chirurgen einen Kunstfehler nachzuweisen, indem wir die Operationsnarbe betrachten. Das ist müßig. Wir können niemals sehen, was dahintersteckt.«

»Sag ich doch«, sagte Richard.

Peter wandte sich um. »Wir können aber Zeugen finden. Der Patient ist tot, und wir suchen die Schwestern, die dabei waren.«

»Wir müssten schon wissen, bei was«, sagte Richard.

»Na, dem Mord.«

»Ich nehme an, dass der keine öffentliche Veranstaltung war.«

»Irgendwer hat bestimmt was bemerkt. Da muss man aber nachfragen! Vielen Zeugen ist die mögliche Tragweite ihrer Beobachtungen gar nicht bewusst!« Mit neuer Energie lief Peter im Zimmer herum. »Deshalb ist es ja so skandalös, dass gerade in Gunnis Fall die Akten sofort geschlossen wurden!«

»Na gut, aber eine Theorie zu haben wäre trotzdem ganz hilfreich«, sagte Richard und setzte sich wieder. Theorien dauerten ewig, das wusste er aus Erfahrung. »Vielleicht sollten wir auch die Fakten klären, die wir besitzen. Nur mal so. Allzu viele sind es ja nicht.«

Peter legte den Kopf schräg und sah kurz aus wie vierzehn. »Die Quellen prüfen, in der Chronologie zurückgehen …?«

»Genau.« Richard ging auf den leichten Ton nicht ein. »Fassen wir zusammen: Ihr Freund Gunni arbeitete im Spitzenmanagement, war wohlhabend und intelligent, aber er lebte allein, ohne Familie, Fernseher oder Tageszeitung, und auf seinem Dachboden hatte er ein kleines rotes Zimmerchen, in dem er Atlantis suchte. Und zwar im vollen Ernst.«

»Das ist besser, als eine Zwölfjährige darin einzusperren«, entgegnete Peter, jetzt auch angefressen.

»Ich bitte Sie«, sagte Richard, »das ist ganz einfach merkwürdig.«

Sie musterten sich. Dann verzog Peter abfällig das Gesicht und sagte: »Dass Sie sich von uns haben kaufen lassen, das wurmt Sie ganz gewaltig, nicht wahr?« Er versuchte richtig fies dabei auszusehen, doch schaffte es nicht mehr ganz. Er war offensichtlich zu müde. Und da sah Richard plötzlich wieder die Sommersprossen um Peters Nase, sah einen traurigen Teenager, der nicht anders konnte als provozieren, der selbst irgendwie geworfen war und die richtigen Worte auch nicht wusste.

»Ich bin wenigstens nur käuflich«, sagte Richard also ruhig, »aber nicht übergeschnappt.«

»Sie sind bedauernswert«, sagte Peter böse. »Ihnen fehlt die Phantasie. Und ein Freund.«

Richard holte tief Luft. »Und wissen Sie was: Homosexuell bin ich auch nicht. Kein bisschen.«

Peter funkelte ihn an. »Wär fast so schlimm wie verrückt sein, nicht wahr?« Seine Jungenhände waren zu Fäusten geballt.

Das rührte Richard irgendwie, vermutlich weil er selbst sich unerwartet befreit fühlte. Endlich hatte er geschafft zu sagen, was ja doch irgendwann gesagt werden musste, gerade jetzt, wo er diesen Auftrag angenommen hatte. »Nein«, sagte er wesentlich lockerer als noch eine Minute zuvor, »ich verrate Ihnen was: Wenn ich wüsste, dass ich Dr. Steenbergens Tod für Sie klären soll, weil Sie ein Verhältnis hatten, fände ich das verständlich und normal. Was mich irritiert, ist der Umweg über dieses Atlantis-Ding.«

Peter starrte ihn an, dann eilte er zum Schnapswagen und schenkte zwei Gläser voll. Mit Whiskey. »Wie charmant«, sagte er fiebrig, »hab ich das richtig verstanden, Sie finden Sex zwischen Männern normaler als eine platonische Freundschaft?«

»Ich finde Sex zwischen Männern, die das wollen, normal«, sagte Richard wachsam. Peter reichte ihm ein Glas und berührte dabei seine Hand. Und Richard, der die Absicht in Peters Blick gesehen hatte und der souverän zugreifen wollte, unerschütterlich und ohne Mätzchen, zuckte spontan und heftig zurück.

»Verzeihung.« Peter stellte das Glas kommentarlos auf den Tisch, hob sein eigenes und trank es leer.

Richard sammelte sich. »Verrückt wird's vermutlich erst dann, wenn der eine will und der andere nicht.«

»Wem sagen Sie das.« Peter schenkte sich sofort nach.

»Und da haben Sie es mit Atlantis versucht.«

Peter kippte erneut seinen Whiskey.

»Waren Sie erfolgreich?«

»Wollen Sie jetzt trinken oder nicht?«

Richard nahm das volle Glas.

»Erfolgreich.« Peter griff schon wieder nach der Flasche. »Also meine Atlantis-Theorie ist inzwischen richtig gut. Bei Gelegenheit weihe ich Sie ein.«

Richard wich seinem hungrigen Blick aus, indem er einen großen Schluck Whiskey nahm. Alter *Single Malt*, exquisit und süß – natürlich. »Besitzen Sie auch so ein Zimmer auf dem Dachboden?«

Peter befeuchtete seine Lippen. »Willst du es sehen?«

»Ich will es nur wissen.«

»Nein.«

»Wo habt – haben Sie sich kennengelernt? Im Atlantis-Chat?«

»Du wirst es nicht glauben, hier in meinem Büro.« Peter setzte sich halb auf die Mahagoniplatte seines Schreibtischs, richtete sich also in Richards unmittelbarer Nähe ein. Dann drehte er sein Glas zwischen den Händen. »Gunni hat mich wegen einer Geldanlage konsultiert, wie so viele Leute nach der Krise.«

»Gunter Steenbergen hat sein Geld zu – hierher gebracht?« Das *Sie* war gar nicht so leicht durchzuhalten, wenn man es allein gebrauchte.

Peter lächelte kurz. »Er wollte es. Aber im Grunde war er ein Kleinanleger, wir haben es dann bei der Beratung bewenden lassen.«

»*Klein*anleger?«

Nun grinste Peter. »Ja – wir sind ja auch keine Bank. Wir sind Berater und verwalten mehrere größere Treuhandfonds, auch Stiftungen, und inzwischen das eine oder andere Privatvermögen. Das ist aber erst ab einer gewissen Höhe regelmäßig nötig. Oder wenn die Verhältnisse sehr unübersichtlich sind. Wenn du zum Beispiel erbst und plötzlich mit dem zwölften Teil des Familienbetriebs, einem Straßenzug in Wanne-Eickel und den Rechten an einer stillgelegten Silbermine in Argentinien dastehst. Dann brauchst du mich.« Dann und in den kalten Nächten, sagte sein hitziger Blick.

»Ich werde darauf zurückkommen.«

»Jederzeit.«

Richard brachte seine Knie außer Reichweite. Er musste das hier schnellstmöglich zu Ende bringen, doch die wichtigste Frage stand noch aus. »Tja«, er versuchte, mit dem Stuhl zurückzurutschen, was gar nicht einfach war, denn das Möbelstück war massiv und wurde zudem von dem tiefen dunkelroten Teppich festgehalten, »eins weiß ich aber immer noch nicht.«

»Was?«

»Warum jedermann außer – dir glaubt, dass Gunter Steenbergens Tod ein natürlicher war.«

Nun sah Peter sofort wieder schwermütig aus, obwohl Richard endlich bewusst das Du gebraucht hatte. »Tja, niemand sonst vermisst ihn wirklich.«

»Das meine ich«, sagte Richard. »Du bist sozusagen sein nächster Angehöriger. Und du bist der Einzige, der bislang von Mord gesprochen hat.«

»Was genau soll das heißen?«

»Ein Mord erfordert Leidenschaft«, behauptete Richard und wollte sich zurücklehnen, um die Wirkung seiner Worte zu studieren, doch dazu kam er nicht, denn in diesem Moment wurde er vorn an seinem Schafwollepullover gepackt, hochgerissen und hart auf den Mund geküsst.

»*Das hier* erfordert Leidenschaft«, murmelte Peter und schmeckte nach *Single Malt*, brennend und süß, natürlich, und Richard hätte niemals zugegeben, dass er den Kuss erwiderte, tat er auch nicht, es war mehr eine Art Kampf, ein kurzes Ringen, und schnell vorbei. Dann stand er und konnte es nicht fassen und Peter bewegte sich rückwärts zu seinem Tisch, duckte sich, als erwarte er einen Schlag, und sagte dazu rebellisch: »Es tut mir nicht leid.«

Richard senkte die rechte Faust, die er in der Tat erhoben hatte, und hätte nicht sagen können, ob er wollte, dass es Peter leidtat oder nicht. Er wollte nur raus. So lief er zum Ausgang. Doch als er in der Tür stand, hörte er die Frage: »Wirst – werden Sie weiter für mich arbeiten?«

Niemals, dachte er und drehte sich gleichzeitig um. Niemals. Er sah einen Teenager mit Sommersprossen, dem er das nicht sagen konnte. »Haben Sie Gunter Steenbergen getötet?«, fragte er stattdessen. Es war eine müßige Frage, natürlich, doch Richard wollte sie beantwortet haben.

»Nein«, sagte Peter.

»Werden Sie mich bezahlen, auch wenn Ihnen das Ergebnis nicht gefällt?«

»Allein der Beweis zählt«, sprach Peter ernst.

»Na gut«, sagte Richard und mochte es selbst nicht glauben. Dann wandte er sich ab und ging.

* * *

21.55 Uhr

Das wurde aber auch Zeit. Da kam er angeradelt, natürlich wieder entgegen der Fahrtrichtung. Wahrscheinlich hielt dieser Romanoff sich grundsätzlich nur in Einbahnstraßen auf und lebte auch bewusst in einer. Jetzt verschwand er zügig in der Hofeinfahrt zu seinem Haus. Mach, dachte Müller ungeduldig. Schließlich wollte selbst er irgendwann heim.

22.07 Uhr

Er hatte ein kurzes Handy-Video mit ein paar Passanten vor der Nachbarkneipe *Quinte*, daran hing der Trojaner. Dazu hatte er ein einfaches Anschreiben »Hallo Nachbarn und Stammgäste, erkennt ihr euch in dem Film?«, außerdem ein Bild der Kneipe in der Mail und die Verknüpfung zum Film. Der benötigte den Adobe Flash Player, und Müller wusste um eine uralte Sicherheitslücke in diesem Programm, über die er sich hoffentlich einhacken konnte. So eine ungewartete Sicherheitslücke passte zu Romanoff, der betrieb ja auch ein offenes W-LAN. Und den Flash-Player hatte er garantiert, den hatte jeder. Jetzt musste er nur noch den Computer anmachen und den Film wirklich anschauen. Da war er auch schon. Zum Glück war es jetzt schnell gegangen, nicht erst lang pinkeln und zu Abend essen und mit Mama telefonieren, nein, der Romanoff schaltete den Computer an, sowie er nach Hause kam, vernünftiger Mann. Guck den Film an, dachte Müller, guck ihn an, alter Junge, ja komm, guck ihn, den hab ich nur für dich –

Da war er. Müller entfuhr ein kurzer Juchzer, er spürte nicht mehr dasselbe Hochgefühl wie früher, wenn er in einen fremden Computer eingedrungen war, und es war ja auch lächerlich einfach gewesen, aber nett fühlte es sich doch an. Jetzt konnte er nach Hause fahren.

22.45

Müller saß in seinem Apartment an seinem Computer und öffnete über sein Fernsteuerungstool *Ricks Dateien.* Rick also. Rick Romanoff, der rasende Recke. Müller grinste und blickte auf die kleine Liste, die sich vor ihm entrollte. Welchen Ordner sollte er zuerst öffnen? *Rechnungen*? *Briefe*? *Uni*? *Uni Karl*? Oder einen Ordner mit dem Titel *Recherche*? Davon gab es fast hundert Stück, *Recherche Welsch*, *Recherche Rostam*, *Recherche München* et cetera. Nein, dachte Müller, die Recherche heb ich mir für später auf. Er wollte die Privatperson Romanoff kennenlernen. Er öffnete den Ordner *Briefe*.

22.23 Uhr

Dieser Romanoff schien privat eine Art Antiquitätenhandel zu betreiben, das überraschte Müller. Schließlich arbeitete der Typ für die Kanzlei Welsch, und die hatte mit Antiquitäten nichts am Hut. Doch ganz offensichtlich war Romanoff ein selbständiger Historiker, der wissenschaftliche Expertisen verfasste und antike Artefakte verscherbelte. Müller fragte sich, ob das so ohne weiteres erlaubt war. Vielleicht war er einem Schmuggler auf die Schliche gekommen, der bloß zum Schein in einer angesehenen Kanzlei angestellt war? Andererseits besäße Romanoff dann eine doppelte Deckung, denn er korrigierte außerdem höchst offiziell

Klausuren für das Fachgebiet Geschichte der Uni Köln. Es musste etwas anderes hinter dieser Verbindung zur Kanzlei Welsch stecken. Müller fand aber bloß ein paar Rechnungen und Rechercheaufträge. Romanoff hatte für den Privatmann Welsch gearbeitet, das stand fest, im Rahmen seines eigenen Geschäfts. Das erklärte allerdings nicht den Stapel Visitenkarten, den Romanoff bei sich gehabt hatte, als er in Steenbergens Haus etwas »überprüfte«. Zögernd gab Müller schließlich auf: Dies war eins von den Rätseln, die sich über Computer nicht lösen ließen. Es war vielleicht auch gar nicht relevant. So, und jetzt zum Abschluss die Filmauswahl und die Familienbilder. Kurz klickte er in die Filme, las ein paar Titel und verließ das Verzeichnis rasch wieder: auf eine fremde Schmuddelecke hatte er jetzt keine Lust. Blieben die Familienfotos. Eigentlich glaubte Müller nicht daran, dass die was bringen würden, und fast hätte er den Ordner *Papa im Netz* gar nicht erst angeklickt, was sollte das sein, Papa im Netz, ein Ausflug in den Fischereihafen? Nur weil der Ordner groß und voller Pdfs war, öffnete er ihn. Dann sah er sich die Pdfs an, viele, Dutzende Pdfs, und kapierte nicht, was er da vor sich hatte, wieso hatte dieser Romanoff all diese Zeitungsausschnitte mit Artikeln über einen Typen namens Schulze gesammelt?

Dann fiel der Groschen. Und Müller kam sofort eine Idee. Eine hübsche, verrückte, eine gefährliche und großartige Idee. Er starrte das körnige Bild jenes Achim Schulze an, der aufrührerisch und wild aus dem Computer zurückstarrte: Klar, da bestanden deutliche Familienähnlichkeiten. Der wilde Blick fehlte, aber sonst kam Romanoff, zumindest äußerlich, ganz nach Vater Schulze. Auch wenn der gute Rick einen anderen Namen trug – ihn vielleicht sogar selbst geändert hatte – konnte er seine Herkunft nicht verleugnen. Niemand konnte das. Müller lächelte, las fünf der insgesamt zweihundertachtundsiebzig Artikel, dann wusste er genug. Er suchte sich ein Umweltschützerforum. Und noch eins.

Welche, in denen es zur Sache ging.

* * *

In dieser Nacht träumte Richard davon, eine Kanzlei am Adenauer-Ufer anzuzünden. Es war ein erschreckend deutlicher Traum. Und ein angenehmer dazu. Erregend. Richard erkannte den Geruch des alten Buchses, des Regens und des Hauses. Er sah goldenes Licht in den Fenstern, dann goldene Flammen herausschlagen. Er sah sich selbst im Dunkeln, mit Benzinkanister und Feuerzeug. Er spürte Hitze und hörte Schreie, vielleicht Peters Schreie, vielleicht seinen Tod.

Und das war geil.

Vier

Das Gebäude, vor dem Richard am Morgen danach sein Fahrrad parkte, wirkte weiträumig und gepflegt, sah aber dennoch viel bescheidener aus, als er es sich vorgestellt hatte. Er zurrte die Kette fest um den Laternenpfahl, den er sich ausgesucht hatte, obwohl jede Menge Fahrradständer vorhanden waren, schloss ab und dachte, dass er paranoid war, dass er vierzig Jahre lang das Energiekonzern-Feindbild seines Vaters mit sich herumgetragen hatte und dass es kein Wunder war, wenn er da einen finsteren Spiegelturm von unwahrscheinlichen Dimensionen erwartete, eine Kinderphantasie, zu der nur noch Zugbrücke und Verliese fehlten. Richard warf einen Blick auf das unspektakuläre Bürogebäude gegenüber dem hinteren Teil der Flora und ärgerte sich schrecklich über seine Naivität. Und darüber, dass ihm trotz allem nicht richtig wohl war bei dem Gedanken, dort jetzt reinzugehen. Er sah sich mehrmals nach seinem Fahrrad um und betastete seinen »Atomkraft nein danke«-Button. Am liebsten hätte er ihn abgenommen, weil es nicht sein eigener Button war, auch nicht sein eigener Protest, sondern der seines Vaters, und vermutlich würde die kleine Brosche seine Arbeit hier fürchterlich erschweren. Andererseits war der Button ein wichtiger Talisman, und seinem Vater war er dieses Zeichen – zumindest das – schuldig. Er musste es einfach tragen. Also straffte Richard seine Schultern und ging mit der roten Sonne der Atomgegner an der Brust hinein zur ENERGIE.

Drinnen schien das Gebäude hauptsächlich aus niedrigen Fluren zu bestehen, Fluren, die vom Eingangsbereich aus in alle Richtungen führten. Sie waren mit brauner Auslegware verkleidet und schluckten Geräusche. Zwischen zwei beigefarben gestrichenen Betonstützen lag ein Empfangstresen, er bestand aus Melaminplatten mit Birkefurnier. Dahinter stand eine Frau mit Headset und ordnete die Morgenpost. »Zum Büro des Umweltmanagers, bitte«, sagte Richard zu ihr, und die Dame musterte ihn abschätzig.

»Ehemals Dr. Steenbergen. – Ich habe einen Termin«, versicherte er, was nur halb stimmte, denn als er vorhin unter der Nummer aus Peters Dossier angerufen hatte, war noch niemand da gewesen und er war an eine Frau in der Telefonzentrale geraten, die ihn aufgefordert hatte, an Steenbergens altem Arbeitsplatz an der Kölner Flora vorbeizukommen und sein Anliegen persönlich vorzubringen. Diese Frau hatte aber natürlich keinen Termin vergeben, und die Empfangsdame, vor der Richard nun stand, bildete sich schnell eine sichtliche Meinung über ihn: lange Haare, alter Pulli, bekennender Atomgegner, wollte zum Umweltmanager: Dass der einen Termin hatte, glaubte er selber nicht, der hatte höchstens eine Bombe in der Tasche, das war ein Freak.

»Sie können gar keinen Termin bei Dr. Steenbergen haben«, sagte sie mit einem Seitenblick zu dem großen Mann in Uniform, der sich in der Ecke rechts von ihr halblaut mit einem Anzugträger unterhielt. »Er ist nicht mehr bei uns.«

»Ich weiß«, sagte Richard freundlich, »er ist tot.«

Die Empfangsdame ließ die Post sinken, die sie in Händen hielt, und betrachtete ihn scharf. Richard lächelte. Er war nicht gekommen, um die Bude abzufackeln, wenn die so etwas glaubten, waren sie nicht besser als er selber mit seinen Phantasien von der Trutzburg ENERGIE. Rasch reichte er der Dame Peter Welsch-Ruinarts Karte sowie eins von mehreren Anschreiben, die ihm Valeska zusätzlich ins Dossier gepackt hatte, und erklärte, dass er von Dr. Steenbergens Nachlassverwalter, den man sehr gerne auch telefonisch kontaktieren dürfe, beauftragt sei, persönliche Gegenstände des Toten abzuholen. »Kann ich mit seiner Sekretärin sprechen, bitte?«

Der Blick der Empfangsdame wurde nicht wärmer. »Meinen Sie den *Team Assistant,* den *Junior Developer* oder den *Personal Referee?*«

»*Team Assistant*«, riet Richard, das kam ihm spontan am sympathischsten vor.

»Der ist schon umgezogen ins Büro in der Zentrale«, teilte sie Richard mit.

Der seufzte innerlich. »Dann bitte zum *Personal Referee*«, sagte er verbindlich.

»Da gehen Sie jetzt die Treppe hoch bis ganz nach oben, den rechten Flur entlang, Zimmer 506. Natascha Kassin.« Der Blick der Frau wanderte zu der kleinen Atomgegner-Sonne. »Aber wissen Sie was, ich glaube, es ist besser, der Herr Theis von der Security bringt Sie hin.«

In Natascha Kassins Büro wurde Richard mit begeistert gerollten Rs empfangen, als sei er ein Wodka. »Rick Romanoff! Ich fasse es nicht! Mensch, was machst du denn hier?«

Richard schloss kurz die Augen und blickte ein zweites Mal in das Büro: Nichts hatte sich verändert. Dort drin saß eine intellektuell aussehende Brünette vor einem Schreibtisch. Die Frau kannte er nicht, die hatte er nie gesehen, wobei –

»Ricky, also echt, in der Höhle des Löwen, was?« Jetzt hatte die Brünette sich erhoben, kam auf ihn zu, fasste ihn an den Schultern und küsste ihn auf beide Wangen, wozu sie sich auf die Zehenspitzen stellen musste. »Ist gut, Herr Theis, ich kenne den Herrn, vielen Dank.«

Der Sicherheitsmann verschwand und ließ Richard mit dem Rätsel allein zurück. Natascha Kassin, sagte der sich. Natascha Kassin. Wer zum Geier war das? Irgendeine Ex? Ex-Kommilitonin? Ex-Studentin? Ex-Mitbewohnerin? Ihr Gesicht war lang, blass und von dem plötzlichen Lächeln wie verzerrt, sie sah aus, als ob sie sich nicht oft freute.

»Du weißt gar nicht, wer ich bin«, sagte sie mit einem fürchterlich traurigen Grinsen.

»Entschuldigung«, stammelte Richard.

»Wieso auch«, sagte sie, trat zurück und seufzte tief. »Ich habe mich in letzter Zeit selbst nicht mehr richtig gekannt.«

Gott. Richard wandte sich unwillkürlich zur Tür. Das wurde ja immer schlimmer, diese Tussi war ihm nicht nur unbekannt, sondern auch noch mitten in einer fetten Identitätskrise. Wenn sie ihm wenigstens Zeit gegeben hätte nachzudenken. Natascha. Natascha, da war doch was. Eine dunkle Erinnerung regte sich in ihm, doch die Frau hielt sie auf, indem sie sich beschämt in ihrem Büro umsah und sagte:

»Tja. Wer hätte das gedacht, dass ich mal hier lande.«

»Komm«, sagte Richard, der jetzt langsam einfach *irgendwas* sagen musste, »immerhin bist du *Personal Referee* eines Umweltmanagers, wenn das mal kein Super-Titel ist.«

»Ich war seine *Sekretärin*«, sagte Natascha spitz. »Und das hieß Überstunden, Nachtschichten, kein Privatleben. Bei dem Chef. Der hat einfach nicht aufgehört zu arbeiten.«

Richard schüttelte mitfühlend den Kopf.

»Und natürlich«, fuhr Natascha maliziös fort, »wird die Sekretärin nicht mitgenommen.«

»Wohin?«, fragte Richard, der naiverweise dachte, dass Natascha eigentlich froh sein konnte, nicht von ihrem Chef mitgenommen worden zu sein.

»Ins neue Team«, ächzte Natascha. »Verstehst du, ich hab hier fast alles geschmissen. Alles! Ich kenne die Abteilung besser als jeder andere! Die können den Betrieb ohne mich für ein halbes Jahr schließen! – Aber man hat mich abgesägt.«

»Warum?«, fragte Richard.

Natascha ließ sich in ihren Stuhl fallen und breitete die Arme aus. »Du arbeitest nicht in einer Firma, oder? Immer noch freischaffend?«

»Selbständig«, korrigierte Richard mit Blick zur Tür. Niemand kam, um ihn zu retten. Er musste das allein durchstehen.

»Die Sekretärin des Ex-Chefs wird niemals mitgenommen«, sagte Natascha bitter. »Auch wenn es *echt* nötig wäre. Nein, der neue Chef wählt eine neue Sekretärin, selbst dann, wenn es zufällig eine Chef*in* ist. Und die alte Sekretärin geht zurück ins Schreibzimmer. So war das, ist es und wird es immer bleiben.«

Richard versuchte, sich etwas wirklich Anteilnehmendes einfallen zu lassen, als er sich ganz plötzlich entsann, woher er Natascha kannte: »Tasche!«

Sie lächelte bekümmert. »Tja. Ich selbst. Aber so hat mich schon lang keiner mehr genannt.«

»Nein! Tasche aus dem dritten Stock! Aus der Soziologen-WG! Du bist die, die mit dem riesen Blumenkasten voller Hanfpflanzen eingezogen ist, aber nie ein Bett hatte!«

»Ich dachte, in einer WG ist das so.«

»Und hast du das Zeug nicht irgendwann ans Tabouleh gemacht? Statt Petersilie?«

»In meinem Zimmer ist es nicht richtig gewachsen. Ich war das Outdoor-Gärtnern gewöhnt. Ich war vom Land.«

»Vom Land! Genau! Du bist die, die immer Cowboystiefel anhatte, klar, die Provinzboots! Und hast du nicht damals den Bus organisiert für –«

»Für die Demo im Wendland gegen den Transport nach Gorleben, ja«, sagte Natascha mit verzerrtem Gesicht.

»Irgendwer hat mir damals erzählt, du hättest dich ans Gleis gekettet.«

»Ich hab mir die Stiefel ruiniert.«

»Du warst heiß! Man sagt, du wolltest dich vor den Zug schmeißen.«

»Ich hatte noch was von dem Tabouleh intus.«

Richard sah sich in dem engen Büro um. »Tasche! Was *machst* du hier?«

Natürlich war das von all den vielen Fragen, die er zur Auswahl hatte, die falscheste. Natascha blickte ihn an, schniefte – und brach in Tränen aus.

Sie gingen raus, vors Haus, eine rauchen, wobei Richard gar nicht rauchte und es nie getan hatte. Doch aus irgendeinem Grund wurde er von Rauchern stets für einen Komplizen gehalten.

»Das ist auch so was«, sagte Natascha, während sie hektisch mit ihrem Feuerzeug klickte, »früher war das gar kein Thema, oder? Und heute besteht die Welt aus zwei Lagern: raucht und raucht nicht.«

Für Richard war es immer noch kein Thema, er war dagegen schlicht immun.

»Rauchen ist auch so eine Art Gier«, sagte Natascha und sog lang und tief an ihrer Zigarette. »Ricky, Ricky. Jetzt sag aber endlich: Was machst *du* hier? Immer noch im Auftrag des Herrn unterwegs?« Sie blickte auf seinen Atomgegner-Button und seufzte tief.

Richard nahm ihn ab und versenkte ihn in seiner Tasche. »Ich untersuche den Tod von Gunter Steenbergen im Auftrag der Kanzlei Welsch-Ruinart. Und da wollte ich dich –« Er brach ab und sah erstaunt zu, wie Natascha ihre kaum angerauchte Zigarette heftig auf der Armlehne der Bank ausdrückte. »Geht's dir gut?«, fragte er verunsichert.

»Ja. Klar.« Natascha setzte sich gerade hin und faltete die Hände im Schoß.

Tasche, dachte Richard. Natürlich. Jetzt erinnerte er sich wieder: Das war Tasche, wenn sie einen Film über Tiertransporte anschaute. Oder kurz bevor sie zu einem Vortrag über Emanzipation im Haushalt ansetzte, wenn irgendeine Idiotin ihr über einem Teller Spaghetti erklärte, sie müsste sich die Augenbrauen zupfen, falls sie Erfolg im Leben haben wollte. Das war die süße kleine Tasche mit dem Kindergesicht und dem inneren Kochen. Wie konnte er das vergessen haben?

»Weiter«, sagte sie ungeduldig.

»Tja, Welschs Theorie ist, dass dein Chef ermordet wurde.«

»Ach«, sagte Natascha und sah plötzlich ganz starr aus.

»Was sagst du dazu?«

Natascha saß eine Minute lang einfach nur da. Dann sagte sie: »Welsch, sagtest du?«

»Peter Welsch-Ruinart.«

Natascha lächelte ein gespenstisches Lächeln, das er nicht kannte, das war neu: Mundwinkel rauf, Mundwinkel runter, fertig. »Interessant«, brachte sie heraus.

»Was?«

»Dass ausgerechnet der Welsch-Ruinart einen Mord vermutet.«

»Wieso?«

»Die beiden hatten was miteinander«, sagte Natascha in sehr hässlichem Ton. »Dieser Welsch ist stockschwul, weißt du?«

»Ja«, sagte Richard schlicht.

Naschas Miene erhellte sich. »Ich wette, *er* war es. Der Welsch.«

»Wieso?«, fragte Richard, entsetzt von der Freude, die er in Nataschas Gesicht sah. Sehr dunkel erinnerte er sich an eine ähnliche Freude, die er nachts zuvor verspürt hatte, eine tiefe Befriedigung darüber, dass wieder Ordnung herrschte, die Gefahr gebannt war. »Weil er schwul ist?«

»Nee«, sagte Natascha, »das hat doch damit nichts zu tun, aber die beiden waren Freunde, weißt du.«

Richard blickte sie an und Natascha sank wieder in sich zusammen. »Ich bin ein Arsch«, sagte sie bitter. »Ich hör mich an wie ein Arsch: Sie waren Freunde, deswegen hat einer den andern umgebracht.«

»Das ist kein abwegiger Gedanke«, sagte Richard ernst. »So ist das garantiert öfters. Aber wieso hier? Hast du einen konkreten Verdacht?«

»Nein. Sorry.« Natascha nahm eine neue Zigarette aus der Packung. »Es kann sogar sein – obwohl das naiv klingt –, dass sie *wirklich* nur Freunde waren.« Sie seufzte tief, klipste ihr Feuerzeug an und sog wieder Rauch ein. »Sie hatten dieses gemeinsame Hobby.«

»Geologisch-historische Paradoxien?«, fragte Richard, dem das Wort ›Atlantis‹ einfach nicht über die Lippen wollte.

»Genau. Atlantis.« Natascha stieß lange Rauch aus. Dann grinste sie plötzlich und sah zum ersten Mal ein bisschen so aus wie die Frau, die Richard einst gekannt hatte. »Soll ich dir mal was zeigen?« Sie griff nach ihrer Tasche und kramte eine blaue Plastikflasche heraus. »Voilà, Atlantizz. Mit zwei Z.«

»Wow«, sagte Richard. Wenn es schon Atlantizz mit zwei Z hieß, konnte es nicht *nur* eine blaue Plastikflasche sein.

»Hab ich mir spaßeshalber gekauft«, sagte Natascha. »Bin ich drauf gestoßen, als ich ein bisschen für Dr. Steenbergen recherchiert hab.«

»Aha?« Richard nahm die Flasche. Sie hatte einen breiten Verschluss und war zur Hälfte mit einer Flüssigkeit gefüllt, die

Richard ohne die beiden Z für gewöhnliches Wasser gehalten hätte.

»Tja, das da ist ein bisschen verrückt, aber es wirkt. Es hat oben einen Adapter.« Natascha machte eine drehende Handbewegung. »Man kann diese Flasche auf eine normale Sprudelflasche draufschrauben und das Wasser energetisch anreichern.«

»Wow«, sagte Richard wieder, weil ihm beim besten Willen nichts Besseres einfiel.

»Koste mal. Du wirst sehen, es schmeckt ganz anders.«

Richard öffnete die knallblaue Flasche und trank vorsichtig. Nichts passierte. Das Wasser schmeckte abgestanden, aber nach Wasser.

»Und?«

»Gut«, log Richard.

»Siehst du. Dort im Flaschenhals ist ein Ring aus Atlantis-Gestein. Daran muss man das Wasser vorbeischütten, dreißig Mal pro Liter laut Gebrauchsanweisung, aber so oft mache ich das nicht.« Natascha zuckte die schmalen Achseln und paffte an ihrer Zigarette. »Ist ja nur zum Wohlfühlen, weißt du? Ich mach es vielleicht zehn Mal, höchstens, das bringt schon was. Das Wasser kriegt eine ganz andere Energiestufe. Es geht auch mit Säften, aber die sind eigentlich zu stofflich. Nicht so aufnahmefähig, weißt du. Da muss man echt ewig schütten, damit es was bringt.«

»Du schraubst dieses Atlantizz-Ding auf eine Flasche Sprudel und schüttest ihn zehn Mal hin und her, bevor du ihn trinkst?«

Natascha lachte. »Genau. Ist so eine Art Homöopathie. Man weiß nicht wieso, aber es funktioniert.« Sie blickte auf ihre Zigarette. »Irgendwie muss ich ja versuchen, das ganze Gift zu neutralisieren.«

»Und das Atlantis-Gestein«, fragte Richard mit Blick in den Adapter, in dem tatsächlich ein kleiner weißer Ring steckte, »wo genau ist das her?«

»Ach, Ricky.« Mit einem einfachen Seufzer wischte Natascha das einzig Interessante an der ganzen Sache, nämlich die Frage, wo denn wohl Atlantis-Gestein zu finden wäre, vom Tisch. »Das darf man nicht ernst nehmen, weißt du? Atlantis ist nur der Überbegriff. Da gibt es völlig verschiedene Theorien, dazu natürlich bergeweise Literatur, alles hübsch bunt gebunden, mit Elfen drauf, was immer du willst.«

»Da fällt mir ein«, sagte Richard und schraubte Atlantizz wieder zu, »was kostet so ein – eine Flasche?«

»Fünfzehn Euro. Da kann man echt nicht viel falsch machen, was?«

»Wow.« Das schien sein Standardwort in dieser Unterhaltung zu werden. Fünfzehn Euro. Mindestens tausend Prozent Gewinnmarge. Für die alltagstaugliche, erschwingliche Kombination von Homöopathie und komplettem Wahnsinn. »Verkauft sich das gut?«

»Glaube schon. Atlantis ist ein verdammt heißes Thema. Du müsstest mal die Fights in den Foren lesen.« Natascha saß plötzlich ganz still und starrte Richard an. »Weißt du was«, sagte sie, »ich bin sicher, es gibt Irre, die würden für so eine Theorie sogar morden. Das musst du dir mal vorstellen, ich habe Postings von Typen gelesen, die behaupten im vollen Ernst, dass die Erde hohl ist und im Inneren eine Parallelwelt existiert. Und Ähnliches. Zum Beispiel diese Sache mit Schillers Lied von der Glocke. Oder war es der Handschuh? Egal, das ist angeblich eine Botschaft an die Schulkinder dieser Welt und weist den Weg nach Atlantis-in-outer-space. – Jemand, der so was glaubt, ist vielleicht auch sonst nebendran.«

»War dein Chef denn Mitglied in so einem abgedrehten Forum?«

»Mit Sicherheit. Aber seinen Forennamen hat er mir natürlich nicht verraten. Wär vielleicht ganz interessant, den rauszukriegen.« Natascha stieß sehr lange Rauch aus und blickte Richard von der Seite an. »Dann wüsste man nämlich auch, ob er dort Feinde hatte. Könnte man alles nachlesen.«

»Hm«, machte Richard, der zu nichts weniger Lust hatte, als das nachzulesen.

Natascha aber ließ nicht locker. Feierlich sog sie ihre Zigarette bis auf den Filter leer und sprach: »Wär doch möglich, dass er Feinde hatte. Vielleicht hat er jemanden widerlegt.«

»Wie widerlegt man denn jemanden, der an eine – Hohlwelt glaubt?«

»Mit Argumenten«, sagte Natascha pragmatisch. »Vermutlich war Dr. Steenbergen im Begriff, irgendeinem von diesen Typen wirtschaftlich zu schaden. Indem er zum Beispiel eine stark vermarktete Theorie angegriffen hat.«

Richard blickte auf die Flasche in seiner Hand. »Du, wenn ich dir jetzt sagen würde, wie – abwegig es ist, anzunehmen, dass Wasser höhere Energiestufen erreichen kann, würdest du dann aufhören, diesen schwachsinnigen Apparat zu benutzen?«

Natascha lachte gekünstelt, nahm ihm die blaue Flasche ab, stopfte sie in ihre Tasche und sprach trotzig: »Homöopathie wirkt, das ist erwiesen. Also wirkt das hier auch. Verschütteln oder schütteln, was ist der Unterschied?«

Darauf wollte Richard auf keinen Fall eingehen. »Da wir gerade vom Glauben sprechen, ich glaube, du kannst ein Geschäft, das auf so einem Blöd–, hm, Dogma basiert, nicht ruinieren.«

»Wenn der Papst das Dogma widerruft?«, sagte Natascha.

»Dr. Steenbergen war nicht der Papst.«

»Dr. Steenbergen war *Ingenieur*«, entgegnete Natascha, als sei das praktisch dasselbe. »Er hatte *zwei* Doktortitel! Er war sehr interessiert, er hat seine Gesprächspartner immer ernst genommen, und er musste nicht von seiner Atlantis-Theorie leben. Glaub mir, so ein Mann *ist* der Papst.«

»Tja. Mag sein.« So richtig konnte sich Richard nicht für die Theorie erwärmen, aber: »Gut. Könnte was dran sein. Es würde erklären, was Steenbergen selbst gesucht hat: Papst sein, das ist natürlich schick.«

»Oh ja«, sagte Natascha. »Sehr schick. Das hat ihm immer gefallen, wenn die Leute ihn um Rat gefragt haben.«

Richard nahm eine von Peters Visitenkarten und notierte seine Telefonnummer hintendrauf. »Hier. Ruf mich an, wenn dir noch was einfällt. Oder schreib mir.« Er fügte seine Mailadresse hinzu und reichte die Karte Natascha.

»Okay«, sagte sie.

Richard blickte sie an. »Du kanntest Dr. Steenbergens Arbeit gut?«

»Sehr gut«, sagte Natascha.

»Wenn da irgendetwas Merkwürdiges, Verdächtiges passiert wäre, dann hättest du es mitbekommen?«

»Ganz sicher.«

»*Ist* irgendetwas Merkwürdiges, Verdächtiges passiert?«

»Nein«, sagte Natascha.

Richard seufzte. »Es ist aber schon so, dass der Job des Umweltmanagers ein schwieriger Posten ist, oder? Konfliktgeladen. Verschiedene Interessengruppen, denen du das Geldverdienen erklären musst –«

»Ricky!«

»Oder etwa nicht?«

Natascha erhob sich mit einem Ruck. »Weißt du was«, sagte sie, »frag doch die neue Amtsinhaberin selber.« Sie lächelte angriffslustig. »Frau Berthani führt jetzt die Geschäfte seit knapp vierzehn Tagen, und wie man hört, liebt sie Anfragen von externen Gruppen mit Weltverbesserungsanspruch. Dir wird sie um den Hals fallen, denn deine Theorie hat sie bestimmt noch nicht gehört.« Sie klopfte Richard auf die Schulter und beugte sich zu ihm herab. »Ach ja, und mach ruhig deinen kleinen Button wieder dran, wir wollen ja nicht, dass auch du deine Identität verlierst, was?«

Richard starrte Natascha fassungslos an.

»Ach!«, schnaubte sie, dann packte sie ihre Handtasche, drehte sich um und stolzierte hoch erhobenen Hauptes auf das unspektakuläre Bürohaus zu.

Irre, dachte Richard, als das graue Gebäude seine ehemalige Nachbarin schließlich verschluckt hatte. Die geht jetzt und schmeißt sich doch noch vor ihren Zug, und ich bin schuld. Ohne Zweifel hatte die gute alte Tasche ein fettes Problem. Aber das eigentlich Verrückte war: Richards »Atomkraft nein danke«-Button war so ungefähr seine einzige politische Äußerung überhaupt in dieser

Richtung. Und immer gewesen. Tatsächlich hatte er als junger Mann sogar eine Zeitlang FDP gewählt, aus reiner Opposition gegen das, wofür sein Vater stand, und auch weil er Genscher irgendwie gut gefunden hatte während der Wiedervereinigung. Er hatte nie aus eigenem Antrieb eine Demo besucht, geschweige denn organisiert, von Kundgebungen hielt er sich tunlichst fern, und allein der Gedanke an offensive medienwirksame Aktionen ließ ihn innerlich versteinern. Der kleine Button war für ihn etwas Persönliches, ein Zeichen für seine schwierige Herkunft und all die Unlogik, die sein Dasein umgab. Er war in eine Szene hineingeboren, von der er kaum mehr als den Lebensstil übernommen hatte, und diesen Button trug er wie ein Atheist das goldene Kreuz, das er geerbt hatte: trotzdem. Deshalb war es total schwachsinnig, dass Natascha ausgerechnet ihn für eine moralische Instanz hielt, der sie – wenn auch widerwillig – Rechenschaft ablegte. Er war nicht, für was sie ihn hielt, und er durfte sich nicht von ihrer Wut manipulieren lassen. Er musste neutral bleiben, zumindest innerlich, und Steenbergens Arbeitsplatz untersuchen. Nur in einem Punkt hatte Natascha vielleicht recht: Sicher war es gar keine schlechte Idee, mal mit der neuen Amtsinhaberin selber zu sprechen.

* * *

11.35 Uhr

Das Telefon klingelte. Müller hob ab. »Ja?«

»Kassin«, sagte die Stimme am anderen Ende.

»Natascha?« Müller erhob sich. Kollege Speick, der mit ihm im selben Zimmer saß, war nicht da, aber die Türen standen offen, und jederzeit konnte irgendwer hereinkommen, schließlich befanden sie sich in der Personalstelle, da herrschte das Prinzip der einladenden Freundlichkeit.

»Eben war ein Detektiv bei mir«, sagte Natascha ohne Umschweife. »Von der Kanzlei Welsch-Ruinart. Er untersucht den Tod von Gunter Steenbergen.«

Ein Detektiv! »Nicht am Telefon«, sagte Müller sofort.

Natascha schwieg und schniefte.

»Hat er seinen Namen gesagt?«, fragte Müller doch neugierig.

»Rick Romanoff.«

Der! »Pass auf, wir treffen uns um zwölf im *Café Zweibein.*«

»Das schaff ich nicht«, sagte Natascha.

»Bist du etwa schon in der Zentrale?«

»Nein, und da gehe ich auch nicht hin.«

Müller schwieg überrascht, das war neu für ihn.

»Sie wollen mich gar nicht mitnehmen, verstehst du? Die Berthani hat der Florina meinen Posten gegeben, und –«

»*Was?*«, rief Müller und sah sich sofort nervös um. Dann trommelte er mit den Fingern auf seine Tischplatte und sagte mit gesenkter Stimme: »Die brauchen dich, ohne dich können sie den Laden zumachen!«

»Ich weiß«, sagte Natascha nüchtern.

»Und die Berthani ist keine solche Idiotin, dass sie das nicht wüsste!«

»Die Berthani«, sagte Natascha, »hat mir gestern gesagt, dass mein verdammt hohes Gehalt gerechtfertigt ist und dass ich im Team eine leitende Stellung einnehmen werde …«

»Na bitte!«

»… aber sie will grundsätzlich eine neue Richtung einschlagen, und zwar mit der Frau Florina als *Personal Referee*, und ich soll die unterstützen, solange sie Hilfe braucht.«

»Du –«

»Also bis zu ihrer Pensionierung.«

Müller knetete seine Augenbrauen. Seine Stimme war nurmehr ein Flüstern. »Ey, die Florina ist doch hohl, in spätestens drei Monaten ist die weg vom Fenster!«

»Nicht, wenn sie meine Arbeit als ihre verkaufen kann.«

»Aber die *können* dich nicht rauswerfen! Du leitest praktisch den ganzen Betrieb, seit der Steenbergen weg ist!«

»Die haben mich ja auch nicht rausgeworfen«, sagte Natascha bitter. »Die machen es mir nur leichter, zu gehen.«

Gehen? »Wir müssen reden«, sagte Müller alarmiert.

»Wir reden doch«, sagte Natascha. »Ich sag dir was: Ich hab ein total super-mieses Gefühl bei –«

»Natascha!«

»… all dem. Echt. Ich fühl mich scheiße. Ich will hier raus. Ich hab es satt.«

»Halte durch«, sagte Müller bestimmt, »wir treffen uns. Heute Abend.«

»Wie nett du das sagst«, sagte Natascha bissig.

»Komm schon, acht Uhr im –«

»Gut, im WOMA«, unterbrach Natascha.

»Wo?«

»WOMA! Wie MoMA. Museum of Modern Arts. Das WOMA war mal ein Wollmagazin. Am Rheinauhafen. Da ist heute Abend Vernissage. Um halb acht geht's los.«

»Nein«, sagte Müller. Keine Vernissage. Doch Natascha legte einfach auf.

* * *

Die neue Umweltmanagerin der ENERGIE*base* war eine wichtige Frau. Sie persönlich auch nur am Handy zu erreichen war praktisch unmöglich. Richard telefonierte sich durch die Instanzen, wurde abgewiesen, bettelte, protzte mit dem Namen Welsch-Ruinart und drohte mit der Morduntersuchung, bis man ihn weiterleitete, zu neuen Anglizismen und neuen Ablehnungen, die er dann mit viel Überredungskunst in Sätze wie »Vielleicht, warten Sie mal, ich frag mal den *Innovation-Manager*« verwandelte. *Manager* war ein extrem inflationärer Begriff, lernte Richard. Konnte Konzernchef bedeuten, entsprach aber auch dem Titel Abteilungsleiter, und die Berthani war wohl irgendwas dazwischen. Schließlich redete er mit einer Frau Florina, die es irgendwie lustig fand, dass er Detektiv war. Sie verband ihn ohne viel Federlesens mit Frau Berthani.

»Berthani.«

»Romanoff.« Richard hatte inzwischen Übung darin, sein Anliegen als geheimnisvoll und dringlich darzustellen. Steenbergens Tod im neuen Licht, mit womöglich politischem Hintergrund, das musste auch die frische Amtsinhaberin interessieren.

In der Tat: »Tja«, sagte Berthani, nachdem sie Richards Ausführungen gelauscht hatte, »tja.« Sie überlegte eine Weile und fragte dann: »Herr Romanoff, sagten Sie?«

»Ja.«

»Interessant. Tja, ich bin jetzt noch in Hamburg und fliege morgen nach Paris, also im Betrieb können wir uns nicht sehen. Das schaffe ich nicht. Aber ich glaube, ich möchte dieses Gespräch mit Ihnen. Könnten Sie heute Abend zu mir nach Hause kommen? So gegen sechs?«

»Wo ist das?«, fragte Richard.

»Düsseldorf.«

»Ja, das geht«, sagte er leichtsinnig.

Berthani dachte eine Weile nach und sagte dann: »Ich verbinde Sie jetzt mit meiner Assistentin. Geben Sie der bitte die Nummer von Ihrer Kanzlei, damit wir sie überprüfen können. Dann wird Ihnen Frau Florina alles Weitere sagen. Sie haben sicher für diesen Umweg Verständnis. Immerhin geht es um meine Privatadresse.«

Richard wollte zustimmen, aber Berthani hatte ihn schon grußlos in die Warteschleife gedrückt.

Von Köln nach Düsseldorf dauerte es mit dem Regionalexpress eine halbe Stunde und dann noch einmal fast doppelt so lang mit dem Fahrrad in den Rottweiler Weg, wo Berthani residierte. Ihr Anwesen war wie Steenbergens schwer zu finden, allerdings aus einem völlig anderen Grund: Es bestand von außen bloß aus einer hohen Hecke und einem halb darin verborgenen stählernen Tor. Dieses Tor trug eine winzige Hausnummer, und in seinem rechten Pfosten befand sich eine Gegensprechanlage ohne Namensschild. Richard fuhr die Straße zweimal hoch und runter, auf der Suche nach einem richtigen Haus und einer echten Familie Berthani, bis er schließlich das abweisende Tor ansteuerte. Er drückte den Knopf der Gegensprechanlage, meldete sich an, erfuhr, dass er richtig war, und dann schwang das Tor auf. In Bewegung wirkte es noch weit mächtiger, eine fiese, metallene Platte, die allen Naturgesetzen trotzte, indem sie sanft zur Seite glitt. Richard trat ein und hätte fast sein Fahrrad vergessen, so sehr war er wider Willen beeindruckt. Rasch lief er zurück, packte seinen alten Drahtesel und schob ihn auf eine Zufahrt, deren Belag aus Marmorkies unter der dunklen Eibenhecke wie von innen heraus leuchtete. Schon schwang das Tor langsam wieder zu. Richard kämpfte einen irrationalen Fluchtreflex nieder. Blick nach vorn, dachte er. Schau dir lieber das Schloss an. Denn ein Schloss musste es mindestens sein, nach einem solchen Entree.

In der Tat: Berthanis Haus schwamm dampfergleich auf einer sanft geschwungenen Rasenfläche, umrahmt von alten Bäumen, wirkte prächtig, privat und weiß. Doch es war zu groß. Irgendwie ahnte man das im grünlichen Schimmer der massiven Fensterscheiben. Lange wird das Haus nicht bewohnt bleiben, dachte Richard boshaft und genervt, weil er im groben Kies nicht recht vorankam mit seinem Rad. Gebäude, die den menschlichen Maßstab ignorierten, wurden rasch aufgegeben, hielten kaum eine Generation und standen am Ende oft leer, als Denkmäler von zu großer Ambition. Er schwitzte. Endlich war er da.

Aus der Nähe besaß das Haus den Charme einer Autobahnbrücke, denn direkt vor dem Eingang ragte ein mächtiger Betonpfeiler aus der Erde, um ein auskragendes Dach zu stützen. Es war nicht hübsch, aber irgendwie hatte sie dann doch was, diese unverblümte Megalomanie. Wenn man sie lässig nahm, bekam sie etwas Schäbiges und wurde erträglich, und der Mann, der in der Tür lehnte und Richard erwartete, der war lässig. Er trug einen schwarzen, von Farbspritzern ruinierten Kaschmirpullover und betrachtete Richard mit verschränkten Armen. »Hätten Sie doch gesagt, dass Sie mit dem Fahrrad gekommen sind«, rief er, als Richard in Hörweite war. »Ich hätte Ihnen unten den Fahrradschuppen aufgemacht.« Als sei der gerade mal drei Schritte entfernt.

»Schon gut«, keuchte Richard und lehnte sein Rad an ein Gerüst, das eine Seite des Hauses verstellte. Einen Fahrradschuppen hatte er vor lauter Stahltor und Marmorkies gar nicht gesehen.

Der Typ in der Tür musterte ihn unverwandt. Er wirkte körperlich schmächtig, doch seine Haltung strahlte die natürliche Autorität eines Handwerksmeisters aus. Seine Augen waren klar und dunkel, sein Haupt fast kahl. »Sie wollen zu meiner Frau«, sagte er.

»Zu Klaudia Berthani«, bestätigte Richard. »Mein Name ist Romanoff.«

»Berthani«, stellte sich der Mann vor. »Sie ist noch nicht da. Möchten Sie Ihr Rad in der Garage abstellen?«

Richard winkte ab. »Das Gerüst reicht vollkommen. – Ich hab noch nie so viel Kies auf einmal gesehen«, versuchte er, immer noch außer Atem, zu scherzen.

»Ich musste mich auch erst dran gewöhnen«, versicherte der Hausherr ungerührt.

»Ist das Haus neu?«, fragte Richard mit Blick auf das Gerüst.

»Nein, wir lassen die Dächer begrünen.«

»Ach?«

»Als Beitrag zum Mikroklima«, sagte Berthani, und der Ernst, mit dem er sprach, hatte etwas Zwingendes. Als sei dieser monströse Glaspalast tatsächlich umweltfreundlicher, wenn man ein paar magere Gräser auf seinem Dach ansiedelte.

Richard sagte recht zweifelnd: »Aha.« Und folgte dem Hausherrn nach drinnen.

Dort bildete der unerlässliche Marmor in polierter Form einen weißen Spiegel am Boden. Die zugehörige Halle war riesig und klimatisiert, Kunstwerke standen herum. Zielstrebig schritt Berthani voran in einen weiteren Raum mit ebenso glattem Boden und durchsichtigen Wänden, das Thema wurde durchgezogen. Nur kamen die Bewohner im zweiten Raum nicht ganz ohne Möbel aus. Linkerhand stand ein überlanger Tisch, daran saß ein dunkelhäutiges Mädchen vor einem Laptop und einem kleinen Stapel Bücher. Neben diesem improvisierten Büro am Esstisch befanden sich in dem Raum noch mehrere Sofas und Sessel, denen man offenbar nicht ansehen sollte, wie sehr sie nach dem Fernseher ausgerichtet waren. Richard sah es aber doch. Das Gerät klebte an einer der wenigen tragenden

Innenwände und zeigte eine ganz normale Vorabendserie. Davor hatte sich ein dunkelblonder Teenager niedergelassen, vermutlich ebenfalls ein Mädchen. Sie trug einen überlangen Pony zu einem unordentlichen Zopf und saß ein wenig mit dem Rücken zum Eingang verdreht, viel konnte man also gar nicht von ihr sehen. Richard schloss ihr Geschlecht schlicht aus dem Fernsehprogramm: Es wurde weder geschossen noch Auto gefahren. Der Hintergrund des Bildschirms flirrte rosa. Und die Musik hörte sich romantisch an.

»Jasmin, Friederike, müsst ihr denn schon wieder fernsehen?«, fragte Berthani in dieses Stillleben hinein. »Kommt, ich will euch jemanden vorstellen.«

Die Dunkelhäutige blickte auf und lächelte Richard zu, das Mädchen im Sessel dagegen schob ihren Haarvorhang noch weiter vors Gesicht. Blöder Smalltalk mit blöden Fremden, sagte ihre Haltung, das könnt ihr mit mir vergessen.

»Darf ich Ihnen unsere Tochter vorstellen«, sagte Berthani darauf gereizt, fasste Richard am Arm und führte ihn zum Esstisch. »Herr Romanoff – Jasmin. Einen echten Detektiv zu treffen findet sie – wie sagt man? – cool.« Damit ließ er ihn stehen und begab sich zu der störrischen Friederike, auf die er dann leise und hörbar ärgerlich einredete.

Richard schaute verlegen auf das Laptop. »Hausaufgaben, hm?«

»Mhm«, machte Jasmin, die ihn sichtlich nicht cool fand. Und die Situation wurde noch zusehends unangenehmer, denn vorn am Sessel entspann sich jetzt eine halblaute, wütende Diskussion, die offenkundig Richard zum Gegenstand hatte, das war ihm peinlich. Jasmin schien das Gefühl zu kennen. Sie warf ihm einen rätselhaften Blick zu und ein knappes Gesprächsangebot hin: »Facharbeit in Geschichte.«

»Oh, wie interessant«, sagte Richard mäßig ehrlich. »Und worum geht es?«

Jasmin setzte sich noch ein bisschen gerader hin, obwohl das kaum möglich zu sein schien. Sie war eine Schönheit mit reizend kraus abstehendem Haar und eleganter Körperhaltung. »Perspektivwechsel, das ist das große Thema«, sagte sie. »Ich werfe einen etwas ungewöhnlichen Blick auf Karl den Großen. Nee, auf die Karolingerzeit.«

Richard spürte seine Augen schmal werden, ungewöhnlicher Blick auf Karl den Großen und seine Zeit, das bedeutete nichts Gutes, das hatte er schon öfters gehört, und zwar jeweils zu Beginn langer, fruchtloser Lehrveranstaltungen, in denen er die schiere Existenz des Frühmittelalters verteidigen musste. »Inwiefern ungewöhnlich?«, fragte er also mehr der Höflichkeit halber.

»Ich muss die Karolinger mit den nordafrikanischen Berbern derselben Zeit vergleichen. Die hatten denselben Feind.«

»Die Araber«, sagte Richard spontan.

Jasmin lächelte. »Tja«, sagte sie, »dieser Karl-Martell-Typ hat sie voll besiegt.«

»Bei Tours und Poitiers«, bestätigte Richard.

Jasmin blickte ihn tiefsinnig an. »Aber wussten Sie, dass vierzig Jahre zuvor dieselbe Schlacht schon mal geschlagen wurde, in Nordafrika, und zwar von einer Frau?«

»Oh«, sagte Richard. »Stimmt. Die Berberkönigin. Moment mal, das war, wie hieß sie noch gleich –?« Er kam nicht drauf.

»Sie hat verloren«, sagte Jasmin düster, »deshalb kennen Sie ihren Namen nicht.« Jetzt sah sie selbst ein wenig aus wie eine Berberkönigin, allerdings wie eine, die ihr Thema ganz gut verteidigte und absolut nicht im Begriff war, zu verlieren, und Richard fand sie hinreißend. Ein schönes *und* kluges Mädchen von vielleicht sechzehn Jahren, wo fand man das schon?

»Doch, oh doch«, sagte er rasch, »ich kenne den Namen. Bestimmt. – Kahina. Sie wurde Kahina genannt. Dahia al-Kahina. Eine blutrünstige Frau.«

Jasmin warf ihm einen dunklen Blick zu. »Da ist jemand«, sagte sie. »Ich glaube, meine Mutter kommt.«

Mit Klaudia Berthanis Heimkunft schien das ganze Haus aufzuatmen: Irgendwo musste noch ein wenig Außenluft durch die grünlich verhärteten Glasporen dringen. Auch das Gesicht des Gatten entspannte sich, Jasmin lächelte ihr froh entgegen, und selbst Friederike regte sich in ihrem Sessel. Berthani war zweifellos die Seele dieses Hauses. Richard hatte auch sofort das Gefühl, er kenne die Frau. Sie sah prominent aus. Volkstümlich. Monumental. Der blond gesträhnte Pagenkopf und das kantige Gesicht wirkten, als seien sie schon immer so gewesen, als sei die ganze Person nicht geboren, sondern geschaffen worden wie ein Kunstwerk oder die christliche Welt. Und genau wie die war Berthani nicht besonders hübsch, aber darauf kam es nicht an. Schönheit, dachte Richard, war sicher kein Thema für diese Frau, deren kirschrotes Kostüm so steif und dick war, dass es von nahem aussah wie aus Pappe. Ihre Begrüßung für die Familie fiel übrigens verblüffend alltäglich aus. Sie küsste ihre Lieben und wandte sich anschließend sofort an Richard: »Dr. Romanoff, in mein Büro bitte.«

Das Büro lag im ersten Stock, man musste Treppen steigen, besondere Treppen, versteht sich, die Marmorstufen staken nur an einer Seite in der Wand und schwangen leicht, sie wirkten instabil und gefährlich. Ein Geländer war nicht vorhanden, und Richard fragte sich, ob eine solche Bauweise in einem Wohnhaus überhaupt erlaubt war und wer die Ränder putzte, die Stellen, an denen man abstürzen konnte. Allerdings war das wohl keine sehr relevante Frage in diesem Haushalt. Richard tastete sich also die Wand hoch und folgte Berthani in ein riesiges Büro, das gleichwohl zu niedrig war. Es wirkte bei aller Größe bedrückend. Richard setzte sich in einen Sessel, den Berthani ihm anwies, und war dann ihrem offenen, ausdruckslosen Blick ausgesetzt. Berthani gegenüberzusitzen war, wie wenn man sich vor ein Plakat setzte.

»Dr. Romanoff«, sagte das Plakat. »Sind Sie einer von *den* Romanows?«

»Es ist der Name meiner Mutter«, antwortete Richard kurz.

»Ein seltener Name. – Sind Sie ein Mitglied der Zarenfamilie?« Berthani blickte gebieterisch, und so klang die Frage aus ihrem Mund nicht naiv. Eher barsch. So, als verlange sie, in ein Geheimnis eingeweiht zu werden.

»Nein«, antwortete Richard.

Damit war das Gespräch von Berthanis Seite aus beendet. Sie stand auf und sagte abschließend: »Ich hab Sie mir ganz anders vorgestellt.«

Richard blieb sitzen. »Sie sehen auch nicht gerade wie ein Umweltmensch aus.«

Das erzeugte ein leichtes Zucken in ihrer rechten Wange. Richard brachte rasch Dr. Steenbergens Tod zur Sprache. Doch Berthanis Interesse war erloschen. Als Richard den Mordverdacht äußerte, schüttelte sie nur nachsichtig den Kopf, als hätte er vom großen Monster am anderen Ende des Gartens erzählt.

»Wir schließen eine Verbindung zu Dr. Steenbergens Arbeitsumfeld nicht aus«, setzte Richard ärgerlich hinzu. »Auch eine politisch motivierte Tat wäre möglich.«

Berthani seufzte. »Nach Ihrem Anruf heute«, sagte sie, »habe ich mit einem Kommissar Marcks hier aus der Direktion Kriminalitätsbekämpfung in Köln gesprochen. Er hat den Fall bearbeitet und ist zu dem Schluss gekommen, dass Dr. Steenbergen eines natürlichen Todes gestorben ist.« Sie warf einen kurzen Blick auf Richards Gesicht, guckte womöglich noch verbindlicher und setzte hinzu: »Ich nehme Dr. Steenbergens Tod sehr ernst. Besonders ernst sogar. Ebenso wie meine Kollegen aus dem Vorstand. Wir waren von vorneherein um lückenlose Aufklärung bemüht. Und die haben wir bekommen. Warum sollte ich an den Ergebnissen zweifeln? Sie müssen zugeben, Dr. Romanoff, dass es äußerst merkwürdig wäre, wenn ich im Alleingang und gegen die Erkenntnisse der Behörden eine private Untersuchung unterstützen würde, die auf einer reißerischen Annahme beruht und unserem Konzern nur schaden kann.« Sanft glitt ihr Blick an Richards Schurwollepullover hinab. Du bist ein Umweltfuzzi, sagte dieser Blick, und du willst auf eins von deinen paranoiden Reizthemen hinaus, das ist doch klar. Diese Zusammenkunft hätten wir uns sparen können, wenn ich dich nur *gesehen* hätte bei unserem Telefonat.

»Nein«, sagte Richard gereizt, »die Sache liegt anders. Die Kölner Polizei hat ein Zuständigkeitsproblem. Die haben nie selbst ermittelt, die konnten nur provisorische Ergebnisse aus

Rheinland-Pfalz übernehmen, und diese Ergebnisse halten wir für absolut ungenügend.« Er zog eine von Peters Visitenkarten hervor. »Wir möchten ja *auch* kein großes Aufsehen«, log er. »Herr Welsch-Ruinart wünscht persönlich eine Aufklärung in größtmöglicher Diskretion.« Rasch reichte er Berthani die Karte.

Sie nahm sie mit spitzen Fingern, las sie aber, immerhin.

»Meine Arbeit ist vorerst eine Art Angebot an Sie. Wir können diese Untersuchung leise und unauffällig durchführen. Nur wenn uns das nicht möglich ist, wird Herr Welsch-Ruinart die hiesige Staatsanwaltschaft vom Ermittlungsbedarf überzeugen. Die Frage ist, mit wem Sie lieber reden, mit der Polizei oder mit mir.«

»Mit der Polizei«, sagte Berthani sofort. »Herr Dr. Romanoff, auf die Art lasse ich mich ganz sicher nicht erpressen.«

»Von Erpressung kann überhaupt keine Rede sein«, sagte Richard, der wusste, dass man im Lügen niemals nachlassen durfte, wenn es einmal begonnen war.

»Welsch-Ruinart«, sagte Berthani nachdenklich. »Die kenn ich. Kölner Anwälte. Hatte ich schon mit zu tun. Allerdings machen die Vermögensverwaltung.« Sie betrachtete Richard kühl. »Gut. Eine Kanzlei arbeitet nicht ohne Auftrag. Welsch, das ist nur der Vertreter. Wer ist Ihr Klient?«

»Sagte ich bereits. Herr Welsch-Ruinart persönlich wünscht die Aufklärung.«

»Aha«, machte Berthani, und so ausdruckslos ihre Miene auch war, sie brachte in diesem winzigen Wort doch ihr Wissen um Welschs Vorliebe für Männer und jede Menge Geringschätzung unter. »Dann handelt es sich wohl um eine Privatangelegenheit. Marlowe, finden Sie Mabel.«

»Mabels *Mörder*«, erwiderte Richard. »Ich möchte herausbekommen, ob Dr. Steenbergen zum Beispiel illegalen Aktivitäten in Ihrem Konzern auf die Schliche kam.«

Berthani holte Luft – und lächelte. Aufrichtig und mütterlich. »In unserem Konzern«, sagte sie gefühlvoll, »gibt es keine illegalen Aktivitäten.«

»Ich meine das völlig wertfrei«, sagte Richard ungeduldig in diese hypnotische Ausstrahlung positiver Botschaften hinein. »Ich rede nicht von einer Verschwörung, ich denke vorerst nur an einen Einzelnen, der, was weiß ich, Gelder veruntreut hat. Das kann auch bei der ENERGIE passieren. Das kommt in den solidesten Firmen vor.«

»Wäre bei uns unwahrscheinlich«, sagte Berthani und legte den Kopf schräg. »Und was erwarten Sie? Selbst wenn es sie gäbe, solche Interna könnte ich Ihnen unmöglich verraten.«

»Ich würde gern wissen, was für Gelegenheiten ein Betrüger bei Ihnen hat. So einer will das schnelle Geld. Wie kommt man da bei Ihnen am besten dran?«

Berthani lachte auf, dann wurden ihre Augen schmal, dann sagte sie: »Okay. Passen Sie auf. Ich mach mir da mal ernsthaft Gedanken drum, da muss man, glaube ich, ein bisschen tiefer einsteigen.«

»Aber –«

»Sehen Sie, wenn Sie mit Ihrem Einzeltäter recht haben, dann kann das ja sogar die Portokasse sein.«

»Ist die denn so groß?«, fragte Richard.

»Sie deckt unsere Bedürfnisse«, sprach Berthani gelassen. »Unser Etat ist überschaubar.«

»Wofür geben Sie das Geld aus?«

»Forschung und Entwicklung, Förderung der Stromeinspeisung aus Einzelhaushalten, Verschmutzungsrechte, und dann haben wir auch einen Werbeauftrag, insgesamt zig Einzelprojekte. Außerdem Teile der Verwaltung.«

»Das ist viel«, sagte Richard, plötzlich mutlos.

»Natürlich. Wir haben über tausend Mitarbeiter. Allein in der ENERGIE*base*.«

»Können Sie eine Buchprüfung veranlassen? So außerhalb der Reihe?«

»Nicht ohne absolut stichhaltige Gründe. Das würde zusätzliche Arbeit und Kosten verursachen.«

»Es geht um Mord«, sagte Richard.

»Die Polizei sieht das anders.«

»Darf ich mir Dr. Steenbergens Arbeitsplatz ansehen?«

»Der ist aufgelöst.«

»Mit dem Team sprechen?«

Berthani verschränkte die Arme. »Ich kann Ihnen nicht verbieten, mit Privatmenschen zu reden, nicht wahr? Mein Team zieht gerade mit mir um, aber momentan sind noch etliche Kollegen im Haus an der Flora, und die Mittagspause findet, wie ich gehört habe, zuweilen in einer Kneipe namens *Zweibein* statt. Aber grundsätzlich kann ich diese Untersuchung nicht unterstützen. Berufen Sie sich nicht auf mich.«

Richard lächelte. »Wie ist es mit den Ergebnissen?«, erkundigte er sich. »Möchten Sie die hören?«

»Ich möchte, ja«, sagte Berthani ernst.

Richard erhob sich und wies auf Peters Visitenkarte. »Denken Sie daran, professionelle Hilfe ist ein Wettbewerbsvorteil. Und auch sicherer. Dr. Steenbergen wäre bestimmt froh gewesen um einen neutralen Mitwisser, der im rechten Moment die Polizei benachrichtigt hätte.«

* * *

19.55 Uhr

WOMA also. Direkt vor Müller blieb ein langer Typ in schwarzen Klamotten stehen, horchte auf und versperrte so den Eingang zum Ausstellungsraum für eine ganze Gruppe von Leuten. Das Räumchen vor dem Eingang war dunkel und unordentlich, oder: dunkel, *weil* unordentlich. Müller war jetzt schon auf hundertachtzig. Dass Natascha ihn hierher zitiert hatte, war der Gipfel. Was bildete die sich ein? Und wer in Dreiteufelsnamen war der Verrückte, der da in der Tür stand, die Nase hob und – witterte? Hatte der sie noch alle?

»Zimmermann«, erklärte der Typ schließlich voll lächerlicher Ehrfurcht. Er wandte sich zurück an die Gruppe, die er an Körpergröße und Schwärze der Kleidung weit übertraf. Ein Autonomer war es sicher nicht, blieb: Architekt.

»Da – kennt ihr das? Ich hätte ja nicht gedacht, dass sie es wagen, Zimmermann zu spielen. Das ist – *Musique pour les soupers du Roi Ubu.*« Der Architekt hob die Nase noch etwas höher. Offensichtlich benutzte er sie auch zum Hören. »Andererseits – bisschen zu sehr Dada. Sie machen es sich leicht. Na, mal sehen.« Damit überließ er sich ganz seinem empfindsamen Riechorgan und ließ sich davon in den Ausstellungsraum ziehen, wo er sofort von greller Helligkeit verschluckt wurde. Der Rest der Gruppe folgte umstandslos.

»Der Rasmus immer mit seinem Dada-Fimmel«, sagte irgendwer, jemand antwortete: »Klar, Allintervallreihen für die Ingenieure, das müssen die ja, die erwarten Romans Clique mit dem gesamten Büro«, und ein anderer flüsterte: »Das Essen ist umsonst!«

Dann waren sie drin.

Im Inneren war die baufällige Halle eine baufällige Halle, nicht mehr und nicht weniger. Im Winter hätte es gezogen, jetzt war es gerade erträglich kühl. Müller verabscheute das Gebäude sofort, es war eins von diesen überbewerteten ›Ateliers‹, ein Haus wie eine zerrissene Jeans: Mit dem entsprechenden Inhalt konnte man sie sich schönreden. Natürlich wurde das hier nach Kräften versucht. Die Wände waren weiß getüncht, der Raumeindruck weit, die Halle derart lang, dass die grelle Beleuchtung nicht bis an ihr Ende reichte. Müller argwöhnte, dass da irgendwelche Tricks angewandt wurden, um Proportionen zu verschieben. Andererseits aber war der Effekt nicht so umwerfend, dass man deshalb stehen bleiben und dem »Meister des Lichts« huldigen musste, wie die füllige Dame vor ihm das tat. Noch eine Verrückte. Müller umrundete sie samt ihrer raumgreifenden Blase aus Lobesworten. Schließlich stand er selbst in der Mitte und sah sich um. Wo war Natascha? Nicht hier, natürlich. Wie die Frauen es immer schafften, einen warten zu lassen.

20.02 Uhr

Zwei Publikumsmagnete besaß die Ausstellung: ein kleines goldgerahmtes Bild und das Buffet. Zum Buffet wollte Müller nicht, das war zu belagert. Blieb das Bild. Müller schlenderte in diese Richtung. Vorbei an diversen weniger beachteten Exponaten, zum Beispiel einem Tisch mit Schüsselchen und Fläschchen darauf. Die waren mit teils stinkendem Zeugs gefüllt und standen anklagend neben Schnappschüssen erbarmungswürdiger Kreaturen, die schmutzig, panisch und gedrängt ins Blitzlicht stierten. Eine Aufforderung zur Tierfutterverkostung, dachte Müller. Wie originell. Zu dem Arrangement gehörten außerdem große Tafeln mit Weisheiten aus amerikanischen Verschwörungstheorien: »Sie tun es ins Trinkwasser«, »Die Diktatur des Überwachungsstaats ist real«, und: »Wir sind Pfänder unserer Währung, und sie beleihen uns«. Müller ließ das rasch hinter sich und schritt eine Reihe von Stellwänden ab. Dort hingen lebensgroße Schwarzweißporträts von Kühen. Die hatten immerhin Namen. »Elise« hieß eine, und »Meggie« eine zweite, dann gab es noch »Barbara« und »Momone«. Eigentlich sahen sie würdig und zufrieden aus, für Müller allerdings hatten sie nur anklagende Blicke übrig. Dumme Viecher, schalt er sie innerlich, guckt nicht so, das auf der Weide, das war ein Notfall. Haltet euch lieber an die Leute, die euch in enge Ställe pferchen. An die Steakfresser und Milchtrinker. Guckt denen in ihre Gesichter mit euren Augen und allem. Und glaubt mir: Ich habe noch nie einen Zaun gebaut.

»Sie sind wunderschön, nicht?«, sagte eine Stimme hinter ihm. Müller wandte sich um. Natascha. Aha.

20.09 Uhr

»Du bist spät.« Diese eingebildete Tante! Bestellte ihn hierher, wo kein normaler Mensch freiwillig hinging, und kam auch noch zu spät, *viel* zu spät! Umsonst hatte er in seinem Auto gesessen und zwanzig endlose Minuten abgezählt, um nach Natascha einzutreffen und ihr zu zeigen, wer auf wen wartete, umsonst! Dabei war sie beim besten Willen nicht die Frau, der man Allüren verzieh. Sie war nicht weich, sie roch nicht gut, und ihr Gesicht hatte furchtbar unattraktive Kanten. Außerdem waren ihre Augen mit dicken Schichten hässlicher Schminke beschmiert, und sie trug ein verrücktes Sackkleid. Aus Satin.

»Entschuldige«, sagte sie geziert und blickte sich um, als ob sie jemanden suchte. »Es war so viel los auf dem Deutzer Ring.«

»Wieso mussten wir uns ausgerechnet hier treffen?«

»Pst«, machte Natascha und sah sich entschuldigend um. »Hast du schon Berthanis Kröte gesehen?« Sie hakte ihn unter.

»Was?« Müller befreite sich sofort aus Nataschas Griff.

Sie zuckte beleidigt die Achseln. »Ich dachte, das würde dich interessieren, der Ehemann von unserer Frau Berthani ist hier ausgestellt. Deshalb wollte ich herkommen.« Sie nickte den Umstehenden zu, wie sie überhaupt alle Äußerungen an jenes vollkommen desinteressierte Publikum richtete. Wie albern für eine Frau in Nataschas Alter, wie nervig und wie traurig. Sie zog Müller an der Schulter zu dem kleinen goldgerahmten Bild hinter dem Menschenauflauf. »Das ist die Kröte«, flüsterte sie in Theaterlautstärke. »Siehst du? Da!«

20.13 Uhr

»Die Kröte« war ein realistisches Ölgemälde von vielleicht der Größe eines altmodischen Plattencovers in einem überladenen barocken Rahmen. Das Werk hatte den besten Platz an der Kopfseite der Halle, es bekam das hellste Licht und den meisten Zuspruch. Müller hatte keine Ahnung, wieso. Das Bild zeigte eine Kröte. Sie war handwerklich gut ausgeführt, mehr konnte man an ihr wirklich nicht finden. Für Müller sah sie sogar unerfreulich hochnäsig aus. Saß in einer Art Siegerpose. *Unsere Mitarbeiterin des Jahres*, so hätte das Bild heißen können, zumal es gerade einen Tick höher hing, als normal gewesen wäre. Aber es zeigte eine Kröte, mehr nicht.

»Aga«, flüsterte eine Bewunderin einer anderen zu, »hat in Australien unzählige endemische Tierarten vernichtet, ist dir das klar?«

»Ein Monster«, erwiderte die andere mit wohligem Schaudern.

Müller wandte sich ab. Berthanis Kröte mochte das bedeutendste Bild der Ausstellung sein, aber sicher nicht, weil es diesen sacktragenden Frauen den Spiegel vorhielt. Spiegel, wusste

Müller, wurden gebraucht, aber nicht geliebt. Nein, wenn diese Kröte das erfolgreichste Exponat war, dann musste Berthani der teuerste Künstler sein. Eine andere Erklärung gab es nicht.

20.17 Uhr

Natascha hatte sich in ein Gespräch um den australischen Beutelwolf eingemischt, und Müller kochte. Das war es, was Frauen taten, wenn sie einem Mann zeigen wollten, wie sicher sie ihn in ihren Fängen wähnten: Sie schleppten ihn in irgendein kulturelles Gruselkabinett und ließen ihn dort stehen. Ballett, Selbstfindungsgruppen, eine Vernissage mit Kröte und der *Musique pour les soupers du Roi Ubu.* Die Musik war vielleicht nervig, sie bestand aus lauter Anfängen, ständig glaubte man, etwas Bekanntes zu hören, wenigstens ein Thema zu erfassen, das einem jedoch sogleich von schrägen Flötentönen wieder fortgezerrt wurde. Leider konnte er dasselbe nicht mit Natascha tun, die stand da und sprach mit glänzenden Augen über tote Wölfe, und jeder Versuch, sie daran zu hindern, würde Aufsehen erregen. Sie erregte ja jetzt schon Aufsehen.

Müller setzte sich ab und schlenderte zum Buffet.

20.20 Uhr

Es war natürlich kein gewöhnliches Buffet. Schwer zu sagen, woran das lag, jedenfalls standen viele Leute davor und aßen nichts. Andere taten es aber, die Lebensmittel konnten also keine reinen Anschauungsstücke sein. Müller trat näher. Auf den ersten und zweiten Blick sah das Arrangement aus wie ein sehr gelungenes und appetitliches Essen. Blumen, Früchte, Kerzen, weiße Spitzen, silberne Warmhalteplatten, ein Diener in Schwarz davor. Er war Herr über die goldrandigen Teller und servierte dampfende Häppchen, die er von den Schüsseln und Platten nahm. Allerdings hatte er wenig zu tun. Die Leute guckten nur. Sie blickten die Speisen an, den Diener, und vor allem schauten sie gespannt denjenigen zu, die etwas aßen.

»Ach komm«, sagte plötzlich eine Frau aus der Menge und drängte sich vor. Dann plötzlich wandte sie sich noch mal um und sah abbittend in die Runde. Ihre Locken waren hübsch, ihre Augen braun und sanft. »Es ist ja eh schon gekocht. Ich will jetzt was probieren.« Irgendwie trotzig trat sie in Verhandlungen mit dem Diener.

Müller trat noch näher. »Was ist hier los?«, fragte er seinen Nebenmann. Der blickte Müller an, zuckte die Achseln und wies mit dem Kinn auf drei Kameras, die über dem Buffet angebracht waren. »Es kostet nichts. Aber man wird gefilmt, wenn man sie isst.«

»Wen?«, fragte Müller.

»Eichhörnchen«, antwortete eine blonde Frau, die gebannt verfolgte, wie der Diener etwas auf einen Teller lud und hübsch garnierte.

»Was?«, fragte Müller entrüstet.

Sogleich stand er im Mittelpunkt.

»Und Amseln«, rief eine Frau vor ihm anklagend.

»Nachtigallen«, sagte eine andere.

»Froschschenkel.«

»Dachstatzen, können Sie sich das vorstellen? Dachs?«

»Trappen, ich dachte, die gibt's gar nicht mehr.«

»Das ist schließlich der Witz an der Sache.«

»Wilden Atlantikhummer!«

»Schweinswal!«

Die Stimmen klangen auffordernd, als sollte Müller jetzt der Retter sein, der endlich etwas unternahm. Alle Umstehenden schauten ihn erwartungsvoll an oder blickten zumindest in seine Richtung, die Richtung, aus der diese Entrüstung gekommen war, die alles wieder gut machen würde.

Müller räusperte sich verlegen. Und wurde von einer Frau in einem Satinnachthemd vor der Moral des Mobs gerettet. »Schweinswal«, sagte sie abfällig und blickte Müller spöttisch an. »Das finde ich *wirklich* aufgedonnert. Da könnten sie auch gleich Schwalbennester und Schildkröteneier servieren. Ich meine, das weiß man doch, dass die gefährdet sind. Ein total alter Hut. Andererseits frage ich mich, wieso sie ausgerechnet Eichhörnchen haben, die sind doch –«

»Niedlich?«, fragte eine andere schaudernd.

Die Satinfrau hob die Augen gen Decke. »Nein. Ich meine: Die sind doch gar nicht vom Aussterben bedroht.« Sie sah sich um. Verschiedene Leute rückten angewidert von ihr ab, aber nicht weit. »Da sieht man die Absicht«, sprach sie unbeirrt weiter, »das ist einfach nur mal feste auf die Tränendrüse gedrückt, weil Eichhörnchen«, sie blickte die andere Frau mit tiefer Verachtung an, »*niedlich* sind.«

»Hasen sind auch niedlich«, sagte irgendwer.

»Und wir essen sie trotzdem«, sagte die Satinfrau hart. »Und träufeln ihnen Säure in die Augen, für jedes neue Shampoo, das erfunden wird.«

»Unsere Eichhörnchen sind aber tatsächlich gefährdet«, mischte Müllers Nebenmann sich begütigend ein.

»Hab ich auch gehört«, sagte eine sympathische Grauhaarige neben Müller leise. Plötzlich wurden Köpfe zusammengesteckt. Von allen Seiten kamen Beiträge. Das Satinnachthemd wurde fortan ignoriert.

»Momentan scheinen es noch viele zu sein, aber sie werden von den grauen Hörnchen aus Amerika verdrängt.«

»In Italien gibt es nur noch diese grauen. Die kamen mit Frachtschiffen rüber.«

»Wandern langsam über die Alpen.«

»Sind schon in Bayern gesichtet worden.«

»In hundert Jahren wird es gar keine roten mehr geben.«

»Was geht denn hier ab?«, fragte da eine junge Männerstimme mitten in das Getuschel hinein. Noch klang der Neuankömmling fröhlich, laut und sogar leicht aggressiv. Sofort wandten sich ihm hoffnungsvolle Blicke zu. Müller hätte ihm beinahe auf die Schulter geklopft, als er ging.

»Die Jagd auf Singvögel ist aber doch verboten«, hörte er irgendeinen Schlauberger noch sagen, während er zusah, dass er Land gewann.

»Der Rasmus wieder«, war die Antwort. »Hol doch die Polizei.«

Etwa halb neun

Er packte Natascha an der Schulter und zerrte sie aus ihrem Smalltalk mit einer weiteren Frau in Satin. Natascha wehrte sich nicht. Sie schenkte ihm einen nachsichtigen Blick, zuckte die Achseln und rief voller Stolz: »Männer!« Als hätte er sie von ihrem Balkon entführt.

Kurz nach halb neun

»Was sollte das da drin?«, zischte er sie an, als sie endlich draußen im Regen auf dem stockfinsteren Parkplatz an seinem Auto standen. »Konnten wir nicht einfach irgendwo Kaffee trinken?«

»Entschuldigung«, schnappte Nataschas Stimme beleidigt. »Ich dachte, du interessierst dich für Malerei.«

»Nein«, schnarrte Müller, obwohl das nicht ganz stimmte, aber global gesehen und in diesem Moment schon. »Ich will nur Folgendes wissen: Was hat er gesagt, was weiß er, was werden wir tun?«

»Du meinst Rick?«

Müller packte Natascha noch fester. »Rick?!«

»Au!«

»Du kennst diesen Romanoff?«

Natascha wand sich. »Das wollte ich dir gar nicht sagen.«

Zu spät, Süße. »Wieso kennst du den?«

»Er war mal mein Nachbar. Ich kenne ihn nicht gut, wir haben zusammen studiert und uns dann aus den Augen verloren.« Sie schüttelte Müllers harten Griff nur mit Schwierigkeiten ab, trat zwei Schritte zurück und sah plötzlich mädchenhaft aus, eine dunkle, schmale Silhouette in der feuchten Nacht. »Hör zu«, raunte ihre unpassend rauchige Stimme, »ich werde kündigen. Es hat nichts mit dir zu tun oder mit – unserer Sache, oder Dr. Steenbergen. Ich wollte das schon lange, ich bin mit meiner Arbeit nicht zufrieden. Ich werde wahrscheinlich in einem Architekturbüro anfangen.«

»Als was, Putzfrau?!«

»Büroleitung. Es ist ein Abstieg, und ich verdiene viel weniger, aber ich muss das tun.«

»Nein.«

»Doch.«

»Du kannst nicht aussteigen.«

»Was unser – Projekt betrifft«, Nataschas Stimme klang jetzt betont zuversichtlich, »bist du mit der neuen Situation sowieso besser dran, denn die Berthani interessiert sich für Verwaltung viel weniger als Dr. Steenbergen. Die würde im Leben nicht bis drei Uhr nachts im Betrieb rumhocken –«

»Du verstehst nicht: Du kannst nicht aussteigen.«

»Halt dich einfach an die Florina. Die wird dir mit Freuden das Handy von der Berthani besorgen. Oder das von irgendeinem Händler, das geht ja auch.«

»Ich bin doch nicht verrückt, die Florina kann kaum das Muster von ihrem Slip geheim halten!«

Natascha seufzte, trat vor und brachte ihr Gesicht direkt vor seins. »Hör zu«, wisperte sie, »die haben mich abgesägt, selbst wenn ich wollte: Ich könnte. Nichts mehr. Für dich tun.«

Für *dich* tun, das war ja reizend. »Du gibst hier doch bloß die Primadonna«, sagte Müller kalt. »Weil eine, die jünger ist als du, ein bisschen aufgerückt ist, haben sich deine Kompetenzen längst nicht verändert. Du könntest deine Arbeit weitermachen wie bisher, das weiß ich, und das weißt du auch!«

»Nicht wirklich«, sagte Natascha und klang plötzlich sehr nüchtern. »Du verstehst das nicht. Ist auch egal. Ich bin raus, so oder so. Und deine Position hat sich verbessert. Du musst nicht mehr mit mir teilen. Du hast inzwischen viel mehr Routine, und das Handy kriegst du auch ohne mich. Die Florina kannst du überspringen, *dir* wird sogar die Berthani glauben, wenn du ihr was von Wartung und Virenschutz und Personalisierung erzählst, immerhin gehört ihr Telefon der Firma.«

Nein, dachte Müller. Nein, nein. »Du redest mit einem Detektiv! Und am gleichen Tag sagst du, dass du *kündigst*! Was wirst du deinem alten Freund Rick noch alles sagen?«

»Nichts«, sagte Natascha.

»Der wird dich belagern, der wittert doch, dass da was faul ist, wenn du kündigst!«

»Mit dem werde ich schon fertig.«

»Du hast schon einmal versucht, uns zu verraten. Ali wird das überhaupt nicht gefallen.«

»Ali?«, zischte Natascha. »Willst du mir jetzt drohen oder was?«

»Wir haben einen Deal mit ihm.«

»Was soll ich machen«, flüsterte Natascha wütend, »zur Berthani gehen und sagen: Geben Sie mir mal eben Ihr Handy, ich sitze zwar in einem ganz anderen Arbeitsbereich als Sie, und ich habe nichts mit technischer Ausstattung oder Ihren persönlichen Dingen zu schaffen, aber ich muss mich unbedingt an der Energiebörse legitimieren, weil ich über unseren Betrieb ein illegales Tarngeschäft abwickeln will – Sie werden auch rein gar nichts davon merken! Mein Hackerfreund aus Human Resources verwischt alle elektronischen Spuren, seien Sie ganz unbesorgt!«

»Ali wird uns umbringen«, sagte Müller mit kalter Wut. »Genau wie Steenbergen!«

»Steenbergen war ein Unfall.«

»Ich erinnere dich daran, wie du geflennt hast, als du von Steenbergens Tod gehört hast. Du hast dich nicht mehr eingekriegt vor Angst!«

»Mag sein, aber inzwischen glaube ich, dass Steenbergen von seinem Liebhaber getötet wurde. Wenn überhaupt.«

»Wer sollte das sein?«

»Ein Anwalt namens Welsch-Ruinart.«

»Ach was«, sagte Müller.

»Und außerdem kann ich mich wehren.« Natascha öffnete ihre Handtasche und hielt sie ihm in der Dunkelheit unter die Nase. »Ich schieße gut.«

Müller schluckte: Da glänzte der kurze Lauf einer Pistole zwischen den dunklen Sachen in Nataschas Beutel. Er griff danach, aber Natascha zog die Tasche weg.

»Außerdem liegt mein Fall ganz anders als der von Dr. Steenbergen«, wisperte sie trotzig. »Der *hätte* natürlich alles auffliegen lassen, wenn er was rausgekriegt hätte. Der *war* eine Bedrohung, das gebe ich zu. Ich dagegen werde nicht plaudern, denn ich hab was zu verlieren. Ich würde selbst eine Strafe bekommen.«

»Ja, natürlich. Eine Geldstrafe. Oder irgendwas auf Bewährung. – Dieser Rick redet noch zweimal mit dir, dann ist dir dein Gewissen wichtiger!«

Natascha trat einen Schritt vor und sagte in zutiefst aufrichtigem Ton: »Ich werde dich nicht verraten.«

Müller hätte sie fast geschlagen. »Du wolltest – nein, du *hast* uns verraten! An Steenbergen, erinnerst du dich? Du kannst dir nicht vorstellen, was es mich gekostet hat, deine Mail an ihn zu löschen!«

Natascha schwieg. Dann brüllte sie mit einem Mal entsetzlich laut los: »Ich dachte, er hätte alles rausgekriegt! Er hat Andeutungen gemacht, die hab ich eben missverstanden! Ich wollte ihm zuvorkommen! Ich hab doch auch Angst, so wie du! Aber ich kann das nicht mehr tun, verstehst du?! Für die paar Euro! Es macht mich kaputt!«

Darauf sagte plötzlich eine fremde, ölige Stimme von ganz aus der Nähe: »Na, na, Mädchen, das hat irgendwann noch jeder gefallen«, und dann wollte sich jemand ausschütten vor Lachen, während ein anderer Fremder lallte: »Issein Macker grob ssu dir …?«

Müller juckten die Hände, so sehr wollte er Natascha eine knallen. »Ich wusste es«, sagte er stattdessen flach. »Du bist die größere Gefahr.«

21.23 Uhr

Romanoffs Wohnung war hell erleuchtet, der Typ zu Hause und online. Müller befand sich in seinem Auto unter dem inzwischen stark prasselnden Regen, saß trocken in einer Blase aus Blech, warm, sicher und unentdeckt. Mit fliegenden Fingern tippte er in sein Laptop. Er schrieb im Romanoff-Stil, und es ging ihm leicht von der Hand. Nur den einen oder anderen Namen musste er googeln. Denn Müller stellte eine Liste zusammen, und niemand von der Auswahl, die er traf, war prominent. Worauf es ankam, war allein die Tätigkeit: Er wollte die Gutmenschen der großen Konzerne. Umweltheinis, Verbraucherberater, Leute wie Steenbergen. Und Viehzüchter. Ein, zwei Politiker mussten auch dabei sein. Schließlich las er seine Aufzählung. An oberster Stelle stand, natürlich: Gunter Steenbergen, Umweltmanager der ENERGIE, ans Totenmaar gebracht und dort erstickt mit Kohlendioxid.

Die zweite Stelle: Jan Mointe, Umweltminister von Niedersachsen, gepökelt in radioaktivem Salz aus dem Stock in Gorleben.

Theo Meier, industrieller Hühnerzüchter, langsam totgehackt in einem engen Drahtkäfig.

Otto Rainfarn, ökologischer Pate der BASF, in die Gifthölle eines Genfeldes geschleppt und ertränkt in Pestizid.

Maria Hilfleitner, Mütterberaterin des Nestlé-Konzerns, vergiftet von einer Gratisprobe Babynahrung, angerührt mit kontaminierter Brühe aus einem stinkenden afrikanischen Wasserloch.

Dr. Ernst Müller, Gewässerexperte der Shell-Gruppe, in ein nigerianisches Dorf gebracht und dort dem kurzlebigen Alltag mit ölverseuchtem Trinkwasser ausgesetzt.

Chérie, jugendliche Tochter des Milchkönigs Balthasar Weidinger, künstlich geschwängert mithilfe eines hochleistungsfähigen Besamungsgeräts aus EU-Mitteln, dann ihres Kindes beraubt und anschließend gemolken, bis sie nichts mehr hergab.

Dr. Anke Fahry, Umweltingenieurin bei Procter & Gamble, gewaltsam aus ihrem Haus vertrieben, dessen Bestandteile zur Herstellung von Toilettenpapier und Tempotaschentüchern gebraucht wurden.

Bruno Bokko, Eco-Developer der EADS, belobigt für den Beitrag zur Erhaltung von Lebensräumen seltener Tierarten durch Herstellung von Verteilsystemen für Landminen …

Das konnte er ewig so weiterführen, aber irgendetwas gefiel Müller noch nicht. Er brauchte einen Abschluss, eine moralische Schlusspointe. Mussten vielleicht am Ende die Lohas selbst stehen? Typen wie Romanoff, waren die nicht auch und ganz besonders Profiteure des Systems? Zweifelnd blickte Müller den Text an und dachte: Nein, da ist was anderes falsch. In diesem Protest brodelte keine Mordlust. Die Liste war zu geschwätzig, zu witzig, die franste aus, der letzte Punkt stellte noch nicht einmal mehr eine echte Drohung dar. Das waren nur noch plüschige Altachtundsechziger-Spitzfindigkeiten, nach dem Motto: Stell dir vor es ist Krieg und so weiter. Klar, die Selbstzerfleischung zum Schluss würde dazu passen, aber hier ging es nicht um Moral, hier wurde ein Attentäter aufgebaut. Er nahm sich die Aufstellung noch mal vor, und am Ende stand da:

Gunter Steenbergen / Umweltmanager ENERGIE / erstickt mit Kohlendioxid
Jan Mointe / Umweltminister Niedersachsen / tödlich verstrahlt
Theo Meier / industrieller Hühnerzüchter / totgehackt in Drahtkäfig
Otto Rainfarn / ökologischer Pate BASF / in Pestizid ertrunken
Maria Hilfleitner / Mütterberaterin Nestlé / Cholera, tödlicher Verlauf
Dr. Ernst Müller / Gewässerexperte Shell / vergiftet mit ölhaltigem Trinkwasser
Balthasar Weidinger / Molkereibesitzer / gepfählt auf Rinderbesamungsgerät
Dr. Anke Fahry / Umweltingenieurin Procter & Gamble / tödlicher Fenstersturz
Bruno Bokko / Eco-Developer EADS / zerrissen von Landmine

Das las sich doch schon ganz anders. Müller setzte noch ein drohendes »Wird fortgesetzt« darunter, dann war er regelrecht stolz auf seine Liste. Kurz wünschte er sich mehr Mut, mehr Ambition, er wünschte sich den Mumm, seinen eigenen Namen daruntерzusetzen und sie abzuarbeiten, er würde ins Gefängnis kommen, ja, aber als Held, nicht als eigennütziger Mörder. Mädchen mit hennagefärbtem Haar würden ihm schreiben, sein Leben würde verfilmt wie die Geschichte der RAF, man würde seine Locken fotogen finden, sein Gesicht erstaunlich angenehm, und in zehn Jahren würde man seine Biografie an Weihnachten verschenken. Irgendwie war es schade, all das – die eigenen Ideen, ja das eigene Leben! – diesem unsäglichen Rick Romanoff zu überlassen, nur weil der einen Zopf trug und die passende Herkunft hatte. Andererseits ging es nur so.

Es ging nur so.

Es passte einfach zu gut.

Es ging nur so.

21.31 Uhr

Müller ging über RRomanoff ins Netz. Er suchte drei verschiedene Umweltschützerforen auf und veröffentlichte seine Todesliste unter dem Namen »Zarenkind«. Dann öffnete er – ziemlich nervös, immerhin war Romanoff online, saß also wahrscheinlich vor dem Computer – Romanoffs Mailprogramm und verfasste eine kurze Mail an Natascha, beziehungsweise an ihre Firmenadresse, in der er ihr die Foren als Lektüre empfahl. Dann verließ er rasch Romanoffs Zugang und schaltete sein Laptop aus.

Die plötzliche Dunkelheit auf dem Rücksitz seines Wagens erschreckte ihn. Seine Füße waren kalt und steif. Er hatte diesem Romanoff sein Leben geschenkt. Kein Super-Leben, keine Taten, auf die ein Normalbürger stolz wäre. Aber sein Leben. Und Romanoff würde einen Roman daraus machen. Er besaß Unschuld und Präsenz. An ihm würde politische Verblendung heldenhaft aussehen. Romanoff war scheiße-auffällig und scheiße-ehrlich. Er war ein guter Ersatzmann.

Trotzdem hätte Müller ihn lieber als je zuvor gekillt.

Sie haben da was am Mund.

Nein.

Doch, da, an den Mundwinkeln, sehen Sie das nicht?

Wo?

Na dort!

Was denn?!

Diese Falten, wenn Sie böse gucken.

Ich gucke nicht böse!

Doch. Die Falten sehen richtig hämisch aus. Und abgenommen haben Sie auch. Sie wirken krank. Grünlich.

Du Arsch, ich hau dich klein!

Du brauchst mich zum Rasieren.

Ich brauche niemanden.

Du willst wissen, wer du bist.

Ich bin der Familienvater, der ein Haus auf dem Land abbezahlt und in eine Einzimmerwohnung in der Stadt gezogen ist. Ich bin der Typ, der bei einer Firma bleibt, die andere gegen eine mies bezahlte Stelle in einem Kreativenbüro tauschen, weil sie sich dann besser fühlen. Ich bin der Cyrano, der einen anderen zum Helden macht. Ich bin der Mann im Hintergrund.

Du bist zu hübsch dazu.

Ich mach dich tot.

Weißt du was, du hast das Prinzip des Spiegels nicht verstanden.

Fünf

7.35 Uhr

Schnell ins Büro, denn er musste vor Natascha da sein. Die Mail, die er ihr geschrieben hatte, sollte gefunden werden, aber nicht von Natascha selbst. Zum Glück konnte er als IT-Autodidakt und HR-Hansel Nataschas betriebliches E-Mail-Postfach kontrollieren. Er würde die Mail in den Papierkorb verschieben, wo sie leicht zu entdecken war, von ihr aber nicht aufgerufen wurde. Und das würde er in dem Moment tun, da sie das Haus betrat. Müller stellte sich ans Fenster, spähte hinunter auf den Vorplatz und wartete wieder einmal auf Natascha.

* * *

Richard erwachte mit einem Ruck, blickte aus dem Fenster, sah das trübe Tageslicht und erschrak: Es war Donnerstag, spät schon, und er musste zur Vorlesung. Er schaute auf die Uhr – neun vorbei! –, sprang aus dem Bett, und erst auf dem Weg ins Bad fiel ihm ein, dass ja Sommer war. Semesterferien. Vorlesungen gab es erst wieder ab Oktober.

Erleichtert und ärgerlich sank er auf den Rand seiner Badewanne. Das war ja fast peinlich, das war ihm schon seit Jahren nicht mehr passiert, dieser Schreck am Morgen: Du bist zu spät. Schließlich war er längst kein Student mehr, der schwänzte. Ja, du bist schon groß, sagte er beißend zu sich und griff nach der Zahnbürste. Du brauchst niemandem Rechenschaft abzulegen.

So ganz stimmte das allerdings nicht. Während Richard seine Zähne schrubbte, dachte er mit Unbehagen daran, dass er gestern Abend nicht mit Peter gesprochen hatte. Er hatte ihn nicht mal angerufen. Das war zwar nicht ausgemacht gewesen – immerhin sollte Richard für Ergebnisse bezahlt werden und nicht für den täglichen Rapport –, doch in gewisser Weise schien es ihm feige. Hätte Peter nicht versucht, ihn zu –

Wäre Peter ein x-beliebiger Auftraggeber, so hätte Richard Bericht erstattet, das wusste er. Vielleicht hätte er es auch vergessen, weil es wenig zu berichten gab, aber niemals hätte er einen Abend lang herumgesessen mit dem heftigen Impuls, zumindest anzurufen, ohne es schließlich zu tun. Du brauchst Ergebnisse, dachte er grimmig und riss sich mit der Zahnbürste eine Wunde ins Zahnfleisch, so heftig fuhrwerkte er mit den harten Borsten in seinem Mund herum, verdammter Mist, es blutete!

Wenn Richard Ergebnisse hatte, konnte er gelassen zu Peter zurückkehren. Dann hatte er ein Thema zum Festhalten, dann musste er sich keine Ratschläge und Anweisungen geben lassen, musste nicht sitzen und spekulieren oder –

Genau. Ergebnisse. Jetzt aber flott.

»Romanoff, spreche ich mit Kommissar Marcks?«

»Ja.« Die Stimme klang wie eine schlaffe Hand, die niemand zur Begrüßung drücken mochte. Richard wollte sofort wieder auflegen. Dieser Effekt war vermutlich beabsichtigt.

»Herr Marcks, kann ich Sie sprechen wegen –«

»Haben Sie ein Kapitalverbrechen zu melden?«, fragte Marcks sofort dazwischen. »Wenn nicht, dann –«

»Nicht zu *melden*«, unterbrach Richard seinen Gesprächspartner ebenfalls.

»Sondern?«

»Sie bearbeiten den Todesfall Dr. Steenbergen, nicht wahr?«

Ein tiefer, angewiderter Seufzer entrang sich dem Hörer. »Sind Sie von der Presse?«, fragte er dann gefährlich sanft.

»Nein.«

»Wer dann?«

»Ich untersuche Dr. Steenbergens Tod für die Kanzlei Welsch-Ruinart.«

Eine Pause entstand. »Als Privatermittler?«

»Ganz recht.«

Die Pause, die jetzt folgte, war länger. Denn sie musste eine ganze Menge Unausgesprochenes transportieren. Dass Welsch-Ruinart ein mediengeiler Quertreiber war, Steenbergens Tod eine Strafe und Privatermittlungen das Aller-Allerschlimmste auf der Welt, leidiger noch, viel leidiger als die Presse. Als das alles angekommen war, sagte Marcks: »Haben Sie neue Erkenntnisse, die diese Verschwendung von Zeit und Arbeit rechtfertigen?«

»Ja«, log Richard.

»Als da wären?«

»Das möchte ich Ihnen nicht am Telefon sagen.«

Die Antwort war eine weitere beredte Pause. Ach, ich vergaß, wir werden vom FBI abgehört, sagte sie.

»Darf ich Sie aufsuchen? In Ihrem Büro?«, fragte Richard ungeduldig in diese stumme Ironie.

»Wenn Sie etwas Wichtiges zu sagen haben, kommen Sie halt.«

»Wann?«

»Heute Vormittag bin ich im Hause.«

»Gut, dann bis gleich.«

In Marcks' Büro herrschte Unordnung, die Art, die von zu vielen unbearbeiteten Einzelprojekten stammte. Viel Papier lag auf den Schreibtischen und Fensterbänken und machte die Luft staubtrocken, kalter Rauch stand im Raum. Es war ein Zweimann-Büro. Marcks begrüßte Richard, bot ihm einen Stuhl an, wurde dann angerufen und rannte aus dem Zimmer. Richard blieb sitzen und fand sich gegenüber von einem dicken kleinen Beamten, dessen Schreibtisch nicht nur mit Akten beladen war, sondern auch mit Loriot-Figuren aus Steingut, Batterien, Medizinflaschen, einer Spieluhr, einer Taschenlampe und einem benutzten Teller. Offensichtlich wohnte der Mann hier. Hinter ihm prangten an der Wand mindestens hundert Karnevalsorden. Er selbst sah proper und freundlich aus, tippte in seinen Computer, zog ab und zu eine Akte zu Rate und pfiff unbewusst vor sich hin. Nach etwa fünf Minuten stummen Wartens sprach Richard ihn an.

»Kenne ich Sie vom Karneval?«, fragte er mit Blick auf die Orden.

Der Mann musterte Richard kurz und schüttelte den Kopf. »Se sind keine Jeck.«

»Stimmt. Aber Sie. Ich hab Sie bestimmt schon im Fernsehen gesehen.«

Der Mann zuckte die Achseln. »Se sind wejenem Steenbergen hier.«

Richard nickte.

»De Steenbergen is Chefsach«, erklärte der kleine Beamte und wies mit dem Kinn auf den anderen Schreibtisch.

Aha, Chefsache, dachte Richard befriedigt, da ist also doch ein Fall.

Der Polizist betrachtete Richard nachsichtig, als hätte er diesen Gedanken gehört. »Wejen de viele Presse.« Er wandte sich wieder seinem Computer zu.

Richard wartete weiter. Eine Zeitlang betrachtete er den karnevalistischen Beamten bei seiner Arbeit, dann stand er auf. Zu gern hätte er Marcks' Schreibtisch durchsucht. Er warf ein paar unauffällige Blicke auf die Aktenstapel. Als der kleine Beamte wachsam aufsah, wandte er sich zum Fenster. Aber die Aussicht war bescheiden: ein Hinterhof voller Taubenkacke. Rasch drehte er sich zur Wand hinter Marcks' Schreibtisch. An dieser Wand hing ein einsamer rahmenloser Bildhalter, hinter dessen schmierigem Glas eine alte Postkarte steckte. Die Briefmarke darauf war einst grün gewesen, sie trug unten den Schriftzug »REICH«, in ihrem gezahnten oberen Eck stand die Ziffer 5 über einigen Jugendstilranken, und in der Mitte war ein walkürenhaftes Gesicht abgebildet, dem der Haarschopf fehlte. Es war eine halbe Germania zu fünf Pfennigen, in der Mitte glatt durchgeschnitten, gestempelt mit einem violetten Aufdruck: »3Pf«. Und außerdem mit einem Poststempel »DEUTSCHES KRIEGSSCHIFF VINETA«.

»Das ist ein Vineta-Provisorium!«, entfuhr es Richard. Er wandte sich um.

»Dat issene Fälschung«, sagte der kleine Polizist gelassen.

Die Tür öffnete sich, und Marcks stürmte herein. Er erblickte Richard, worauf sein hageres Gesicht erst erstaunt und dann finster aussah. Marcks hatte ihn glatt vergessen. »Ich hab Sie glatt vergessen«, sagte er.

»Sie besitzen ein Vineta-Provisorium!«

Marcks zog die Augen zu Schlitzen. »Das ist eine Fälschung.«

»Sind das nicht alle Vineta-Provisorien?«

Marcks kratzte sich am Kopf. »Ein Experte.«

Gezwungenermaßen, dachte Richard. Vor einem halben Jahr hatte er in Peters Auftrag fünftausend Euro für eine solche Briefmarke bezahlt.

»Wie auch immer, das hier ist eine Fälschung der Fälschung.« Marcks lächelte schmallippig und blickte Richard lauernd an. »Sehen Sie es, Experte?«

Ich doch nicht, dachte Richard, ich hasse Briefmarken. Dann besann er sich. Das war *die* Chance, Marcks zu beeindrucken und anschließend entspannt die Chefsache Steenbergen anzusprechen. Wo die Marke doch als einziger Schmuck über Marcks' trostlosem Arbeitsplatz hing und Richard nur Details zurückrufen musste. Also kramte er in seinem Gedächtnis: »Gut. Vineta-Provisorien sind kurz nach der Jahrhundertwende – neunzehnhundertzehn oder so – vom Zahlmeister des deutschen Kreuzers Vineta irgendwo in der Karibik mit Schere und handgeschnitztem Stempel selbst hergestellt worden.«

Marcks winkte ungnädig mit der Hand, das wollte er nicht hören, deshalb dachte Richard stumm weiter, der Zahlmeister hatte ein Porto für Drucksachen gebraucht, denn die Mannschaft war in einer Inselzeitung erwähnt worden, und die Seeleute wollten Exemplare davon nach Hause schicken, doch es fehlten entsprechend günstige Marken an Bord. So kreierte der Zahlmeister kurzerhand ein Behelfsporto in kleiner Serie, ein Drei-Pfennig-Postwertzeichen für Sendungen mit Banderole drumherum. »Die Postkarte ist unterfrankiert«, sagte Richard. »Das Porto für eine Postkarte muss mehr als drei Pfennige betragen haben. Vineta-Provisorien wurden für Drucksachen verwendet.«

»Das kommt erschwerend hinzu«, sagte Marcks abwartend.

Richard seufzte innerlich und sah noch genauer hin. Peters Vineta-Provisorium hatte er von einem Sachverständigen prüfen lassen, weil er sich mit Briefmarken nicht auskannte, außerdem war gerade diese Marke enorm leicht zu fälschen. Selbst der Schiffszahlmeister hatte nach seiner Heimkunft noch weitere Vineta-Provisorien fabriziert. Schließlich musste man dafür kaum mehr tun als ein paar Germanias zerschneiden. Richard fing einen ungeduldigen Blick Marcks' auf und versuchte schneller zu denken. Also die halbe Germania war vermutlich echt. Blieb der Stempel. Der Aufdruck ›Deutsches Kriegsschiff Vineta‹ war gut zu lesen, der Stempel ›3Pf‹ dagegen arg verwischt. »Es ist der Stempel«, sagte Richard.

»Natürlich«, sagte Marcks. »Welcher?«

»Alle beide«, sagte Richard vorsichtig. »Der Wertaufdruck ist wahnsinnig undeutlich …«

Marcks antwortete nicht, blickte ihn einfach nur an. Irgendetwas musste da noch sein. Richard konzentrierte sich. Deutsches Kriegsschiff Vineta. Deutsches. Kriegsschiff. Vineta. Vineta war der Name einer mythischen, versunkenen Stadt an der Ostsee, das Atlantis des Nordens. Daher auch Peters Interesse. Richard verstand zwar nicht, wie man seine Faszination ungebremst von einer Stadt auf ein Schiff und schließlich auch noch auf eine Briefmarke übertragen konnte, nur weil sie denselben Namen trugen, aber das Prinzip funktionierte ja auch mit Wasserflaschen. Es musste eine Frage der Homöopathie sein. Oder von mächtigen Assoziationen. Die Assoziation Atlantis. Der Name Vineta. Etwas regte sich ganz unten in Richards Gedächtnis, Vineta-Provisorien, hatte der Sachverständige gesagt, klar, dass sich die Fälscher da draufstürzen, so schreiend auffällig wie die sind, wo findet man das schon, eine geschnittene, überstempelte Marke, da tritt die Frage nach kleineren Details weit zurück, da könnte sogar ›Vineta-Provisorium‹ draufstehen, und es gäbe immer noch Dumme, die darauf hereinfielen.

Es könnte Vineta draufstehen.

»Ha!«, rief Richard. »Ich hab's. Dieser Stempel, ›Deutsches Kriegsschiff Vineta‹, der ist frei erfunden. Erstens mal würde die Marine kein Schiff mit ›Kriegsschiff‹ titulieren, das ist Blech, die haben Typenbezeichnungen. Großer Kreuzer, kleiner Kreuzer, was auch immer. Und dann hat meines Wissens niemals der Name des Schiffs im Poststempel gestanden, da stand –«

»Kaiserlich Deutsche Marineschiffspost«, sagte Marcks ernst. »Sie haben alles richtig gemacht.« Er wandte sich an seinen kleinen Kollegen am Nachbartisch und sah plötzlich schrecklich müde aus. »Nicht wahr, der Herr –«

»Romanoff«, half der Kleine.

»Romanoff hat alles richtig gemacht?«

»En hatt sich mächtig anjestrengt«, sagte der Kleine.

»Und warum hat er das?«

Plötzlich blickten die beiden Polizisten Richard durchdringend an. Der fühlte sich trotz seiner fabelhaften detektivischen Leistung sofort unbehaglich. Und sehr ungerecht behandelt. Wollte denn gar keiner applaudieren?

»Ich weiset«, sagte der Kleine kryptisch und wandte sich wieder seinen Papieren zu.

»Ich auch«, sagte Marcks. »Der Herr Romanoff *musste* sich anstrengen. Denn der Herr Romanoff hat gar nichts Neues, was er uns zum Sterbefall Dr. Steenbergen erzählen kann. Der Herr Romanoff ist hierhergekommen, um zu stochern.« Er verschränkte die Arme. »Stimmt's?«, bellte er plötzlich.

»Ich –«

»Stimmt's?«

»Ja.«

So schnell konnte Richard gar nicht gucken, wie Marcks vor ihm stand und brüllte. Ob er den Polizeibericht nicht läse, brüllte Marcks, ob er etwa nicht glaube, was da drin stünde, ob er andeuten wolle, dass die Polizei schlampig arbeite und der Öffentlichkeit gegenüber ungenügende Angaben mache, ob es so schwer zu verstehen sei, dass der Polizeibericht extra für die interessierten Bürger eingerichtet worden war, damit nicht alle fünf Minuten ein Beamter von der Arbeit abgehalten wurde, ob der Herr Romanoff diesen Schreibtisch sähe und ob er glaube, dass der aus Dekorationsgründen so überladen wäre.

»Nein«, sagte Richard.

»Raus«, sagte Marcks.

Richard erhob sich und ging raus. Als er die Tür schloss, hörte er die beiden Beamten hinter sich lachen. Da sollte doch mal einer sagen, dass Bullen keinen Humor hatten.

* * *

11.15 Uhr

Der Bildschirm blinkte kurz auf. Ein leichtes Pling aus dem Lautsprecher, wie hundert Mal am Tag: Eine Mail war angekommen. Betreff: Geheimnisse des Koran. *Salaam aleikoum,* stand in der Mail, *hi kids, hier das Koranrätsel des Monats. Kennt ihr den Vers 67, Sure 2:*

> Und als Moses zu seinem Volk sprach: »Siehe, Allah gebietet euch, eine Kuh zu opfern«, sagten sie: »Treibst du Spott mit uns?«

Macht euch dazu mal Gedanken! Malt ein Bild oder schreibt einen kleinen Text mit bis zu 30 000 Zeichen. Wie immer sind attraktive Buchpreise ausgeschrieben. Einsendeschluss für eure Arbeiten ist der 17.8. Und nun viel Spaß, Leute!

An dieser Stelle wollen wir auch den Sponsoren danken, in diesem Monat sind es die Firmen iRem und Punt.

kids4quran online, die Integrationsplattform für kids ab 12

Müller fluchte. Kollege Speick, der zufällig neben ihm stand, blickte auf den Bildschirm. »Ist was?«

»Nee«, knurrte Müller.

»Salaam aleikoum, hi kids«, las Speick und schüttelte den Kopf.

»Hab meinen Spamschutz runtergesetzt«, erklärte Müller zähneknirschend, »weil meine Tochter ständig von fremden Handys aus mailt, mit diesen Billigprogrammen, und ich sonst die halbe Post nicht kriege. Dafür kann ich jetzt jede zweite Mail löschen.« Er verschob die Nachricht in den Papierkorb und versuchte die Geschwindigkeit seines Herzschlags zu drosseln.

»Koranrätsel des Monats – seit wann darf man denn so was machen?«, fragte Speick. »Ich dachte, der Koran wäre ein heiliges Buch, das man nicht mal übersetzen kann?«

»Integrationsscheiß für deutsche Kinder«, sagte Müller. »Hat meine Tochter abonniert. Die versuchen es mit allen Mitteln.« Ein Schweißtropfen fiel vor seiner Tastatur auf den Tisch.

»Du bist ganz weiß«, stellte Speick fest. »Und was ist eigentlich mit deiner Hand passiert? Das sieht ja schlimm aus.«

»Mir ist gestern Abend der Badezimmerspiegel runtergefallen«, brachte Müller heraus. Die Verse, die er sonst von diesem Absender bekam, handelten meist vom guten Allah in gnädigen Naturerscheinungen. »*Und Wir entsenden die schwangeren Winde und dann Wasser vom Himmel und geben es euch zu trinken*«, und Ähnliches. Manchmal schien es Müller, als seien übermäßig viele Anspielungen auf Gas und Wind dabei, aber das konnte auch Zufall sein. Und nie, wirklich niemals, *nie* war das Rätselgedicht so deutlich gewesen. Denn eigentlich war der Vers nicht die Botschaft. Die Botschaft bestand aus der Datumsangabe, der Summe von 30 000 und den Firmennamen der Sponsoren als Sicherheit. Der Text selbst war nur Beiwerk. Beiwerk, dachte Müller angespannt und wartete nervös darauf, dass Speick sich verzog. Damit er endlich den Papierkorb öffnen und die wichtigen Daten notieren konnte.

* * *

Auf der Straße vor der Polizeidienststelle, einem zugigen, versifften Windkanal von mindestens dreißig Metern Breite, entdeckte Richard, dass er seinen »Atomkraft nein danke«-Button verloren hatte. Auch das noch. Die kleine Brosche war in dieser Hose gewesen, genau in der, die er jetzt trug, in der rechten vorderen Tasche. Das war doch zum Kotzen. Plötzlich hätte Richard heulen können wie ein kleiner Junge. Die einzige noch einigermaßen intakte Verbindung zu seinem Vater war futsch. Genau aus dem Grund hatte er das Mistding von Button eigentlich ganz hinten in seiner Sockenschublade aufbewahrt und sich geschworen, es dort niemals mehr rauszuholen: weil Verbindung zu seinem Vater meistens bedeutete, dass er sich wieder fühlte wie neun, als es passiert war. Dass die ganze schwarze und hilflose Verzweiflung eines Kindes ihn überwältigte, dass er dastand und flennte, mitten auf der Straße, und nichts dagegen tun konnte: Es gab keinen Trost. Alles, was sein Vater ihm dagelassen hatte, war dieser blöde Anstecker, und das Einzige, was noch schlimmer war, als von dessen Spuk heimgesucht zu werden, war, ihn zu verlieren. Mit bebenden Händen schloss Richard sein Fahrrad auf und fuhr los. Er musste zu der Bank, auf der er gestern mit Natascha gesessen hatte, vor der Geschäftsstelle der ENERGIE. Der Button musste dort sein. Er musste einfach.

* * *

11.35 Uhr

Die Florina konnte er nicht bitten, Nataschas Aufgabe zu übernehmen, das war sonnenklar. Die Florina hatte von nichts eine Ahnung, und außerdem war sie laut und geschwätzig. Den Teufel werd ich tun, dachte Müller, und der Florina mein Leben anvertrauen. Schlimm genug, dass Natascha ihn verraten hatte. Verraten! Jetzt musste er ohne sie klarkommen. Und es war absolut verrückt, dass sie in einem Architekturbüro anheuern wollte. Das war ökonomischer Selbstmord. Total idiotisch. Er fühlte sich dermaßen kribbelig, dass er aufstand und im Zimmer herumlief. Um sich zu beruhigen, stellte er sich schließlich ans Fenster und sah hinaus. Draußen vor dem Gebäude schleppten ein paar Kollegen Kisten mit Privatkram in ihre Autos, das waren diejenigen, die jetzt schon in die Zentrale zogen. Müller sah ihnen eine Weile zu, dann erblickte er einen sehr großen Mann mit Zopf, der vor einer Straßenbank kniete und etwas suchte – Romanoff! Müller duckte sich unwillkürlich, obwohl er oben im vierten Stock stand und von außen vermutlich gar nicht gesehen werden konnte. Romanoff, was machte der denn hier? Der würde doch nicht etwa hereinkommen? Was suchte er da bloß? Jetzt richtete er sich auf und drehte sich um. Zu einer Frau mit einem Pappkarton in der Hand.

Natascha.

Müller machte einen Schritt hinter den Vorhang. Das da unten war der Detektiv Romanoff. In einem *zweiten* freundschaftlichen Gespräch mit Natascha. Das war ja wohl der Hammer.

* * *

»Rick Romanoff, hast du etwa auf dieser Parkbank übernachtet?«

Richard drehte sich um und sah eine sehr aufgeräumte Natascha auf sich zuspazieren, beschwingt und geradezu hübsch sah sie aus, obwohl sie zwei schwere Pappkartons trug. Einen davon nahm er ihr ab. »Nein, ich hab nur was verloren.«

Natascha strahlte ihn an. »Heute ist mein letzter Tag hier. Klasse, was? Ich hab eine neue Stelle gefunden. Eben gerade habe ich die Zusage bekommen. Und sofort gekündigt. Man hat mich gleich freigestellt. In vierzehn Tagen fang ich an.« Sie lächelte so glücklich, dass Richard seinen Button vergaß.

»Toll, wo denn?«

»Romain & Valentini, das ist ein Architekturbüro. – Ich stehe in der Seitenstraße.«

Sie trugen die Kisten ein Stück die Straße entlang. »Architektur passt irgendwie zu dir«, sagte Richard.

Natascha blickte zufrieden. »Sie machen viel mit Solartechnik. – Du hast was verloren, hast du gesagt?«

»Nur ein persönliches Schmuckstück«, sagte Richard, der nicht wieder mit dem Button anfangen wollte.

»Deinen ›Atomkraft nein danke‹-Anstecker«, sagte Natascha.

»Genau.«

»Der war wohl schon sehr alt«, sagte Natascha.

»Ja. – Ach, wahrscheinlich hab ich ihn zu Hause irgendwo.«

»Man muss auch mal was Neues anfangen«, sagte sie und schritt leichtfüßig um die Hausecke herum. Dort stand ihr Golf. Sie luden die Kisten in den Kofferraum, dann knallte sie den

Deckel zu und sagte: »Tja, ich hab noch mal über Dr. Steenbergen nachgedacht, falls es dich interessiert.«

»Ja, natürlich«, sagte Richard.

»Von wegen, ob etwas ungewöhnlich an ihm war und anders und so. Es ist aber nur eine Kleinigkeit.«

»Sag«, forderte Richard gespannt.

»Na ja, du weißt doch, er war fest davon überzeugt – also *fest* –, dass im Atlantik einmal eine Insel existiert hat, die dann untergegangen ist.«

Na besten Dank, dachte Richard. »Und?«

»Und dann«, sagte Natascha feierlich, »ist er ganz plötzlich umgeschwenkt.«

»Auf Troja«, sagte Richard.

Sie starrte ihn an. »Woher weißt du das?«

»Das ist der natürliche Verlauf des Atlantis-Wahns.« Richard grinste schief. »Nee, ich hab es von Peter Welsch.«

Natascha blickte streng, dann lachte sie. »Tja, ich dachte, das hilft dir vielleicht.« Sie tätschelte ihm lächelnd die Schulter. »Ich muss gleich wieder hoch. Lass uns demnächst mal ein Kölsch trinken, was meinst du?«

»Klar, gern.«

»Ich hab ja deine Nummer. Ich ruf dich an.« Sie küsste ihn auf die Wangen. »Bis bald!«

»Ciao«, sagte Richard und sah Natascha nach, bis sie um die Ecke verschwunden war. Dann trat er voll trüber Gedanken den Heimweg an. Er war verflucht. So was wie ein Sisyphus der Neuzeit: der einzige Mensch auf der ganzen Welt, der immer und immer wieder Atlantis *fand*.

* * *

12.05 Uhr

Da war sie ja, und allein. Natascha kam zurück, gut gelaunt und mit einem Lächeln auf den Lippen. Mit kalter Wut beobachtete Müller seine ehemalige Komplizin. Sprach von Kündigung, die dumme Pute. Und machte es tatsächlich wahr. Schleppte

Kisten zu ihrem Auto. *Sprach mit einem Detektiv.* Und traute sich allen Ernstes, noch einmal zurückzukommen. Wie dumm von dir, dachte Müller. Das war deine Chance, kleine dämliche Natascha. Das ist sie gewesen. Eben gerade hättest du ins Auto steigen und wegfahren können. Deinen Personalausweis wegwerfen, deine Wohnung zurücklassen, dein Auto irgendwo am Straßenrand abstellen und dir ein Loch suchen. Das hättest du tun sollen, Süße, und könntest es noch. Aber du willst ja das große Leben. Du willst alles: erst Geld und Abenteuer, ein aufregendes Geheimnis, und dann, als wäre nichts gewesen, die unbehelligte bürgerliche Existenz mit wohltätiger Arbeit in einem sinnstiftenden Job. Willst ein Gutmensch werden.

Das könnte dir so passen.

12.12 Uhr

Speick trieb sich irgendwo draußen beim Kaffeeautomaten herum. Müller zog den langen Ärmel seines Hemdes über die rechte Hand und holte so mit einiger Mühe ein Blatt Papier aus dem Drucker. Dann nahm er einen Kuli und notierte etwas in Druckbuchstaben auf dem Papier. Das faltete er zusammen, immer geschützt durch das Hemd und darauf bedacht, den Bogen nicht direkt zu berühren. Mit einem zweiten Papier als Schutz griff er sich den Bogen, spähte aus seiner Zimmertür auf den Gang hinaus und lief dann aufrecht und gemessen, aber doch so leise wie möglich zur Hintertreppe.

12.15 Uhr

Der Parkplatz vor dem Haus war klein und hauptsächlich für Besucher gedacht, die Angestellten der ENERGIE*base* parkten entweder in den umliegenden Straßen oder im Zooparkhaus, wo ein paar Stellplätze angemietet waren. Da war die Zentrale mit ihrer komfortablen Infrastruktur natürlich bequemer, und vermutlich, dachte Müller, hatte die Berthani darum so schnell den Umzug betrieben. Vermutlich würde sie sich in einem halben Jahr zurück an die Kölner Flora sehnen, aber das war ihr Problem. Müller betrat die Seitenstraße, in die Natascha mit diesem Romanoff gegangen war. Da parkte ihr grüner Golf. Müller sah sich um: Kein Bekannter weit und breit, die einzige Passantin, eine müde aussehende Frau, zog ein nölendes Kind hinter sich her. Er hob den Scheibenwischer des Golf ein wenig an und steckte den Brief dahinter. Dann ging er pfeifend davon, zu seinem eigenen Auto. Eine Flasche Apfelschorle holen. Damit er nicht mit leeren Händen zurückkam.

* * *

Zu Hause in seiner stillen Wohnung suchte Richard noch eine Weile den Anstecker, weil er inzwischen das Gefühl hatte, dass er irgendwo im Arbeitszimmer sein musste, doch er fand das verdammte Ding nicht. Dann hatte er das Bedürfnis, mit jemandem zu reden. Er rief bei Fred an, aber dort ging niemand ans Telefon. Also beschloss er zu arbeiten, fuhr seinen Computer hoch und suchte sich die Telefonnummer der Polizeidienststelle in Daun heraus.

»Romanoff, ich würde gerne mit dem zuständigen Beamten über den Sterbefall Steenbergen sprechen.«

Die Polizistin am anderen Ende der Leitung erkundigte sich sehr freundlich nach Richards Adresse. Er nannte sie ihr. Dann sagte sie: »Moment, ich verbinde.«

Richards nächster Gesprächspartner war von der Pressestelle in irgendeiner Zentrale. Er erkundigte sich, ebenfalls freundlich, für welches Medium Richard arbeite.

»Für gar keins«, sagte Richard. »Ich möchte mit einem der Dauner Beamten sprechen, der den Fall Steenbergen bearbeitet hat.«

»Warum?«, fragte der Pressedienstler.

»Ich habe eine Frage an ihn«, sagte Richard.

»Stellen Sie sie mir, Herr Romanoff«, schlug der Pressedienstler vor.

»Ich möchte lieber mit dem ermittelnden Beamten aus Daun sprechen.«

Am anderen Ende der Leitung seufzte es. »Fälle wie dieser

werden nicht von den regionalen Dienststellen bearbeitet. Im Fall Steenbergen bestand Verdacht auf ein Kapitalverbrechen, und Kapitalverbrechen fallen in die Zuständigkeit der zentralen Ermittlungsbehörden.«

»Gut«, sagte Richard, »dann möchte ich jemanden von dort sprechen.«

»Gerne, Herr Romanoff«, sagte der Beamte. »Sie sind aus Köln, nicht wahr?«

»Ja.«

»Sind Sie ein Angehöriger von Herrn Steenbergen?«

»Nein, aber –«

»Gut«, sagte der Beamte. »Worum geht es, Herr Romanoff? Haben Sie irgendeinen Hinweis? Eine Aussage zu machen?«

»Das möchte ich dem Zuständigen selber sagen.«

»Es tut mir leid«, sagte der Beamte unvermindert freundlich, »ich habe Anweisung, keine Presseleute durchzustellen. Das Interesse ist einfach zu groß, verstehen Sie, Herr Romanoff? Die Kollegen können nicht den ganzen Tag nur mit Reportern reden. – Aber Sie dürfen mich alles fragen, was Sie möchten, dazu bin ich da.«

»Gut«, sagte Richard. »Also –«

»Die Zusammenstellung der öffentlichen Polizeiberichte zu dem Fall finden Sie auf unserer Homepage, www-polizei.rlp.de. Ich kann Ihnen aber gleich sagen, Herr Romanoff, dass die Ermittlungen eingestellt wurden.«

»Eben darum rufe ich an«, sagte Richard.

»Wir verstehen Ihr Interesse vollkommen, Herr Romanoff. Der Fall ist ungewöhnlich und bizarr, aber es handelt sich nach unserer Erkenntnis um einen Unfall.«

»Aber –«, sagte Richard.

»Mehr kann ich Ihnen dazu leider nicht sagen, Herr Romanoff.«

»Verstehe«, sagte Richard.

»Auf Wiederhören, Herr Romanoff.«

Scheißbehörden, dachte Richard und hoffte, dass er es nicht auch gesagt hatte.

»Und schönen Tag noch«, sagte der Beamte.

Richard fluchte, knallte sein Telefon in die Station und ging in die Küche, sich einen Kaffee machen. Er lud das italienische Alukännchen, stellte es auf den Herd und sagte sich, dass die Gerüchte über Bullen alle, alle wahr waren. Dann dachte er an Peter, der sich sicher demnächst melden würde und dem er so gar nichts Neues berichten konnte. Keine Gerüchte aus dem Betrieb, keine virtuellen Prügeleien aus den Atlantis-Foren, keine Hilferufe oder Hinweise von den Leuten, an die er Peters Karten verteilt hatte. Nichts, rein gar nichts, und er konnte nicht einmal sagen, dass er zumindest mit dem ermittelnden Beamten gesprochen hatte. Richard schenkte sich eine Tasse Kaffee ein und trug sie rüber an seinen Computer. Dann sah er sich den Internetauftritt der rheinland-pfälzischen Polizei an. Er fand eine Internetseite, die einzelne Dienststellen verzeichnete. Ich könnte die zentrale Ermittlungsbehörde direkt anrufen, dachte er. So würde ich die Pressestelle umgehen und gleich zum entsprechenden Kommissariat vorstoßen. Denn offensichtlich gab es in Rheinland-Pfalz nur fünf solcher Kommissariate für Kapitalverbrechen: in Ludwigshafen, Kaiserslautern, Mainz, Koblenz und Trier. Zuständig für Daun war vermutlich Koblenz. Oder Trier? Nach kurzem Zögern entschied sich Richard fürs Taktieren. Er würde in Ludwigshafen anrufen. Da konnte er erst einmal in aller Ruhe herausbekommen, wer zuständig war, und eventuell sogar den Namen des ermittelnden Beamten erfahren. Denn dort, wo kein großer Presseandrang gewesen war, wurde er vielleicht nicht sofort mit der Presseroutine abgespeist. Letzter Versuch, dachte er und wählte die Nummer des K11.

»Boll, Kripo Ludwigshafen?«

»Romanoff.«

»Herr Romanoff.«

Die Stimme am anderen Ende der Leitung klang warm und rauchig. Und gar nicht ungeduldig, eher so, als ob sie versuchte, seinen Namen irgendwo einzuordnen.

»Ich habe eine Frage«, sagte Richard.

»Fragen Sie.«

Richard lag der Name Steenbergen auf den Lippen, dann besann er sich. Dieses Reizwort sollte er so lange wie möglich vermeiden. »Es geht um einen Todesfall«, sagte er also, »der von der Polizei untersucht wurde. Die Ermittlungen wurden eingestellt.«

»Welcher Fall?«, fragte prompt die Stimme, die Boll hieß.

»Das Problem dabei ist«, fuhr Richard fort, ohne sich zu erklären, »dass der Fall sehr – ungewöhnlich ist. Die Angehörigen sind mit der offiziellen Erklärung nicht zufrieden. Sie glauben, dass es kein Unfall, sondern Mord war. Und es ist sehr schwierig, mit so einem Verdacht weiterzuleben, verstehen Sie?«

»Ja«, sagte Boll weich, »sicher.« Dann entstand eine Pause, in der Richard nur das schwache Klicken einer Computertastatur hörte. »Aber«, sprach Boll dann, »Sie müssen mir schon sagen, welcher Fall gemeint ist, sonst kann ich Ihnen nicht helfen.«

»Es geht darum«, antwortete Richard, »den Angehörigen zweifelsfrei nachzuweisen, dass es ein Unfall war. Will sagen, Sie stellen ja nicht grundlos Ermittlungen ein, nur weil Ihnen nichts mehr einfällt, Sie werden ja sicher auch für eine Unfallthese Beweise sammeln.«

»Hm«, machte Boll zweifelnd und Richard fand sie schlagartig sympathischer als jeden anderen Bullen, den er kannte.

»Und ich brauche so einen Beweis«, sagte er.

Boll lachte, ein wenig vergnügt, ein wenig bedauernd. »Herr Dr. R. Romanoff aus Köln«, sagte sie, »wohnhaft Alte Maastrichter Straße vierundsechzig, nicht wahr?«

Richard erschrak. »Wie können Sie das wissen?«

»Sie haben eine automatische Rufnummerübermittlung, und ich habe ein Inverssuchprogramm für Telefonnummern.« Bolls Stimme klang, als ob sie lächelte. »Keine Angst, das ist reine Routine, das machen wir bei jedem unbekannten Anrufer. Ich wollte nur, dass Sie sich jetzt konzentrieren und mir sagen, um welchen Fall es geht.«

»Steenbergen«, sagte Richard mürrisch, diese Tante am Telefon war auch nicht anders, gleich würde sie ihm routinemäßig sagen, wo routinemäßig der Polizeibericht stand.

»Steenbergen«, wiederholte sie. »Kenn ich nicht.«

»Der ENERGIE-Manager, der mit Kohlendioxid erstickt wurde.«

»Oh!«, sagte sie. »An diesem Kratersee, genau!« Wieder hörte er es im Hintergrund klicken. »Ein sehr interessanter Fall. Ganz außergewöhnlich.«

»Aber leider ein Unfall«, sagte Richard.

»Ja«, sagte Boll, und dieses Ja dehnte sich sehr lange.

Richard wurde etwas mulmig zumute. »Hören Sie«, sagte er, »ich bin kein Killer, der sich missverstanden fühlt, ich bin ein Privatermittler, der für die Angehörigen arbeitet. Ich möchte Gewissheit.«

»Alles klar«, sagte Boll sehr aufmerksam. »Für wen genau arbeiten Sie?«

»Peter Welsch-Ruinart«, sagte Richard. »Und ich würde von Ihnen sehr gerne wissen, mit wem ich sprechen muss, um eine Auskunft über den Fall Steenbergen zu bekommen. Ich meine nicht den offiziellen Polizeibericht. Ich will mit einem Ermittler reden, der an dem Fall gearbeitet hat. Bitte.«

»Welsch-Ruinart«, murmelte Boll, als ob sie sich den Namen aufschrieb. »Tja, Herr Dr. Romanoff, Sie müssen sich an das K11 in Trier wenden. Ich bin für diesen Fall nicht zuständig, ich arbeite in Ludwigshafen.«

»Mann«, sagte Richard, »wissen Sie, wie oft ich das jetzt gehört habe? Alle anderen sind auch nicht zuständig! Sie notieren meinen Namen, sie fragen mich aus, und am Ende verweisen sie mich auf den Polizeibericht, den ich auswendig kenne!«

»Sehen Sie, und da wissen Sie über den Fall Steenbergen viel mehr als ich.«

»Aber Sie können mir sagen, wer den Bericht geschrieben hat! Sie wissen, was man glauben kann, was Gesülze ist, und ob es noch Informationen gibt, die nicht mit drinstehen!«

»Aber lieber Dr. Romanoff«, sagte Boll mit unüberhörbarem Amüsement in der Stimme, »mit dem Polizeibericht ist es wie mit der Bibel, wenn Sie nicht dran glauben, dann kann Ihnen niemand helfen.«

»Ach!«, fauchte Richard. Und unterbrach die Verbindung.

* * *

16.45 Uhr

»Du blödes Arschloch«, rief Natascha laut, hasserfüllt und gedankenlos.

Du ahnst es nicht, dachte Müller, der sich von seinem Platz im Büro erhoben hatte. Hatte diese dumme Pute denn keinen Funken Verstand im Kopf? »Bist du verrückt?!«, zischte er.

»Du fieses Schwein«, sagte Natascha gefühlvoll.

Müller eilte zur Tür und schloss sie. Es war nach Feierabend, aber noch nicht lange. Natürlich hatte er mit Natascha gerechnet, aber nicht mit dieser Offenheit und Lautstärke. Zum Glück war Speick schon weg. Müller schwitzte.

»Du hast Ali meinen Namen gesagt«, rief Natascha und knallte die Botschaft von ihrem Scheibenwischer auf den Tisch.

»Sei. Ruhig.« Müller atmete durch und versuchte, selbst ruhig zu werden. Er flüsterte: »Natürlich hab ich ihm deinen Namen gesagt, dachtest du, der wollte nicht wissen, wer für ihn arbeitet?«

»Oh Scheiße.« Natascha war den Tränen nahe. Sie sah ganz faltig und verzweifelt aus. »Der bringt mich um.«

»Nein«, sagte Müller. »Zeig her, was hast du da?«

»Das hing an meinem Scheibenwischer«, klagte Natascha und brach in Tränen aus.

Müller reichte ihr ein Päckchen Tempos und tat so, als würde er den Zettel studieren.

»Was hast du ihm gesagt?«, schrie Natascha plötzlich. »Wie kann er das wissen?«

Auf dem Zettel stand Nataschas Name und Anschrift, darunter die Sätze: GEH NICHT. DENK AN S. Und außerdem noch: LETZTE GELEGENHEIT: GESPRÄCH – MORGEN FRÜH – SCHLAG TREFFPUNKT VOR – MELDE DICH BEI DER ÜBLICHEN ADRESSE.

»Der will mich töten«, heulte Natascha. Ihre Selbstsicherheit von gestern Abend war verschwunden. »Ich bring das zur Polizei!«

»Nein!«, sagte Müller scharf. Und dann langsamer: »Nein, töten will Ali dich bestimmt nicht. Dann würde er dir nicht erst lange Briefe schreiben. Und er würde dir kein Gespräch anbieten. Nein, er würde dir zu Hause auflauern. Das steht ja deutlich da.«

Natascha hörte mit dem Geflenne auf und blickte auf das Blatt. »Meinst du?«

Müller nickte. »Er *könnte* dich töten. Jederzeit. Das ist die Botschaft. Aber er – oder irgendjemand aus der Organisation – will verhandeln.« Er blickte Natascha an und zwang seinen Mund zu einem kleinen Grinsen. »Das ist eine Ehre! Du darfst dir sogar selber den Treffpunkt aussuchen. – Ich hatte nur ein einziges echtes Gespräch mit Ali.«

Natascha schluckte. »Hast du sie noch alle?«

Müller zuckte die Achseln. »Selbstverständlich brauchst du einen Platz, an dem er dir nichts tun kann«, sagte er nachdenklich. »Selbst wenn er wollte. Einen Ort, an dem du dich auskennst und der so gut bewacht und gesichert ist, dass keiner es wagen würde, dich dort anzugreifen.«

»So einen Ort kenne ich nicht.« Nataschas Stimme kippte schon wieder ins Weinerliche. »Melde dich bei der üblichen Adresse, was soll das heißen? Ich habe keine übliche Adresse!«

»Doch«, sagte Müller, setzte sich und rief auf seinem Computer die Koranmail mit dem Kuhvers auf. »Dieser Adresse müssen wir antworten.«

»Hast *du* denen je geschrieben?«

»Natürlich, jedes Mal«, antwortete Müller wahrheitsgemäß. »Ganz ohne Informationsaustausch geht die Arbeit nicht. Die Nachricht wird sie erreichen, glaub mir.«

Natascha las und schauderte. »Treibst du Spott mit mir?«, sagte sie leise. »Das klingt gar nicht gut.«

»Also wo soll das Treffen stattfinden?«, fragte Müller nüchtern.

»Nirgendwo!« Natascha brach wieder in Tränen aus.

»Denk an S.«, las Müller schlicht.

»Oh!« Sie riss ihm den Brief aus der Hand.

»Also weißt du«, sagte Müller, »du solltest wirklich mit Ali reden, bevor …« Er machte eine beredte Pause und sah Natascha sehr ernst an.

Sie schüttelte den Kopf.

»Ich nehme mal an, dass er sowieso zu dir kommt, ob du willst oder nicht, und da ist es besser, wenn du einen Teil der Kontrolle behältst. Außerdem kenne ich einen Ort, an dem dir viel weniger passieren kann als, nur zum Beispiel jetzt, in deiner Wohnung.«

Natascha blickte auf. Müller sah bedeutungsvoll zum Fenster hinaus.

»Wo?!«, schrie sie.

»Psst!«, machte Müller ärgerlich. »Im Zoo.«

»Du spinnst ja.«

»Gar nicht. Der Zoo ist sicheres, neutrales Gelände.«

Natascha putzte sich die Nase. »So für mich«, sie wischte sich die Augen, »sieht's aus wie eine dicke, fette Falle. Bestell sie irgendwohin, egal wo, und knall sie ab.«

Müller blickte ernst. »Das könnte Ali einfacher haben. Der könnte jederzeit dein Haus anzünden, wenn du im Bett liegst, das würde vielleicht sogar als Unfall durchgehen.«

Natascha starrte ihn an. Ihr Gesicht zeigte schieres Grauen.

»Glaub mir, das hier ist ein echtes Gesprächsangebot. – Du sagst ihm: Morgens neun Uhr im Zoo. Überleg mal: Um neun macht der Zoo gerade auf, also bist du die erste Besucherin, und du hast kein Alibikind dabei. Du wirst dem Kassenpersonal auffallen. Ali ebenso. Außerdem stehen morgens immer diese Fotografen an den Eingängen herum und schießen Fotos von jedem, der reinkommt.«

»Stimmt«, sagte Natascha, »die stehen auch mittags noch da, in der Pause. Die stehen da immer.«

»Siehst du«, sagte Müller, der wusste, dass Natascha ihre Mittagspausen oft im Zoo verbrachte. Das taten viele Leute aus den umliegenden Betrieben, sie hatten Dauerkarten und tankten zwischendurch etwas Luft im Grünen. »Dann weißt du ja auch, wie anhänglich die sind.«

Natascha rollte die Augen und sah jetzt viel munterer aus.

»Also ich«, sagte Müller, »war im Frühjahr mit meiner Tochter da und hab gar nicht erst versucht, denen zu entkommen. Das wird nur ein Riesenaufruhr, die schießen Bilder von dir, ob du willst oder nicht. Außerdem sortieren sie die Gruppen. Die machen es einem Einzelbesucher unmöglich, sich an eine Familie dranzuhängen. Allein kommst du niemals unauffällig in den Zoo.«

Natascha schniefte, aber nicht mehr verzweifelt.

»Und die Tierpfleger sind allergisch gegen Fremde, die lassen keinen mit rein. Wenn ich einen Mord vorhätte, dann wäre der Zoo der letzte Ort, den ich mir dafür aussuchen würde.« Müller rieb sich nachdenklich das Kinn. »Du brauchst drinnen nur noch einen netten, ruhigen Platz, wo wenig Betrieb ist, und vielleicht noch ein wenig Grün außen herum, wo man sich – du weißt schon – unterhalten kann.«

»Das Madagaskarhaus«, sagte Natascha sofort. »Die Leute wollen sowieso nur zu den Nilpferden, die sind gleich nebenan. Im Madagaskarhaus bei den Lemuren ist fast nie jemand.«

»Gut«, sagte Müller, rief das Antwortfenster für die Koranmail auf und tippte: »Neun Uhr morgens, Madagaskarhaus, Zoo. Natascha Kassin.«

»Warte mal«, rief Natascha ängstlich, »ich hab trotzdem ein mieses Gefühl bei der Sache.«

»Natürlich«, sagte Müller, »denn es gibt nichts, was du unserem Freund anbieten könntest. Du hast heute gekündigt, wie ich höre.«

»Was geht dich das an?« Sofort starrte die Kollegin argwöhnisch auf den Bildschirm. »Hast du das etwa an diesen Ali geschrieben? Erstattest du täglich Bericht oder was?«

»Quatsch.« Müller bewegte den Mauszeiger unauffällig ins Adressfeld der Mail. »Dass du gekündigt hast, hab ich natürlich nicht geschrieben, bist du verrückt? Ich hab nur gestern diesen Auftrag bekommen, den du vor dir siehst, und ich habe geantwortet, dass es Schwierigkeiten gibt, weil du nicht mehr verfügbar bist.«

»Du Arschloch«, sagte Natascha, und in ihren Augen flackerte die Angst.

Müller zuckte die Achseln und änderte mit drei rasch getippten N die Adresszeile. Diese Mail würde in den Weiten des Internets verschwinden, wenn er sie abschickte. »Das war die Wahrheit. Jetzt bist du am Zug. Ich an deiner Stelle würde versuchen, irgendwas Nettes zu dem Treffen mitzubringen.«

»Meinst du, er will Geld?«, fragte Natascha hoffnungsvoll.

»Ich glaube eher, er will dich von deiner Wichtigkeit überzeugen.«

Natascha sank auf Müllers Schreibtisch und vergrub den Kopf in den Händen. »Wenn ich da hingehe, bin ich tot«, sagte sie tonlos.

»Nein, wenn du *nicht* hingehst, bist du tot«, sagte Müller.

»Was soll ich denn machen?«, jammerte sie. Dann sah sie auf. »Wenn dieser Ali wirklich Dr. Steenbergen gekillt hat, dann ist er selber dran schuld, dass es die Umstrukturierung gab. *Das* werd ich ihm sagen.«

»Hm«, machte Müller zweifelnd.

Natascha ließ die Schultern sinken. »Okay, schlechter Plan.«

»Nein«, sagte Müller langsam, »so schlecht ist der Plan gar nicht. Vielleicht solltest du nur das Wort ›Schuld‹ vermeiden. Und irgendeine Gefälligkeit in Aussicht stellen.«

»Der braucht mich nicht mehr«, sagte Natascha bitter.

»Aber du hast auch noch nichts verraten«, sagte Müller.

Natascha nickte.

»Was ist mit diesem Romanoff, was weiß der?«

»Nichts!«

»Du hast dich nicht zufällig heute mit ihm getroffen?«

Natascha blickte ihn erstaunt an.

»Ich hab dich vom Fenster aus mit einem komischen Typen gesehen.«

»Er hatte angeblich was auf der Straße verloren«, sagte Natascha. »Guck nicht so, das stimmt! Ich hab ihn auf die Atlantis-Foren angesetzt, in denen Dr. Steenbergen sich herumgetrieben hat. Wenn er erst gelesen hat, was da abgeht, dann wird er hoffentlich versuchen, die wahre Identität der üblen Typen, die sich dort aufspielen, herauszufinden. Kranke sind auf jeden Fall genug dabei.«

»Hm«, machte Müller wieder. »Du hast ihm nichts gesagt? *Gar* nichts?«

Natascha verschränkte die Arme. »Bin ich jeck?«

»Und du wirst ihm auch weiterhin nichts sagen, nicht wahr?«

»Natürlich nicht. Sag mal – wie sieht Ali eigentlich aus?«

»Ziemlich alt«, sagte Müller sofort.

»Was heißt das? Vierzig? Fünfzig?«

»Mindestens sechzig. Klein, rasierte Glatze, Typ ewiger Sportler. Er ist total braungebrannt und ausgemergelt.«

»Was für ein Landsmann ist er?«

»Keine Ahnung. Er spricht sehr gut Deutsch. Aber ich komme mit, du musst ihn nicht suchen.«

Natascha sah auf.

»Was dachtest du denn? Das ist doch klar. Ich besorge mir heute Abend auch eine Waffe –«

»Wie willst du das denn anstellen?«

»Ich kenn da eine Kneipe«, sagte Müller vage. »Und du nimmst deine Pistole sowieso mit. Du kannst doch damit umgehen, oder? Sie ist funktionstüchtig, geladen und alles?«

Nicken.

»Jedenfalls lass ich dich nicht unbewacht dorthin. Ich hänge genauso drin wie du. Ich will wissen, was der vorhat.«

Nataschas Augen schwammen wieder in Tränen. »Danke«, sagte sie schlicht.

»Das ist reiner Eigennutz«, sagte Müller ernst, drückte auf »Senden«, und der Computer machte »Pling«. Dann verließ er rasch das Mailprogramm, damit Natascha die *Failure Notice* nicht sah, die gleich kommen würde. Und nahm den Zettel, den sie mitgebracht hatte, und riss ihn vor ihren Augen in kleine Fetzen. »Also pass auf, jetzt gehst du erst mal heim und nimmst ein Schaumbad, und falls irgendwas ist, kannst du mich jederzeit anrufen. Spätestens morgen früh telefonieren wir sowieso noch mal und sprechen uns ab. Ich verstecke mich in der Nähe, und ich werde dich und Ali ganz genau im Auge behalten. Da *kann* gar nichts passieren. Wirklich nicht.«

* * *

Der Tag war definitiv einer von denen, an denen Richard am besten im Bett geblieben wäre. Seine ererbte Atomgegner-Sonne war weg, von der Polizei war er übel verspottet worden, und jetzt saß er da, Steenbergens silbernes Laptop neben seinem eigenen Computer, und schlug sich mit hirnrissigen Chats herum. Tatsächlich hatte er anhand der Chronik in Steenbergens Browser ein Atlantis-Forum gefunden, in dem der Umwelt-Manager aktiv gewesen war. Darin war er sogar mit Steenbergens Forennamen begrüßt worden (»mondhasi«, so unglaublich das klang), hatte sich mühsam orientiert, war endlich auf Steenbergens Community-Auftritt für dieses Portal gestoßen, und was passierte? »*aha*«, textete ein Typ namens *paviano* ins Gästebuch, »*da bist du wieder, arschloch-haszi, wuszte ja, dasz du noch mal angekrochen kommst, aber sargaszosee bleibt sargaszosee, und vermiszt hat dich keiner*«. Geschrieben war diese freundliche Nachricht vor gerade eben fünf Minuten, und was Richard an der Sache hauptsächlich nervte, waren nicht mal so sehr die unverständlichen affektierten SZs oder die Aggressivität dieser Zeilen, sondern die Tatsache, dass er sich allen Ernstes mit ihrem Verfasser auseinander setzenmusste.

* * *

16.59 Uhr

Endlich war sie weg, das Gejammer hatte ja kein Ende mehr nehmen wollen! Wenn dieser erbärmlichen Heulsuse etwas zustieß, war das wirklich kein Verlust für die Menschheit. Jetzt musste Müller nur noch den Romanoff auf ihre Spur setzen. Glücklicherweise hatte er den Zugang zu Nataschas betrieblichem E-Mail-Postfach. Das hatte jetzt zwei Vorteile: Erstens, er war in der Lage, in ihrem Namen eine Nachricht zu verschicken, und zweitens, die Antwort würde fast mit Sicherheit an die Absenderadresse zurückgehen, also in Nataschas Firmenpostfach, das sie von zu Hause aus niemals abrief. So konnte Müller als Natascha kommunizieren, ohne dass sie es mitbekam. Nur schnell musste er sein, damit sie noch im Hause war, wenn die Mail rausging, und nicht später große Zeitdifferenzen Zweifel an der Echtheit der Nachricht schürten. Folglich schrieb Müller etwas hektisch:

Lieber Rick,
diese Sache, in die du verwickelt bist, ist mir nicht geheuer. Ich will mit dir reden. Bitte triff dich mit mir morgen früh am Zooeingang Riehler Gürtel. Falls ich bis neun Uhr nicht da bin, komm zum Madagaskarhaus. Bitte mail mir, ob ich mit dir rechnen kann. (Anruf ist sinnlos, da vermutlich den ganzen Abend unterwegs.) Mache mir Sorgen!!!! Komm!!!
Hdl, Natascha

Müller drückte auf »Senden«, und einen kurzen Moment war ihm, als habe er nicht den richtigen Ton getroffen, als sei es absolut vermessen, gleich zwei Menschen auf einmal manipulieren zu wollen. Wie leicht konnte diese Masche auffliegen, da musste nur ein einziges Wort falsch klingen, damit der Romanoff zum Hörer griff und nachfragte, und wenn Natascha heute Nacht den Moralischen kriegte und irgendwem irgendwas verriet, dann war sowieso alles zu Ende. Müller saß da und spürte plötzlich sein Herz klopfen, ganz heftig hämmerte es in seiner Brust, minutenlang. Dann hörte er ein vertrautes Pling. Eine neue Mail in Nataschas Postfach. Von Richard Romanoff. Sie lautete:

Okay, neun Uhr, Eingang Riehler Gürtel. Neugierig. Werde da sein. Aber von wegen Anruf sinnlos – ich hab deine Handynummer nicht. Mail mir die doch bitte noch kurz durch.
Lg, Rick

Müller atmete auf. Handynummer, darauf kannst du lange warten, dachte er. Dann schaute er auf die Uhr.

17.05 Uhr

Jetzt musste er aber sofort los.

* * *

So, Sorgen machte sie sich also, die kleine Tasche. Da hatte sie heute Mittag aber anders geklungen. Nachdenklich betrachtete Richard Nataschas Nachricht und seine Antwort darauf. Er war knapp und nüchtern, sie dagegen – was hatte sie da geschrieben: *Hdl*? Hab dich lieb? *Hdl* war, wie er wusste, nicht unbedingt erotisch gemeint, eher ein besseres *Lg*, man benutzte es für Leute, denen man die lieben Grüße nicht zumuten mochte, weil sie zu abgelutscht waren. Aber war zwischen ihnen ein *Hdl* wirklich angebracht, nach so langer Zeit? Und dann der seltsame Treffpunkt am Riehler Gürtel. Richard seufzte. Er erinnerte sich: Das war ganz typisch. Natascha war immer schon überschwänglich und außerdem furchtbar kompliziert gewesen.

* * *

17.15 Uhr

Er hatte seine dunkle Jacke, er hatte sein Handy, ein sauberes Taschentuch, und er hatte eine Tüte mit Brötchen und Saft. Dann natürlich die Kamera, die auffällig über seinem Bauch baumelte. Außerdem ein paar Hundekuchen für den Notfall, worin der bestehen könnte, wagte Müller sich zwar kaum auszumalen, aber vielleicht war es eben doch besser, gerüstet zu sein. Blieb zu hoffen, dass es nicht regnete. Momentan war das Wetter diesig und kühl. Ein grauer Himmel hing tief über den Parkbäumen, und alle Geräusche hörten sich nah und übermäßig deutlich an. Vor dem zentralen Zooeingang war nicht mehr allzu viel los, und auch hinter den Durchgängen sah es wunderbar leer und friedlich aus: Um diese Zeit gaben die Fotografen ihre Belagerung auf, denn wer jetzt noch kam, kaufte garantiert keine Familienfotos zu Spitzenpreisen. Wer jetzt kam, der machte seinen Abendspaziergang oder besuchte sein Lieblingstier. Das hatte Müller nicht. Er war auch kein regelmäßiger Besucher, aber auf unbestimmte, akustische Weise war ihm das Geschehen im Zoo vertraut. Schließlich verbrachte er seine Tage in dessen unmittelbarer Nähe, und so kannte er die Schreie der Tiere, die Wägelchen der Wärter, das ferne Rasseln von Gattern, Toren und Ketten, die immer gleichen Rhythmen. Friedlich, ruhig und einfach war das Leben im Zoo, denn Punkt sechs Uhr wurden die Männlein von den Weiblein getrennt und bald darauf die Lichter gelöscht. Was anderes als schlafen konnte dann keiner mehr. Jetzt war es –

17.22 Uhr

Müller zog am Automaten eine Abendkarte, schaltete sein Handy auf stumm, rückte seine Kamera auf dem Bauch zurecht und schloss sich zwei älteren Damen an, die bedenklich gen Himmel blickten.

»Ein Stündchen wird's noch halten«, sagte Müller munter.

»Wat kütt, dat kütt«, sagte die Vordere, schob sich durch die Schleuse und klopfte auf ihren Schirm.

Müller sah sich unauffällig nach den beiden besetzten Kassen um, ließ die zweite Dame vor und legte ihr dabei sehr kurz den Arm um die Schulter. »Wir sind ja auch nicht aus Zucker«, sagte er ihr.

Sie lächelte. »Schon fünfzig Johr nit mieh.«

Müller hob die Hände und grinste.

»Oh, wat für ne Sommer«, sagte die andere. »Wenn et nit ränt, dann dröpp et.«

Und so kam Müller ohne Beweisfoto, aber doch in Begleitung in den Zoo.

* * *

Also Papst war er definitiv nicht gewesen, der Steenbergen, so viel hatte Richard jetzt raus. Zumindest nicht in diesem Forum. Er – vielmehr *mondhasi* – hatte sich hervorgetan, das ja, aber nicht als Meinungsmacher. Aufgefallen war *mondhasi* hauptsächlich durch ungekürztes Hochdeutsch. Er hatte sachliche Fragen aufgebracht (»Stammen die stadtähnlichen Strukturen am Meeresgrund in der Nähe der Kanaren in der Google-Earth-Aufnahme in Wahrheit von einem Schiffssonar?«), hatte sich an ein paar Diskussionen beteiligt, die den Atlantik betrafen, er hatte nüchtern und vergleichsweise klug argumentiert, aber das Einzige, was die anderen Forenmitglieder an ihm interessierte, war die weltbewegende Frage, ob er eine Frau war. *Mondhasi* klang eben süß, jung und weiblich, und vielleicht, dachte Richard, war das sogar Steenbergens Absicht gewesen, schließlich war es *die* Gelegenheit, anonym eine andere Identität auszuprobieren. Doch Steenbergen war als Frau nicht allzu überzeugend gewesen. Er verhielt sich nicht gefällig, daher beschimpfte man ihn bald als arrogant und dumm. Seine logischen Äußerungen wurden ignoriert, seine traurigen Versuche, mit Polemik zurückzuschlagen, zerpflückt und verhöhnt. Schließlich – das war vor etwa einem halben Jahr – gab *mondhasi* die Teilnahme an dem Atlantis-Forum ganz auf. Sein Hauptfeind, *paviano*, hetzte noch eine ganze Weile hinter ihm her, bevor er sich anderen vermeintlichen Frauen zuwandte.

Richard fand die Angelegenheit extrem unerfreulich. Die meisten Bekenntnisse in dem Forum schienen ihm dümmlich bis absurd, aber man konnte sich tatsächlich darin verlieren. Vor allem, wenn man die Beiträge unabhängig von ihrem eigentlichen Thema als Charakterstudien las. *Paviano* zum Beispiel besaß eine erstaunliche Selbstironie, aber nur dann, wenn er seine eigenen Beiträge kommentierte. Einmischungen in diesen Monolog vertrug er nicht. Korrigiert zu werden machte ihn wütend, und noch schlimmer war es, wenn er in einen echten Gedankenaustausch verwickelt wurde. Das weckte sein Misstrauen und ließ ihn bei erster Gelegenheit vor Feindseligkeit schäumen. Was er dann so an Bösartigkeiten von sich gab, ließ einen nur hoffen, dieser Kerl möge zu Hause keine Frau und keine Kinder haben, an denen er sich abreagieren konnte. Eine absolut unangenehme Type. Aber war ein Forenfeind wie *paviano* tatsächlich gefährlich? Ergab die bloße Existenz eines falsch gepolten *mondhasi* ein Mordmotiv? Konnte es sein, dass der Pavian, angeregt durch den Namen und aufgestachelt von der spröden Zurückhaltung des Mondhäschens, tatsächlich dessen wahre Identität herausbekommen hatte? Musste er irgendwann erkennen, dass er einen Mann angeheult hatte? Das hätte ihn geärgert, dachte Richard. Da wäre *paviano* sicher mächtig böse geworden. Aber mächtig böse. Nur: böse genug? Die eigene Frau verprügeln, die jederzeit greifbar war, das war eine Sache. Aber einer fremden Person auflauern, sie zu einem Maar lotsen und dort töten, das erforderte mehr.

Dazu musste man wahnsinnig sein.

War *paviano* wahnsinnig?

Und wahnsinnig genug, um selbst dann noch hämisch auf *mondhasi*s Präsenz im Forum zu reagieren, wenn der Träger des Namens längst tot war und *paviano* das auch wusste?

Richard vergrub seinen Kopf zwischen den Händen. Hätte er sich doch nie in diesen Atlantis-Mist reinziehen lassen. Wäre er heute Morgen bloß im Bett geblieben.

* * *

17.35 Uhr

Etwa eine halbe Stunde konnte er noch herumlaufen und so tun, als sei er ein Fotograf auf der Suche nach der besten Abendstimmung im Zoo. Danach musste er improvisieren. Müller sah in die Gesichter der entgegenkommenden Besucher, er sah in die Gehege, er sah den Teer auf dem Weg, den er ablief, er sah die Pfauenkacke und die vollen Mülleimer, er hörte Kinder maulen und wollte in diese Blase aus heller Einsicht. Er wollte das Blowup-Gefühl, die Tiefenschärfe, das Raubtierdenken. Er wollte, dass die Welt sich verlangsamte bis zum Stillstand. Sie sollte wieder, wie am Totenmaar, zu dieser Pappkulisse werden, die er nach Belieben aufzoomen konnte. Er wollte ins Flow. Doch dieser Zoo ließ sich nicht so leicht verlangsamen und verkleinern wie der winzige Eifelsee. Er war zu dicht besetzt, zu sehr angefüllt mit Menschen und ihren Hinterlassenschaften, überall bunte Papiere, Andenken und Müll, Gerüche von fettigen Waffeln und müden, sandigen Kindern. Der Zoo war ein enger Raum voll schrecklich niedlicher Dinge. Selbst riesige Tiger, dachte Müller, sogar die Wölfe und Hyänen wurden hier zur Belustigung für die Kleinsten. Sie waren Kuschelfell, gebändigte Kraft und Exotik. Sie schliefen und schliefen ein Leben lang, dämmerten in Zwischenwelten, zwischen Besucherstrom und Pflegepersonal, zwischen Wegen, die sich niemals kreuzten. Da plötzlich schrie ein Pfau, und dann brüllte ein Löwe, und die Leute ringsum hielten eine Sekunde inne und horchten auf, unwillkürlich, weil ein Löwengebrüll eben immer noch Löwengebrüll ist und der Mensch ein potenzielles Beutetier. Da endlich wurden Müllers Schritte schneller, sein Gang etwas fester, und er sah auf zum Himmel, der grau über ihm hing, und da war das Flow.

* * *

Richard hypnotisierte sein Telefon. Klingle, sagte er ihm. Gib Laut. Egal wer du bist, ruf mich an. Ich will reden. Ich will gebraucht werden. Ich will vernünftige Arbeit und eine Frau. Ich will nicht weiter Atlantis suchen und mich nicht in einen Mann verlieben. Ich muss hier raus.

Er stand auf und tat, was er längst hätte tun sollen: Er ging in *Die Unterirdische Tante*, einen trinken.

Fred war da, es war seine Zeit, der frühe Abend, da waren seine Frau Heike und der kleine Simon meistens in irgendwelchen Früherziehungsgruppen unterwegs, und Fred hatte frei.

»Gott sei Dank«, sagte Richard zu Fred, und zu Tante Lili, die hinter der Bar ihrer kleinen Kaschemme im Souterrain von Richards Nachbarhaus stand. »Erst mal ein Kölsch.«

»Du kannst Hieroglyphen lesen«, sagte Fred statt einer Begrüßung und wandte sich von Richard an seine Zuhörerschaft, die zu so früher Stunde nur aus Tante Lili, dem sechseckigen Jeeb am anderen Ende der Bar und einem bärtigen jungen Mann neben Fred bestand, »Rick hier kann Hieroglyphen lesen.«

Richard winkte ab, hievte sich auf den freien Hocker neben Fred und warf Tante Lili eine Kusshand zu.

»Auch mal wieder da«, sagte sie gemütlich und stellte ihm ein Glas Kölsch hin.

»Noch eins«, sagte Richard sofort, prostete Fred zu und trank. »Ah.«

»Ich rede gerade davon«, sagte Fred unbeirrt, »dass das altägyptische Wort für Insel gar nicht wirklich Insel heißt.«

»Wieso?«, fragte Richard und nickte dem bärtigen Jungen neben Fred zu. Er kam ihm vage bekannt vor. Vermutlich einer seiner Studenten aus dem letzten Sommersemester.

»Weil es im alten Ägypten keine Inseln gegeben hat. Die Leute kannten das nicht, die kamen wenig raus, damals. – Guck dir doch mal eine Karte von dem Land an, das ist alles nur Flusstal mit viel Land drum herum. Keine einzige Insel. Darum gibt es auch kein eigenes Wort dafür.«

»Ich meine: Wie kommst du darauf?«

»Es ist interessant«, sagte Fred hochnäsig. »Stimmt's oder stimmt's nicht, Rick, das Zeichen für Insel bedeutet eigentlich nur Sandstrand. Oder Küste. Oder fremdes Land.«

»Tja«, sagte Richard und trank noch einen Schluck Kölsch, um die Antwort hinauszuzögern, weil er ahnte, dass dies eine Falle war. Ohnehin ließ er sich ungern auf die konkrete Bedeutung einer Hieroglyphe festlegen, denn Hieroglyphen waren ein weites Feld.

»Das ist doch so«, beharrte Fred.

»Tja, lass es mich so sagen«, sprach Richard weise, »es kommt immer auf den Kontext an. Gerade bei Hieroglyphen.«

»Der Kontext«, sagte Fred ungnädig, »ist die Frage, ob Solon, du weißt schon, der Urahn Platons, der die Atlantis-Legende aus Ägypten mitgebracht hat, ob Solon also wirklich von einer Insel gehört hatte, die unterging.«

»Oh, *nein*!«, sagte Richard.

»Oder ob der Ägypter, der ihm damals alles erzählt hat, nicht einfach nur ein fernes Land mit Strand gemeint hat.«

Richard rückte von Fred ab, nahm sein zweites Glas Kölsch in Angriff und trank es in einem Zug leer. Danach saß Fred immer noch vor ihm und blickte ihn immer noch ungeduldig an. Und sein bärtiger Freund, mit etwas mehr Respekt, ebenso.

»Solon«, polterte Richard ihnen da plötzlich entgegen, »hat niemals, *nie*, von irgendeiner Insel Atlantis gehört, konnte er gar nicht, darum ist es völlig wurscht, ob der Begriff ›Insel‹ auf Altägyptisch existiert! Atlantis ist ein Märchen der Neuzeit! Der alte Solon war ein glücklicher Mann, der hat sich mit diesem Mist nie abgeben müssen!« Er starrte die beiden Studenten an, die starrten entgeistert zurück, dann wandten sie sich gleichzeitig ab und setzten ihre Unterhaltung einfach ohne ihn fort.

»Hasten schlechten Tag, was?«, sagte Tante Lili mitleidig und stellte Richard sofort das dritte Kölsch hin.

Und Richard brummelte: »Atlantis!«, nahm sein Bier und setzte sich freiwillig neben den sechseckigen Jeeb.

* * *

18.11 Uhr

Der feuchte Sand in dem Kletterhäuschen roch ganz leicht nach Pipi und das Holz des Klettergerüsts nach Moder, Gerüche wie dämmrige Sommerabende und zähe Kindheit. Draußen vor dem Spielplatz wurden Wege gekehrt und Mülleimer geleert. Bald, mit der Dämmerung, würde Ruhe einkehren. Müller streckte seine Beine aus, so gut es in der Spielhütte unter der Rutsche der Kletterburg des Zoospielplatzes eben ging. Zum Glück gab es hier ein kleines Bänkchen, so dass er nicht im Sand sitzen musste. Der Raum war eng und von außen praktisch nicht einsehbar. Trotzdem würde Müller ihn bald verlassen müssen. Denn der Nachtwächter hatte einen Hund.

20.45 Uhr

So still war es auf einmal, dass die Autos auf dem Riehler Gürtel plötzlich mehr Lärm machten als irgendein Tier. Die Löwen schliefen, nur die Bäume raschelten sanft, und zuweilen ächzte ein wildes Wesen im Traum, dann zischelte und schnatterte etwas, oder es ertönte ein hohles, geisterhaftes Rufen. Doch das waren nur Sekunden, rasche tolle Träume von wachsamen Geschöpfen, die schnell wieder in Schweigen verfielen, die auch nicht gefunden werden wollten, obwohl *sie* doch längst Teile einer Ausstellung waren. Müller fragte sich, ob er dereinst auch ausgestellt sein würde. Bei Madame Tussaud's vielleicht, so wie Crippen, Haarmann, Bundy? Am Ende würde er sogar ins *Trivial Pursuit* eingehen? Eine Frage bei *Wer wird Millionär* werden? Wäre das nicht – amüsant? Lächelnd lief Müller durch den leeren, dunklen Zoo. Es gefiel ihm. Dieser Raum, der tagsüber vom vielen Leben so ungeheuer gebläht wurde, wirkte jetzt übersichtlicher, die Entfernungen kleiner, die dunklen Büsche am Wegesrand wie sichere, komfortable Verstecke. Müller wusste, dass er trotzdem aufpassen und sich von den Wasservögeln fernhalten musste. Wasservögel schliefen unter Büschen und Brücken und waren schrecklich laut, wenn man sie weckte. Gänse und Hunde, dachte Müller. Gänse und Hunde, die mögen mich nicht. Alle anderen Tiere sind gut. Die sind wie ich: leise, unsichtbar. Getrieben. Auf der Suche nach einem unauffälligen Platz für die Nacht. Ein weiteres Mal horchte Müller nach dem Nachtwächter, sah sich nach schlafenden Gänsen um und schlich durch die Schatten zum Haus der Lemuren.

Sechs

7.30 Uhr
Affengeschnatter, Gänsegeschrei: Die ersten Pfleger kamen. Vorsichtig dehnte Müller seine klammen Glieder. Die Nacht war kalt gewesen, jetzt war sie vorbei, aber bis neun Uhr würde es noch endlos lange dauern. Müller warf einen wachsamen Blick über den Dachfirst des Madagaskarhauses. Dort auf dem flachen Dach am Eingang hatte er schließlich Zuflucht gefunden, es war leicht gewesen hochzuklettern, als Hilfe hatten die Außenkäfige der Affen gedient und außerdem ein stabiler Baum, der an der rechten Stelle wuchs. Hier war Müller vor dem Hund des Nachtwächters sicher gewesen. Er verfluchte den Platz trotzdem. Nie hatte er so gefroren. Und er musste noch ewig, ewig warten, ohne sich bewegen zu dürfen.

7.43 Uhr
Müllers Handy vibrierte: Natascha. Er sah sich um: keine Menschenseele weit und breit. Nur das Dach, ein paar Bäume ringsum, unten ein leerer Platz. Müller drückte den grünen Knopf.

»Hallo«, sagte er leise.

»Ich komme nicht«, sagte Natascha.

»Doch«, sagte Müller.

»Der killt mich.«

»Er hat dich heute Nacht leben lassen.«

»Ich hab Kopfschmerzen.«

»Nimm ein Aspirin.«

»Wo bist du?«

»Schon unterwegs«, sagte Müller. »Pass auf, ich komme vom anderen Eingang, verstanden, vom Riehler Gürtel. Du gehst zum Haupteingang. Es darf uns niemand zusammen hereinkommen sehen. Ich werde sehr pünktlich sein. Ich bin auf jeden Fall da, verstanden? – Vielleicht können wir uns ja sogar noch kurz sehen.«

»Ja«, sagte Natascha.
»Hast du die Waffe?«
»Natürlich, und du?«
»Ja. Mach dir keine Sorgen, es hat alles geklappt.«
»Ich will nicht«, sagte Natascha.
»Sei pünktlich.«
»Okay«, sagte Natascha kläglich.

8.30 Uhr

Sie begannen die Häuser aufzusperren. Die ersten Wägelchen fuhren herum, die Tierstimmen waren unmerklich mehr und lauter geworden, jemand lief am Lemurenhaus vorbei und pfiff das Thema aus *Indiana Jones*. Müller wartete, bis derjenige weg war, dann kletterte er vom Dach, huschte über den Weg und verbarg sich in der Grünanlage links vom Gebäude hinter dem Popcornstand.

8.45 Uhr

Sweetysweet, der blaue Van eines Süßwarenlieferanten hielt neben dem Verkaufsstand direkt vor dem Gebüsch, in dem Müller stand. Zwei Männer luden Lebkuchenbären aus. Macht, rief Müller innerlich dem Pärchen zu, das nicht allzu eilig die bunten Kuchen herumtrug. Macht bloß schnell.

9.02 Uhr

Das Madagaskarhaus war jetzt offen und irgendwo im Hintergrund werkelte ein Pfleger. Müller saß auf glühenden Kohlen, denn es war Zeit. Natürlich hatten inzwischen auch zwei Verkäufer in dem Süßwarenlädchen nebenan Stellung bezogen. Der Affenpfleger und die Popcornmänner. Diesen dreien musste er entkommen. Müller wechselte nervös von Busch zu Busch. Keiner war ideal, keiner bot genug Schutz, beim einen sah man die Füße, beim anderen den Kopf –

9.05 Uhr

Natascha. Schnelle Schritte, leichte Schuhe, schwarze Klamotten, das war sie. Sehr pünktlich, sehr gut. Sie hielt aufs Haus zu. Müller pfiff durch die Finger. Er musste, er war viel zu weit weg von ihr, um sich anders bemerkbar zu machen. Und vielleicht klappte nicht mal das. Doch. Sie wandte sich um.

Kurz darauf

Natascha fuhr zusammen, als Müller ihr aus dem Busch heraus zuwinkte. Er legte den Finger an den Mund. In einiger Entfernung schob eine Frau mit Kinderwagen vorbei.

Eilends kam Natascha heran. »Wie siehst du denn aus?«, flüsterte sie. Hier hinten waren sie zwar kaum zu sehen, weil der Popcornstand sie zum Hauptweg hin verbarg und ihnen auch freundlich seine geschlossene Rückseite zuwandte, aber Müller fand sie beide immer noch zu laut und zu auffällig. Der Pfiff eben hatte ihn eine Menge Nerven gekostet.

»Frag nicht«, sagte er ungeduldig und zog Natascha ins Gebüsch. »Ist noch keiner da«, sagte er, als Natascha ängstlich zum Affenhaus spähte.

»Hast du dir wirklich heute Nacht eine Waffe gekauft?«, fragte sie mit zweifelndem Blick auf Müllers riesigen Fotoapparat, der ihm auf der Brust baumelte.

»Ja«, sagte Müller und klopfte sich auf eine rückwärtige Hosentasche. »Und deine? Darf ich mal sehen?«

Natascha hielt ihre Tasche auf, darin glänzte die Pistole.

»Süße«, sagte Müller streng, »die darfst du nicht in deinem Handtäschchen herumtragen, da nützt sie dir gar nichts.«

»Ich hab so ein schlechtes Gefühl«, klagte Natascha.

»Du musst sie am Körper verstecken«, sagte Müller und tastete ohne viel Federlesens Nataschas Hosenbund rundherum ab. Sie standen ohnehin eng beieinander im dichten Laubwerk, da kam das ganz natürlich, und außerdem war es ja nicht das erste Mal, dass er sie anfasste.

»Ich glaube, das ist eine Falle«, sagte Natascha und nahm die Waffe aus ihrer Tasche.

»Nein«, sagte Müller. »Funktioniert sie? Ist sie geladen?« Er steckte die Hand in jede von Nataschas Hosentaschen, dann zwischen Hosenbund und Rücken. Es war keine erotische Berührung, aber eben doch vertraulich. Natascha beruhigte sich dabei ein wenig und hörte wenigstens auf zu zittern.

»Ich muss immer an das Totenmaar denken«, sprach sie leise und reichte Müller die Waffe. »Der Name, weißt du? Das ist eine Parallele. Eine unheimliche Parallele.«

»Wieso?«, sagte Müller, klopfte Natascha ein letztes Mal auf den Rücken, schob sie dabei noch etwas tiefer ins Gebüsch und entsicherte dann spielerisch die Pistole.

»Na das Totenmaar hat diesen fiesen Namen, und Lemur – weißt du, was Lemur heißt?

»Nein«, sagte Müller, blickte über den Weg, blickte zum Madagaskarhaus, versuchte zu ahnen, wo Popcornmänner und Pfleger waren. Ein paar Varis stürmten plötzlich ins Außengehege und begannen zu schreien, entsetzlich laut, entsetzlich klagend und schaurig.

»Es heißt Totengeist«, sagte Natascha.

»Ach was«, sagte Müller, zielte, wandte das Gesicht ab und schoss ihr mitten ins Herz.

* * *

Nach den gefühlten hundert Kölsch von gestern Abend war Richard an diesem Morgen nicht richtig aus dem Bett gekommen. Dann wollte er aber nicht los, ohne sich wenigstens zu duschen, und so kam er erst kurz nach neun zum Zooeingang am Riehler Gürtel. Dort wartete er zwei Minuten, direkt vor der Kasse, und er hätte gern noch viel länger gewartet, denn der Eintritt betrug fünfzehn Euro, das waren dreißig Mark. Als Richard das letzte Mal hier im Zoo gewesen war, hatte der Eintritt zwei Mark fünfzig gekostet. Ungeheuerlich, dachte er, nicht zu fassen, ein Zoobesuch kostete heutzutage dreißig Mark. Und Natascha hatte ihm natürlich doch nicht ihre Handynummer gemailt, die alte Chaotin. Trotzdem wollte er wissen, was sie zu sagen hatte, sogar auf die Gefahr hin, dass es wieder nur Atlantis betraf, darum kaufte er doch eine Karte. Die Kassiererin, die ihn inzwischen schon mehrmals neugierig angeblickt hatte, fragte er, wie er schnellstmöglich zum Madagaskarhaus käme.

»Zu den Lemuren«, sagte sie. »Da müssen Sie immer nur den Schreien nach. Hören Sie das?«

Richard hörte laute, hohle Schreie, die durch den ganzen Zoo hallten. »Alles klar«, sagte er. Als er durch die Eingangsschleuse trat, hörte er zu dem Geheul einen gedämpften Knall, danach folgte Stille und dann aufgeregtes Tiergeschrei, doch bevor Richard sich Gedanken über die Ursache des Geräuschs machen konnte, trat eine professionelle Lächlerin mit einer Kamera auf ihn zu. »Darf ich, bitte? Da vor den Baum«, befahl sie. »Sind Sie allein?«

»Ja«, sagte Richard verwirrt.

»Gut«, sagte die Lächlerin und lächelte. »Smiiiiile!« Sie fotografierte Richard, gab ihm eine Karte mit einem riesigen Smiley drauf und außerdem der lebensnotwendigen Info, wo das Erinnerungsfoto später abzuholen sei. Dann wandte sie sich abrupt der Familie zu, die nach Richard den Zoo betreten hatte. Richard fühlte sich leicht schwindelig. Als sei er mal wieder ganz knapp zu früh oder zu spät gekommen und irgendwie übel manipuliert worden. Dennoch trat er den Weg zum Madagaskarhaus an.

* * *

Etwa zehn nach neun

Das nervöse Gekecker der Affen war rasch verstummt, und der Pfleger und die Süßwarenverkäufer waren zu Müllers allergrößtem Erstaunen nicht sofort in die Grünanlage gestiegen, um ihn herauszuzerren. Als es knallte, waren sie natürlich herbeigestürmt, aufgeregt und alarmiert vom wilden Tiergeschrei, das von der Explosion ausgelöst worden war. Der Schuss war entsetzlich, erschreckend, in den Ohren hallend laut gewesen. Außerdem war Blut gespritzt. Müller verlebte im Gebüsch neben dem Madagaskarhaus die schrecklichsten Minuten seines Lebens. Sein Rücken war klatschnass, in seinen Kniekehlen stand das Wasser, seine Augenbrauen tropften, so sehr schwitzte er. Aber der Pfleger und die beiden jungen Männer vom Popcornstand sahen nicht im Gebüsch nach. Sie hatten einander in ihrer Eile fast umgestoßen, und damit war ihre Suche nach der Ursache des Knalls vorbei. »Das muss auf der Straße gewesen sein«, sagte der Pfleger, ein untersetzter rothaariger Mann. Müller wagte nicht zu atmen, als er sich umdrehte, aber der Pfleger warf nur einen raschen Blick in den Vorraum des Madagaskarhauses. Einer der jungen Verkäufer verschwand gleich wieder in seinem Stand, wo das Popcorn ihn brauchte, der andere ging ein Stück den Weg entlang, zum Haupteingang hin, von dort kamen einige Besucher, Müller konnte durch das Gebüsch nur ihre Schemen erkennen. Dann erschienen noch zwei weitere Pfleger, offenbar aus dem benachbarten Giraffenhaus. Mit langen Schritten maßen sie den Weg ab, dann blieben sie direkt vor Müllers Versteck stehen, und er hörte, wie einer der beiden ein Feuerzeug anklipste. »Feuerwerkskörper«, sagte eine männliche Stimme. Der Affenwärter gesellte sich hinzu, und nach kurzer Unterhaltung waren die drei einig, dass irgendein verrückter Jugendlicher draußen vor dem Zoo einen Böller gezündet und ihn vermutlich auch noch über die Mauer geworfen hatte. »Irgendwann fackeln die uns mit so was eins der Häuser ab, genau wie in Karlsruhe«, sagte ein Pfleger, und irgendwer schlug vor, die Feuerwehr zu holen oder zumindest die Dächer nach brennenden Resten abzusuchen. »Nee, da ist nix mehr übrig«, sagte ein anderer. »So wie das gerumst hat.« Jetzt blickten alle in Richtung Hausdächer und Müller schwitzte so sehr wie noch nie, denn sie schauten auch in seine Richtung, und die Pistole, die er in der Hand hielt, glänzte am Lauf im Sonnenschein, die würde Reflexe streuen, wenn er sich bewegte, und vermutlich konnte man ohnehin viel von ihm oder Natascha erkennen, wenn man nur genau in den Busch sah, aber niemand tat das. Die kleine Gruppe trennte sich, als Besucher hinzustießen. »Es ist nichts passiert«, sagte einer der Pfleger in munterem Ton zu den Leuten, und dann gingen sie fort, und als Müller gerade dachte, dass die Luft rein sei, da sah er vor dem Busch einen kleinen blonden Schopf und ein Paar Augen, die ihn interessiert anblickten.

* * *

Richard stand in einer kleinen lauschigen Lichtung neben dem Bonobofreigehege und fragte eine ältere Dame, wie er zum Madagaskarhaus käme. Er fand die Wegeführung verwirrend, vielleicht lenkten ihn aber auch nur die Tiere zu sehr ab, die Bonobos waren gut drauf und tobten durch ihre Anlage, außerdem hatte einer der Affenmänner in den beiden Minuten, die Richard hier stand, schon mit zwei Weibchen Sex gehabt.

»Die Lemuren sind vorn am Hippodom«, sagte die Dame, die dem Affenmann mit Wohlwollen zusah. »Das hier ist die Tropenanlage, da sind Sie falsch.« Sie lächelte Richard an. »Aber wissen Sie was, um die Zeit schlafen die Lemuren nur. Da müssen Sie nachmittags hin. Jetzt ist das langweilig.«

»Ich bin da verabredet«, sagte Richard.

»Da vorne links«, sagte die Dame, und während Richard nach vorn links eilte, wandte sie sich wieder den erstaunlichen Bonobos zu.

* * *

Kurz darauf

Drei Jahre, höchstens, dachte Müller. Kein gefährlicher Zeuge, aber der Kleine musste da sofort weg, bevor er seine Mutter auf den Mann im Gebüsch aufmerksam machte. Die Mama wollte in den Hippodom. »Paul, Paulchen«, rief sie von weitem. Paul hieß er also, ein kleiner, runder, lächelnder Knirps, der Müller bestaunte wie ein aufregendes Geheimnis, das er da zwischen dem Laubwerk entdeckt hatte. Müller legte den Finger an die Lippen und machte ganz leise: »Psst!«

Der Kleine begann zu kichern. Mist. Jetzt hatte er einen neuen

Freund. Müller drückte sich langsam tiefer ins Gebüsch. Eilige Schritte wurden laut.

Müller entsicherte die Waffe.

Paul streckte seine Ärmchen aus, wies auf Müller und sagte: »Da! Papa!«

»Ich bin deine Mama, Süßer«, antwortete seine Mama routiniert und packte den Knirps, ohne Müller und die auf sie gerichtete Mündung auch nur mit einem Blick zu streifen. »Jetzt gehen wir zu den Hippos, mein Schatz, die Affen sehen wir später.« Zack, drehte sie sich mitsamt dem Kind um, und ihre Absätze klapperten davon. Müller sank zu Boden. Der Kleine, das wusste er, der hätte ihn seinen Seelenfrieden gekostet.

9.17 Uhr

Die Pistole musste ganz und gar sauber sein, aber extra Abdrücke von Nataschas Hand draufzudrücken, das konnte er sich sparen, denn an einen Selbstmord würde niemand glauben, und außerdem fehlten Natascha die Schmauchspuren, die sich stattdessen an Müllers Hand befanden. Also wischte er die Waffe nur sauber, mit seinem guten Stofftaschentuch, ganz sorgfältig und langsam. Er legte sie neben Natascha ins Gebüsch. Dann passte er einen günstigen Moment ab und zwängte sich aus der Grünanlage hinaus.

9.21 Uhr

Die Luft war grell und weich, ein leichter Zug kühlte Müllers Rücken, seine Kleidung musste schrecklich aussehen, alles war zerknittert, schmutzig und durchgeschwitzt. Müller fuhr sich mit der Hand durch die Haare, rückte seine Jacke gerade und nestelte an dem großen Fotoapparat herum. Er kam sich vor wie ein Alien. Das konnte doch nicht sein, dass er niemandem auffiel, sein verrückter Blick, sein steifer Gang, seine Kinderlosigkeit, all das machte ihn doch wahnsinnig verdächtig! Aber niemand kümmerte sich um Müller.

9.28 Uhr

Nicht ganz in der Zeit, aber doch endlich am Ausgang Riehler Gürtel. Dort befand sich direkt neben der Kasse eine Drehtür nach draußen. Müller passte eine große Besuchergruppe ab, die die Kartenverkäuferin ablenkte, und verließ den Zoo durch den Nebenausgang.

* * *

Da war das Madagaskarhaus, kein Wunder, dass man das nicht fand, so unauffällig sah es aus und so viele fette Attraktionen lenkten rundherum ab, der Hippodom, die Seehunde, die Giraffen. Richard blickte ins Gebäude, es war schattig, fast dunkel, und menschenleer. Er trat ein. Die meisten Affen schliefen tatsächlich, sie lagen zu Kugeln gerollt, oder sie hatten sich lang auf Ästen ausgestreckt. Richard bestaunte ihre hundeartigen Schnauzen und ihr plüschiges Fell. Dann sah er auf seine Uhr und dachte, dass Natascha gleich kommen musste. Er war zu spät, wie so oft, aber eigentlich nur wenige lässliche Minuten. Oder hatte er etwa zu lange für den Marsch durch den Zoo gebraucht? Richard hätte es nicht sagen können. Vielleicht hatten ihn die Eindrücke tatsächlich aufgehalten. Er spähte aus der Tür. Keine Natascha weit und breit, nur Familien, die vorbeispazierten. Niemand betrat das Haus, insofern war es tatsächlich ein ruhiger Platz zum Reden. Doch die ganze Verabredung schien Richard mit jeder Minute seltsamer. Der Zoo war als Treffpunkt umständlich, und ganz besonders umständlich waren zwei Treffpunkte, von denen sich einer innerhalb und einer außerhalb des Zoos befand, vor allem dann, wenn einer der Partner seine Handynummer nicht rausrücken wollte. Richard seufzte, setzte sich und wartete. Überspannt war Natascha ja schon immer gewesen, außerdem verdiente sie wahrscheinlich so gut, dass der hohe Eintrittspreis sie nicht schreckte. Oder sie hatte eine Dauerkarte, schließlich befand sich ihre alte Arbeitsstätte ganz in der Nähe. Wahrscheinlich verabredete sie sich stets im Lemurenhaus, wenn sie etwas Wichtiges zu bereden hatte. Aber komisch war es schon, dass sie nicht kam. Ein seltsames Gefühl beschlich Richard. Eine Unruhe, als ob er dringend gebraucht wurde, anderswo.

* * *

9.55 Uhr

Ein Versuch, ein einziger, um Nataschas Handy zum Klingeln zu bringen. Der war drin. Schließlich würde er ohnehin Nataschas Anruf von heute Morgen erklären müssen. Das Telefongespräch zwischen ihnen würde bei der Polizei aktenkundig werden. Da konnte er einen kleinen Rückruf wagen. Sie hätte abrupt gekündigt, würde er zu Protokoll geben, sie hätte verstört geklungen, da habe er noch mal hören wollen, ob es ihr gut ging. Oder: Er habe ihren firmeninternen Mailaccount löschen und sie davon benachrichtigen wollen. Sie fragen, ob sie einen Parkplatz gehabt habe und ob sie ihm den abtreten könnte. Oder so was. Auf jeden Fall wollte er ihr Telefon klingeln lassen, es war eine so gute Pointe! Wenn er den richtigen Zeitpunkt erwischte. Es musste genau dann geschehen, wenn Rick Romanoff beschloss, zu gehen. In dem Moment, da Romanoff vielen Leuten aufgefallen war, aber noch festgehalten werden konnte. *Jetzt*, flüsterte eine Stimme in ihm. Seine Hand bewegte sich Richtung Telefon. Er *konnte* Nataschas Handy mit der albern elektronischen Toccata und Fuge von Bach aufspielen lassen, dort im Gebüsch, dann würde man sie finden, und Romanoff würde den heutigen Tag auf der Wache und, wenn alles rund lief, noch viele weitere Tage dort verbringen.

»Du hast wirklich eine Grippe«, sagte Kollege Speick da vom anderen Schreibtisch her. »Hast du mal Fieber gemessen? Du siehst schrecklich aus. Du zitterst. Und du schwitzt.«

Müller starrte Speick an, und er fühlte, dass er schwamm, dass sein Blick glasig – krank – aussehen musste. »Mir ist auch ganz schwindelig«, hörte er sich sagen. Er war vom Zoo aus sofort zur Arbeit gegangen, hatte sich nur im Auto umgezogen und notdürftig hergerichtet nach der schrecklichen Nacht.

Speick blickte ihn besorgt an. »Geh lieber heim.«

»Das geht nicht«, sagte Müller und blickte auf den fast fertigen Brief, der seit Arbeitsbeginn auf seinem Bildschirm wartete. Noch so ein heikles Ding, mit dem er sich herumquälen musste. Er hatte lange damit gewartet. Bis ganz zuletzt: *Hallo kids4quran-Redaktion! Leider habe ich den Einsendeschluss für eure letzte Online-Aufgabe verpasst. Bitte stellt euren Newsletter an mich trotzdem nicht ein. Ich bin an weiteren Aufgaben interessiert. Schade, übrigens, dass ihr nur eine virtuelle Gemeinde seid. Wäre cool, euch mal in echt zu sprechen. cu* – »Ich lass dich doch nicht diesen ganzen unnötigen Umzug allein stemmen.«

Sollte er die Botschaft abschicken? Oder sich einfach gar nicht melden? Vielleicht doch die Transaktion ohne Natascha durchführen? Irgendwie das Handy organisieren? *Seine* Arbeit bei der ganzen Angelegenheit war immer einfach gewesen, nachdem er gewisse Einstellungen im Intranet geändert hatte. Seither besaß er einen ENERGIE-Händlerzugang zur Leipziger Energiebörse. Übermäßig gut gesichert war dieser Zugang nicht und nie gewesen, denn er nützte nichts, wenn man nicht bei jedem Handel in der Lage war, sich zusätzlich über eine SMS von einem registrierten Handy zu legitimieren. Und selbst dann konnte man kaum mehr tun, als für die ENERGIE zum Tagespreis zu kaufen und zu verkaufen. Werte zu stehlen war über diesen Zugang unmöglich. Aber mehr als simplen Ein- und Verkauf musste Müller für seine Auftraggeber auch nicht leisten. Eigentlich war es eine Frage von wenigen Mausklicks, leicht, ganz lächerlich leicht sogar.

Wenn man das Handy hatte.

»Mach ein Ende und geh heim«, befahl Speick in diesen Gedanken hinein. »Na los. Das ist total verrückt, hierherzukommen mit so hohem Fieber.«

Müller nahm den Wink an und drückte auf *Senden*. »Da muss ich erst zum Frank, mich krank melden, und du weißt, wie lang das bei dem dauert. Da sitze ich lieber in meinem Büro und mache nebenbei noch ein bisschen Arbeit.«

»Du nutzt hier gar nichts«, sagte Speick sofort. »Du steckst mich nur an. Geh. Und wage ja nicht, selbst nach Hause zu fahren. Nimm dir ein Taxi. Ich ruf den Frank an und melde dich ab.«

10.11 Uhr

Er nahm den Hinterausgang. Da es dorthin keinen Aufzug gab, musste er Treppen hinunterlaufen, und dabei wäre er beinahe gestürzt. Natürlich hatte er sich kein Taxi gerufen, obwohl Speick recht hatte: Müller fühlte sich nicht nur fiebrig, er war wirklich krank. Er glühte, er schwitzte, und seine Hände zitterten. Als er endlich im Alfa saß, überkam ihn ein heftiger Schüttelfrost. Und er bebte nicht nur vor gefühlter Kälte, sondern auch vor Erleichterung. Der liebe gute alte Speick, er hatte ihn davon abgehalten, einen Riesenfehler zu machen, hatte ihn daran gehindert, diesem verrückten Zwang nachzugeben. Natascha anrufen, dümmer ging es nicht. Das Hirnverbrannteste, Dämlichste, absolut Bescheuertste, was er jetzt tun konnte, war: sich in den Vordergrund der Ermittlungen drängen. Auffälliges Benehmen mit Schmauchspuren an der Hand, blutverspritzten Klamotten auf dem Rücksitz und der Erde der Grünanlage vom Lemurenhaus unter seinen Schuhsohlen, das war komplett verrückt. Da konnte er genauso gut zur nächsten Polizeidienststelle gehen und sich stellen. Denn vielleicht lag Natascha längst in der Pathologie und ihr Telefon griffbereit auf dem Schreibtisch des ermittelnden Kommissars. Wer dort anrief, würde zum sofortigen Gespräch einbestellt werden, und man würde routinemäßig Vergleichsmaterial für die Spurensuche an ihm sichern. Außerdem wäre Müller dann gezwungen, sich der Polizei in seinem schockartigen Erschöpfungszustand zu präsentieren, und er würde erklären müssen, wieso er mit dermaßen heftigen Symptomen ausgerechnet an die Kollegin Kassin und ihre betriebsinternen Problemchen dachte.

Trotzdem. Das Handy lag stumm und unschuldig auf dem Beifahrersitz und glänzte im Morgensonnenschein, makelloser schwarzer Klavierlack, zwei kleine Klicks nur, und Bachs Toccata und Fuge würde Nataschas Totenlied sein, Romanoff würde die Pistole aufheben, die Leiche finden, sich mit ihrem Blut besudeln, sie raus auf den Weg zerren, und die Lemuren würden dazu ihr Wehgeschrei anstimmen. Sie würden heulen und klagen genau wie jetzt gerade. Laut drang das unheimliche Rufen der Affen aus dem Zoo herüber, es war ja nicht weit. Die Sonne schien. Dies war ein heller, freundlicher Tag, der Tag, an dem Natascha gestorben war.

Jetzt war er allein.

Müller hielt das Handy in der Hand und drückte eine Taste. Da war Nataschas Rufnummer. Wieder riefen die Affen mit ihren Geisterstimmen, Lemur war ein Wort aus der lateinischen Sprache, natürlich wusste Müller das, natürlich weiß ich das, Natascha: *lemures* heißt Geister, und die rufen nach mir.

Vergiss die Geister, Arschloch, sagte Natascha. Das sind Varis, die rufen nicht dich. Den Namen haben sie von ihren kolonialen Entdeckern, derentwegen sind sie vom Aussterben bedroht. So erst schließt sich der Kreis. Du bist nicht der Nabel der Welt. Tja, was ist? Drück doch und ruf *du* mich an. Los doch, los doch. Los. Drück.

Müllers Daumen ruckte über den grünen Knopf.

Drück, hauchte ihm Natascha ins Ohr. Ihre Stimme war in dem engen Alfa fast real zu hören. Los. Ruf! Mich! An!

Müller zitterte, sein Daumen bewegte sich, er leckte sich die Lippen, er –

Wurde von einem Lichtreflex geblendet. Ganz kurz. Irgendwo hatte jemand ein Fenster geöffnet, und Müller drückte statt des grünen den roten Knopf, der das Handy ausschaltete, dann pfefferte er es in den Sitz und fuhr heim. Beziehungsweise zu dem Apartment, in dem er nachts schlief.

* * *

»Ich weiß gar nicht, was heute los ist«, sagte der rothaarige Tierpfleger zu seinem Kollegen. Die beiden schritten ums Madagaskarhaus herum und betrachteten die Außenanlagen. »Die Varis sind um die Zeit nie so aufgekratzt.«

»Vielleicht der Böller vorhin«, sprach der Kollege. »Oder es war heute Nacht ein fremdes Tier am Gehege. Der Fuchs wieder.«

»Jedenfalls sind sie viel zu unruhig«, sagte der Rothaarige und blickte zerstreut durch Richard hindurch. Richard stand vor dem Affenhaus in der Sonne und wurde selbst langsam unruhig. Er war ins Freie gegangen, um einen besseren Überblick über die Besucher zu haben, doch sein Gefühl sagte ihm, dass Natascha nicht mehr kommen würde. Es war nach zehn Uhr, sie hatte ihn versetzt. Nur was, fragte Richard sich jetzt, hatte sie ihm überhaupt sagen wollen? Sie mache sich Sorgen, hatte sie geschrieben, um ihn, Richard, und folglich um den Fall Steenbergen, also wusste sie irgendetwas. Er hatte nichts Großartiges erwartet, aber immerhin Eintritt bezahlt, um zu erfahren, was Natascha wusste, und jetzt hing er hier unter den Augen der Affenpfleger herum wie ein verirrter Familienvater. Vermutlich wunderten sie sich langsam über ihn.

Richard wunderte sich auch. Es wurde ihm fast bange um Natascha, und irgendetwas in ihm sagte, er solle gefälligst was unternehmen. Denn immerhin ermittelte er in einem mysteriösen Todesfall, und wenn die Vertraute des Opfers nicht zur Verabredung mit dem Detektiv kam, dann war etwas im Busch.

Er ließ seinen Blick über die Grünanlage schweifen, irgendwo glänzte etwas am Boden, Müll, dachte er, überall werfen die Leute ihre Folienverpackungen hin. Dann blickte er zum Himmel auf. Vielleicht lag seine plötzliche Besorgnis ja nur an der Stimmung heute, die war geladen, der Tag zu hell nach der langen Regenperiode, zu schön, in München hätte man gesagt: Föhn, und in der Provence wurden bei diesem Wetter sofort die Fenster verrammelt und die jungen Pflanzen ins Haus gebracht, denn dann kam der Mistral. Am Rhein dagegen kannte man solche strahlenden Tage kaum, doch da war nun einer. Richard misstraute ihm. Die Luft war viel zu leicht, nichts störte mehr, keine Wolke, kein Dünstchen, man fühlte sich, als könnte man ins Unendliche wachsen – und da musste man aufpassen. Das alte Affenhaus vertrug das gleißende Licht jedenfalls nicht gut, es wirkte seltsam schäbig, die schwarzweißen Varis schaukelten wild an ihren Klettergerüsten oder hockten irgendwo weit oben und schrien schreckliche Klagelaute in den tiefblauen Himmel. Kein Zoobesucher wollte zu diesen Affen. Das Madagaskarhaus war eine leere Insel inmitten bunten Gewimmels. Dort drinnen in dem dämmrigen Gebäude wäre es ideal gewesen zum Reden – wenn man heimliche Verfolger ausschließen wollte, dachte Richard. Dieser Gedanke brachte ihn schließlich in Bewegung. Wenn Natascha Sicherheit gesucht hatte, konnte sie wirklich in Gefahr sein. Ziellos schritt er Richtung Seelöwenbecken, nahm sein Handy und rief die Auskunft an. Er musste Natascha sprechen. Sofort.

Leider stand Natascha nicht im Telefonbuch und war über die Auskunft nicht zu ermitteln. Das war Mist, denn Richard wusste nicht, wo sie jetzt wohnte. Er konnte sie nur per Mail erreichen, aber dazu musste er erst einmal einen Computer finden, und bei Gefahr im Verzug nutzte Nachrichtenschreiben sowieso wenig. Richard fluchte. Dann stolperte er über ein blondes Kind in Kniehöhe und wurde sofort von der Mutter angefaucht: »Passen Sie doch auf!«

Ungeschickt hielt er sich an einem Zaun fest, hinter dem mehrere Marabus bewegungslos aus ihren mottenzerfressenen Fracks hervorstarrten. Der Kleine sah derweil mit großen Augen zu Richard auf.

»Komm, Paulchen«, sagte die Frau, nahm ihr kniendes Kind bei der Hand und zog es sanft hoch. Richard bewunderte sie. Eine attraktive Frau. Nicht gar so jung, mit einem runden Po in einem zu engen Rock, was aber überhaupt nicht schlecht aussah. Und freundlich wirkte sie auch, zumindest mit ihrem Kind.

»Tut mir wirklich leid, Paulchen«, rief er.

Sie hievte den Kleinen zur Begutachtung auf ihren mütterlichen Arm. »Er rennt, wohin er will«, sagte sie über die Schulter. In ihrer Nase glänzte ein Piercing, aber ein kleines.

»Er ist sehr hübsch«, sagte Richard und sah die Frau an. Sie lächelte entzückend, setzte Paul ab und ging weiter. Richard wäre ihr beinahe nachgelaufen, doch sein Telefon klingelte. Sie drehte sich noch einmal zurück und grinste.

Er hob bedauernd die Schultern, sie grinste noch mehr. Mit Grübchen. Richard war drauf und dran, das Telefon auszuschalten, wer konnte das schon sein, die Uni oder Fred, sonst kannte niemand diese Nummer, er sah aufs Display: anonymer Anruf. *Natascha?*

Er nahm das Gespräch an. »Wie kommen Sie voran?«, fragte Peter Welsch-Ruinart.

Richard sah Paul und seiner Mutter nach, ein kleines, wackelndes Persönchen und eine Frau mit etwas zu bunter Kleidung, aber hübsch …

»So lala«, sagte Richard. »Ich hatte eben eine Verabredung mit Dr. Steenbergens Sekretärin, aber sie ist nicht gekommen. Offen gestanden bin ich ein bisschen besorgt.«

»Wo sind Sie?«, fragte Peter.

»Im Zoo. Sie wollte zum Lemurenhaus, was allein schon seltsam ist.«

»Lemurenhaus«, wiederholte Peter gedehnt, und so wie er es sagte, hörte man die lateinische Bedeutung deutlich heraus, natürlich verstand Peter als Jurist Latein, und natürlich wusste auch der Historiker Richard, was *lemures* waren.

»Totengeisterhaus«, murmelte er bestürzt. Dass ihm das nicht gleich aufgefallen war.

»Hört sich ein bisschen an wie Totenmaar«, fasste Peter den gemeinsamen Gedanken in Worte.

»Würde zum Stil passen«, sagte Richard und lief los.

»Sind Sie noch dort?«, fragte Peter.

»Gleich«, sagte Richard, der schon wieder über ein Kind gestolpert war, diesmal hielt er sich nicht mit der Mutter auf, er stellte nur das kleine Mädchen zurück auf die Füße, tätschelte ihm kurz die runde Schulter und ignorierte das einsetzende Geschrei. »Bin sofort da«, rief er ins Telefon.

Da vorn war das Lemurenhaus, nicht mehr ganz so einsam wie zuvor. Ein Krankenwagen parkte neben dem Eingang, Sanitäter krochen durchs Gebüsch, Polizisten schickten Leute weiter.

Jede Menge Tierpfleger standen herum. Richard begann zu laufen. »Ich glaube«, sagte er ins Telefon, »Mist, da ist etwas passiert – ich rufe Sie gleich zurück – Natascha?« Er schaltete das Telefon aus und drängte sich durch die Menge. Erst wollte man ihn nicht vorlassen. Gehen Sie weiter, sagten die Polizisten, ein Unglücksfall, das geht Sie nichts an, erregen Sie kein Aufsehen, gehen Sie weg. Er wurde geschubst und gestoßen. Bis der rothaarige Pfleger plötzlich hersah, den Zeigefinger auf ihn richtete und anklagend rief: »Das ist er! Da ist der Kerl ja!«

Ein geputzter grauer Flur, ein schäbiger Stuhl, ein Hof voller Taubenkacke vor dem Fenster. Anderthalb Stunden saß Richard jetzt schon hier, diesmal durfte er nicht im Arbeitszimmer des Kommissars warten. Das Vorgespräch war kurz gewesen. »Sie!«, hatte Marcks gerufen, als er eine Stunde nach dem Fund der Leiche mit zwei weiteren Ermittlern in Zivil am Affengehege eingetroffen war. Das war alles, dann war Richard von einem Uniformierten in einem blausilbernen Auto auf die Wache geschafft worden. Und hier saß er nun und entwickelte Theorien, hauptsächlich über Marcks' Gemütslage. Denn schon bei ihrem kurzen Treffen am Tatort hatte die Miene des Kommissars Übles ahnen lassen. Kein Spott war zu sehen gewesen, kein Ärger, nur die Befriedigung eines Menschen, der die Lösung eines Problems vor sich sah: Hervorragend, ich brauch nicht weiterzusuchen. Du, Romanoff, wirst mein Täter sein, du passt ins Bild, und im Zweifelsfall werde ich dich ins Bild passen *lassen*. Bei dir ist mir das ein persönliches Vergnügen, dann ist die Akte geschlossen, und ob du es wirklich warst, ist mir scheißegal.

Richard erhob sich und lief den Gang hinauf bis zur Tür des Treppenhauses. Und wieder zurück. Vermutlich wurden Menschen darum zu Polizisten, sagte er sich verbittert. Um andere zu zwingen, noch ihren banalsten Äußerungen nachzuhorchen. Um aus ihrem begrenzten Grundwortschatz das Maximum an Bedeutung herauszuholen. Damit sie nach der vierten Klasse, wenn sie in der Lage waren, Einsilbiges auf Hochdeutsch auszudrücken und die Gebrauchsanweisung einer Schusswaffe halbwegs zu entziffern, das Deutschlernen einstellen konnten und mehr Zeit hatten, draußen auf der Straße die Kleinen zu quälen. Genau. Richard setzte sich wieder. Peter hatte telefonisch angekündigt, auf der Wache vorbeizukommen, ließ aber auf sich warten, und aus diesem trostlosen Gang gab es kein Entkommen. Alles, was er hier tun konnte, war, ein einzelnes Wort von einem Polizisten zu analysieren, als sei es eine Tafel in *Linear A*. An diesem Punkt – bei *Linear A* – verzweifelten die meisten Historiker, es war eine der wenigen noch nicht entzifferten altertümlichen Schriften, wer *Linear A* ins Spiel brachte, der war am Boden. Richard lehnte sich zurück, ließ das Metallgestänge des Stuhls unter sich ächzen und betrachtete missmutig die Tür zu Marcks' Dienstzimmer. Vielleicht sollte er seine hundert Kilo wieder hochwuchten und ein wenig auf und ab gehen, damit der Kommissar dort drinnen zumindest seine ungeduldigen Schritte hörte.

Doch plötzlich tat sich was an der Tür zum Treppenhaus. Diese Tür besaß einen elektrischen Öffnungsmechanismus, aber jetzt gerade wirkte es, als schwinge sie auf wie von unsichtbaren Pagen gezogen: Peter Welsch-Ruinart traf auf der Etage ein.

Gleichzeitig wurde Marcks' Tür aufgestoßen, knallte an den Türstopper, und aus dem zugehörigen Büro ranzte eine raue Stimme: »Romanoff!«

»*Doktor* Romanoff, wenn ich bitten darf«, sagte Peter kurz darauf in wunderbar blasiertem Ton, der ausgezeichnet zu seiner wunderbaren steingrauen Seidenkrawatte passte. Überhaupt brachte der Anwalt ungeahnten Glamour in Marcks' schäbiges Büro. Vor dessen ekelgrünen Wänden wirkte Peter atemberaubend frisch und schick, obwohl er eigentlich nicht anders aussah als sonst und wie üblich in seine rauch- und erdfarbenen Edel-Businessklamotten gekleidet war. Es war eben alles eine Frage des Hintergrunds. Allerdings hielt Marcks dafür nur sehr ungern her. Er hockte äußerst mürrisch in Kattunhemd und Jeans auf seinem Drehstuhl. Richard selbst saß in der Mitte des Zimmers auf einem Besucherplatz, während Peter die Aufforderung, sich zu setzen, ignorierte. Er wanderte zur Wand und schenkte Richard im Vorübergehen einen tiefen ironischen Blick. »Sieh mal an, Sie besitzen ein Vineta-Provisorium, wie ungewöhnlich«, sagte er dann.

»Das ist eine Fälschung«, antwortete Marcks und feixte kaum merklich in Richards Richtung.

»Ach so.« Peter pustete ein unsichtbares Stäubchen von seinem rohseidenen Ärmel. Natürlich, hieß das, ist klar, Marcks, ein echtes Vineta-Provisorium liegt außerhalb deiner Klasse. Dann wandte er sich um und lächelte melancholisch. »Interessante Marke, ich habe neulich eine verschenkt. Eine echte«, fügte er fast treuherzig an.

»Ach«, sagte Marcks gereizt, und dieses Ach bedeutete ausnahmsweise nur das, was es bei anderen Leuten auch bedeutet: dass ihm nichts Besseres einfiel.

Da trat Peter plötzlich einen Schritt auf den Schreibtisch zu und fasste den Kommissar überraschend scharf ins Auge. »Also glauben Sie mir *jetzt*, dass Gunter Steenbergen ermordet wurde?«

»Gunter Steenbergen«, schnappte Marcks zurück, »ist nicht das Thema, Herr Anwalt. Hier geht es um Natascha Kassin. Ihr Mandant da hat sie verfolgt.«

»Das ist nicht mein Mandant«, sagte Peter, »sondern mein Detektiv.« Nachdenklich betrachtete er Marcks, als ob der auch irgendwie zu haben sei, als ob Detektive etwas wären, das man besaß wie Hunde oder französische Köche. »Er wollte sich mit Frau Kassin treffen, weil sie Infos über Gunter Steenbergen hatte. Infos, die so brisant waren, dass Frau Kassin erschossen wurde, bevor sie reden konnte.«

»Wieso Frau Kassin erschossen wurde, werden wir klären«, sagte Marcks verdrießlich. Er sah Richard an. »Wie ich höre, sind Sie ein enger Freund von ihr gewesen.«

Jetzt konnte Peter sich einen überraschten Blick zu Richard nicht verkneifen: Das war ihm neu, dazu hatte die Zeit nicht gereicht, ihn auch noch über Richards alte Bekanntschaft mit Natascha aufzuklären.

»*Eng* befreundet waren wir nicht«, widersprach Richard,

hauptsächlich in Peters Richtung. »Ich habe Natascha zufällig von früher gekannt und bin erst im Rahmen der Ermittlungen wieder auf sie gestoßen.«

»Rahmen der Ermittlungen«, äffte Marcks ihn verächtlich nach. »Bezahlte Freizeit nenn ich das.« Sein Blick wanderte anzüglich zwischen seinen beiden Besuchern hin und her. »Oder was auch immer. Einer von euch gibt dem anderen Geld, nehme ich an. Weswegen will ich gar nicht wissen. Mich interessiert nur, wer Natascha Kassin erschossen hat.« Er fasste Richard genauer ins Visier. Der holte Luft, um auf die diversen unausgesprochenen Frechheiten zu antworten, doch Marcks hob die Hand und zog einen Computerausdruck aus dem Chaos auf seinem Schreibtisch. »Lieber Rick«, las er vor, »diese Sache, in die du verwickelt bist, ist mir nicht geheuer.« Er blickte auf. »In welche ungeheuerliche Sache sind Sie verwickelt, Romanoff?«

»Das ist die Mail, die Natascha mir geschickt hat«, sagte Richard halblaut zu Peter.

»Natürlich bezieht sich das auf den Mord an Gunter Steenbergen«, sagte der sofort. »Darf ich mal sehen?«

»Nein. Ihr Mandant ist noch nicht verhaftet. Sie werden später Gelegenheit haben, die Beweismittel einzusehen.«

»Sie verdächtigen Dr. Romanoff?« Peter war ehrlich bestürzt. »Das ist ja absurd.« Zu Marcks' Ärger und Überraschung setzte er sich umgehend auf dessen Schreibtisch und linste von dort aus auf das Papier.

»Runter da!«, befahl Marcks.

Peter blieb sitzen und schenkte dem Kommissar ein Lächeln, das man nicht anders als tuntig bezeichnen konnte. Es sah derb und unpassend aus über der Welsch-Ruinart'schen Eleganz, aber darum wirkte es nur umso mehr: Marcks lief knallrot an. »*Die Sache, in die du verwickelt bist*«, schnappte er wütend. »Hört sich für mich nicht nach Ermittlungsarbeit an. Mehr wie ein krummes Ding.«

»Vielleicht ergibt der Text mehr Sinn, wenn man ihn in seinem Zusammenhang betrachtet«, sagte Peter und inspizierte dabei seine makellos gepflegten Fingernägel.

Marcks knurrte, nahm mit Todesverachtung den Zettel und las den Rest auch noch vor. Dann blickte er wieder Richard an. »Das Opfer machte sich Sorgen. Wegen ihm.«

»Das steht da nicht«, sagte Peter. »Vermutlich fürchtete sie um ihre eigene Sicherheit. Nicht grundlos, wie wir wissen.«

»Sie haben recht. Das Opfer fürchtete um *ihr* Leben und machte sich Sorgen um *seine* Unschuld.« Marcks wies auf Richard und schnitt dessen Antwortversuch mit einer scharfen Handbewegung ab. »Moment. Es geht noch weiter. Hdl. Hab dich lieb. Das schreibt man keinem, den man Jahre nicht gesehen hat.«

»Natascha schon«, widersprach Richard unvorsichtig.

»Da. Er kennt ihre Gewohnheiten also doch.«

»Ich kannte Natascha«, sagte Richard gereizt. »Wir haben mehrere Jahre im selben Haus gewohnt. Ich weiß, wie sie ist. Oder war. Sie war ein bisschen verrückt und ziemlich überschwänglich. Dieser Brief passt total zu ihr.«

»Also meine Nachbarn«, sagte Marcks, »wohnen seit zwanzig Jahren im selben Haus wie ich und würden nicht im Traum dran denken, einen Brief an mich mit ›hab dich lieb‹ zu unterschreiben.«

Richards und Peters Blicke trafen sich. Ganz unwillkürlich.

»Lachen Sie nicht so dumm!«, schnauzte Marcks und zog einen weiteren Zettel aus seinen Haufen. »Sie hatten Mailkontakt zum Opfer! Schon seit längerem!«

»Nein«, sagte Richard.

»Hallo Natascha«, las Marcks böse, »wenn du mal frischen Wind in deinem Kopf brauchst, dann geh doch auf greevolver.de, rettetdieerde.de, lebenohneblutstrom.de. L.G., Richard. – Das haben Sie vorgestern an Natascha Kassin geschrieben.«

»Nein«, sagte Richard.

»Sie lügen«, sagte Marcks und hielt Richard den Zettel hin. »Das da oben ist Ihre Mailadresse, oder nicht?«

Richard musste das zugeben. Peter beugte sich ebenfalls über das Papier und sah ihn dann fragend an.

Richard zuckte die Achseln.

»Das sind, auf Deutsch gesagt, grüne systemfeindliche Anarchistenseiten«, sagte Marcks. »Werden alle drei vom Verfassungsschutz überwacht.«

»Die kenne ich nicht«, antwortete Richard, worauf Marcks plötzlich brüllte: »Das glauben Sie doch selbst nicht!«

»Ich habe das nicht geschrieben«, erwiderte Richard ruhig.

»Sie.« Marcks geriet in Fahrt. »Haben heute Morgen um genau fünf nach neun den Zoo betreten. Ich habe ein Foto davon. Der Weg von dem Eingang, den Sie benutzt haben, bis zum Madagaskarhaus beträgt zehn Minuten. Wenn man trödelt. In diesem Zeitraum haben die Pfleger am Madagaskarhaus einen Knall gehört. Einen Knall wie aus einer Schusswaffe, die Frau Kassin mitbrachte –«

»Es war ihre eigene Waffe?«, unterbrach Peter sofort.

Marcks betrachtete ihn feindselig. »Ja«, knurrte er, »fies, was? Mit der eigenen Waffe erschossen. Keine Kampfspuren. Sie hat den Angreifer gekannt und ihm ohne Gegenwehr die Pistole überlassen. Das grenzt den Kreis der Verdächtigen ein.« So wie er Richard jetzt anblickte, hatte es diesen ›Kreis‹ nie gegeben.

»Ich habe Natascha nicht erschossen«, war alles, was der dazu sagen konnte.

»Ach. Sie haben schon einmal gelogen«, triumphierte Marcks. »Und Sie waren da, das spricht gegen Sie. Es ist sehr schwierig, unbemerkt in den Zoo zu kommen. Nicht unmöglich, aber fast.«

»Mein lieber Richard!«, rief Peter, als sie nach einer weiteren Stunde zäher Fragen und übler Anschuldigungen tatsächlich wieder draußen auf der Straße im strahlenden Sommernachmittag standen. »Wir haben etwas bewirkt!«

Richard zuckte die Achseln. »Ja. Natascha ist tot.«

Peter packte seinen Arm. »Verzeihen Sie mir. Das mit Ihrer Freundin ist tragisch. Es tut mir sehr leid.«

Richard schüttelte den Griff ab, aber das konnte Peters Laune nicht dämpfen.

»Verstehen Sie doch: So schrecklich das alles ist, in gewisser

Weise zeigt es, dass wir recht hatten. Wir haben den Mörder aus der Reserve gelockt!«

So hatte Richard es noch nicht betrachtet, und das wollte er auch nicht. Es machte ihn sauwütend, dass Peter sich so offen freute, und er wünschte sich die hübsche unschuldige Vulkangastheorie zurück.

»Im Prinzip«, spann Peter weiter, »ist unsere Arbeit getan. Wir können heimgehen, uns auf die Couch setzen und abwarten, bis die Polizei den Täter fasst.«

»Was?!« Richard konnte sehr groß aussehen, wenn er wollte, und jetzt wollte er zufällig mal. »Sie haben die Stirn, mir zu sagen, dass Sie aufgeben wollen, nachdem Sie es geschafft haben, eine alte Freundin von mir töten zu lassen? Das wollten Sie sagen? Ja?!«

Er schubste Peter. Ziemlich fest. Der rieb sich die getroffene Schulter, trat einen Schritt zur Seite, sah sich auf der Straße um und sagte ernst: »Glauben Sie mir, ich kenne dieses Gefühl.«

»Sie haben Nataschas Tod provoziert!«

»Nein«, sagte Peter. »Sie.«

Sie starrten sich an. Schließlich bewegte sich Peter vorsichtig aus Richards Reichweite, dafür ließ der die Fäuste sinken. »Ich hab sie nicht mal erkannt, als sie da in ihrem Büro saß«, sagte er müde.

»Ja«, sagte Peter schlicht.

»Sie hat mies ausgesehen. Sie war fertig. Aber sie hat auch was dagegen getan. Sie wollte eine neue Stelle antreten. Sie hatte gerade die Zusage bekommen. Genau an dem Tag, als ich sie zuletzt gesehen habe.«

»Tatsächlich?«, fragte Peter interessiert.

»Ja, in einem Architekturbüro. Sie wollte raus aus dem – profitgeilen konservativen Energiegeschäft. Sie wollte Häuser bauen mit Solartechnik.«

»Wie schön«, sagte Peter und klang jetzt ein bisschen nachsichtig. »Kann ich – Sie irgendwo absetzen?«

Sie waren ein Stück die Straße hochgegangen und standen nun vor einem kantigen Sportwagen, dessen rauchbrauner Lack sehr fein metallisch glänzte. So ein Auto hatte Richard noch nie gesehen. Die vorspringende Schnauze wirkte etwas fragil, und die altmodischen Zierleisten um die Fenster waren für heutige Verhältnisse viel zu schmal – aber was für eine Granate! Dieses Geschoss konnte man beim besten Willen nicht ›Oldtimer‹ nennen, egal wie alt es war. Peter legte ihm sofort liebevoll die Hand aufs Dach und grinste Richard zu. »Ich fürchte, wir haben keine Feinstaubplakette.« Mit Grübchen und Sommersprossen. »Und nebenbei auch keinen Gurt am Beifahrersitz. Wenn Ihnen das nichts ausmacht, fahre ich Sie heim.«

Richard starrte das Auto und seinen Besitzer an: Peter Sellers im strahlenden Rivierasonnenschein neben seinem neuesten Sportwagen. Jetzt zog Peter auch noch eine Oversize-Sonnenbrille aus dem Revers, setzte sie mit einem Griff auf und zeigte sein Celebrity-Gebiss. »Na los, tun Sie mir den Gefallen. Es ist mit Sicherheit besser für meine Energiebilanz, wenn ich Passagiere mitnehme.« Schwungvoll öffnete er die Fahrertür, glitt in die Lederpolster und machte von innen irgendwas, das die Beifahrertür aufspringen ließ.

Richard stieg ein. Es nervte ihn zwar, als spaßfeindlicher Autohasser veralbert zu werden, der er gar nicht war, doch das Gegenteil, wusste er, würde ihm erst recht keiner glauben. Also ließ er sich wortlos in den Sitz sinken und versuchte, seine langen Beine in dem cremefarben ledergefütterten Fußraum unterzubringen.

»Tja, der Italiener an sich ist ein bisschen kleiner als – Sie«, sagte Peter lächelnd dazu.

»Italienisch«, sagte Richard, schloss die Beifahrertür und fühlte sich sofort gefangen. »Merkt man irgendwie. Wirklich schickes Auto.«

»Mein Ghibli«, sagte Peter und tätschelte das lederbezogene Lenkrad.

»Ghibli, das hab ich noch nie gehört«, sagte Richard, in dem engen Raum plötzlich auf Smalltalk bedacht. »Liegt vermutlich daran, dass ich kaum Automarken kenne.«

Peter betrachtete ihn leicht spöttisch. »Das ist ein Maserati

Ghibli. Wie der Wüstenwind.« Er steckte den Zündschlüssel ins Schloss. »Der eigentliche Maserati. Jetzt sind das ja längst nur noch Citroëns. – Fertig?«

Richard nickte. »Zum Zoo, bitte. Da steht noch mein Fahrrad.«

»Okay.« Peter ließ den Motor aufheulen, so dass ein Gespräch erst einmal unmöglich wurde, das Autofahren in einem echten Maserati war eben Autofahren und sonst nichts. Als sie dann am Riehler Gürtel hielten, blickte Peter Richard ernst an und sagte: »Wir werden natürlich nicht aufgeben, jetzt wo unsere Sache gerade ins Rollen gekommen ist. Und Sie kriegen auch dann ein Honorar, wenn die Polizei den Täter schnappt, das ist ja klar.«

Richard holte Luft, um rundweg abzulehnen, aber Peter hob eine Hand und sagte: »Das Ergebnis Ihrer Arbeit ist nicht schön, aber das konnten Sie ja nicht ahnen. Sie sind nicht schuld. Sie müssen das Geld nehmen, glauben Sie mir, sonst fühlen Sie sich später noch viel schlechter.«

Richard seufzte. Er glaubte nicht, dass dies möglich war.

»Und Sie bekommen es ja auch nicht jetzt gleich«, sagte Peter trocken. »Also wollen wir heute Abend eine Lagebesprechung abhalten? In meinem Büro?«

Richard nickte.

»Um acht?«

»Okay.«

»Bringen Sie alles mit, was Sie haben. *Alles.* Und vor allem suchen Sie nach Spuren von dieser geheimnisvollen Mail.«

»Na klar«, sagte Richard, griff nach dem Türöffner und wandte sich noch einmal um. »Danke«, sagte er, »dass – Sie auf die Wache gekommen sind.«

»Keine Ursache«, sagte Peter.

Richard konnte sich nicht losreißen. Sicher war es nur das Auto, der Geruch nach italienischen Tankstellen, die Vibration des Motors im Leerlauf, das knittrig weiche Leder. »Ich finde, wir könnten uns eigentlich doch duzen«, sagte er verlegen.

Peters Mundwinkel schossen nach oben, und um seine Augen

bildeten sich viele kleine Fältchen, die aus direkter Nähe nicht sehr jugendlich aussahen, aber der Schalk, der dahintersteckte, der war es. »Also ehrlich gesagt«, antwortete er, »finde ich das *Sie* inzwischen charmanter. Es hat was, finden Sie nicht auch?«

Richard wusste nicht mehr, wie genau er aus dem Ghibli herausgekommen war, jedenfalls fiel ihm erst während des Heimwegs auf dem Fahrrad ein, was er Schlagfertiges hätte sagen können: dass eine Formsache wie die Anrede ihn im Grunde zu Tode langweilte und Peter es einfach so halten könne, wie er wolle. Stimmte ja auch. Leider hatte er das nicht gesagt und leider hätte er es in dem Moment auch nicht so rüberbringen können. Wo er doch selbst damit angefangen hatte. Den Kopf voll finsterer Gedanken radelte er eine enge Gasse hinauf. Viel zu spät sah er auf – Scheiße, da hielt ein Auto direkt auf ihn zu! Jetzt plötzlich hupte es wie wild. Im letzten Moment konnte Richard sich mit seinem Fahrrad auf den Gehsteig retten.

»Idiot!«, hörte er aus dem vorbeischießenden Wagen nur, und: »Einbahnstraße!«

»Ja, fahr doch einfach um, was du kannst!«, schrie Richard dem Heck des Autos nach. Trotzdem fühlte er sich erleichtert. Darüber, dass es nur ein normaler Radfahrerhasser gewesen war. Denn im ersten Moment hatte er an einen Mordanschlag geglaubt.

Zu Hause beschloss Richard, seinem Ruf als brillanter Denker endlich gerecht zu werden und eine schlüssige These zu entwickeln, die alle Vorfälle dieser Moritat erklärte. Das zumindest war er sich schuldig, nachdem er Natascha so tragisch verpasst hatte, sich von der Polizei kampflos hatte herumstoßen lassen und zur Krönung Peter fast eine geknallt hätte, draußen auf dem Bürgersteig, ein wirklich peinliches Benehmen war das, irgendwie musste er es wiedergutmachen, zumindest vor sich selbst. Doch dann saß er Ewigkeiten nur an seinem Esstisch und dachte an Natascha. Wie sie selbst hier gesessen hatte, an genau diesem Tisch, auf einem dieser Stühle. Wie sie ausgesehen hatte als Studentin mit langen Haaren und unrasierten

Beinen, sie war hübsch gewesen, aber auch behaart und dazu zutiefst politisch-konsequent, damals bedeutete Feminismus noch: Keine Anbiederung an den Feind, da war Haarentfernung tabu. Diese rasiererfreie Ideologie war aber gar nicht mal so lustfeindlich gewesen, dachte Richard, er erinnerte sich gern an die kleinen feuchten Härchen, die im Sommer unter den ärmellosen Blusen aus den Achseln der Kommilitoninnen hervorspitzten, die hatten zwar tatsächlich irgendwie unordentlich ausgesehen, aber auch aufregend, animalisch und einige umwerfend charmant. Und jetzt war Natascha tot. Schmal war ihre Leiche gewesen, faltig im Gesicht, schwarz gekleidet, vermutlich rasiert und irgendwie ausgemergelt. Sie hatte in einem Gebüsch gelegen. In einem zigfach überdrehten Disneyland von Zoo, an einem Ort voller Käfige, am Lemurenhaus. Und möglicherweise hatte ihr Mörder ihr zuvor eine Nachricht geschickt, die aussah, als stamme sie von Richard. Warum?

Er schleppte sich ins Büro, fuhr seinen Computer hoch und sah sich seine Mailbox an. Zwar konnte er sich nicht vorstellen, dass die merkwürdige Nachricht tatsächlich von hier aus versandt worden war, aber es schadete nichts, mal nachzusehen. Vielleicht war jemand unbemerkt in die Wohnung eingebrochen. Das war ganz lächerlich einfach, denn der Schnappverschluss an der Tür war ausgeleiert und Richard schloss niemals ab. Er zog nur die Tür hinter sich zu, wenn er ging. Gründlichere Maßnahmen hatte er bisher für unnötig gehalten, denn zu dieser Wohnung geisterten sowieso noch zig Schlüssel in der Stadt herum, womöglich hatte sogar Natascha einen aufgehoben, zumindest für die Tür unten am Hauseingang. Aufmerksam betrachtete Richard seinen Schreibtisch. Der sah haargenau so staubig und unordentlich aus wie immer. Nichts wies auf einen Schnüffler hin. So wandte er sich dem Bildschirm zu und öffnete den Ordner *Gesendete Mails*. Darin befand sich nichts Verdächtiges. Danach öffnete er den Ordner *Papierkorb*. Das tat er fast nie, weil er kaum etwas löschte, nur die Werbemails, und die auch nicht besonders gründlich. Genauer gesagt ließ Richard praktisch jede Nachricht, die er bekam, einfach in seinem Postfach liegen, das war ein arbeitsfreies Ablagesystem, in dem alles hübsch nach Eingangsdatum geordnet blieb, und solange mit dem Computer nichts passierte, war es narrensicher und krisenfest. Aber jetzt *war* etwas mit dem Computer passiert.

Irgendwer hatte den Papierkorb geleert.

»… Mmh – vielleicht, mh, hast du 'n automatisches Löschprogramm?« Fred schluckte laut und Richard hielt kurz den Hörer etwas weiter weg vom Ohr.

»Nicht dass ich wüsste«, antwortete er. »An dem Papierkorb hab ich nichts gemacht. Er war nie leer, soweit ich weiß.«

»Es gibt so Programme, die löschen den Inhalt des Papierkorbs nach einer bestimmten Zeit«, sagte Fred. »Nach dreißig Tagen zum Beispiel.«

»Es ist aber überhaupt nichts mehr drin«, sagte Richard. »Nada. Außerdem kann ich mich erinnern, dass der Papierkorb letztes Mal, als ich reingeguckt habe, ziemlich voll war, auf jeden Fall mit mehr als dem Müll von dreißig Tagen.«

»Hm«, machte Fred und raschelte mit einer Papiertüte. »Diese Frau ist wirklich vor deiner Nase gekillt worden?«

Richard zuckte zusammen, allein schon wegen dem Wort ›gekillt‹. »Ja.«

Fred schluckte wieder. »Bleib zu Hause. Ich komm vorbei.«

Zehn Minuten später traf Fred ein und machte sofort große Inspektion an der Wohnungstür. »Das Schloss ist ausgeleiert«, befand er, nachdem er es ein paarmal hatte auf- und zuschnappen lassen.

»Ich weiß«, sagte Richard ungeduldig. »Und du weißt es auch. Du kennst meine Wohnung seit drei Jahren. Komm lieber rein und guck dir den Computer an, da kannst du mir vielleicht was Neues sagen.«

»Du schließt garantiert niemals ab.«

»Schrei doch nicht so!«, sagte Richard verärgert. Sie standen draußen auf dem Flur, und Freds Stimme hallte durchs ganze Treppenhaus.

»Ach, jetzt wirst du auf einmal vorsichtig. Glaubst du, deine Nachbarn wissen das nicht?«

»Doch natürlich«, sagte Richard. »Aber ich muss es ihnen nicht noch unter die Nase reiben. Los, rein.«

Fred blieb stehen und musterte die Tür. Es war eine abgestoßene, aber wunderschöne Etagentür mit matt geschliffenen weißen Glaseinsätzen und kleinen blauen Glasquadraten in den Ecken. Sie besaß außen einen gusseisernen Knauf und innen, an der Wohnungsseite, ein uraltes kastenförmiges Schnappschloss, eine ebenso alte Vorlegekette und ein Fensterchen zum Rausgucken.

»Charming«, war Freds Urteil. »Ich verstehe, dass du sie magst, aber sie hält kaum die Luft aus dem Treppenhaus draußen. Um die aufzukriegen, brauchst du nicht mehr als eine feste Visitenkarte.«

»Stimmt«, sagte Richard ungnädig, »und jetzt komm. Ich will wissen, was mit dem Computer ist.« Als er den widerstrebenden Fred am Ärmel nach drinnen zog, musste er unwillkürlich an sein bevorstehendes Date mit Peter denken. »Hör mal«, sagte er daher zu Fred, »noch was ganz anderes, hast du nachher ab acht Uhr Zeit? Da gehe ich mit Welsch den Fall durch. Du solltest vielleicht mitkommen. Schließlich warst du am Totenmaar auch dabei. Am Ende hast du was bemerkt, was mir entgangen ist.«

»Oj«, sagte Fred. »Zu diesem piekfeinen superreichen Steuerberater-Anwalt soll ich mit?«

»Genau.«

Fred schüttelte den Kopf, aber seine Augen leuchteten. Er zog sein Handy aus der Tasche. »Da muss ich mal Heike fragen, was die heut Abend vorhat.«

»Schönen Gruß«, sagte Richard, schloss endlich die Wohnungstür und verzog sich Richtung Arbeitszimmer.

»He«, hielt Fred ihn auf. »Was zieht man da an?«

Richard wandte sich um und guckte genervt.

»Ich mein ja nur«, sagte Fred gereizt. »Ich begegne schließlich nicht jeden Tag einem Multimillionär.«

Fred trug nach wie vor seine Jeans und sein T-Shirt, als sie zu Peter aufbrachen, denn sie hatten nach der nicht sehr ergiebigen Sichtung des Computers (»stimmt, der Papierkorb ist leer, da hat sich vielleicht einer reingehackt«) mit der Lagebesprechung schon mal angefangen, und da so viel passiert war und Fred alles haarklein hören wollte, hatte die gedauert. Schließlich war keine Zeit mehr für ihn zum Heimfahren und Umziehen gewesen, was auch wesentlich besser war, fand Richard, denn es fehlte gerade noch, dass Fred sich für einen Typen wie Peter zum Affen machte.

»Er hat einen Maserati«, sagte Richard, als sie dann der Einfachheit halber in Freds Schiff ans Adenauer-Ufer fuhren.

Fred warf ihm einen Blick zu. »Quattroporte?«

»Nein, vier Türen hat er, glaube ich, nicht.«

Fred rollte verächtlich die Augen. »Das ist eine Typenbezeichnung.«

»Ach so«, sagte Richard. »Moment mal – Ghibli. Ja, Ghibli hat er ihn genannt.«

Fred pfiff neidvoll durch die Zähne. »Wahnsinn. – So ein mieses Kapitalistenschwein.«

Der miese Kapitalist wartete offenbar schon ungeduldig in seinem Gründerzeitpalast. »Oh wie gut, da sind Sie ja endlich«, sagte Sekretärin Valeska mit gerade so viel persönlicher Anteilnahme im Ton, wie sie sich als Vertraute auf Lebenszeit bei Welsch erlauben durfte. »Er dachte schon, Sie hätten es sich vielleicht anders überlegt.« Sie senkte die Stimme und klagte: »Diese Geschichte nimmt ihn mit.«

»Und mich erst«, sagte Richard.

»Ich habe es gehört.« Valeska drückte ihm die Hand. »Die Frau, die erschossen wurde, war Ihre Freundin, nicht wahr? – Mein Beileid.«

»Wir haben zusammen studiert«, sagte Richard.

Valeska nickte verständnisvoll. Dann fasste sie Fred schärfer ins Auge. »Wen haben Sie denn da mitgebracht?«, fragte sie und machte dazu ein Gesicht, als überlegte sie, wie sie Fred unauffällig auf die Party schmuggeln konnte. Offensichtlich wusste sie sehr genau, dass nur für zwei geplant war, und Richard empfand tiefe Erleichterung, dass er Fred dabeihatte. Zum Glück blieb der auch nie lange Statist. Er wartete nicht darauf, dass Richard ihn vorstellte, sondern stolperte vor, ergriff nervös Valeskas Hand und nannte seinen Namen. Sie lächelte schief und sagte: »Nur immer hinein. Er wartet schon. – Ich werde eben mal nachsehen, ob ich vorhin auch genügend Gläser gerichtet habe.«

Der Empfang, den Peter ihnen bereitete, war geprobt, das spürte Richard sofort. Weiches Abendlicht durchdrang das Büro des Anwalts, die Fenster standen leicht offen und ließen gedämpfte Möwenschreie und den Geruch des Rheins herein, und Peter selbst hatte sich dekorativ am Fenster aufgebaut. Betont nachdenklich blickte er über die Stadt. Dann wandte er sich um, nicht hastig, eher zu langsam, er schaute Richard verträumt an, lockerte seine Krawatte und lächelte jungenhaft. Als er Fred erblickte, erstarrte das Lächeln.

»Der junge Mann heißt Fred Oberlies, er ist Dr. Romanoffs Assistent«, sagte Valeskas dienstfertige Stimme aus dem Off. »Er hat ihm bei den Ermittlungen geholfen.«

»Sehr erfreut«, sagte Peter stirnrunzelnd.

»Sie sagten, ich soll *alles* mitbringen«, sagte Richard trocken.

Peter musterte ihn durchdringend und wandte sich Fred zu. »Wie interessant. Herr Oberlies.«

Er komplimentierte den aufgeregten Fred in einen Sessel, der offensichtlich für Richard vorgesehen gewesen war, denn das Möbel stand bequem zurechtgerückt an einem kleinen Besprechungstisch, auf dem sich schon mehrere Gläser und verschiedene Flaschen befanden. Kein Schnapswagen heute, das hier war mehr das Konferenzgedeck. Peter hatte einen Gang zurückgeschaltet, allerdings nicht, was schmachtende Blicke anging. »Arbeiten Sie schon lange für – Richard?«, fragte er und schaute knapp an Fred vorbei direkt in Richards Augen. Der erwiderte den Blick fest und grimmig, zog sich eigenhändig einen Stuhl heran, nahm ungefragt ein Fläschchen Pellegrino, füllte ein Glas, trank es leer und fühlte sich danach zum ersten Mal seit dem Aufstehen heute früh einigermaßen entspannt. Dies war der katastrophalste Tag seit langem gewesen. Die Ahnung am Morgen hatte ihn nicht getrogen: Es wäre besser gewesen, er hätte alles Kostbare in Sicherheit gebracht, die Fenster verrammelt und den Sturm abgewartet. Er hatte absolut keine Chance gehabt. Oder doch?

»... da brauchte gar kein großer Sturm kommen«, hörte er Fred in dem Moment sagen. »Ich meine, das muss man sich mal vorstellen, welche Konsequenzen der simple Bruch einer Wasserscheide haben kann. Falls sie Salz- von Süßwasser trennt. Das ist eine ungeheure Katastrophe, sag ich Ihnen, wenn Salzwasser in so ein großes Süßwasserreservoir eindringt. Es kippt und wird totes, stinkendes, schlammiges Wasser, jahrhundertelang. *Ein trübes Meer*, schrieb Platon.« Sein Blick fiel auf Richard. »Sag's ihm«, verlangte er. »Sag du ihm, was das griechische Wort *pontos* bedeutet.«

»Wie sind wir denn jetzt so plötzlich ans Meer gekommen?«, fragte Richard mürrisch.

»Sehen Sie«, sagte Fred, ohne Richards warnenden Ton zu beachten, »das Meer an sich wurde im alten Griechenland *pontos* genannt. Aber *pontos* war auch ein Name. Es war der Name des Meers, das wir das Schwarze nennen, und wir nennen es so, weil es trüb war. Nicht wahr, das Schwarze Meer hieß im Altertum *pontos*?«

Richard nickte unwillig und beschloss, dass er in fünf Minuten gehen würde, falls dies das war, wonach es sich anhörte.

War es: »Plato«, schloss Fred triumphal, »schreibt über Atlantis, dass es an dem Meer lag, das wahrhaftig Meer genannt wird. Das kann nur der *pontos* sein. Steht in Platos *Timaios*, man muss es nur nachlesen.« Er lehnte sich in dem bequemen Sessel zurück, nahm sein Glas und sagte mit aller Anmaßung, die er besaß: »Quod erat demonstrandum.«

Peter betrachtete seinen jungen Gast mit unverdienter Nachsicht, wie Richard fand. Er lächelte ihm sogar zu. Die beiden hatten inzwischen kleine Gläschen mit Banyuls vor sich stehen, und beide benahmen sich albern. Fred war immer noch rot im Gesicht, und Peter sah aus wie ein gealterter Kinderstar. »Für mich persönlich ist Atlantis eine Liebhaberei«, sagte er mit halbem Grinsen. »Ich brauche keine Beweise. Mich fasziniert nur die Idee dieser riesigen Wasserflächen. Und was unter ihnen liegt.« Fokus auf Richard: Du bist ein Ozean.

»Aber der Atlantik ist kalt und langweilig«, behauptete Fred erfrischenderweise.

»Nein«, sagte Peter. »Der Atlantik ist eine Welt voller erstaunlicher Landschaften. Nehmen Sie die Sargasso-See. Auch Rossbreiten genannt, direkt vor der Karibik. Dort steht das Wasser still bis in eine Tiefe von fünf Kilometern, und die Braunalgen werden fünfhundert Jahre alt. Kolumbus hat schon die Pflanzen gesehen, die dort wachsen. Ein Meer im Meer. Alles ist heiß und still, und es herrscht immer Flaute. Keiner kennt die Zahl der Wracks, die am Grund liegen. Die Algen bilden einen riesigen Teppich an der Oberfläche, und Aale aus aller Welt treffen sich dort. Sie nehmen die abenteuerlichsten Reisen auf sich, springen Wehre hinunter, ändern ihren Stoffwechsel von süß auf salzig und kommen mit letzter Kraft an, um in den uralten Algenwäldern zu laichen. Manche Leute sagen, die Aale würden Atlantis suchen. Sie zögen zu den Laichgründen, die einst vor ihrer Haustür lagen. Als dort, direkt an der Sargasso-See, noch eine Insel existierte. Von der die Aale kamen, und zu der die Aale gingen.« Peter blickte Fred an und lächelte schwermütig. »Lange, sehnsuchtsvolle, phantastische Reisen. Das finde ich schön.«

Fred zuckte die Achseln. Für Gewässer fehlte ihm die romantische Ader. Zumindest für verschmutzte. »Sargasso-See«, sagte er nüchtern und stellte sein Glas ab. »Sargasso-See, da ist doch dieser Müllstrudel.«

»Soviel ich weiß, ist der im Pazifik«, sagte Peter befremdet.

»Nein, im Atlantik gibt's auch einen. Kilometertief und kilometerbreit. Plastik in Fetzen, so viel, dass man es von diversen Satelliten aus sehen kann. Genau. Das ist in der Sargasso-See. Hab ich kürzlich gelesen, Sargasso-See, ja.«

Peter verschränkte die Arme. »Tja –«

»Tut mir leid«, sagte Fred, sichtlich befriedigt wie immer, wenn er jemandes Illusionen zerstört hatte.

»Sollen wir dann mal anfangen?«, sagte Richard freundlich. Doch bevor ihr Gastgeber antworten konnte, knallte Fred sein leeres Weinglas auf den Tisch und sagte: »Genau. Zurück zum Thema. Tod am Lemurenhaus. Am seltsamsten finde *ich*, dass diese Natascha dem Mörder einfach so ihre Waffe gegeben hat. Ich meine, die hatte sie schließlich dabei für den Fall, dass außer Rick noch jemand anders kommen würde, oder? Wieso hat sie die Knarre dann nicht benutzt? Und warum ist sie mucksmäuschenstill ins Gebüsch gekrochen? Sie hätte doch nur einmal schreien müssen. Oder drei Schritte gehen. Sie hat ihre Vorteile überhaupt nicht genutzt!«

Das sagte er so vorwurfsvoll, dass Richard plötzlich echte Zuneigung zu seinem vorlauten Assistenten überkam. »Sie hat vermutlich damit gerechnet, einen hundert Kilo schweren Historiker an ihrer Seite zu haben, wenn der Angreifer kommt«, sagte er.

»*Hundert* Kilo?«, fragte Fred erstaunt.

»Man nennt Sie *Rick*?«, wollte Peter wissen.

»Das Gespräch driftet schon wieder ab«, sagte Richard mürrisch.

»Nein«, sagte Fred, »es ist nur inzwischen relativ klar, wo wir den Mörder finden können, Ricky.«

»Wo denn?«

»Er hat recht – Ricky«, sagte Peter. »Es muss ein Mitarbeiter der ENERGIE sein. Oder zumindest irgendwer, mit dem beide Opfer beruflich zu tun hatten. Wenn der Manager und seine persönliche *Referee* innerhalb kurzer Zeit im gleichen – Stil ermordet werden, kann es kaum anders gewesen sein.«

»Eben«, sagte Fred. »Zwei gekillte Kollegen: Das hat mit der Firma zu tun.« Seine Augen weiteten sich angesichts der Dimensionen, die das bei einem Energiekonzern annehmen konnte. »Ich sage euch –«

»Für die Polizei ist es *ein* Mord«, fuhr Richard ihm in die Parade. »Und *ich* bin der Verdächtige.«

»Nein«, sagte Peter schlicht. Er schenkte Fred nach, ohne ihn zu fragen, hob die Flasche und blickte Richard an.

Der schüttelte den Kopf. »Der Marcks hätte mich am liebsten dabehalten!«

»Aber er hat es nicht.« Peter füllte mit Bedacht sein eigenes Glas auf.

»Die haben dort auf der Wache nicht nur meine Fingerabdrücke genommen, sondern auch noch meine Schuhe ausgeklopft, meine Klamotten mit Tesafilm abgezogen und meine Hände auf Schmauchspuren untersucht!«

»Und waren welche dran?« Peter blickte ihn über den Rand seines Glases an.

»Sie haben gesagt, das hat nichts zu bedeuten, man kann ja Handschuhe tragen.«

»Rick«, sagte Peter. »Der Marcks kann Sie einfach nur nicht leiden.«

»Meinen Sie *wirklich*?«

»Und zwar aus purer Frustration! Hier hat der Mörder mal nicht weinend neben der Leiche gesessen, wie es im wirklichen Leben so ist. Das ist ein komplizierter Fall, es gibt noch keine Spur, und irgendwo muss man ja anfangen, nicht wahr? Der Marcks hat bloß Ihre Zeugenvernehmung ein bisschen auf Verhör getrimmt. Aber schlecht. Er war nervös.«

»Mir kam es genau umgekehrt vor«, sagte Richard finster.

»Nein, denken Sie doch mal nach! Wir haben *ihn* sogar noch aushorchen können.«

»Ach ja?«

»Er hat uns von dieser Nachricht erzählt.«

»Ach ja.«

»Konnten Sie denn etwas darüber herausbekommen?«

»Die Mail, die angeblich von Ricks Computer gesendet wurde?«, mischte Fred sich ein.

»Genau.«

Fred blickte auf Richard. »Jemand hat seinen Computer manipuliert.«

»Wie?«

»Derjenige hat irgendwas gemacht und dann seine Spuren gelöscht, denn der Papierkorb ist plötzlich geleert.«

»Wie das?«

»Tja. Da war ein Hacker drin, oder vielleicht ist der Typ auch einfach durch die Haustür gekommen. – Guck nicht so böse, Rick, es ist so: Deine Wohnung steht der Welt offen.« Fred wandte sich an Peter. »Das Schloss ist alt und sozusagen kaputt und außerdem hat jeder, der mehr als drei Semester hier an der Uni verbracht hat, noch einen Schlüssel dazu.«

Peter schenkte Richard einen langen Blick mit einigem Amüsement darin. »Haben Sie irgendeinen Verdacht, wer das gewesen sein könnte?«

»Nein«, antwortete Fred. »Wir sind ratlos.«

Peter kratzte sich am Kopf. Für einen Mann seines Schicks wirkte das rührend bodenständig. »Tja. Man fragt sich natürlich auch: Wieso?«

»Wieso was?«, fragte Fred.

»Der Mörder die Mail verschickt hat«, antwortete Richard sofort und erntete einen überraschten warmen Blick von Peter.

»Ich nehme an, er will mich als Täter aufbauen«, fuhr er in abweisendem Ton fort. »Für den Mord an Natascha braucht er einen Schuldigen. Schließlich hat sie sich nicht selbst erschossen. Und meine Herkunft würde zu einer – wie hat der Marcks sie genannt? Systemfeindlichen Anarchistentat passen.«

»Ihre Herkunft«, sagte Peter gedehnt und legte den Kopf schräg. »Ich wette, Rick, Sie sind von altem russischem Adel.«

»Im Gegenteil. Mein Vater war ein radikaler Atomgegner. Und meine Mutter eine russische –«

»Aber diese harmlose Empfehlung?«, unterbrach Fred. »Dieses gefällige: Guck dir doch mal die drei Foren an, falls du Zeit hast, meine Liebe …! Wieso hat der Typ Natascha nicht in deinem Namen ordentlich bedroht, Ricky?«

Richard verschränkte die Arme. »Zu der Zeit hat sie noch gelebt. Die Nachricht musste harmlos sein, für den Fall, dass Natascha sie liest. Vielleicht hat sie das sogar getan.«

»*Ricky*«, murmelte Peter und schenkte Fred schon wieder nach.

Ein wunderbar ergiebiger Abend, dachte Richard missvergnügt. Sein Assi Fred lief zur Hochform auf, er selbst war inzwischen schon Ricky, und wenn es so weiter ging, wären sie in einer halben Stunde bei *mein Schatz*, obwohl das *Sie* so charmant war. Sie, mein Schatz, trinken Sie doch auch was. Richard nahm sich von dem Whiskey, der versteckt hinter den Fruchtsaftflaschen stand. Es war nun mal das, was ihm von all dem Süßkram auf dem Tisch noch am besten schmeckte.

Fred sprach indessen weiter und weiter, auch mit Wein im Mund. Am anderen Ende des Zimmers öffnete sich leise die Tür. Valeska, schon ausgehfertig, spähte herein.

»... wenn der Täter diese eine Mail gefälscht hat, was dann noch alles? Vielleicht auch die Einladung in den Zoo?«

»Glaub ich nicht«, sagte Richard und prostete Valeska mit seinem Glas zu. Auf die stumme Einladung hin betrat sie das Büro ihres Chefs.

»Wieso nicht?«

»Wenn du vorhättest, jemanden umzubringen, würdest du nicht in den Zoo wollen. Da ist es voll.« Richard lächelte die Sekretärin an, die nun neben ihm stand und äußerst goldblond, elegant und ganz und gar nicht nach einem zwölfstündigen Arbeitstag aussah. Zumindest nicht in diesem dämmrigen Zimmer.

»Valeska, meine Liebe, gute Nacht«, sagte Peter. »Sie müssten längst zu Hause sein.«

»Ich weiß«, sagte Valeska ohne Ironie. »Ich wollte bloß noch mal schauen, ob Sie alles haben.« Sie nickte. »Die Herren.«

»Danke«, sagte Fred mit unpassendem Großmut. »Alles bestens.«

»Sicher«, sagte Peter. »Gehen Sie nur.«

Sie zögerte und blickte Richard an. »Ach, Dr. Romanoff, bevor ich's vergesse, haben Sie eigentlich Ihre Jacke zurückbekommen?«

»Meine Jacke?«, wiederholte der.

»Ja, neulich hat jemand von einer Gaststätte hier angerufen. Sie hätten dort Ihre Lederjacke liegen lassen.«

»Unmöglich«, sagte Richard. »Ich besitze keine Lederjacke. Welche Kneipe soll das gewesen sein?«

»Irgendwas mit Zahlen«, sagte Valeska. »Achtundsechzig Punkt sowieso, ein komischer Name, dachte ich noch, aber der Herr rief ganz eindeutig aus einer Gastwirtschaft an, das hat man gehört.«

»Achtundsechzig sowieso?« Richard blickte zu Fred hinüber, der zuckte die Achseln.

»Ja, achtundsechzig zwo Punkt null, ich musste spontan an ein Computerprogramm denken.«

»Achtundsechzig zwo Punkt null.« Peter hatte sich aufrechter hingesetzt.

»Moment mal«, sagte Fred.

»Das erinnert mich an was«, sagte Peter.

»Es ist ein Kalauer«, sagte Richard ahnungsvoll.

»Ein Witz, den ein IT-Fuzzi machen würde.«

»Vom Achtundsechziger die zweite Version.«

Sie starrten sich an. Peter beugte sich vor und drückte Richards Arm. »Das ist er!« Er wandte sich an Valeska. »Hat er seinen Namen genannt?«

Valeska seufzte. »Ich weiß nicht mehr, Schmidt vielleicht. Es ging ziemlich schnell.« Sie blickte verunsichert in die Runde. »Ist es denn wichtig?«

»Oh ja.«

»Absolut.«

»Sie sind da auf was gestoßen«, sagte Peter feierlich. »Holen Sie sich einen Stuhl, Valeska, und bringen Sie bitte das Branchenverzeichnis mit.«

* * *

Wofür tun Sie das alles?

Wie meinen?

Das Geld allein kann es nicht sein. So viel Geld kriegen Sie nicht für das, was Sie tun. Es ist sogar ziemlich wenig. Und ganz sicher nicht genug für drei Menschenleben.

Sie wollen eine Erklärung?

Der eine oder andere wird sich dafür interessieren, ja.

Ach du ahnst es nicht, wie spießig ist das denn?

Also? Warum?

Ganz ehrlich: Das ist es, was ich echt kann.

* * *

In ganz Köln und Umgebung gab es keine Kneipe mit dem Namen 68/2.0. Und selbst wenn: »Das ist unser Mann«, sagte Peter. »Ich spüre es.«

»Was genau hat er gesagt?«, wollte Richard wissen.

»Ja«, sagte Peter. »Versuchen Sie sich an alles zu erinnern, Valeska.«

»Tja, mal überlegen«, sagte die Sekretärin, und alle beugten sich vor. »Er hat aus einer Gaststätte angerufen. Das war ganz deutlich. Im Hintergrund lief Musik, da waren Stimmen und Geklirr. Und gesagt hat er, dass er zu dieser Gaststätte gehört und dass er eine Jacke gefunden hat, eine gute Lederjacke, in der Visitenkarten von unserer Kanzlei seien.«

»Aber wie ist er auf mich gekommen?«, fragte Richard.

»Er hat gesagt, im Kragen stünde der Name Romanoff, und so habe er kombiniert, dass Sie in der Kanzlei arbeiten würden.«

»Und was haben *Sie* ihm gesagt?«, fragte Fred.

Valeska färbte sich leicht rosa und blickte ihren Chef an. »Sie wissen, Herr Welsch, es ist mein Grundsatz, keine Informationen herauszugeben. Gar keine. Es war nur so – es klang alles so echt, es ging so schnell, und der Mann hat auch gar nicht wirklich was gefragt. Er wollte nur die Jacke zurückgeben, und ich hab gesagt, dass ich es Herrn Dr. Romanoff ausrichten würde. Daraufhin –«, Valeska stockte und ihr Gesicht wurde noch eine Spur roter, »hat er mir Ihre Telefonnummer vorgelesen, Dr. Romanoff. Er hat gesagt, sie stünde unter dem Namen und sei schon arg unleserlich. Ich – habe bestätigt, dass es Ihre Nummer sei. Er hat dann gesagt, er werde Sie selber anrufen. Und damit war das Gespräch zu Ende.«

Fred blickte Richard an. »Er wollte wissen, ob du hier arbeitest und wo du wohnst«, fasste er zusammen.

Peter tätschelte die Hand der betretenen Valeska. »Machen Sie sich bloß keine Vorwürfe, meine Liebe. Sie haben uns gerade sehr geholfen.«

»Na ja«, machte Valeska unglücklich.

»Wir werden diesen Anruf zurückverfolgen. Beziehungsweise –« Peter blickte Valeska nachdenklich an. »Könnten Sie das eventuell tun? Jetzt gleich? Unsere Telefonanlage speichert doch die eingegangenen Anrufe, oder nicht?«

»Ja«, sagte Valeska froh und erhob sich. »Das tut sie. Ich werde sofort –«

»Moment«, sagte Fred, und alle inklusive Valeska blickten ihn irritiert an. »Wann?«, fragte er knapp. »Wann kam denn der Anruf? Das ist wichtig.«

»Es war nachmittags«, sagte Valeska. »Vor drei Tagen, das war der sechzehnte. Die genaue Uhrzeit weiß ich nicht mehr, aber die kriege ich heraus, wenn ich die Gesprächsprotokolle durchgehe.«

»Okay, danke«, sagte Fred und winkte Valeska mit befremdlicher Anmaßung hinaus. »Es ist schließlich so, Ricky«, sagte er dann, »dass du diesen Typen irgendwo getroffen haben musst. Vermutlich hast du ihm eine von Herrn Welschs Visitenkarten gegeben. Sonst hätte er nicht damit angefangen. Jetzt musst du nur noch überlegen, wo du die Kärtchen vor dem sechzehnten überall verteilt hast.«

»Gute Idee«, sagte Peter anerkennend. »Genau! Wo waren Sie davor, Rick?«

»Am sechzehnten waren wir in Daun«, sagte der nachdenklich.

»Aber da haben wir keine Karten verteilt«, sagte Fred. »Da waren wir als Regisseure vom WDR unterwegs, erinnerst du dich?«

Richard nickte, peinlich berührt.

»Aha. Wie bizarr.« Peter verschränkte die Arme.

»Daran war dieser Eifeler Gewässerwart schuld, Moment – Doktor Oswald. Der hätte sonst nicht mit uns geredet. Dem hat die Mordtheorie gar nicht gefallen, das hat er sofort klargestellt, aber wir mussten mit ihm sprechen, weil er sich auskannte, und er hat uns ja dann auch herumgeführt.«

Peter nickte bloß.

»Es war meine Idee«, sagte Fred stolz.

»Zweifellos«, sagte Peter.

»Tja, also am sechzehnten war nichts mit Karten«, sagte Richard. »Und am fünfzehnten hab ich den Auftrag ja erst bekommen, da – ach du meine Güte.« Die Erkenntnis kam wie ein Schreck. Plötzlich konnte Richard Valeskas Scham sehr gut nachempfinden. »Der einzige Mensch«, sagte er langsam, »dem ich vor dem sechzehnten August eine Ihrer Karten gegeben habe, Peter, war –«

»Ja?«

Richard atmete tief durch. »Ein junger Mann von Kabel Deutschland, der zufällig in Dr. Steenbergens Haus vorbeikam.«

Peter starrte ihn an. »Der zufällig im Haus vorbeikam«, wiederholte er scharf.

»Ja, tatsächlich, er war auf dem Speicher, das ist ein Gemeinschaftsspeicher, wissen Sie, er geht über das ganze Dach der Hausanlage. Dieser Mann war dort. Er hat gesagt, dass er aus dem Nachbarhaus kommt. Und nach der Ursache einer Fernsehstörung sucht.«

»Und was haben *Sie* gesagt?«, fragte Peter.

Richard senkte den Kopf. »Ich habe ihn ins Haus gelassen«, sagte er kleinlaut. »Er wirkte so echt. Und im Prinzip war er ja eh schon drin. Er hat mir seine Karte gegeben und alles, Müller hieß er, hatte Werkzeuge dabei, Arbeitsklamotten an, er hat von oben bis unten nach Kabel Deutschland ausgesehen.«

»Und was hat er konkret gemacht?«

Richard schluckte. »Er war allein an Dr. Steenbergens Computer.«

Ein langes beredtes Schweigen trat ein und mit ihm die tüchtige Valeska. »Stör ich gerade?«, fragte sie.

»Nein«, sagte Peter.

»Ich überprüf es noch mal«, sagte sie, »doch ich fürchte, bei dem fraglichen Anruf gab es keine Rufnummerübermittlung.«

»Dumm«, sagte Peter enttäuscht. »Aber immerhin wissen wir jetzt, wie er aussieht.«

Sieben

Der neue Tag begann für Richard in seiner sonnigen Küche, mit einer großen Tasse schwarzem Kaffee, einer scheußlichen Auswahl von Zeitungsmeldungen über Nataschas Tod und seinem Handy vor sich. Recherche hieß der Plan. Und schon der erste Anruf brachte Unerwartetes: Kabel Deutschland wusste zwar tatsächlich nichts von einer Fernsehstörung in der Bernhardis-Straße und hatte auch keine Mitarbeiter dorthin gesandt. Aber die Telefonistin sagte plötzlich: »Komisch, vor ein paar Tagen hat mich das schon mal jemand gefragt.«

»Wer denn?«, fragte Richard.

»Eine ältere Dame war das, glaube ich.«

»Und wann?«

Das wusste die Telefonistin nicht mehr genau. »Vor zwei oder drei Tagen. Die Dame sagte was von einem Anruf, den sie bekommen hätte. Haben Sie auch einen Anruf bekommen, Herr –?«

»Nein. Was war das für ein Anruf?«

»Weiß ich nicht. Ich habe Ihr Anliegen notiert«, wiegelte die Telefonistin ab, »und wenn sich die Geschichte wiederholen sollte, werden wir es untersuchen. Auf Wiederhören.« Sie unterbrach die Verbindung.

Richard blickte sein stummes Handy an. Eine alte Dame hatte Verdacht geschöpft? Aus der Nachbarschaft vielleicht? Er grübelte einen Moment über die Bedeutung dieser neuen Info, der Gedanke verblasste aber schnell vor der Aussicht, den Mörder vielleicht auf einem Foto in der Personaldatenbank der ENERGIE*base* zu finden. Im Internet hatten sie gestern Abend noch gesucht – lange –, doch leider nur die Porträts weniger leitender Angestellter gefunden. Aber in den Personalakten der ENERGIE gab es sicherlich Fotos, und mit etwas Glück konnte er Klaudia Berthani überreden, ihm die zu zeigen. So rief Richard die Vorzimmerdame Florina an und wünschte ihr mit seiner tiefsten und männlichsten Stimme einen guten Morgen. Doch *Personal Referee* Florina war zurückhaltender geworden. Möglicherweise hatte sie seinen Anruf sogar erwartet und Anweisung, ihn hinzuhalten. Allzu vage waren ihre Auskünfte und allzu erfolglos ihre Versuche, ihn zu verbinden. Es brummt, dachte Richard. Jetzt nach Nataschas Tod haben sie auch bei der ENERGIE Verdacht geschöpft.

Schließlich bekam er eine ziemlich nervöse Klaudia Berthani an die Strippe. »Herr Dr. Romanoff«, sagte sie. »Wie gut, dass Sie anrufen.«

»Ich muss mit Ihnen sprechen«, sagte Richard.

»Ja, wir sollten uns austauschen, da bin ich ganz Ihrer Meinung.«

»Gut. Ich bin in einer halben Stunde bei Ihnen in der ENERGIE.«

Berthani räusperte sich. »Heute Vormittag wird es nicht gehen. Ganz ehrlich, Herr Dr. Romanoff, der Tod von Frau Kassin hat bei uns große – Betroffenheit ausgelöst. Wir müssen erst mal selbst damit fertig werden und eine Linie finden.«

»Ich habe sehr wichtige Neuigkeiten.«

»Okay. Das kriegen wir schon hin, Herr Romanoff. – Wie wär's mit heute Nachmittag? Drei Uhr?«

»Ich will sofort kommen«, sagte Richard. »Ich weiß, wie Frau Kassins Mörder aussieht. Je schneller ich bei Ihnen bin, desto eher haben wir ihn.«

Am anderen Ende der Leitung herrschte Schweigen.

»Hallo?«, sagte Richard.

»Sie wissen, wie er aussieht?«

»Ja.«

»Woher?«

»Ich habe ihn gesehen.«

»Wo?«

»Das möchte ich lieber für mich behalten.«

»Romanoff, Sie sollten mir sagen, was Sie wissen.« Das klang sehr scharf.

»Und Sie sollten mich empfangen«, sagte Richard. »Wir haben eine heiße Spur, der müssen wir folgen.«

Berthani seufzte. »Moment.« Blecherne Musik erklang und wiederholte sich mindestens drei Mal, bis die Managerin sich wieder meldete. »Romanoff?«

»Ja.«

»Wenn Sie etwas Konkretes wissen, gehen Sie zur Polizei.«

»Das tun wir«, versicherte Richard, »aber es wird wesentlich schneller gehen, wenn Sie direkt mit mir zusammenarbeiten.«

»Wer ist *wir*?«, fragte Berthani.

»Mein Auftraggeber und ich. Er spricht mit der Polizei, ich spreche mit Ihnen. Wenn alle kooperieren, ist der Fall heute Abend gelöst.«

Berthani seufzte. »Warten Sie mal.« Wieder drückte sie ihn in die Warteschleife. Das Musikstück wiederholte sich mindestens zehn Mal, bis sie sich wieder meldete. »Romanoff, es ist unmöglich. Bei der Polizei weiß man nichts von Ihrem Verdacht, und selbst wenn: Sie müssen um drei kommen. Ich bin vorher nicht da.«

»Vielleicht kann ich mit Ihrer Assistentin sprechen?«

»Auf keinen Fall! Sie dürfen nicht ohne mich meine Mitarbeiter befragen, das ist völlig ausgeschlossen. Ich muss erst hören, was Sie wissen, verstanden? Ich bin jetzt noch in Berlin, werde aber schnellstmöglich zurückkehren. Dann können wir reden und – alles andere.«

»Aber der Mörder«, protestierte Richard, »läuft frei herum, und zwar bei Ihnen im Betrieb!«

»Das ist sehr unwahrscheinlich«, erklärte Berthani voll kraftloser Gewissheit. »Ich möchte Sie bitten, sich an meine Anweisungen zu halten und nicht noch mehr – ich meine, niemanden unnötig aufzuregen. Wenn Sie jetzt zusätzlich Unruhe stiften, können Sie unsere Zusammenarbeit als beendet betrachten.«

»Welche Zusammenarbeit?«

»Na also ehrlich, ich rede vielleicht gerade mit Ihnen! Ich versuche händeringend einen Termin zu finden! Sie sind echt gut, welche Zusammenarbeit!«

»Okay«, sagte Richard, »bis drei dann.« Und setzte sich aufs Fahrrad und fuhr zur ENERGIE.

Doch so offen und unbewacht das langweilige Bürogebäude auch wirkte, Richard kam nicht hinein. Gleich am Eingang stand jetzt ein fremder Wachmann in blauer Uniform, und die Empfangsdame hatte sich verdoppelt. Richard erschien es zunächst als ein Vorteil, dass ihm weder die beiden Frauen hinter dem Melamintresen noch der Security-Typ bekannt vorkamen, denn so musste er nicht wieder als Mitarbeiter der Kanzlei Welsch-Ruinart auftreten. »Ich habe eine Frage zu meiner Stromrechnung«, sagte er stattdessen zu derjenigen Dame, die ihn auffordernd ansah, und klopfte auf seine Umhängetasche. »Ich hatte schon angerufen und mit einem Herrn gesprochen. Er sagte, ich soll vorbeikommen.«

Die Dame schüttelte den Kopf. »Sie sind hier falsch. Sie müssen in die Siebzigstraße in Nippes, dort ist das Infozentrum für Endverbraucher. Wir hier machen nur Verwaltung.«

»Aber ich bin doch kürzlich schon mal da gewesen«, sagte Richard mit Erstaunen. »Bei einem Herrn, tja, den Namen hab ich vergessen, aber er hatte dunkle Haare, etwa Mitte dreißig, schlank und ein freundliches Gesicht.«

»Da könnten Sie Nummern ziehen lassen«, sagte die Dame seufzend. »Ihre Beschreibung passt auf die Hälfte unserer Mitarbeiter. – Ich kann Ihnen leider nicht helfen. Sie müssen sich an die Beratungsstelle in der Siebzigstraße wenden.«

»Danke«, sagte Richard. »Darf ich mal eben bei Ihnen aufs Klo?«

»Nein«, sagte die Dame naserümpfend. »Besser, Sie gehen jetzt.«

Draußen fragte Richard sich, ob er nicht vielleicht mit der Wahrheit (»Ich bin ein Detektiv und untersuche Ihren Mord«) besser gefahren wäre. Nein, entschied er, ganz sicher nicht.

Dann lief er rund ums Gebäude, doch die Nebentüren waren alle verschlossen. Langsam kam er sich albern vor. Denn selbst wenn er es mit Gewalt und Tricks hineinschaffte, was wollte er tun? Seine Statur war so auffällig, dass eine Verkleidung einfach nur lächerlich wirken konnte, und er musste schon enorm viel Glück haben, wenn ihm von den mehreren hundert Angestellten ausgerechnet der Mörder über den Weg lief, wobei ja nicht einmal sicher war, dass dieser Mann wirklich *hier* arbeitete. Was also tun? Unverrichteter Dinge abziehen, wo er so nah dran war, ja, eigentlich nur noch das richtige Büro finden musste, um den Fall zu beenden?

Richard zog sein Handy heraus und rief Peter an.

»Ich konnte auch noch nicht mit Marcks sprechen«, sagte der ziemlich ärgerlich, »er lässt sich verleugnen. Obwohl ich ihm die Lösung seines Falls auf dem silbernen Tablett servieren könnte.«

»Tja«, sagte Richard, »mit Frau Berthani ist es ähnlich, die schindet Zeit.«

»Immerhin haben Sie einen Termin«, knurrte Peter.

»Aber eine interessante Sache habe ich erfahren.« Richard erzählte die Geschichte mit der alten Dame, die bei Kabel Deutschland angerufen hatte.

»Wissen Sie was«, sagte Peter, »das war garantiert eine Nachbarin. Dieser Müller-Typ hat sich in Gunnis Hausanlage eingeschlichen, aber vielleicht hat er's nicht gleich beim ersten Mal geschafft. Versuchen Sie doch mal, die Frau zu finden. Und auch die andere, die ihn dann reingelassen hat. Das könnten sehr wichtige Zeuginnen sein.«

»Alles klar«, sagte Richard. Und war schon unterwegs.

Im vollen Sonnenschein sah Steenbergens Haus größer aus, fand Richard, und die Blätter der alten Kletterpflanze glänzten dunkelgrün über der Tür. Die Nachbarn zur Linken schienen im Urlaub zu sein, denn vor der Haustür lagen mehrere Werbeprospekte und der Briefkastendeckel stand halb offen, weil der Kasten überfüllt war. So wandte Richard sich erst mal nach rechts, wo ihm eine junge Mutter öffnete, an deren Bein ein jammerndes Kind hing. Sie hatte nichts gesehen und nichts gehört, und von Kabel Deutschland wollte sie schon mal gleich gar nichts wissen. In ihren Augen war Richard offenkundig ein Drücker, auch dann noch, als er ihr Peters Visitenkarte überreichte und von merkwürdigen Vorkommnissen in der Nachbarschaft sprach. »Jetzt reicht's, Anna-Maria, du tust mir weh!«, sagte sie dazu nur, zerrte an ihrem Kind herum und knallte Richard die Tür vor der Nase zu, so dass der ausgeblichene Türkranz nur so flog. Durch dieses Anwesen war der Täter nicht eingedrungen, schloss Richard. Er begab sich zum Haus ganz links, 17a. Dort klingelte er noch vergeblicher, da wurde ihm nicht einmal aufgemacht. Still lag die Hausanlage im brütenden Augustsonnenschein, und Richard schaute unwillkürlich über die Schulter. Er stolperte zurück, als er einen kalten, starren Blick auf sich ruhen sah.

»Der Lars ist nicht da«, verkündete das kleine Mädchen, das sich an der Hecke zum Vorgarten aufgebaut hatte.

»Aha«, sagte Richard. Die Kleine starrte ihn weiter an. Sie trug eine Brille und war nicht hübsch. Aber vielleicht, fiel Richard gerade noch rechtzeitig ein, konnte sie nützlich sein. »Wo ist der Lars denn?«, fragte er.

Die Kleine stellte sich mit beiden Füßen auf ihren Roller und zog sich am Gartenzaun entlang, was enervierend wackelig aussah. »Die Gärtners sind doch in Uuur-laub.« Du Dummerjan, das weiß nun aber wirklich jeder, sagte ihr Ton.

»Wie lange denn schon?«

Großer strafender Blick durch die Brille. »Meine Mama gießt die Blumen von den Gärtners. Die haben viel zu viel Grünzeug. Und das Zimmer vom Lars ist ganz durcheinander.« Sie senkte die Stimme. »Die haben Mäuse.«

Richard sah ein, dass von einer vermutlich gerade mal Sechsjährigen keine exakten Zeitangaben zu erwarten waren, selbst wenn sie noch so sehr zur Ordnung erzogen war.

»Und wer wohnt da?«, fragte er darum und wies auf den überquellenden Briefkasten.

»Die Oma Zangerle«, sagte das Kind und fiel vom Roller. Richard eilte hinzu, doch die Kleine stand schon wieder.

»Tut nicht weh«, sagte sie ungnädig.

»Ist die Oma Zangerle auch im Urlaub?«

»Nein«, sagte das Mädchen. »Die ist alt.« Und damit packte sie ihren Roller und fuhr davon.

Richard aber lief zu der Tür der Oma Zangerle und läutete Sturm.

Nichts geschah.

Er quetschte sich an einem Busch vorbei zum Fenster und spähte hinein, drinnen sah er eine leere Küche. Irgendwie beunruhigte ihn das zusätzlich. Als er sich dann zurück durch den Busch arbeitete, stieß er auch noch an einen Prospekt aus dem überquellenden Briefkasten, und der fiel heraus.

Er musste die Polizei anrufen.

Richard hatte wenig Lust dazu, aber hier war etwas faul. Er klingelte nochmals, eher abschließend, der Ordnung halber, dazu rief er laut: »Frau Zangerle!«, und klopfte heftig an die Tür.

Und die Tür, die nicht abgeschlossen gewesen war, schwang auf.

Es gab zwei Möglichkeiten, Frau Zangerles Gesundheitszustand zu überprüfen. Erstens, er rief Marcks an, ließ sich beschimpfen und verhöhnen, schilderte ihm seine unbeweisbaren Ahnungen und bat ihn, Gott weiß was für welche richterlichen Beschlüsse einzuholen, um irgendwann in mittelfristiger Zukunft eine Hausdurchsuchung (oder wie das hieß) bei Frau Zangerle anzuleiern. Zweitens, er ging nachsehen. Richard zögerte nicht. Vielleicht hätte er noch einmal über die Sache nachgedacht, wenn es nicht so einfach gewesen wäre, doch das Haus hatte ihn ja praktisch selbst eingeladen. »Frau Zangerle!«, rief er in das kleine Vestibül hinter der Tür. Es war grau gestrichen, und ein paar alte Jacken und Hüte hingen an der Garderobe.

»Frau Zangerle!«, rief Richard wieder. Nichts tat sich, es blieb unverändert heiß, still und dämmrig, nur von weit her klang Musik wie aus einem Radio.

Richard betrat das Vestibül. Und den Flur. Dies Haus wirkte viel enger als Steenbergens, es besaß mehr Türen und Wände, war dunkler gestrichen und düsterer eingerichtet. Sehr warm war es auch. Fliegen summten. Das, was er für ein Radio gehalten hatte, musste der Fernseher sein, denn soeben wurde das Sat.1-Jingle gespielt. Richard folgte dem Geräusch in ein sonniges, muffiges

Wohnzimmer. Er hatte recht gehabt: Der Fernseher lief. Doppelt recht: Vor ihm auf der Couch bewegten sich viele kleine grünlich schillernde Leiber. Sie krochen über eine alte Frau mit toten Augen. Fliegenbesetzten Augen. Es roch. Richard wich zurück. Er würgte. Er stieß an Möbelstücke. Türzargen. Alle Türen waren zu klein für Richard, wenn er sich vergaß. Er rieb sich den schmerzenden Schädel und fand sich neben dem Treppenhaus wieder. Fliegen summten auch hier. Richard schlug nach ihnen, fegte dabei ein Bild von der Wand. Es war zu eng, zu eng! Er eilte zur Haustür. Endlich stand er draußen und sog die frische Luft in gierigen Zügen ein. Und dann wurde ihm klar, dass er Marcks nun doch anrufen musste.

»Sie!«, sagte Marcks, und diesmal hieß das ganz einfach: Arschloch.

»Und Sie auch«, antwortete Richard. Er saß auf der Bank vor Steenbergens Haus im Freien, und er wartete nur noch sehnsüchtig darauf, dass man ihn entließ. Eine Leiche zu finden war das absolut Scheußlichste, das einem passieren konnte. Der Schock des Anblicks war schlimm genug, aber was danach kam, zermürbte einen vollends: Der Anruf bei der Polizei. Die Führung an den Fundort. Die unendlich langen Erklärungen, die man doppelt und dreifach abgeben musste, und die ewigen Wartezeiten dazwischen. Denn wer die Leiche fand, gehörte praktisch zum Fundort dazu und durfte sich bis zur Klärung der Angelegenheit nicht rühren, nicht Mittag essen gehen, nicht arbeiten, sich nicht umziehen oder sonst wie verändern, und einfach heimlich verschwinden konnte man unter den wachsamen Augen der vielen Bullen erst recht nicht. Nur telefonieren durfte er, das hatte Richard auch ausführlich getan, er hatte Peter die Neuigkeiten erzählt und ihm den Drei-Uhr-Termin mit Berthani übertragen, damit er wenigstens die Tür zur ENERGIE offen hielt. Vielleicht konnte Richard ja später noch dazustoßen. Momentan sah es allerdings nicht danach aus. Es war bereits halb drei, und vermutlich stand noch ein längeres Gespräch mit Marcks aus. Das war auch nötig, fand Richard, schließlich hatte er dem Kommissar einiges zu berichten. Marcks aber war nicht in Redelaune. Er blickte Richard nur drohend an und betrat schwerfällig Frau Zangerles Haus, das inzwischen von mehreren Uniformierten, drei Streifenwagen, einem kleinen Bus, einem Leichenwagen und diversen Schaulustigen flankiert war. Erst nach einer halben Stunde kam Marcks noch etwas gebeugter wieder heraus. Er stapfte auf Richard zu und winkte gleichzeitig einen Streifenwagen heran. »Setzen Sie sich da rein«, sagte er, ohne Richard anzusehen. Dann ging er schwermütig davon.

Und in dem Moment ahnte Richard, dass es noch viel, viel schlimmer stand, als er angenommen hatte.

»Reden Sie langsam und deutlich mit Marcks«, riet Peter. »Erzählen Sie ihm von diesem Müller. Der muss den Verdacht der alten Dame erregt haben. Sie hat deshalb bei Kabel Deutschland angerufen, und dann hat sie vermutlich den Fehler gemacht, ihn drauf anzusprechen, während er noch in ihrem Haus war. Und er hat sie einfach getötet, mein lieber Mann! – Sagen Sie dem Marcks das. Erklären Sie ihm auch die Sache mit der Lederjacke. Das kann er nicht ignorieren.«

»Der Marcks ist gar nicht hier«, antwortete Richard, der auf der Polizeiwache in einen Raum mit einer verspiegelten Wand gebracht worden war und seitdem die freundlichen, aber immer gleichen Fragen einer jungen blonden Polizistin beantwortete. Jetzt hatte er sich eine Pause zum Telefonieren erbeten. »Und seine Kollegin hört mir nicht richtig zu. Die wollen mich nur hierbehalten. Die schinden Zeit.«

Die Beamtin verschränkte die Arme und lächelte, wachte aber weiter.

»Sind Sie verhaftet worden?«, fragte Peter ungläubig.

»Nein, sie sagen, ich muss ihnen helfen, weil ich ein Zeuge bin. Aber die Fragen wiederholen sich ständig.«

»Dann gehen Sie.«

»Das habe ich schon versucht«, sagte Richard, »aber sie sagen, sie dürfen mich theoretisch vierundzwanzig Stunden lang auch ohne Haftbefehl in Gewahrsam nehmen, und sie werden von diesem Recht Gebrauch machen, sowie ich aufstehe und versuche, das Gebäude zu verlassen.«

»Bitte?!«

»Die wollen mich fertigmachen«, sagte Richard gereizt.

»Bleiben Sie, wo Sie sind«, sagte Peter mit hörbarer Ironie. »Ich komme.«

»Sie waren also«, sagte Marcks, »am fünfzehnten über drei Stunden lang in der Bernhardis-Straße.« Sie saßen im Zimmer mit der Spiegelwand um den Vernehmungstisch herum, Marcks und die blonde Beamtin auf der einen Seite, Peter und Richard auf der anderen, und jetzt war es ernst. Hier ging es um schuldig oder nicht, und Marcks wollte ein Geständnis. Oder Richard so lange festhalten, bis er genügend Beweise gegen ihn zusammenhatte. »Das ist genau der Zeitraum«, sagte er, »in dem Frau Zangerle starb.«

»Ohne Obduktion können Sie das doch gar nicht wissen«, sagte Peter.

Marcks ignorierte ihn einfach. Er sprach ausschließlich zu Richard, in einem eindringlichen, lauernden Polizistenton, der aber nach einer Weile das Gefühl erzeugte, dass es um wirklich existenzielle Dinge ging. Es war ein Ton, der einen zum Reden brachte. Falls man was zu sagen hatte.

»Ich war die ganze Zeit in Dr. Steenbergens Haus«, sagte Richard.

»Der Zugang zu Frau Zangerles Wohnung war Ihnen aber bekannt.«

»Ich habe diese Frau nie gesehen. Zuvor hatte ich absolut keine Veranlassung, ihre Wohnung zu betreten. Und heute bin ich einfach durch die Haustür gegangen, denn die stand offen.«

»Sie stand nicht wirklich offen«, sagte Marcks. »Wir haben die Nachbarn befragt.«

»Ich hab draufgedrückt, und sie ging auf. Die Tür war nicht abgeschlossen.«

»Sie wussten aber auch, wie man über den Dachboden hinkommt.«

»Dort ist ein Zugang, ja.«

»Den Sie fein säuberlich wieder abgeschlossen haben.«

»Nein. Wenn er zu ist, hat der Mörder ihn versperrt.«

»Wieso sollte er, wo er doch auch die Haustür offen gelassen hat?«, fragte Marcks ätzend.

»Er sagte, dass er es tun würde«, sagte Richard schlicht. »Er ist über den Speicher in Steenbergens Haus gekommen und hat denselben Weg zurück genommen.«

Marcks starrte ihn an. »Der Speicher«, sagte er dann. »Haben Sie Frau Zangerle dort getroffen?«

»Ich glaube, ich habe es bereits erwähnt«, sagte Richard, beugte sich vor und sprach betont deutlich: »Frau Zangerle habe ich nie zuvor gesehen. Dafür habe ich auf dem Dachboden den Mörder getroffen. Er kam aus Frau Zangerles Haus und sagte, er wäre ein Fernsehtechniker von Kabel Deutschland.«

»Kabel Deutschland«, sagte Marcks, »weiß nichts von einer Fernsehstörung in der Bernhardis-Straße.«

»Aber Kabel Deutschland weiß etwas von dem Anruf einer alten Dame, die das auch nicht geglaubt hat.«

»Das überprüfen wir noch«, sagte Marcks.

»Gut«, sagte Richard. »Und Sie sollten sich bei der Gelegenheit auch auf die Suche nach dem Typen machen, der die Geschichte aufgebracht hat.«

»Den hab ich längst«, sagte Marcks und blickte Richard tiefsinnig an. »Sie kannten Dr. Steenbergen auch privat, nicht wahr?«

»Nein«, sagte Richard. Die ständigen unvermittelten Themenwechsel nervten ihn. Das waren Manöver, um ihn zu erschöpfen, Richard erkannte das, er war ja nicht doof. Es zermürbte ihn aber trotzdem, und vielleicht war das der eigentliche Trick.

Marcks indessen flüsterte mit der Blonden. Sie verschwand und kam mit einer Mappe und einer hübschen braunledernen Tasche zurück. Marcks nahm die Tasche und legte sie vor Richard auf den Tisch. »Erkennen Sie das wieder?«

»Ja«, sagte Richard.

»Was ist das?«

»Dr. Steenbergens Laptop. – Moment mal. Sie waren in meiner Wohnung!«

Peter erhob sich. »Wer hat Ihnen das denn erlaubt?«

»Wie kommt das Laptop in Ihren Besitz?«, fragte Marcks.

»Ich habe es mitgenommen, um es mir genau anzusehen.«

»Sie können keinen Durchsuchungsbeschluss für Dr. Romanoffs Wohnung haben«, sagte Peter.

»Doch.«

»Auf welcher Grundlage?«

»Er wurde zweimal in unmittelbarer Nähe eines Tatorts aufgegriffen, und er hatte jedes Mal als praktisch Einziger die Möglichkeit zur Tat«, sagte Marcks über die Schulter, ohne Peter anzusehen.

»Wer hat diesen Durchsuchungsbeschluss unterschrieben?«

»Staatsanwalt Löffler«, murmelte Marcks.

»Ich muss mal eben telefonieren«, sagte Peter und klopfte Richard leicht auf die Schulter. »Bin gleich wieder da.« Damit verließ er den Raum.

»Diese Advokaten, das ist ein einziger Klüngel«, sagte Marcks provozierend, sah aber nach wie vor Richard an. »So, Romanoff, erzählen Sie, was wollten Sie mit dem Laptop?«

»Ich habe Dr. Steenbergens Tod untersucht. Ich wollte seinen privaten Computer ansehen.«

»Dr. Steenbergens Tod untersucht. Sagen Sie mal, Romanoff, was kriegen Sie eigentlich für diese Arbeit?«

»Fünfzehntausend Euro im Erfolgsfall.«

»Erfolgsfall?« Marcks blickte Richard gespielt mitleidig an. »Sie lassen sich ausnutzen.«

»Fünfzehntausend Euro ist nicht wenig Geld«, sagte Richard irritiert.

Marcks beugte sich vor und senkte die Stimme. »Sie haben viel für diesen Welsch-Ruinart getan, nicht wahr? Dinge, die Sie normalerweise nicht tun würden. Dinge, die Ihren Stolz gebrochen haben. Welsch-Ruinart ist ein reicher Sack, der kann jeden Preis zahlen. Sie haben sich für ihn prostituiert.«

Richard glaubte nicht, dass Marcks die Suche nach Atlantis

meinte. Er starrte den Kommissar finster an und schüttelte den Kopf.

»Aber wussten Sie eigentlich, dass Sie als Privatermittler einen Dienstvertrag nach BGB abschließen und keinen Erfolg schulden, weil Sie den gar nicht garantieren können? Das hat Ihr feiner Anwalt Ihnen nicht gesagt, wie?«

Das hatte Peter in der Tat nicht. »Das alles«, sagte Richard beherrscht, »hat mit den Todesfällen, um die es hier geht, rein gar nichts zu tun.«

Marcks blickte ihn schlau an und klappte Steenbergens Laptop auf.

»Sehr schöner und extrem leistungsfähiger Computer, den wir da in Ihrer Wohnung gefunden haben«, sagte er nachdenklich. »Nobelmarke. Hat einen Schwarzmarktwert von mehreren Tausend Euro. *Schwarzmarktwert.*«

Richard glaubte es nicht. »Meinen Sie, ich hätte Dr. Steenbergen wegen seines Computers umgebracht? Haben Sie einen an der Waffel?«

Darauf schlug Marcks ganz plötzlich auf den Tisch und brachte seine Nase direkt vor Richards. »So reden Sie nicht mit mir.«

Richard wich zurück. »Entschuldigung, aber das ist absurd.«

»Ja, Mord ist absurd«, sagte Marcks im Ton eines Menschen, der schon alles gesehen hatte und nicht mehr an Logik glaubte.

Richard hatte genug. »Sie können doch nicht einfach behaupten, dass ich diese alte Frau umgebracht habe, nur weil ich sie zufällig gefunden habe! Oder Natascha Kassin! Oder sogar Dr. Steenbergen!«

»Doch, das kann ich«, sagte Marcks ruhig. »In einem haben Sie von Anfang an richtig gelegen, Romanoff, der Steenbergen ist tatsächlich Opfer eines Gewaltverbrechens geworden. Sie wussten, dass er reich ist, Sie wussten, dass Ihr lieber Freund Welsch-Ruinart auch für ihn ein – Faible hatte, und da kam er Ihnen als Exempel gerade zupass. Für die gute Sache, nicht wahr?«

»Nein! Ich brauche keine Exempel, ich habe auch kein Verhältnis mit meinem Anwalt, und ich habe erst recht keine gute Sache! Ich bin Pazifist! Und selbst wenn nicht, ich hätte nicht den geringsten Grund, jemanden umzubringen!«

»Pazifist«, sagte Marcks, »ist das falsche Wort. Sie kämpfen, Romanoff, heimlich, aber nicht friedlich.«

»Kämpfen?«, fragte Richard, dessen Mut immer tiefer sank. Er verstand nicht, was Marcks meinte, aber dass der absolut sicher war, das verstand er wohl.

»Kämpfen, Romanoff.« Der Kommissar blickte zur Tür, dann beugte er sich vor und sagte: »Weiß Ihr Schatz davon?«

»Also wirklich«, sagte Richard, »das reicht. Ich –«

»Sie wollen der Welt eine Botschaft übermitteln, ich weiß.«

»Nein, will ich nicht. Das ist das Allerletzte, was ich will.«

»Sie haben was gegen Umweltverschmutzung.«

Richard starrte den Kommissar an. »Sie etwa nicht?«

»Sehen Sie, das ist es: Sie wollen sich mit Missständen nicht abfinden.«

»Ist es jetzt schon strafbar, sich am Raubbau der Ressourcen nicht zu beteiligen? Weil das ein paar Konsumenten abtörnen könnte?«

Marcks grinste schmierig: Da wären wir, sagte dieses Grinsen, da, wo ich dich haben wollte. »Das Schlimme ist ja«, sagte er verschwörerisch, »dass es völlig unmöglich ist, sich den Übeln der Zivilisation zu entziehen, wenn man ihr angehört, hab ich recht? Man muss schon die Gesellschaft ändern, um wirklich etwas zu erreichen.« Er stieß die Blonde an, die zog aus der Mappe einen kleinen Stapel Papiere, den Marcks nahm und sorgfältig vor Richard platzierte.

»Wir haben bei unserem Besuch in Ihrer Wohnung nicht nur Dr. Steenbergens Computer beschlagnahmt«, sagte er, »sondern auch Ihren. Wir haben Ihr Manifest gefunden, Herr Doktor Romanoff.«

Eine halbe Stunde später wurde Richard offiziell verhaftet. Grundlage der Verhaftung war die Todesliste, die er angeblich ins Internet gestellt hatte. Dr. Steenbergen stand darauf an oberster Stelle. Dann folgten der Umweltminister von Niedersachsen, ein Hühnerzüchter, ein Manager der BASF und weitere Mitarbeiter von großen Konzernen, die Richard nicht kannte und von deren Ämtern er noch nie gehört hatte. Es war eine knappe Aufzählung, stichpunktartig formuliert und bedrohlich, sie stand ohne Erklärung als jeweils einziger Beitrag ihres Verfassers in drei verschiedenen Internetforen. Das wirkte tatsächlich gruselig. Trotzdem fand Richard sie zu kurz. Denn aus ihr brüllte kein Schlachtruf, sie verbreitete kein Glaubensbekenntnis, es fehlte der ganze Irrwitz einer weltbewegenden Mission. Er hielt die Liste für unglaubwürdig. In erster Linie natürlich, weil sie von seinem Computer aus geschrieben worden war. Das war natürlich absolut ungeheuerlich, darauf gab es keine Antwort, keine Lösung, die er anbieten konnte. Und dass Marcks irgendwie darauf reagieren musste, war auch klar. Leider aber ließ er einen anderen Gedanken als Richards Schuld nicht zu. Darum drehte sich die Vernehmung auch nach der Verhaftung wieder endlos im Kreis und ließ absolut keinen Raum für ein Gespräch über den jungen Mann namens Müller, den Richard gestern Abend schon beinahe gefasst geglaubt hatte. Es war eine frustrierende, gefährliche Situation. Richards innere Wut wuchs, und er musste sich sehr zurückhalten, um nicht etwa ganz nebenbei zu sagen, dass ein Typ, der seine Millionen mit Fleisch und Käfigeiern scheffelte, ruhig auch mal spüren sollte, wie das einzelne Huhn in seiner Fabrik sich so fühlte. Es dauerte einfach alles viel zu lange, und Peter unternahm zu wenig, fand Richard. Der Herr Anwalt kam nur irgendwann zwischendurch in den Vernehmungsraum gelaufen, sagte: »Wir waren noch nicht beim Haftgericht, mein Lieber, lassen Sie mich nur machen!«, und rannte ein weiteres Mal zum Telefonieren davon. Schließlich mussten sie das Gebäude wechseln, um den Termin bei der Ermittlungsrichterin wahrzunehmen, und dort auf dem Flur des Amtsgerichts trafen sie sich wieder. Peter lehnte erstaunlich entspannt am Fenster. Er sprach leise mit einem gutaussehenden Mann, dessen Kleidung sich mit Peters eleganter Aufmachung absolut messen konnte, nur war sie vielleicht eine Spur farbiger, denn er trug zum braunen Anzug eine rosa Krawatte. Der Typ sah umwerfend aus, dachte Richard: klassische Züge, volles Haar – und das versetzte ihm allen Ernstes einen kleinen Stich. Er fand sogar, dass Peter sich übermäßig nahe zu dem Schönling hinbeugte und dass er in dieser ernsten Situation einen befremdlich gelösten Eindruck machte. Die beiden Herren sahen aus, als kämen sie soeben von der Cocktailstunde in ihrem Clubhaus. Mit ihnen wartete noch ein jugendlich aussehender Rothaariger in einer Art schlecht sitzendem Konfirmandenanzug. Als sie die Ankömmlinge erblickten, nickten alle den Polizisten zu. Peter und sein Freund stellten das Flüstern ein, und Peter brachte es fertig, Richard seinem uniformierten Bewacher einen halben Meter zu entziehen. Er schob den Schönling vor. »Das ist Franz Gereon, Ihr Anwalt«, sagte er.

»Ich dachte, das wären *Sie*«, sagte Richard.

Gereon reichte ihm die Hand. »Der Staat hat auch einen Strafrechtler zu seiner Vertretung«, sagte er mit Blick auf den Rothaarigen, der dann wohl der Staatsanwalt war. »Peter ist mit den Niederungen des Lebens nicht ganz so vertraut, der zählt lieber das Geld anderer Leute.«

Peter drückte Richards Arm. »Er ist der Beste. In einer halben Stunde sind Sie hier raus.«

Auch wenn Franz Gereon der Beste war, bezweifelte Richard, dass es gut war, ausgerechnet ihn zum Verteidiger zu haben, denn der Beste war für diese Mini-Verhandlung, die in einem ganz gewöhnlichen Büro stattfand, sichtlich zu gut. Wenn es auch nur ein kleines bisschen gerecht zuginge auf der Welt, musste der junge rothaarige Staatsanwalt den Sieg davontragen, allein weil seine Gegner so siegesgewiss aussahen. Selbst die Richterin wirkte erschrocken über Gereons Anwesenheit, was nicht nur an seiner Schönheit liegen konnte. Sie war die eindrucksvollere Erscheinung, eine dunkeläugige Frau mit langen schwarzen, in der Mitte gescheitelten Haaren, die aussah wie ein alter Hippie, allerdings ohne das selige Lächeln. Sie starrte Gereon und Peter sekundenlang kritisch an, dann wandte sie sich an Richard und fragte ihn: »Wer sind Sie?«

Er nannte seinen Namen, was die Miene der Richterin noch um einiges misstrauischer machte. »Romanoff, soso.« Sie zog ihre Augen zu Schlitzen. »Vertreten durch die Köpfe der Kanzleien Gereon und – wenn ich recht sehe? – Welsch-Ruinart.«

Richard nickte unbehaglich.

»Gestatten Sie mir eine private Frage: Sind Sie adelig?«

»Nein«, sagte Richard. Das konnte ja heiter werden.

»Ein Fernsehstar?«

»Nein.«

»Nun gut«, sagte die Richterin mit Blick auf Richards Entourage, »fangen wir an.«

Erst wurden Personalien festgestellt und eine Zusammenfassung der Geschehnisse verlesen, die diesen Termin notwendig gemacht hatten, dann war der Staatsanwalt dran, er hieß Löffler. Kommissar Marcks, der in Richards Sichtweite saß, betrachtete mit schrecklich zufriedener Miene Löfflers Notizen, und Richard fragte sich naiverweise noch, was für ein geheimer Trumpf das wohl sein mochte, der so eine Zuversicht bei dem Polizisten erzeugte.

Es war Richards privater Alptraum: »Stammt aus einem instabilen, gewaltbereiten extremistischen Elternhaus«, war Löfflers erster Punkt. Jetzt wusste Richard auch, weshalb seine Familie in all den Vernehmungen dieses Tages nicht vorgekommen war: Marcks hatte sich das Thema aufgehoben. Um ihn hier vor allen Leuten vollends fertigmachen zu lassen. Noch dazu von einem spröden, unpersönlichen Typen, der alles vom Blatt las: »Die Mutter war eine Dissidentin aus der UdSSR, die unter ungeklärten Umständen nach Deutschland geflohen ist, vermutlich kam sie 1968 in einem Sportkader der Sowjets zu den Olympischen Winterspielen von Grenoble. Sie trieb sich eine Weile im Untergrund herum, lebte in diversen Kommunen und Wohngemeinschaften und lernte dort den Kernkraftgegner Achim Schulze kennen, den sie 1969 heiratete. Im selben Jahr kam Richard Romanoff zur Welt, damals hieß er noch Richard Schulze. Die Familie führte ein ungeregeltes Leben. Es war geprägt von Achim Schulzes Kampf gegen die zivile und militärische Nutzung der Atomkraft, will sagen: Sie reisten von einer Demonstration zur nächsten und gingen keiner festen Arbeit nach.« Der Staatsanwalt machte eine Kunstpause, und Richard zwang seine Hände in den Schoß, um sich nicht ungewollt die Ohren zuzuhalten. Er wusste, was jetzt kam.

»1978 verbrannte sich Achim Schulze öffentlich vor dem Eingang des Bundestags in Bonn aus Protest gegen die Nutzung der Kernkraft.«

Schweigen trat ein, Richard blickte nicht auf. Er war neun Jahre alt gewesen, und er hatte es *gesehen*. Nicht live, das nicht, dann wäre er vermutlich zu seinem Vater hingerannt und mitverbrannt. Doch Achim hatte einen Freund dabeigehabt. Zum Filmen. Damit die Tat festgehalten wurde und auch wirklich Kreise zog. Teile dieses Films waren anschließend mehrfach im Fernsehen gesendet worden.

»… Mutter hat dann den Familiennamen in Romanoff ändern lassen, was nicht ihr Mädchenname war, vermutlich versprach sie sich von der Ähnlichkeit zum Namen der Zarenfamilie Vorteile in Deutschland.«

Richard fühlte, wie sein Kopf immer tiefer sank. Seine Mutter hatte in der Tat einen Adelstick gehabt, aber ändern lassen hatte sie den Namen deshalb, weil sie Schulze nicht mehr ertrug und ihren Geburtsnamen auch nicht führen wollte. Aus vielleicht übertriebener Paranoia. Wegen dem KGB.

»… litt später unter Depressionen und ertrank 1990 beim Baden im Fühlinger See, auch in ihrem Fall ist ein Selbstmord nicht ausgeschlossen.«

Richard spürte etwas Warmes seine Wange hinunterlaufen. »Du bist jetzt groß«, hatte sie gesagt und glatt durch ihn hindurchgeguckt. »Endlich bist du groß«, das war am Tag nach seiner Abifeier und drei Wochen bevor sie starb. Er schluckte und presste seine Hände so fest gegeneinander, dass sie ganz weiß aussahen. Zumindest war Löffler jetzt mit den Eltern durch und kam zu Richards eigenem verpfuschten Leben. »Lebt allein«, warf er ihm vor, »ohne feste Beziehung, ohne Familie.« Auch sein Kontostand sprach gegen Richard, gerade jetzt, in den Semesterferien, wo er sich nur noch mit den Atlantis-Aufträgen von Peter über Wasser hielt. »Lebt von Gelegenheitsarbeiten und einem unregelmäßigen, äußerst geringen Einkommen, das in keiner Weise seinem Bildungsstand entspricht«, referierte der Staatsanwalt in fast mitleidigem Ton. »Hat es geschafft, einen akademischen Titel zu erwerben, aber den Absprung ins bürgerliche Leben verpasst. Ist in der zerstörerischen Protesthaltung seiner Eltern stecken geblieben, während die Studienfreunde angefangen haben zu arbeiten.«

Ich arbeite, dachte Richard, und zwar erfolgreich, was weißt du schon? Welcher freie Historiker kann wie ich ohne Nebenjob auskommen und sogar noch einen Mitarbeiter beschäftigen?

»... sind schlicht an ihm vorbeigezogen. Seine ehemalige Freundin Natascha Kassin, die nebenbei keinen Doktortitel besaß, hat im Monat knapp fünftausend Euro bezogen. Netto.«

Fünftausend Euro. Richard schloss die Augen. Ob ihm hier irgendwer glauben würde, dass Natascha sich am Ende unwohl gefühlt hatte mit dem vielen Geld?

»... hat vermutlich zu starken Aggressionen geführt. Gegen Menschen, die erfolgreich sind. Menschen, die den Erfolg in Herrn Romanoffs Augen nicht verdient haben, weil sie seine extremistischen Anschauungen nicht teilen.« Löffler ergriff einen Zettel, offensichtlich um zu signalisieren, dass er jetzt aber wirklich etwas ganz genau vom Blatt lesen musste und freie Rede sich bei diesem wichtigen Beweisstück von selbst verbot. Dann trug er die schreckliche Todesliste mit ungeahnter Dramatik vor. »Veröffentlicht von Dr. Richard Romanoff am siebzehnten August diesen Jahres in drei einschlägigen Internetforen unter dem Namen Zarenkind«, sagte er. »Und ich finde, wenn ich das sagen darf, den Namen Zarenkind sehr bezeichnend. Größenwahn und Unreife. Erklärt eigentlich alles.«

Gereon ließ sich Zeit mit seiner Antwort, vorher fasste er Richard kurz an die Schulter und drückte sie. »Also erst mal«, sagte er, »möchte ich festhalten, dass nicht jeder hier die Anschauungen der Staatsanwaltschaft teilt. Das Leben nur in Cash und vielleicht noch in Kindern zu messen scheint mir doch sehr schlicht.«

Sagte der Mann, dessen Outfit vermutlich mehr gekostet hatte, als Richard in einem halben Jahr verdiente. Aber er sagte es gut.

Löffler verfärbte sich hässlich dunkelrot unter seinen hellroten Haaren, und die Richterin nickte. »Fahren Sie fort«, befahl sie.

»Ich weiß«, sagte Gereon, »Sie haben diesen Termin so überstürzt angesetzt, weil Sie Fluchtgefahr befürchten, Herr Löffler, aber Herr Romanoff lebt schon seit zwanzig Jahren an derselben Adresse, ist also keineswegs so unsolide, wie Sie ihn darstellen möchten. Und außerdem kann es hier allein um das Tötungsdelikt an Natascha Kassin gehen. Wir haben noch von zwei weiteren Todesfällen gehört, aber Dr. Steenbergens Tod ist ein Unfall gewesen. Das hat die polizeiliche Untersuchung – übrigens teilweise unter dem hier anwesenden Herrn Marcks – zweifelsfrei erwiesen. Frau Zangerles Fall dagegen ist noch völlig offen. Da müssen überhaupt erst mal Beweise für ein Tötungsdelikt beigebracht werden.« Gereon klopfte mit einem schwarzgoldenen Füller auf seine Unterlagen. »Das Einzige, was feststeht, ist, dass Frau Zangerle neunzig Jahre alt war und äußerlich unverletzt auf ihrer Couch vor dem Fernseher gefunden wurde, was nicht spontan auf ein Gewaltverbrechen schließen lässt.«

Richard fasste jetzt doch vages Vertrauen zu seinem Verteidiger. Der Richterin jedenfalls schien er plötzlich zu gefallen. Ihre strengen Züge entspannten sich ein wenig.

»Was Natascha Kassin betrifft, ist die Beweislage auch sehr dünn. Sie wurde erschossen, das ist alles, was wir wissen.« Gereon blickte Löffler aus seinen tiefdunklen, traurigen Augen an. »Sie, Herr Löffler, können nicht belegen, dass Herr Romanoff auch nur in Frau Kassins Nähe kam. Es gibt keine Zeugen dafür, keine Spuren an der Waffe, keine an der Leiche, und Herr Romanoff hatte absolut kein Motiv, seine alte Freundin zu töten. Selbst dann, wenn der Neid, den Sie uns so plastisch ausgemalt haben, Herr Löffler, wenn dieser Neid wirklich ein schlüssiges Motiv wäre. Denn Frau Kassin hatte gar keine lukrative Stelle mehr. Sie hatte tags zuvor gekündigt. Sie wollte sich verändern. Und ich finde, dieser Umstand sollte mehr in den Fokus der Ermittlungen rücken. Es zeigt doch, dass Frau Kassin mit ihrem Arbeitsplatz unzufrieden war, einem bequemen, sicheren Fünftausend-Euro-Arbeitsplatz. Sie sollten herausfinden, Herr Löffler, weshalb. Die Inhaftierung meines Mandanten jedenfalls ist aufgrund der vorliegenden Beweise nicht gerechtfertigt.« Er blickte die Richterin an.

»Wenn wir den jetzt gehen lassen«, sprach Marcks da leise und giftig in die Runde, »haben wir übermorgen die nächste Leiche.«

Gereon verschränkte die Arme. »Da das eben so überaus intensiv ausgeführt wurde«, sagte er, ohne Marcks eines Blickes zu würdigen, »möchte ich noch kurz auf Herrn Romanoffs Lebensumstände zu sprechen kommen. Seine Geschichte ist – plakativ und legt vielleicht gewisse Schlüsse nahe, wie die Ermittlungsbehörden oder die Staatsanwaltschaft sie gezogen haben. Aber ich gebe zu bedenken, dass so ein Hintergrund auch ausgenutzt werden kann. Herr Romanoff hatte schon seit einiger Zeit den Verdacht, dass jemand von außen seinen Computer manipuliert, was gut möglich ist, da er keinen großen Sicherheitsaufwand betreibt. Ich möchte betonen, Frau Richterin, dass mein Mandant bestreitet, diese Todesliste verfasst zu haben, und bis jetzt fehlt die sachgemäße Überprüfung durch den Staatsschutz. Sie haben nur Herrn Romanoffs IP-Adresse als Herkunftsort der Daten ermittelt, und wenn ich Sie erinnern darf, Herr Löffler, geht es hier um einen Straftatbestand. Diese Todesliste ist keine zivilrechtliche Angelegenheit, da müssen Sie gründlicher suchen und meinem Mandanten die Veröffentlichung tatsächlich nachweisen.«

Löffler blickte den Verteidiger völlig ungerührt an, Schlamperei wurde ihm vermutlich routinemäßig vorgeworfen, wirklich wehgetan hatte nur die Sache mit den Kindern und dem Cash. Auch die Richterin sah aus, als ob sie die Forderung nach genaueren Ermittlungen schon mal von anderen Verteidigern gehört hatte. Sie forderte beide Seiten auf, weitere klärende Details anzufügen. Gereon brachte geschickt die seltsame Angelegenheit mit der Lederjacke und dem Betrüger von Kabel Deutschland zur Sprache, Löffler konterte mit der Gefahr, die von politischen Extremisten ausging, und dass er bei Richard Fluchtbereitschaft gegeben sah. Sogar Marcks kam zu Wort und schilderte die Schwierigkeit, ungesehen in den Zoo hineinzukommen. »Über die Mauer klettern ist praktisch unmöglich, und wir haben Fotografien von allen Zoobesuchern, die zur fraglichen Zeit dort waren. Die Fotografen würden beschwören, niemanden ausgelassen zu haben. Alles Familien mit Kindern, ältere Stammgäste, Jugendgruppen. Außer Herrn Romanoff war niemand Verdächtiges dabei.«

»Das werde ich bedenken«, versprach die Richterin in beide Richtungen und zog sich zurück, was offenbar sehr ungewöhnlich war, wie Richard aus den Blicken der anderen schloss. Er wagte allerdings nicht zu fragen, ob das ein gutes oder schlechtes Zeichen war. So warteten sie schweigend, bis die Richterin wieder erschien.

»Die Staatsanwaltschaft hat recht«, sagte sie ohne große Einleitung und blickte auf einen Zettel mit winzigen Notizen, den sie mitgebracht hatte, »es ist vernünftig, diese drei Todesfälle als einen zusammengehörigen Tatkomplex zu betrachten. Es scheint einen inneren Zusammenhang zu geben. Allerdings müssen Sie eben auch wirklich Beweise dafür beibringen.« Sie seufzte und zog einen anderen Zettel vor. »Ich verstehe, dass Sie von der Zarenkind-Todesliste geschockt sind, das sind wir wohl alle. Sie sehen mit Recht Handlungsbedarf und wollen eine Verhaftung vornehmen. Es ist auch rechtens, dem Herrn Romanoff vorerst die Veröffentlichung dieser Liste zur Last zu legen, denn, Herr Romanoff, der Beweis, dass jenes Manifest von Ihrem Computer aus ins Netz gestellt wurde, liegt vor. Nach der sogenannten Störerhaftung sind Sie verantwortlich für alles, was man im Internet auf Ihre IP-Adresse zurückführen kann.«

Richard nickte bang. Das hörte sich überhaupt nicht gut an.

Auch die Richterin schien sich schwerzutun. Sie seufzte wieder. »Diese Liste ist aber tatsächlich als eine Drohung nach Paragraph 241 des Strafgesetzbuchs anzusehen, also muss die Urheberschaft durch die Ermittlungsbehörden eindeutig festgestellt werden. Da der Herr Romanoff sich als Detektiv exponiert hat, könnte er wirklich das Interesse eines Hackers auf sich gezogen haben, was von dem Vorfall mit dem geheimnisvollen Anrufer bestätigt zu werden scheint. Die hier bezeugte Tätigkeit als Detektiv erklärt auch seine Anwesenheit am Tatort im Falle Kassin und am Fundort der Frau Zangerle. Es gibt außerdem keinen direkten Beweis, der den Verdacht begründet, dass er Frau Kassin, Frau Zangerle oder Dr. Steenbergen getötet hat.« Sie holte tief Luft. »Der Antrag auf Inhaftierung des Herrn Romanoff aufgrund eines Tatverdachts für das Tötungsdelikt an Natascha Kassin wird abschlägig beschieden.«

Richard horchte dem komplizierten Satz noch nach, als Peter und Gereon schon Stühle rückten und lächelten. Die Richterin zählte noch ein paar Gründe und Paragraphen auf und hob dann die Hand. Sie blickte Richard sehr ernst und sehr drohend an. »Herr Romanoff, ich belege Sie hiermit mit einer Meldepflicht. Sie werden sich bis auf weiteres wöchentlich bei den ermittelnden Polizeibeamten melden. Und Herr Romanoff, falls sich herausstellen sollte, dass Sie den Tod von Dr. Steenbergen ausgenutzt haben, um sich mit so einer Liste einen üblen Scherz zu erlauben, dann können Sie mit einer Freiheitsstrafe von bis zu einem Jahr rechnen. – Auf Wiedersehen.«

Richard fühlte sich erleichtert, aber auch taub und völlig ausgebrannt. Kurz sah er in Marcks' hasserfülltes Gesicht, dann wurde er von Peter und seinem hübschen Kollegen in die Mitte genommen, und schließlich standen sie zu dritt im warmen Nachmittagssonnenschein vor der Tür des Justizgebäudes und fühlten sich einen Moment lang wie das *A-Team*.

»Du hast sie glatt umgehauen«, sagte Peter zu Gereon. »Du hast ausgesehen wie Cary Grant, du Hund.«

Der Anwalt schüttelte den Kopf. »Es war knapp. Das hätte

auch anders ausgehen können – gut, Inhaftierung ist ja noch kein endgültiges Urteil.« Er blickte Richard an. »Die Meldepflicht ist kein gutes Zeichen. Und dieses Manifest ist übel.« Er blickte Richard nachdenklich an. »Falls jetzt noch einer von der Liste stirbt, haben Sie ein echtes Problem. Zum Glück hat die Richterin Verständnis gezeigt, aber die Angelegenheit ist nicht vorbei.«

»Der Marcks wird in meinem Computer doch niemals nach irgendwas suchen, das mich entlastet«, sagte Richard, plötzlich wieder niedergeschlagen.

»Er muss suchen lassen«, sagte Peter sofort. »Er kann nicht alles drücken und drehen wie er will. Diese Untersuchungen werden von speziellen Abteilungen gemacht, na sag, Franz –«

»Dem Stabsbereich Kriminaltechnik«, sagte Gereon.

»Genau. Und sowie der Marcks Ihren Computer rausrückt, setzen wir noch einen eigenen Spezialisten dran.«

»Ach ja«, sagte Gereon. »Das wollte ich noch sagen, Dr. Romanoff, gehen Sie am besten nicht gleich nach Hause. Sie hatten einen schweren Tag, da ist es nicht gut, allein in eine – durchsuchte Wohnung zu kommen. Nehmen Sie meinen Rat an und tun Sie vorher irgendetwas, das Sie ein bisschen aufmuntert. Lassen Sie sich von Peter zum Essen einladen.« Er klopfte seinem Kollegen auf die Schulter und flüsterte ihm etwas ins Ohr. Peter nickte. Dann wandte Gereon sich wieder Richard zu. »Bis bald«, sagte er ernst. Und das klang wie eine üble Prophezeiung.

* * *

16.55 Uhr

Ein Tag im Bett und ein Tag zum Putzen. Jetzt noch eine Pizza von *Monalisa* unten an der Ecke. Der Wochenendausflug zur Familie musste diesmal ausfallen. Müller fühlte sich ganz gut, aber es war besser, in der Nähe seiner Schauplätze zu bleiben.

Für den Fall, dass er irgendwo eingreifen musste.

* * *

»Ich kenne da«, sagte Peter, »ein ganz wunderbares Fischrestaurant.«

Richard schüttelte den Kopf. »Ich muss nach Hause.«

»Sie essen auch keinen Fisch, stimmt's?«

»Doch, manchmal«, sagte Richard, »aber darum geht es nicht. Ich bin erschlagen. Ich muss heim.«

Peter blickte ihn streng an. »Dann wenigstens ein Bier.«

»Nein, wirklich –«

»Kommen Sie.« Peter ergriff Richards Arm und zog ihn auf die Straße. Auf der anderen Seite befand sich ein kleines Café mit Straßenausschank, es trug den Namen *Justizia*. Peter visierte einen Korbsessel aus Rattan an, schob Richard in diese Richtung und ließ sich selbst im benachbarten Gestühl nieder. Es knarrte bedenklich. Peter blinzelte kurz in die Sonne und setzte sofort seine Brille auf. »War Ihre Mutter wirklich eine russische Dissidentin?«, flüsterte er theatralisch und sah aus, als sei er soeben einem Hitchcock-Film entstiegen.

»Dissidentin ist das falsche Wort«, sagte Richard, dessen Beine mal wieder zu lang waren für die Sitzgruppe. Ungeschickt ruckte er mit seinem Stuhl zurück und wieder vor, er hasste niedrige Tische. »Sie sollte eigentlich die Athletinnen bewachen, dort in Grenoble. Dann ist sie selbst geflohen. Tja, sie war oft sehr – spontan.«

Peter linste ihn über die Brillengläser hinweg an, was bei der Oversize-Brille allein schon ein Kunststück war. »Was hat denn der KGB diesbezüglich unternommen?«

»Der hat uns nie gefunden«, sagte Richard und bestellte bei der heranschlurfenden Bedienung ein Kölsch.

»Sekt Aperol«, orderte Peter.

»Fall gewonnen?«, fragte die Bedienung sogleich.

»Die erste Runde«, sagte Peter.

»Glückwunsch«, sagte sie routiniert. »Was zu essen?«

»Zwei Sandwiches mit Käse«, bestellte Peter, und sie zog ab. »Wow, auf der Abschussliste des KGB hat auch nicht jeder gestanden«, sagte er dann ehrfürchtig.

»Ja, wir sterben langsam aus.« Richard grinste schwach. »Ist schon cool, stimmt. Man ist der Star auf jeder Asta-Party.«

Peter seufzte. »Ich glaube, ich war zu fleißig als Student«, sagte er bedauernd. »Ich wurde nie vom KGB verfolgt. Ich war noch nicht einmal je auf einer Asta-Party.«

»Ehrlich?«

»Ja.« Peter lächelte sehnsüchtig.

Richard zögerte. Dass Peter nie auf einer Asta-Party gewesen sein sollte, war vermutlich die dickste Lüge seit Guttenbergs Doktorarbeit.

Peter nahm die Brille ab und blickte traurig auf den schmutzigen Tisch, als stünde dort eine wahrhaftige Feuerzangenbowle.

Ach Teufel auch: »Wenn Sie möchten«, sagte Richard, »wir können ja mal zusammen hingehen …«

»Die lassen uns Alte doch gar nicht mehr rein.«

Die Kellnerin kam mit den Getränken. Peter nahm seinen giftig orangefarbenen Drink und prostete Richard zu.

»Das ist wahr, wir sind alt«, sagte der nach einem Schluck Kölsch. »Aber ich könnte meine Studenten zwingen, so zu tun, als wären wir – sagen wir, dreißig. Ich erinnere die einfach an ihre Referate.«

Peter grinste, mit tiefen Grübchen. »Auf die Referate«, sagte er und trank.

* * *

Kurz nach fünf

Käse. Viel fetter Käse, der überdeckte den Uralt-Alleswürzer-Geruch aus *Monalisas* Küche. Ach, und dieser Käse, der würde sich ziehen lassen und heiß im Mund zerschmelzen. Müller stand draußen vor seiner Haustür und hätte die Pizza beinahe jetzt schon ausgepackt, sein Appetit war der von zwei Tagen. Und er konnte es sich verdammt noch mal leisten. Wie hatte Picasso gesagt: Ich möchte leben wie ein armer Mann mit viel Geld. Mit Hunger essen, bedeutete das. War das Dasein nicht phantastisch, wenn man einen Weg gefunden hatte, zentimeterdicke *Monalisa*-Käsepizzas zu essen, ohne fett zu werden? Der Mensch brauchte etwas Aufregendes, ein Abenteuer, das ihn schlank hielt. Müller pfiff, tanzte im Treppenhaus, er fühlte sich bombastisch. Die Stufen zu seinem Apartment nahm er mit Schwung, benutzte das wackelige dünne Geländer als Holm, um seine Sprünge abzufedern – und dann wäre er beinahe die ganze Treppe hinuntergestürzt.

Auf den Stufen vor seiner Tür saß jemand.

Ali.

Viertel nach fünf

Ali sah noch brauner und faltiger aus als bei ihrem ersten Treffen, und außerdem absolut nicht wie ein Ali. Das war Müller schon letztes Mal aufgestoßen. Dieser Mann hatte rein *gar* nichts Orientalisches an sich, er könnte ein Günther oder Klaus-Dieter sein, vielleicht auch ein Heiner oder Hans. Genau, *Hans.* Das war einer aus der Generation Hans, ein ziemlich betagter Mann. Er erhob sich schwerfällig. Die Treppe, das sah man deutlich, war eine Zumutung für ihn. Auch weil sie ungefegt und schmutzig war. Schweigend klopfte der falsche Ali seine Hose ab. Er trug solide Funktionsklamotten einer teuren Sportfirma, die an jedem anderen Menschen seines Jahrgangs sackartig bis schäbig gewirkt hätten. Alis drahtige Sportlerstatur konnte sie allerdings immer noch ausfüllen, und jetzt, da er stand, wurden seine Bewegungen schnell sehr viel energischer. »Hallo«, sagte er und warf Müller einen klugen, scharfen Blick aus seinen gewitzten Augen zu. »Viel los bei Ihnen in letzter Zeit, was?«

»Hm«, machte Müller nervös.

»Lassen Sie uns reingehen, was meinen Sie?«, sagte Ali freundlich.

»Ja. Natürlich.« Müller schloss seine Wohnungstür auf. Irgendwie beleidigte es ihn, dass dieser Mann so alt war. Alt und voll innerlichem Lachen, aber es war ein hinterlistiges Lachen, das ganz allein seinem Besitzer gehörte. Müller mochte es nicht. Es war ihm unheimlich, wie überhaupt der ganze Mann. Allein, dass er sich Ali nannte, wo er doch aussah wie Hans Sachs mit dem heißen Flüssigwachs. Gut, »Ali« war sicher eine prima Tarnung, beschwor sofort das Feindbild vom bösen Islamisten, genau wie die *kids4quran*-Adresse, und wenn irgendwann mal einer auf der Wache sagte: Der Ali war's, dann wussten die Bullen schon, wo sie zu suchen hatten, nämlich nicht bei denen, die Hans hießen. Trotzdem: Für Müller hätte dieser Mann viel jünger sein müssen, dreißig, schwarz gekleidet, Haare gegelt und voll brodelndem Machismo. Oder wenn schon älter, dann fein, in englischem Tuch. Im Kaftan, mit Turban, vielleicht auch überraschend getarnt von einer Burka.

Nur nicht dieses Lehrergesicht über einer Jack-Wolfskin-Jacke.

* * *

Als Richard seine Wohnung betrat, kamen ihm allen Ernstes die Tränen. Alles – alles! – war durcheinander. Die Blumentöpfe ausgeleert. Die Klamotten vor den Schränken, die Sofakissen vor dem Sofa, die Bücher vor den Bücherregalen. Mehl, Zucker und sämtliche Gewürze lagen als ein großer Haufen auf dem Küchentisch, und in seinem Arbeitszimmer fehlte schmerzlich der Computer. Alle Papiere stapelten sich auf dem Boden. Nie hätte Richard gedacht, dass ihm seine unvollkommene Ordnung so am Herzen lag. Dann nahm er sich zusammen und suchte ein paar Müllsäcke. Zum Schlafen war es ohnehin noch viel zu früh, da war es besser, er machte gleich etwas Vernünftiges und räumte auf.

* * *

17.23 Uhr

Die Pizza lag im Karton auf der Küchenspüle und wurde kalt. Ali saß auf Müllers Stuhl, Müller saß auf seinem Bett. Mehr Sitzgelegenheiten gab es nicht.

»Weshalb ich hier bin«, sagte Ali. Er holte eine Zeitung hervor. »Der Tod dieser Frau«, er warf einen Blick auf das Titelblatt, »*K., Mitarbeiterin der ENERGIE*, können Sie mir den erklären?«

»Nein«, sagte Müller vorsichtig.

»Sie hat gemeinsam mit Ihnen für uns gearbeitet.«

»Stimmt«, sagte Müller. »Aber sie hatte gekündigt.«

»Nicht bei mir«, sagte Ali und seine hellen Augen blickten so sympathielos abwägend, dass Müller angst und bange wurde.

»Ihre Kompetenzen hatten sich geändert«, antwortete er nervös. »Nach Dr. Steenbergens Tod.«

»Das ist auch so eine Sache, Dr. Steenbergens Tod.«

»Ja«, sagte Müller flach.

»Man fragt sich, wie er so plötzlich sterben konnte.«

»Die Polizei sagt, es wären Vulkangase gewesen«, sagte Müller mutig. »Zumal auch eine Kuh mitgestorben ist.«

»Die Kuh, ja«, sagte Ali mit einem offenen Blick mitten in Müllers Gesicht. »Die Kuh hat mich erstaunt. Uns alle.«

»Möchten Sie was trinken?«, fragte Müller, hauptsächlich um aufstehen zu können und nicht mehr allzu direkt diesen klugen Augen ausgesetzt zu sein.

»Wasser, bitte«, sagte Ali.

Müller erhob sich und wandte sich der kleinen Einbauküche zu. »Wer sind *alle*?«, fragte er beiläufig.

»Das«, sagte Ali, »kann ich Ihnen nicht verraten. – Ich weiß, Sie sind jung und eifrig und Sie möchten sich beweisen. Aber Sie müssen verstehen, dass es besser ist – für alle –, wenn gerade Sie das jetzt nicht wissen.«

Müller drehte sich zurück. »Ich möchte andere Aufgaben«, brach es aus ihm heraus. »Mehr Verantwortung. Ich hätte da eine wirklich hochinteressante Idee, wie wir –«

»*Wir*?«, unterbrach Ali. »Jetzt wollen *wir* erst mal klären, was überhaupt vorgefallen ist. Diese Kuh ist nicht freiwillig gestorben, nehme ich an.«

»Dr. Steenbergen«, sagte Müller, »war uns auf der Spur.«

»Frau Kassin und Ihnen.«

»Uns *allen*.«

Ali hob die Brauen. »Und da haben Sie ihn getötet, ganz aus eigenem Ermessen.«

»Für die Organisation«, wagte Müller zu sagen.

»Nein.« Der alte Mann lächelte böse, und sein Gesicht legte

sich dabei in viele ehrwürdige Falten. »Das haben Sie ganz allein für sich gemacht.«

»Steenbergen war eine Gefahr!«

»Mag sein«, sagte Ali, »aber das hätten Sie uns mitteilen können.« Er schüttelte den Kopf. »Und dann diese Art und Weise. Vulkangase. Das ist Chichi für Bondfilme. Hat uns nicht gefallen, auch wenn Sie es unbegreiflicherweise so hingekriegt haben, dass die Polizei alles geglaubt hat.«

»Na also!« Müller füllte zwei Gläser mit Wasser.

»Ja, mein Freund, aber danach noch jemanden zu erschießen, das ist unklug. Es bedeutet Ermittlungen, und zwar in beiden Fällen, bis ein Täter gefunden ist. Wir können also das Geschäft vorerst schließen und müssen froh sein, wenn wir nur Zeit und Geld einbüßen.«

Müller reichte dem Alten ein Glas, ohne ihn direkt anzusehen. »Die Kassin hatte Kontakt zu einem Detektiv, der zufällig ein alter Bekannter von ihr war. Die *hätte* demnächst ausgepackt, da bin ich ganz sicher. Die hat immer irgendwie Schwierigkeiten gemacht. Sie hat ja auch so plötzlich gekündigt.«

Ali seufzte. »*Sie,* mein Freund, werden dafür bezahlt, unauffällig zu sein. Sie sind unsere Deckung.« Er trank einen Schluck Wasser und klopfte mit der freien Hand auf die Zeitung. »Und jetzt das! So viel Presse hatte ich in meinem ganzen Leben nicht.«

Müller schaute betreten, und Ali sagte einfach gar nichts mehr. Plötzlich sah er sehr bedrohlich aus. Wie ein Todesengel. Er schwieg und lächelte Müller unheilvoll an.

»Und jetzt wollen Sie mich loswerden«, sagte der mit zitternder Stimme.

Ali zuckte die Achseln.

»Aber wenn ich sterbe«, rief Müller, »ist es ein Tod zu viel! Dann wird die Polizei die Verbindung erkennen, und es werden *drei* Morde auf Sie zurückfallen.«

Ali erhob sich. »Wer redet denn gleich vom Sterben«, sagte er gelassen. »Sie übertreiben. Ich werde das alles erst mal so weitergeben, ich meine, wir wussten ja nichts Genaues. *Jetzt* wissen wir zumindest, wem wir das Durcheinander zu verdanken haben.« Er wandte sich zur Tür.

»Moment«, sagte Müller panisch. Auf keinen Fall durfte Ali so gehen. »Ich habe Ihnen ja noch gar nichts von dem Mann erzählt, den ich als Täter für den Mord an Natascha Kassin aufgebaut habe.«

»Bitte?« Ali drehte sich auf dem Absatz um, ziemlich schnell für einen alten Mann.

»Es ist der Detektiv. Sein Name ist Richard Romanoff.« Müller begann so rasch und eindringlich zu sprechen, wie er nur konnte. Über den ungeschickten Öko-Heini, der zur rechten Zeit im Zoo gewesen war, der außerdem eine hochsuspekte Biografie besaß und der vor allem eine vernichtende Todesliste im Internet veröffentlicht hatte, die ihm vielleicht jetzt gerade schon zum Verhängnis geworden war.

»Wir brauchen nur abzuwarten«, versicherte er. »Romanoff ist als Täter ideal, denken Sie nur an dieses ganze Kernkraftgegnergedöns. So eine Biografie finden Sie nie wieder.«

Ali starrte ihn eine Zeitlang ungläubig an, dann sagte er in ganz neuem, grimmigem Ton: »Zeigen Sie mir das.«

Müller machte ein paar Schritte zu seinem Computer und rief nacheinander die drei Foren auf. Zwei hatten den Eintrag inzwischen gelöscht, aber im letzten stand er noch. »Wir können auch mal online-Nachrichten gucken«, sagte er, »vielleicht ist der Romanoff inzwischen verhaftet.«

»Halt.« Ali stand neben ihm und griff nach der Maus. Widerwillig gab Müller den Platz frei, und der Alte setzte sich hin. Er beugte sich weit vor zum Bildschirm und las das Manifest. Dann drehte er sich zu Müller zurück. »Das ist ja lustig«, sagte er finster.

Müller lächelte unbestimmt.

»Sie wollen unbedingt raus ins Rampenlicht.«

Müller schüttelte bescheiden den Kopf. »Ich dachte nur –«

Ali hob die Hand. »Und dieser Romanoff, der arbeitet für …?«

»Peter Welsch-Ruinart. Stinkreicher Steuerberater, war mit Steenbergen liiert. Will seinen Lover rächen.«

Ali nickte. Jetzt sah er plötzlich sehr alt aus. Alt, verdrossen und müde. »Sie sind zu weit gegangen.« Er richtete seinen durchdringenden Blick so unvermittelt auf Müller, dass der sich erschrocken aufs Bett setzte. »Viel zu weit. Wir wollten nichts weiter von Ihnen, als dass Sie unsere Zertifikate gegen Ihre Zertifikate tauschen. Das war alles.«

»Ich wollte es eben so gut machen, wie es ging«, sagte Müller kleinlaut.

»Sie haben ein Chaos angerichtet.«

»Aber der Romanoff ist vielleicht längst verhaftet. Das würde doch alles lösen!«

»Wie ist seine Nummer?«

»Bitte?«

»Herrn Romanoffs Telefonnummer, bitte.«

Eilfertig sagte Müller sie auf.

Ali holte ein großes Handy hervor und tippte umständlich die Nummer ein, dann lauschte er hinein. Schließlich schaltete er das Gerät wieder aus. »Hat sich gemeldet«, sagte er. »Ist nicht verhaftet.«

»Das geht nicht so schnell«, sagte Müller angstvoll.

Wieder richteten sich die unheimlichen Augen des Alten auf ihn. »Doch, das geht schnell«, sagte er. »Aber es ist nicht passiert, und da haben wir noch mal Glück gehabt. Denn Sie irren sich, wenn Sie meinen, dass eine Verhaftung die Sache löst. Dieser Romanoff mag ungeschickt sein und verdächtig wirken, aber wenn es um seine persönliche Freiheit geht, wird er kämpfen. Und sein Anwalt mit ihm. Romanoff hat nichts getan, und er kann reden. Irgendwer wird ihm vielleicht zuhören.«

»Ich –«, begann Müller, doch Ali hob wieder die Hand. Eine Weile saß er nur gebückt da.

»Ich sag Ihnen jetzt, was Sie tun«, sprach er schließlich.

»Gut«, sagte Müller geknickt.

»Sie werden Ihrer Liste da eine *echte* politische Dimension geben.«

»Was soll das heißen?«

»Soll heißen«, sagte Ali boshaft, »dass Sie noch lange nicht konsequent genug waren. Wer ist gestorben? – Ihr Chef und Ihre Kollegin. Zwei Leute aus *einer* Firma. Das können Sie niemandem als extremistischen Anschlag verkaufen. Sie haben aber damit angefangen, Sie haben einen Mordsüberbau geliefert, Sie waren schwatzhaft. Und deshalb werden Sie jetzt wirklich in die Politik gehen.«

»Wie bitte?«

Ali drehte sich zurück zum Computer und musste sich wieder weit zum Bildschirm vorbeugen. »Mal sehen, wer wäre denn einfach? – Genau. BASF-Ökologiepate, ertränkt in Pestizid. Das werden Sie inszenieren.«

»Nein!«

»Ja. Mit Ihrem russischen Freund Romanoff als Hauptdarsteller. Dann haben Sie die politische Dimension.«

»Ich bitte Sie«, sagte Müller entsetzt. »Wie stellen Sie sich das vor? Diesen BASF-Mann, denn kenne ich doch gar nicht!«

»Ja, eben«, sagte Ali. »Sie verlassen die persönliche Ebene. Das ist die einzige Chance, wie Sie aus der Sache rauskommen.«

»Aber der Romanoff wird danach noch viel mehr erzählen können!«

»Das müssen wir natürlich unbedingt verhindern«, sagte Ali grimmig. »Er sollte dann sehr schnell einen Unfall haben.«

»Wäre es da nicht besser, gleich den Romanoff allein zu – also, einfach nur ihn aus dem Weg zu räumen, das könnte ich sofort und ganz leicht bewerkstelligen, der könnte einen Selbstmord begehen wie sein Vater, das wäre –«

»... nicht ausreichend«, unterbrach Ali, und seine intelligenten Augen blickten Müller mit tiefem Groll an. »Man wird weiter nach Ihnen suchen. Zumindest der Anwalt wird diesen Selbstmord nicht akzeptieren. Wir müssen hoffen, dass er den Anschlag und den Unfall seines Detektivs glaubt. Denn wenn wir uns auch noch um den kümmern müssen, wird die Sache inflationär.«

»Stimmt«, sagte Müller, »Und ich möchte –«

Ali schüttelte den Kopf. »Wir werden jetzt einen Plan entwickeln. Sofort. Wie wollen Sie's angehen?«

»Ich hätte da noch eine ganz andere Idee«, sagte Müller rasch. »Ich könnte Sie für den Ärger entschädigen. Wenn Sie mir nur etwas Zeit geben, dann könnte ich Ihnen ein hochinteressantes Angebot machen –«

»Können Sie nicht hören? Verstehen Sie mich nicht? Rede ich chinesisch?«

»Doch wirklich«, sagte Müller todesmutig, »ich habe schon lange eine Sache im Auge, ich weiß nicht, ob Sie da im Bilde sind, aber die ENERGIE besitzt eine Importfirma, die atomare Brennstoffe vertreibt, und die führen in ihrer Angebotspalette ganz öffentlich HEU, also hochangereichertes Uran, und –«

Ali presste die Lippen aufeinander, fuhr sich mit beiden Händen übers Gesicht und blickte Müller dann sehr drohend an. »Wie wollen Sie's angehen?«

»Ich –«

»BASF. Insektizid.«

»Ich – okay. Ich kriege raus, wo der – das Opfer wohnt, dann –«

»Wie kriegen Sie das raus?«

»Übers Internet.«

Ali warf einen verächtlichen Blick auf den Computer. »Weiter.«

»Ich leihe mir einen Van.«

»Wie?«

»Ich kenne einen Automechaniker, der gibt ihn mir.«

»Kennt der Ihren Namen?«

»Ja.«

»Ich besorge Ihnen das Auto. Am Montag. Weiter.«

»Dann brauche ich noch das Insektizid.«

»Romanoff braucht das Insektizid. *Er* muss es kaufen.«

»Ich kaufe mir welches in einem Baumarkt und für ihn bestelle ich welches im Internet. Auf seinen Namen.«

»Wo?«

»In einem Online-Argrarstoffhandel.«

»Kennen Sie einen?«

»Nein.«

»Heute ist Freitag«, sagte Ali. »Wenn Sie das Mittel am Montag wollen, müssen Sie es jetzt bestellen. Am besten per Eilversand.«

»Aber wenn der Auftrag von Romanoff kommen soll, muss ich dazu über seinen Internetzugang ins Netz, das geht nicht einfach so.«

»Was heißt das?«, fragte Ali mit einem weiteren bösen Blick auf den Computer.

»Ich muss mit meinem Laptop direkt vor seiner Wohnung stehen und er muss online sein.«

»Laptop«, sagte Ali geringschätzig. »*Online*. – Bestellen Sie telefonisch.«

»Aber das andere ist eindeutiger –«

Wortlos stand Ali auf, machte den Platz am Schreibtisch für Müller frei und wies auf das Telefon.

»Jetzt?«, fragte Müller ungläubig.

»Es ist erst kurz nach sechs Uhr. Die Geschäfte haben offen.«

»Aber –«

»Wir haben jede Menge Zeit«, sagte Ali bösartig. »Ich hatte mir sowieso noch den ganzen Abend für Sie eingeplant.«

* * *

La Monalisa war eine bunte kleine Kneipe, wo der Chef selbst malte, und zwar vermutlich begeisterter, als er kochte. Jede Wand, jeder Pfeiler, sogar die Bar war mit leuchtend bunten Bildern vollgehängt, auf denen große, ausgeblichene Preisschilder pappten. Die Preise waren also zu hoch, und der Geruch aus der Küche war auch nicht sehr verlockend. Ali wollte sowieso nichts essen. Er war todmüde nach der langen Sitzung und brauchte nur etwas Wein und einen verschwiegenen Platz zum Telefonieren. So setzte er sich in eine ruhige Ecke und ließ sich einen Chianti kommen. Als er dann sicher sein konnte, dass niemand zuhörte, holte er sein Handy hervor und wählte eine Nummer, die er niemals irgendwo aufgeschrieben oder eingespeichert hatte. Auswendig aus dem Kopf, anders ging es in seiner Branche nicht.

»Guten Abend«, sagte er, »Ali. Melde mich aus Köln.«

Er lauschte einen Moment, dann sprach er leise: »Er war es. Auch das mit dem Manager. *Er.* Hat alles zugegeben.«

Wieder lauschte er. »Ja«, sagte er dann, »das halte ich leider auch für nötig, aber es hat sich noch eine Komplikation ergeben. Unser Mann hat die Aufmerksamkeit eines Detektivs auf sich gezogen. Ein gewisser Romanoff. Raten Sie mal, wer den bezahlt.«

Kurze Pause, dann sagte Ali: »Ich glaube ja, dass dieser Welsch-Ruinart das eigentliche Problem ist.« Grimmig nippte er an seinem Wein. Der war zu süß und garantiert kein Chianti. Billiger Merlot aus Frankreich, dachte Ali. Aber wenn er sich darüber beschwerte, würde die Bedienung sich aufregen und ihm danach zu viel Aufmerksamkeit schenken.

»Wie Sie meinen«, sagte er ins Telefon. »Man weiß natürlich nicht, was dieser Detektiv alles aufgeschnappt hat. Noch dazu ist das selbst ein zwielichtiger Typ. So ein linker Radikaler. Unser Mann wollte das ausnützen und hat ihn bei der Polizei angeschwärzt.« Unvorsichtig nippte Ali noch mal am Wein und ärgerte sich wieder über den süßen Fusel.

»Ja, sehr schlau«, sagte er ins Telefon. »Hat überallhin Verbindungen gelegt. Alles öffentlich. Im Internet. In der Zeitung. Fehlt bloß noch, dass er einen Spielfilm über seine Motive dreht. Eine Primadonna, die Presse ist ständig dabei. Wenn wir das jetzt nicht sensibel behandeln, kann es eine Lawine auslösen.« Missmutig blickte er in das Glas mit dem ungenießbaren Wein.

»Der Meinung bin ich auch. Aber es ist kompliziert. Die Polizei sucht ja vielleicht wirklich nur den Mörder von dieser Kassin, aber wie's aussieht, will der Welsch-Ruinart Vergeltung für den Tod seines Liebhabers. Steenbergen. Ja. Fragen Sie nicht.« Ali schwieg kurz und sagte müde: »Ich hasse das.«

Wieder Schweigen.

»Ja, ich weiß, überzeugen kann nur der echte Täter. Und der darf nichts mehr sagen. Ist ganz klar. Die Frage ist, was machen wir mit all den ausgelegten Spuren. Und mit dem Detektiv.«

Jetzt schwieg Ali sehr lange. Dann sagte er: »Gut. Ja. Wissen Sie, ich habe tatsächlich schon so ein Szenario angedacht. Griechische Lösung. Am Ende sterben alle. Wobei, Sie kennen mich, ich tendiere zum Autounfall, Fahrzeuge präparieren kann ich einfach am besten und finde ich auch am sichersten, aber da müsste der eine den anderen entführen. Vielleicht kriege ich das sogar hin. Ich will die Geschichte von den politischen Anschlägen benutzen, die der Romanoff angeblich plant. Steht des Langen und Breiten im Internet, eine ganze Todesliste. Ja. Hat unser Mann sich ausgedacht, ich sag ja, der hat eine blühende Phantasie. Aber, das müssen wir auch mal sehen: Politischer Wahnsinn ist ein starkes Motiv, sehr aktuell, das wird von uns ablenken, das sollten wir ausreizen, zumal es jetzt sowieso schon in der Luft liegt.« Kurz und nachdenklich betrachtete er einen gruselig bunten Sonnenuntergang, der am Pfeiler vor ihm hing.

»So in etwa. Detektiv und Mörder verfolgen sich auf dem Weg zum nächsten Verbrechensschauplatz. Ludwigshafen. Da soll ein BASF-Mann in Pestizid ertränkt werden. Unappetitlich, Sie sagen es. Aber schöne verräterische Requisiten, ist alles schon bestellt, die müssen nie auch nur in die Nähe der BASF kommen, das wird von ganz allein wirken.« Pause.

»Meinen Sie?«, fragte Ali dann. »Ich weiß nicht.« Er lauschte eine Weile, seufzte kaum hörbar und sagte: »In Ordnung, aber das macht es noch aufwändiger, als es sowieso schon ist.« Er lauschte angespannt.

»Ja, immerhin sind es ja jetzt auch schon *zwei*, um die ich mich kümmern muss, das allein –« Er blickte über den Sonnenuntergang hinweg zu einem vergleichsweise düsteren Stillleben in aggressivem Lila.

»Oh«, sagte er dann. »Vielen Dank. Ja, dann – Sie kennen mich, ich *kann* auch unter Polizeipräsenz arbeiten, das ist alles eine Frage der Mittel, die zur Verfügung stehen. Gut. Wenn Sie das wollen, werde ich den Ludwigshafenern einen Wink zuspielen. Eigentlich stimmt es ja, wenn die Polizei einen Anschlag erwartet, ist es danach viel leichter für alle, den verunglückten

Attentäter zu glauben. Nein, ganz vage natürlich. Über Mittelsmann, selbstverständlich. Türke oder Araber, wie immer. Und der Unfall passiert noch lange vor Ludwigshafen, keine Sorge. Ja, danke. Ihnen auch einen schönen Abend.«

Er unterbrach die Verbindung und saß mehrere Minuten einfach nur erschöpft da. Dann nahm er wieder sein Telefon zur Hand, wählte und sprach: »'n Abend, Muhammad, du, kennst du irgendwen in Mannheim oder Ludwigshafen, der den Bullen eine Info stecken könnte?«

Er lauschte eine Weile, dann sagte er: »Gut. Prima. Dann gib mir mal die Nummer von diesem – Karim.«

Acht

Samstagmorgen, der beste Teil der Woche.
Ach ja?
Das sagen Sie mir jeden Samstagmorgen.
Und?
Und Sie pfeifen nicht. Sie haben sich noch nicht mal rasiert. Fahren Sie heute etwa nicht nach Hause?
Nein.
Was haben Sie vor?
Das werden Sie sehen.
Wollen Sie wirklich den ökologischen Paten der BASF töten?
Natürlich.
Jetzt mal ehrlich: Das ist eine hirnrissige Idee.
Absolut nicht. Ali hat recht.
Sie kennen diesen BASF-Mann doch gar nicht!
Na und?
Wissen Sie wenigstens, wie er heißt und wo er wohnt?
Muss ich noch mal googeln.
Das sind ja tolle Voraussetzungen. Und wenn er Kinder hat? Einen Hund? Einen kräftigen Gärtner? Drei Schwiegersöhne?
Hören Sie doch auf! Es wird schon alles klappen.
Seien Sie sich da nicht so sicher. Diesem Typen müssen Sie total platt und auffällig vor seiner Haustür auflauern. Und dann auch noch den Romanoff mitnehmen.
Romanoff. Ich hasse den Kerl. Es wird mir ein Vergnügen sein, ihn auszuschalten.
Wenn Sie meinen … Also, Sie müssen den Romanoff entführen, mit ihm unerkannt nach Ludwigshafen oder sonst wohin fahren, den BASF-Mann kidnappen, ihn auf ein Feld bringen und dort in Pestizid ertränken. Und *Romanoffs Selbstmord inszenieren!* Und *seine Leiche mitsamt Alis Auto in der Nähe des BASF-Mannes zurücklassen!*

Und dann müssen Sie selbst auch wieder nach Köln zurück!

Pah, Steenbergen war viel komplizierter.

Aber den wollten Sie töten. Sie sind doch kein Auftragsmörder. Sie sind ein Familienvater.

Ich kann den Befehl meines Auftraggebers nicht ignorieren. So ist das nun mal.

Dieser Opa ist niemals wirklich Ihr Auftraggeber. Das ist ein Rentner, der sich ein bisschen Spannung in den Lebensabend bringt. Vermutlich auf 400-Euro-Basis.

Vorerst muss ich tun, was er sagt.

Sie könnten untertauchen. Bei Ihrer Familie.

Auf keinen Fall! Da könnte ich Sandra und Sophie auch gleich selbst erschießen. Aber ich hätte da noch eine Idee. Sie ist, na ja, verrückt –

Da bin ich aber gespannt.

Ja, darfst du auch sein, wart's nur ab. Ich finde schon was. Irgendwas. Wo mehr für mich herausspringt.

Mehr?

Als das bloße Überleben.

* * *

»Fred«, sagte Richard am Telefon, »ich weiß, du hast noch einen alten Computer im Keller.«

»Schon«, sagte Fred, »aber der ist langsam.«

»Ich brauche ihn trotzdem.«

»Wieso? Du hast doch dieses Superding von Steenbergen.«

»Nein, das ist bei der Polizei.«

Schweigen.

»Und meinen eigenen Computer haben sie auch mitgenommen«, setzte Richard drauf.

»Die Bullen«, fragte Fred, »haben *deinen* Computer?«

»Die haben hier alles kurz und klein gehauen und mitgenommen, was irgendwie wertvoll ausgesehen hat. Und jetzt ist Wochenende, da kriege ich das Zeug erst mal nicht zurück.«

»Eine Hausdurchsuchung? Bei *dir*? Wieso? Ich dachte, wir haben den Fall gelöst?«

Richard lachte bitter. »Nein. Komm her und bring einen Computer mit, dann erzähl ich dir alles.«

»Tja, Heike ist beim Parents-Kickbox-Dancing und ich muss noch mit Simon auf den Markt«, sagte Fred. »Aber in zwei Stunden bin ich da. Okay?«

»Mach schnell«, sagte Richard. »Bitte. Wir müssen arbeiten.«

Fred pfiff durch die Zähne, als er die vielen Müllsäcke sah, die sich vor Richards Wohnungstür stapelten. »Mann, die haben vielleicht gewütet, wie?« Er stellte den kleinen Simon ab, den er die Treppe hinaufgeschleppt hatte, und atmete auf. »Wird auch immer schwerer, der Fraggle.« Er drückte Richard die Hand, was vermutlich eine Beileidsbekundung angesichts des Ausmaßes der polizeilichen Aktivitäten war. Dann lief Simon in die Wohnung hinein und Fred ihm hinterher. Drinnen blieb er sofort staunend stehen und sagte: »Mann, das sieht gar nicht schlecht aus so. Ganz schön groß, deine Wohnung. Und so hell – ich sag dir was, du musst den Boden abschleifen lassen.«

»Dachte ich mir auch gerade«, sagte Richard.

»Du hättest viel früher mal was anstellen müssen«, sagte Fred und breitete anerkennend die Arme aus. »Dass die Bullen dich gezwungen haben, deine Wohnung aufzuräumen, ist das Beste, was dir passieren konnte.«

»Na ja«, sagte Richard, der fand, dass offene Dankbarkeit zu weit ging. »Du hättest es mal gestern Abend sehen sollen. Ich habe bis drei Uhr morgens geputzt.«

»Tja«, sagte Fred und hielt Richard eine schmale schwarze Tasche hin. »Da. Das mit dem Computer aus dem Keller war mir zu viel Arbeit. Ich weiß ja gar nicht mehr, wo die ganzen Teile und Kabel sind. Und ich muss heute Morgen noch mit Simon zu einer Freundin, die Geburtstag feiert, hatte ich völlig vergessen, also leihe ich dir unser Laptop.«

»Eures?«

»Na ja, Heikes, du weißt schon, ihre Eltern –«

»Oh. Alles klar.«

»Pass gut drauf auf, ja? Ich brauche es am Montag wieder!«

»Danke, Fred.«

Der grinste und schüttelte den Kopf. »Echt, Ricky, da müssen erst die Bullen kommen, damit du mal putzt! – Hey Simon, alter Fraggle, lass Rickys Bücher in Frieden! – Ich melde mich dann, oder du kannst mir heute Abend in der *Tante* erzählen, was passiert ist. – Ciao. – Na los, Simon, wir wollen noch ein Geschenk kaufen. Los, los.«

* * *

11.23 Uhr

Das Telefon klingelte. Wer zum Teufel war das? Müller nahm das kleine schrillende Gerät und begutachtete das Display. Der Anrufer ließ seine Nummer übermitteln, das war ein günstiges Zeichen. Andererseits kannte Müller die Nummer nicht, und das war schlecht. Er zögerte bis zum fünften Klingelton, ehe er das Gespräch annahm. »Ja?«, sagte er kurz.

»Berthani«, sagte Klaudia Berthani. »Entschuldigen Sie, dass ich Sie an einem Samstag störe, aber es ist wichtig.«

»Aha?«, sagte Müller misstrauisch. Berthani und wichtig, das konnte eigentlich nur Ärger bedeuten.

»Sie waren jetzt zwei Tage krank«, sagte Berthani.

»Ich habe einen Krankenschein eingereicht«, verteidigte sich Müller.

»Ich weiß. Sind Sie wieder fit?«

»Einigermaßen«, sagte Müller.

»Haben Sie mitbekommen, was passiert ist?«

»Die Sache mit Frau Kassin?«, fragte Müller bang.

»Genau. Darum geht's. Ich möchte Sie diesbezüglich etwas fragen.«

»Ja?«

»Nicht am Telefon. Können Sie zu mir nach Düsseldorf kommen? Jetzt?«

Müller schluckte. »In Ihr Privathaus?«

»Ja.«

Müller zögerte.

»Es ist wirklich dringend«, sagte Berthani.

»Ich komme«, sagte Müller.

»Gut«, sagte Berthani. »Ich erwarte Sie in einer Stunde.« Sie nannte ihre Adresse und unterbrach die Verbindung. Müller stand erst völlig versteinert da und blickte das Telefon an. Dann steckte er es weg, ging an seinen Küchenschrank, öffnete die Keksdose mit den Rosen drauf und nahm seine Revolverattrappe heraus.

* * *

Freds Computer war fast besser als Steenbergens, nicht ganz so schnell, weniger elegant, aber dafür sah seine Benutzeroberfläche viel vertrauter aus. Auf dem Desktop lagen die Programme, die Richard ebenfalls auf seinem Computer benutzte, der Internetbrowser war auch derselbe, und die Einwahl ins Netz gestaltete sich zwar nicht so spielend leicht wie mit Steenbergens Superteil, aber das mochte an den Verwüstungen liegen, die die Polizei an Richards W-LAN hinterlassen hatte. Bei der Gelegenheit kam Richard außerdem überhaupt erst die Erkenntnis, dass der Hacker über eine Sicherheitslücke in der Netzverbindung in sein System eingedrungen sein musste. Und obwohl er nicht wirklich etwas davon verstand und mehr ahnte als wusste, was da manipuliert worden sein konnte, änderte Richard seinen Benutzernamen. Danach fühlte er sich besser.

Und dann begann er endlich mit dem, wonach es ihn die ganze Zeit schon heimlich gedrängt hatte: mit intensivem Nachdenken über einen in alle möglichen Richtungen offenen Computer. *Das* war es nämlich, was er *eigentlich* konnte, dies war die Art, wie er arbeitete, Verbindungen herstellte und wertvolle Dinge aufspürte: Er betrieb assoziative Recherche. Brainstorming mithilfe des Internets und anderer Medien, so verschaffte er sich einen Überblick, fragte nach dem Sinn, dachte in großen Zusammenhängen. Prüfte die Quellen, ging in der Chronologie zurück.

Also los. Richard rief den Internetauftritt der ENERGIE*base* auf. Nicht um das Bild eines Angestellten zu finden, sondern um herauszubekommen, was bei der ENERGIE*base* drei Morde wert war. Was hatten sie zu verkaufen? Wo konnte sich ein Verbrecher einklinken und Geld machen? Wo lagen vielleicht noch mehr Leichen vergraben? Nachdenklich betrachtete Richard die Homepage mit den vielen frischgrünen Bäumen im Layout. Und obwohl er gar nicht wusste, was er konkret suchte, hatte er doch das Gefühl, in diesem Moment schon einen großen Schritt weiter gekommen zu sein.

* * *

12.03 Uhr

Viel zu früh im Rottweiler Weg in Düsseldorf, aber das war in seinem Fall besser. Wenn er pünktlich kam, konnte es sein, dass er einem ganzen Polizeiaufgebot in die Schusslinie fuhr. Andererseits, dachte Müller, und das dachte er das hundertste Mal seit Berthanis Anruf, hätte die Chefin dich niemals in ihr Privathaus bestellt, wenn sie wirklich einen Verdacht hätte. Niemals. Auf keinen Fall. So weit ging Berthanis Loyalität für den Betrieb nicht. Sich und ihre Familie würde sie keiner Gefahr aussetzen. Wenn Berthani einen Verdacht hätte, dann hätte sie den der Polizei mitgeteilt. Ganz, ganz sicher. Trotzdem überkam Müller ein sehr ungutes Gefühl, als er das große Stahltor vor Berthanis Anwesen erblickte.

12.05 Uhr

»Sie sind früh«, sagte die jugendliche Stimme aus der Gegensprechanlage am Tor.

»Ja«, sagte Müller. »Darf ich trotzdem passieren?«

»Okay«, seufzte die Stimme. Das Stahltor öffnete sich wie das Maul eines riesigen Tiers. Es schien zu lachen. Müller sammelte alle Hoffnung, zu der er fähig war, und fuhr hinein.

12.09 Uhr

Hübsche Hütte. Auf der grünen Wiese, nein, in einem Park sogar, flache Dächer und viel Glas. Da drin ließ es sich leben, vermutlich. Müller lenkte den Alfa langsam bis ans Haus heran und hielt auf dem Parkplatz vor dem Eingangsportal. Weißer Marmorkies knirschte unter seinen Rädern. Zu dem *beton brut* der Hausfassade sah der Kies sehr extravagant aus, ein reizvoller Kontrast. Und nirgendwo ein Polizeiauto. Müller entspannte sich ein wenig. Nicht sehr. Nur so weit, dass er nicht erst nach seiner Theaterknarre im Sakko tastete, sondern gleich ausstieg. Draußen atmete er den Duft der alten Parkbäume ringsum tief ein. Wie absolut provozierend. Wie geil: Hier roch sogar die Luft nach Besitz, nach alten, stabilen Wertanlagen.

Nach Geld.

12.15 Uhr

»Reiten Sie auch?«, fragte die kleine Schwarze im Reitdress höflich, dazu blickte sie Müller beschwörend an.

»Nein«, sagte Müller. Adoptivkind, dachte er. Farbig, begabt, unwichtig. Dieses Mädchen war nur die gute Tat der Familie. Die richtige Tochter hingegen erkannte man an ihrem schlechteren Benehmen: Sie beachtete weder ihn noch die dunkelhäutige Schwester, fläzte sich auf einem Sessel und las einen Vampirroman. Das ganze luxuriöse Wohnzimmer war erfüllt von dicker Spannung zwischen den beiden Mädchen, und die Schwarze versuchte Müller irgendwie mit reinzuziehen. Auf Mutter Klaudia müsse man noch warten, hatte sie erklärt. In der Zwischenzeit durfte Müller als Zuschauer und Ringrichter herhalten.

»Wir wollen doch zum Reiten, Rieke«, sagte die Schwarze jetzt. »Du bist noch nicht umgezogen.« Sie warf Müller einen hilfesuchenden Blick zu. »Wir werden *wieder* zu spät kommen.«

Rieke blätterte eine Seite um.

»Also echt, *bitte*! Wegen dir verpasse ich jedes Mal die Hälfte der Stunde!«

Das ist ja der Sinn der Sache, sagte Riekes kurzer Blick.

»Rieke«, fauchte die Schwarze. »Was soll denn Mamas HR-Mensch von dir denken?«

»Mamas HR-Hansel denkt, dass Rieke keine Lust zum Reiten hat«, sagte Müller trocken, was ihm einen amüsierten Augenaufschlag der echten Tochter einbrachte. Überrascht blinzelte sie ihn über den Rand ihres Buches hinweg an. Die Schwarze hingegen schaute offen und böse.

»Ich sag jetzt Papa, dass ich fertig bin und du dich weigerst mitzukommen.« Damit drehte sie sich um und lief davon.

Müller sah ihr nach und fragte sich, wann Klaudia Berthani ihn wohl empfangen würde. Am liebsten wäre er wie ein Tiger im Käfig hin- und hergelaufen. Um sich von seiner Nervosität abzulenken, setzte er sich schließlich Rieke genau gegenüber in einen Sessel und betrachtete das Mädchen. Sie tat nach wie vor, als ob sie sich auf das Buch konzentrierte. Als Schauspielerin war sie also gar nicht übel, aber ein hübsches Mädchen war Rieke nicht. Eher blass und moppelig. Gehemmt sah sie auch aus, auf einem Pferd machte sie sicher keine sehr gute Figur. Die Schwester dagegen konnte reden, ertrug Augenkontakt und sah im Reitdress atemberaubend aus. Und war vermutlich Rieke zuliebe angeschafft worden. Ungerechte Welt. Nachdenklich las Müller den Titel des Buchs, an dem Rieke sich festhielt. Meine Tochter mag diese Geschichten auch, wollte er eben sagen, dann verschluckte er die Worte: Seine Tochter war sicher nicht das Thema, das Rieke aufmuntern würde, so wie sie ihn heimlich über ihren Schmöker hinweg anlinste.

»Meine Cousine«, sagte er also stattdessen und tippte sich leicht an den Kopf, »hatte auch so einen Pferdetick.«

Rieke färbte sich ein wenig rosa, grinste und schaute verlegen zur Seite.

Er beugte sich vor und flüsterte sehr verschwörerisch: »Ich gebe Ihnen einen Rat, Rieke, Sie sollten den Reitsport aufgeben, solange Sie noch können, der hinterlässt echte Schäden. Meine Cousine hat am Ende sogar dann noch mit der Zunge geschnalzt, wenn sie einen Berg im Auto hochgefahren ist.«

Rieke kicherte. Allerdings reichte ihr das Buch immer noch mindestens bis zur Nasenspitze. Eine blutende Schöne war auf dem Cover abgebildet. Ein schmachtendes Wesen, fast noch unheimlicher als die Kreaturen, nach denen sie sich verzehrte. Du willst Vampire, kleine Rieke?, dachte Müller. Dunkle Mächte, den Reiz des Bösen? Hier bin ich, Süße. Er schenkte dem Mädchen einen tiefen spöttischen Vampirblick, sie wurde knallrot. Was ist so toll an diesen Romanen, hatte er seine Tochter gefragt. Wieso musste ich dreimal ins Kino mit dir, was ist da dran, ich kapier's nicht. Ist doch klar, Papa, hatte Sophie gesagt: Die Heldin ist nicht hübsch.

Und wie, hatte er gesagt, sie ist haargenau das! Hübsch! Schön! Superattraktiv! Du kennst nur den Film, hatte Sophie gesagt. Die echte Heldin, die wirkliche Bella, die aus dem Buch, die ist nicht hübsch. Sie ist normal, verstehst du? Ganz normal, und die ungeheuer schönen Vampire sind trotzdem verrückt nach ihr, und denk dir mal warum: weil sie *gut riecht*.

Er hatte es damals nicht verstanden und verstand es auch jetzt nur halb, aber es konnte nur von Vorteil sein, eine Verbündete in diesem Haus zu haben. Kostete ja nichts. Nur ein Innehalten. Einen tiefen Atemzug. Ein Lippenlecken und einen kleinen, unverschämten Satz. »Rieke – hat Ihnen das schon mal jemand gesagt? – Sie riechen verdammt gut.«

Riekes Gesichtszüge erstarrten und sie ließ ihr Buch sinken. Sie hatte mehrere große Pickel am Kinn, die brachten Müller ziemlich aus dem Konzept. Du ahnst es nicht, dachte er, wie konntest du nur dieses glühende, schweigsame Mädchen anmachen? So wie sie ihn ansah, würden die nächsten Minuten die Hölle sein, eine selbstgemachte, verdiente noch dazu! Doch die Hölle blieb ihm erspart.

Statt ihrer erschien Klaudia Berthani.

12.23 Uhr

Er saß in Berthanis Arbeitszimmer, zu trinken gab es Karottensaft. Der Blick raus ins Grüne war beeindruckend. Aber so ganz war Müller immer noch nicht davon überzeugt, dass dies wirklich keine Falle war. Er ertappte sich schon zum dritten Mal, wie er unbewusst nach dem Theaterrevolver tastete.

»Sie sind bei Human Resources«, sagte Berthani indessen und stopfte diverse Papiere in ihre Aktentasche. Sie wirkte nervös und überreizt, allerdings schien Müller ganz und gar nicht der Grund dafür zu sein. Sie blickte ihn kaum an, während sie auf ihrem Schreibtisch herumwühlte.

»Ja«, sagte Müller.

»Mein Problem ist«, sie hielt inne, »dass ich erst einen knappen Monat für all diese Leute verantwortlich bin. Ich kenne viele meiner Mitarbeiter, auch noch von früher, als ich im Controlling gearbeitet habe, aber eben nicht jeden, verstehen Sie?«

Keinen Ton, dachte Müller und sagte: »Ja.«

»Und jetzt ist dieser – Zwischenfall eingetreten. Ein sehr« – plötzlich blickte sie Müller direkt ins Gesicht – »unangenehmer Zwischenfall.«

»Sie meinen den Tod von Natascha Kassin«, sagte Müller.

»Genau. Und möglicherweise auch den von Dr. Steenbergen.«

»Ich dachte, das war ein Unfall«, sagte Müller unbehaglich.

Berthani fing wieder an zu packen. »Jaja, das war es sicher auch, aber eben ein bizarrer, und da gibt es inzwischen diverse Theorien und Gerede.« Sie deutete mit einem Schreibblock auf Müller. »Nicht zu vergessen einen wirklich merkwürdigen Sterbefall in Dr. Steenbergens Nachbarschaft. – Ist Ihnen nicht wohl?«

Müller schluckte und hustete dann nervös. »Doch – alles okay, nur der Hals …« Er räusperte sich. Verdammt, sie hatten die alte Zangerle gefunden. Und eine Verbindung zu Steenbergen hergestellt. Das bedeutete –

»… die ganze Geschichte hat uns genug geschadet, wenn Sie verstehen. Wir brauchen Aufklärung, wir müssen unbedingt wissen, was da gelaufen ist, aber die Polizei schaltet auf stur und gibt nicht die kleinste Information heraus. Meiner Meinung nach haben die einfach keinen Plan, die wissen nicht, wo sie anfangen sollen, aber es könnte halt auch sein, dass sie uns irgendetwas vorenthalten.« Strenger Blick auf Müller. »Ich hatte außerdem Kontakt zu einem, tja, Privatdetektiv würde ich ihn kaum nennen, aber er ist schon so eine Art Ermittler. Von der Kanzlei Welsch-Ruinart, mit dessen Inhaber der Steenbergen, nun ja, sozusagen liiert war.«

»Ach was«, sagte Müller.

»Ja. Der Ermittler heißt Romanoff. Er hat mir gegenüber behauptet, den Mörder gesehen zu haben. Dann wurde er, nach allem, was ich gehört habe, selbst verhaftet, aber wieder freigelassen. Ein Cha-os.« Sie blickte Müller an. »Und noch dazu hockt mir die Presse im Nacken. Ich habe Anfragen von allen möglichen Medien. Bis hin zur *Tagesschau*. Die kann ich nicht ewig hinhalten, die erzählen sonst den Zuschauern, dass wir keine Statements abgeben, und Sie wissen, wie das klingt. Ich muss rauskriegen, was da los ist.«

»Verstehe«, sagte Müller flach.

»Das Problem ist, möglicherweise sitzt der Täter doch in unserem Betrieb.«

»Kann ich mir nicht vorstellen«, sagte Müller mit aller Ruhe, zu der er fähig war.

Berthani rang die Hände. »Ich habe keine Information mehr bekommen«, sagte sie mit leicht hysterischem Ton in der Stimme, »seit ich Welsch-Ruinart gesprochen habe, den Anwalt, Sie wissen schon, mit dem Romanoff zusammenarbeitet. Welsch-Ruinart hat irgendwas von einer Computermanipulation erzählt. Wir sollen – wie drückte er es noch aus? – den Loser aus der IT-Abteilung finden. Einen Unzufriedenen, verstehen Sie? Einen, der allein lebt und vielleicht sowieso schon psychisch auffällig geworden ist.«

Müllers Blick fiel auf seine Hände: Sie krampften ineinander, und die Knöchel waren grünlich weiß. Er versuchte, sie unauffällig zu bewegen, was seiner Meinung nach nicht richtig klappte. Er kam sich wahnsinnig verdächtig vor. Zuckend. Schwitzend. Spastisch.

»Und weil ich den nicht finden kann, dachte ich an Sie.«

»Aha.« Müller biss sich auf die Lippen, um nicht wie ein Besinnungsloser loszulachen.

»Wir haben ja jetzt schon ein paarmal miteinander zu tun gehabt.« Berthani hörte auf, ihren Schreibtisch umzuräumen, und lächelte ihn unvermittelt an.

Müller wagte kaum zu atmen. Gleich würde er platzen. Wollte sie ihn verschaukeln? In Sicherheit wiegen und gleichzeitig provozieren? Oder meinte sie es ernst?

»Sie scheinen mir vertrauenswürdig«, fuhr Berthani strahlend fort und blickte auf einen Bogen Papier, der auf ihrem Tisch lag. »Außerdem sind Sie Familienvater, Sie haben Psychologie studiert, mit glänzendem Abschluss, Sie haben eine stringente Karriere bei Human Resources gemacht, und nicht zu vergessen sind Sie erstaunlich erfolgreich in Ihren Gehaltsverhandlungen. Sprich: Sie sind sozusagen das Gegenteil unseres Gesuchten.«

»Danke«, hauchte Müller. Ein kühler Schweißtropfen lief ihm den Nacken hinab.

»Ihre kurze Hackervergangenheit wird Ihnen vielleicht auch nützlich sein.«

»Ja?«

»Ja. Wir, der Vorstand und ich, wollen eine interne Untersuchung. Unauffällig und kompetent, verstehen Sie? Wir wollen, dass Sie Ihre Psychologie- und Computerkenntnisse nutzen und sich ein bisschen umhören. Sie können ja wirklich mal in die IT-Abteilung schnuppern, wenn Sie verstehen, da sitzt ja vielleicht tatsächlich irgend so ein, na –«

»Loser.«

»Wenn Sie das so ausdrücken wollen. Sie dürfen natürlich keine illegalen Mittel anwenden, wir wollen unsere Angestellten schließlich nicht bespitzeln. Nein, ganz altmodische, diskrete Fragen.«

»Und Kontakt zur Polizei?«, fragte Müller.

»Genau«, sagte Berthani erfreut. »Genau das. Sehr gut. Sie müssen die irgendwie anzapfen. Auch diesen Romanoff, den vor allem. Sie denken mit. Und wenn Sie einen begründeten Verdacht haben, dann kommen Sie zu mir und wir sehen weiter.«

»Glauben Sie, der Romanoff ist gefährlich?«, fragte Müller, hauptsächlich, um seine unsichere Stimme zu testen. »Wo er doch schon verhaftet war?«

»Ich weiß es nicht.«

»Wenn es jemand von außerhalb wäre –«

»Das wäre das Beste«, sagte Berthani sehr fest.

»Alles klar«, sagte Müller. »Ich werde mich erst mal genau über den Romanoff informieren, bevor ich mit ihm rede. Ach ja, ich bräuchte dann –«

»Sie bekommen natürlich eine Zulage«, versicherte Berthani.

»Danke«, sagte Müller. »Aber ich meine etwas anderes. Ich bräuchte bessere Zugriffsoptionen aufs Intranet.«

Berthani schüttelte den Kopf. »Keine Bespitzelungen.«

»Das hat mit Bespitzelung gar nichts zu tun«, sagte Müller. »Sie erinnern sich, wir haben alle diese Erklärung unterschrieben, dass zu Prüfzwecken jeder Vorgang, der im Intranet läuft, nachrecherchiert werden darf.«

Sie blickte ihn unsicher an.

»Ich brauche diesen Zugriff«, sagte Müller. »Das ist der schnellste Weg, *irgendetwas* herauszukriegen. Falls es unseren Betrieb betrifft.«

»Okay. Moment.« Sie nahm ein recht großes Telefon zur Hand und tippte zwei, drei Ziffern ein. Dann sprach sie sehr leise hinein, Müller verstand nur, dass sie irgendwen aus dem Vorstand dran hatte, der seinerseits nochmals Erkundigungen einzog. Schließlich schaltete sie das Gerät aus. »Ich gebe Ihnen meinen Zugangscode«, sagte sie und Müller spürte, dass ihr das eigentlich nicht recht war. »Er ist befristet bis Sonntagabend, dann wird er wieder geändert.« Sie notierte etwas auf einem kleinen Zettel und blickte Müller streng an. »Sie werden bis dahin Ihre Intranet-Recherche beendet haben müssen.«

»Gut.«

»Natürlich können Sie jetzt sofort ins Büro.« Sie reichte Müller den Zettel und eine Chipkarte. »Damit lässt sich die Tür an der Müller-Straße öffnen.«

Sieh an, dachte Müller. Müller-Straße, ein Zeichen. Und diese Karten gibt es wirklich. Er stand auf. »Ich werde mein Bestes geben«, sagte er, und das war absolut ehrlich gemeint.

12.55 Uhr

Er zitterte, draußen vor Berthanis Arbeitszimmer fing es an und hörte einfach nicht auf. Müller lief über schwingende Betonstufen, vorbei an riesigen Fensterflächen und durch hohe, mit ausgesuchten Kunstwerken bestückte Räume. Hinaus an die rettende Luft. Dort traf er Riekes Vater.

Er war ganz offensichtlich der Vater, denn er hatte den typischen misstrauischen Vaterblick, war vielleicht zehn Jahre älter als Müller, trug eine farbverschmierte Hose zu einem sehr weißen Seidenhemd und sagte: »Was haben Sie zu meiner Tochter gesagt?«

»Dass ich zu ihrer Mutter möchte«, antwortete Müller, und das klang viel anzüglicher, als er es meinte. Er hatte sich nicht richtig im Griff. Er bebte, vermutlich nicht nur innerlich. Er war total überdreht.

Der Vater knurrte. »Ich soll Ihnen was von Friederike geben«, sagte er dann, und es klang nach: Krümm ihr ein Haar und du bist tot, Freundchen. Er reichte Müller einen Zettel, der zusammengekniffen war, dabei hielt er das Papier so, dass es sich auffaltete. Es war eine leere Buchseite, vermutlich das Vorsatzblatt aus einem Vampirroman. Darauf stand mit roter Tinte geschrieben: www.wer-kennt-wen.de. Diese Nachricht lasen sie beide, bevor Müller Gelegenheit hatte, nach dem Zettel zu greifen.

»Danke«, sagte er.

»Bitte«, spuckte der Vater aus. Und stapfte zu einem riesigen schwarzen Porsche Cayenne, hinter dessen schwarz getönten Fenstern vermutlich zwei junge Mädchen im Reitdress saßen, eins hübsch, das andere frisch verliebt.

* * *

War er doof. Doof und selber schuld. Er hatte es doch so oft gehört, von Berthani selbst, von Natascha und auch von Peter. Trotzdem hatte Richard keine Verbindung gezogen. Er hatte nie die maßgbliche Beziehung hergestellt zwischen Steenbergens Tod und dem, wofür dessen Abteilung bei der ENERGIE verantwortlich war. Wieder einmal war er zu vernagelt gewesen. Und das lag nicht nur daran, dass Richard an den Steenbergen-Mord zunächst nicht geglaubt hatte. Nein, hauptsächlich, dachte er, war er von alten Vorurteilen ausgebremst worden. Denn: Umweltabteilung der ENERGIE, das hatte Richard innerlich als bloßen Hokuspokus abgetan, als Charity-Spielwiese eines Konzerns, der neben den grünen Landschaften auf der Homepage eben auch noch das eine oder andere Öko-Vorhaben zur Schau tragen wollte. Doch die Umweltabteilung, begriff Richard jetzt, war absolut nicht klein. Sie war auch alles andere als uneigennützig oder kosmetisch. Sie betrieb ein paar werbewirksame ökologische Projekte, das ja, aber alle diese guten Taten, all das Kochtopfverteilen in Afrika und Solartechnikfördern in Indien diente sehr offen einem veritablen wirtschaftlichen Zweck: dem Erwerb von Emissionszertifikaten.

Tatsächlich kaufte und verwaltete die Umweltabteilung der ENERGIE*base* einen Großteil der Emissionsberechtigungen des Konzerns. Sie verkaufte sie sogar zuweilen wieder, spekulierte also regelrecht damit. Auch das hatte Richard eigentlich gewusst, ohne die Bedeutung zu erfassen. Für ihn waren Emissionszertifikate bislang nur eines von vielen Ärgernissen rund um die Energielobby gewesen, er erinnerte sich noch an empörte Diskussionen, als die Berechtigungsscheine bei ihrer Einführung umsonst an energieintensive Konzerne vergeben wurden und den Unternehmen auf diese Art eine heimliche Wertsteigerung von vielen Millionen Euro beschert hatten. Inzwischen aber waren die Berechtigungen auch für den mächtigsten Konzern nicht mehr gratis. Sie wurden zu hohen Preisen gehandelt. Es ging dabei um ganz enorme Summen.

Richard spürte, dass er hier endlich so eine Art Spur gefunden hatte. Denn die Zertifikate betrafen die Regulierung der Emission von *Kohlendioxid*. Steenbergens Mörder hatte sich dieses Themas bedient, das stand fest, er wollte mit dem Kohlendioxid ein Zeichen setzen. Aber vielleicht, dachte Richard jetzt, war dieses Zeichen kein politisches. Möglicherweise ging es einfach nur ums Geld.

* * *

13.35 Uhr

Müller lenkte seinen Alfa auf den samstäglich leeren Besucherparkplatz der ENERGIE*base* und dachte an den leidigen Romanoff. Der hatte ihn im Haus der alten Zangerle gesehen, der konnte ihn beschreiben, der musste sterben. Sehr bald schon. Jetzt im Augenblick allerdings musste er erst mal warten, genau wie Ali und sein BASF-Mann, der sowieso. Müller würde den Teufel tun und stundenlang irgendeinem Unbekannten am Computer hinterherspionieren, auch wenn Ali das angeordnet hatte. Dringender als vertuschen und Vergangenes aufräumen, wichtiger sogar als den Augenzeugen Romanoff töten war ein solider Rettungsplan für die Zukunft. Denn das Schicksal mochte es fügen, dass Müller am Ende eben doch untertauchen musste. Mit Vernunft betrachtet war das sogar sehr wahrscheinlich. Selbst wenn er tatsächlich mit all seinen Plänen durchkam und die olle Berthani ihm blind vertraute – als kleiner Angestellter bei der ENERGIE bleiben konnte er nicht, so ganz ohne Risiko und Geheimnis. Es war auch unwahrscheinlich, dass die Organisation das zuließ, nach allem, was passiert war. Sie würden sich seiner entledigen wollen. Er musste unverzüglich und glaubhaft eine Entschädigung für den Ärger und den geplatzten Handel anbieten. Oder etwas stehlen, das er überall verkaufen konnte. Auf jeden Fall musste es etwas Großes sein. Keine kleinen Schiebereien, kein vertuschender Scheinhandel, es musste ein Geschäft sein, das richtig Geld brachte.

Der Knaller am Ende.

Das HEU.

Und jetzt hatte er vielleicht endlich den Zugangscode dazu.

13.40 Uhr

Die Karte passte, er öffnete die Tür und stand im leeren Bürogebäude. Ein verrücktes Hochgefühl ließ ihn hüpfen, als er eintrat, es war zum Sterben schön: ein Samstag allein im Büro. Müller schüttelte den Kopf über sich selbst, dann hörte er sich pfeifen. Jeder andere in seiner Situation wäre verzweifelt. Die Polizei *und* Ali *und* einen närrischen Detektiv auf den Fersen. Aber Berthanis unglaublicher Auftrag hatte ihm gezeigt, dass das Glück auf seiner Seite stand. Und da hieß es handeln. Jetzt war die Zeit, um die Verhältnisse zu ändern, den nächsten Schritt zu tun. Er würde bei der ENERGIE kündigen, aber anders, als Natascha das getan hatte. Er würde es überleben.

Und noch etwas mitnehmen.

13.55 Uhr

Jetzt erst mal die Polizei anrufen. Das war zwar unheimlich in seiner Situation, aber für Berthani musste es merkwürdig aussehen, wenn er das nicht tat. Solange er auf sie angewiesen war, sollte er funktionieren. Außerdem war es vielleicht sogar ganz gut, aktuelle Informationen zu den Ermittlungen abzugreifen. Also suchte Müller sich die Nummer des Kölner Polizeipräsidiums heraus, fragte sich durch ein paar Dienststellen und landete schließlich bei einem Hauptkommissar Marcks.

»Von der ENERGIE also«, sagte der.

»Genau«, sagte Müller. »Ich will Sie nicht lang stören, ich möchte mich nur kurz als Ansprechpartner vorstellen, falls Sie irgendwelche Fragen zu unserer Mitarbeiterin Frau Kassin haben. Wir sind natürlich an der Aufklärung des Falles interessiert und sichern Ihnen unsere volle Unterstützung zu.«

»Hm«, machte Marcks. »Ich komme darauf zurück.«

»Gibt es denn schon irgendwelche Tendenzen, können Sie uns etwas über den Täter verraten? Ich habe gehört, es soll eine Verhaftung gegeben haben, ein gewisser Herr Romanoff, der sich meiner Vorgesetzten gegenüber als Detektiv ausgegeben hat, ist selbst zum Tatverdächtigen avanciert?«

Marcks schwieg.

»Ich brauche ja wohl nicht zu sagen, dass es eine heikle Situation für uns ist. Leider werden wir von der Presse fürchterlich bedrängt, und die Konzernleitung wünscht den Dialog, verstehen Sie? Denn wenn wir eisern schweigen, kommt das in der Öffentlichkeit so rüber, als hätte Frau Kassins Tod einen firmeninternen Grund.«

»Ein firmeninterner Grund ist es wahrscheinlich nicht«, sagte Marcks.

»Oh wie gut. Eine erfreuliche Nachricht. Da wissen Sie also doch Näheres über den Täter?«

»Ein Umweltaktivist«, knurrte Marcks. »Verhaftet ist er noch nicht, aber am Montag schicke ich ein paar Leute mit Fotos zu Ihnen, dann können Sie mal gucken, ob noch irgendjemand außer Ihrer Chefin den schon bei Ihnen hat rumlungern sehen.«

»Ein Umweltaktivist«, sagte Müller voller Empörung.

»Und Bekannter von Frau Kassin«, sagte Marcks. »Sie können Entwarnung geben.«

»Danke«, sagte Müller und meinte es von Herzen ehrlich. »Danke, Herr Marcks.«

* * *

Das eigentliche Motiv, dachte Richard, musste ein völlig anderes sein als die Politik. Deswegen war der Täter nämlich vordergründig so versessen auf Ökologie, deshalb hatte er die Todesliste ins Internet gestellt, und darum hatte die sich auch einen Tick zu elegant und unaufrichtig angehört: weil ihr Autor in Wahrheit ein ganz anderes Feld beackerte. Weil er sich mit politischem Wahnsinn nicht auskannte. Vermutlich mauschelte er schlicht und einfach mit Emissionszertifikaten. Und, dachte Richard, er war nicht allein. Es musste sich um eine Gruppe von Tätern handeln, eine Gruppe mit übler Dynamik außerdem, denn sie verständigten sich mithilfe von Leichen. Der superinszenierte Kohlendioxid-Mord am Totenmaar konnte nur eine Botschaft sein. Keine politische, kein Manifest, sondern eine nüchterne Nachricht an Eingeweihte. Eine Drohung. Die ernste Mahnung an alle Komplizen, sich weiter angepasst zu verhalten. Zumindest ein Mitglied der Gruppe aber hatte diese Mahnung missachtet: Natascha hatte gekündigt, und tags darauf war sie erschossen worden. Sie *musste* zu der Gruppe gehört haben. Die kleine Tasche war Mitglied einer kriminellen Vereinigung gewesen. Richards alte Freundin hatte für eine Organisation gearbeitet, die Morde beging, sich in die Computer fremder Leute hackte und eine Todesliste ins Netz gestellt hatte. Eine Organisation, die jetzt, da Richard einer Verhaftung entgangen war, vielleicht gefährlich wurde für die Leute auf der Liste. Kurz spürte Richard den Impuls, die Menschen zu warnen. Andererseits: Die Polizei hatte die Liste, die Verantwortung lag bei ihr. Außerdem –

Es klingelte an der Tür.

* * *

14.45 Uhr

Mist, Mist, Mist, diese verdammte Berthani mit ihren verdammten Zugangsoptionen hielt sich für wer weiß wie wichtig und hatte doch kaum mehr Befugnisse als Müller selber. Den blöden Zugang hätte sie behalten können. Der nützte nichts. So eine verdammte Scheiße, jetzt musste er am Ende doch nach Ludwigshafen und den BASF-Mann killen. Da hatte er ja so eine Lust dazu. Aber voll.

* * *

»Eilsendung für Richard Romanoff«, rief der Paketbote durchs Treppenhaus.

Richard rannte hinunter und blickte auf ein adrettes Paket, das mit dem grünen Schriftzug »Argraro« bedruckt war. »Was ist das denn?«, fragte er mehr sich selbst als den Boten.

Der zuckte die Achseln, murmelte was vom Postgeheimnis und hielt Richard sein Quittiergerät hin.

»Ich habe nichts bestellt«, sagte Richard und betrachtete das Paket misstrauisch von allen Seiten. Auf dem Adressaufkleber stand ebenfalls »Argraro« als Absender, und sogar das Klebeband rund ums Paket war mit dem Schriftzug verziert. Es sah vollkommen authentisch aus, aber es musste irgendeine Art Falle sein. Eine Bombe?

»Wollen Sie die Annahme verweigern?«, fragte der Bote ungeduldig.

»Ist es schwer?«, fragte Richard.

Wieder zuckte der Bote die Achseln. »Ich glaube, es ist was Flüssiges drin«, sagte er vage. »Soll ich es wieder mitnehmen?«

»Nein.« Richards Neugier siegte. »Diese Überraschung will ich mir ansehen.«

* * *

15.12 Uhr

Er hatte drei Möglichkeiten.

Erstens, er führte den BASF-Auftrag durch. Damit lieferte er der Polizei einen Schuldigen und verhinderte weitere Ermittlungen. Allerdings grenzte das an Artistik, er würde nur mit unverschämtem Glück alles hinbekommen und war danach doch bloß ein lästiger Mitwisser. Diese Situation musste er vermeiden. Schon aus gesundheitlichen Gründen.

Zweitens, er tötete nur Romanoff, das machte viel weniger Arbeit, war aber immer noch aufwändig genug und brachte vermutlich am Ende dasselbe unbefriedigende Ergebnis.

Drittens, er fand doch etwas, das er verkaufen konnte.

Verdammte Scheiße, verdammte Scheiße, verdammte Scheiße.

Ein riskanter Hackerangriff klappte eben nicht auf Bestellung. Für den Rettungs-Coup, der Müller vorschwebte, mussten viele günstige Faktoren zusammenkommen. Glück, Scheiße: Er brauchte Glück! Dabei waren vermutlich alle Gegebenheiten vorhanden. Er fand nur *verdammt noch mal* den richtigen Dreh nicht! Obwohl er schon vor längerem ein paar hammermäßige Sicherheitslücken im Intranet entdeckt hatte. Er kannte sie doch, die geheimen Wege durchs System, die verborgenen Zusammenhänge! Allein die hohen Forschungsetats der

ENERGIE-Umweltabteilungen! Hübsch medienwirksam – aber diese Abteilungen forschten nicht nur in Richtung Solartechnik und Windkraft. Ihr Auftrag lautete schlicht: CO_2-Verringerung. CO_2-Neutralität aber war der Vorteil der Atomkraft. Deswegen wurden Nukleartechnik-Forschungsprojekte oft von Environment-Abteilungen finanziert. Und darum bestanden auch enge, diskrete, ja fast intime Verbindungen zwischen den Umweltsparten der größeren ENERGIE-Firmen und einzelnen Tochterunternehmen, die direkt zur Atomwirtschaft gehörten. Sehr schnelle Kommunikationswege waren das. Hochinteressante Nahtstellen. Denn was da recht umstandslos von den Atomfirmen gehandelt wurde, war anderswo nicht erhältlich. Zum Beispiel führte eine gewisse Importfirma der ENERGIE in ihrer Online-Angebotspalette ganz selbstverständlich HEU, also hochangereichertes Uran. Müller fand es mutig, dass die Verantwortlichen das auf ihrer Firmenhomepage preisgaben. Denn abgesehen von winzigen Mengen, die alle paar Jahrzehnte in der Forschung gebraucht wurden, konnte man HEU nur zur Waffenproduktion benutzen. Aber vermutlich verstanden ohnehin bloß Kenner dieses Angebot. Diejenigen, die's wirklich brauchten. Wie auch immer, jedenfalls stammte das Uran aus abgerüsteten russischen Atomsprengköpfen, und Müller nahm an, dass die Russen bei einer soliden deutschen Firma nicht lange nachfragten, wenn sie zwischendurch mal eine ungewöhnliche Bestellung aufgab. Natürlich mussten externe Kontrollgremien wie die Atomaufsichtsbehörde darüber informiert werden. Aber Müller dachte jetzt schon einige Monate über die Angelegenheit nach und war inzwischen sicher, dass es für ihn eine Möglichkeit gab, die Behörde zu umgehen. Falls er genügend Befugnisse fürs Intranet seines Konzerns besäße. Es *gab* einen schnellen Weg vom Uranhersteller zum ENERGIE-Atomforscher und von dort aus in die Umweltabteilung der ENERGIE*base*, zweifellos. Und genau an dem Punkt hatte Müller dann ansetzen wollen. Da hätte er sich in die Bestellungen gehackt und aus Grammen Kilos gemacht, das war sein Plan im Hinterkopf, seit er hier angestellt war, aber dazu war er nie gekommen. Und würde es auch jetzt nicht. Obwohl ein Kilo HEU auf dem Schwarzmarkt gut und gerne eine Million brachte und fünf Kilo mehr als das Fünffache, denn mit fünf Kilo Uran konnte man eine Bombe bauen. Plutonium war sogar noch teurer, weil es leichter zu transportieren war. Als Alpha-Strahler brauchte es nur einen normalen Stahlbehälter. Und wo es HEU gab, gab es auch Plutonium. Plutonium wäre gut gewesen. Fünf Kilo Plutonium in einem Koffer, das hätte er der Organisation anbieten können, das wäre ein anständiges Angebot gewesen. Es hätte ihn von einem kleinen nutzlosen Mitwisser zu einem ernst zu nehmenden Geschäftspartner gemacht.

Nur war das alles bedeutungslos, denn was immer auch das Knaller-Angebot sein mochte, bis Montag würde Müller es nicht finden. Mit Klaudia Berthanis nutzlosem Intranet-Clue kam er gerade mal in die abgelegten alten Forschungsprojekte der ENERGIE*base*. Da war kein Durchkommen zu anderen Firmen, keine Korrespondenz über den atomaren Brennstoffhandel der ENERGIE und erst recht kein Bestellformular eines russischen Plutoniumlieferanten. Nichts war da. Nicht einmal der Zugang zu einer übergeordneten Struktur im Intranet. Ich kann es aufgeben, dachte Müller trostlos. Am besten klaue ich mir ein Auto und fahre Richtung Osten. Oder ich entführe die kleine Berthani und zwinge ihre Mutter, bis Montag früh ihre noble Düsseldorfer Hütte zu Geld zu machen. Einen Moment lang dachte er tatsächlich darüber nach. Er konnte Rieke auf Wer-kennt-wen anflirten, sie zu einem Date einladen, an einen sicheren Ort bringen und der Berthani das Geld für seine Flucht abpressen. Wenn die Kleine über sechzehn war und freiwillig mitkam, konnte das nicht mal ohne weiteres als echte Entführung geahndet werden …

Bei Licht betrachtet war aber leider auch das unmöglich. Erstens hatte Müller keine Lust auf die dicke Rieke. Zweitens würde die Berthani die Sache zu einer Entführung und Erpressung *machen*, wenn er wirklich ihr Privatvermögen verlangte. Und Entführer wurden mit allen Mitteln verfolgt. Man fasste sie praktisch immer. Erfolgreiche Entführer gab es nicht, im Ge-

gensatz zu erfolgreichen Wirtschaftskriminellen oder Mördern. Nein, es würde darauf hinauslaufen, dass er den BASF-Mann killte und dann verschwand.

Oder gleich verschwand.

Oder doch noch mal suchte.

Mit wachsender Panik klickte Müller sich durch die Uralt-Forschungsprojekte der ENERGIE*base*.

* * *

»Ich habe von Ihnen ein Paket bekommen«, sagte Richard in sein Telefon, »das ich nicht bestellt habe.« Er stand immer noch im Treppenhaus, soeben drängte sich Familie Kauder aus dem dritten Stock an ihm und dem Paket vorbei, zwei kleine Knirpse, ein Kinderwagen voller Einkäufe und eine gestresste Mutter. »Ricky, Ricky«, rief der kleine Ben, und Richard lächelte ihm zerstreut zu.

»Du siehst doch, dass Ricky telefoniert«, sagte Bens Mutter Maxie. »Ach übrigens, gestern Abend haben sie wieder Fußball im Flur gespielt, das tut mir leid.«

»Ich habe nichts gehört«, versicherte Richard, worauf die Argraro-Dame am anderen Ende der Leitung ihren Satz wiederholte: »Wie war Ihr Name?«

Richard wandte sich zur Tür. »Romanoff.«

»Hm«, machte die Argraro-Dame.

Richard dachte an den kleinen Ben und die anderen Leute, die sich jetzt womöglich im Haus befanden, und schubste das Paket mit dem Fuß raus zur Eingangstreppe. Nichts geschah. »Der Postbote hat gesagt, es wäre was Flüssiges drin«, berichtete er. »Und es ist als Eilsendung gekommen.«

»Ach so«, sagte die Dame. »Eilsendung? – Moment.«

Richard klemmte das Telefon zwischen Ohr und Schulter und hob das Paket leicht an.

»Ich hab Sie«, sagte die Dame. »Richard Romanoff, Alte Maastrichter Straße.«

»Ja.« Er stellte das Paket ab.

»Sie haben gestern Abend telefonisch bestellt. Zehn Liter BASF-Perfekthion.«

»Was ist das?«, fragte Richard.

»Ein Insektizid. – Und das waren nicht Sie, der bestellt hat, sagen Sie?«

»Nein«, sagte Richard. Er war neben dem Paket in die Hocke gegangen. BASF-Insektizid. Das erinnerte ihn doch an was.

»Warum haben Sie nicht die Annahme verweigert?«

»Ich weiß auch nicht«, sagte Richard tonlos.

Er schleppte das Paket nach oben und stellte es als Mahnmal in den schönen leeren Flur. Und jetzt? Die Polizei informieren? Witzig.

Er begab sich ins Büro, ließ dabei die Argraro-Sendung nicht aus den Augen und rief Peter an.

* * *

15.23 Uhr

Forschungsaufträge: Endlose Schriebe, Ingenieurgesülze, bei dem das Wichtige immer in den Nebensätzen stand. Fünfzig Seiten Zielsetzung und Versuchsanordnung und Theorie und dann irgendwo in Fußnotengröße eine vage Bedarfsliste. Die Müller selten wirklich verstand. Trotzdem konnte er sich nicht von der Idee verabschieden, hier etwas zu finden. Es war, wusste Müller, die einzige und allerletzte Chance für ihn. Aber sosehr er auch suchte: Da war nichts. Am besten ging er zur Polizei und stellte sich. Denn wenn das so weiterging, wurde er am Ende vielleicht sogar noch von dem blöden Romanoff überführt.

* * *

»Insektizid.« Peters Stimme klang vertraulicher und gleichzeitig fremder am Telefon. »Das ist übel.«

»Ein dummer Witz«, sagte Richard.

»Schlimmer«, sagte Peter.

»Ein Versuch, mich bei der Polizei noch mehr in Schwierigkeiten zu bringen.«

»Hoffentlich«, sagte Peter. Dann sagte er: »Apropos Polizei, wie viele Zugänge gibt es zu Ihrem Haus?«

»Zwei«, sagte Richard. »Na ja, anderthalb. Wenn man sich auskennt, kommt man von der Mons-Straße aus über ein paar Zäune und Mauern in unseren Hinterhof. Aber das ist kompliziert.«

»Okay, den vernachlässigen wir. Jetzt gucken Sie doch mal unauffällig nach vorn zum Fenster raus, ob Sie da ein Auto sehen, in dem Leute drinsitzen.«

»Meinen Sie, die Polizei überwacht mich?«

»Schlecht wäre das nicht«, sagte Peter, »jetzt, wo das Insektizid und Sie sich gemeinsam in einer Wohnung befinden.«

»Sie meinen, es ist gar nicht die Polizei, die –«

»Ich habe das Gefühl, Sie sollen demnächst einen politischen Mord begehen. Ein gewisser Müller will Sie vielleicht bald Richtung BASF chauffieren.«

Richard eilte zum Fenster. »Ich sehe nichts«, sagte er. Dann rannte er in den Flur und aus der Wohnung, um sich die Straße von der Haustür aus anzusehen. »Wissen Sie was?«, sagte er aufgeregt. »Das ist nicht nur Müller. Das ist eine Gruppe. Eine Organisation. Die machen wahrscheinlich irgendeinen Schmu mit Emissionszertifikaten.«

»Gruppe?«, sagte Peter ungläubig. »Organisation? Wie der *KGB*?«

Richard polterte die Treppe hinunter. »Sie glauben doch auch, dass die mich entführen wollen.«

»Nicht *die*. Ich befürchte, dass Müller Sie entführen will. Das Insektizid ist ein übles Zeichen.«

»Vielleicht sollte es mich nur erschrecken«, sagte Richard finster. »Das hätte es dann schon geschafft.« Er war an der Haustür angekommen und trat ins Freie. »Hier steht nirgends ein Auto, in dem Leute sitzen«, sagte er nach einem langen Blick.

»Hm«, machte Peter.

»Aber das wäre doch Blech, mich so zu warnen! Mir das Zeug

nach Hause zu liefern und zu glauben, dass ich dann nichts unternehme!«

»Was wollen Sie denn unternehmen?«, fragte Peter.

»Es zum Beispiel der Polizei erzählen.«

»Ach ja?«

»Na gut – die Wohnung verlassen.«

»Ja, kommen Sie zu mir«, sagte Peter glatt.

Richard holte Luft. »Vielen Dank, das ist sehr nett, wirklich, also –«

»Schon klar«, sagte Peter. »Sie sollten aber dran denken, dass Sie denjenigen, bei dem Sie unterschlüpfen, vielleicht auch in Gefahr bringen. Also lieber ins Hotel als zu Herrn Oberlies mit seinem kleinen Sohn, den hat er doch, oder?«

»Oh. Ja. – Ach komm, ich schütte das Zeug einfach weg!«

»Das würde ich lassen.«

»Stimmt«, sagte Richard reuig. »Zehn Liter Insektizid machen sich vermutlich nicht so gut auf einmal im Abwasser.«

»Und außerdem«, sagte Peter, »könnte die Polizei irgendwann auf die Idee kommen zu fragen, wo das Pflanzenschutzmittel ist, das Sie bestellt haben. Dann sollte nicht mal ein Milliliter fehlen. – Vielleicht kann man es beglaubigt an die Firma zurückschicken.«

»Per Einschreiben mit Rückschein.«

»Genau.«

»Oh, Mist«, sagte Richard nach einem Blick auf die Uhr. »Es ist nach zwei, da kann man nur noch von der Packstation aus schicken.«

»Ja«, sagte Peter, »alles sehr klug gemacht.«

Er sagte es einen Tick zu bewundernd, fand Richard. »Was soll ich jetzt mit dem Paket tun?«, fragte er.

»Ich komme und hole es ab«, sagte Peter. »Bei mir ist es sicher.«

»Okay«, sagte Richard. Und beschloss schlagartig, die vielen Mülltüten von seinem Treppenabsatz noch schnell in den Hof zu bringen.

»Das also«, sagte Peter milde lächelnd, »ist Rick's Café, wo halb Köln sich trifft.«

Richard stand etwas erhitzt vom Tütenschleppen in seinem Türrahmen und fand, dass er zu groß war, zu linkisch, zu ungeschickt als Gastgeber und dass außerdem seine Wohnung zu klein war, zu provisorisch, und dass sie immer noch viel zu sehr nach Jugendzentrum aussah. Kein bisschen, übrigens, wirkte sie wie irgendetwas, das in *Casablanca* vorkam. Von wegen Rick's Café.

»Eine wunderschöne Tür«, sagte Peter, nahm seine Kingsize-Brille ab und warf Richard einen Blick zu, der ihn zwei Schritte rückwärts stolpern ließ. »Darf ich jetzt hereinkommen?«

»Oh«, sagte Richard intelligent. »Ja – natürlich – nur zu! Möchtest – möchten Sie einen Kaffee?«

»Ja bitte«, sagte Peter grinsend.

Richard bat seinen Gast an den Küchentisch und bedauerte, dass es zu spät war, die Platte noch mal ordentlich abzuschrubben. Mehl und Gewürze waren fort, aber da lagen nach wie vor Krümel, und außerdem prangten am Kopfende auch noch die Kugelschreiberblumen, die ein verliebter Maler namens Karl dort vor Jahren hinterlassen hatte, um sich seiner Angebeteten mitzuteilen, die mit einem anderen im großen Zimmer gewohnt hatte und deren Name Richard jetzt nicht einfiel.

Peter setzte sich zu den Blumen. »Charmant«, sagte er und schien es wirklich so zu meinen, er sah sich anerkennend um.

Richard fand es albern, dass er so erleichtert deswegen war. Er zündete eine Gasflamme am Herd an und nahm die kleine Alu-Kaffeekanne zur Hand. Peter beugte sich zur Fensterbank. »Übermorgen sind Sie mit Spülen dran«, verkündete er dann ernst. »Wenn Sie das sind: Ritchie.«

»Oh, der Plan, den hab ich vergessen«, sagte Richard, ging hin und riss ihn ab.

»Nicht doch«, sagte Peter enttäuscht. »Der war hübsch!«

Richard stand da mit der Kaffeekanne in der einen Hand und dem Kaffeelot und dem Uralt-Spülplan in der anderen und wusste nicht, wohin mit alldem. Es war total verrückt, dass er dermaßen nervös war. So selten kam es nun auch wieder nicht vor, dass er Besuch hatte, bei den Gelegenheiten war die Wohnung meistens viel chaotischer, und da machte es ihm nicht das Geringste aus. Den Besuchern übrigens auch nicht, von der nervigen Yvonne vielleicht mal abgesehen. Er benahm sich gerade total lachhaft.

»Darf ich?«, fragte Peter liebenswürdig und nahm ihm den Plan aus der Hand. »Ich finde diese italienischen Kaffeebereiter wahnsinnig stilvoll«, sagte er. »Aber ich könnte keinen Kaffee damit produzieren. Ich glaube, ich bin einfach zu doof für so was.«

Nie im Leben, dachte Richard und wandte sich zum Herd zurück.

Peter studierte indessen die Rückseite des Spülplans.

»Das hier ist auch nett«, sagte er dann. »Notfälle in der Erwachsenenpädagogik: Was tun, wenn ein volljähriger Schüler sich offen weigert, das Lernziel zu erreichen.«

»Das muss ein Schmierzettel von Yvonne sein«, sagte Richard über die Schulter. »Ehemalige Mitbewohnerin. Die hat sich den Spülplan ausgedacht. Und sie hat die Rückseiten ihrer Fehlkopien zum Schreiben benutzt. Ich glaube, sie hat auf Lehramt studiert.«

»Ignorieren bringt nichts«, las Peter. »Sie müssen offensiv vorgehen.« Er lachte leise. »Ritchie, glauben Sie an Zeichen?«

Nein, versuchte Richard zu antworten und schluckte doch nur, denn Peter stand plötzlich direkt hinter ihm. Er war kleiner als Richard, aber groß genug, um ihm etwas ins Ohr zu flüstern. »Rick«, hauchte er. »Der Name steht Ihnen besser.« Richard schloss die Augen, biss sich auf die Unterlippe und erwartete Hände. Doch Peter redete nur, warm und eindringlich, und sein Atem prickelte auf Richards Hals. »Rick, Sie weigern sich, das Lernziel zu erreichen.«

Richard schüttelte den Kopf, aber so schwach, dass es kaum als Antwort durchgehen konnte.

»Und wissen Sie was«, flüsterte Peter, »das akzeptiere ich.«

Richard stand völlig still, vor ihm war der Herd mit der Flamme, er konnte nicht weg. Er hielt irgendwas in der Hand.

Kaffeetassen. Er versuchte nicht hinzuhören, Peters Stimme drang trotzdem durch: mutwillig und dunkel. Und sie war so nah, Peter musste auf den Zehenspitzen stehen, um sein Ohr zu erreichen, gleich würde er sich festhalten, an Richards Schulter, seiner Hüfte. Er würde –

»… absolut nichts tun, was Sie nicht möchten. Und davon mal ganz abgesehen, hätten wir auch überhaupt keine Zeit.«

»Wofür?«, fragte Richard rau.

Peter küsste ihn ohne ein weiteres Wort in die Halsbeuge.

Es kam trotz allem zu überraschend. Richard zuckte heftig zurück und stieß Peter fort. Es hatte was mit dem Feuer zu tun, er kam bei seiner Bewegung der Gasflamme zu nahe, und dann ließ er noch die Tassen auf die Kaffeekanne fallen. Er bedauerte seine Reaktion sofort. Oder war sie vielleicht gar Absicht gewesen? Unbewusste Abwehr, ein letztes bösartiges Aufmucken seiner Hetero-Identität? Jedenfalls zerbrach eine der Tassen, die Kanne war auch nicht richtig zugeschraubt gewesen, der Herd schwamm in Kaffeepulver und Wasser.

Und Peter, der an Zeichen glaubte, stand in der Tür und schaffte es mit einiger Grandezza, nicht enttäuscht und gekränkt auszusehen. Scheinbar unbeteiligt blickte er gegen das Fenster und sagte: »Tja, die Zeit ist knapp, denn diese Leute werden vermutlich demnächst hier auftauchen. Das ist eine Gefahr für Sie, aber auch eine Chance für uns! In dem Moment können wir sie fangen! Es muss sich nur irgendwer außerhalb Ihrer Wohnung verstecken, aufpassen und sofort Alarm schlagen, wenn diese Typen antanzen.«

»Es tut mir so leid«, sagte Richard. »Ich –«

»Kennen Sie jemanden, den Sie bitten könnten, nun ja, eine Nacht vor Ihrer Wohnung zu wachen?«

»Nein«, sagte Richard. »Niemanden.« Er versuchte Peters Blick zu erhaschen, doch der setzte seine Brille wieder auf.

»Was ist mit diesem, diesem – Fred, Ihrem Freund, der arbeitet doch für Sie, oder nicht?«

»Stimmt«, sagte Richard. »Ich könnte ihn anrufen, und wenn ich ihm Nachtzulage biete, dann –«

»*Ich* werde das tun«, sagte Peter grimmig und hob die Hand, um Richards Antwort im Keim zu ersticken. »Weil ich mich als Ihr Auftraggeber verantwortlich fühle für die Gefahr, in die ich Sie gebracht habe. Ich werde jetzt dieses Insektizid mitnehmen und mir ein unauffälliges Auto besorgen. Meine sind für diese Aufgabe zu – außergewöhnlich.«

»Sie haben mehrere solche – hm –«

Peter hob das Kinn. »Ja, mehrere. Aber keine Angst, ich werde in einem energiesparenden Modell kommen. Ich leihe mir Valeskas Firmenwagen.«

»Bitte«, sagte Richard unglücklich. »Ich wollte nicht –«

»Das wird insgesamt etwa eine halbe bis ganze Stunde dauern, je nachdem, ob ich Valeska gleich erreiche oder nicht. Solange müssen Sie ohne mich überleben. Sowie ich dann vor Ihrer Tür Posten bezogen habe, melde ich mich.«

In der nächsten halben Stunde war Richard so durcheinander, dass er es gerade mal schaffte, das Gas abzudrehen. Dann setzte er sich auf den Platz, an dem Peter gesessen hatte, und schaute den Spülplan und die Kugelschreiberblumen an, als sähe er sie zum ersten Mal, ein altes, fettiges Stück Papier, das witzig war, eben weil es ausgerechnet das Saubermachen betraf, und ein Kunstwerk auf dem Tisch, das abzuwischen niemals irgendwer übers Herz gebracht hatte. Beides gehörte ihm, Richard Romanoff, gehörte zu seinem Leben. Und Peter hatte es nicht abstoßend gefunden, im Gegenteil …

War das nicht verrückt, war es nicht seltsam, hatte er je zuvor Sehnsucht nach einem Mann verspürt? Nein, dachte Richard, denn er hatte nie zuvor Sehnsucht nach irgendwem verspürt, außer vielleicht nach seinen Eltern. *Stopp!*, dachte Richard da sofort. An seine Eltern zu denken endete stets in einer tiefen, dunklen Nacht, und das war das Letzte, was er jetzt brauchte. Er wollte doch leben, ja! Wände streichen! Blumen pflanzen! Kinder adoptieren! Wieso auf irgendeine Frau warten, wo es Millionen verlassener kleiner Wesen gab, die ihn liebend gern zum Vater hätten, ihn und –

Richard blickte die Blumen auf dem Tisch an, der Maler war manisch gewesen, das wusste er noch. Oder schizophren? Jedenfalls krank, und die Blumen waren das auch, die zogen einen unmerklich in den Wahnsinn hinein, was saß er hier und dachte an Kinder, wo er kaum sich selbst ernähren konnte? Zudem war er den Behörden ein Ärgernis, also vermutlich nicht adoptionswürdig oder wie das hieß, er wusste auch absolut nichts darüber, wie man Kinder auf den rechten Weg brachte, und hatte soeben, ganz nebenbei, den Mann, den er liebte, abgewiesen. Außerdem würde es Peter vermutlich mehr als abturnen, wenn ein Lover von Kindern anfing. Saftflecken auf dem Perser, Kindersitze im Ghibli? So weit würde es niemals kommen, das hatte die Natur nicht vorgesehen. Wahrscheinlich fand Peter es einfach nur lustig, Heteros umzudrehen, das war sicher aufregender als die schnelle Nummer in irgendeinem Hinterzimmer, zumindest in seinem Alter. Richard stockte, dann stand er auf und schüttelte sich.

Es konnte nicht wahr sein, dass er das alles eben gedacht hatte. Er musste sich sofort irgendwie ablenken. Arbeiten.

Als Peter anrief, saß Richard schon zehn Minuten an Freds Computer und hatte sich wieder einigermaßen gefangen. Der Fehler, den er gemacht hatte, war ja nur eine Bewegung gewesen, nichts unverzeihlich Abstoßendes, keine Beleidigung, keine Verletzung, das musste wiedergutzumachen sein, irgendwie, darüber konnte man reden. Und immerhin wachte Peter vor seiner Tür, ganz konnte er das Interesse also nicht verloren haben. Als Richard dann aber den nüchternen und kurz angebundenen Ton seines Auftraggebers hörte, sank sein Mut.

»Ich habe das Auto, klein und rot, das erkennen Sie, wenn Sie aus dem Fenster gucken, machen Sie es aber bitte nicht jetzt! Ich stehe an der Ecke zur Mons-Straße, das ist ein ganz guter Platz, ich habe Ihre Tür im Blick, aber stehe nicht direkt davor.«

»Okay«, sagte Richard. »Und –«

»Wenn jemand Ihr Haus betritt, rufe ich Sie an, das ist vermutlich das Beste, denn ich kenne Ihre Nachbarn nicht. Sie müssen dann eben ein, zwei Mal mit mir reden und Entwarnung geben.«

»Ich rede wirklich gern mit Ihnen«, sagte Richard warm.

»Umso besser.« Zack, war die Verbindung unterbrochen. Darauf geschah erst einmal eine halbe Stunde nichts. Richards Haus besaß insgesamt fünf Parteien, aber unten war momentan niemand, denn die Studenten aus der WG im Erdgeschoss verbrachten ihre Semesterferien zu Hause bei den Eltern, wie das jetzt offenbar allgemein üblich war. Im zweiten Stock wohnte Richard, dann im dritten die Familie Kauder, und über deren Wohnung lag die der alten Frau Sommer, der das Haus gehörte, die hier aber nur Möbel lagerte. Unter dem Dach lebten dann noch zwei junge Männer, die man fast nie sah, weil sie, soviel Richard wusste, in einer Großbäckerei arbeiteten und tagsüber schliefen. Viel Betrieb war also nicht zu erwarten.

Gegen drei rief Peter wieder an und sagte: »DPD-Auto vor Ihrer Tür. Da geht jemand rein. Liefern die samstags noch um drei Uhr aus?«

»Moment.« Richard schnappte sich ein Filetiermesser aus der Küche, was ihm im selben Moment schon albern vorkam. Trotzdem schlich er mit gezücktem Messer in der Hand und Telefon am Ohr zur Tür, um zu belauschen, wie Maxie Kauder ein Päckchen entgegennahm.

»Ist wirklich ein Bote«, sagte er schließlich.

»Er kommt wieder raus«, meldete Peter. »Übrigens, im Notfall, wenn Sie mir ein Zeichen geben wollen, lassen Sie einen Rollladen runter. Dann rufe ich sofort die Polizei.«

Richard dachte, dass, wenn er nicht ans Telefon kam, der Rollladen vermutlich auch unerreichbar wäre, sagte aber: »Gut. – Was ich noch fragen wollte.«

»Ja?« Das klang sehr abweisend.

»Eine Finanzfrage an den Experten: Ist es möglich, Emissionszertifikate zu stehlen? Kann man die veruntreuen? Das ist doch eine Art Wertpapier, oder nicht?«

Am anderen Ende der Leitung war es still. Dann sagte Peter, immer noch mit diesem unfreundlichen Ton: »Ein Emissionszertifikat ist ein virtuelles Gut, die Berechtigung, jeweils eine Tonne Kohlendioxid oder Kohlendioxidäquivalent in die Atmosphäre zu entlassen. Preis pro Stück ist momentan um die fünfzehn Euro. Die Zertifikate werden an speziellen Energiebörsen frei gehandelt, zum Beispiel in Leipzig. Und ja, man kann sie tatsächlich stehlen. Vor kurzem erst haben Hacker in Tschechien Emissionszertifikate im Wert von mehreren Millionen Euro entwendet, aber fragen Sie mich nicht, wie. Auf jeden Fall ist danach der Handel für mehrere Monate zusammengebrochen. Jetzt läuft er gerade wieder.«

»Wow. Könnte man damit auch – spekulieren?«

»Natürlich«, sagte Peter schroff. »Man kann mit allem spekulieren, was käuflich ist.«

»Also ich –«, begann Richard.

»Nein, Sie als Privatperson sind nicht in der Lage, Emissionszertifikate zu kaufen«, fuhr Peter ihm über den Mund. »Sie müssten eine Firma haben. Und dazu einen Zugang zu dem elektronischen System, in dem die Zertifikate verwaltet werden.«

»Aber man könnte sie von einer Firma wie der ENERGIE*base* aus verschieben?

Peter seufzte. »Vermutlich kann man mit dem nötigen Knowhow alles verschieben und veruntreuen, was einem innerhalb der eigenen Firma zugänglich ist, aber dabei kommt es natürlich auf die Verwaltungsstruktur im Betrieb an. So ein Wert fehlt ja irgendwann, das taucht in den Büchern auf, und wie und ob ein Betrug mit was auch immer bei der ENERGIE im Einzelnen unauffällig realisierbar wäre –«, er schnalzte mit der Zunge, »keine Ahnung.«

»Hm«, machte Richard.

»Wollten Sie sonst noch was wissen?«

»Werden Sie morgen früh zum Kaffee kommen?«, fragte Richard, worauf die Verbindung sofort unterbrochen wurde. Erst ärgerte er sich, dann verspürte er Sorge. Das war doch ein sehr abruptes Gesprächsende gewesen. Peter saß dort unten nicht gut gesichert, der konnte noch wesentlich leichter überfallen werden als Richard selbst. Er trat ans Fenster, spähte hinaus und sah an der Ecke zur Mons-Straße ein kleines rotes Auto, das leer war.

Leer.

Aufgeregt suchte Richard seinen Feldstecher, fand ihn erstaunlicherweise gleich und benutzte ihn, um die Straßenecke genauer zu inspizieren. Wieder schaute er nur in ein leeres Auto. Als er aber gerade hinunterrennen und vor Ort nachsehen wollte, erblickte er auf der Bank unweit des Autos einen Mann in teuren Anzughosen, handgenähten Lederschuhen und einer dicken Zeitung vor dem Gesicht. Gut, dachte Richard erleichtert, er ist immer noch beleidigt, aber wenigstens noch da. Und auf der Bank zu sitzen war vielleicht tatsächlich unauffälliger als in einem kleinen roten – er schaute interessehalber auf das Typenschild – Fiat. Dann spürte er plötzlich einen unfreundlichen Blick auf sich. Peter funkelte ihn über die Zeitung hinweg an. Rasch verschwand Richard vom Fenster. Und setzte sich ans Laptop und stellte sich vor, eine Firma zu sein.

»Haben Sie Blumen bestellt?«, fragte Peter in ziemlich ätzendem Ton, als er das dritte Mal anrief.

»Nein«, sagte Richard.

»Da bringt jemand einen Strauß rote Rosen in Ihr Haus.«

»Gute Idee«, sagte Richard und schnappte sich das Messer. »Leider nicht von mir. Ich merke es mir für eine passende Gelegenheit.«

»Wenn Sie meinen Rat wollen, sparen Sie sich die Rosen. Die meisten sind gelogen.«

»Das hört sich nach schlechten Erfahrungen an«, flüsterte Richard und musste spontan an das Rosenzimmer in Steenbergens Haus denken. Er stand mit klopfendem Herzen und gezücktem Messer an seiner Tür und fand, dass sein Leben noch vor einer Woche völlig anders ausgesehen hatte. Wie absurd wäre ihm alles, was er jetzt tat, dachte und sagte, vorgekommen! Und doch war es so viel besser –

»Ich spreche von schlechten *Gewohnheiten*«, sagte Peter bissig. »Wenn ich Rosen schenke, ist es vorbei.«

»Dann hoffe ich, dass sie nicht für mich sind«, raunte Richard.

»Bewahre, so gut werden wir uns niemals kennenlernen.«

Wer weiß, dachte Richard, schwieg aber, um zu verstehen, was sich im Treppenhaus abspielte. Die Rosen waren für Maxie Kauder und wurden von ihrem neuen Freund höchstpersönlich zugestellt. Richard lauschte der Szene und sagte dann: »Falscher Alarm. Ist Besuch für die Nachbarin von oben.«

»Die Glückliche«, sagte Peter.

»Moment!«, sagte Richard, doch Peter war schon weg.

Gegen acht Uhr kam einer der Bäckereigesellen von woher auch immer, auch der konnte Peter nicht zu einem Gespräch inspirieren. Dann wurde es dämmrig. Richard saß an seinem Computer und knobelte, und schließlich hatte er mindestens zehn Fragen an den Finanzexperten Peter und noch einmal so viele an den potenziellen Liebhaber, und deshalb fasste er sich ein Herz und rief ihn an.

»*Rick!?*«

»Ich muss Sie was fragen«, sagte Richard.

»Geht's Ihnen gut?«

»Ja, ich wollte nur was von Ihnen wissen, ich habe da was gefunden, Karussell–«

»Herrgottnochmal, Rick, erschrecken Sie mich nie wieder so! Ich dachte, Sie werden überfallen!«

»Nein«, sagte Richard. »Werde ich nicht. Ich würde nur gern eine Theorie mit Ihnen durchsprechen. Stichwort Karussellgeschäfte.«

»Karussellgeschäfte«, wiederholte Peter. »Womit?«

»Emissionszertifikate«, sagte Richard.

»Über die *ENERGIE*?«

»Genau.«

»Nein.« Peter holte hörbar Luft. »Vergessen Sie das. Das ist wie Handys verschieben. Allerplatteste Steuerhinterziehung. Es ist völlig unmöglich, dass die ENERGIE so was macht. Außerdem ist unser deutsches Steuerrecht extra für den Handel mit Emissionszertifikaten geändert worden, wir wenden seit 2010 das Reverse-Charge-Verfahren an, das solche Deals im Inland verhindert.«

»Aber ist der Clou am Karussellgeschäft nicht, dass es über Grenzen hinweggeht?«, fragte Richard.

»Schon –«

»Und irgendwie kann man sich dann die Umsatzsteuer vom Finanzamt oder Zoll erstatten lassen, obwohl man sie nie gezahlt hat.«

»Ja«, sagte Peter ziemlich ironisch, »so ungefähr geht es.«

Richard ließ sich nicht beirren. »Und wenn unser Steuerrecht extra für den Zertifikatehandel geändert wurde, heißt das doch nur, dass man damit enorme Gewinne machen kann.«

»Aber nicht bei der ENERGIE«, sagte Peter sofort. »Die kann sich das nicht leisten. Solche Geschäfte laufen über Scheinfirmen, die ein paar Wochen nach der Gründung wieder Pleite machen. Karussellgeschäfte bestehen aus fortlaufenden Pleiten.« Er schniefte. »Ist im Prinzip nur was für Nekrophile.«

Nekrophile? »*Wer* macht Pleite?«, fragte Richard.

»Na der *missing trader*.« Peter lachte kurz und trocken. »Nanu, Rick, da fällt mir ein, sind Sie nicht Antiquitätenhändler? Ich glaube, Ihre Zunft kennt sich gar nicht so schlecht aus in dem Metier.«

»Also *ich* habe bis eben noch nie was von Karussellgeschäften gehört«, sagte Richard nüchtern. »Ich bin jetzt gerade drauf gestoßen, als ich die Emissionszertifikate nachrecherchiert habe, deswegen will ich mit Ihnen drüber sprechen.«

»Okay.« Peter schnalzte mit der Zunge. »Aber ich sag Ihnen was, Antiquitäten sind ganz fabelhafte Objekte für einen Karussellhandel.«

»Wieso?«

»Weil sie klein und wertvoll sind. Sie lassen sich leicht über die Grenze bringen.«

»Und dann?«

Peter seufzte. »Also gut. Ich erklär's Ihnen. Nehmen wir mal an, Sie besäßen, jetzt lassen wir mal alle Komplikationen von wegen Kulturgut und so weiter weg ... die Nofretete.«

»Den Ärger wünsch ich keinem«, sagte Richard.

»Nur als Beispiel. Sie haben sich Hals über Kopf in sie verliebt und möchten sich nie wieder von ihr trennen. Trotzdem müssen Sie irgendwie Geld mit ihr verdienen, denn diese große Liebe ist alles, was Sie noch besitzen. Also verkaufen Sie die Büste an einen befreundeten Händler in – sagen wir – Luxemburg. Der Händler ist eigentlich verpflichtet, für jedes Geschäft, das er macht, eine Umsatzsteuer an sein Finanzamt zu entrichten. In diesem Fall jedoch importiert er etwas aus einem anderen EU-Land, und das ist steuerfrei. Der Händler zahlt also nur den Nettopreis, was völlig korrekt ist. So weit klar?«

»Klar«, sagte Richard. »Der Teil mit dem armen Liebhaber hat mir am besten gefallen.«

»Es geht noch weiter.« Peters Stimme klang eine Spur samtiger. »Der Händler verkauft die Nofretete weiter. Auch ganz legal. An Ihre luxemburgische Freundin.«

»Ich habe keine Freundin«, sagte Richard. »Weder in Luxemburg noch sonst wo.«

»Welch ein Verlust für die Frauen«, sagte Peter mit leichtem Spott. »Also Ihre Bekannte – sind Sie mit einer Bekannten einverstanden?«

»Meinetwegen.«

»Ihre Bekannte bekommt eine ordentliche Rechnung und zahlt ganz brav die Umsatzsteuer für den Kauf an den Händler. So nimmt der zusätzlich zum Kaufpreis – wie teuer wäre die Nofretete?«

»Keine Ahnung.«

»Schätzen Sie.«

»Hundert Millionen Euro?«

»Schön. Er nimmt zusätzlich zu den hundert Millionen eine Summe von fünfzehn Millionen Euro ein, denn in Luxemburg beträgt die Mehrwertsteuer fünfzehn Prozent. Auch das ist völlig korrekt. Doch dann macht er Pleite, und das ist illegal.«

»Wieso?«

»Weil er zuvor noch die fünfzehn Millionen Euro Steuer aus dem Verkauf der Nofretete an sein Finanzamt abführen müsste. Und das tut er nicht. Er schließt den Laden und verschwindet mit seinem Drittel der Beute auf Nimmerwiedersehen in die Karibik. In der Zwischenzeit verkauft Ihre Bekannte die Büste an Sie zurück und lässt sich ihrerseits die Steuer erstatten, denn dieser Handel geht wieder über die Grenze, und sie hat eine Rechnung. So haben Sie am Ende die Nofretete, eine reiche Bekannte und fünf Millionen Euro Gewinn, falls Sie gerecht teilen. Und wenn Sie noch mehr vertrauenswürdige Leute kennen, können Sie dasselbe im nächsten EU-Land wiederholen, so lange, bis Sie den Kaufpreis der Nofretete wieder raushaben.«

»Raffiniert«, sagte Richard voller Bewunderung.

»Es hat eine gewisse Eleganz«, gab Peter zu. »Aber für uns ist es irrelevant. Die ENERGIE kann schließlich nicht plötzlich zumachen und in die Karibik verschwinden.«

»Tja«, machte Richard. »Ich nehme an, die würde man finden.«

»Andererseits – wer weiß?«, sagte Peter.

»Wie wird der Betrug geahndet?«

»Da fragen Sie mich zu viel, ich bin ja kein Fahnder. Aber ich nehme an, dass es nicht einfach ist. Natürlich kann man den Pleitier wegen betrügerischer Insolvenz drankriegen, falls man ihn findet, aber er ist ja nur ein Teil der Kette. Und diese Karusselle benutzen viele Zwischenhändler, die manchmal selbst nichts davon wissen.«

»Betrügerische Insolvenz. Das bedeutet aber schon, dass da mal eine richtige Firma war.«

»Mhm«, machte Peter.

»Man braucht echte Firmen, um überhaupt an die Handelsplätze vorgelassen zu werden, oder?«

»Na ja, was ist schon eine echte Firma? Im simpelsten Falle doch nur eine Person, die einen eigenen Briefkopf besitzt.«

»Man muss im Handelsregister eingetragen sein«, sagte Richard.

»Gut«, sagte Peter. »Das ist gemeinhin üblich, ja.«

»Über die Handelsregister kann man verfolgt werden. Und

auch über die Zertifikate selbst, die sind in diesem elektronischen System erfasst, von dem Sie vorhin gesprochen haben. Sie haben auch Seriennummern.«

»Und weiter?«, fragte Peter.

»Na, wenn man ständig nur an eigene Firmen verkauft, dann schiebt man immer die gleichen Papiere mit immer den gleichen Seriennummern herum. Das fällt doch irgendwann auf.«

»Wenn es nur OTC-Handel ist, ja.«

»Was ist jetzt wieder ein OTC-Handel?«

»OTC heißt *over the counter*. Das ist ein Geschäft zwischen zwei einvernehmlichen Parteien ohne Zwischeninstanz. Ein Handel, der nicht über die Börse läuft. Hat den Vorteil, dass man sich nicht an einem öffentlichen Handelsplatz registrieren lassen muss.«

»Aber den Nachteil, dass die Seriennummern immer dieselben sind.«

Peter holte tief Luft. »Also ehrlich, sosehr ich es schätze, dass Sie sich da engagieren – was wollen Sie immer mit diesen Seriennummern?«

»Ich will darauf hinaus, dass es eben doch Möglichkeiten gibt, Karusselle aufzudecken.«

»Natürlich.«

»Und deshalb steuern die Betrüger gegen und besorgen sich eine Tarnung.«

»Als da wäre?«

»Die ENERGIE.«

* * *

21.46 Uhr

Da war es.

Die Rettung.

Er hatte es, es war da, direkt vor ihm, nicht zu fassen, *nicht zu fassen!*

Es gab einen Ausweg. Ein Geschäft, etwas Großes. Müllers Hand zitterte, er zitterte überall, er wollte den Computer küssen,

Sex mit dem Bürostuhl haben, er wollte das Fenster aufreißen und in die Nacht hinausschreien, dass er es hatte.

Er hatte es.

Oder?

Konnte es wirklich funktionieren? Würde er drankommen, an diesen Schatz, über den normalen Dienstweg und Klaudia Berthanis Intranet-Clue?

Oder musste er an irgendeinen Safe?

Nachsehen, dachte Müller. Das musst du sofort nachprüfen, prüf, was das Zeug hält. Am Montag bist du hier weg.

* * *

»Also Sie«, sagte Richard in sein Telefon und betrachtete dabei die Internetseite mit dem Online-Artikel über den Zertifikate-Handel, der ihm die ganze Zeit schon als Argumentationshilfe diente, »haben irgendwo erfolgreich mit Verschmutzungszertifikaten die Umsatzsteuer hinterzogen.«

»Ich?«, sagte Peter. *»Moi?«*

»Stellen Sie sich vor, Sie hätten die Moral eines Antiquitätenhändlers«, sagte Richard trocken. »Momentan arbeiten Sie aber mit Zertifikaten. Sie haben soeben Ihren Handel gemacht, die Seriennummern der Papiere sind jetzt gewissermaßen heiß. Sie müssen sie loswerden. Trotzdem wollen Sie das Geschäft weiterführen. Also wenden Sie sich an Ihren Vertrauensmann bei der ENERGIE.«

Peter schwieg.

»Dieser Vertrauensmann ist ein Händler des Konzerns. Er kauft Ihnen die Zertifikate ab und verkauft Ihnen dieselbe Menge an Papieren aus dem großen Pool der ENERGIE zurück. Nur dass die eben andere Seriennummern haben.«

»Nein«, sagte Peter. »Das glaube ich nicht.«

»Oder Sie machen es noch unauffälliger. Beide Partner verabreden sich an einer Energiebörse. Sie tun dasselbe, nur dass es eben kein *Over-the-table*-Handel ist.«

»*Over the counter*«, verbesserte Peter automatisch.

»Genau. Der Vertrauenshändler kann dann nicht mal intern durch einen *Counter*-Handel auffallen. Er tut nur das, was er immer macht, denn er spekuliert ja sowieso für die ENERGIE mit Zertifikaten. Es entsteht kein materieller Schaden. Für die ENERGIE ist nichts weiter geschehen, als dass vielleicht ein paar Spesen anfallen und sich im Pool jetzt andere Zertifikate befinden. Solange die Anzahl stimmt, gibt es keinen Grund, Verdacht zu schöpfen.«

Schweigen.

»Denn schließlich«, fuhr Richard fort, »ist es eben doch hilfreich, wenn der Zwischenhändler weiß, was er tut. Man kann nicht erwarten, dass die ENERGIE oder sonst irgendwer einmal gekaufte Zertifikate zum gleichen Preis wiederverkauft und das auch noch an eine ganz bestimmte Firma.«

»An eine ganz bestimmte Firma kann man an der Börse sowieso nicht verkaufen.«

»Aber wenn man sich abspricht, stimmen zumindest Angebot und Nachfrage überein.«

»Ich weiß nicht«, sagte Peter zögernd. »Das ist ein Risiko.«

»Ein kleines Risiko gehört vermutlich dazu«, sagte Richard.

»Ein kleines Risiko gehört immer dazu«, sagte Peter zickig. Doch er räusperte sich sofort. »Gut. Mag sein, dass es so gemacht werden könnte. Ich hab mal gehört, dass mafiöse Terroristenvereinigungen aus dem Nahen Osten sich auf die Art am westlichen System bereichern sollen.«

»Geld haben die wahrscheinlich genug. Für einen Karussellhandel braucht man ja auch ein hohes Einstiegskapital«, sagte Richard langsam.

»So ist es.«

»Hm«, machte Richard. »Aber das Geld kann überallher stammen. Sogar aus ganz legal erworbenen Vermögen, das wäre vermutlich am unauffälligsten.«

»Vermutlich«, sagte Peter mit einem merkwürdigen Unterton.

»Was man hingegen ganz dringend braucht«, spann Richard weiter, »ist Bildung. Oder nicht?«

»Ich nehme es an«, sagte Peter kühl.

»Doch, absolut. Der Ausführende bewegt sich durch ganz Europa. Er muss mehrere Sprachen beherrschen und wissen, wie die Märkte und Börsen funktionieren. Dann benutzt er verschiedene Firmen, und dazu vielleicht noch diverse Wohnsitze. Das alles muss er aufbauen und gründen. Und die Firmen an der Börse anmelden. Dann macht er Geschäfte mit ihnen und lässt sie geordnet wieder verschwinden. Noch dazu funktioniert das alles nur, wenn er sehr schnell ist. Er muss also ein echter, ausgebuffter Finanzexperte sein und am besten auch noch einen Freund bei der ENERGIE haben, so wie –«

Ein sehr langes, sehr unangenehmes Schweigen trat ein.

»Wenn Sie denken«, sagte Peter schließlich kalt, »wenn Sie auch nur in *Erwägung* ziehen, dass *ich*«, er spuckte das Wort durchs Telefon, »*Karussellgeschäfte* mache, egal mit was, und wenn Sie meinen, dass ich Menschen töten oder töten lassen würde, und wenn Sie glauben, dass ich mich stundenlang in einen *Fiat* setze, um Ihnen aufzulauern und Sie zu erledigen, dann –«

»Ich glaube es nicht«, sagte Richard schnell, doch er sprach gegen das Freizeichen an. Unten auf der Straße wurde ein Motor angelassen. Vom Fenster aus sah Richard gerade noch ein kleines rotes Auto davonbrausen.

Und als er dann plötzlich wieder bewusst sein Zimmer sah, den Tisch, die Wände und Bücherregale, da war es, als ob es ein ganz und gar fremdes Zimmer wäre. Hell, kalt und unbekannt.

* * *

Achteinhalbtausend Euro.

Stören Sie mich jetzt bloß nicht. Ich hab zu tun.

Für drei Morde.

Nein, für den An- und Verkauf von drei mal dreißigtausend Zertifikaten.

Und für drei Morde.

Da ging's um was ganz anders. Enttarnung. Nein: um Verrat. Außerdem sind die Zeiten jetzt vorbei.

Ach ja? Die Polizei hat immer noch keinen Täter. Die werden Sie suchen. Und die Presse wird nur das Geld sehen. In den Zeitungen wird stehen: Gut situierter Familienvater tötet drei Personen für achteinhalbtausend Euro.
Würde es einen moralischen Unterschied machen, wenn ich mehr bekommen hätte? Außerdem bin ich nicht gut situiert. Ich lebe von Apfelschorle aus dem Aldi und selbstgeschmierten Broten. In einem winzigen Apartment! Mein Geld kriegen meine Tochter und meine Frau! Das geht alles ins Haus! Achteinhalbtausend Euro, das ist für mich ein Riesenhaufen Geld!
Mir kommen gleich die Tränen.
So. Ich sag Ihnen jetzt was. Übermorgen Abend bin ich hier weg. Ich komme nie mehr zurück, ich hab diese Mühle restlos satt. Darum hab ich das gemacht! Weil es Abwechslung war! Und weil ich es konnte! Und ich wollte nicht erwischt werden, und es hat mich wahnsinnig geärgert, dass diese Natascha, diese gehirnamputierte Schlampe, hin- und hergeflattert ist mit ihrem scheinheiligen kleinen Gewissen und ihrem Solartechnikkram, das ist doch alles Greenwashing eines ganz normalen westlichen Lebens!
Sie sollten mal schlafen gehen.
Oh nein, das könnte Ihnen so passen! Ich sage Ihnen noch was, achteinhalbtausend Euro sind Ihnen zu wenig, dann denken Sie mal über mehrere Millionen nach! Fänden Sie dafür drei Tode angemessener?
Wie wollen Sie denn da drankommen?
Tja. Die Zertifikate, das waren Peanuts. Der Anfang, verstehen Sie? Irgendwie muss man ja mit den Leuten ins Geschäft kommen. Aber jetzt, da wir uns kennen, jetzt können die wirklichen Deals beginnen.
Aha.
Lachen Sie nur, Sie werden schon sehen.

Neun

Für Kriminalkommissarin Bettina Boll war es einer der seltenen Sonntagmorgen, an denen sie arbeiten musste, und sie fand es wunderschön. Bereitschaft mit Ackermann. Ein goldener, sonniger Augustsonntag, die Kinder waren auf einem Geburtstag, und im Büro und in der Stadt war nichts los. Absolut nichts. Das Verbrechen schlief. Urbi et orbi, wie ihr Chef, Hauptkommissar Härting, in diesen seltenen stillen Augenblicken zu sagen pflegte, die Stadt und der Erdkreis, lagen friedlich, das Leben war wunderbar leicht, die Zeitung dick, das Büro ruhig. Bis Ackermann mit zwei mächtigen Dönern von Karims Dönerhimmel kam.

»Schafskäse extrascharf«, trompetete er. Es war zwar erst halb zwölf, aber das war jetzt egal.

Bettina beäugte argwöhnisch ihr Päckchen mit dem zarten Kreuzchen darauf. »Ich wette, du hast wieder nicht gesagt, dass ich es wirklich scharf will.«

»Ich habe Karim gesagt, es ist für eine der schärfsten Kolleginnen bei der gesamten Polizei«, sagte Ackermann charmant. Er war breit gebaut und roch immer ein wenig nach verbranntem Eisen.

»Oh«, sagte Bettina. »Und er wusste, wer ich bin?«

»Nein«, sagte Ackermann grinsend. »Er muss dich irgendwie mit Mona verwechseln.« Mona war Härtings Sekretärin mit der Betonfrisur. »Jedenfalls wird es dir schmecken.«

Bettina schälte die Alufolie von ihrem Döner und blickte auf eine dicke Schicht Chilipulver, die ihren Schafskäse überzog. »Wie hast du das gemacht?«

»Hm?«, kaute Ackermann.

»*Ich* kriege immer nur ein Teelöffelchen Chili, egal was ich tue! Selbst wenn ich sage: Das ist ein Befehl, lachen die nur!«

»Frag Mona«, sagte Ackermann. »Weißt du was, Karim war persönlich da, er hat mir was erzählt.«

»Oh«, sagte Bettina mit vollem Mund. Karim mochte geizig mit dem Chili sein, aber er wusste manchmal interessante Sachen.

»Eine komische Geschichte«, sagte Ackermann und wischte sich den Mund mit einer der hundert Servietten aus Karims Tüte. »Könnte falscher Alarm sein, er sagt, er kennt den Typen nicht, der es ihm erzählt hat, muss jemand aus Mannheim sein. Aber falls es kein falscher Alarm ist, ist es was Großes.«

»Ich will jetzt nichts Großes«, sagte Bettina. »Lass uns zumindest fertig essen.«

»Angeblich«, sagte Ackermann erbarmungslos eifrig, »ist ein politischer Anschlag geplant. Auf jemanden von der BASF.«

»Wen?«, fragte Bettina kauend.

»Einen Ökologiepaten. Ich weiß jetzt nicht, wer da genau gemeint ist, aber das kriegen wir raus, denn es soll eine Art Todesliste im Netz stehen, da ist er namentlich drauf. Und was die Sache brisant macht: Einer von der Liste ist schon tot.«

»Ach? Wieso haben wir das nicht mitbekommen?« Bettina rückte ihren Computerbildschirm so, dass sie von ihrer zurückgelehnten Position aus besser sehen konnte. Sie rief die bundesweiten Polizeimeldungen des letzten Tages auf.

»Tja, ich weiß auch nicht, ich sag ja: Es könnte falscher Alarm sein. Der Teil der Geschichte ist total wirr: Es wäre ein Manager von der ENERGIE, und er wäre in einen Vulkan geworfen worden, sagt Karim. Also *das* – he, Tina, was ist denn mit dir los?«

Bettina saß kerzengerade auf ihrem Stuhl und legte ihren schönen scharfen Döner beiseite. »Steenbergen«, sagte sie. »Das war dieser Steenbergen-Fall in der Eifel. Erinnerst du dich? Da ist ein Typ an Kohlendioxid erstickt, er saß auf einer Bank an so einem Kratersee. Dann hat sich herausgestellt, dass er ENERGIE-Manager ist, noch dazu für die Umweltabteilung, und dass er dort an dem See nichts verloren hatte, aber die Trierer haben den Tod zum Unfall erklärt, die fanden das vermutlich wahnsinnig beeindruckend, dass ihre Vulkane noch soo aktiv sind.«

»Stimmt, da war was«, sagte Ackermann.

»Und du wirst lachen, vor ein paar Tagen hat mich jemand angerufen, der diesen Steenbergen-Fall privat untersucht. Irgendein Amateur, ich hab sogar ein Gesprächsprotokoll, Moment –«

Bettina nahm ihre Maus zur Hand und öffnete ein paar Dokumente, bis sie die Notiz in ihrem Computer fand. »Hier: Romanoff. Arbeitet für eine Kanzlei Welsch-Ruinart, aus Köln. Der Romanoff hat mich angerufen und sich beschwert, dass die Trierer und die Kölner den Fall nicht ernst nehmen, und er hat versucht, über mich an Steenbergens Obduktionsbericht zu kommen, weil er das Ergebnis anzweifelt.«

Ackermann seufzte und betrachtete sehnsüchtig den Döner, den er immer noch in der Hand hielt.

»Na komm, nun mach nicht so, als ob wir jetzt gleich alles stehen und liegen lassen müssten«, sagte Bettina. »Du suchst diese Todesliste, und ich versuche Steenbergens Obduktionsbericht zu kriegen.«

»Soll ich dir was sagen, vor zwölf gehe ich nicht mehr runter zu Karim, das endet jedes Mal so.« Ackermann seufzte wieder. Dann legte er den Döner weg, wischte seine Finger an der Hose ab, setzte sich gerade hin und zog seine Computertastatur heran.

»Na bitte«, sagte Bettina eine halbe Stunde und mehrere Telefonate später, »geht doch.« Sie hatte Steenbergens Obduktionsbericht vor sich auf dem Bildschirm. Es war in der Tat ein enttäuschender Bericht. Keine Kampfspuren, keine Fremd-DNA unter den Fingernägeln, überhaupt keine Verletzungen, weder äußere noch innere, keine Injektionsmale, keine Reste von irgendwelchen Medikamenten, dafür aber typische Anzeichen einer Kohlendioxidvergiftung. Das Einzige, was der Pathologe als ungewöhnlich festgehalten hatte, war die Fötushaltung der Leiche, die mit eng angezogenen Armen und Beinen auf einer Bank gefunden worden war, doch das, so hatte er notiert, konnte mit den Todeskrämpfen bei einer Erstickung übereinstimmen. Die Leichen, die man in Pompeji ausgegraben hatte, hätten in ähnlichen Positionen gelegen. Dann waren noch ein paar fremde Fasern gefunden worden, aber nicht mehr, als jeder Mensch sowieso an seiner Kleidung mit sich herumtrug, darüber hinaus männliche Fremd-DNA, die von einer Umarmung oder einem Schulterklopfen stammen mochte und außerdem vergleichsweise große Mengen an Hautcreme im Gesicht und an den Händen und Handgelenken, was aber für eine gepflegte Person wie Steenbergen auch nicht übermäßig ungewöhnlich war. Hosenaufschlag und Schuhe schließlich wiesen einige nicht signifikante Schleifspuren auf, die sowohl vom Schlittern und Rutschen der noch lebenden Person auf einem ungesicherten, steilen Feldweg als auch vom Ziehen des bereits toten Körpers stammen konnten. Und das war alles.

Es war ein Befund, aufgrund dessen Bettina selbst die Ermittlungen vielleicht nicht sofort eingestellt hätte, aber viel Raum für eine Mordtheorie ließ er tatsächlich nicht. Und außerdem war da noch diese Kuh, die in der Nähe der Leiche aufgefunden und ebenfalls an Kohlendioxid erstickt war …

»Der Leichenbeschauer«, sagte sie grimmig zu Ackermann, »hat Vergleiche mit den Toten aus Pompeji angestellt. Wenn das keine gerichtete Sichtweise ist, weiß ich auch nicht.«

Ackermann blickte auf. »Das heißt, du hast nichts, die Leiche war sauber.«

Bettina seufzte.

»Aber ich habe vielleicht was. Wie hieß dein Privatermittler noch mal?«

»Romanoff.«

»Ist das nicht der Name der ermordeten Zarenfamilie?«

»Die schreiben sich, glaube ich, mit V hinten. Oder war es W?«

»Die schreiben sich doch sowieso kyrillisch«, sagte Ackermann. »Nein, guck mal hier, ich habe die Todesliste gefunden, auf www.lebenohneblutstrom.de. Sie ist fies. Als Erstes steht da tatsächlich dein Steenbergen. Und ein BASF-Ökologiepate ist auch mit drauf.«

Bettina stand schon hinter ihm und schaute über Ackermanns Schulter. Sie las und pfiff durch die Zähne.

»Aber das Interessanteste«, sagte Ackermann, »ist der Verfasser.« Er deutete auf den Namen *Zarenkind*. »Ist das nicht erstaunlich?«, sagte er.

* * *

Zwölf Uhr mittags, high noon

Der Sheriff schritt allein über die staubige Straße. Gleich würden sie kommen, in Scharen, sie würden ihn holen und vernichten, aber er hatte eine Bombe, eine große, er hatte sie, *er hatte sie*! Und da schrillte auch schon die Mittagsglocke, oder waren es die Bremsen eines Zugs? Müller hob seine schmerzende Wange von seinem Schreibtisch, erblickte auf seinem flimmernden Computerbildschirm die überaus informative Wer-kennt-wen-Seite Friederike Berthanis und hörte sein Handy klingeln. Er stöhnte, doch nicht verzweifelt. Was er – vielleicht – gefunden hatte, war sogar den stundenlangen nächtlichen Chat mit der moppeligen Rieke wert.

12.12 Uhr

Es war Berthani. Müller ging dran.

»Und? Machen Sie Fortschritte? Haben Sie irgendwas für mich?«

»Ich habe was«, sagte Müller undeutlich. »Ja, ich denke, ich habe was.«

»Hab ich Sie geweckt? Wo sind Sie?«

Müller räusperte sich. »War gerade ein bisschen eingenickt«, sagte er. »Ich habe die Nacht im Büro verbracht.«

»Und? Ergebnisse?«

Müller räusperte sich wieder. »Erfreuliche«, sagte er fest. »Ich konnte nichts, absolut nichts Ungewöhnliches bei uns entdecken, und glauben Sie mir, ich habe –«

»Sehr schön«, sagte Berthani. »Der Täter stammt von außen.«

»Ja, und die Polizei ermittelt tatsächlich bereits in eine bestimmte Richtung. Dieser Romanoff«, Müller senkte die Stimme, »ist in Wahrheit ein radikaler Umweltaktivist. Hat sich bei Welsch-Ruinart und auch bei Ihnen, Frau Berthani, mit seinem illustren Namen eingeschlichen. Hochintelligent, aber ganz schwieriges Elternhaus. Deformierte Persönlichkeit. Das ist nicht offiziell, Sie wissen es nicht von mir, aber er ist mit großer Wahrscheinlichkeit der Täter.«

Berthani stieß einen langen Seufzer aus. »Sie sind jetzt im Büro?«, fragte sie.

»Ja.«

»Sind Sie bereit für eine kleine Pressekonferenz?«

»Nein!«

»Ich bin in zwanzig Minuten da.«

12.15 Uhr

Pressekonferenz. Das hieß: mit Foto. Und das hieß: Er würde in die Zeitung kommen, wo ihn jedermann, auch Romanoff, sehen konnte. Andererseits: Wenn er jetzt ging, dann konnte er seinen ganzen Plan vergessen. Blieb zu hoffen, dass die Berthani sich in den Vordergrund und aufs Bild drängen würde. Zu ihr passen würde es ja.

12.30 Uhr

Stimmen auf dem Flur. »... können es sehr gerne im Büro machen«, hörte er Berthanis medientaugliche Stimme, »wirklich, das ist authentisch, das ist einfach, das ist ein Bild, das uns sehr gut repräsentiert, denke ich.« Sie lachte geziert. »Na, wo isser denn? – Ah.«

Müllers Büro füllte sich schlagartig mit Menschen. Leute in bunten Klamotten, mit allen möglichen technischen Gerätschaften, einer Kamera, einer Tonausrüstung, dazu zwei grotesk geschminkte Frauen, eine elegant, eine flippig, und am Ende der Prozession Berthani mit einem Herrn im Anzug. »Hallo, sehen Sie mal, wen ich mitgebracht habe, *Tagesschau*! – Darf ich Ihnen meinen Mitarbeiter vorstellen?« Berthani flatterte nur so vor Aufregung und posaunte seinen Namen heraus, mehrmals. »Das ist unser interner Ermittler von Human Resources.«

Sie lächelte in die Runde, preschte auf Müller zu, zog ihn zu sich heran und zischte ihm ins Ohr: »Haare! Haben Sie einen Kamm?«

Müller schüttelte den Kopf. Die Fernsehleute redeten plötzlich alle durcheinander, ohne sich weiter um sie zu kümmern, und Müller sagte panisch: »Ich kann nicht ins Fernsehen.«

Berthani blickte ihn an. »Sie haben recht, Sie sehen furchtbar aus. Haben Sie etwa wirklich hier geschlafen?«

»Ja. – Nein, ich kann auf keinen Fall im Fernsehen auftreten. Das ist völlig unmöglich!«

»Ach was, Sie sind doch von Natur aus fotogen, einen Moment mal.« Berthani krallte sich mit der Linken in Müllers Oberarm und kramte mit der Rechten einen Kamm aus ihrer Handtasche. »So. Halten Sie still, und denken Sie sich nichts dabei, ich habe Kinder.« Sie kämmte ihm die Haare. »Das wär's. So reicht es vollkommen. Frau Lessing, Herr Siebert, wir wären so weit.«

14.35 Uhr

Er hatte versucht, sich davonzustehlen, aber Berthani hatte ihn eisern am Arm festgehalten und vor die Kamera gezogen. Er hatte versucht, traurig und müde auszusehen, aber sie hatten seine Präsenz gelobt. Er wollte einsilbig antworten und stottern, aber sie fanden seine knappen Sätze toll. Am Ende hätte Berthani ihn fast geküsst, sie fand seinen Auftritt gelungen und raunte ihm vor dem Kamerateam in Theaterlautstärke zu: »Das war gut, Sie haben das Zeug zum Pressesprecher!« Ein paar aus dem Team nickten anerkennend, grinsten und klopften ihm zum Abschied auf die Schulter, als wollten sie sagen: Bis zum nächsten Mal, Kumpel. Dann war der Spuk vorbei. Müller saß erschlagen in seinem Büro. Heute Abend würde er in der *Tagesschau* kommen. Das war der GAU, zumindest bedeutete es Arbeit, und zwar sofort, denn Romanoff durfte das auf gar keinen Fall sehen.

Andererseits war es längst fällig, diesen lästigen Russen endlich zu seinem selbstmörderischen Vater zurückzuschicken.

* * *

»Boll, K11 Ludwigshafen«, sagte Bettina ins Telefon. Ackermann war draußen am mutmaßlichen Zielort des erwarteten Anschlags, um die Überwachung der Familie des BASF-Ökologiepaten zu überwachen, sogar Hauptkommissar Härting war höchstpersönlich aus dem Wochenende gekommen, wenn's um die BASF ging, war es allen hier sehr ernst. Die gesamte Region lebte von der BASF. Nur Bettina durfte im Büro bleiben, um mehr Informationen zu beschaffen.

»Spreche ich mit Kommissar Marcks?«

»Ja«, knurrte es am anderen Ende der Leitung.

»Haben Sie den Fall Steenbergen bearbeitet?«

Schweigen.

»Herr Marcks?«

»Ja.«

»Wir haben einen Tipp bekommen«, sagte Bettina. »Ein gewisser Herr Rainfarn, der für die BASF arbeitet, soll angeblich Ziel eines politischen Attentats werden. Sein Name befindet sich auf einer Liste, die im Internet veröffentlich wurde –«

»Weiß ich«, unterbrach Marcks.

»Herr Marcks, ist Ihnen Richard Romanoff bekannt?«

»Der hat die Liste verfasst«, sagte Marcks.

»Aber er arbeitet auch als –«

»Privat-Heiopei für einen schwulen Anwalt«, sagte Marcks. »Der ist auch irgendwie in den Fall verwickelt. Ich glaube, er war mit Steenbergen liiert.«

»Aha«, sagte Bettina. »Und sein Name …?«

»Welsch-Ruinart. Steuerberater. Superreicher Typ mit Verbindungen. Er hat mir den Romanoff *aus* der Verhandlung vor dem Haftgericht rausgeschnappt.«

»Sie wollten ihn verhaften?«

»Natürlich.«

»Überwachen Sie ihn?«

»Er ist unschuldig«, sagte Marcks ätzend. »Unser Budget reicht nicht aus, um Unschuldige zu observieren.«

»Dürfen wir die Akte einsehen?«

»Natürlich.«

»Jetzt sofort?«

»Ist Gefahr im Verzug?«

Bettina seufzte. »Herr Marcks, diese Frage gebe ich zurück. *Ist* Gefahr im Verzug? Wie schätzen *Sie* die Situation ein, wir haben die Liste, wir haben einen Tipp, wir haben Ihre Informationen –«

»Ich maile Ihnen die Akte«, sagte Marcks. »Schnappen Sie den Kerl und nageln Sie ihn fest, Lady. Ich komm persönlich zur Verhandlung vorbei.«

Bettina starrte sekundenlang den Hörer an, nachdem Marcks aufgelegt hatte. *Nageln Sie ihn fest, Lady?* Wo war der denn vergessen worden? Dann öffnete sie ihr Mailprogramm und wartete auf Marcks' Akte. Und wählte zwischendurch schon mal Romanoffs Telefonnummer.

»Boll, K11, Ludwigshafen, Herr Romanoff, wie gut, dass ich Sie erreiche. Erinnern Sie sich an mich? Sie haben vor ein paar Tagen bei mir angerufen.«

»Äh – ja.« Richard starrte seit einer halben Stunde seinen Bildschirm an. Sein Magen kribbelte heftig und er wollte es nicht glauben. Er hatte einen Namen gefunden, eine üble Entdeckung gemacht. Deren Tragweite wurde ihm soeben portionsweise klar, immer Schreck auf Schreck: Es hing alles zusammen. Atlantis. Seine Biografie, die jedermann leicht ermitteln konnte, seine Tätigkeit als Detektiv, alles. Fast die ganze Nacht und den anschließenden Vormittag hatte er hier an Freds Laptop verbracht, ganz ohne Peter, nebenbei hatte ihn niemand kidnappen wollen. Und jetzt rief – im passenden Moment – genau die Polizistin an, die er als am wenigsten vernagelt von allen empfunden hatte. Wenn das kein Zeichen war. »Ja«, wiederholte er, »sehr genau sogar.«

»Herr Romanoff, hätten Sie Zeit für ein Gespräch?«

»Gern«, sagte Richard. »Ich wollte Sie auch gerade anrufen.«

»Aha?«, sagte Boll. »Weswegen?«

Richard holte tief Luft. »Ich werde«, sagte er, entschlossen, nicht aufzuhören, bis er diese Frau überzeugt hatte, »von einem Mann verfolgt, der sich Müller nennt. Er ist Mitte zwanzig, eins achtzig, dunkelhaarig, schlank und sieht irgendwie – treuherzig aus. Er hat so einen Hundeblick. Er ist vielleicht ein Mitarbeiter der ENERGIE, aber mit Sicherheit Mitglied einer kriminellen Organisation, die über die ENERGIE Karussellgeschäfte mit Emissionszertifikaten betreibt. Ich habe ihn am

Schauplatz eines ungeklärten Todesfalls gesehen. Ich habe mit ihm geredet. Ich könnte ihn bestimmt erkennen, wenn ich ein Foto von ihm sähe. Dieser Müller ist sehr gefährlich. Vielleicht sogar ein Auftragsmörder. Die Organisation, für die er arbeitet, ist wahrscheinlich für drei Morde verantwortlich: an dem ENERGIE-Manager Dr. Steenbergen, an dessen Nachbarin Frau Zangerle und an seiner persönlichen Sekretärin Frau Kassin. Und *mich* wollen sie als Schuldigen aufbauen, weil ich ihnen zufällig in die Quere gekommen bin und weil mein Vater ein prominenter Umweltaktivist war. Zu dem Zweck haben sie meinen Computer manipuliert.« Er hielt kurz inne und fragte sich, wie das bisher gewesen war, vernünftig? Knapp? Verständlich?

Immerhin, Boll hörte noch zu.

»Und außerdem«, sagte er rasch, »haben sie mir gestern einen Zehn-Liter-Kanister BASF-Perfekthion geschickt, ein Pflanzenschutzmittel. Offensichtlich möchten sie, dass ich eine Art Liste abarbeite, die ich angeblich ins Netz gestellt haben soll, und –«

»Ich kenne diese Liste«, unterbrach Boll.

»Oh. Aber das ist noch längst nicht alles, ich habe einen begründeten Verdacht –«

»Nun mal langsam«, sagte Boll. »Wo sind Sie gerade?«

»Bei mir zu Hause«, erwiderte Richard. »*Sie* haben angerufen.«

»Könnte ja sein, dass Sie eine Rufumleitung haben. Ist jemand bei Ihnen?«

»Nein.«

»Gibt es irgendeine Möglichkeit, mir zu beweisen, dass Sie wirklich daheim sind? Können Sie sich jetzt mit einer Zeitung von heute fotografieren? Oder vor einer Online-Zeitung an ihrem Computerbildschirm?«

»Nein, ich kann mit meinem Telefon nicht fotografieren«, sagte Richard ungeduldig.

»Herr Romanoff«, sagte die Boll höflich, »wir hier in Ludwigshafen haben die Information bekommen, dass ein gewisser Herr Rainfarn von der BASF Ziel eines Anschlags werden soll.

Herr Rainfarn steht auf der Liste, die Sie erwähnt haben. Einer Todesliste. Sie haben sie veröffentlicht, das ist erwiesen.«

»Diese Liste hat mir ein Hacker untergejubelt.«

»Ich weiß, dass Sie das mehrfach ausgesagt haben. Ich habe Ihre Akte gelesen. Kommissar Marcks ist fest davon überzeugt, dass Sie lügen. Die Richterin dagegen hat Ihnen geglaubt. Ich persönlich kenne Sie nicht. Ich gehe jetzt gesprächshalber mal davon aus, dass Sie recht haben, aber ich hätte trotzdem gern einen Beweis dafür, dass Sie sich in Köln aufhalten. Dann können wir weiterreden, und Sie erzählen mir alles haarklein. Haben Sie nicht einen Nachbarn, der bezeugen kann, dass Sie zu Hause sind?«

»Doch«, sagte Richard.

»Gut. Ich habe Ihre Adresse. Ist es ein Mehrfamilienhaus?

»Ja.«

Die Polizistin schwieg und klapperte mit ihrer Tastatur. »Maxima Kauder, könnte die jetzt erreichbar sein?«

»Ja«, sagte Richard.

»Gehen Sie hin, ich rufe dort an.«

Maxie Kauders Leben war für Richard ein offenes Buch, denn sie lebte über ihm und die Decke war nicht schallisoliert. Zudem hatte sie zwei kleine Kinder, die ihr letztes bisschen Privatleben hinausposaunten, wann immer sie Gelegenheit dazu hatten. Maxie hasste das. Sie war nicht dumm. Sie wusste, dass Richard nicht horchte, aber alles hörte. Er hatte die Trennung von ihrem Mann praktisch hautnah mitbekommen, er hörte, wenn sie erschöpft ihre Kinder anschrie, ihre Verzweiflung, ihr Liebesleben: alles war ihm bekannt. Deshalb gingen sie sich aus dem Weg, so gut sie konnten. Und darum merkte Richard erst, als er vor Maxies Tür stand, dass er über ein Jahr nicht mehr hier oben gewesen war. Alles sah ganz anders aus, der Flur lag voller Müll und schmutziger Kindersachen, es wirkte deprimierend und verwahrlost. Und doch öffnete ihm eine strahlende Maxie in einem herzzerreißend altmodischen Nachthemd. Sie hielt ein Telefon ans Ohr.

»Ja, er ist hier«, sagte sie, blickte Richard an, grinste fröhlich und formte mit ihren Lippen das Wort ›Polizei‹. »Hat er was angestellt? – Okay, ich sage ihm, er soll sich zur Verhaftung bereithalten. – Wie? Sie wollen ihn sprechen?« Sie blickte Richard an und zuckte höchst charmant und verschwörerisch die Achseln. »Bitte.« Sie reichte ihm den Hörer.

Richard nahm ihn und bekam halb mit, dass es an der Tür klingelte. »Romanoff?«

»Ist Frau Kauder Ihre Nachbarin zur Rechten oder zur Linken?

»Von oben.«

»Okay, ich habe Ihre Stimme erkannt, wir können das Gespräch auf Ihrem Apparat fortführen.« Boll unterbrach die Verbindung.

»Wer kann das denn sein?«, sagte Maxie Kauder und drückte auf den Türöffner, ehe sie Richards entsetztes Gesicht sah.

»Was ist?«, fragte sie verunsichert und spähte übers Treppengeländer.

»Erwarten Sie jemanden?«, flüsterte Richard.

»Nein.«

»In Ihre Wohnung, leise«, sagte er, schubste sie ohne weiteres durch ihre Tür und nahm die Treppe auf Zehenspitzen dreistufenweise nach unten.

Falscher Alarm, dachte er dabei. Es ist irgendein Brötchendienst, ein Landstreicher, ein –

Es war Müller.

* * *

15.45 Uhr

Wie überaus praktisch, da stand Romanoff in seiner offenen Tür, der machte es einem leicht, immer. Allerdings war er riesig. Fünfundneunzig Kilo mindestens, Müller schrak fast ein wenig zurück beim Anblick des Hünen, er hatte vergessen, wie raumfüllend und stark Romanoff aussah. Momentan wirkte er wie eine ganze Horde kampflustiger Mongolen. Aber das bist du nicht, dachte Müller und zückte seinen Theaterrevolver. Du bist ein Denker. Du verabscheust Gewalt. Und weil das so ist, bin ich stärker als du.

* * *

Richard wollte sich einfach auf diesen Winzling stürzen, der war ja kleiner als Peter, ein schmaler, jugendlicher Typ, der jetzt viel erschöpfter aussah als in seiner Paraderolle als Müller von Kabel Deutschland. Er hielt einen schwer aussehenden, glänzenden Revolver in der Hand, auf dem Rücken trug er einen großen Rucksack, und er roch ganz schwach nach Chemie und Petroleum. Seine Augen schimmerten dunkel und intelligent. Er sah nicht besonders gefährlich aus, aber er war es, dachte Richard. Brandgefährlich, die Kugel, die traf, der Tod. »Herr Müller, nehme ich an«, sagte Richard. Er hoffte zwar, Maxie Kauder wäre weisungsgemäß in ihrer Wohnung verschwunden, andererseits wünschte er, sie würde die Polizei rufen und melden, ein gewisser Müller sei angekommen.

Müller indessen funkelte ihn drohend an, fuhr sich mit der freien Hand über den Hals und rief mit gespielt fröhlicher Stimme: »Pizza-Taxi! Tschuldigung! Hab die Klingel verwechselt!« Dann winkte er Richard mit dem Revolver in die Wohnung. Drinnen schrillte ungeduldig das Telefon.

»Soll ich drangehen?«, fragte Richard hoffnungsvoll.

»Wer ist es?«, fragte Müller.

»Weiß nicht«, sagte Richard.

Müller schloss die Tür hinter sich, nahm die Basecap ab, deren riesiger Schirm sein Gesicht halb verborgen hatte, und sah sich im Flur um. Er scheuchte Richard weiter ins Büro, wo das Telefon schrillte und schrillte. Schließlich sprang der Anrufbeantworter an. Richard hörte seine eigene Stimme um eine Nachricht nach dem Ton bitten, dann sprach die Polizistin: »Boll hier, Herr Romanoff, sind Sie noch da? Gehen Sie ans Telefon!« Pause. »Okay, ich rufe in zwei Minuten noch mal an.«

»Sie wissen es nicht, hm?«, sagte Müller.

Richard zuckte die Achseln.

»Wer war das?«

»Sie ist von der BASF«, sagte Richard, das war das einzig Plausible, was ihm außer ›Polizistin‹ einfiel. »Ich habe gestern Mittag Ihr Päckchen bekommen, Herr Müller. Da dachte ich, ich warne die, die es angeht.«

Müller schwieg dazu und schälte sich langsam aus seinem Rucksack. Dabei hielt er die Waffe sehr konzentriert in Richards Richtung. Richard hoffte, er werde etwas sagen wie: Gut, wenn sie wieder anruft, gehen Sie ran und wimmeln Sie sie ab, doch Müller sah sich nur um, aufmerksam und angespannt. Er stellte den Rucksack auf den Boden und wirkte mit einem Mal viel kräftiger. »Wenn sie wieder anruft, lassen wir es klingeln«, sagte er und blickte Richard nachdenklich an.

»Den Versuch, mich nach Ludwigshafen zu bringen, können Sie sich sparen«, sagte der böse. »Ich habe Ihr Insektizid an den Händler zurückgeschickt.«

Müller betrachtete ihn mit gefurchter Stirn. »Wenn Sie kooperieren, passiert Ihnen nichts«, sagte er. Richard begann zu ahnen, was diesen Mann erfolgreich machte. Er hatte einen Gesichtsausdruck wie ein Metzger, der liebevoll-hypnotisch auf sein Schlachtvieh einredete. Jetzt sah er sich im Zimmer um und ging zum Schreibtisch.

»Ich habe herausgefunden, für wen Sie arbeiten«, sagte Richard herausfordernd und schaute zum Bildschirm seines Laptops.

Das brachte den Eindringling dazu, seiner Blickrichtung zu folgen und sich dem kleinen Computer zuzuwenden. Richard griff rasch ins Regal neben sich und packte das Nächstbeste, was ihm in die Finger kam: einen Locher aus Metall.

Müller registrierte die Bewegung. »Stellen Sie das hin«, sagte er, und seine Stimme klang unglaublich nüchtern und vernünftig. So dass es Richard gar nicht schwerfiel, den Befehl tatsächlich auszuführen. Dieser Typ wirkte sogar dann verbindlich, wenn er eine Knarre in der behandschuhten Hand hielt. Er weckte kaum Widerstand. Jetzt zog er ein vergilbtes Päckchen aus der Hosentasche und legte es auf den Schreibtisch. »Phanodorm«, sagte er, »das Schlafmittel der wilden dreißiger Jahre.«

Richard schüttelte den Kopf.

»Es sind noch sechs Tabletten drin«, sagte Müller, »die wären vielleicht gerade so tödlich, allerdings kaum bei Ihrem Gewicht. Sie werden drei nehmen.«

»Nein«, sagte Richard.

* * *

16.03 Uhr

Dass das Zeug von dem Argrarstoffhandel gestern schon gekommen war, überraschte Müller nicht, das hatte er Ali dreimal zu erklären versucht: Expresslieferung bedeutete heutzutage, dass es schnell ging. Es ist eine Warnung, hatte er gesagt. Gewarnt ist der Romanoff sowieso, hatte Ali nur dazu gemeint, der wird gar nichts unternehmen, soll er etwa zur Polizei mit dem Zeug? Und er hatte tatsächlich recht behalten: Romanoff stand hier allein, ohne Bullen vor der Tür, das hatte Müller sehr gründlich gecheckt. Leichtsinnig, Rick Romanoff, dachte er. Dumm geradezu, denn mich besiegst du nicht. Aber glaub das ruhig. Und glaube auch, dass ich mit dir nach Ludwigshafen will, das ist gut, alter Rick, sehr gut. Müller hob die Theaterknarre und legte allen Grimm, alle Bosheit in diesen Griff. »Drei Stück«, sagte er. Jetzt ging es um Leben und Tod.

* * *

Zögernd nahm Richard das Päckchen. Es war uralt, zerrissen, vergilbt, es stand nicht mal ein Mindesthaltbarkeitsdatum darauf. Phanodorm, was war das? Wie wirkte es?

»Sie können gern den Beipackzettel lesen«, sagte Müller im Ton eines verantwortungsbewussten Apothekers. »Drei sind harmlos. Sie werden einfach nur schlafen, das ist besser für Sie.«

Richard zog einen altersschwachen Blister hervor. Dass drei dieser kleinen Dinger ihn töten sollten, glaubte er tatsächlich nicht. Wenn sie überhaupt noch wirkten, würden sie ihm vielleicht das Bewusstsein rauben. Doch dann war er diesem Typen vollständig ausgeliefert. »Sie wollen mich doch sowieso töten«, sagte er und hörte an seiner zitternden Stimme, wie zornig er war, obwohl er sich innerlich völlig taub fühlte. »Aber dabei helfen tu ich Ihnen nicht. Sie müssen mich schon erschießen und in Kauf nehmen, dass ich durchlöchert gefunden werde.«

»Sie irren«, sagte Müller mit einem beiläufigen Blick zum Bildschirm. »Ob Sie's glauben oder nicht, ich brauche Sie lebend. Deswegen schlucken Sie jetzt diese drei Pillen.«

»Nein«, sagte Richard wieder, und da stand Müller ganz plötzlich direkt vor ihm und drückte ihm die Mündung des Revolvers gegen den Bauch. »Ich kann Sie auch erschießen«, sagte er und blickte Richard aus seinen samtigen Augen traurig an. »Ich persönlich habe kein Problem damit. Aber dann wird es einen Knall geben.«

»Und?«, fragte Richard, bebend vor unterdrückter Wut und Angst.

»Und dann wird Ihr Nachbar oder Ihre Nachbarin nachschauen wollen, was passiert ist. Diese unschuldigen Menschen werden mich sehen.« Müller blickte zur Decke. In diesem Moment rumpelte etwas im oberen Stockwerk, dann hörte man undeutliches Kinderweinen. Das passierte zwar absolut nicht selten, aber an dieser Stelle erschien es wie eine Botschaft von noch viel weiter oben. Sofort glomm ein ironisches Leuchten in Müllers Augen. »Ich nehme an, die Kinder werden mit runterkommen«, sagte er. Den Revolver presste er fest auf Richards Bauch. »Wirklich, ich möchte nur mit Ihnen nach Ludwigshafen fahren. Sie werden mir ein bisschen behilflich sein, dann setze ich Sie auf einem Feld ab, und alles Weitere liegt bei Ihnen. Sie können Ihr Schicksal selbst bestimmen. Oder jetzt gemeinsam mit Ihren Nachbarn sterben.«

Es ging langsam, so ungeheuer langsam, dass Müller beinahe nach dem Messer gegriffen hätte. Er konnte diesen Romanoff auch mit einer simplen Stichwaffe töten, und er würde es, wenn er musste. Aber Romanoff tat ja, was er von ihm verlangte, er tat es, ja! Er drückte sich drei Tabletten in die Hand, er steckte sie in den Mund.

»Schlucken«, sagte Müller, packte Romanoff unvermittelt am Arm und presste ihm die Mündung des Revolvers an den Hals. Da schluckte der ganz automatisch.

Jetzt hieß es nur noch warten.

* * *

»Boll hier«, sagte Bettina Boll in ihr Telefon. »Ackermann, ich hab Neuigkeiten. Ich habe eben mit dem Verdächtigen gesprochen. Oder dem sozusagen Verdächtigen. Romanoff. Die Todesliste ist tatsächlich von seinem Computer aus ins Netz gesetzt worden. Haben die Kölner ermittelt. Allerdings behauptet er, es wäre ein Hacker gewesen. Er sollte deswegen verhaftet werden, und das Haftgericht hat *ihm* geglaubt. Seine Verhaftung wurde abgelehnt. Ehrlich gesagt hat dieser Marcks, der Kollege aus Köln, auch einen kleinen Hau. Jedenfalls, Romanoff hält sich momentan in Köln auf, ich habe mit seiner Nachbarin gesprochen, die hat bestätigt, dass er dort ist. Er selbst hat etwas wirr geklungen, aber er hat einen konkreten Verdacht und könnte den Mann, den er für den Mörder hält, wiedererkennen.«

»Was heißt das?«, fragte Ackermann.

»Es heißt, der, den Ihr erwartet, sitzt zu Hause in Köln. Dafür wird vielleicht ein anderer kommen.«

»Und wie sieht der aus?«

»Mitte zwanzig, eins achtzig, dunkelhaarig, schlank und – warte, was hat er gesagt – Hundeblick. Ich ruf den Romanoff aber gleich zurück, der wollte mir, glaube ich, dringend noch mehr erzählen. Bye.«

* * *

Das Telefon klingelte.

Der junge Mann – Müller – war so jung gar nicht, sah Richard: Seine schmale Figur und sein dichtes dunkles Haare machten ihn jugendlich, doch er mochte an die zehn Jahre älter sein, als er auf den ersten Blick wirkte. Da zogen sich Linien durch Müllers Gesicht, die nicht zu einem Menschen passten, der erst Ende zwanzig war. Er stand wieder am Schreibtisch und betrachtete von der Seite mit großem Interesse den Computerbildschirm, ohne dabei Richard aus den Augen zu lassen. Das Schrillen des Telefons schien er gar nicht zu bemerken, Richard machte es umso nervöser. Schließlich sprang der Anrufbeantworter erneut an und seine eigene Stimme hallte nasal und geisterhaft durch den Raum. Dann sprach die Kommissarin: »Boll aus Ludwigshafen, Herr Romanoff, bitte gehen Sie ans Telefon! Herr Romanoff, ich möchte mit Ihnen sprechen! Ich werde Ihnen zuhören, solange Sie möchten! Sie müssen mir noch mehr erzählen, Herr Romanoff, Sie sagten, Sie könnten mir wichtige Informationen geben! Herr Romanoff, geht's Ihnen gut? Herr Romanoff? Wenn Sie können, dann rufen Sie mich bitte an.« Sie nannte eine Nummer, wiederholte sie und legte dann auf, und das Schweigen, das folgte, zog sich. Richard spürte in seinem Körper den drei Tabletten nach, doch vermutlich waren die viel zu alt gewesen und wirkten nicht mehr. Er fühlte jedenfalls gar nichts außer dem Bedürfnis, diesen Müller zu fesseln und zu knebeln und irgendeinem vernünftigen Polizisten als Paket abzuliefern. Wenn der keine Waffe hätte, wäre es ganz leicht. Der Typ wog halb so viel wie er selbst! Und tat gar nichts, der stand nur da und wartete! Wenn er wenigstens was sagen würde! Oder ihm erlauben, die Boll zurückzurufen!

»Die Dame erwartet meinen Rückruf«, sagte Richard schließlich. »Wir wurden unterbrochen, unser Gespräch war noch nicht beendet. Wenn ich jetzt unerreichbar bleibe, wird sie Verdacht schöpfen.«

Müller zuckte nur die Achseln. Die Drohung beeindruckte ihn gar nicht. »Die hat sich gar nicht wie die Krisenmanagement-Tante eines Großkonzerns angehört.« Er linste immer noch auf den Computer. »Die hat sich angehört wie ein Bulle.«

»Und Sie«, sprach Richard, der hoffte, dass Müller dort auf dem Bildschirm etwas sah, das ihn beunruhigte, »sehen gar nicht aus wie ein Millionenbetrüger.«

Müller zuckte die Achseln.

»Sind Sie ja vermutlich auch nicht. Sie sind nur der miese kleine gekaufte Mörder.«

Das konnte er als Treffer verbuchen: Müller funkelte ihn böse an.

»Sie machen die ganze Arbeit, aber das Geld kriegt ein anderer.«

Müllers Augen verengten sich zu Schlitzen. An Richard dagegen wurde etwas breiter, die Schultern nämlich.

»Und ich habe herausgefunden, wie es gemacht wird.«

»Sie wissen gar nichts.«

»Oh doch.« Richard trat einen Schritt näher.

Sofort richtete sich die Mündung des Revolvers auf seinen Kopf.

* * *

Kriminalkommissarin Bettina Boll saß in ihrem schattigen Büro und überdachte das Gespräch mit Romanoff. Wieso ließ er sich nicht zurückrufen? Wollte er sie provozieren? War er wahnsinnig? Nein, dachte sie. Sein Akku leer? Nein, sonst wäre der Anrufbeantworter nicht angesprungen. Hatte die Nachbarin ihn aufgehalten? Aber er wollte ihr doch etwas so Wichtiges mitteilen! Sie hatte ein schlechtes Gefühl bei der Sache. Nach kurzem Zögern nahm sie ihr Telefon und rief den Kollegen Marcks an.

»Marcks.«

»Boll noch mal, aus Ludwigshafen. Herr Marcks, ich hatte eben ein Gespräch mit Herrn Romanoff.«

»Sie Arme.«

»Ja. Es ist sehr abrupt beendet worden. Ich glaube, bei dem Romanoff in der Wohnung ist irgendetwas vorgefallen. Da stimmt was nicht.«

»Ich weiß.«

»Sie wissen? Ist ein Notruf eingegangen?«

»Nein, ich weiß, dass mit dem etwas nicht stimmt.«

»Alles klar. Herr Marcks, würden Sie jemanden hinschicken, der da mal nachsieht? Vielleicht lässt sich der Fall so lösen.«

Eine lange Pause entstand. Schließlich sagte Marcks: »Natürlich. Ich werde jemanden schicken.«

»Schnell«, sagte Bettina.

»Oh – ja«, sagte Marcks. Und legte grußlos auf.

* * *

Richard hob die Hände, immer die Revolvermündung im Blick. »Ihr Auftraggeber«, sagte er zu Müller, »betreibt Karussellhandel mit Verschmutzungszertifikaten.«

Müller betrachtete ihn finster. Leider auch sehr wachsam.

»Und zwar über die ENERGIE. Die ENERGIE war Ihre Tarnung. Jetzt ist sie Ihre Schwachstelle, denn wenn man eine Firma des Karussells kennt, findet man die anderen viel leichter.«

Das war erstaunlicherweise ein Treffer, am Ende arbeitete Müller dort. Die Mündung der Waffe senkte sich jedenfalls um mehrere Zentimeter. Ha. Vielleicht war es doch möglich, diesen Typen abzulenken und ganz zum Computer zu lotsen. Dann musste Richard schnell irgendetwas Schweres, Handliches greifen, unauffällig natürlich. »Und ich habe diese Firmen gefunden.«

»Nein«, sagte Müller.

»Doch.« Etwas vom Schreibtisch, die kleine bronzene Venus zum Beispiel, die war hübsch kompakt und konnte zur Not einen Stein ersetzen, er musste sie nur sofort schnappen. »Firmen wie zum Beispiel VinetaVent b.v.b.a.«

Bingo. Müller taumelte einen Schritt zurück.

»Oder für Eldorado Electric.« Richard versuchte einen Schritt zum Schreibtisch. Müller beschwerte sich nicht. Er stand wie vom Donner gerührt.

»iRem S.R.L.«

Noch ein Schritt. Das klappte ja wunderbar.

»Punt oHG.« Leider gingen Richard jetzt die Namen aus. »Und vielleicht arbeiten Sie sogar persönlich für die ENERGIE.«

»Nein«, sagte Müller.

»Es würde erklären, weshalb Sie erst so spät in Frau Zangerles Haus erschienen sind: Sie konnten nicht früher von Ihrer eigentlichen Arbeit weg. Es war gut sechs Uhr. Um die Zeit arbeitet ein Büromensch nicht mehr. Ein Fernmeldetechniker aber auch nicht.«

»Sie sind ja ein echter Schnellmerker.«

»Die Frau Zangerle ist vermutlich gleich drauf gekommen«, sagte Richard.

Das angespannte Feixen in Müllers Gesicht machte völliger Ausdruckslosigkeit Platz. Einen Moment lang starrte er ganz knapp an Richard vorbei, als sähe er einen Geist. Dann tat er endlich das, was Richard von ihm wollte: Er beugte sich über den kleinen Bildschirm und fragte: »Wie haben Sie das rausgekriegt?«

* * *

›Oh – ja‹, hatte Marcks gesagt, so langsam, so zäh, dieser alte Haudegen würde nie und nimmer sofort reagieren. Morgen früh vielleicht, da mochte er jemanden schicken, um Romanoffs Haus mal eben von außen zu betrachten. Bettina Boll schalt sich selbst: Das hätte sie sich denken können. Der Marcks hatte einen Hass und war ein verschrobener Kerl, dem war zuzutrauen, dass er ihre Bitte ignorierte und einfach gar nichts tat. Was aber nun? *Selbst* die Kölner Bereitschaftspolizei zu alarmieren wäre eine ausgemachte Unverschämtheit. Auf die Art konnte sie die ungeheuerlichsten innerpolizeilichen Zerwürfnisse heraufbeschwören und sich in Teufels Küche bringen. Also rief sie die Nachbarin noch mal an.

»Kauder?« Im Hintergrund weinte ein Kind.

»Boll hier, Frau Kauder, ich muss Sie noch mal stören, ist der Herr Romanoff noch bei Ihnen?«

»Nein, der ist längst wieder unten.«

»Ist er vielleicht ausgegangen?«

»Glaub ich nicht«, sagte Frau Kauder. »Soll ich mal nachsehen?«

»Ja bitte«, sagte Bettina und hörte, wie Kauder gedämpft ein paar beruhigende Worte zu ihrem Kind sagte. »Oder warten Sie«, sagte Bettina plötzlich. »Hat der Herr Romanoff vielleicht Besuch bekommen?«

»Er hatte eine Pizza bestellt«, sagte Kauder und Bettina hörte Schritte.

»Keine Polizei?«

»Nein.«

»Haben Sie den Pizzaboten gesehen?«, fragte Bettina.

»Nein, aber gehört.«

»Ist er wieder gegangen?«

»Das nehme ich doch ganz stark an.«

»Wo sind Sie?«, fragte Bettina scharf. »In Ihrer Wohnung?«

»Vor Herrn Romanoffs Tür«, sagte Kauder.

»Klingeln Sie nicht!«, rief Bettina.

»Soll ich klopfen?«

Ha, ha. »Lauschen Sie bitte mal ganz unauffällig an der Tür, ob drinnen Besuch ist. Und dann gehen Sie leise und schnell wieder nach oben, ohne was zu sagen.«

Kauder schwieg eine Weile, Bettina hörte es rascheln. Dann flüsterte Kauder: »Da ist Besuch.«

»Sind Sie zurück in Ihrer Wohnung?«

»Ja.«

»Können Sie irgendetwas über diesen Besucher sagen?«

»Nein.«

»Okay. Frau Kauder, bitte erschrecken Sie nicht, aber bleiben Sie am besten in Ihrer Wohnung. Und sorgen Sie vor allem auch dafür, dass Ihr Kind in der Wohnung bleibt. Verhalten Sie sich ruhig und machen Sie niemandem auf.«

»Was ist denn los?«, fragte Kauder eher neugierig als ängstlich.

»Wahrscheinlich falscher Alarm. Bleiben Sie in der Nähe des Telefons, ich rufe Sie an, sobald ich Näheres herausgefunden habe.«

* * *

Erst 16.29 Uhr, gefühlt mindestens fünf, halb sechs

Was da auf dem kleinen Bildschirm von Romanoffs Laptop flimmerte, war offensichtlich ein Auszug aus einem italienischen Handelsregister mit der Gesellschafterliste einer società a responsabilità limitata. Der iRem S.R.L.

»Man braucht zehntausend Euro, um eine S.R.L. zu gründen«, sagte der Riese Romanoff dazu. Ob drei Tabletten wirklich genug für ihn gewesen waren? Er sah gar nicht müde aus. »... außerdem noch Gebühren und in Ihrem Fall die Investition für diverse gefälschte Identitäten, denn die Gesellschafterliste wird notariell beglaubigt, da muss man Personalausweise vorlegen. Das alles ist teuer. Es dauert auch, die Gründung mit allen Formalien durchzuziehen, aber es hat den entscheidenden Vorteil, dass man danach viel leichter Pleite machen kann. Man wirft den Gläubigern die zehntausend vor und verschwindet. Das verzögert die anschließenden Ermittlungen und die Strafverfolgung. Oder verhindert sie sogar ganz. Und wenn man einen Betrug mit einem Gewinn von, sagen wir, vier-, fünfhunderttausend Euro vorhat, dann sind zehntausend ein durchaus verschmerzbarer Verlust.«

»Hat Ihnen das die Kassin gesteckt?«, fragte Müller giftig.

»Nein, hab ich allein rausgefunden«, sagte Romanoff unangebracht lässig. »War ganz leicht.«

Na warte, Herzchen, dachte Müller.

»Und ich weiß auch, wer hinter allem steckt. Zumindest habe ich eine begründete Ahnung.«

Müller ließ kurz die Waffe sinken und machte einen Schritt auf den Computer zu. Verdammt, pass auf, schalt er sich. Immer schön die Waffe hochhalten. Aber konnte es echt sein, dass dieser dumme Sandalenheini mit dem schütteren Zopf, der sich bislang nur durch herzliche Naivität hervorgetan hatte, jetzt plötzlich rausgekriegt haben sollte, wer der Chef war? Wo Müller selbst nur wusste, dass er für einen Ali arbeitete? Undenkbar. Er fasste Romanoff genauer ins Visier. »Wie können Sie das alles wissen?«, herrschte er seinen Gefangenen an.

* * *

Bettinas Hand kribbelte, so sehr wollte sie die Kölner Bereitschaft anrufen. Doch was, wenn die schon auf dem Weg war? Oder wenn dieser Romanoff wirklich einfach nur mit einem alten Freund eine Pizza aß und beschlossen hatte, solange nicht ans Telefon zu gehen? Solche Leute gab es! Schlimm genug, wenn sie die Nachbarin umsonst erschreckt hatte. Was tun? *Was* tun?

Da hatte Bettina eine Idee. Der Romanoff war ein Privatermittler und hatte einen Auftraggeber. Der war zwar auch Zivilist, aber ihn ging es zumindest etwas an. Er kannte auch die Risiken. Genau. Sie suchte sich den Namen heraus und die passende Nummer dazu.

Dann rief sie Peter Welsch-Ruinart an und bat ihn, eben mal nach seinem Detektiv zu sehen.

* * *

Die Bronzefigur war jetzt nur noch etwa drei Schritte entfernt. Richard blickte seinen Gegner fest an. »Es gibt nicht sehr viele Energiebörsen in Europa. Leipzig, London, Wien … Das sind Orte, an denen man Emissionszertifikate kauft.«

»Und?«

»Und diese Börsen führen online eine Liste aller Firmen, die bei ihnen angemeldet sind.« Keine Chance, sich zu bewegen, Müller musterte ihn jetzt wach und misstrauisch. Wenn er ihn weiter ablenken wollte, musste er ihn erst wieder runterkommen lassen. Dann aber konnte er es vielleicht sogar mit einem großen Schritt schaffen – nur durfte er die Venus keinesfalls verfehlen. »Ich habe mir die Firmennamen angesehen«, sagte Richard.

Müller winkte ungeduldig mit der Waffe: Weiter.

»Das ist alles«, sagte Richard und blickte Müller milde an. Es war natürlich nicht alles, in gewisser Weise aber eben doch, und er musste diesen Müller so gut es ging beeindrucken.

»Da sind Hunderte von Firmen an der Börse!«

Richard lächelte herablassend. »Erst hab ich mich auf Leipzig konzentriert, dann konnte ich den Kreis der Infragekommenden einschränken. Nicht beweiskräftig, natürlich, das hier ist nur die gedankliche Vorarbeit zu dem, was das BKA sicher demnächst untermauern wird.«

»Pah!«, machte Müller. »BKA!«

»Oder Europol, wenn Sie es größer wollen. – Man kann sich den Handelsregistereintrag einer Firma online heraussuchen lassen. Ist umständlich und teuer, aber ich habe ein dickes Spesenkonto.« Davon war er zumindest ausgegangen, ob das Geld je wieder reinkam, war die andere Frage. »Auch da stößt man dann wieder auf Namen, die der Firmengründer und Gesellschafter nämlich.«

»Du ahnst es nicht«, schnappte Müller. »Das sind doch nur Namen, und zwar –« Er brach ab und schwieg grimmig.

»Gefälschte, meinen Sie? Ja, eben.«

Müller starrte ihn an, und er sah immer noch zu argwöhnisch aus, als dass Richard es riskiert hätte, sich vor seinen Augen zu bewegen. Also blieb er stehen und versuchte dafür so groß und überlegen auszusehen, wie es nur ging. »Ich kann Stile erkennen«, sagte er ruhig, »das ist mein Beruf. Ein Stil äußert sich dort, wo eine Lücke gefüllt werden muss. Im unwichtigen Ornament. Und das wieder neigt dazu, sich einem bereits vorhandenen Stil anzupassen. Dies ist eine der Grundlagen archäologischer Forschung: Je unnötiger ein Schnörkel, desto eher verweist er auf eine Herkunft.«

Endlich warf Müller wieder einen Blick auf den Bildschirm, und Richard machte ein winziges Schrittchen nach links. »Die allerwenigsten Menschen«, sprach er weiter, »schaffen es, ein System zu vermeiden, wenn sie irgendwo unwichtige Verzierungen anbringen. Denn das System steckt in einem drin, und je unbewusster die Handlung, desto eher manifestiert es sich.«

»Ich sehe kein System«, sagte Müller und linste wieder auf den Bildschirm. Dort war ja auch nichts zu sehen außer dem Handelsregisterauszug, doch darunter lagen offene Dateien, die es in sich hatten. Und Müller schien es magisch dorthin zu ziehen, um selbst nachzusehen, was das Geheimnis war.

»Die Firmen, mit denen Sie operieren, sind Scheinfirmen,

nur gegründet, um wieder Pleite zu machen. Die tragen keine echten, gewachsenen Namen. Die Namen hat irgendwer schnell und spontan ausgesucht, vermutlich nur unter der Vorgabe, dass sie kein Namensrecht anderer beschneiden. Das ist eine sehr vage Anweisung. Das schreit nach einem versteckten inneren Zusammenhang.«

Jetzt beugte Müller sich tatsächlich kurz zu dem kleinen Bildschirm hinunter, und Richard machte einen weiteren Schritt Richtung Schreibtisch. Fast da. »Und dann die Personennamen. Die sind wieder anders, aber da waren Sie auf den Fälscher angewiesen, nicht wahr? Ihr Fälscher, der die verdächtigen orientalischen Namen in die europäischen Pässe geschrieben hat, der hat sich entweder nicht ausgekannt oder einen Scherz erlaubt. Nehmen wir doch nur mal diese beiden: Mansur Firdausi und Haft Hane Rostam, Gesellschafter der iRem GmbH.«

»Was ist damit?«, sagte Müller.

»Mansur Firdausi war ein persischer Dichter, der vor tausend Jahren gelebt hat, ein Volksheld. Niemand heißt Mansur Firdausi. Das wäre, wie wenn jemand Richard Löwenherz heißen würde.«

»Oder Romanoff«, sagte Müller. »So was gibt's.«

»Ich weiß«, sagte Richard, stand am Tisch, griff blitzschnell nach der Venus und verbarg sie hinter seinem Rücken. »Aber ganz sicher heißt bei uns keiner ›Die sieben Aufgaben des Rostam‹. Das nämlich bedeutet der andere Name.«

Kurz nach halb fünf

Romanoff stand plötzlich am Schreibtisch. Müller winkte ihn mit der Waffe in die Mitte des Zimmers zurück. Wenn diese verdammten Pillen nicht bald wirkten, würde er das Messer nehmen, diesen Nervenkrieg konnte er nicht länger durchstehen. Und dass all dies Gewäsch über Ornamente auch noch wirklich stimmte, war der Hammer. Dass dieser Berg von einem Typen mit den hängenden Schultern und der Vegetarierhaut es wirklich geschafft haben sollte, über ein paar Namen die beiden aktuellen Firmen und noch zwei weitere zu ermitteln, das schrie zum Himmel. Aber jetzt wollte er auch wissen, wie. *Und wer.* So lange würden die Pillen noch warten. »Sie erfinden doch bloß dummes Zeug«, sagte er.

»Nein«, sagte Romanoff, »ich kenne mich mit Persönlichkeiten der Antike aus.« Er grinste sehr breit, aber auch ein bisschen verschwommen. »Und ich habe einen Anbieter gefunden, der nicht nur Auszüge aus dem Handelsregister verschickt, sondern auch herausfindet, in welchen Firmen ein gewisser Mansur Firdausi – nur als Beispiel – sonst noch verantwortlich zeichnet. Ein Inverssuchprogramm für die Handelsregister. Teuer, aber ungeheuer praktisch. Denn bei Ihren vielen Firmengründungen benutzen Sie die kostbaren gefälschten Pässe doch sicher nicht nur einmal.«

* * *

Richard versuchte gleichzeitig fies zu lächeln, die Betroffenheit über die eigenen Entdeckungen zu unterdrücken und seine Ungeduld zu verbergen. Wann knickte Müller endlich ein, ließ die Waffe sinken und wandte sich dem Computer zu? Nie? Ihm gingen langsam die Erklärungen aus, zu viel sollte er vielleicht gar nicht verraten, und die Erkenntnisse, die er als Glanzleistung humanistischer Bildung präsentiert hatte, waren zu einem Gutteil tatsächlich dieser Inverssuche zu verdanken, gut, die belgische Firma VinetaVent, die konnte er sich wirklich an die Brust heften, darüber war er im Firmenverzeichnis der Börse gestolpert, und um dieses Sandkorn des Wiedererkennens hatte sich alles kristallisiert, er hatte anhand eines Vineta-Gesellschafters die Firma iRem ermittelt, mit deren Gesellschaftern dann Eldorado Electric entdeckt und schließlich auch die Bedeutung der Firmennamen erkannt. Wobei: iRem hätte er hundertmal lesen können, ohne zu sehen, was es hieß. Er hatte es googeln müssen, und mehrmals noch dazu. »Humanistische Bildung ist eben von Vorteil«, sprach er hochnäsig. »iRem ist total eindeutig für jeden, der sich je im Geiste auf die Suche nach Atlantis gemacht hat.«

Müller sagte böse: »Ja, der Steenbergen, der hatte so einen Spleen.«

Richard blickte ihn vielsagend an. »Genau. Irem ist der Name einer legendären versunkenen Stadt aus dem arabischen Raum. Atlantis des Sandes, hat sie auch jemand genannt. Vineta, wie VinetaVent, ist eine mythische versunkene Stadt an der Ostsee. Das Atlantis des Nordens. Eldorado und Punt sind auch sagenhafte Städte, nur keine versunkenen, sondern unermesslich reiche und nie gefundene. Ich nehme an«, er machte eine herablassende kleine Pause, »die Atlantisse sind gewöhnlich die Pleitefirmen.«

In Müllers Gesicht spiegelte sich plötzlich eine ungeheuerliche Erkenntnis. »Sie wollen sagen –« Er senkte die Waffe. »Sie meinen –«

Richard spannte seinen ganzen Körper an und seine Hand hinter dem Rücken verschmolz mit der Bronzevenus. Ihm schwindelte vor Anstrengung.

»… Dr. Steenbergen?«

»Nein«, sagte Richard. »Aber ich habe in einer älteren Firma, die ich über die Inverssuche gefunden habe, einen europäischen Namen entdeckt, der vielleicht authentisch ist.«

»Der wäre?«

Das sag ich dir nicht.

Die Waffe sank noch tiefer, und Müller beugte sich über den Bildschirm.

Jetzt oder nie.

Und los.

Ultimo

Etwas Schwarzes, Riesiges im Augenwinkel, ein Berg von einem Vampir, eine riesige Fledermaus, der Schmerz, das Nichts, das ihn fressen wollte.

Romanoff griff an.

Müller sprang beiseite.

Viertel vor fünf

Er verfehlte ihn nur um Millimeter. Müller keuchte.

Romanoff fiel. Er schien einen Moment in der Luft zu stehen, die Rechte um irgendein Ding gekrampft, fliegende Haare, geballte Kraft.

Dann ging er zu Boden. Er schlug mit einem dumpfen Platschen auf, kam auf die Knie, *Zuschlagen!!!*, dachte Müller, den Revolver in der Hand, Romanoffs Kopf direkt vor sich. Aber irgendetwas hielt ihn ab, die Bewegungen stimmten nicht, und Romanoff sackte von ganz allein zurück auf den Boden, versuchte wieder, sich aufzurappeln, schüttelte sich wie ein Hund auf vier Beinen und kroch schließlich mühsam zu einem Sessel. Dort brachte er sich mit letzter Anstrengung in eine sitzende Position und bettete seinen Kopf auf die Sitzfläche des Möbels.

Die Pillen wirkten endlich.

16.50 Uhr

Ein Tropfen Schweiß fiel vor Müller auf den Boden. Dieses verdammte Schwitzen, das war das Einzige, was ihn an seinem neuen Leben wirklich störte: Es musste aufhören. Er atmete tief durch.

Romanoff hing an seinem Sessel und schlief. Gut. Müller musste sich auch geistig erst einmal sortieren. Drei Dinge waren zu tun: Er sollte diesen Namen herausbekommen, dann dem Romanoff einen stilechten Abgang verpassen, davor noch ordentlich aufräumen und schließlich so schnell wie möglich aus diesem Studentenwohnheim verschwinden. Hier sah es aus, als könnten jeden Moment ein paar Typen mit langen Haaren und Büchern unterm Arm hereinschauen. Okay. Also den Namen.

16.55 Uhr

Müller nahm sich das Laptop vor und sah sich die vielen Handelsregisterauszüge an, die Romanoff gekauft hatte, es mussten um die fünfzig sein, darunter die meisten von ganz normalen Firmen, die gar nichts mit der Organisation zu tun hatten, allzu schnell und leicht war die Erkenntnis also auch für Romanoff nicht gekommen, er hatte einfach lange genug gesucht. Und freundlicherweise die Auszüge, auf die es ankam, in einem separaten Ordner gespeichert. Jetzt bräuchte man einen Datenstick, um sich die Info mitzunehmen. Müller klopfte seine Taschen ab. Einen Stick, den hatte er doch sonst immer dabei, ohne den ging er nie aus dem Haus – da. Da war der Schlüsselbund, da hing der Stick mit den Familienfotos dran. Allerdings war der knallvoll, darauf konnte man nicht einmal mehr eine einfache Textdatei speichern, geschweige denn mehrere Pdfs. Müller zögerte nicht einen Moment. Er schob seinen Stick mit den Fotos von Sandra und Sophie in Romanoffs Laptop und löschte seine Bilder, der Einfachheit halber komplett.

Dann kopierte er die Handelsregisterauszüge auf das leere Speichermedium.

17.04 Uhr

Ein Mensch, in dessen Familienumfeld ein Suizid vorgefallen war, neigte mit weit größerer Wahrscheinlichkeit zum Selbstmord als jeder andere. Suizid war ansteckend. Müller betrachtete den schlafenden Romanoff: War dessen Lage authentisch? Nicht, dass er ihn hätte bewegen können. So richtig sah der Kerl nicht wie ein Selbstmörder aus. Müller rief auf dem Laptop eine Seite über Romanoffs Vater auf, das war schon besser. So konnte man ihn finden: Betäubt von drei Phanodorm aus irgendwelchen Uralt-Beständen, vielleicht sogar vom Papa, verbrannt in der eigenen Wohnung. Ganz würde Romanoffs Tod nicht die politische Dimension erreichen, mit der sein Vater sich zu den Sternen geschickt hatte, aber Romanoff junior war letztlich auch gar nicht der Typ dazu. Müller sah auf einem Regal eine alte Postkarte des Reichstags, fand daneben in einer Schale mit Krimskrams einen »Atomkraft nein danke«-Button, nahm beides und stellte die Sachen vor dem Bildschirm des Laptops auf. Das war doch nett, eine eindeutige Botschaft und dazu der Reichstag im vordemokratischen Zustand, ohne Kuppel, davor brannte es sich sicher gut und vermutlich besser als vor dem Bundestag in Bonn, mit dem Romanoffs Vater hatte vorliebnehmen müssen. Dann noch die Pillenpackung dazu. Gut. Mehr ging nicht.

17.23 Uhr

Erst mal Schuhe ausziehen, die durften keine Spuren nach draußen machen. Dann holte Müller den Rucksack und nahm den Benzinkanister heraus. So. Romanoff und sein Sessel, die mussten eine ordentliche Ladung abbekommen. Das Laptop nicht, da sollte man vielleicht noch Spuren sichern können. Aber der Boden, der Teppich, und ganz wichtig: ein Lappen aus Romanoffs Haushalt. Müller nahm ein T-Shirt, das über dem Bürostuhl hing, und tränkte es mit Benzin. Da war der Kanister auch schon leer. Alles stank entsetzlich. Jetzt die Kerze.

17.29 Uhr

Damit musste er sehr vorsichtig sein, eine falsche Bewegung und er würde mitbrennen. Die Kerze war lang, an ihrem Fuß war ein kleiner Halter aus Metall befestigt, damit man sie aufstellen konnte. Ob das wirklich funktionieren würde? Vielleicht sogar zu gut! So wie es hier stank, konnte er vermutlich nicht mal ein Streichholz im Raum anmachen. Müller platzierte die Kerze schließlich in der Nähe der Tür und wickelte das benzingetränkte T-Shirt um den kleinen Halter, so dass oben nur noch gut zwei Zentimeter Kerze herausschauten. Fertig. Jetzt noch aufräumen. Müller nahm seinen Rucksack. Durchatmen. Bis drei zählen. War alles drin? Er sah sich um. Was für eine kleine Welt, die Welt des Romanoff. Es gab so viele davon, nicht schlimm, wenn diese hier vorzeitig unterging. Ja, alles war drin. Er zog den Rucksack auf und die Schuhe an und stellte sich vor die Kerze in den Flur.

17.47 Uhr

Das Feuerzeug zündete beim ersten Versuch. Müller hielt es weit oben über den Dämpfen und senkte es vorsichtig zum Docht der Kerze. Der brannte an. Es stank. Die Kerze flackerte.

Zeit zu gehen.

* * *

Nach dem beunruhigenden Anruf der Polizistin hielt Peter Welsch-Ruinart sich nicht mit dem kleinen roten Auto auf, unauffällig war er noch nie gewesen, was sollte das: Er nahm den Ghibli. Und flog damit durch die sonntäglich freien (na ja, nicht ganz so vollen) Straßen Kölns. Bis ins Belgische Viertel. Vor Ricks Haus stand ein weißer Lieferwagen, das weckte Peters Misstrauen, erst recht, als der Van bei seiner Ankunft angelassen wurde und gemächlich davonfuhr. Fast hätte er auf offener Straße einen Powerslide hingelegt und wäre dem Auto gefolgt. Aber er konnte ja nicht auf gut Glück irgendeinem Auto hinterherfahren, wenn er hier gebraucht wurde. So merkte er sich nur die Nummer. Und machte einen Powerslide, um in die Parklücke zu gelangen, die der weiße Van hinterließ. Dann sprang er aus dem Wagen und rannte zu Ricks Haus. Er hätte niemals weggehen dürfen.

An der Haustür klingeln brauchte er nicht, die hatte irgendwer nicht richtig geschlossen. Sie stand einen Spalt offen. Im Treppenhaus stank es nach Chemie. Irgendwas war hier faul. Peter nahm die Treppenstufen doppelt. An Ricks Tür läutete er Sturm. Nichts. Der Gestank wurde stärker, das war – Benzin! Er rüttelte verzweifelt am Knauf.

»Was tun Sie da?«, fragte ihn darauf eine Stimme aus dem Treppenhaus. Er sah auf: Eine Frau, mit misstrauischen Augen, beugte sich vom nächsten Stockwerk aus übers Geländer. Peter holte sein Portemonnaie heraus und suchte nach einer elastischen Plastikkarte. Sein Personalausweis war alles, was er fand.

»Rufen Sie die Feuerwehr«, sagte er der Frau.

»Wieso?«, fragte sie.

»Schnell!«, schrie er. Zum Glück hing die berühmte Tür tatsächlich nur noch sehr locker in ihren Scharnieren. Er drückte die obere Ecke, so entstand zwischen Blatt und Rahmen ein fingerdicker Spalt. Ohne Zögern schob Peter seinen Perso hinein und zog ihn hektisch nach unten. Das hatte er noch nie getan, aber jetzt war nicht der Moment, um lange herumzustehen und nachzudenken. Und zu seinem großen Erstaunen schnappte die Tür nach etwas Geruckel wirklich auf. Es stank entsetzlich, aber zum Glück brannte nichts.

»He!«, rief die Frau.

Dann schlug ihm ganz plötzlich aus Ricks Wohnung eine riesige Flamme entgegen.

Zehn

Maxie Kauder war eine wunderbare Frau. Krisenfest. Beherzt. Niemals würde Peter den Namen Maxie Kauder vergessen, oder wie sie ausgesehen hatte, als sie für ihn noch eine namenlose Nachbarin gewesen war, in Jeans und einem roten T-Shirt, und wie sie furchtlos in Ricks Wohnung gelaufen war. Er selbst hatte nur dagestanden, gelähmt vom Anblick des flammenden Infernos. Maxie Kauder jedoch war ohne Zögern drauflosgerannt, und sie wusste genau, was zu tun war: Sie hatte die Dusche angestellt, sich selbst und zwei Handtücher nass gemacht, und dann war sie reingegangen ins Feuer und hatte Rick das Leben gerettet. Zumindest hatte sie es versucht. Die Feuerwehrleute hatten ihr danach gesagt, dass sie eine Irre war und dass man in ganz Köln noch nie einen so professionellen spontanen Rettungsakt erlebt hätte und dass sie Maxie Kauder für einen Zivilcouragepreis vorschlagen wollten.

Nun saß sie nass in eine Decke gewickelt neben Peter im offenen Heck eines Krankenwagens, beobachtete die Aufräumarbeiten und rauchte eine Zigarette. Peter betrachtete sie voller Bewunderung von der Seite und wagte nicht, sie zu stören. Eine tolle Frau.

Schließlich sagte er: »Danke.«

»Wofür?«, fragte Maxie Kauder.

»Das da drin war mein Freund.«

Maxie warf ihm einen Blick zu. »Ich hab Sie noch nie hier gesehen.«

»Wir sind noch nicht lange zusammen.«

»Oh«, sagte Maxie. »Tja, Rick ist ein echt netter Kerl.«

»Ich weiß.«

Maxie sog genüsslich den Rauch ein, wischte ihre immer noch feuchten Haare aus der Stirn und blickte über die Straße.

»Haben Sie mitbekommen, wer den Brand gelegt hat?«, fragte Peter. »Hatte er Besuch?«

Sie nickte. Dann blickte sie auf. »Das war aber mit Sicherheit ein Selbstmordversuch.«

»Nein, ein *Mord*versuch.«

Maxie Kauder blickte ihn nachdenklich an. »Glaub ich nicht. Ricks Vater hat sich öffentlich verbrannt. Wussten Sie das?«

Peter nickte.

»Hat mir ein Bekannter erzählt. Seit ich davon gehört habe, lebe ich in ständiger Angst um ihn. Und vor allem auch um uns, verstehen Sie? Suizid ist ansteckend. Sogar die Art und Weise, wie's einer tut, ist oft dieselbe wie beim Vorbild. Wir wohnen über ihm. Wenn Rick mitten in der Nacht auf die Idee kommt, sich zu verbrennen, dann brennen wir mit. Ich hab mir hundertmal ausgemalt, wie ich ihn lösche. Ich hab einen Rauchmelder im Gang vor seiner Wohnung angebracht, war mir egal, ob er es merkt. Und ich liege manchmal nachts wach und bilde mir ein, Brandbeschleuniger zu riechen. Das ist schrecklich. Sie können sich nicht vorstellen, auf was für grausige Ideen man kommt, wenn man zwei kleine Kinder hat.« Sie erhob sich. »Apropos, Zeit, nach ihnen zu sehen.«

Peter wollte höflich ebenfalls aufstehen, doch selbst das schaffte er kaum. Er kam sich schrecklich alt und böse vor.

Zwei Freunde.

Zwei Freunde hatte es gekostet.

Er fuhr ins Krankenhaus, dorthin hatten sie Rick gebracht. Es war leicht, ihn zu finden, leicht, zu behaupten, er sei ein Angehöriger, aber unmöglich, in Ricks Zimmer zu gelangen. Gut so. Peter sprach mit der Stationsschwester und einem Arzt, die beide sehr ernst aussahen und sich nicht aufs Überleben festlegen wollten. »Er hat offenbar ein Barbiturat eingenommen, was die Atmung zusätzlich beeinträchtigt«, sagte der Arzt.

»Er ist superzäh, er kämpft, aber normalerweise ist ein Mensch, der sich mit Benzin übergießt und anzündet, verloren«, sagte die Schwester. »Dass er überhaupt noch lebt, ist ein Wunder.«

»Er hat sich nicht selbst übergossen«, sagte Peter.

Die beiden schauten ihn seltsam an. »Sie sind sein Mann, nicht wahr?«, fragte die Schwester.

»Sein Freund.«

Sie drückte ihm die Schulter.

»Bitte lassen Sie niemanden zu ihm.«

»Ich lasse nicht mal Sie zu ihm«, sagte der Arzt.

»Geben Sie auch niemandem Auskunft über ihn. Der Attentäter muss glauben, dass Rick tot ist. Das ist am sichersten.«

Wieder sahen Arzt und Schwester so befremdet aus.

»Ich gehe jetzt«, sagte Peter. »Wann wissen Sie mehr?«

»Wenn er die Nacht übersteht, besteht Hoffnung.«

»Rufen Sie mich an, falls …?«

Die Schwester blickte traurig und nickte ernst, und Peter gab ihr seine Karte und ging. Er konnte nicht anders: Krankenhäuser verursachten ihm Atemnot. Hier drin würde er ersticken.

Endlose Nacht, er saß in einem dunklen Zimmer, am Schreibtisch im Büro. Der Whiskey schmeckte nicht, er trank ihn trotzdem. Von außen fiel der Schein der Straßenlaternen durchs Fenster, der Geruch des Rheins lag schwer im Raum, Geräusche von Passanten drangen zuweilen herauf. Niemand wusste, dass er hier war.

Trotzdem klingelte es an der Tür.

Peter Welsch-Ruinart schloss die Augen und dachte, dass es ein Versehen war, dass derjenige weitergehen, ihm vielleicht noch vor die Tür pinkeln würde, aus Jux oder weshalb auch immer jemand so etwas tat.

Da klingelte es wieder.

Es war nur ein leises Summen aus Valeskas Zimmer, kaum zu hören, leicht zu ignorieren, eigentlich.

Wieder.

Peter öffnete die Augen und sagte: »Geh weg.«

Wieder ertönte der Summer.

Da erhob er sich und schleppte sich zu Valeskas Schreibtisch. »Ja?«, sagte er in die Gegensprechanlage.

»Peter Welsch-Ruinart?«

»Wer will das wissen?«

»Ich muss mit Ihnen reden.«

»Wer sind Sie?«

»Der, den Sie suchen.«

»Sind Sie irre? Ich hole die Polizei!«

»Der können Sie dann gleich das Karussellhandelsverfahren erklären.«

Peter schwieg.

»Machen Sie auf, ich habe ein Geschäft anzubieten.«

»Ich lehne ab«, sagte Peter und unterbrach die Verbindung.

Darauf klingelte es wieder. Mehrmals. Schließlich hörte er unheimliche, kratzende Geräusche von unten aus dem Erdgeschoss. Und natürlich war die Alarmanlage nicht scharf, hatte er vergessen. Mit einem unterdrückten Fluch presste Peter den Knopf der Gegensprechanlage. »Was tun Sie da?«

»Hundert Millionen Euro! Mindestens!«

»Sie haben sie nicht mehr alle.«

»Lassen Sie mich rein, oder ich schicke der Polizei ein paar Handelsregisterauszüge von Firmen, die Sie gegründet haben!«

»Bitte?«, rutschte es Peter heraus.

»Na los, ich will nur reden!«

Peter holte tief Luft. Sein Finger schwebte einen Moment lang über dem Schalter, der den Türöffner betätigte. Er dachte ganz fest an seine Pistole, die seit neuestem offen in seinem oberen Schreibtischfach lag. Dann drückte er und ließ den Mörder ein.

Ein junger Mann, hübsch, aber nicht ganz so hübsch, wie er gern wäre, dachte Peter. Und nicht ganz so jung, wie er tat. Einer von diesen ganz schmalen drahtigen Typen, die nicht alterten, mit dunklen Haaren und Augen und strahlendem Teint. Er trug einen Revolver in der Hand. Direkt richtete er ihn nicht auf Peter, doch er wollte ihn herzeigen, zweifellos.

»Tun Sie die Waffe weg oder gehen Sie«, forderte Peter. Er stand am oberen Ende der Treppe, sein ungebetener Gast am unteren.

»Nur falls hier irgendwelche Gorillas herumhängen«, sagte der und sah sich nervös um.

»Das Risiko *wollten* Sie eingehen«, sagte Peter, »und jetzt weg mit dem Ding.«

Der Dunkelhaarige steckte den Revolver in die Hosentasche und blickte Peter jetzt ganz treuherzig an. »Es ist wirklich ein sehr interessantes Geschäft.«

»Das sagen sie alle«, sagte Peter trocken.

* * *

22.15 Uhr

Wenn er nur nicht so schwitzen würde! Dieser Welsch-Ruinart war ihm absolut unerklärlich, er gehörte zur Organisation, hatte aber trotzdem den Romanoff eingestellt – wofür? Taktik? Egal. Was Welsch-Ruinart auch immer war, für Müller bedeutete der Anwalt die einzige Verbindung zur Spitze, und dorthin musste er. Mit Ali konnte er nicht verhandeln. »Da rein?«, fragte er und versuchte, nicht allzu beeindruckt auszusehen. Was für ein Büro. Riesig hoch, wunderbar geölter Holzboden, prachtvolle Möbel und unverbaute Aussicht auf den Rhein.

»Ja, dort entlang«, sagte Welsch-Ruinart. Ein gut gekleideter Mann, allerdings in Hemdsärmeln, ganz leger, und völlig unbewaffnet, registrierte Müller. Durch das maßgeschneiderte Zeugs, das er anhatte, hätte man sogar ein Messer gesehen.

»Wie heißen Sie?«, fragte der Anwalt.

»Nennen Sie mich Müller«, sagte Müller frech.

»Ich will Ihren wirklichen Namen wissen.«

»Mein wirklicher Name muss Ihnen doch bekannt sein.«

»Sie verwechseln da was.« Welsch-Ruinart ließ sich hinter seinem Schreibtisch nieder und bot ihm keinen Platz an. Aus irgendeinem Grund ärgerte das Müller ganz maßlos. Mürrisch setzte er sich auf einen Besucherstuhl.

»Ich habe keine Ahnung, wer Sie sind«, sagte der Anwalt. »Ich weiß nur«, hier zögerte er kaum merklich, »Sie haben – vier Menschen getötet, darunter zwei besonders gute Freunde von mir.« Er blickte ihn voll Trauer und Abscheu an.

»Das hat sich nicht vermeiden lassen«, sagte Müller unruhig.

Welsch-Ruinart schenkte sich ein benutztes Glas halb voll Whiskey und bot Müller nichts an. »Ich würde Sie ja sehr gern der Polizei übergeben«, sagte er bitter, »aber so wie ich Ihre Freunde kenne, sind Sie ohnehin ein toter Mann.«

Sie starrten sich an. Müller spürte, wie zwei kühle Schweißtropfen seinen Rücken hinabliefen. Er fröstelte und hasste Welsch-Ruinart dafür. Und weil er ihm nichts zu trinken anbot. Und dafür, dass er ihn stumm machte und die eigenen Gedanken simpler wirken ließ, als sie waren. Der Polizei übergeben? Das müsste er dem Anwalt jetzt vor den Latz knallen: Sie können mich nicht der Polizei übergeben! Denn dann übergebe ich ihr das hier! Aber statt den Mund aufzumachen, nahm Müller nur einen Handelsregisterauszug aus der Brusttasche seines Hemdes und faltete ihn auf, wobei seine Hand zitterte. Wortlos reichte er ihn Welsch-Ruinart. Der ergriff ihn, warf einen Blick darauf und ließ ihn auf den Tisch fallen.

»Ihr Name steht da drin«, brachte Müller heraus.

»Wo haben Sie das her?«

»Von Ihrem sehr guten Freund Romanoff.«

Welsch-Ruinart schien etwas zu schrumpfen. »Hören Sie«, sagte er, »ich bin ein Verwalter. Ich führe nur legale Konten und mache nur legale Geschäfte. Für jeden meiner Mandanten. Es wäre naiv zu glauben, dass die alle eine absolut blütenweiße Weste haben. Aber von den Flecken habe ich grundsätzlich keine Ahnung.«

»Sie waren«, sagte Müller, »ein Freund von Dr. Steenbergen. Sie haben eine Atlantis-Macke, genau wie er.«

»Atlantis ist nur ein Bild für sinnloses Morden«, sagte Welsch-Ruinart düster.

Arschloch, dachte Müller, glaub bloß nicht, dass du mich beeindrucken kannst mit deinem Weltschmerz. »Sie«, sagte er kalt, »haben Firmen gegründet mit den Namen Punt, Eldorado, Irem und Vineta. Mythische Städte, die einen versunken, die anderen nie gefunden. Die versunkenen waren die Pleitefirmen bei unserem gemeinsamen Karussellhandelsunternehmen.«

Die Lippen des Anwalts wurden schmal und sein Gesicht grau. »Haben Sie das auch von Dr. Romanoff?«, fragte er leise.

»Sicher. Und ich könnte das alles der Polizei verklickern. Ich schicke ihr anonym die Handelsregisterauszüge und ein paar Erklärungen aus einem Mythologielexikon. – Ach was, ich könnte es den Bullen sogar erzählen. Ich hab einen Draht zu denen, wissen Sie? Aber es gibt eine Alternative.« Müller zögerte: War dieser Anwalt nun ein echter Teil der Organisation oder nicht? Eher nicht, entschied er. Das war ein Softie, der hatte sich in die illegalen Geldvermehrungsspiele nur hineinziehen lassen, Typ Natascha: Der wusste zu viel, bremste ständig und stellte seine persönlichen Befindlichkeiten über die Sache. »Ich möchte mit dem – Chef sprechen.«

»Dem *Chef*«, sagte Welsch-Ruinart sarkastisch.

»Oder wie auch immer Sie ihn nennen.«

* * *

Jetzt hatte er ihn endlich vor sich sitzen, da war er, so sah er aus: enttäuschend. Dunkle Haare und Hundeblick, nicht ungebildet, nicht dumm, aber zielstrebig auf dem Weg in irgendeinen großen Irrsinn. Zweifellos war dieser Müller gemeingefährlich und musste aufgehalten werden. Doch ihn mitsamt diesen Handelsregisterauszügen der Polizei auszuliefern, würde auch für Peter üble Scherereien bedeuten – falls er es überhaupt fertigbrachte, den Mann zu überwältigen. Dabei sah er so lächerlich harmlos aus. Peter schaffte es kaum, sich vor ihm zu fürchten, obwohl er wusste, dass es klüger wäre. »So wie ich ihn einschätze«, sagte er mit einem flüchtigen Blick in das dunkle, offene Fach des Schreibtischs, in dem seine Pistole schwach glänzte, »will *der Chef* von Ihnen nur noch hören, dass Sie in der Hölle braten.«

»Das ist ein Fehler«, entgegnete Müller, »denn ich kann ihn reich machen.«

»Der Chef *ist* reich«, sagte Peter.

»Ich wette, es würde ihm gefallen, hundert Millionen Euro mehr zu besitzen.«

»*Sie* kennen ein Geschäft, das hundert Millionen Euro bringt?«

»Mindestens.«

»So plötzlich?«

»So ist das mit genialen Ideen.«

»Heureka. Was haben Sie vor, ein Kohlebergwerk klauen?«

Müller blickte schlau. »*Das* wär ein schlechtes Geschäft. So was bekommt man heutzutage für einen Euro, wenn man's richtig macht.«

Auch noch witzig, der Typ. Peter fühlte sich plötzlich schrecklich müde. Was hatte er sich gewünscht, Gunnis Mörder zu finden. Wie wütend war er gewesen, wie hasserfüllt. Sogar mit seinem Mandanten – *dem Chef, ha ha* – hatte er sich überworfen und damit vermutlich das Büro und die eigene Existenz in ernste Gefahr gebracht. Seltsamerweise aber spürte er nicht die geringste Angst. Denn egal, was man ihm nachweisen oder antun würde, Gunnis Tod konnte er nicht stillschweigend hinnehmen. Und jetzt, da er gesehen hatte, wie Rick brannte, waren diese Gefühle noch um ein Vielfaches stärker geworden. Nur die Wut, die war weg, leider, er hatte nur noch sein Entsetzen und die Trauer. Bedauerlicherweise auch die Schuld, die ihn bewogen hatte, die Tür zu öffnen. Und die Erkenntnis, dass Rache niemanden wieder lebendig oder gesund machte.

»Wenn Sie den Kontakt herstellen, werde ich mit Ihnen teilen«, versprach Müller indessen großzügig.

Peter hob die Brauen.

»Wirklich«, versicherte Müller.

Der hatte ja Nerven. »Sagen Sie mir erst mal, worum es geht.«

Müller zögerte.

»Kommen Sie. Hundert Millionen, wofür? Ich bin neugierig.«

* * *

Kurz nach halb elf

Eine Sackgasse, das war ein Irrweg, eine Falle, dieser Anwalt war nicht vertrauenswürdig. Müller spürte es: Der hatte keine Angst. Und das Geld interessierte ihn zwar, aber nicht genug. Mit dem zu reden war noch gefährlicher als mit Ali. »Ich habe eine Technologie, die Milliarden bringt«, sagte Müller also ziemlich reserviert.

»Selbst erfunden haben Sie die nicht, nehme ich an«, sagte Welsch-Ruinart.

»Ich habe sie entdeckt. Ich kann sie beschaffen. Was wollen Sie noch?«

»Wissen, worum es geht.«

Das klang eine Spur zu lauernd, einen Tick zu lässig, irgendwie verdächtig nach Hinterhalt. Müller stand auf. »Alles Weitere kann ich nur mit dem Chef besprechen«, sagte er und ärgerte sich schrecklich, dass dieses Gespräch nicht so lief, wie es sollte, dass er nicht sagen konnte, was er eben doch irgendwem sagen musste, dass dieser Welsch-Ruinart zwar auf dem Handelsregisterauszug stand, aber ganz offensichtlich kein vollwertiges Mitglied der Organisation war, sondern nur das, was er selbst zugegeben hatte: der ordentliche Buchhalter, der die Augen fest zumachte. Müller beugte sich vor und hieb mit der flachen Hand auf den aufgefalteten Ausdruck, der noch auf dem Tisch lag. »Das«, sagte er fahriger, als er wollte, »landet heute Abend bei den Bullen, wenn Sie den Namen des Chefs nicht rausrücken.«

»Wenn das bei den Bullen landet«, sagte Welsch-Ruinart trocken, »dann schadet es hauptsächlich dem, den Sie so dringend sprechen wollen.«

»Ich *muss* mit ihm reden!«

»Er wird Ihnen nicht zuhören«, versetzte Welsch-Ruinart.

»Das können Sie gar nicht beurteilen«, brach es aus Müller heraus. »Sie *tun* doch nur so, als ob Sie dazugehören!«

»Au contraire«, sagte Welsch-Ruinart müde. »Obwohl Sie gefährlich sind und es besser für mich wäre, wenn Sie mich für einen Komplizen hielten, streite ich jede Zugehörigkeit ab, fällt Ihnen das gar nicht auf?«

Müller starrte ihn an. Er war total erschöpft und überreizt von dem langen Tag, und dieser Typ gab ihm den Rest: Dem würde er am liebsten ununterbrochen eine reinhauen. »*Verdammte Scheiße!* Sie sind ja nur die feige Sau, die sich aus allem raushält und höchstens mal die Gewinne in die Schweiz transferiert! Sonst sind Sie für nichts gut!«

»Stimmt«, sagte Welsch-Ruinart melancholisch.

»Sie mussten sogar einen Detektiv einstellen, um mich zu suchen, weil Ihnen keiner was sagt!«

»Weil mir keiner *mehr* was sagt«, murmelte Welsch-Ruinart.

»Ha! Würde mich nicht wundern, wenn Sie *vor mir* in der Hölle braten! Ich werd mich um den Auftrag bewerben. Würd mir Spaß machen, echt«, giftete Müller. »Sehr sogar!« Er spie die Worte direkt in Welsch-Ruinarts blödes affektiertes Schwulengesicht.

Der Anwalt blickte ihn weiter gelassen an, es war fast so, als ob er innerlich lächelte. Das machte Müller noch viel fuchtiger, als er ohnehin schon war. Er beugte sich vor.

»Sie sind ein Nichts«, sagte er böse. »Das Einzige, was Sie wissen, ist der Name vom Chef.«

»Aus Ihrem Munde klingt das fast wie eine Auszeichnung«, entgegnete Welsch-Ruinart und lächelte wirklich.

Müller versetzte ihm eine Ohrfeige.

Es ging so schnell, dass er selbst überrascht war, und er schlug so fest zu, dass etwas in seiner Hand knackste und Welsch-Ruinart mit dem Kopf gegen den Stuhl geschleudert wurde.

»Der Name vom Chef!«, herrschte Müller und hielt sich die schmerzende Rechte.

Welsch-Ruinart stöhnte.

»Ich verstehe nicht!«

Welsch-Ruinart warf ihm einen tiefdunklen Blick zu, der Müllers Zorn zusätzlich anstachelte. »Wie heißt er?«, sagte er gefährlich.

»Fick dich«, ächzte Welsch-Ruinart.

Und da war die Hand plötzlich eine Faust und die schwule Sau unter ihm und er schlug zu und zu und dann knallte es ganz überraschend und etwas traf sein Bein und plötzlich wurde alles schwarz.

* * *

Der Angreifer war ohnmächtig, aber er würde es nicht lange bleiben. Peter war aufgesprungen, sein Kopf dröhnte, in seinen Ohren rauschte es, sein überlauter Herzschlag ließ ihn erbeben. Die Waffe war heiß und rauchte, er hätte sie gern weggelegt, aber er würde sie noch brauchen. Dieser Müller – wer immer er war – musste raus hier. Raus, raus. Sofort. Da regte er sich schon wieder, hielt sich sein Bein und stöhnte. Peter trat zurück und hielt die Pistole mit beiden Händen, damit er wenigstens halbwegs ruhig zielen konnte. Damit er Müllers Körper traf, wenn es sein musste, egal welche Stelle.

»Stehen Sie auf!«, herrschte er.

Müller stöhnte immer noch und bewegte sich langsam, zu langsam, da war mehr Spannung in seinem Körper, als er haben sollte, dieser Typ zog sich zusammen wie eine Schlange, die gleich vorschnellen würde.

Peter schoss in den Boden und verfehlte Müllers Füße um kaum einen Zentimeter.

Müller stand sofort auf.

»Geht doch«, sagte Peter grimmig. »Hände hoch!«

Sie sahen sich an. Eine Sekunde, zwei Sekunden, dann hob Müller die Hände.

»Gehen Sie zur Tür!«

Müller humpelte zur Tür. Er hinkte mit seinem blutenden Bein die Treppe hinunter und fiel hin und Peter schoss noch einmal und Müller stand noch einmal auf und wollte nicht gehen und sammelte wieder Kraft, das sah Peter an seinen Schultern, die sich irgendwie aufpumpten, und er sagte: »Machen Sie die Tür auf!«, und Müller machte die Tür zum Vorraum auf und hielt sich daran fest, als könnte er sie Peter entgegenschleudern, und Peter sagte: »Gehen Sie vor und öffnen Sie die Haustür!«

Müller brüllte plötzlich los: »Ich krieg dich, du schwule Sau! Du Arsch, du wirst sehen, wer von uns beiden im Knast landet! Du abgefuckter Betrüger, du geldgeiler alter Sack!«

»Mach die Tür auf«, sagte Peter und war viel zu fertig, um noch irgendetwas anzufügen, einen Gruß an die Hölle, eine nette kleine Beleidigung, dafür hatte er keine Kraft, er musste all seine Konzentration zusammennehmen, um ein Teil der Waffe zu sein, um in Haltung und Blick eindeutig klarzumachen, dass er schießen würde.

»Du bist tot!«, drohte Müller und spuckte aus und drehte sich zu ihm und ballte die Fäuste und Peter schoss noch einmal. Diesmal traf er Müllers Fuß. Der Mann jaulte auf und fiel hin und wand sich und hieb dann ganz plötzlich mit aller Macht etwas in Peters rechte Wade. Doch Peter stand immer noch sehr fest auf diesem Bein.

Das andere war frei.

Es ging ganz leicht, da waren keine Skrupel, nicht einmal Wut, nur Konzentration: Er trat Müller mitten ins Gesicht. Ein purer Reflex, und an Gefühlen spürte Peter nur die Befriedigung darüber, dass der Tritt gesessen hatte. Es gab ein widerliches klatschendes Geräusch. Müller stöhnte und krümmte sich zusammen, und jetzt musste es schnell gehen, ganz ganz schnell, bevor dieses Häuflein Elend Peter am Ende doch noch rührte und Zeit gewann und wieder lospreschte. Er stieg über Müller hinweg und sah nur aus dem Augenwinkel ein Messer in seinem eigenen rechten Bein stecken. Kurz schwindelte ihn, dann öffnete er entschlossen die Haustür.

Und trat Müller mit dem unverletzten Bein den Meter, der noch fehlte, zur Tür hinaus.

* * *

Mitten in der Nacht

Zerschunden, halbtot, aber zurück im Apartment, in der winzigen Bude, so verdammt ungerecht war das: Die würde gleich zweimal in Welsch-Ruinarts verdammte Riesenschwulenlounge passen. Aber die Verhältnisse würden sich umkehren, bald schon! Die schwule Sau würde sterben, STERBEN! Oh – alles tat so weh! Die *Tagesschau* hatte er auch verpasst! Er brauchte Verbände und Medizin. Mit letzter Kraft humpelte Müller in sein winziges Bad und blickte in den Spiegel.

Schlimm sehen Sie aus.
Frag nicht!
Haben Sie starke Schmerzen?
Wieso klingt das so schadenfroh?!
Ich glaube, Ihre Nase ist gebrochen.
Nein – au! – es ist ein Schneidezahn, sieh doch.
Oh. Ja. Alle Achtung, das muss ja ein Bär von einem Gegner gewesen sein.
Ein scheiß-piekfeiner schwuler Anwalt.
Wie ungewöhnlich.
Er war bewaffnet. Und ich krieg ihn noch.
Natürlich.
Au! – hilf mir lieber. Da muss irgendwas drauf. Und auf das Bein – ah! – auch. Das muss aufhören zu bluten.
Sie müssen zum Arzt.
Bloß nicht! Es geht schon.
Das wird sich entzünden. Und sind da nicht vielleicht noch Kugeln in Ihrem Bein?
Nein.
Haben Sie nachgesehen?
Ja, verdammt! Ist bloß ein Streifschuss am Bein und ein glatter Durchschuss am Fuß. Wenn's desinfiziert ist und aufhört zu bluten, ist es gut! Viel schlimmer ist – ahh! – mein Gesicht! Ich muss morgen Mittag präsentabel aussehen!
Wieso das denn?
Wirst du noch sehen.

2.00 Uhr

Noch so viel zu tun, noch so viel … Er brauchte Kontakt zum *Chef*, das war das Wichtigste … Aber er konnte nicht mehr …

Nur einen Moment ins Bett …

Schlafen.

Ja …

Elf

»Selbstmordversuch«, ranzte Kommissar Marcks ins Telefon.

»Nie und nimmer«, entgegnete Bettina Boll ungehalten, denn der Kollege benahm sich unmöglich, und das schon am frühen Montagmorgen. »Der Romanoff wollte mir etwas Wichtiges erzählen, außerdem hat er sich bedroht gefühlt. Dann bekommt er Besuch, das hat die Nachbarin bestätigt, und brennt plötzlich. Das kann kein Selbstmordversuch gewesen sein.«

»Die Nachbarin«, sagte Marcks wegwerfend, »hat mir gesagt, dass Romanoff ein Selbstmörder ist.«

»Ach tatsächlich?«

»Ja, Lady, und jetzt lassen Sie mich in Ruhe und mischen sich gefälligst nicht in meine Ermittlungen ein!«

»Hey, Cowboy, mir ist zu Ohren gekommen, dass Sie überhaupt niemanden geschickt haben, um Romanoff zu helfen, obwohl ich Sie darum gebeten habe. Das war unterlassene Hilfeleistung.«

»Da war keine Hilfeleistung nötig«, knurrte der Kollege. »Er ist ja leider gerettet worden.«

»Leider?«

»Diese Selbstmörder hab ich gefressen.«

»Er ist kein Selbst–«

Doch da ertönte schon das Freizeichen. Marcks hatte einfach aufgelegt.

Bettina Boll begab sich in das Büro ihres Chefs Härting, er blickte griesgrämig wie immer. Außerdem hatte er seinen Kaffee noch nicht fertig getrunken, und da störte man in besser *gar* nicht.

»Ich möchte nach Köln fahren«, teilte Bettina ihm trotzdem ohne Umschweife mit.

»Guten Morgen, Frau Boll.« Härting blickte angelegentlich auf die Uhr. »Köln? Gut. Jetzt ist es zehn vor acht Uhr. Wenn Sie heute früher Schluss machen, dann schaffen Sie es noch, morgen zu Dienstbeginn wieder hier zu sein.«

»Nein, ich meine dienstlich.«

»Auf keinen Fall«, sagte Härting. »Das ist in NRW.«

»Schon klar, aber da läuft etwas furchtbar schief. Der ermittelnde Kollege in unserem Todeslisten-Fall ist völlig inkompetent!«

»Wer?«, fragte Härting in die Rede, die Bettina schon auf der Zunge lag.

»Marcks heißt er. Hauptkommissar. Der hat einen Unschuldigen verdächtigt, weil er ihn persönlich nicht leiden kann! Er wollte ihn sogar inhaftieren lassen, aber nicht mal das Gericht hat die Story geglaubt. Sein Verdächtiger Romanoff wurde freigelassen! Und gestern ist ein Mordanschlag auf Romanoff verübt worden. Ich habe das am Telefon mitbekommen und den Marcks alarmiert, und dieser Sack hat nichts zum Schutz des Opfers unternommen, obwohl ich ihn persönlich dazu aufgefordert habe! Romanoff wurde nur zufällig von einer Nachbarin und einem Freund gerettet, jetzt heißt es, er hätte einen Selbstmordversuch begangen. Er liegt in einem öffentlichen Krankenhaus. Ungeschützt!«

Härting sah Bettina mit einem Ausdruck an, den sie nicht kannte. »Wir können doch gar nicht wissen«, sagte er, »was alles vorgefallen ist und welche Ermittlungstaktik die Kölner verfolgen.«

»Doch! Das kann ich wissen!«, ereiferte sich Bettina. »Ich habe die Akte gelesen! Und eine Taktik, dass ich nicht lache! Die gibt es nicht! Der Marcks ist einfach nur hohl! Der hat persönliche Ressentiments! Der nennt mich *Lady*!«

»Immerhin«, sagte Härting, »gescheiterte Selbstmörder werden sehr diskret versorgt. Das ist schon mal ein Vorteil, da wird man in der Zeitung nichts drüber lesen, und auch im Krankenhaus geben die keine Informationen raus –«

»Der Mann liegt im künstlichen Koma«, unterbrach Bettina aufgebracht. »Der kann nicht mal nach der Schwester klingeln, wenn der falsche Doktor zur Tür hereinkommt!«

»Frau Boll –«

»Wir sind schuld, wenn ihm etwas geschieht!«

»Wir können nichts tun!«

Sie starrten sich an.

»Hab ich mich je über Kollegen beschwert?«, fragte Bettina schließlich wütend. »Habe ich je jemanden inkompetent genannt, der es nicht war? Und habe ich je den Falschen verdächtigt?«

»Frau Boll, wir alle schätzen Ihren Spürsinn, aber –«

»Romanoff muss bewacht werden!«

Wieder blickte Härting so seltsam ausdruckslos. »Okay«, sagte er schließlich leise, »dann setzen Sie sich jetzt hin, Böllchen, und schreiben einen Bericht, und von mir aus auch eine Beschwerde, je schneller, je besser. Kriegen Sie heraus, welcher Staatsanwalt zuständig ist. Dann rufe ich den an und schicke ihm Ihren Bericht mit einem CC zum BKA.«

Bettina blickte ihren Chef mit gefurchter Stirn an: Das war nicht viel, das war nur Post, das konnte einfach ungelesen irgendwo verschwinden.

»Mehr geht nicht«, sagte Härting.

»Aber –«

»Na los, was stehen Sie noch hier?«

Bettina drehte sich zur Tür.

»Ach, Böllchen?«

»Ja?«

»Er hat Sie *Lady* genannt?«

»Hmm.«

»Hängen Sie doch eine Beschwerde wegen sexueller Diskriminierung dran. Tragen Sie halt mal ein bisschen dick auf. Ist ja egal, ob es haargenau stimmt oder nicht. *Das* liest die Staatsanwaltschaft garantiert.«

* * *

8.11 Uhr

Letzter Tag im Büro. Das Gebäude sah von außen langweilig aus wie immer, die Fenster glänzten in der frischen Luft, da kroch schon der Herbst aus den schattigen Einfahrten und zugigen Ecken.

Ja, er musste ins Büro. Egal, wie verboten er aussah, und selbst auf die Gefahr hin, dass Welsch-Ruinart die Bullen informiert hatte. Hatte er aber nicht, hatte er ja auch gestern Abend nicht, als Müller noch ewig auf der Treppe des Welsch-Ruinart'schen Gründerzeitpalastes gelegen hatte, der hatte nur Läden heruntergelassen und die Alarmanlage scharfgemacht, der war eben selbst nicht ganz sauber. Pech für den Herrn Steuerberater, dass er der Kohle nicht hatte widerstehen können. Und Glück für den Mann, vorerst, dass Müller Besseres zu tun hatte, als sich mit einem Buchhalter abzugeben.

8.17 Uhr

Mist, jetzt war er extra früh gekommen, um noch in Ruhe seine paar Sachen zu erledigen, und prompt saß Speick schon da und erwartete ihn. »Hallo!«, begrüßte er Müller freudig. »Habe dich gestern im Fernsehen ... Ach du Scheiße, wie siehst du denn aus!«

»Ich hatte einen Fahrradunfall«, sagte Müller und rückte seine Sonnenbrille zurecht.

»Wie ist das denn passiert?«

»Ich hab meiner Tochter ein Fahrrad gekauft und es im Dunkeln ausprobiert. War dumm von mir. Bin schon ewig nicht mehr gefahren.«

»Oh Mann. Voll auf die Fresse, oder wie?«

Müller seufze tief. »Da war so eine kleine Treppe, nur zwei Stufen, die wollte ich runter, aber das darf man halt nicht machen. Ich bin den ganzen Hang runtergestürzt.«

»Herrje«, sagte Speick, und da kamen schon die nächsten: Frank und Dr. Ferdinandis aus dem Nebenzimmer.

»Da ist er ja, der Fernsehstar!«, rief Frank schon von weitem, dann blieb er wie angewurzelt stehen und rief: »Mein Gott! Und wie sieht der andere aus?«

Älter, dachte Müller grimmig. Und wiederholte seine Geschichte noch fünf Mal, bis er endlich in Ruhe an seinem Computer saß.

9.02 Uhr

Zuerst das Informationsgespräch mit der Polizei. Müller nahm sein Telefon und wählte die Nummer von Kommissar Marcks.

»Marcks«, meldete der sich.

Müller nannte seinen Namen. »Hallo Herr Marcks, haben Sie gestern ferngesehen? Die Presse hat uns so sehr belagert, da mussten wir ein kurzes Statement abgeben.«

»War okay«, sagte Marcks vage.

»Gibt es Neuigkeiten? Haben Sie diesen Romanoff jetzt festgenommen?«

»Hat einen Selbstmordversuch begangen«, knurrte Marcks.

Müller blieb fast das Herz stehen. »Versuch?«, fragte er.

»Ja, er ist leider gerettet worden. Hat sich mit Benzin übergossen und angezündet und irgend so eine Irre – die Nachbarin – hat sich tropfnass auf ihn geschmissen. Kaum zu glauben, aber er hat's überstanden. Liegt jetzt im Krankenhaus.«

Müller atmete durch und verkniff sich die Frage, in welchem. Das konnte man zur Not auch anders rauskriegen. »Ist er ansprechbar?«

»Woher denn, wahrscheinlich überlebt er nicht. Wenn Sie mich fragen, wäre es besser gewesen, sie hätte ihn brennen lassen.«

»Finde ich auch«, sagte Müller von Herzen. »Er muss sich bestimmt sehr quälen.«

»Liegt im künstlichen Koma«, sagte Marcks. »Das verzögert natürlich das Verfahren, aber zumindest haben wir ihn jetzt sicher. Und er kann auch nichts mehr anrichten.«

»Dann wäre der Fall also praktisch gelöst«, sagte Müller.

»Genau.«

»Wie pressetauglich ist denn diese Information?«

»Morgen steht's im Polizeibericht«, sagte Marcks.

»Das heißt, wir warten bis morgen.«

»Bitte.«

»Alles klar«, sagte Müller. »Und wenn der Romanoff wieder aufwacht?«

»Dann wird er leiden«, sagte Marcks befriedigt. »Und nicht nur wegen dem Feuer, das er gelegt hat.«

9.15 Uhr
Jetzt das Angebot. Es musste deutlich sein, glaubwürdig und nicht ablehnbar. Es musste den Empfänger total heißmachen und ihn sämtliche Fehler, die Müller vielleicht in der letzten Zeit begangen hatte, vergessen lassen. Es musste das leisten, was das verunglückte Gespräch mit Welsch-Ruinart gestern Abend hätte leisten sollen: die erreichen, die es anging. Leider hatte Müller nur die *kids4quran*-Adresse, die Ali auf den Plan rief, aber Ali, dachte Müller jetzt, würde eine Superchance erkennen, wenn sie wirklich super war, außerdem hatte er garantiert noch einen über sich, der mitentschied, und er war auf jeden Fall besser als ein verrückter Schwuler mit Skrupeln. Irgendwem *musste* er vertrauen. Aber was sollte sein Appetizer sein? Er hatte die Ware ja noch nicht wirklich, er wusste nur, wo sie war. Momentan mussten die alten Archivordner mit der Dokumentation und der Korrespondenz reichen. Müller klickte sich noch einmal durch und entschied sich schließlich für die Mail, die ihm selbst klargemacht hatte, was für ein brisantes Projekt da in den Archiven der ENERGIE lagerte: eine abgeschlossene, aber niemals veröffentlichte Arbeit, eine fast fertig entwickelte, aber ungenutzte Technologie. Eine Goldgrube. Müller überflog noch einmal die alte Nachricht aus dem Korrespondenzordner. Zuunterst stand das sehr kurze Anschreiben eines Wissenschaftlers, der sich bei der ENERGIE*base* um eine Förderung beworben hatte:

… Ziel der Forschung ist die Entwicklung einer Technologie zum Bau einer »Thermal-Edge-Pump«. Ihre Pumpwirkung wird durch feinste Gitter unterschiedlicher Temperatur erreicht, deren Abstand im Bereich der freien Weglänge liegt. Die Besonderheit solcher auch als Knudsenkompressoren bezeichneten Pumpen ist, dass sie Gase unterschiedlicher Massen unterschiedlich schnell pumpen. Dadurch ist die Trennung von Uran 235 und Uran 238 in der Gasphase des Uranhexafluorid möglich. Da der Arbeitsdruck der Thermal-Edge-Pump durch das Verkleinern der Gitterabmessungen erhöht werden kann, sind besonders feine Gitterstrukturen erwünscht, deren Entwicklung und Herstellung die größte technologische Herausforderung dieses Projektes darstellen.

Diesem für Müller zugegebenermaßen völlig unverständlichen Text folgte der umso aufschlussreichere Schriftwechsel zweier Mitarbeiter der *Environment Technology Development Innovation*, kurz, der Forschungsabteilung:

Hochinteressanter Ansatz, schrieb der eine, *unbedingt förderungswürdiges Projekt, ein Quantensprung in der Atomforschung, und genial, in den Submikrobereich zu gehen und bei großen Knudsenzahlen zu arbeiten.*

Die Antwort darauf war weniger enthusiastisch. *Fraglos interessant*, lautete hier das Urteil, *aber wozu sollten wir es brauchen? Wir reichern nicht an, das wissen Sie, und Millionen in eine Technologie zu stecken, die wir nur im Inland verkaufen können (Waffentauglichkeit, denken Sie an den geplatzten Handel der Karlsruher mit Brasilien!) und selbst nicht gebrauchen werden, ist unrentabel und ruft nur die Gegner der Atomwirtschaft auf den Plan. Davon mal ganz abgesehen kapiert der Große nicht, worum es bei der Sache geht, und darum wird eh nix draus.*

Er wird es lieben, schrieb darauf der Erste, *wenn Sie ihm Folgendes sagen: Isotopentrennung auf kleinstem Raum, der Bausatz ist so groß wie ein Reisekoffer, und die fertige Anreicherungsanlage funktioniert ohne bewegliche Teile. Das hat niemand auf der ganzen Welt. Wir können es als innovative Technologie zur Verringerung des* CO_2*-Ausstoßes deklarieren und haben am Ende die allerneueste Technik zur Isotopentrennung überhaupt, das wird man uns aus den Händen reißen. Das bringt uns Milliarden. Lass die anderen dreißig Meter breite Zentrifugen bauen und ihr Uran darin herumschleudern, wir machen das Ganze sicher, sauber und günstig in einem normalen Labor. Und von Verkauf und Technologietransfer muss ja erst mal gar keine Rede sein, über Waffentauglichkeit werden wir sowieso kein Wort verlieren, das sollen sie in der Politik klären …*

Diese Mail, fand Müller, war aussagekräftig und vielversprechend. Wenn auch etwas lang für einen ungnädigen Leser. Nach kurzer Überlegung markierte er mit roter Farbe die Wörter *Isotopentrennung, Bausatz so groß wie ein Reisekoffer, Uran, Milliarden* und *Waffentauglichkeit.* Dann schrieb er dazu, dass er einen detaillierten Konstruktionsplan des Geräts sowie die notwendigen

Werkzeuge für seinen Bau anbieten könne, nannte seinen Preis und seine Handynummer und sandte das alles mit einer Bitte um Kontakt an *kids4quran*, dem Zugang zu seiner neuen Heimat, einer ganz anderen und besseren Welt.

* * *

»Boll hier, könnte ich Herrn Welsch-Ruinart sprechen?«

»Tut mir leid«, sagte die Stimme der Sekretärin am anderen Ende der Leitung, »er ist momentan nicht zu sprechen.«

»Es ist wichtig«, insistierte Bettina.

Die Sekretärin seufzte. »Kann nicht *ich* Ihnen weiterhelfen? Frau Boll, nicht wahr? Worum geht es, Frau Boll?«

»Ich bin Polizistin«, sagte Bettina, »ich muss mit Herrn Welsch-Ruinart persönlich sprechen.«

Wieder ein herzzerreißender Seufzer.

»Ist irgendetwas passiert?«, fragte Bettina.

Eine Pause entstand. Dann sagte die Sekretärin: »Nein. Warten Sie bitte, ich will sehen, ob ich Sie verbinden kann.«

Musik ertönte, irgendwas von Mozart, und schließlich, nach einer langen Weile, knackste es in der Leitung, und die Musik verstummte.

»Welsch.«

»Boll hier, Herr Welsch-Ruinart, ist alles in Ordnung bei Ihnen?«

»Vollkommen. Was kann ich für Sie tun?«

»Ich wollte mich nach Herrn Romanoff erkundigen«, sagte Bettina.

»Er hat die Nacht überstanden.«

»Ich weiß«, sagte Bettina, »das ist ein gutes Zeichen.«

»Ja.«

»Herr Welsch-Ruinart, wie nah steht Ihnen Herr Romanoff?«

»Nah«, sagte der Anwalt steif.

Bettina holte tief Luft. »Streng genommen bin ich nicht berechtigt, Ihnen diese Information zu geben, aber –«

»Ja?«

»Den Mordanschlag, der auf Herrn Romanoff verübt wurde, halten die Kölner Kollegen für einen Selbstmordversuch.«

»Das wusste ich schon«, sagte Welsch-Ruinart grimmig.

»Es bedeutet unter anderem, dass seine Sicherheit nicht gewährleistet ist. Er wird nicht bewacht.«

»Aber das Krankenhauspersonal lässt niemanden zu ihm.«

»Wollen wir hoffen, dass die das durchziehen können. Herr Welsch-Ruinart, Sie haben Herrn Romanoff als Detektiv beschäftigt, um einen anderen ungeklärten Todesfall zu untersuchen, nicht wahr?«

»Ja.«

»Den Tod von Dr. Gunter Steenbergen?«

»Genau.«

»Hat Herr Romanoff in dieser Angelegenheit irgendwelche bedeutsamen Erkenntnisse gesammelt? Oder sogar Beweise beigebracht?«

Welsch-Ruinart zögerte. Lange.

»Herr Welsch-Ruinart?«

»Nein, leider.«

»Hat er Aufzeichnungen gemacht? Berichte abgeliefert?«

»Nur mündlich. Die Ermittlungen liefen erst schleppend, aber dann überschlugen sich die Ereignisse. Da war nicht mehr viel Zeit für Berichte.«

»Hm«, machte Bettina. »Und haben Sie irgendwen als Täter im Verdacht?«

Wieder so ein langes Schweigen. Schließlich schluckte Welsch-Ruinart hörbar und sagte: »Nein. Wir vermuten den Täter bei der ENERGIE, da haben wir getrommelt, da haben wir ihn aufgescheucht. Rick – Herr Romanoff – könnte den Täter auch erkennen, weil er ihn gesehen hat, aber wer er genau ist, wissen wir nicht.«

»Schade. Also wenn Sie Herrn Romanoff einen Gefallen tun wollen, dann schreiben Sie alles auf, was geschehen ist. Und lassen Sie sich vor allem von der Nachbarin Maxima Kauder einen detaillierten Bericht abfassen. Denn falls Ihr Freund Romanoff wieder aufwacht, werden Sie das brauchen.«

Welsch-Ruinart sagte wieder nichts.

»Herr Welsch?«

»Ja. Oh ja. Danke. Mach ich.« Er schniefte.

»Alles in Ordnung?«, fragte Bettina noch einmal.

»Wenn Rick wieder aufwacht, wird er sowieso alles erzählen können.«

»Deshalb sollten Sie dafür sorgen, dass er gut bewacht wird«, sagte Bettina. »Denn das eben ist unsere Chance.«

»Ja«, sagte Welsch-Ruinart.

Und aus irgendeinem Grund hörte sich das schrecklich trostlos an.

* * *

10.45 Uhr

Berthani rief an. »Sind Sie bereit für einen kleinen Besuch?«, fragte sie.

»Nicht, wenn's wieder das Fernsehen ist«, sagte Müller.

»Hahaha«, lachte Berthani laut. »Sie sind viel zu bescheiden, das müssen Sie ablegen, mein Guter, sonst werden Sie am Ende doch kein Pressesprecher.«

Ich würde auch nicht drauf wetten, dachte Müller.

»... nein, ich hab hier ein paar Leute, die sich für Sie interessieren, kommen Sie doch eben mal rauf zu uns. Ach ja, ich kann Ihnen gleich jetzt schon sagen: Ihr Auftritt gestern Abend kam sehr ansprechend rüber, Sie sind einfach fernsehtauglich.«

»Danke«, sagte Müller.

»So, jetzt aber husch, husch!« Das Freizeichen ertönte.

Müller starrte sein Telefon an. Hatte die Berthani eben »husch, husch« zu ihm gesagt?

Na, die würde sich noch wundern.

10.50 Uhr

Müller fuhr zurück: Da saß der halbe Vorstand in Berthanis Zimmer. Die Florina war in Röckchen und Schühchen unterwegs und reichte Häppchen herum. Als sie Müller sah, runzelte sie kurz die Stirn, dann lächelte sie ihm breit zu. Offenbar war sie entschlossen, seine Brille und sein lädiertes Gesicht nicht zu bemerken und ihn einfach nur toll zu finden. Ihr Lächeln machte auch Berthani sofort aufmerksam. Sie stürmte auf ihn los, blieb plötzlich stehen und rief hysterisch: »Aber das haben Sie sich nicht bei Ihren Ermittlungen zugezogen, nicht wahr?«

Nein, sagte Müller und erzählte die Geschichte mit dem Fahrrad. Dann erzählte er die Story von Romanoffs Herkunft, seiner politischen Verblendung und seinem Selbstmordversuch, der vermutlich gelungen war, auch wenn sie ihn jetzt noch in irgendeinem Krankenhaus zu retten versuchten. Alle waren sich sofort einig, dass es in jedem Fall besser wäre, wenn ein langer Prozess ausbliebe und Romanoff einfach das kriegte, was er sowieso gewollt hatte. Dann kippte die Stimmung, als Florina Müller ein Lachsbrötchen aufdrängte, das er nur mit Mühe essen konnte. Diese Nummer beäugte der Vorstand mit fasziniertem Ekel, und bevor noch irgendwelche Zweifel an der Medientauglichkeit ihres Schützlings laut wurden, hob Berthani die Sitzung auf.

»Was haben Sie denn da bloß gemacht?«, zischte sie ihm zu, als sie ihn vor die Tür brachte. »Ihr rechter Schneidezahn ist abgebrochen! Wissen Sie, wie das aussieht?«

»Ja«, sagte Müller zerknirscht. »Ich hab meinen Termin beim Zahnarzt erst morgen.«

Berthani seufzte. »Sie müssen entschiedener auftreten, wissen Sie das? Sie gehen jetzt zu Ihrem Arzt und zeigen ihm den Zahn. Dann wird er Sie behandeln, glauben Sie mir.« Sie blickte ihn an. »Zeigen Sie mal die Augen.« Ohne viel Federlesens nahm sie ihm die Sonnenbrille ab. »Du lieber Himmel! Sie gehören ins Krankenhaus! Und hinken tun Sie auch!«

»Nicht schlimm«, winkte Müller ab, obwohl er gerade im Fuß große Schmerzen hatte. »Aber Sie haben recht, zum Zahnarzt geh ich besser jetzt sofort. Ich bekomme frei, nicht wahr?«

»Natürlich!«

»Danke.« Müller nahm ihr sanft die Sonnenbrille aus der Hand. Eine energische Frau, dachte er zufrieden. Eine Frau, die bekam, was sie wollte. Wunderbar.

11.45 Uhr

Beim Zahnarzt. Dort musste er ja wirklich hin, und wann, wenn nicht jetzt? Momentan konnte er sowieso nichts anderes mehr tun, als auf den Rückruf zu warten, und nachher, am Nachmittag, musste er so attraktiv wie irgend möglich sein. Ein kaputtes Gebiss würde seine Chancen sehr verringern, denn nichts war so abstoßend wie ein abgebrochener Zahn. Dieser Effekt wirkte übrigens ganz besonders bei Zahnarzthelferinnen: Er musste nur einmal lächeln und kam sofort dran. Dann verzichtete er auf die Spritze und hielt während der ganzen Behandlung sein Handy in der Hand, um den Anruf ja nicht zu verpassen.

Aber niemand rief an.

13.02 Uhr

Jetzt hatte er eine provisorische Krone, die sich unbequem anfühlte, aus der Nähe merkwürdig aussah und dreihundert Euro kosten sollte, aber mit ihr fühlte Müller sich schon viel besser, obwohl sein Fuß schmerzte wie toll. Wahrscheinlich war ein Knochen gesplittert oder so. Wenn er doch nur einen Arzt kennen würde, der diskret Schussverletzungen behandelte! So konnte er sich nur heimwärts schleppen, die Wunde desinfizieren, alles neu verbinden und den Fuß hochlegen. Und wach bleiben.

Falls jemand anrief.

13.30 Uhr

Kein Anruf.

14.00 Uhr

Vielleicht war das Telefon kaputt. Müller untersuchte es genau: Es schien alles in Ordnung zu sein. Er wäre gern herumgelaufen, aber sein Fuß brauchte Ruhe. Wenn er ihn hoch lagerte, tat er fast nicht weh. Das winzige Zimmer machte Müller trotzdem verrückt, Wände ohne Bilder, ein riesiger Computer, ein Bett, sonst nichts. Das würde sich ändern. Bald.

14.13 Uhr

Das Telefon klingelte. Müller ging fast die Wand hoch.

»Hast gut ausgesehen, Schatz«, sagte seine Frau.

»Hallo«, sagte Müller ungeduldig, weil er beim Klang der vertrauten Stimme plötzlich Erschöpfung spürte, die er jetzt nicht gebrauchen konnte. »Liebling, es war so anstrengend. Und jetzt sind alle hinter mir her, nur weil ich zwei Sekunden im Fernsehen war.«

»Eine ganze Minute«, sagte seine Frau. »Ich habe gestoppt.«

Müller spürte plötzlich heiße Zuneigung. Ich hol euch nach, dachte er. Ganz sicher hol ich euch nach. »Lass uns später reden«, sagte er.

»Okay«, sagte seine Frau. »Küsschen von Sophie.« Und legte auf.

14.30 Uhr

Das Telefon blieb stumm. Dafür kratzte etwas an der Tür. Müller erhob sich, humpelte hin und riss sie auf.

Der Hund des Nachbarn.

15.00 Uhr

Immer noch kein Anruf.

15.15 Uhr

Dann würde er den Deal eben mit jemand anderem machen. Es musste eine Möglichkeit geben, potenzielle Käufer zu erreichen, es musste einen Zugang geben zu den verborgenen Märkten, irgendwo und irgendwie lebten ja schließlich auch die, die nicht jedermanns Freund sein wollten und sich nicht freiwillig in ihrer eigenen Entwicklung beschränkten. Es gab sie, die Gleichgesinnten. Und womöglich würden sie besser zahlen als *der Chef*.

15.20 Uhr

Jetzt musste er langsam packen. Klamotten zum Wechseln, sein Laptop, sein Handy. Nicht zu vergessen die Bankkarte, er musste sich jetzt gleich noch Bargeld besorgen, so viel wie möglich. Dann der Autoschlüssel und der Schlüssel zu Axels Van, den hatte er vorsichtshalber gleich für eine Woche gemietet, der würde ihm etwas Zeit schenken, wenn auch nicht unbedingt viel. Eine Woche lang würde er ihn sicher nicht benutzen können, aber er war auf jeden Fall besser als der Alfa, den man sofort mit ihm in Verbindung brachte. Und sonst? Müller sah sich im Zimmer um. Die Sticks mit den Daten, genau. Und was zu trinken, das kleine alte Bootshaus im Lothringischen, zu dem Speick ihn einmal mitgenommen hatte, war nur mit dem Allernötigsten ausgestattet. Die Adresse hatte er. Vorräte musste er noch besorgen, aber das konnte er auch später in Frankreich tun. So, und weiter? Noch sein Outfit. Jugendlich musste es sein, dabei möglichst ordentlich, aber auf keinen Fall bieder. Die Hose, die er anhatte, und noch ein helleres T-Shirt. Hell war freundlich, hell war gut. Sein zerschlagenes Gesicht hinter der Brille würde finster genug wirken. Zum Glück waren die Haare frisch gewaschen und lockig, seine Wangen heute Morgen erst rasiert und sein Zahn wieder heil. So würde es gehen, denn so musste es gehen.

Es würde alles funktionieren.

So wie immer.

15.35 Uhr

An der Bank. Zweitausenddreihundertachtundsechzig Euro. Für das Überleben in einem Bootshaus würde das vorerst reichen.

16.02 Uhr

Viel zu früh, und direkt vor dem Tor war natürlich Halteverbot, aber er musste am Tor stehen, den Alfa in Reichweite. Es musste cool aussehen, und es musste schnell gehen. Es durfte nicht viel Zeit zum Nachdenken geben. Müller fuhr einmal ums Karree, sehr schöne Gegend hier, alte Bäume, noble Häuser. Er hielt in einer Seitenstraße mit Blick auf das Tor. Vor ihm stand ein roter Porsche, in dessen offenem Fahrerfenster ein Ellenbogen zu sehen war. Aha, dachte Müller. Ein Mitbewerber. Ich bin also nicht der Erste.

16.03 Uhr

Es klingelte.

Müller fuhr zusammen und dachte an die Schulglocke, obwohl es das Handy war, es war das Handy.

Das Handy.

Ali?

Der Chef?

16.04 Uhr

»Hallo«, sagte Müller zittrig. Das Display zeigte keine Nummer an. Das war er. Er war es.

»Hallo«, sagte eine Männerstimme am anderen Ende. »Herr Nadir?«

»Ja«, sagte Müller. Sein Mund war so trocken, er bekam nicht mehr heraus.

»Sie haben mir eine Mail geschickt.«

»Genau.«

»Über die *kids4quran*-Adresse.«

»Stimmt.«

»Das war sehr unvernünftig. Diese Adresse ist nicht besonders sicher.«

»Tut mir leid«, stammelte Müller.

»Allerdings reißt das, was Sie mir geschickt haben, die Sache wieder raus«, sagte die Stimme jovial.

Müller schloss die Augen. »Es ist ein superinteressantes Projekt«, sprudelte es aus ihm heraus, »ein todsicheres Geschäft, ein Deal, der Milliarden bringt, denn wir sind die Einzigen –«

»Wobei«, unterbrach die Stimme, »Sie mir jetzt erst mal genau erklären müssen, was Sie da überhaupt haben.«

Müller holte tief Luft und sah auf die Uhr. Noch zehn Minuten bis zum Klingeln. Bis dahin musste der Deal abgeschlossen sein. »Gern«, sagte er, »aber vorher will ich Ihren Namen wissen.«

Der Typ am anderen Ende der Leitung begann schallend zu lachen. »So ist's recht«, sagte er schließlich amüsiert. »Trauen Sie keinem.«

»Also?«, sagte Müller.

»Nennen Sie mich Schmitt.«

Müller zögerte.

»Also?«

Jetzt musste er weiterreden, das war seine einzige Chance. »Es handelt sich«, sagte Müller mit vor Anspannung zittriger Stimme, »um eine fertig entwickelte Technologie zur Isotopentrennung. Was bedeutet, Sie können damit Uran bis zu jedem gewünschten Grad anreichern.«

»Ich weiß, was Isotopentrennung ist«, sagte Schmitt ungeduldig. »Aber Sie haben geschrieben, es wäre *klein.*«

»Je kleiner, desto besser funktioniert es sogar«, sagte Müller. »Die fertige Anreicherungsanlage hat etwa zehn Meter Länge, aber ihre wichtigsten Bauteile sind problemlos zu transportieren, die passen tatsächlich in einen größeren Koffer.«

»Und *wie* funktioniert es?«

»Das Ganze ist ein langer Kasten, in den verschiedene Gitter gesteckt werden, immer hintereinander. Die werden dann verschieden temperiert und sortieren die eingeleiteten Moleküle nach ihrer Schwere. Es ist eine Art waagrechtes Sieb, eigentlich sehr einfach. Das einzig Schwierige an der Sache ist, die erforderlichen kleinen Gitterstrukturen herzustellen. Aber dafür habe ich Stempel.«

»Das kann man stempeln?«

»Im Prinzip schon, es ist natürlich nicht ganz so einfach, weil die Gitterstrukturen winzig klein sind, die liegen im Submikrobereich, und die Stempel müssen sowohl die Herstellung dieser Strukturen als auch das Temperaturmanagement bewältigen. Aber das Problem ist bereits technologisch aufgearbeitet. Die ENERGIE hat in mehreren Jahren Forschungsarbeit hochleistungsfähige Matrizen entwickelt, jeweils für die Warm- und die Kaltseite. Das einzelne Sieb wird ganz einfach hergestellt, indem man eine Kunststoffplatte mit einem der Stempel perforiert und die winzigen Löcher galvanisch mit Metall auffüllt. Dann entfernt man den Kunststoff, und –«

»Mit welchem Metall?«, unterbrach der Chef.

»Iridium«, sagte Müller und hörte, wie der andere Luft holte. Iridium war teuer.

»Wenn man es sehr haltbar will«, setzte er schnell hinzu. »Aber Wolfram geht auch, das ist natürlich günstiger. Und sonst brauchen Sie fast nichts. Der ganze Knudsenkompressor besteht praktisch nur aus diesen Sieb-Gittern, und mit dem Werkzeug, das ich Ihnen anbiete, können Sie gleich mehrere Kompressoren herstellen.«

Am anderen Ende herrschte ein Zeitlang Schweigen, dann sagte die joviale Stimme: »Und wo ist der Haken?«

»Es gibt keinen Haken«, sagte Müller. »Je zwei nanostrukturierte Metallgitter ergeben einen Knudsenkompressor, der so dünn ist wie drei Lagen Papier. Viele Knudsenkompressoren hintereinander ergeben eine Isotopentrennungsanlage.«

»Wahnsinn. Wieso hat die ENERGIE das nie benutzt?«

»Weil es«, sagte Müller, »innerhalb des Konzerns von der falschen Firma entwickelt worden ist. Der Knudsenkompressor ist ein Forschungsprojekt der ENERGIE*base* gewesen, im Rahmen der *Environment Protection*, die eigentlich verbesserte Windräder und so was entwerfen soll. Die haben sich von der Eleganz dieser Technik verführen lassen, Geld reinzustecken, aber die ENERGIE*base* braucht eigentlich gar keine Anlagen zur Isotopentrennung. Die kaufen die Uran-Tablets für ihre Brennstäbe einfach fertig angereichert, das wird in Gronau bei URENCO gemacht. Es hätte andere Firmen innerhalb der ENERGIE gegeben, die aus der Technik mehr herausgeholt hätten. Deshalb gab es auch interne Differenzen, aber vor allem hat sich kurz vor Abschluss des Projektes herausgestellt, dass die Chinesen ein Patent auf eines der nötigen Bauteile besitzen, was die Technologie sehr viel teurer gemacht, beziehungsweise den Einsatz vorerst ganz verhindert hätte, und dann herrscht hier eben auch ein gewisser politischer Widerstand gegen die Atomkraft. Das Geld sitzt nicht gar so locker, da schiebt man nicht gleich noch ein paar Millionen nach, wenn es Schwierigkeiten gibt. Das alles zusammen hat bewirkt, dass das Projekt auf Eis gelegt wurde.«

»Wahnsinn«, wiederholte Schmitt fröhlich. »Wann kann ich es haben?«

»Wann können wir uns treffen?«

»So bald wie möglich«, sagte Schmitt gut gelaunt. »Also wie –«

»Moment mal, eines noch«, sagte Müller.

»Ja?«

»Ich muss das Geld in bar haben.«

»Selbstverständlich.«

»Zehn Millionen.«

Schmitt lachte. »Wissen Sie, ich habe mir sagen lassen, Sie würden von der Polizei gesucht.«

»*Noch* nicht«, sagte Müller.

»Hahaha«, lachte Schmitt. »Sie gefallen mir. Also zehn Millionen auf einmal, das geht nicht. So viel kann ich nicht auf einen Satz flüssig machen.«

Müller schloss die Augen. Jetzt nur nicht klein beigeben. »Dann mach ich das Geschäft anderswo«, sagte er fest.

Schmitt lachte wieder. »Was wollen Sie tun, Nadir, sich zu Hause in Köln auf die Domplatte stellen? Sie sind auf mich angewiesen.«

»Ich habe iranische Freunde«, log Müller, er war ein Deutscher durch und durch, ohne den geringsten Kontakt in irgendein arabisches Land.

»Dann würden Sie mit mir nicht verhandeln.«

»Lassen Sie's drauf ankommen«, sagte Müller kühl.

»Ich sag Ihnen was: Fünf Millionen in Diamanten und Bargeld, das ist ein super Geschäft für Sie. So ein Angebot kriegen Sie nie wieder.«

Das stimmte. »Gut«, sagte Müller, rasch entschlossen, »aber ich will eine Sicherheit.«

Schmitt lachte wieder, er schien sich prächtig zu amüsieren. »Sie sind auf Zack, was, Nadir?«

»Ihren Namen.«

Schmitt schnalzte mit der Zunge. »Auf gar keinen Fall.«

»Dann vergessen Sie's«, sagte Müller.

»Hören Sie mal«, sagte Schmitt in ganz neuem Ton, »Sie wissen, dass der Käuferkreis begrenzt ist? Dass ich dieses Ding praktisch nur in ein oder zwei Staaten verkaufen kann?«

»Mir fallen da mehr ein«, sagte Müller. »Ich könnte Ihnen auf Anhieb fünf nennen, die zum Verhandeln direkt ihren Botschafter schicken würden. Und dann wären da noch die Krisengebiete. Besonders kaufbereite Kundschaft. Vielleicht würde sich zum Beispiel in Libyen jemand dafür interessieren.«

»Die haben jetzt ganz andere Sorgen.«

»Im Prinzip«, sagte Müller, »könnte man gerade diese Sorgen mit unserem Gerät doch sehr lindern. Und Geld genug hat der Gaddhafi noch, da bin ich mir sicher.«

Schweigen.

»Herr Schmitt?«

»Der würde vielleicht wirklich kaufen«, sagte Schmitt nachdenklich.

»Und vermutlich nie dazu kommen, das Ding zu benutzen. Ist doch ideal.«

Schmitt lachte wieder, hart und keuchend diesmal. »Erfrischend, mit Ihnen zu plaudern.«

»Danke gleichfalls. Also fünf Millionen und Ihr Name.«

»Drei.«

»Vier.«

»Wie wollen Sie überhaupt nachprüfen, dass ich Sie nicht anlüge?«

»Sie sagen mir Ihren Namen und ich ruf Sie an.«

»Ich stehe nicht im Telefonbuch.«

»Ich finde Sie schon.«

»Da müssten Sie ewig betteln und warten, ich hab das nicht in der Hand –«

»Dann sagen Sie Ihren Subalternen halt, dass sie einen gewissen Müller durchstellen müssen.«

Schmitt zögerte.

»Dieses Angebot gilt nur heute«, sagte Müller. »Und es macht Sie zu einem reichen Mann. Wenn Sie ein paar Techniker an der Hand haben, können Sie die Kompressoren selber herstellen und stückweise verkaufen.«

Pause. »Okay.«

Müller hielt die Luft an. »Okay?«

»Ja.«

»Also wer sind Sie?« Jetzt bloß kein Erstaunen zeigen, ganz ruhig, ganz gelassen, egal, wer es war.

Schmitt nannte einen Namen, und Müller brachte es doch nicht fertig, ein Keuchen ganz zu unterdrücken. *Deshalb* war ihm die Stimme so bekannt vorgekommen. Er sagte so lässig er konnte: »Da versuch ich es am besten in Brüssel, nicht wahr?«

»Ganz recht«, sagte Schmitt grimmig. »Und denken Sie dran: Ich kenne *Ihren* Namen auch. Und ich weiß, wo Ihre Frau und Ihre Tochter wohnen.«

»Ich werde meinem Anwalt einen versiegelten Brief zukommen lassen«, sagte Müller. »Nur für den Fall, dass uns dreien etwas passiert.«

Da lachte Schmitt plötzlich wieder, jovial wie zuvor. »Was soll denn aber groß passieren?«, sagte er wohlgemut. »Wir sind uns ähnlich, glaube ich. Wir sind jetzt Partner und machen ein kleines Geschäft miteinander, kein Grund, sich aufzuregen.«

»Genau«, sagte Müller zittrig.

»Wo haben Sie das Ding eigentlich versteckt, Nadir? Fahren Sie es mit sich spazieren?«

Müller sah sich auf der Straße um, plötzlich panisch. Der Porsche dort vorn hatte kein Düsseldorfer Kennzeichen, der kam aus MZ: Mainz. »Woher wissen Sie, dass ich im Auto sitze?«, fragte er misstrauisch.

Schmitt lachte wieder. »Geraten. Lassen Sie sich nicht verrückt machen, Nadir, war nur ein kleiner Versuch. Ich nehme an, das Zeug ist an einem sicheren Platz.«

»Allerdings«, sagte Müller. In einem Safe der ENERGIE*base* nämlich. Einem Safe, zu dem nur Mitglieder des Vorstandes Zugang hatten. Leute wie Klaudia Berthani.

»Dann gehen Sie es mal holen.«

»Werd ich«, sagte Müller. »Ich bin übermorgen um drei Uhr nachts damit auf dem *Bois du Juré*, das ist ein Rastplatz an der französischen A31, bei Lesménils. Richtung Nancy.«

Schmitt seufzte. »Hach! Sie haben so recht, ich würde auch nach Frankreich gehen, wenn ich hier wegkönnte.«

»Sehen wir uns dort?«

»Sehr gerne.«

»Vier Millionen.«

»Sie machen mich arm.«

»Und ich ruf Sie in einer halben Stunde etwa an.«

»In Ordnung.«

Die Schulglocke läutete.

»Bis dann.«

»Au revoir«, sagte Schmitt, und Müller drückte den roten Knopf. In seinem Bauch glühte es.

Jetzt noch die Vampir-Nummer, dann würde die Welt eine andere sein.

16.17 Uhr

Das fühlte sich so gut an, so gut, hier zu stehen, an seinem Alfa, die Füße ausgestreckt, unter den duftenden alten Bäumen, ein Junge, der sein Mädchen abholte, mitten im Halteverbot, genau wie früher, als er Sandra abgeholt hatte, an der alten IGS mit dem Betonhof und den Graffiti, nur irgendwie war hier alles strahlender, solider, hübscher. Auch der Porschefahrer stand jetzt vor dem Schultor, von wegen Beschatter, das war ein ganz normaler junger Mann, etwas dicker als Müller, mit Auto in ordinärem Rot, aber dafür brauchte er keine Sonnenbrille. Müller sah den jungen Leuten zu, die aus dem Schultor strömten: Jeunesse dorée, dies war eine teure Privatschule. Das alles hatte auf Friederikes Wer-kennt-wen-Profil gestanden, und ihr Stundenplan gleich dazu. Ich hol dich Montagnachmittag ab, hatte er ihr geschrieben, beim Du waren sie schnell gewesen. Geht nicht, da kommt mein Vater und bringt mich zum Reiten, hatte sie geantwortet, worauf er ihr versichert hatte, er werde schneller sein und näher am Schultor stehen und zum Reiten bringen könne er sie auch. Jetzt stand er da und blickte die Mädchen an, die hier endlich ihren heiß ersehnten Nachmittag begannen, sie kicherten und musterten ihn. Sein Alfa, das spürte er, kam besser an als der scheußlich rote Porsche, die Sonnenbrille war auch ganz gut. Aber die Mädchen sahen alle gleich aus. Langes glattes Haar, Satinzeugs und Leggins, das war jetzt in. Sophie trug das auch. Wo war Rieke? Etwa schon vorbei? Wenn er sie nicht erkannt hatte? Jetzt sammelte sich auch noch ein kleiner Pulk vor ihm, dahinter strömten die Mädchen weiter – wenn sie irgendwo mit der Menge vorbeilief?

»Hallo«, sagte da die Vorderste aus dem Pulk.

»Rieke!« Müller strahlte sie erleichtert an. Die Freundinnen kicherten.

»Dein Gesicht«, sagte sie schüchtern. Ihre Haut war jetzt dick geschminkt, und sie trug ein hübsches Kleid, so sah sie viel besser aus als daheim, hinter dem Buch versteckt. Unglaublich: Er hätte sie fast nicht erkannt. Aber sie ihn.

»Bin vom Pferd gefallen«, sagte er mit halbem Grinsen.

Die Mädels kicherten lauter. »Quatsch«, sagte Rieke. »Du reitest nicht. Du hasst Reiten.«

»Nein, es war ein Fahrradunfall«, gab Müller zu. »Los, ich fahr dich heim. Dann darfst du auch mal hinter die Brille gucken.« Er schob sie ein bisschen runter und linste darüber. Rieke wurde rot.

»Der ist süüüß«, flüsterte eine ihrer Freundinnen.

Rieke zierte sich. »Ich muss erst meinem Papa Bescheid sagen.«

In der Seitenstraße, sah Müller aus den Augenwinkeln, wartete jetzt ein schwarzer Porsche Cayenne. Gutes Auto, allerdings uncool, weil nicht im Halteverbot.

»Ruf ihn doch von unterwegs an.« Müller grinste einladend und öffnete die Beifahrertür des Alfa.

Die Mädels stießen sich an und kicherten. Rieke warf dem Cayenne einen halb ängstlichen, halb triumphierenden Blick zu. Und stieg ein.

16.27 Uhr

Und *wie* die Berthani den Safe aufbekommen würde! Sie würde den Bauplan und die Stempel herausholen und gegen ihre einzige Tochter tauschen, gewiss würde sie das.

Und zwar *husch, husch.*

Epilog

Peter Welsch-Ruinart hob sein rechtes Bein auf die Höhe von Ricks supersterilem Bett. »Schau«, sagte er, »ich bin auch verletzt. Beinahe hätte dieser Müller die Arterie getroffen, dann wäre ich verblutet.«

Rick sagte nichts.

»Nicht ganz dasselbe wie bei dir«, sagte Peter und nahm sein Bein wieder runter. »Aber immerhin.«

Schweigen.

Peter seufzte. »Weißt du, was ich der Schwester alles geben musste, damit sie mich zu dir gelassen hat? – Nein, natürlich nicht.« Ricks Haut war mit seltsamen Gelkompressen bedeckt, vorgestern war er operiert worden. Sein Zustand war stabil, aber wach war er nicht. Und er musste froh sein, dass er es nicht war, denn die Schmerzen wären kaum erträglich.

Peter beugte sich vor: »Ich hab ihr meinen allerbesten Börsentipp gegeben und eine Flasche Eierlikör. Tja, das beunruhigt mich ein bisschen, denn das heißt, sie ist bestechlich.« Peter blickte zur Tür und flüsterte: »Und sie trinkt. – Aber was gut ist, ich glaube, dieser Müller ist keine Gefahr mehr, der hat uns vergessen. Hab ich von der Polizistin, die damals an diesem Nachmittag bei mir angerufen hat, erinnerst du dich? Boll. Wir sind noch in Kontakt. Sie hat mir irgendwas von Entführung erzählt, und dass irgend so ein ENERGIE-Heini, der wahrscheinlich Müller war, plötzlich nicht mehr zum Dienst erschienen ist, aber das ist nicht offiziell. Man sucht ihn noch. Auf jeden Fall haben die Bösen jetzt andere Sorgen. Vermutlich vernichten sie gerade die Grundlagen unserer Zivilisation.«

Rick röchelte leicht. Auch seine Lunge musste heilen.

»Ach so ja«, sagte Peter. »Dann hätte ich noch herzliche Grüße von Fred auszurichten, er vermisst dich. Und den Computer seiner Frau. Leider hat er mir nicht erlaubt, ihn zu ersetzen, er mag keine Almosen, hat er gesagt.«

Rick schwieg dazu.

»Außerdem wäre da noch die Sache mit dem Bericht. Den brauchen wir, tja, weil dieser nette Kommissar, dessen Namen ich verdrängt habe, dir ganz einfach *irgendwas* anhängen will. Auch wenn du jetzt nicht mehr der Hauptverdächtige bist. Aber er will den Feuerwehreinsatz bezahlt haben und solche Sachen, du weißt schon.« Er beugte sich vor und flüsterte wieder: »Ein Arschloch.«

Rick bewegte sich nicht. Peter blickte ihn traurig an, dass es so schwer wäre, hätte er nicht gedacht. »Also ich habe da«, sagte er schließlich, »zwei Tatsachenberichte.« Er nahm zwei Zettel aus der Sakkotasche und faltete sie auf. »Hat die Frau Boll mir geraten. Alles aufschreiben, damit wir am Ende auf der sicheren Seite sind. Ich les dir mal vor: Am zweiundzwanzigsten August diesen Jahres habe ich, Dr. Rick Romanoff, mittels Recherche im Handelsregister festgestellt, dass mein Auftraggeber Peter Welsch leider und zu seiner großen Schande an einem Karussellhandelsbetrug beteiligt war. Aus diesem Grund, und obwohl Peter Welsch sich inzwischen völlig von dem Anstifter dieses Mists losgesagt hat, möchte ich nichts mehr mit ihm zu tun haben. Und ich werde selbstverständlich die Polizei von dem Vergehen in Kenntnis setzen, auch wenn die Polizei hier eine fiese ignorante Truppe ist.« Er legte den Zettel auf Ricks Nachttisch. Dort bebte er leicht im Rhythmus des Beatmungsgeräts.

»Und dann wäre da die andere Version.« Peter räusperte sich und schaute Rick eindringlich an, obwohl auch dessen Kopf von Kompressen bedeckt war und außerdem noch das Mundstück des Beatmungsgeräts aufgeschnallt hatte. »Ich, Dr. Rick Romanoff, bin von meinem Auftraggeber Peter Welsch in eine ganz schlimme Geschichte hineingezogen worden. Er hat mich in Lebensgefahr gebracht. Ich wurde schwer verletzt. Ich kenne die übelsten Geheimnisse von Herrn Welsch, denn ich habe meinen Auftrag ernst genommen und ordentlich recherchiert. Trotzdem will ich diese Entgleisungen vergessen und ihm auch sonst verzeihen, weil er immerhin zur rechten Zeit eine Scheckkarte an meine Wohnungstür gehalten und gedrückt hat, was, nebenbei erwähnt, auch illegal ist, und weil er außerdem die kompetentesten Retter des Landes beigebracht hat, als ich brannte.« Peter legte den zweiten Zettel auf den ersten, so dass dieser ganz verdeckt wurde. »Na los, entscheide dich«, sagte er rau.

Rick tat es nicht.

Nach einer Weile nahm Peter Ricks Hand. Sie war kühl und knochig. Und lang. Byzantinisch.

»Du hast byzantinische Hände«, sagte Peter und lachte und merkte, dass dieses Lachen nicht gut war, denn es würde in Tränen enden. Er atmete durch, nahm die beiden Zettel und verstaute sie wieder in seiner Brusttasche. »Ach, ich weiß schon, wie du dich entscheidest«, sagte er munter. »Du brauchst mich. Ich bin reich und nützlich. Ich bezahle hier dein Einzelzimmer. Und ich hab ein Auto. Ich könnte dich fahren, falls du zufällig in der nächsten Zeit ärztlich verboten kriegst, dich aufs Fahrrad zu setzen. Muss ja nicht für immer sein. Nur so für den Übergang, wir könnten uns ein Modell mit Gasantrieb kaufen, was meinst du?«

Rick meinte nichts dazu.

»Elektro-Hybrid?«

Das Atemgerät pfiff leise, es war nicht mehr das neueste.

Peter schloss die Augen und schluckte. »Und weißt du was?«, flüsterte er. »Atlantis hab ich aufgegeben. Ist zu deprimierend. Geht ja doch nur um Schuld. – Plato hat es genauso gemacht. Hat die Atlantis-Erzählung einfach abgebrochen. Ihm ist mitten im Schreiben aufgefallen, dass der Untergang von Atlantis ganz ähnlich ausgesehen hat wie der Untergang von Troja, das Trauma der Griechen. *Dabei* haben sich alle Beteiligten schuldig gemacht.« Peter schwieg einen Moment. Dann richtete er seinen gebeugten Rücken wieder auf und fügte bewusst fröhlich an: »Gut, aber das wird dich interessieren: Ich hab ein unglaubliches Buch gelesen, da behauptet einer, es hätte Karl den Großen und seine Zeit nie gegeben. Ist wirklich hochinteressant geschrieben. Die These solltest du dir anhören, wirklich. Auch wenn es dir jetzt vielleicht albern vorkommt, aber allein dafür lohnt es sich, wieder gesund zu werden …«

Sie haben den Schurkenstaaten dieser Welt eine einfache und leicht versteckbare Technologie zur Urananreicherung zugänglich gemacht.
Sie sind echt gut. Erst beschweren Sie sich, ich hätte nur achttausend Euro kassiert, und wenn ich dann der Sache Sinn und Drive verleihe, ist es Ihnen auch nicht recht.
Haben Sie keine Angst?
Wovor?
Einer schmutzigen Bombe? Einem Terrorangriff? Der Zerstörung der Zivilisation, wie wir sie kennen?
Nein.
Warum nicht?
Die werfen keine Bombe. Die wollen doch nur ihr Selbstbewusstsein ein bisschen aufpeppen, die brauchen die Gewissheit, dass sie die Bombe bauen *könnten*. Das ist alles. Es macht sie zufriedener und weniger aggressiv. Im Grunde habe ich der Welt einen Gefallen getan.
Sie sind ein guter Mensch.
Spotten Sie nur, es gibt einige, die dieser Meinung sind.
Wissen die auch, dass sie es mit einem Serienmörder zu tun haben?
Serienmörder – wie kommen Sie bloß auf so was? Ich bin doch kein Psych! Ich hatte nie das Bedürfnis, bei Vollmond irgendwas Monströses zu tun. Meine Mutter finde ich lieb und langweilig. Und ich stehe auch nicht auf herrenlose Körperteile, weder zum Essen noch zum Sammeln und erst recht nicht zum Vögeln, besten Dank.
Haben Sie sich nie mit anderen Ihres Schlages verglichen?

Parallelen gesucht? Highscores aufgestellt? Souvenirs mitgenommen?
Nein. Und soll ich Ihnen was sagen: Selbst wenn ich ein Serienmörder wäre, könnte man mich nicht mit den anerkannten Fällen vergleichen. Denn Haarmann, Crippen, Bundy und so weiter – die sind alle gefasst worden, nicht wahr?
Stimmt, aber nur deshalb sind sie auch weltbekannt und stehen bei Madame Tussaud's.
Darauf kann ich verzichten.
Wirklich?
Absolut.
Jedenfalls werden Sie wegen Mordes gesucht. *Vierfachen Mordes, wenn ich mich recht erinnere.*
Genau genommen waren es drei.
Aha.
Nein, im Ernst, ich habe nie wirklich einen Mord begangen. Das war dieser verrückte Russe, fragen Sie doch mal den ermittelnden Kommissar in Köln! Jeder weiß, dass es der Russe war, nur ist die deutsche Polizei eben nicht die allerbeste. Zu viele regionalpolitische Befindlichkeiten, zu viel Datenschutz, zu wenig Schlagkraft, wenn's um organisierte Banden geht. Die kriegen einfach keine Beweise zusammen. Für die Unschuldigen ist das grauenvoll. Jeder Beteiligte ist verdächtig, jedem hängt die gesamte Geschichte ewig nach, nur weil die Behörden nicht zu Potte kommen. Im Grunde bin ich nur deshalb nach New York gegangen.
Und darum haben Sie auch Ihren Namen geändert?
Gewissermaßen. – Nein. Eigentlich nicht. *Miller* gefällt mir einfach besser.
Sie haben auch ein junges Mädchen entführt. Vielleicht brauchen Sie den Decknamen, um der Sühne für diese *Tat zu entgehen?*
Ich hatte eine kurze Beziehung zur Tochter meiner Chefin, und die hat mir dann aus einer Notlage geholfen.

Von Entführung kann überhaupt keine Rede sein. Im Gegenteil. Wir werden ein Baby bekommen.
Wir?
Es ist von mir. Da ist ›wir‹ der korrekte Ausdruck.
Werden Sie das Kind auch gemeinsam großziehen?
Ich werde es mal besuchen, von New York aus ist das aber ein bisschen schwierig. Außerdem möchte die Gegenseite keinen Kontakt mehr.
Gegenseite?
Tja, die Eltern meiner Freundin haben etwas überreagiert. Wobei man sagen muss, dass sie erfreulicherweise sehr viel Wert auf Diskretion legen. Aber menschlich ganz schwierige Typen. Unmöglich, mit diesen Leuten zu reden, die halten nur den Schein aufrecht. Wohlstandswaisen, allesamt, bis in die Elterngeneration. Da gibt es gar keine wirklichen Bindungen mehr. Ich hab's probiert, mit ihnen auszukommen, auch dem Kind zuliebe, aber es war unmöglich. Und jetzt denke ich, dass es zwar schade ist, aber vielleicht besser so.
Für Sie?
Natürlich für das Kind. Außerdem hab ich ihm ja meine Gene mitgegeben. Da hat es schon mal ganz ordentliches Rüstzeug. Und jetzt mal ehrlich, New York ist nicht die geeignete Stadt für einen Säugling mit einem alleinstehenden berufstätigen Vater. Es ist ja auch noch gar nicht auf der Welt. Wenn es mal größer ist, kann ich viel mehr mit ihm anfangen.
So, berufstätig? Was tun Sie hier eigentlich, in New York?
Arbeiten, natürlich.
Ich dachte, Sie sind jetzt reich.
Reich? Hahaha! Wissen Sie, was das Leben in dieser Stadt kostet? Und was man alles zahlen muss, um überhaupt in die Staaten reinzukommen? Ich wohne etwas bequemer als vorher, das ja.
Und was arbeiten Sie?
Tja, im Prinzip bin ich in der Branche geblieben.

Industriespionage.

Sie beleidigen mich. Menschliche Grundversorgung. Nur konzentriere ich mich inzwischen auf lohnendere und zukunftsträchtigere Projekte. Und zwar ganz an der Basis. Wir fangen grundsätzlich beim Allernötigsten und Einfachsten an.

Wer ist ›wir‹?

Die Firma, für die ich arbeite.

Als was?

Junior Charity Manager.

Was ist das?

Ich rette schlecht organisierte Charity-Projekte für Prominente. Lachen Sie nicht. Das ist gute und sinnvolle Arbeit. Wir helfen kleinen verarmten afrikanischen Staaten wieder auf die Beine, wir gründen Schulen und Bibliotheken, wir lassen Bäume pflanzen und besorgen günstige Medikamente.

Wie sind Sie denn an den Job gekommen?

Ich hab mich beworben, was denken Sie? Ich hab das Richtige gesagt, und ich hatte die richtigen Klamotten an.

Und jetzt gehen Sie mit Madonna essen.

Leider ist Madonna noch nicht unsere Kundin, aber der Chef hat zuweilen auch privat mit Prominenten zu tun, das stimmt.

Und ist diese Arbeit glamourös genug für Sie?

Schon, ja. Es ist auf jeden Fall mal was anderes, und man kommt mit sehr interessanten Leuten zusammen, außerdem habe ich ein schickes *Office*. Aber gut – wir kochen natürlich auch nur mit Wasser. Es ist ein Bürojob wie jeder andere.

Langweilig?

Aber sehr erfüllend.

Ach? Sind Sie wirklich zufrieden mit dem, was Sie tun? Keine Zweifel, keine Skrupel, wird Ihnen überhaupt nicht schlecht dabei, wenn Sie in einem Luxusloft in der teuersten

Stadt der Welt sitzen und sich überlegen, wo in Afrika man noch einen Baum gebrauchen könnte?
Das ist immer noch besser, als wenn es gar nicht überlegt würde.
Ach kommen Sie. Sie sitzen mitten in wahnsinnigen, blutigen, riesigen Bergen von Dollars, die unvorstellbar Reiche loswerden wollen, einfach nur loswerden …
Ich weiß, was Sie meinen.
Echt?
Ja. Aber ich habe keinen direkten Zugang zu dem Geld. Und das Risiko wäre phantastisch hoch –

Ulrikes & Elses Best Shots

Autorin: Zehn (als Kapitelüberschrift)
Ulrike: Kann Kapitel neun nicht finden.

Autorin: Dass Peter nie auf einer Asta-Party gewesen sein sollte, war vermutlich die dickste Lüge seit Erfindung des Papiers.
Ulrike: Wie ich dich kenne, ist das wahrscheinlich eine dicke Lüge, aber es wäre trotzdem besser, was zu nehmen, was gängiger ist.
Autorin: … die dickste Lüge seit der Konstantinischen Schenkung. Gängiger ist es nicht, aber passt besser zu Rick. Spontan anzubieten hätte ich noch: … seit behauptet worden war, dass niemand vorhätte, eine Mauer zu bauen / der Irak Massenvernichtungswaffen besäße, aber das ist eigentlich zu ernst, finde ich. Für diese Szene. Vielleicht auch noch: I never had sex with this woman.
Ulrike: Bin für Monica. Oder für Guttenbergs Doktorarbeit.

Autorin: Das war einer aus der Generation Hans, ein ziemlich betagter Mann, und er erhob sich auch wie ein solcher.
Else: Im Zuge der Müller'schen Sprachdifferenzierung muss ich auch hier anmerken: Das ist ein wenig gestelzt.

Autorin: Außerdem hab ich jedes Mal die Schule verpasst. Und nie eine ordentliche Entschuldigung mitgekriegt. Immer irgendeinen politischen Erguss über Polizeistaat und Establishment und dass ich sowieso nur reaktionistisch indoktriniert würde und dass die Schulpflicht in einem Verbrecherstaat selbst ein Verbrechen sei.

Else: *??? Ich kenne nur reaktionär indoktriniert – dabei bin ich übrigens so ähnlich groß geworden, echt jetzt. Allerdings akademische Marxisten statt Fundis, also kein schulfrei, Demos bloß bis zur Einschulung, kein vegetarisches Essen, sondern schwäbisches, dazu kommunistisches Liedgut.*

Autorin: »Vielleicht würde sich zum Beispiel in Libyen jemand dafür interessieren.«
»Die haben jetzt ganz andere Sorgen.«
»Im Prinzip«, sagte Müller, »könnte man gerade diese Sorgen mit unserem Gerät doch sehr lindern. Und Geld genug hat der Gaddhafi noch, da bin ich mir sicher.«

Ulrike: *Bis das Buch raus ist, kann alles anders werden, würde mich da nicht so festlegen. Oder vielleicht gerade. Hm, wie auch immer, sei dir bewusst, dass es dann vielleicht schon bei Erscheinen anachronistisch ist.*

Und was tun Sie hier?

Heinrich Schliemann
Bericht über die Ausgrabungen in Troja in den Jahren 1871–1873
Artemis Verlag München 1990

Unbekannnter Verfasser
How I Found the Lost Atlantis, The Source of All Civilisation
by Dr. Paul Schliemann (1912)
www.sacred-texts.com

Eberhard Zangger
Atlantis. Eine Legende wird entziffert
Knaur Verlag, München 1992

Heribert Illig
Das erfundene Mittelalter
Hat Karl der Große je gelebt?
Econ Verlag, München 1996

Hoffman
Film von Alvin Rakoff
mit Sinéad Cusack und Peter Sellers
Großbritannien, 1970
nach dem Roman
Shall I eat you now?
von Ernest Gébler